DH

HERDEIRAS DE DUNA

TÍTULO ORIGINAL:
Chapterhouse: Dune

COPIDESQUE:
Renato Ritto

REVISÃO:
Hebe Ester Lucas
Mônica Reis

ILUSTRAÇÃO DE CAPA:
Marc Simonetti

CAPA E PROJETO GRÁFICO:
Pedro Inoue

DIAGRAMAÇÃO:
Desenho Editorial

DIREÇÃO EXECUTIVA:
Betty Fromer

DIREÇÃO EDITORIAL:
Adriano Fromer Piazzi

DIREÇÃO DE CONTEÚDO:
Luciana Fracchetta

EDITORIAL:
Daniel Lameira
Andréa Bergamaschi
Débora Dutra Vieira
Luiza Araujo

COMUNICAÇÃO:
Fernando Barone
Nathália Bergocce
Júlia Forbes

COMERCIAL:
Giovani das Graças
Lidiana Pessoa
Roberta Saraiva
Gustavo Mendonça

FINANCEIRO:
Roberta Martins
Sandro Hannes

Copyright © Herbert Properties LLC., 1985
Copyright © Editora Aleph, 2021
(edição em língua portuguesa para o Brasil)

"Introdução", de Brian Herbert (Copyright © DreamStar, Inc., 2009)

Todos os direitos reservados.
Proibida a reprodução, no todo ou em parte, através de quaisquer meios.

EDITORA ALEPH

Rua Tabapuã, 81 – cj. 134
04533-010 – São Paulo – SP – Brasil
Tel.: [55 11] 3743-3202
www.editoraaleph.com.br

**DADOS INTERNACIONAIS DE CATALOGAÇÃO NA PUBLICAÇÃO (CIP)
DE ACORDO COM ISBD**

H536h Herbert, Frank
Herdeiras de Duna / Frank Herbert ; traduzido por Marcos Fernando
de Barros Lima. - São Paulo Aleph, 2021.
544 p. ; 16cm x 23cm.

Tradução de: Chapterhouse: Dune
ISBN: 978-65-86064-25-4

1. Literatura norte-americana. 2. Ficção científica norte-americana.
3. Frank Herbert. I. Lima, Marcos Fernando de Barros. II. Título.

2021-2934   CDD 813
                   CDU 821.111(73)-36

ELABORADO POR VAGNER RODOLFO DA SILVA - CRB-8/9410

ÍNDICES PARA CATÁLOGO SISTEMÁTICO:

1. Literatura americana : Ficção 813
2. Literatura americana : Ficção 821.111(73)-3

FRANK HERBERT

HERDEIRAS DE

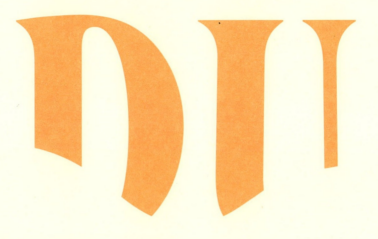

1ª EDIÇÃO

SÉRIE DUNA · VOLUME VI

TRADUÇÃO
MARCOS FERNANDO DE BARROS LIMA

introdução

por Brian Herbert

Herdeiras de Duna

Herdeiras de Duna (Chapterhouse: Dune) é ambientado milhares de anos no futuro da humanidade, quando todo o universo conhecido é governado por mulheres. É um meio social fascinante, populado por gholas produzidos a partir de células de humanos mortos, bem como os metamórficos Dançarinos Faciais, os semi-humanos futars, os clones humanos e os navegadores da Guilda – mutantes conspiradores. Há imensos paquetes capazes de dobrar o espaço a fim de atravessar vastas distâncias em um piscar de olhos, e não naves e não salas virtualmente invisíveis contendo maquinários misteriosos.

No começo da história, o planeta Duna já havia sido destruído pelas Honoráveis Matres, mulheres poderosas e enigmáticas que surgiram da Dispersão que o Imperador Deus havia desencadeado há muito com o intuito de espalhar a humanidade por incontáveis sistemas solares. No planeta Casa Capitular, a Irmandade Bene Gesserit mantém um verme da areia, furtivamente obtido, que está se metamorfoseando em trutas da areia. Dessa forma, a Irmandade iniciou um processo de desertificação que poderia resultar em um novo Duna e em uma nova fonte da inestimável especiaria mélange, um recurso finito de que as irmãs necessitam e que esperam poder controlar...

Este é sexto livro da série de ficção científica clássica e incrivelmente popular escrita por Frank Herbert, e a última história que ele criou sobre o imaginativo universo de Duna. Ele escreveu grande parte do romance em sua casa no Havaí, onde cuidava de minha mãe, Beverly Herbert, que estava em condições críticas de saúde. Sendo ela própria escritora, minha mãe contribuiu para a trama do livro e lhe deu o título, *Chapterhouse: Dune*, antes de falecer, em 1984. Meu pai, entretanto, só conseguiu terminar de redigi-lo após a morte dela, quando retornou ao Estado de Washington.

Para mim, é impossível ler *Herdeiras de Duna*, ou até pensar no livro, sem ter recordações poderosas de minha mãe e de seu relacionamento com meu pai por quase quatro décadas. Mulher extraordinária, ela inspirou a personagem lady Jéssica nos três primeiros livros da série Duna, bem como a fonte de diversos aforismos tão familiares aos fãs de Duna. A forte presença das mulheres na parte final da saga – em particular no quinto e no sexto livros – também procede de minha mãe.

Como filho, testemunhei meus pais interagindo e se fortalecendo mutuamente de formas incontáveis. Posso dizer, com toda a honestidade,

Frank Herbert

que nunca os ouvi levantar a voz um para o outro, embora tivessem discordâncias que outros poderiam nem notar. As palavras e os sinais que trocavam se davam em um nível diferente, quase imperceptível. Meus pais eram organismos humanos simbióticos e de extrema inteligência, ligados tão profundamente que os pensamentos compartilhados pareciam estar em uma única mente.

O melhor amigo de Frank Herbert, Howie Hansen, descreveu essa relação da seguinte forma: "Há dois Frank Herbert: um que conheci antes da Bev e um que você conhece, que foi criado pela Bev. Frank Herbert, o autor, não existiria se Beverly [Herbert] não tivesse se casado com ele... E se amalgamado mentalmente com ele...".

Depois da morte de minha mãe no Havaí, meu pai escreveu um longo e tocante tributo a ela, que foi publicado no final de *Herdeiras de Duna*, descrevendo a vida que tiveram juntos e quanto significavam um para o outro. Nos anos subsequentes, considerei que sua homenagem comovente era a melhor forma de concluir toda a saga. Afinal de contas, eles eram uma equipe criativa, e haviam embarcado em um casamento, em 1946, com o sonho de que ambos se tornassem escritores de sucesso. Isso eles acabaram conquistando, e ao longo do caminho compartilharam numerosas e grandiosas aventuras – uma história singular de amor e sacrifícios que eu descrevi em *Dreamer of Dune* (2003), a biografia de Frank Herbert.

Herdeiras de Duna dá prosseguimento ao relato cheio de suspense das destrutivas Honoráveis Matres que havia começado em *Hereges de Duna*. Essas mulheres brutais, segundo os rumores, eram Bene Gesserit renegadas que ameaçavam obliterar a Irmandade ancestral, e muito mais. Aparentemente, eram irrefreáveis. Ainda assim, há algo no longínquo universo que persegue as Honoráveis Matres, mas sua identidade não foi revelada por Frank Herbert. De forma engenhosa, o autor espalhou pistas por toda a história sobre essa questão e, no final do livro, o leitor fica imaginando e considerando as opções.

Nos anos de 1950 e 1960, Frank Herbert tentou vender uma série de contos de mistério e, encorajado por seu amigo e colega autor Jack Vance, chegou a integrar a Mystery Writers of America. Em 1964, meu pai conseguiu vender um conto para a revista *Analog*, "The May Celeste Move", que consiste em um mistério de ficção científica bem engendrado sobre a investigação de um fenômeno peculiar do comportamento humano.

Herdeiras de Duna

Fora esse caso, entretanto, seus escritos de mistério daquela época não obtiveram reconhecimento. Ele tinha problemas recorrentes com o tamanho de suas histórias, bem como o gênero delas, e os editores não se interessavam. Isso o fez voltar, portanto, à ficção científica, com a qual ele havia atingido um sucesso sem precedentes.

Depois de todas as rejeições que meu pai sofreu com seus contos de mistério, foi particularmente interessante e satisfatório saber que ele escreveu uma história de mistério amplamente aceita e a entremeou com o universo de Duna. Por mais de uma década após sua morte, decorrente de uma doença em 1986, a solução para tal mistério ainda era um dos assuntos mais intrigantes e debatidos da ficção científica. Que legado apropriado para um homem que foi tão rejeitado por editores e que nunca teria alcançado um público tão amplo se não fosse o corajoso editor Sterling Lanier, que se arriscou ao aceitar publicar *Duna* em capa dura após a recusa de mais de vinte outros editores!

Pouco antes de Frank Herbert falecer, aparentava ser, aos seus familiares, um homem muito mais jovem do que os seus 65 anos, cheio de entusiasmo e energia ilimitados. Sua morte nos deixou a impressão de que, se tivesse vivido só mais um pouco, teria realizado muito mais com a sua vida, que já era altamente produtiva... A impressão de que feitos ainda mais incríveis teriam fluído de sua mente amplamente inventiva, que havia criado o universo de Duna, o aclamado romance nativo-americano *Soul Catcher* e tantos outros livros memoráveis.

Infelizmente, foi privado de seus trabalhos adicionais. E nós também fomos.

Meu pai deixou fios soltos quando morreu, diversos sonhos incompletos. Assim como o pintor Théodore Gericault, ao final de sua vida meu pai comentou sobre todas as coisas que faria quando melhorasse. Ele queria passar um ano em Paris, queria ser o homem mais velho a escalar o monte Everest. Havia mais histórias de Duna para contar, bem como um conto épico sobre os nativos americanos e talvez até mesmo um filme a ser dirigido. Entretanto, assim como Gericault, ele nunca melhorou.

O quinto e o sexto livros na série Duna, de Frank Herbert – *Hereges de Duna* e *Herdeiras de Duna* –, foram idealizados como os dois primeiros volumes de uma nova trilogia que completaria a história épica cronologicamente. Usando os rascunhos e notas de meu pai, acabei coescrevendo

Frank Herbert

o grande clímax com Kevin J. Anderson em dois romances: *Hunters of Dune* (2006) e *Sandworms of Dune* (2007).

Ao ler *Herdeiras de Duna*, procure pelas pistas intrigantes que Frank Herbert urdiu em sua história. Volte e releia os cinco volumes que o antecedem e você encontrará ainda mais pistas. Ele deixou tantas possibilidades, tantas vias para ampliar a imaginação de seus leitores... Com toda a certeza, a saga de Duna é um *tour de force*, uma obra inigualável nos anais da literatura.

Brian Herbert
Seattle, Washington
7 de fevereiro de 2009

Aqueles que desejam repetir o passado devem controlar o ensino da história.

- Suma Bene Gesserit

Quando o bebê-ghola foi retirado do primeiro tanque axolotle Bene Gesserit, a Madre Superiora Darwi Odrade ordenou que uma celebração discreta acontecesse em sua sala de jantar privada, no alto da Central. A aurora acabara de chegar, e as duas outras membros do seu conselho, Tamalane e Bellonda, mostravam sinais de impaciência por essa convocação, apesar de Odrade ter solicitado um desjejum servido por sua chef pessoal.

– Nem toda mulher tem a chance de presenciar o nascimento do próprio pai - Odrade observou, espirituosa, quando as outras reclamaram que havia muitas demandas ocupando sua agenda para que permitissem tamanha "baboseira desperdiçadora de tempo".

Apenas a anciã Tamalane dissimulava o fato de estar se divertindo.

Bellonda mantinha as feições carnudas impassíveis, o que, em seu caso, era o equivalente a franzir o cenho.

Seria possível, Odrade se perguntou, que Bell ainda não tivesse superado o ressentimento pela relativa opulência que cercava a Madre Superiora? Os aposentos de Odrade representavam uma marca distinta de seu posto, embora tal distinção denotasse mais seus deveres do que a primazia que exercia sobre suas irmãs. A pequena sala de jantar possibilitava que ela consultasse suas assistentes durante as refeições.

Bellonda perscrutou o cômodo, obviamente ansiosa para ir embora. Muitas tentativas infrutíferas haviam sido realizadas para romper a carapaça fria e reservada de Bellonda.

– Foi muito curioso segurar aquele bebê em meus braços e pensar *este é meu pai* - Odrade comentou.

– Eu ouvi quando disse isso da primeira vez! - retumbou Bellonda, a voz vinda de seu estômago, quase um ribombar barítono, como se cada palavra lhe causasse uma pequena indigestão.

Apesar de tudo, ela compreendia as observações curiosas de Odrade. O velho bashar Miles Teg fora, de fato, o pai da Madre Superiora. E a própria

Frank Herbert

Odrade coletara as células (fragmentos de unhas cortadas) para criar este novo ghola, parte de um "plano contingente" a longo prazo, caso elas conseguissem duplicar os tanques tleilaxu. Mas Bellonda preferia ser expulsa das Bene Gesserit a ser indulgente com os comentários de Odrade sobre equipamentos vitais da Irmandade.

– Creio que tudo isso seja frívolo neste momento – Bellonda retrucou. – Aquelas mulheres insanas estão numa caçada para nos exterminar e você quer uma celebração!

Odrade manteve o tom brando com algum esforço.

– Caso as Honoráveis Matres nos encontrem antes de estarmos prontas, talvez seja porque falhamos em manter nosso moral.

A mirada silenciosa que Bellonda lançou aos olhos de Odrade carregava uma acusação frustrada: *Essas mulheres terríveis já exterminaram dezesseis de nossos planetas!*

Odrade sabia que era errado considerar tais planetas como sendo de posse das Bene Gesserit. A confederação de governos planetários, debilmente organizada após os Tempos da Penúria e da Dispersão, era muito dependente dos serviços vitais e das comunicações confiáveis da Irmandade, ainda que as antigas facções persistissem – a CHOAM, a Guilda Espacial, os Tleilaxu, grupos remanescentes do clero do Deus Dividido e até mesmo as auxiliares Oradoras Peixe e assembleias cismáticas. O Deus Dividido legara à humanidade um império dividido, no qual todas essas facções se tornaram insignificantes em função dos ataques violentos das Honoráveis Matres, retornando da Dispersão. As Bene Gesserit – guardiãs da maior parte das tradições ancestrais – eram o alvo primário natural para tais investidas.

Os pensamentos de Bellonda nunca se desviavam muito desta ameaça das Honoráveis Matres. Era uma fraqueza que Odrade reconhecia. Por vezes, Odrade hesitava sobre a possibilidade de substituir Bellonda, mas mesmo na Irmandade Bene Gesserit havia facções naqueles tempos, e ninguém podia negar que Bell era uma organizadora incomparável. Os Arquivos nunca haviam sido tão eficientes como na atual supervisão.

Como fazia com frequência, Bellonda, sem sequer enunciar palavras, conseguiu focar a atenção da Madre Superiora nas caçadoras que as perseguiam com insistência selvagem. Isso arruinou a aura de sucesso velado que Odrade esperava alcançar naquela manhã.

Herdeiras de Duna

Ela se forçou a pensar no novo ghola. *Teg!* Se as memórias originais do jovem pudessem ser restauradas, a Irmandade teria novamente o mais extraordinário bashar que já tivera a seus serviços. Um bashar Mentat! Um gênio militar cujas proezas já eram lendárias no Antigo Império.

Mas será mesmo que Teg poderia ser útil contra essas mulheres que retornavam da Dispersão?

Por todos os deuses que possam existir, as Honoráveis Matres não podem nos encontrar! Ainda não!

Teg representava inúmeras incógnitas e possibilidades perturbadoras. Mistérios rondavam o período que antecedeu sua morte na destruição de Duna. *Ele fez algo em Gammu que inflou a ira incontida das Honoráveis Matres. Sua defesa suicida em Duna não deveria ter provocado tal resposta frenética.* Havia rumores, fragmentos de informação sobre seus dias em Gammu, antes do desastre em Duna. *Ele se movia tão rápido que os olhos humanos não podiam acompanhar!* O que ele fizera? Outro fruto das habilidades indômitas dos genes Atreides? Mutação? Ou apenas reflexo do mito de Teg? A Irmandade teria que descobrir o mais rápido possível.

Uma acólita trouxe três desjejuns e as irmãs comeram depressa, como se tal interrupção devesse ser deixada de lado sem atrasos, pois o desperdício de tempo era perigoso.

Mesmo depois de suas companheiras terem partido, Odrade continuou afetada pelo impacto dos temores não enunciados de Bellonda.

E de meus temores.

Ela se levantou e foi até a ampla janela que descortinava os telhados baixos, na direção de parte dos pomares circulares e pastos que cercavam a Central. Era final da primavera, e já havia frutos se formando lá embaixo. *Renascimento. Um novo Teg nascera hoje!* Nenhum sentimento de júbilo acompanhava tal pensamento. Em geral, a paisagem tinha um efeito revigorante em Odrade, mas não naquela manhã.

Quais são as minhas verdadeiras forças? Quais são os meus fatos?

Os recursos à disposição da Madre Superiora eram formidáveis: lealdade profunda daqueles que a serviam, um poderio militar sob um bashar treinado por Teg (que estava bem distante, agora, com uma grande porção de suas tropas guardando o planeta-escola Lampadas), artesãos e técnicos, espiões e agentes por todo o Antigo Império, incontáveis trabalhadores que dependiam da Irmandade para protegê-los das Honoráveis Matres, e todas as Reverendas Madres, com suas Outras Memórias estendendo-se até a aurora da vida.

Odrade sabia, sem falsa modéstia, que representava o auge de tudo o que era mais forte em uma Reverenda Madre. Se suas memórias pessoais não suprissem uma informação necessária, ela tinha outras ao seu redor para preencher as lacunas. Dados armazenados em máquinas também, embora ela admitisse certa desconfiança natural desse método.

Odrade percebeu que estava tentada a sondar aquelas outras vidas que carregava como um conjunto secundário de memórias – aquelas camadas subterrâneas de percepção. Talvez pudesse encontrar soluções brilhantes para seus apuros nas experiências das Outras. Perigoso! Era possível perder-se por horas, fascinada pela multiplicidade de variações humanas. Melhor deixar as Outras Memórias ali, equilibradas, prontas para dispor delas ou para intervir caso fosse necessário. Consciência, esse era o fulcro e o controle de sua identidade.

A curiosa metáfora Mentat de Duncan Idaho a ajudara.

Autopercepção: encarar espelhos que passam pelo universo, acumulando novas imagens no caminho – infinitamente reflexivo. O infinito visto como finito, o análogo da consciência carregando os fragmentos percebidos do infinito.

Ela nunca ouvira palavras se aproximarem tanto de sua percepção inexprimível.

– Complexidade especializada – Idaho denominara o conceito. – Recolhemos, montamos e refletimos nossos sistemas de ordenação.

De fato, este era o ponto de vista das Bene Gesserit: humanos eram vidas projetadas pela evolução para criar ordem.

E como isso nos ajuda na luta contra essas mulheres desordeiras que nos caçam? Que ramificação da evolução elas representam? Seria "evolução" outro nome para Deus?

Suas irmãs desdenhariam diante de tamanha "especulação infrutífera".

Ainda assim, *talvez* haja respostas nas Outras Memórias.

Ahh, que ideia sedutora!

Ela queria desesperadamente projetar seu *eu* em identidades passadas e sentir como era vivê-las. O perigo imediato dessa excitação a enregelou.

Herdeiras de Duna

Ela sentiu as Outras Memórias se aglomerando na fronteira da própria percepção. *"Foi assim!"*, *"Não! Foi mais parecido com isto aqui!"*. Como elas eram ávidas. Era necessário escolher com cautela, animando o passado de forma discreta. E não era este o propósito da consciência, a própria essência de se estar viva?

Selecionar a partir do passado e confrontar com o presente: aprender consequências.

Essa era a visão de história das Bene Gesserit, e as palavras do venerável Santayana ressoavam em suas vidas: *"Aqueles que não se lembram do passado estão condenados a repeti-lo".*

Os edifícios da própria Central, o mais poderoso de todos os redutos Bene Gesserit, refletiam tal atitude, não importava para onde Odrade se voltasse. Usiforme, esse era o conceito preponderante. Tornar-se um espaço não funcional, preservado por pura nostalgia, era algo pouco permitido a qualquer centro de trabalho Bene Gesserit. A Irmandade não precisava de arqueólogos. As Reverendas Madres personificavam a história.

De forma vagarosa (muito mais vagarosa do que de costume), o panorama da janela alta começou a acalmá-la. Tudo o que os seus olhos reportavam, aquilo era a ordem das Bene Gesserit.

Mas as Honoráveis Matres poderiam acabar com tal ordem no instante seguinte. A situação da Irmandade era muito pior do que haviam sofrido sob o jugo do Tirano. Muitas das decisões que era forçada a tomar agora eram odiosas. Seu escritório tornara-se menos agradável em função das ações decididas ali.

Abandonar o Forte Bene Gesserit em Palma?

Essa sugestão estava no relatório matinal de Bellonda, sobre sua mesa. Odrade fixara uma notação afirmativa. *Sim.*

Abandonar porque o ataque das Honoráveis Matres é iminente e não seremos capazes de defendê-lo ou evacuá-lo.

Apenas mil e cem Reverendas Madres e o Destino sabiam quantas acólitas, postulantes e outros morreriam (ou pior) por causa daquela única palavra. Sem mencionar todas as "vidas ordinárias" que existiam na sombra Bene Gesserit.

A pressão de tais decisões produziu um novo tipo de cansaço em Odrade. Seria um cansaço de alma? Existiria, de fato, essa tal alma? Sentia

Frank Herbert

uma fadiga profunda onde a consciência não podia ser sondada. Cansada, cansada, cansada.

Até mesmo Bellonda sentia a pressão, e Bell se deleitava com a violência. Apenas Tamalane se mostrava alheia a tudo aquilo, mas não enganava Odrade. Tam entrara na idade que trazia uma observação superior, reservada a todas as irmãs que sobrevivessem até então. Nada mais importava a não ser observações e julgamentos. A maior parte deles nem sequer era pronunciada, a não ser em expressões passageiras em suas feições enrugadas. Naqueles dias, Tamalane enunciava poucas palavras, e seus comentários eram tão rarefeitos que chegavam a ser risíveis:

– Compre mais não naves.

– Atualize Sheeana.

– Revise os registros de Idaho.

– Questione Murbella.

Por vezes, ela apenas emitia grunhidos, como se palavras fossem traí-la.

E, como sempre, os caçadores continuavam suas buscas lá fora, vasculhando o espaço por alguma pista sobre a localização de Casa Capitular.

Em seus pensamentos mais íntimos, Odrade via as não naves das Honoráveis Matres como corsárias naqueles mares infinitos entre as estrelas. Elas não ostentavam bandeiras negras com caveiras e ossos cruzados, mas as bandeiras estavam lá, de qualquer forma. Sem quaisquer sinais de romantismo. *Matem e pilhem! Acumulem riquezas sobre o sangue dos outros. Suguem essa energia e sustentem suas não naves assassinas sobre caminhos lubrificados com sangue.*

E não percebiam que se afogariam em lubrificante vermelho se continuassem nesse rumo.

Deve haver pessoas furiosas lá fora, naquela Dispersão humana de onde as Honoráveis Matres se originaram; pessoas que levam a vida com uma única ideia fixa: capturem-nas!

Era um universo perigoso, no qual se permitia a livre circulação dessas ideias. Boas civilizações se precaviam para que tais ideias não ganhassem força, para que nem tivessem a chance de surgir. Quando se manifestavam, por acaso ou acidentalmente, precisavam ser dispersadas às pressas, pois tendiam a unificar as massas.

Odrade ficara perplexa diante do fato de que as Honoráveis Matres não viam isso, ou, se viam, ignoravam.

– Histéricas completas – Tamalane as rotulava.

– Xenofobia – Bellonda discordava, sempre corrigindo, como se o controle dos Arquivos desse a ela um melhor domínio sobre a realidade.

Ambas estavam corretas, Odrade pensou. As Honoráveis Matres se portavam histericamente. Todos os *forasteiros* eram o inimigo. As únicas pessoas que aparentavam confiar nelas eram os homens que essas mulheres escravizavam sexualmente, e mesmo assim em certo grau limitado. Testavam-nos constantemente, de acordo com Murbella (*a única Honorável Matre que capturamos*), para verificar se o domínio exercido sobre eles continuava firme.

– Às vezes, por mero capricho, elas podem eliminar uma pessoa apenas para que sirva de exemplo a outras. – Palavras de Murbella que incitavam a pergunta: *Estariam elas nos usando para servir de exemplo? "Vejam! É isto o que acontece àqueles que ousam se opor a nós!"*

– Vocês as provocaram – Murbella havia dito. – Uma vez provocadas, não desistirão até destruírem vocês.

Capturem os forasteiros!

Singularmente diretas. *Uma fraqueza da parte delas, se agirmos corretamente*, refletiu Odrade.

Xenofobia levada ao extremo ridículo?

Bem possível.

Odrade golpeou sua escrivaninha com o punho fechado, ciente de que a ação seria vista e registrada pelas irmãs que mantinham vigilância constante sobre o comportamento da Madre Superiora. Então ela falou em voz alta, para os olhos-com onipresentes e para as irmãs cães de guarda por trás deles:

– Não iremos nos sentar e esperar em postos de defesa! Tornamo-nos tão gordas quanto Bellonda – e que ela se aborreça com isso! – pensando que criamos uma sociedade intocável e estruturas duradouras.

Odrade vasculhou o cômodo familiar com seu olhar.

– Este lugar é uma de nossas fraquezas!

Ela se sentou à escrivaninha pensando (entre tantas coisas!) sobre arquitetura e planejamento de comunidades. Bem, isso era direito de uma Madre Superiora!

As comunidades da Irmandade raramente floresciam de forma aleatória. Mesmo quando tomavam estruturas existentes (como haviam feito com o antigo Forte Harkonnen em Gammu), elas o faziam com planos de reconstrução. Queriam pneumotubos para encaminhar pacotes e mensagens. Linhas de luz e projetores de feixes para transmitir palavras encriptadas. Elas se consideravam mestras em salvaguardar comunicações. Mensageiras, tanto Acólitas como Reverendas Madres (comprometidas a se autodestruir antes de trair suas superioras), transportavam as mensagens mais importantes.

Ela era capaz de visualizar sua rede para além de sua janela e de seu planeta – incrivelmente organizada e manejada, cada Bene Gesserit como uma extensão das outras. No que tangia à sobrevivência da Irmandade, havia um cerne intocável de lealdade. Por vezes surgia alguma irmã relapsa, algumas espetaculares (como lady Jéssica, avó do Tirano), mas seus lapsos eram de curta duração. A maior parte dos percalços era temporária.

E tudo aquilo era o padrão das Bene Gesserit. Uma fraqueza.

Odrade admitiu uma concordância profunda com os medos de Bellonda. *Mas estarei condenada se permitir que tal coisa suprima toda a alegria de viver!* Seria ceder exatamente ao que aquelas impetuosas Honoráveis Matres queriam.

– As caçadoras querem as nossas forças – Odrade proferiu, olhando para os olhos-com no teto. *Como os selvagens ancestrais que comiam o coração de seus inimigos. Bem... vamos dar a elas algo para comer, podem ter certeza! E elas não saberão o que é até que seja tarde demais para descobrir que não conseguirão digerir!*

A não ser pelos ensinamentos preliminares para moldar as acólitas e postulantes, a Irmandade não fazia muito uso de ditados admoestatórios, mas Odrade tinha seu próprio lema: *"Alguém deve arar a terra"*. Ela esboçou um sorriso ao se curvar sobre o trabalho, muito mais tranquila. Este cômodo, esta Irmandade... eram esses o seu jardim, e havia muitas ervas daninhas para ser removidas, sementes a ser plantadas. *E fertilizantes. Não devemos nos esquecer dos fertilizantes.*

Quando me propus a liderar a humanidade ao longo do meu Caminho Dourado, prometi a eles uma lição de que seus ossos se lembrariam. Conheço um padrão profundo que os humanos negam com palavras, mesmo quando suas ações o reafirmam. Dizem que buscam segurança e quietude, condições que chamam de paz. Enquanto enunciam essas palavras, eles plantam as sementes do tumulto e da violência.

– Leto II, O Imperador Deus

Então ela me chama de Rainha Aranha!

A Grande Honorável Matre estava reclinada em seu pesado trono, no alto de um estrado. Seu peito ressequido se agitou em função das gargalhadas silenciosas. *Ela sabe o que lhe acontecerá quando eu a enredar em minha teia! Sugá-la até a morte, é isso que farei.*

A mulher diminuta, com feições ordinárias e músculos que tremiam de nervoso, olhava para o chão amarelo da sala de audiências, iluminado por uma claraboia. Uma Reverenda Madre Bene Gesserit jazia ali, presa em shigafios. A cativa não demonstrava quaisquer sinais de luta. Shigafio era excelente para tal propósito. *Cortaria os braços dela com facilidade, certamente!*

O cômodo onde a Grande Honorável Matre estava a agradava, tanto por suas dimensões como pelo fato de que havia sido tomado de outras pessoas. Com trezentos metros quadrados, fora projetado para conclaves dos navegadores da Guilda ali na Junção, cada navegador em um tanque monstruoso. A cativa no piso amarelado era uma partícula de poeira na imensidão.

Essa fracote se divertiu demais ao revelar como sua suposta Superiora me chama!

Ainda assim, era uma manhã agradável, pensou a Grande Honorável Matre. Tirando o fato de que nenhuma tortura ou sonda mental funcionavam nessas bruxas. Como era possível torturar alguém que poderia decidir tirar a própria vida a qualquer momento? E faziam isso mesmo! Elas também tinham formas de suprimir a dor. Muito astutas, essas primitivas.

Além do mais, ela também estava saturada de shere! Um corpo repleto dessa droga maldita era inalcançável para as sondas, e se deteriorava antes que pudesse ser examinado de maneira adequada.

A Grande Honorável Matre gesticulou para uma auxiliar, que cutucou com o pé a Reverenda Madre estirada no chão e, após um novo sinal, afrouxou as amarras de shigafio para permitir movimentos mínimos.

– Qual o seu nome, criança? – a Grande Honorável Matre perguntou. Sua voz era estridente e áspera devido à idade e à falsa bondade.

– Meu nome é Sabanda. – A voz jovem soou clara, ainda intocada pelas dores das sondagens.

– Você gostaria de ver como capturamos um macho fraco e o escravizamos? – questionou a Grande Honorável Matre.

Sabanda sabia qual era a resposta apropriada para tal pergunta. Elas haviam sido alertadas.

– Morrerei primeiro – respondeu ela calmamente, encarando aquele rosto ancião com a cor de uma raiz deixada tempo demais no sol. As curiosas manchas alaranjadas nos olhos daquela velha. Um sinal de ira, as censoras haviam dito.

Um manto vermelho e dourado com dragões negros estampados ao longo de sua abertura e os trajes justos avermelhados apenas enfatizavam a figura esquelética que encobriam.

A expressão da Grande Honorável Matre não mudou mesmo diante de um pensamento recorrente sobre aquelas bruxas: *Malditas sejam!*

– Qual era sua tarefa naquele planetinha imundo do qual a tiramos?

– Eu era professora das jovens.

– Temo que não tenhamos deixado nenhuma jovem viva. – *Ora, por que ela sorri? Para me ofender! É esse o motivo!* – Você ensinava suas jovens a venerar a bruxa Sheeana? – a Grande Honorável Matre indagou.

– Por que eu as ensinaria a venerar uma de nossas irmãs? Sheeana não gostaria disso.

– Não gostaria... Você está dizendo que ela voltou à vida e que a conhece?

– Conhecemos somente aqueles que estão vivos?

Como a voz daquela jovem bruxa soava clara e destemida. Elas possuíam um autocontrole impressionante, mas nem mesmo isso as salvaria.

Ainda assim, é curioso como este culto de Sheeana persistia. Teria de ser cortado pela raiz, é claro, destruído como as próprias bruxas estavam sendo destruídas.

A Grande Honorável Matre levantou o dedo mínimo da mão direita. Uma auxiliar que aguardava se aproximou da cativa com uma injeção. Talvez essa nova droga soltasse a língua da bruxa, talvez não. Pouco importava.

Sabanda fez uma careta quando a agulha tocou seu pescoço. Em segundos, estava morta. Servas carregaram o corpo para fora do aposento. Ele seria usado para alimentar os futars cativos. Não que os futars fossem de grande utilidade. Eles não se reproduziam em cativeiro, nem obedeciam aos comandos mais triviais. Soturnos, aguardavam.

– Onde Treinadores? – um deles poderia perguntar, ou outras palavras inúteis verteriam de suas bocas humanoides. Ainda assim, futars proviam certos prazeres. O cativeiro também demonstrara que eles eram vulneráveis. Bem como essas bruxas primitivas. *Encontraremos o esconderijo das bruxas. É apenas uma questão de tempo.*

> **A pessoa que toma o banal e o ordinário e lança uma nova perspectiva sobre eles pode ser aterrorizante. Não queremos que nossas ideias mudem. Sentimo-nos ameaçados por tais demandas. "Já conheço as coisas importantes!", dizemos. Então, Aquele Que Executa Mudanças aparece e descarta nossas velhas ideias.**
>
> **– O Mestre zen-sufista**

Miles Teg gostava de brincar nos pomares que cercavam a Central. Odrade fora a primeira a levá-lo ali, quando seus passos de criança ainda eram vacilantes. Uma de suas primeiras memórias – com pouco mais de dois anos de idade e já ciente de que era um ghola, ainda que não compreendesse todo o significado da palavra.

– Você é um menino especial – dissera Odrade. – Nós o criamos a partir das células de um homem muito velho.

Apesar de ser uma criança precoce e das palavras da Reverenda Madre terem um tom vagamente perturbador, na época ele estava mais interessado em correr pela relva alta do verão sob as árvores.

Mais tarde, acrescentou outros dias no pomar àquele primeiro, acumulando, também, impressões sobre Odrade e as outras que lecionavam. Teg percebeu logo no começo que Odrade apreciava aquelas excursões tanto quanto ele.

Em uma tarde, quando tinha quatro anos, falou a Odrade:

– A primavera é a minha estação favorita.

– A minha também.

Quando tinha sete anos e já mostrava sinais de uma mente brilhante, aliada à memória holográfica que levara a Irmandade a colocar imensas responsabilidades sobre sua encarnação anterior, ele percebeu de súbito que os pomares eram um local que tocava seu íntimo de uma forma profunda.

Essa foi a primeira percepção real de que carregava memórias que não era capaz de lembrar. Completamente perturbado, ele se voltou para Odrade, que estava em pé, delineada pela luz do sol da tarde, e disse:

Herdeiras de Duna

– Há coisas de que não consigo me lembrar!

– Um dia você irá se lembrar – respondeu ela.

Ele não conseguia ver o rosto de Odrade contra o brilho do sol, e as palavras que ela enunciou vieram de um grande lugar sombrio, tanto do interior dele quanto do dela.

Naquele ano, o menino começou a estudar a vida do bashar Miles Teg, cujas células haviam iniciado sua nova vida. Odrade explicara um pouco desse processo a ele, mostrando suas próprias unhas.

– Peguei pequenas raspas do pescoço dele, células da pele, e elas carregavam tudo de que precisávamos para trazer você à vida.

Havia algo intenso cercando os pomares naquele ano, frutos maiores e mais pesados, abelhas quase frenéticas.

– É porque o deserto está aumentando lá no sul – Odrade observou. Ela segurava a mão do jovem conforme andavam naquela manhã orvalhada sob as macieiras carregadas.

Teg encarou por entre as árvores na direção sul, momentaneamente hipnotizado pela luz do sol que vertia por entre as folhas. Ele estudara sobre o deserto, e achava poder sentir o peso dele sobre o lugar em que estavam.

– As árvores conseguem sentir que seu fim está chegando – Odrade continuou. – A vida se reproduz com mais intensidade quando está ameaçada.

– O ar está muito seco – comentou ele. – Deve ser o deserto.

– Percebeu como algumas folhas estão amarronzadas e curvadas nas beiradas? Tivemos de irrigá-las constantemente este ano.

Ele gostava de que Odrade quase nunca o tratava como inferior. Era sobretudo uma pessoa lidando com outra. Ele percebera a curvatura nas folhas. O deserto havia feito aquilo.

Embrenhados nos pomares, eles ficaram em silêncio por algum tempo, ouvindo os pássaros e os insetos. As abelhas que trabalhavam nos trevos de um pasto próximo vieram investigar, mas Teg estava marcado com feromônios, assim como todos os que andavam livremente em Casa Capitular. Elas passaram zumbindo por ele, sentindo os identificadores, e voltaram a seus afazeres nos botões de flores.

Maçãs. Odrade apontou para o oeste. *Pêssegos.* A atenção do garoto se fixou no lugar para o qual ela havia apontado. E sim, ali estavam as

Frank Herbert

cerejas, a leste de onde eles se encontravam, depois dos pastos. Ele notou estruturas de resina apoiando os galhos.

Sementes e jovens brotos haviam sido trazidos até ali na não nave original, cerca de mil e quinhentos anos antes, segundo ela, e plantados com cuidado e amor.

Teg visualizou as mãos sulcando o solo, apalpando gentilmente a terra ao redor dos jovens brotos, irrigando com cuidado, cercando o espaço para confinar o gado nas pastagens silvestres que rodeavam as primeiras plantações e construções de Casa Capitular.

Naquela ocasião, ele já começara a aprender sobre o verme da areia gigante que a Irmandade subtraíra de Rakis. A morte daquele verme produzira criaturas chamadas de trutas da areia. Era em razão das trutas da areia que o deserto estava crescendo. Uma parte dessa história tinha a ver com os relatos de sua encarnação anterior – o homem que chamavam de "o bashar". Um grande soldado que morrera quando as terríveis mulheres conhecidas como Honoráveis Matres destruíram Rakis.

Teg achava tais estudos fascinantes e perturbadores ao mesmo tempo. Ele sentia lacunas em si, lugares onde memórias deveriam habitar. E as lacunas o chamavam em seus sonhos. Por vezes, quando ficava pensativo, rostos apareciam diante dele. Ele quase podia ouvir palavras. Também havia ocasiões em que Teg sabia o nome das coisas antes que alguém lhe dissesse. Especialmente nomes de armas.

Fatos importantes cresciam em sua percepção. Aquele planeta inteiro se tornaria um deserto, uma mudança iniciada porque as Honoráveis Matres queriam matar essas Bene Gesserit que o haviam criado.

As Reverendas Madres, que controlavam sua vida, intimidavam-no com frequência: trajavam mantos negros, eram austeras e tinham aqueles olhos azuis sobre o azul sem quaisquer vestígios de branco. A especiaria causava isso, elas diziam.

Apenas Odrade dava sinais de um sentimento que ele acreditava ser verdadeiro afeto, e Odrade era alguém *muito* importante. Todos chamavam-na de Madre Superiora, e ela o instruíra a sempre se dirigir a ela dessa forma, exceto quando caminhavam a sós nos pomares. Nessas ocasiões ele podia chamá-la de Mãe.

Durante uma caminhada matinal, próximo da época da colheita em seu nono ano, logo depois da terceira colina nos pomares de maçãs ao norte da Central, eles chegaram a uma depressão rasa, sem árvores, mas com diversas plantas viçosas. Odrade colocou a mão no ombro do rapaz e o fez ficar parado onde pudesse admirar uma escadaria negra em uma trilha sinuosa que passava por uma concentração de hortaliças e pequenas flores. Ela estava com um humor estranho. Ele percebeu isso na voz da Madre Superiora.

– O conceito de propriedade é uma questão interessante – observou ela. – Somos proprietárias deste planeta ou somos propriedade dele?

– Gosto dos cheiros daqui – ele comentou.

Ela o soltou e indicou com gentileza para que ele seguisse adiante.

– Plantamos aqui para o olfato, Miles. Ervas aromáticas. Estude-as com cuidado e pesquise sobre elas quando voltar à biblioteca. Ah, pise nelas! – Odrade orientou quando ele começou a evitar caules rasteiros em seu caminho.

Teg colocou o pé direito com firmeza sobre gavinhas verdes e inalou os odores pungentes.

– Elas foram criadas para ser pisadas e liberar o aroma – Odrade explicou. – As censoras o ensinaram a lidar com a nostalgia. Elas disseram a você que a nostalgia normalmente é impelida pelo olfato?

– Sim, Mãe. – Virando-se a fim de olhar para onde havia pisado, ele observou: – Isso é alecrim.

– Como você sabe? – Intensamente.

Ele deu de ombros. – Só sei que é.

– Essa pode ser uma memória original. – Ela parecia satisfeita.

Enquanto continuavam a caminhada pelo vale aromático, a voz de Odrade voltou a soar pensativa.

– Cada planeta tem sua própria personalidade, a partir da qual evocamos padrões da Terra Ancestral. Por vezes, é apenas um esboço, mas aqui nós fomos bem-sucedidas.

Ela ajoelhou e puxou o ramo de uma planta esverdeada. Esmagando-o entre os dedos, aproximou a mão do nariz de Teg. – Sálvia.

Ela estava certa, mas Teg não sabia dizer como ele tinha certeza disso.

– Já senti esse cheiro na comida. É como mélange?

– Melhora o sabor, mas não altera a consciência. – Ela se levantou e, do alto de sua pose ereta, olhou para baixo na direção do jovem. – Marque bem este lugar, Miles. Nossos mundos ancestrais se foram, mas aqui conseguimos recapturar parte de nossas origens.

Ele sentiu que Odrade estava ensinando algo importante. Então perguntou:

– Por que você se questionou se somos propriedade deste planeta?

– Minha Irmandade acredita que somos administradoras da terra. O que você sabe sobre administradores?

– É alguém como Roitiro, o pai do meu amigo Yorgi. Yorgi disse que um dia a irmã mais velha dele será administradora da plantação que possuem.

– Correto. Residimos em alguns planetas por mais tempo do que outros povos que conhecemos, mas somos apenas administradoras.

– Se vocês não são as proprietárias de Casa Capitular, então quem é?

– Talvez ninguém. Minha pergunta é: como marcamos uns aos outros, minha Irmandade e este planeta?

Ele ergueu os olhos na direção de Odrade, então voltou-os para as próprias mãos. Estaria Casa Capitular marcando-o naquele exato momento?

– A maior parte das marcas está em nosso âmago. – Ela tomou a mão do jovem. – Venha comigo.

Eles partiram do vale aromático e subiram até os domínios de Roitiro; Odrade continuou a falar enquanto caminhavam:

– A Irmandade raramente cria jardins botânicos. Jardins devem cumprir um papel maior, além de agradar a visão e o olfato.

– Alimentos?

– Sim, sustentos primários de nossas vidas. Jardins produzem alimentos. Aquele vale lá atrás é colhido para estocar nossas cozinhas.

Ele sentiu aquelas palavras fluindo para seu interior, acomodando-se nas lacunas. Pressentiu haver planejamentos para séculos à frente: árvores para substituir vigas em construções, para servir como divisoras de águas; plantas para evitar que as margens de rios e lagos sofram com erosão, para manter o solo arável seguro da chuva e dos ventos, para preservar as costas marítimas e mesmo as águas a fim de garantir locais para os peixes se reproduzirem. As Bene Gesserit também consideravam as árvores provedoras de frescor e abrigo, ou fornecedoras de sombras interessantes nos gramados.

– Árvores e outras plantas para todas as nossas relações simbióticas – concluiu ela.

– Simbióticas? – Era uma palavra nova.

Ela explicou-lhe com algo que, tinha certeza, Teg já havia se deparado: uma incursão com os outros para colher cogumelos.

– Fungos não crescem a menos que estejam na companhia de raízes propícias. Cada qual tem uma relação simbiótica com uma planta especial. Cada coisa que cresce toma de outra algo de que necessita.

Odrade prosseguiu em detalhes e, entediado com a lição, Teg chutou um torrão de grama, então percebeu que ela o encarava daquela forma perturbadora. Ele havia feito algo ofensivo. Por que era certo pisar em uma coisa que crescia e não em outra?

– Miles! A grama evita que o vento leve a terra arável a terrenos difíceis, como o leito dos rios.

Ele conhecia aquele tom de voz. Repreendedor. Olhou para baixo, na direção da grama que havia danificado.

– Essa grama alimenta o nosso gado. Algumas possuem sementes que comemos no pão e em outros alimentos. Algumas gramas de cana servem de quebra-vento.

Isso ele conhecia! Tentando ludibriá-la, questionou, separando as palavras:

– Quebra vento?

Ela não sorriu, e ele soube que havia se iludido em achar que poderia enganá-la. Resignado, escutou enquanto Odrade continuou a lição.

Ela disse que, quando o deserto chegasse, as parreiras, com suas raízes mestras enterradas a centenas de metros, provavelmente seriam as últimas a sucumbir. Os pomares morreriam primeiro.

– Por que eles têm que morrer?

– Para abrir espaço para vidas mais importantes.

– Vermes da areia e mélange.

Ele percebeu que a havia agradado por saber a relação entre os vermes da areia e a especiaria que as Bene Gesserit precisavam para a própria existência. Teg não tinha certeza de como tal necessidade funcionava, mas imaginava um círculo: *de vermes da areia para trutas da areia, para mélange e de volta ao princípio.* E as Bene Gesserit tomavam o que precisavam desse círculo.

Já cansado de toda aquela lição, Teg perguntou:

– Se todas essas coisas vão morrer de qualquer forma, por que eu tenho que voltar para a biblioteca e aprender o nome delas?

Frank Herbert

– Porque você é humano, e humanos possuem um desejo profundo de classificar, de rotular tudo.

– E por que temos que dar nome a coisas como essas?

– Porque assim reivindicamos a posse do que nomeamos. Assumimos uma propriedade que pode ser enganosa e perigosa.

Então ela havia voltado à questão da *propriedade*.

– Minha rua, meu lago, meu planeta – prosseguiu ela. – Meu rótulo, para sempre. Um rótulo que você tenha dado a um lugar ou a uma coisa pode nem resistir à duração de sua vida, a não ser como uma concessão dada pelos conquistadores... ou como um som para ser lembrado por medo.

– Duna – ele emendou.

– Você é rápido!

– As Honoráveis Matres queimaram Duna.

– E farão o mesmo conosco se nos encontrarem.

– Não se eu for o bashar de vocês! – As palavras saíram dele sem pensar; entretanto, uma vez enunciadas, Teg sentiu que podia haver alguma verdade nelas. Os registros da biblioteca diziam que o bashar fizera seus inimigos tremerem apenas por aparecer em um campo de batalha.

Como se soubesse o que o jovem estava pensando, Odrade falou:

– O bashar Teg era igualmente famoso por criar situações em que batalha alguma era necessária.

– Mas ele lutou contra seus inimigos.

– Nunca se esqueça de Duna, Miles. Ele morreu lá.

– Eu sei.

– As censoras já o fizeram estudar Caladan?

– Sim. Em meus livros de história, ele se chama Dan.

– Rótulos, Miles. Nomes são lembretes interessantes, mas a maioria das pessoas não faz outras conexões. História chata, não é? Nomes... Indicadores convenientes, úteis na maioria das vezes entre sua própria gente.

– Você faz parte de minha gente? – Era uma questão que o incomodava, mas não em forma de palavras até aquele instante.

– Nós somos Atreides, você e eu. Lembre-se disso quando retornar aos seus estudos sobre Caladan.

Quando regressaram pelos pomares e atravessaram um pasto até um morro que oferecia uma vista vantajosa da Central, emoldurada por galhos, Teg observou o complexo administrativo e a barreira de plantações com uma nova sensibilidade. Apegou-se a essa visão conforme desciam pela alameda cercada, passando pelo arco e adentrando a Rua Primeira.

– Uma joia viva – Odrade referiu-se à Central.

Ao passar pelo arco de entrada, ele ergueu o olhar para o nome da rua gravado na estrutura. Estava escrito em galach, em uma inscrição elegante com linhas fluidas, no estilo decorativo das Bene Gesserit. Todas as ruas e prédios eram rotulados naquela mesma fonte cursiva.

Olhando ao seu redor para a Central, para a fonte dançante na praça logo adiante, os detalhes elegantes, Teg sentiu a profundidade da experiência humana. As Bene Gesserit haviam criado aquele lugar alentador de maneiras que ele não conseguia entender. Coisas abordadas nos estudos e nas excursões aos pomares, coisas simples e complexas, ganhavam novo foco. Era uma resposta Mentat latente, mas ele não sabia disso; sentia apenas que sua memória infalível havia modificado algumas relações e as reorganizado. Teg parou subitamente e olhou para trás, para o caminho de onde haviam vindo – o pomar ao longe emoldurado pelo arco que cobria a rua. Tudo estava relacionado. Os efluentes da Central produziam metano e fertilizantes. (Ele havia visitado a usina com uma censora.) Metano alimentava bombas e produzia energia para uma parte da refrigeração.

– O que você está olhando, Miles?

Ele não sabia como responder. Mas recordara-se de quando, em uma tarde outonal, Odrade o levara a um sobrevoo sobre a Central em um tóptero para lhe explicar sobre essas relações e dar a ele "o panorama". Na ocasião, eram apenas palavras, mas agora as palavras ganharam significado.

"Tão próximo a um círculo ecológico fechado quanto possível", dissera Odrade no tóptero. "Satélites do controle meteorológico o monitoram e ordenam as linhas de alimentação."

– Por que você está parado aí, Miles, olhando para o pomar? – a voz dela estava carregada de imperativos contra os quais ele não possuía quaisquer defesas.

– No ornitóptero, a senhora disse que isso era belo, mas perigoso.

Eles haviam feito apenas uma viagem de tóptero juntos. Ela captou a referência de imediato. *O círculo ecológico.*

Teg se virou e ergueu o olhar para Odrade, aguardando.

– Fechado – ela comentou. – Como é tentador erguer muros altos e manter as mudanças do lado de fora. Apodrecer aqui, em nossa zona de conforto autoindulgente.

As palavras de Odrade lhe causaram enorme desconforto. Ele sentia como se já as tivesse ouvido antes... em algum outro lugar, com uma mulher diferente segurando sua mão.

– Qualquer tipo de clausura é solo fértil para o ódio contra forasteiros – Odrade prosseguiu. – Isso produz uma colheita amarga.

Não eram exatamente as mesmas palavras, mas a lição era a mesma.

Ele caminhava lentamente ao lado de Odrade, suas mãos suadas nas dela.

– Por que você está tão calado, Miles?

– Vocês são fazendeiras – ele falou. – É o que vocês, Bene Gesserit, realmente são.

Ela percebeu de imediato o que acontecera, o treinamento Mentat emergindo no jovem sem que ele se desse conta. Era melhor não explorar esse potencial, por ora.

– Preocupamo-nos com tudo aquilo que cresce, Miles. Foi muito perspicaz de sua parte notar isso.

Ao chegar ao ponto onde se separariam – ela retornando a sua torre, ele, a seus aposentos no setor escolar –, Odrade falou:

– Vou dizer a suas censoras para que deem mais ênfase ao uso sutil de seu poder.

– Eu já estou treinando com armaleses – respondeu ele, equivocando-se quanto ao que ela quis dizer. – Elas falaram que sou muito bom.

– Foi o que me disseram. Mas há armas que você não segura com as mãos. Você só pode empunhá-las em sua mente.

Regras erigem fortificações por trás das quais mentes pequenas criam sátrapas. Uma situação perigosa na melhor das épocas, desastrosa durante crises.

– Suma Bene Gesserit

Trevas estígias no dormitório da Grande Honorável Matre. Logno, uma Grande Dama e auxiliar-sênior da Altíssima, surgiu do corredor não iluminado respondendo à convocação e, notando a escuridão, estremeceu. Essas consultas sem quaisquer fontes de luz a apavoravam, e ela sabia que a Grande Honorável Matre sentia prazer diante de tal situação. Entretanto, não deveria ser o único motivo para a escuridão. Será que a Grande Honorável Matre temia um ataque? Diversas Altíssimas haviam sido depostas em suas camas. Não, não devia ser só isso, embora pudesse pesar na escolha.

Grunhidos e gemidos na escuridão.

Algumas Honoráveis Matres caçoavam e diziam que a Grande Honorável Matre ousara levar um futar para a cama. Logno acreditava que isso era possível. Essa Grande Honorável Matre ousava coisas demais. Ela não havia salvado algo chamado A Arma do desastre da Dispersão? Mas, futars? As irmãs sabiam que futars não poderiam ser escravizados com sexo. Pelo menos, não com sexo com humanos. Talvez essa fosse a forma que o Inimigo de Muitas Faces utilizava. Quem poderia saber?

Havia um cheiro de algo peludo no aposento. Logno fechou a porta atrás de si e aguardou. A Grande Honorável Matre não gostava de ser interrompida em seja lá o que fizesse ali, protegida pela escuridão. *Mas ela permite que eu a chame de Dama.*

Outro gemido, e então:

– Sente-se no chão, Logno. Sim, ali perto da porta.

Ela realmente consegue me ver ou será apenas uma conjectura?

Logno não tinha a coragem de testar. *Veneno. Será assim que eu darei cabo dela, algum dia. Ela é cautelosa, mas pode ser distraída.* Ainda que suas irmãs desdenhassem, veneno era uma ferramenta aceitável de sucessão... Desde que a sucessora dispusesse de outras formas de se manter no cargo.

– Logno, aqueles ixianos com quem você conversou hoje. O que eles disseram sobre A Arma?

– Eles não compreendem a função dela, Dama. Não contei a eles o que é aquilo.

– Claro que não.

– A senhora vai sugerir mais uma vez que Arma e Carga sejam unidas?

– Você está zombando de mim, Logno?

– Dama! Eu nunca faria tal coisa.

– Espero que não.

Silêncio. Logno compreendeu que ambas estavam pensando no mesmo problema. Apenas trezentas unidades d'A Arma haviam sobrevivido ao desastre. Cada uma delas poderia ser usada apenas uma vez, isso se o Conselho (que detinha a Carga) concordasse em armá-las. A Grande Honorável Matre, que controlava A Arma propriamente dita, possuía apenas metade daquele terrível poder. A Arma sem sua Carga não passava de um pequeno tubo negro que podia ser segurado com uma mão. Com a Carga, era capaz de cortar uma trilha de morte sem sangue no arco de seu alcance limitado.

– Aqueles de Muitas Faces – murmurou a Grande Honorável Matre.

Logno anuiu na direção da escuridão, de onde o murmúrio se originara.

Talvez ela consiga me ver. Não sei o que mais ela conseguiu salvar, ou o que os ixianos podem ter fornecido a ela.

E Aqueles de Muitas Faces, malditos sejam por toda a eternidade, que causaram o desastre. Eles e seus futars! A facilidade com que quase todos os exemplares d'A Arma foram confiscados! Poderes incríveis. *Devemos nos armar bem antes de retornar a essa batalha. Dama está certa.*

– Aquele planeta... Buzzell – a Grande Honorável Matre retomou. – Você tem certeza de que ele não está guarnecido?

– Não detectamos quaisquer defesas. Os contrabandistas dizem que não está guarnecido.

– Mas ele é tão rico em sugemas!

– Aqui, no Antigo Império, as pessoas raramente ousam atacar as bruxas.

– Não acredito que haja apenas um punhado delas naquele planeta! É algum tipo de armadilha.

– Sempre existe essa possibilidade, Dama.

– Eu não confio em contrabandistas, Logno. Escravize mais alguns deles e sonde essa questão de Buzzell novamente. As bruxas podem ter se enfraquecido, mas não creio que sejam estúpidas.

– Sim, Dama.

– Diga aos ixianos que eles nos deixarão descontentes caso não consigam duplicar A Arma.

– Mas Dama, sem a Carga...

– Lidaremos com isso quando for necessário. Agora, vá.

Logno ouviu um "Sssssssim" sibilado ao sair do aposento. Até mesmo a escuridão do corredor era acolhedora depois daquele dormitório, e ela se apressou na direção da luz.

Tendemos a nos transformar no que há de pior naqueles a quem fazemos oposição.

– Suma Bene Gesserit

As imagens de água mais uma vez!

Estamos transformando todo este maldito planeta em um deserto e me vêm imagens de água!

Odrade estava sentada em seu escritório, a bagunça matinal de sempre ao seu redor, e pressentiu a Filha do Mar flutuando nas ondas, sendo banhada por elas. As ondas tinham cor de sangue. Seu *eu* como Filha do Mar antecipava uma época sangrenta.

Ela sabia de onde essas imagens se originavam: a época que antecedia as Reverendas Madres regendo sua vida; a infância na bela residência na costa marítima de Gammu. Apesar das preocupações imediatas, ela não conseguiu conter um sorriso. Ostras preparadas por Papai. O ensopado que ainda era seu predileto.

O que ela lembrava com maior exatidão de sua infância eram as excursões marítimas. Algo sobre flutuar na superfície tocava o seu *eu* mais primordial. A formação e quebra das ondas, a sensação de horizontes ilimitados com lugares novos e estranhos logo além das fronteiras curvas de um mundo aquático, aquela margem excitante de perigo implícito na própria substância sobre a qual ela navegava. Todos esses elementos combinados faziam-na ter certeza de que era Filha do Mar.

Papai também ficava mais calmo ali. E Mama Sibia ficava mais feliz, o rosto virado para o vento, o cabelo escuro esvoaçando. Uma sensação de equilíbrio emanava daqueles tempos, uma mensagem reconfortante transmitida em uma linguagem mais antiga do que a Outra Memória mais ancestral de Odrade. *"Este é meu lugar, meu meio. Eu sou Filha do Mar."*

Seu conceito pessoal de sanidade remontava àqueles tempos. *A habilidade de se equilibrar em mares estranhos. A habilidade de manter seu eu mais profundo apesar das ondas inesperadas.*

Mama Sibia havia dado a Odrade aquela habilidade muito antes de as Reverendas Madres aparecerem e levarem a "descendente secreta dos

Herdeiras de Duna

Atreides" que lhes pertencia. Mama Sibia, *apenas* uma mãe adotiva, ensinara Odrade a amar a si mesma.

Na sociedade Bene Gesserit, onde qualquer forma de amor era suspeita, esse permaneceu como o segredo máximo de Odrade.

No fundo, sinto-me feliz comigo mesma. Não me importo em estar sozinha. Embora nenhuma Reverenda Madre estivesse realmente sozinha após a agonia da especiaria inundá-la com Outras Memórias.

Mas Mama Sibia e, sim, também o Papai, agindo como *in loco parentis* para as Bene Gesserit, haviam impresso uma força profunda sobre sua protegida durante aqueles anos de ocultamento. Às Reverendas Madres restou apenas amplificar aquela força.

As censoras haviam tentado eliminar o "desejo profundo por afinidades pessoais" que Odrade exibia, mas falharam no final, sem ter certeza de que haviam falhado, embora sempre suspeitando. Por fim elas a enviaram para Al Dhanab, um lugar deliberadamente mantido para imitar o que havia de pior em Salusa Secundus, para ali ser condicionada em um planeta de provações constantes. Em certos aspectos, um lugar pior que Duna: altos rochedos e desfiladeiros secos, ventos quentes e ventos frígidos, muito pouca umidade e umidade em excesso. A Irmandade considerava tal lugar um campo de provas para aquelas destinadas a sobreviver em Duna. Mas nada ali tocara aquele âmago secreto de Odrade. A Filha do Mar continuava intacta.

E agora a Filha do Mar está me alertando.

Seria um aviso presciente?

Ela sempre possuíra esta *parcela do talento*, aquele pequeno reflexo que denotava um perigo imediato para a Irmandade. Os genes Atreides fazendo-a se lembrar de que estavam presentes. Seriam uma ameaça a Casa Capitular? Não... A dor que ela não conseguia tocar lhe dizia que outros estavam em perigo. Ainda assim, era importante.

Lampadas? Sua parcela do talento não era capaz de lhe dizer.

As Mestras em Reprodução tentaram apagar aquela presciência perigosa de sua linhagem Atreides, mas com sucesso limitado. "Não ousamos arriscar outro Kwisatz Haderach!" Elas sabiam dessa peculiaridade em sua Madre Superiora, mas a finada predecessora de Odrade, Taraza, havia aconselhado o "uso cauteloso de seu talento". Na visão de Taraza, a presciência de Odrade servia apenas para alertar sobre os perigos contra as Bene Gesserit.

Frank Herbert

Odrade concordava. Passava por momentos indesejados quando vislumbrava ameaças. Vislumbres. E, ultimamente, sonhava.

Era um sonho vívido, recorrente, e cada um de seus sentidos estava apurado para o imediatismo dessa coisa que ocorria em sua mente. Ela andava sobre um abismo em uma corda bamba e alguém (ela não ousava se virar para ver quem era) vinha logo atrás com um machado para cortar a corda. Conseguia até sentir as voltas ásperas da fibra sob seus pés descalços. Sentia um vento gélido soprando, um cheiro de queimado naquele vento. E ela *sabia* que a figura com o machado se aproximava!

Cada passo perigoso demandava toda a sua energia. Passo! Passo! A corda oscilava e Odrade abria os braços, retos, para cada um dos lados, lutando para manter o equilíbrio.

Se eu cair, a Irmandade cai!

As Bene Gesserit acabariam no precipício sob a corda. Como qualquer coisa viva, a Irmandade deveria findar em algum momento. Uma Reverenda Madre não ousava negar tal fato.

Mas não aqui. Não caindo com a corda partida. Não devemos permitir que a corda seja cortada! Preciso atravessar o precipício antes que a figura que empunha o machado chegue. "Preciso! Preciso!"

O sonho sempre acabava ali, com a própria voz de Odrade soando em seus ouvidos ao acordar no dormitório. Enregelada. Sem transpirar. Mesmo nos estertores do pesadelo, as restrições Bene Gesserit não permitiam excessos desnecessários.

O corpo não precisa de transpiração? O corpo não transpira.

Sentada em seu escritório, lembrando-se do sonho, Odrade sentiu a profundidade da realidade por trás daquela metáfora da corda delgada: *O fio delicado sobre o qual carrego o destino de minha Irmandade.* A Filha do Mar pressentiu a chegada do pesadelo e interveio com imagens das águas sangrentas. Esse não era um aviso trivial. Era ominoso. Ela queria se levantar e gritar: "Espalhem-se pela relva, minhas filhotinhas! Fujam! Fujam!".

E isso não chocaria as cães de guarda!

Os deveres de uma Madre Superiora exigiam que ela mantivesse a serenidade diante das próprias apreensões e agisse como se nada importasse, exceto as decisões formais a sua frente. O pânico deve ser evitado! Claro que nenhuma das decisões imediatas que deveria tomar eram realmente triviais naqueles tempos. Mas era necessário um comportamento calmo.

Algumas de suas filhotinhas já haviam fugido, partido para o desconhecido. Vidas compartilhadas nas Outras Memórias. O restante de suas filhotinhas ali em Casa Capitular saberia quando fugir. *Quando formos descobertas.* O comportamento delas seria governado pelas necessidades do momento. Tudo o que realmente importava era o magnífico treinamento que recebiam. Era a preparação mais confiável.

Cada nova célula Bene Gesserit, não importava para onde fosse, estava tão preparada quanto Casa Capitular: destruição total em vez de submissão. O fogo rumoroso se alimentaria de carne e registros preciosos. Tudo o que uma captora encontraria seriam escombros inúteis: fragmentos retorcidos salpicados de cinzas.

Algumas irmãs de Casa Capitular poderiam escapar. Mas fuga no momento do ataque – que fútil!

De qualquer forma, pessoas-chave compartilhavam Outras Memórias. Preparação. A Madre Superiora evitava isso. *Por razões de moral!*

Para onde fugir e quem poderia escapar, quem poderia ser capturada? Essas eram as verdadeiras perguntas. O que aconteceria se capturassem Sheeana lá nas margens do novo deserto, aguardando pelos vermes da areia que poderiam nunca aparecer? Sheeana e os vermes da areia: uma força religiosa poderosa que as Honoráveis Matres talvez soubessem como explorar. E se as Honoráveis Matres capturassem o ghola--Idaho ou o ghola-Teg? Talvez nunca mais houvesse um esconderijo se uma dessas possibilidades ocorresse.

E se? E se?

Frustração raivosa dizia: "Deveríamos ter matado Idaho no instante em que o capturamos! Nunca devíamos ter criado o ghola-Teg".

Apenas as integrantes de seu conselho, consultoras imediatas e algumas dentre as cães de guarda compartilhavam suas suspeitas. Tratavam o assunto com reservas. Nenhuma delas se sentia efetivamente segura quanto aos dois gholas, nem mesmo depois de minarem a não nave, tornando-a vulnerável ao fogo rumoroso.

Naquelas horas finais antes de seu sacrifício heroico, Teg teria sido capaz de *ver* o invisível (incluindo as não naves)? *Como sabia onde nos encontrar naquele deserto de Duna?*

E se Teg pudesse fazer isso, o perigosamente talentoso Duncan Idaho, com suas incontáveis gerações de genes Atreides acumulados (e desconhecidos), também poderia se deparar com tal habilidade.

Talvez eu mesma possa fazê-lo!

Com uma percepção súbita e chocante, Odrade compreendeu pela primeira vez que Tamalane e Bellonda observavam sua Madre Superiora com os mesmos temores que Odrade sentia ao observar os dois gholas.

Apenas o fato de saber que isso poderia ser feito – que um ser humano poderia se tornar sensitivo para detectar não naves e outras formas de ocultação – teria um efeito desestabilizador no universo delas. Certamente colocaria as Honoráveis Matres em rota de fuga. Havia uma prole incontável de Idaho perdida pelo universo. Ele sempre reclamava que "não era um maldito garanhão para a Irmandade", mas havia desempenhado tal papel para elas diversas vezes.

Sempre pensei que ele fizesse isso para si mesmo. E talvez fizesse de fato.

Qualquer um dos descendentes da linhagem principal dos Atreides poderia possuir esse talento que o conselho suspeitava ter florescido em Teg.

Onde foram parar os meses e os anos? E os dias? Mais uma época de colheita e a Irmandade permanecia naquele limbo terrível. Já estamos no meio da manhã, percebeu Odrade. Os sons e odores da Central se apresentaram a ela. Havia pessoas lá fora, no corredor. Galinhas e repolhos sendo preparados na cozinha comunal. Tudo normal.

O que era normal para alguém que vivia em imagens aquáticas, mesmo durante os momentos de trabalho? A Filha do Mar não poderia se esquecer de Gammu, os aromas, a substância das algas do oceano trazida pelo vento e a esplendorosa liberdade naqueles ao seu redor, tão aparente na forma como caminhavam e falavam. Conversas no mar seguiam para as profundezas de formas que ela jamais sondara. Mesmo conversas fiadas possuíam elementos subterrâneos ali, uma elocução oceânica que fluía com as correntezas mais abaixo.

Odrade se sentia compelida a lembrar do próprio corpo, flutuando naquele mar de infância. Ela precisava recapturar as forças que conhecera ali, tomando as qualidades fortificantes que aprendera em tempos mais inocentes.

Com o rosto imerso nas águas salgadas, prendendo a respiração o máximo que podia, ela flutuava em um *agora* banhado pelo mar que purificava todas as aflições. Isso era controle do estresse reduzido a sua essência. Uma grande calmaria a inundou.

Flutuo, logo existo.

A Filha do Mar alertava e a Filha do Mar restaurava. Sem nunca admitir, ela necessitava daquela restauração desesperadamente.

Odrade olhara para o próprio rosto refletido em uma janela de seu escritório na noite anterior, perplexa com a forma como a idade e as responsabilidades, combinadas com a fadiga, haviam encovado suas bochechas e forçado para baixo as extremidades de sua boca: os lábios sensuais mais afinados, as curvas gentis de sua face, alongadas. Apenas os olhos completamente azuis faiscavam com a intensidade de costume, e ela ainda era alta e musculosa.

Cedendo a um impulso, Odrade pressionou os símbolos de chamada e observou a projeção sobre a mesa: a não nave prostrada no solo do campo de pouso espacial de Casa Capitular, uma elevação composta de um maquinário misterioso, isolado do Tempo. Ao longo dos anos, em sua semidormência, ela havia sulcado uma grande área afundada na pista de pouso, tornando-se algo quase fincado ali. Era uma grande protuberância, com seus motores funcionando apenas o suficiente para manter-se oculta de buscadores prescientes, em especial dos navegadores da Guilda, os quais teriam satisfação especial em entregar as Bene Gesserit.

Por que ela havia conjurado essa imagem naquele momento?

Por causa das três pessoas confinadas ali: Scytale, o último Mestre tleilaxu sobrevivente; Murbella e Duncan Idaho, o par unido sexualmente, cativos tanto por seu aprisionamento mútuo quanto pela não nave.

Nada simples, nenhum aspecto daquilo era simples.

Raramente havia explicações simples para quaisquer das maiores empreitadas das Bene Gesserit. A não nave e seus conteúdos mortais só poderiam ser classificados como um esforço importante. Oneroso. Muito oneroso em termos de energia, mesmo em modo de espera.

O surgimento de medição parcimoniosa de tudo o que era gasto denotava uma crise energética. Uma das preocupações de Bell. Dava para ouvir em sua voz até mesmo quando estava sendo o mais objetiva possível: "Poupar até a última gota, não há mais onde cortar!". Toda Bene Gesserit sabia que os olhos zelosos da contabilidade estavam sobre cada uma delas naqueles dias, críticos em função do esgotamento da vitalidade da Irmandade.

Bellonda marchou para dentro do escritório sem ser anunciada, com um rolo de registros em cristal riduliano sob seu braço esquerdo. Ela caminhava como se odiasse o chão, batendo os pés como se dissesse a ele "Tome isso! E isso! E mais isso!". Espancava o chão como se fosse culpado de estar no caminho.

Odrade sentiu um aperto no peito ao perceber a expressão nos olhos de Bell. Os registros ridulianos produziram um estalido quando Bellonda os arremessou contra a mesa.

– Lampadas! – Bellonda falou e havia dor em sua voz.

Odrade não precisou abrir o rolo. *As águas sangrentas da Filha do Mar tornaram-se realidade.*

– Sobreviventes? – A voz da Madre Superiora soou tensa.

– Nenhum. – Bellonda se jogou na cãodeira que mantinha no lado que lhe cabia da mesa de Odrade.

Em seguida, Tamalane entrou e se sentou atrás de Bellonda. Ambas pareciam desoladas.

Nenhum sobrevivente.

Odrade permitiu que seu corpo estremecesse lentamente, começando do peito e indo até a sola dos pés. Ela não se importava se as outras notassem uma reação tão reveladora. Aquele escritório havia visto comportamentos piores de suas irmãs.

– Quem reportou? – Odrade perguntou.

– Veio de nossos espiões de dentro da CHOAM e havia uma marca especial sobre o relatório – Bellonda informou. – O rabino forneceu a informação, sem dúvida.

Odrade não sabia como responder. Ela relanceou na direção na janela arqueada atrás de suas companheiras, notando flocos de neve flutuando levemente. Sim, aquela notícia combinava com o inverno que ganhava força lá fora.

As irmãs de Casa Capitular estavam infelizes com a súbita guinada rumo ao inverno. A necessidade forçou o controle meteorológico a deixar que a temperatura despencasse. Nada de uma transição gradual para o inverno, nenhum sinal de gentileza para com as criaturas que cresciam e agora precisariam passar pela dormência gélida. Ficava três ou quatro graus mais frio a cada noite. Reúna tudo isso no período de uma semana, mais ou menos, e mergulhe a coisa toda em um frio aparentemente interminável.

Frio para combinar com a notícia sobre Lampadas.

Herdeiras de Duna

Um dos resultados da mudança no clima era o nevoeiro. Odrade conseguia ver como ele se dissipava à medida que a breve nevasca terminava. Um clima muito confuso. Elas forçavam o orvalho a se aproximar da temperatura do ar, e o nevoeiro se desdobrava sobre as áreas úmidas remanescentes. Ele se erguia do solo em névoas efêmeras, que perambulavam sobre os pomares desfolhados como gás venenoso.

Nem mesmo um sobrevivente?

Bellonda meneou a cabeça de um lado para o outro em resposta ao olhar questionador de Odrade.

Lampadas, uma joia na rede planetária da Irmandade, que abrigava a escola mais importante, outra bola de cinzas e rochas derretidas desprovida de vida. E o bashar Alef Burzmali, com sua força de defesa cuidadosamente selecionada. *Todos mortos?*

– Todos mortos – confirmou Bellonda.

Burzmali, aluno favorito do velho bashar Teg, morto, e nada foi conquistado com isso. Lampadas, com sua maravilhosa biblioteca, professoras brilhantes, alunos de primeira linha... todos mortos.

– Até mesmo Lucilla? – Odrade questionou. A Reverenda Madre Lucilla, vice-chanceler de Lampadas, havia sido instruída a fugir ao primeiro sinal de problemas levando consigo o maior número de condenados que pudesse guardar em suas Outras Memórias.

– Os espiões reportaram que todos foram mortos – insistiu Bellonda.

Era um sinal apavorante para as Bene Gesserit sobreviventes: "Vocês podem ser as próximas!".

Odrade se questionou: Como qualquer sociedade humana podia ficar anestesiada diante de tamanha brutalidade? Ela visualizou a notícia sendo recebida durante o café da manhã em alguma base das Honoráveis Matres: "Destruímos outro planeta Bene Gesserit. Dizem que foram dez bilhões de mortos. Com esse são seis planetas neste mês, não é mesmo? Pode me passar a manteiga, querida?".

Com os olhos quase vidrados diante do horror, Odrade pegou o relatório e relanceou o conteúdo. *Veio do rabino, não há dúvida.* Ela o devolveu à mesa com cuidado e olhou para suas conselheiras.

Bellonda: velha, gorda e rosada. Arquivista-Mentat, agora usava óculos para ler, indiferente ao que tal fato revelava sobre si. Bellonda exibia os dentes rombudos em uma careta ampla que expressava mais do que as palavras jamais conseguiriam. Ela notara a reação de Odrade sobre o relatório. Bell poderia argumentar mais uma vez em favor de uma retaliação à altura. Era o esperado de uma pessoa conhecia pela disposição natural à violência. Seria preciso levá-la de volta ao modo Mentat, no qual se portaria de forma mais analítica.

Seguindo sua lógica, Bell está correta, Odrade pensou. *Mas não vai gostar do que tenho em mente. Devo ser cautelosa com o que irei dizer agora. É cedo demais para revelar meu plano.*

– Existem circunstâncias em que a violência pode embotar a violência – Odrade comentou. – Precisamos considerar isso cuidadosamente.

Pronto! Isso deve evitar uma explosão da parte de Bell.

Tamalane mudou de posição discretamente na cadeira. Odrade observou a mulher mais velha. Tam, serena por trás de sua máscara de paciência crítica. Cabelos grisalhos sobre aquele rosto estreito: a aparência da sabedoria anciã.

Odrade conseguia ver através da máscara de extrema severidade de Tam, da pose que demonstrava que a outra não gostava de tudo que via e ouvia.

Em contraste à superfície suave da carne de Bell, havia uma solidez óssea em Tamalane. Ela ainda se mantinha em forma, os músculos bem tonificados, tanto quanto possível. Todavia, eram seus olhos que a traíam: *um senso de retraimento ali, afastando-se da vida.* Ora, ela ainda observava, mas algo havia iniciado a fuga derradeira. A renomada inteligência de Tamalane se transformara em uma espécie de astúcia, baseando-se, em grande parte, em observações passadas e decisões passadas em detrimento daquilo que via no presente imediato.

Precisamos iniciar a preparação de uma substituta. Será Sheeana, creio eu. Sheeana é perigosa para nós, mas demonstra grande potencial. E ela sangrou em Duna.

Odrade focou as sobrancelhas desgrenhadas de Tamalane. Elas tendiam a flutuar sobre as pálpebras em um desalinhamento oculto. *Sim. Sheeana deve substituir Tamalane.*

Ciente dos problemas complicados que precisavam resolver, Tam aceitaria a decisão. No momento do anúncio, Odrade sabia que precisaria apenas chamar a atenção de Tam para a enormidade de toda a situação.

Maldição, sentirei falta dela!

Não se pode conhecer a história a menos que se conheça como os líderes se movem com as correntes dela. Todo líder requer um forasteiro para perpetuar sua liderança. Examine minha carreira: eu era líder e forasteiro. Não presuma que eu meramente criei um Estado-Igreja. Essa foi a minha função como líder, e copiei modelos históricos. As artes barbáricas de meu tempo me revelam como forasteiro. Poesia favorita: as épicas. O ideal popular dramático: o heroísmo. Dançarinos: amplamente abandonados. Estimulantes para fazer as pessoas sentirem o que tomei delas. O que tomei? O direito de escolher um papel na história.

— Leto II (O Tirano), tradução de Vether Bebe

Eu vou morrer!, Lucilla pensou.

Por favor, queridas irmãs, não permitam que isso aconteça antes que eu consiga passar adiante a carga preciosa que carrego em minha mente!

Irmãs!

A ideia de família raramente era expressa entre as Bene Gesserit, mas estava ali. Em um senso genético, elas *eram* parentes. E em razão das Outras Memórias, elas frequentemente sabiam quais eram os laços. Não precisavam de termos específicos como "prima em segundo grau" ou "tia-avó". Viam as relações como uma tecelã vê seu tecido. Sabiam como a urdidura e a trama *criavam* o tecido. A um termo melhor que família correspondia o tecido das Bene Gesserit que formava a Irmandade, mas era o instinto ancestral de família que fornecia a trama.

Naquele instante, Lucilla considerava suas irmãs apenas como família. E a família precisava do que ela estava carregando.

Fui uma tola por buscar refúgio em Gammu!

Mas sua não nave danificada não conseguiria claudicar por muito mais. As Honoráveis Matres haviam sido diabolicamente extravagantes! O ódio que isso implicava deixava Lucilla aterrorizada.

Espalhando armadilhas mortais nas vias de fuga ao redor de Lampadas, o perímetro do espaço de dobra estava repleto de pequenos não globos, cada um contendo um campo projetor e uma armalês pronta para disparar ao ser tocada. Quando o laser atingia o gerador de Holzmann do não globo, a reação em cadeia liberava energia nuclear. Um zumbido na direção do campo de armadilhas e uma explosão devastadora se espalharia em silêncio ao redor. Dispendioso, mas eficaz! Em quantidade suficiente, tais explosões bastariam até mesmo para que uma gigante nave da Guilda se tornasse um escombro abandonado no vácuo. As análises do sistema de defesa da nave de Lucilla haviam penetrado a natureza da armadilha quando já era tarde demais, mas ela supunha que tinha tido sorte.

Lucilla não se sentia tão sortuda ao olhar pela janela do segundo andar daquela fazenda isolada em Gammu. A janela estava aberta e uma brisa da tarde carregava o inevitável odor de óleo, algo sujo na fumaça de algum incêndio ao longe. Os Harkonnen haviam deixado sua marca oleosa neste planeta de uma forma tão profunda que talvez nunca fosse removida.

O contato que tinha ali era um doutor Suk aposentado, mas ela sabia que ele era muito mais do que isso, algo tão secreto que apenas um número de irmãs Bene Gesserit compartilhava tal informação. O conhecimento consistia em uma classificação especial: *os segredos sobre os quais não falamos, nem mesmo entre nós mesmas, pois isso poderia nos ferir. Segredos que não passamos de irmã para irmã no compartilhamento de vidas, pois não há caminho aberto para tanto. Os segredos que não ousamos saber até que haja uma necessidade.* Lucilla havia se deparado com esse segredo em função de um comentário velado de Odrade.

– Sabe de uma coisa interessante a respeito de Gammu? Hummm, há toda uma sociedade ali que se reúne com o propósito de ingerir alimentos consagrados. Um costume trazido por imigrantes que nunca foram assimilados. Eles se mantêm afastados, não veem com bons olhos a miscigenação e esse tipo de coisa. Costumam aceder os detritos místicos usuais, é claro: sussurros, boatos. Estes, por sua vez, servem para isolá-los ainda mais. Precisamente o que eles querem.

Lucilla conhecia uma sociedade ancestral que se encaixava com perfeição nessa descrição. Ela era curiosa. A sociedade que ela tinha em mente supostamente havia se extinguido durante a segunda migração interespacial. Uma busca criteriosa pelos Arquivos atiçou ainda mais a sua curiosidade. O estilo de vida, as descrições nebulosas a partir de boatos sobre rituais religiosos – em especial sobre um candelabro – e a manutenção de dias sagrados com uma proibição de realizar quaisquer trabalhos em tais períodos. E eles não estavam apenas em Gammu!

Certa manhã, aproveitando-se de uma calmaria incomum, Lucilla entrou no escritório para testar sua "conjectura projetiva", algo não tão confiável como o equivalente Mentat, embora fosse mais que uma teoria.

– Suspeito que a senhora tenha uma nova tarefa para mim.

– Você tem passado tempo demais nos Arquivos.

– Parecia ser algo proveitoso a se fazer neste momento.

– Fazer conexões?

– Uma suposição. – *A sociedade secreta em Gammu: eles são judeus, não são?*

– Você pode precisar de informações especiais por causa do local para onde iremos enviá-la em breve. – Extremamente casual.

Lucilla se lançou na cãodeira de Bellonda sem que fosse convidada a fazê-lo.

Odrade apanhou uma caneta, rabiscou em uma folha descartável e a passou para Lucilla de forma que a operação ficasse escondida dos olhos--com.

Lucilla compreendeu e se reclinou sobre a mensagem, segurando-a bem perto para que sua cabeça a ocultasse.

"Sua suposição está correta. Você deve morrer antes de revelá-la. Este é o preço da cooperação deles, uma marca de grande confiança." Lucilla rasgou a mensagem em pequenos fragmentos.

Odrade usou a identificação de olhos e palma da mão para desbloquear um painel atrás de si. Removeu um pequeno cristal riduliano e o entregou a Lucilla. Ele estava quente, mas Lucilla sentiu um calafrio. O que poderia ser tão secreto? Odrade ergueu o tampo de segurança abaixo da escrivaninha e o girou até que ficasse em posição.

Lucilla colocou o cristal no receptáculo com a mão trêmula e posicionou o capuz sobre a cabeça. De imediato, palavras se formaram em sua mente, um senso oral com sotaque extremamente antigo que buscava reconhecimento: "as pessoas às quais sua atenção foi atraída chamam-se judeus. Eles tomaram uma decisão defensiva éons atrás. A solução para os pogroms recorrentes foi desaparecer da vista do público. As viagens espaciais fizeram com que isso não só fosse possível, mas atrativo. Eles se esconderam em incontáveis planetas – em uma Dispersão própria – e provavelmente possuem planetas ocupados apenas por membros de seu povo. Isso não significa que abandonaram as próprias práticas ancestrais, as quais aprimoraram em função da necessidade de sobrevivência. É certo que a antiga religião persiste, ainda que alterada em alguns aspectos. É provável que um rabino dos tempos ancestrais não se sentisse deslocado por trás de um menorá sabático de uma residência judia de sua época. Mas o segredo de tal povo é tamanho que você poderia trabalhar uma vida inteira ao lado de um judeu sem nem se dar conta. Eles chamam isso de 'Encobrimento Completo', apesar de conhecerem os riscos que traz".

Lucilla aceitou tal fato sem questionamentos. O que requer tanto segredo poderia ser percebido como algo perigoso por qualquer um que suspeitasse de sua existência. *"Mas então por que eles mantêm isso em segredo, hein? Responda!"*

O cristal continuou a despejar seus segredos na percepção de Lucilla: "diante da ameaça de serem descobertos, eles possuem uma reação padrão: 'buscamos a religião de nossas raízes. É uma renovação, trazer de volta o que há de melhor em nosso passado'".

Lucilla conhecia aquele padrão. Sempre havia os "doidos revivalistas". Era uma garantia de que dispersaria quase toda a curiosidade. *"Eles? Ah, são outro bando de revivalistas."*

"O sistema de ocultação" continuou o cristal "não funcionou conosco. Temos nossa própria herança judia bem documentada e uma reserva de Outras Memórias para arrazoar a necessidade do segredo. Não perturbamos a situação até que eu, Madre Superiora durante e após a batalha de Corrin (*Muito antiga, de fato!*), percebi que nossa Irmandade precisava de uma sociedade secreta, um grupo responsivo aos nossos pedidos de assistência."

Lucilla sentiu uma onda de ceticismo. *Pedidos?*

A Madre Superiora de muito tempo atrás antecipara o ceticismo. "Em determinadas ocasiões, temos demandas que eles não podem evitar. Mas eles também têm demandas para nós."

Lucilla se sentiu imersa na mística daquela sociedade subterrânea. Era mais que ultrassecreta. Os questionamentos canhestros que tivera nos Arquivos haviam gerado muitas rejeições. "Judaísmo? O que é isso?

Ah sim... uma seita antiga. Procure você mesma. Não temos tempo para pesquisas religiosas fúteis."

O cristal ainda tinha mais para informar: "Judeus se entretêm, embora por vezes fiquem assombrados, com o que acreditam que copiamos deles. Nossos registros de reprodução dominados por uma linhagem feminina que controla os padrões de cópula são considerados judaicos. Você só é judeu se sua mãe for judia".

O cristal finalmente concluiu: "a Diáspora será lembrada. Manter esse segredo envolve a nossa honra mais profunda".

Lucilla retirou o capuz da cabeça.

– Você é uma ótima escolha para uma atribuição delicadíssima em Lampadas – disse Odrade, recolocando o cristal em seu esconderijo.

Isso é passado e provavelmente está enterrado. Olhe só para onde a "atribuição delicadíssima" de Odrade me trouxe!

De sua posição vantajosa na fazenda de Gammu, Lucilla notou que um grande transportador de produtos entrara no complexo. Ela ouviu os barulhos da movimentação logo abaixo de si. Trabalhadores vieram de todos os lados para interceptar o grande transportador com engradados de vegetais. Ela sentiu os odores das seivas pungentes da polpa dos talos cortados.

Lucilla não saiu de perto da janela. Seu anfitrião havia lhe fornecido trajes locais – um vestido longo pardo acinzentado, de uso comum, com um lenço azul brilhante para confinar seu cabelo castanho-claro. Era importante não tomar quaisquer ações que atraíssem atenções indesejadas para si. Ela havia visto outras mulheres fazerem pausas para observar o trabalho da fazenda. Sua presença ali poderia ser justificada como curiosidade.

Era um transportador imenso, os suspensores sobrecarregados pela carga de produtos empilhados em seus espaços articulados. O operador estava de pé em uma cabine transparente na dianteira, com as mãos na alavanca de direção, olhos firmes à frente. As pernas do operador estavam bem abertas e ele se reclinava em uma teia de suportes inclinados, tocando a barra de energia com a porção esquerda de seu quadril. Era um homem enorme, de rosto escuro e com rugas profundas, cabelos em tons grisalhos. Seu corpo era uma extensão do maquinário, guiando o movimento ponderoso. Seus olhos relancearam na direção de Lucilla ao passar, voltando-se em seguida para o caminho que levava à ampla área de carga definida pelas construções logo abaixo.

Integrado ao seu maquinário, ela pensou. Isso dizia algo sobre como humanos se adequavam às coisas que faziam. Lucilla sentiu uma força enfraquecedora em tal pensamento. Se você se ajusta muito firmemente a algo, outras habilidades atrofiavam. *Tornamo-nos o que fazemos.*

De repente, ela se imaginou como outra operadora em uma grande máquina, nada diferente daquele homem no transportador.

O enorme maquinário passou por Lucilla no pátio e o operador não dispensou outro olhar na direção dela. Ele já a havia visto uma vez. Para que olhar de novo?

Seus anfitriões haviam feito uma sábia escolha com este esconderijo, ela pensou. Uma área esparsamente populada com trabalhadores confiáveis nas imediações e pouca curiosidade entre os transeuntes. Trabalho pesado embotava a curiosidade. Ela havia notado o caráter da área quando fora levada até o local. Anoitecia na ocasião, e as pessoas já se deslocavam para as próprias casas. Era possível medir a densidade urbana de uma área quando o trabalho acabava. Se as pessoas iam cedo para a cama, a região era definida por núcleos espaçados. Atividade noturna revelava que as pessoas continuavam agitadas, irrequietas pela percepção interna de outras pessoas ativas e vibrantes nas proximidades.

O que me trouxe a este estado de introspecção?

Tempos atrás, no primeiro retiro da Irmandade, antes das piores investidas das Honoráveis Matres, Lucilla tivera dificuldade em lidar com a crença de que "alguém lá fora está nos caçando com o intento de nos matar".

Pogrom! Foi assim que o rabino chamara aquilo antes de partir naquela manhã para "ver o que posso fazer por você".

Ela sabia que o rabino escolhera as palavras a partir de uma longa e amarga memória, mas desde a sua primeira experiência em Gammu, anterior a este *pogrom*, Lucilla não se sentia tão confinada a circunstâncias que não era capaz de controlar.

Eu também era uma fugitiva naquela ocasião.

A atual situação da Irmandade trazia similaridades àquela que haviam sofrido sob o jugo do Tirano, à exceção de que o *Imperador Deus* obviamente (em retrospecto) nunca tivera a intenção de exterminar as Bene Gesserit, apenas de governá-las. E ele certamente governara!

Herdeiras de Duna

Onde está aquele maldito rabino?

Ele era um homem robusto e intenso, com óculos antiquados. Um rosto largo, bronzeado em razão de muita exposição ao sol. Poucas rugas, apesar da idade que ela conseguia distinguir pela voz e pelos movimentos dele. Os óculos atraíam a atenção para os profundos olhos castanhos que a observavam com uma intensidade peculiar.

– Honoráveis Matres – ele resmungara (bem ali, naquele cômodo de paredes vazias no andar superior) quando ela explicara seu infortúnio. – Puxa vida! Isso é complicado.

Lucilla esperara tal resposta e, além do mais, fora capaz de perceber que ele sabia disso.

– Há um navegador da Guilda em Gammu auxiliando a busca por você – informara ele. – É um dos Edrics, muito poderoso, pelo que me disseram.

– Tenho sangue de Siona. Ele não pode me *ver*.

– Nem a mim ou a qualquer um de meu povo, e pela mesma razão. Nós, judeus, nos ajustamos a muitas necessidades, como você deve saber.

– O uso desse Edric é só para causar impressão – ela insistira. – Há muito pouco que ele pode fazer.

– Mas elas o trouxeram. Temo que não haja uma maneira de tirarmos você deste planeta de forma segura.

– Então, o que podemos fazer?

– Veremos. Meu povo não é completamente indefeso, você compreende?

Ela reconhecera a sinceridade e a preocupação dele. O rabino falara com suavidade sobre resistir às imposições sexuais das Honoráveis Matres, "fazendo isso de forma discreta, para não as provocar".

– Vamos conversar reservadamente com algumas pessoas – afirmara o rabino.

Lucilla se sentiu curiosamente revigorada por isso. No geral, havia algo distante, frio e cruel em cair nas mãos de profissionais da área médica. Ela se tranquilizou ao recordar que os Suks eram condicionados a zelar pelas necessidades de seus pacientes, a ser compassivos e atenciosos. *(Mas todas esses cuidados podem desaparecer em situações de emergência.)*

Concentrou-se em recuperar a calma, focando o mantra pessoal que aprendera durante a *educação sobre morte solitária.*

Se estiver prestes a morrer, devo passar adiante uma lição transcendental. Devo partir com serenidade.

Isso ajudou, mas ela ainda sentia um estremecimento. O rabino havia partido fazia muito tempo. Algo estava errado.

Fiz certo em confiar nele?

Apesar de um sentimento crescente de fatalidade, Lucilla se forçou a praticar a simplicidade Bene Gesserit ao rememorar seu encontro com o rabino. Suas censoras haviam chamado esse procedimento de "a inocência que se revela naturalmente com a inexperiência, uma condição comumente confundida com ignorância". Todas as coisas confluíam para essa simplicidade. Aproximava-se do desempenho Mentat. Informação processada sem prejulgamentos. "Você é um espelho sobre o qual o universo é refletido. Esse reflexo é tudo o que você experiencia. Imagens quicam a partir de seus sentidos. Hipóteses despontam. Importantes, mesmo quando erradas. Eis o caso excepcional no qual mais de um erro é capaz de produzir decisões confiáveis."

– Somos seus servos por nossa livre escolha – o rabino dissera.

Isso com certeza deixaria uma Reverenda Madre alerta.

Subitamente, as explicações do cristal de Odrade pareceram inadequadas. *É quase sempre lucro garantido.* Ela aceitou esse fato como cínico, mas a partir de uma vasta experiência. Tentativas de removê-lo do comportamento humano sempre se provavam fúteis na prática. Socialização e sistemas comunitários só mudavam os dispositivos de contagem que mediam lucros. Burocracias administrativas enormes; o contador representava poder.

Lucilla advertiu-se de que as manifestações eram sempre as mesmas. Olhe a extensa fazenda do rabino! Local de aposentadoria para um Suk? Ela havia visto algo que jazia por trás do estabelecimento: servos, aposentos luxuosos. E deveria haver mais. Não importa o sistema, era sempre a mesma coisa: a melhor alimentação, belas amantes, viagens irrestritas, acomodações de férias fabulosas.

Fica cansativo quando já se viu tanto como nós vimos.

Ela percebeu que sua mente estava agitada, mas sentiu-se incapaz de evitar. *Sobrevivência. O nível mais básico do sistema de demandas é sempre a sobrevivência. E eu ameaço a sobrevivência do rabino e de seu povo.*

Ele a adulara. *Tome sempre cuidado com aqueles que nos adulam, engrandecendo todo o poder que supostamente temos. São muito lisonjeiros ao colocar uma multidão de servos a nossa disposição, e ansiosos para executar nossas vontades! Uma coisa completamente debilitante.*

O erro das Honoráveis Matres.

O que está atrasando o rabino?

Estaria ele verificando quanto receberia se entregasse a Reverenda Madre Lucilla?

Uma porta bateu logo abaixo de onde ela estava, fazendo o piso sob seus pés tremer. Ela ouviu passos galgando depressa os degraus de uma escadaria. Como esse povo era primitivo. Escadas! Lucilla se virou quando a porta abriu. O rabino entrou, trazendo consigo um rico odor de mélange. Ele ficou em pé próximo à porta, avaliando o humor de sua hóspede.

– Perdoe a minha demora, cara senhora. Fui convocado a um interrogatório por Edric, o navegador da Guilda.

Isso explicava o cheiro de especiaria. Navegadores viviam banhados pelo gás alaranjado de mélange, suas feições normalmente veladas pelos vapores. Lucilla era capaz de visualizar a boca em formato diminuto de "v" e o horrendo nariz achatado. Tanto a boca como o nariz pareciam pequenos no rosto gigante de um navegador, com as têmporas pulsantes. Ela sabia quão ameaçado o rabino deveria ter se sentido diante das ululações monótonas da voz do navegador, com sua mecatradução simultânea para um galach impessoal.

– O que ele queria?

– Você.

– Ele sabe...

– Ele não tem certeza, mas estou certo de que suspeita de nós. De qualquer modo, ele suspeita de todo mundo.

– Eles seguiram você?

– Não necessariamente. Podem me achar quando quiserem.

– O que faremos? – Ela sabia que falava rápido demais, mais alto do que o recomendado.

– Cara senhora... – Ele deu três passos na direção de Lucilla, que notou a transpiração na testa e no nariz do rabino. Medo. Ela conseguia sentir o odor.

– Então, qual o problema?

Frank Herbert

– O panorama econômico por trás das atividades das Honoráveis Matres... Nós o achamos bem interessante.

As palavras cristalizaram os medos de Lucilla. *Eu sabia! Ele está me entregando!*

– Como vocês, Reverendas Madres, bem sabem, sempre existem lacunas nos sistemas econômicos.

– Sim? – Profundamente cautelosa.

– A supressão incompleta das negociações de quaisquer *commodities* sempre aumenta os lucros de mercadores, em especial os lucros dos distribuidores seniores. – A voz do rabino estava alarmantemente hesitante. – Essa é a falácia de pensar que se pode controlar narcóticos indesejados retendo-os em suas fronteiras.

O que ele estava tentando dizer? Suas palavras descreviam fatos elementares conhecidos até mesmo pelas acólitas. Aumento de lucros sempre era usado para garantir passagem segura pelos oficiais de alfândegas, geralmente subornando os próprios guardas.

Teria ele subornado servos das Honoráveis Matres? Decerto ele não acredita que pode fazer isso com segurança.

Lucilla aguardou enquanto o rabino desenvolvia seus pensamentos, obviamente elaborando uma apresentação com a qual, a seu ver, ganharia a aprovação da Reverenda Madre.

Por que ele direcionava a atenção dela para oficiais de alfândega? Estava claro que era isso que ele queria. Oficiais estavam sempre prontos para racionalizar a traição que cometiam contra seus superiores, é evidente. "Se eu não fizer, alguém fará."

Ela ousava ter esperanças.

O rabino pigarreou. Estava claro que encontrara as palavras que almejava e que as havia colocado em ordem.

– Não creio que haja alguma maneira de tirarmos você de Gammu com vida.

Ela não antecipara uma condenação tão direta.

– Mas as...

– As informações que você carrega são uma questão completamente diferente – ele completou.

Então era isso que estava por trás do foco nas fronteiras e nos oficiais!

– Você não compreende, rabino. Minhas informações não são compostas apenas de algumas palavras e avisos. – Ela levou o indicador à própria testa. – Aqui carrego muitas vidas preciosas, todas experiências insubstituíveis, conhecimento tão vital que...

– Ahhh, mas eu compreendo, cara senhora. Nosso problema consiste no fato de que *a senhora* não compreende.

Sempre essas referências ao entendimento!

– É em sua honra que confio neste exato momento – ele arrematou.

Ahhh, as lendárias honestidade e confiabilidade das Bene Gesserit quando empenham sua palavra!

– Você sabe que morrerei antes de traí-lo – ela falou.

Ele estendeu as mãos em um gesto de impotência.

– Tenho toda a confiança nisso, cara senhora. A questão não é sobre traição, mas algo que nunca revelamos à sua Irmandade.

– O que você está tentando me dizer? – De forma peremptória, quase usando a Voz (a qual ela havia sido instruída a não usar com esses judeus).

– Devo exigir uma promessa de sua parte. A senhora deve prometer que não usará o que estou prestes a revelar contra nós. Deve prometer aceitar minha solução para o nosso dilema.

– Um cheque em branco?

– Apenas porque lhe peço e lhe asseguro que honramos o nosso compromisso com a sua Irmandade.

Ela o encarou, tentando ver além daquela barreira que ele havia erigido entre os dois. As reações superficiais dele podiam ser lidas, mas não aquela coisa misteriosa imersa em seu comportamento inesperado.

O rabino aguardava que aquela mulher temível chegasse a uma decisão. Reverendas Madres o deixavam apreensivo. Ele sabia qual era a decisão que Lucilla deveria tomar e sentia pena dela. Percebeu que ela era capaz de captar a piedade em sua expressão. Elas sabiam tanto, e ao mesmo tempo tão pouco. Os poderes delas eram manifestos. E o conhecimento que tinham de Israel Secreto era tão perigoso!

Ainda assim, temos esse débito para com elas. Ela não faz parte dos Escolhidos, mas uma dívida é uma dívida. Honra é honra. Verdade é verdade.

As Bene Gesserit haviam preservado Israel Secreto em diversos momentos de necessidade. E um pogrom era algo que seu povo conhecia sem precisar de longas explicações. Pogrom estava incrustado na psique de Israel Secreto. E graças ao *Inefável*, o povo escolhido nunca poderia esquecer. Não mais do que poderiam perdoar.

A memória preservada em rituais diários (com uma ênfase periódica nos compartilhamentos comunais) lançava um halo luminoso sobre aquilo que o rabino sabia que deveria fazer. E essa pobre mulher! Ela, também, estava presa pelas memórias e circunstâncias.

Para o caldeirão! Nós dois!

– Dou-lhe a minha palavra – disse Lucilla.

O rabino se voltou para a única porta do aposento e a abriu. Ali estava uma mulher mais velha trajando um longo vestido marrom. O rabino gesticulou e a mulher entrou. Seu cabelo era da cor de madeira envelhecida, preso em um coque na parte de trás da cabeça. A face corada e enrugada, tão escura como uma amêndoa seca. Mas os olhos! Totalmente azuis! E aquela dureza aguçada neles...

– Esta é Rebeca, uma de nosso povo – o rabino apresentou. – Tenho certeza de que a senhora notou que ela passou por algo perigoso.

– A agonia – Lucilla sussurrou.

– Ela passou por isso há muito e nos serve bem. Agora, servirá a vocês.

Lucilla precisava ter certeza.

– Você é capaz de Compartilhar?

– Nunca fiz isso, milady, mas conheço o procedimento. – Conforme Rebeca respondia, aproximava-se de Lucilla e parou quando elas estavam quase tocando uma à outra.

Elas se inclinaram para a frente até que as testas se tocaram. As mãos se estenderam e agarraram os ombros adiante.

Quando suas mentes se entrelaçaram, Lucilla projetou um pensamento: "Isto deve chegar às minhas irmãs!".

"Eu prometo, cara senhora."

Não podia haver ardis nessa mistura total de mentes, nesse derradeiro candor alimentado pela morte iminente e certa ou pela essência venenosa de mélange que os fremen ancestrais chamavam acertadamente de "pequena morte". Lucilla aceitou a promessa de Rebeca. Essa Reverenda Madre selvagem dos judeus havia dado a vida como garantia. Algo mais! Lucilla ofegou ao perceber. O rabino tinha a intenção de entregá-la às Honoráveis Matres. O condutor do transportador de produtos fora o agente enviado ali para confirmar que de fato havia uma mulher na casa da fazenda que correspondia à descrição de Lucilla.

O candor de Rebeca não dava outra escolha a Lucilla: "é a única forma que temos de nos salvar e manter nossa credibilidade".

Então foi por isso que o rabino a fez pensar em oficiais da alfândega e intermediários poderosos! *Esperto, esperto. E eu aceitei, como ele sabia que eu faria.*

Não se pode manipular uma marionete com uma só corda.

- O açoite zen-sunita

A Reverenda Madre Sheeana estava diante de seu pedestal de esculpir, uma plaina cinzenta em formato de garra cobrindo cada uma de suas mãos como luvas exóticas. O sensiplás negro no pedestal tomava forma sob suas mãos por quase uma hora. Ela sentia estar próxima da criação que buscava ser realizada, emergindo de um lugar selvagem dentro de si. A intensidade da força criativa fazia sua pele se arrepiar e ela se perguntava se as pessoas que passavam pelo corredor a sua direita seriam capazes de perceber. A janela norte de seu escritório deixava entrar uma luz acinzentada atrás dela, e a janela oeste brilhava, alaranjada, com o pôr do sol do deserto.

Prester, a assistente sênior de Sheeana ali na Estação Observatório do Deserto, havia parado no limiar da porta alguns minutos atrás, mas toda a equipe da estação sabia que não se interrompia Sheeana quando ela estava trabalhando.

Dando um passo para trás, Sheeana tirou uma mecha de cabelo castanho queimado pelo sol da testa com o dorso da mão. O plás negro continuou diante dela como se a desafiasse, com suas curvas e planos *quase* tomando a forma que ela sentia dentro de si.

Venho até aqui criar quando meus medos estão grandes demais, pensou ela.

Esse pensamento suprimiu seu ímpeto criativo e ela redobrou os esforços para completar a escultura. Suas mãos nas luvas em formato de garra mergulhavam e sobrevoavam o plás e a forma negra seguia cada intrusão como uma onda impulsionada por um vento insano.

A luz vinda da janela norte se dissipava, e a iluminação automática compensou com um brilho amarelo-acinzentado nas extremidades do teto, mas não era a mesma coisa. Não era a mesma coisa!

Sheeana deu um passo para trás, afastando-se de sua obra. Estava parecido... mas não o bastante. Ela quase podia tocar a forma dentro de si, notando que fazia um esforço para nascer. Mas o plás não estava certo.

Herdeiras de Duna

Um golpe furioso com a mão direita reduziu a peça a uma massa negra e disforme sobre o pedestal.

Maldição!

Ela retirou as luvas e as deixou na prateleira ao lado do pedestal de esculpir. O horizonte que se desdobrava além da janela ocidental ainda era uma faixa alaranjada. Esvaindo-se rapidamente, da mesma forma como ela sentiu seu ímpeto criativo se esvaindo.

Dirigindo-se para a janela que exibia o pôr do sol, ela chegou a tempo de ver o retorno da última equipe de buscas do dia. As luzes dos trens de pouso eram como vaga-lumes adejando ao sul, onde uma pista temporária havia sido criada no caminho das dunas que cresciam. Ela foi capaz de deduzir, a partir da descida lenta dos tópteros, que não haviam encontrado quaisquer afloramentos de especiaria ou outros sinais de que vermes da areia estariam finalmente se desenvolvendo a partir das trutas da areia transplantadas ali.

Sou a pastora de vermes que podem nunca chegar.

A janela devolveu a Sheeana um reflexo escuro de suas feições. Ela podia notar onde a agonia da especiaria deixara suas marcas. A criança negra, franzina e desgarrada de Duna havia se tornado uma mulher alta e um pouco austera. Mas seus cabelos castanhos ainda insistiam em escapar da touca apertada na altura de sua nuca. E ela podia ver a ferocidade nos próprios olhos completamente azuis. Outras pessoas também percebiam. E esse era o problema, a fonte de alguns de seus medos.

Parecia não haver forma de deter os preparativos da Missionaria para a nossa *Sheeana.*

Se os vermes da areia gigantes se desenvolvessem... Shai-hulud retornaria! E a Missionaria Protectora das Bene Gesserit estava pronta para ser lançada contra a humanidade incauta, pronta para a adoração religiosa. O mito se tornava real... exatamente da forma como ela tentava fazer que a escultura se tornasse uma realidade.

Santa Sheeana! O Imperador Deus é seu servo! Vejam como os sagrados vermes da areia a obedecem! Leto retornou!

Isso influenciaria as Honoráveis Matres? Provavelmente. Elas ao menos fingiam venerar o Imperador Deus sob o nome de Guldur.

Era pouco provável que seguissem a liderança de "Santa Sheeana", exceto nas questões de exploração sexual. Sheeana estava ciente de que

Frank Herbert

seu próprio comportamento sexual, ultrajante até mesmo para os padrões Bene Gesserit, era uma forma de protesto contra esse papel que a Missionaria tentava impor sobre ela. A desculpa de que ela apenas refinava os homens treinados na sujeição sexual por Duncan Idaho era exatamente isso... uma desculpa.

Bellonda tem suas suspeitas.

Bell Mentat era um perigo constante para as irmãs que saíam da linha. E essa era uma das maiores razões para Bell ocupar uma posição poderosa no alto conselho da Irmandade.

Sheeana se afastou da janela e se jogou na coberta laranja-amarronzada de seu leito. Diretamente a sua frente, uma grande pintura em preto e branco de um verme gigante com uma diminuta figura humana sobre o dorso.

Eles foram dessa forma e talvez nunca voltassem a ser. O que eu estava tentando dizer com esse desenho? Se soubesse, talvez fosse capaz de terminar a escultura de plás.

Tinha sido perigoso travar uma conversa secreta com Duncan usando apenas as mãos. Mas havia coisas que a Irmandade não podia saber... Ainda não.

Pode haver uma forma de fugir, para nós dois.

Mas para onde iriam? Era um universo assolado por Honoráveis Matres e outras forças. Era um universo de planetas espalhados, habitados por humanos que, em grande parte, queriam apenas viver a própria vida em paz: aceitando o direcionamento das Bene Gesserit em alguns lugares, contorcendo-se sob a opressão das Honoráveis Matres em diversas regiões, mas a maioria torcendo para governar a si mesmos da melhor forma que pudessem, o sonho perene da democracia, e ainda havia sempre os desconhecidos. E sempre a lição das Honoráveis Matres! As pistas fornecidas por Murbella diziam que Oradoras Peixe e Reverendas Madres *in extremis* haviam formado as Honoráveis Matres. A democracia das Oradoras Peixe tornara-se a autocracia das Honoráveis Matres! Os vestígios eram numerosos demais para serem ignorados. Mas por que elas enfatizavam compulsões inconscientes com suas sondas T, indução celular e proezas sexuais?

Que mercado aceitaria nossos talentos fugitivos?

Este universo não tinha mais uma única bolsa de valores sequer. Era possível delinear uma espécie de teia de atividades subterrâneas. Extremamente frouxa, baseada em antigas concessões e acordos temporários.

Odrade dissera certa vez: "faz lembrar um traje velho, com barras puídas e remendos".

A rede de negócios firmemente controlada pela CHOAM no Antigo Império já não existia mais. O que havia agora eram pequenas peças e fragmentos temerosos que permaneciam unidos pelos elos mais fracos. As pessoas tratavam essa coisa remendada com desdém, ansiando sempre pelos bons e velhos tempos.

Que tipo de universo nos aceitaria como meros fugitivos e não como Santa Sheeana e seu consorte?

Não que Duncan fosse um consorte. Este havia sido o plano original das Bene Gesserit: "sujeitar Sheeana a Duncan. Nós o controlamos e ele pode controlá-la".

Murbella acabara com esse plano inesperadamente. *E foi algo bom para nós dois. Quem precisa de uma obsessão sexual?* Mas Sheeana era forçada a admitir que tinha sentimentos estranhamente confusos em relação a Duncan Idaho. As conversas com as mãos, seus toques. E o que diriam a Odrade quando ela viesse questioná-los? Não "se", mas "quando".

"Falamos sobre como Duncan e Murbella podem fugir da senhora, Madre Superiora. Conversamos sobre outras formas de restaurar as memórias de Teg. Falamos sobre a nossa própria rebelião secreta contra as Bene Gesserit. Sim, Darwi Odrade! Sua antiga estudante se transformou em uma rebelde contra você."

Sheeana admitiu que também tinha sentimentos conflitantes sobre Murbella.

Ela domesticou Duncan de uma forma que eu talvez não conseguisse.

A Honorável Matre capturada era um objeto de estudo fascinante... E por vezes divertido. Ela havia criado a rima satírica de mau gosto que fora afixada na parede do refeitório das acólitas dentro da nave.

Ei, Deus! Espero que por aí esteja.
Quero que possa ouvir minha prece.
Esta imagem esculpida a esmo;
É realmente você ou só eu mesma?
Bem, de qualquer forma, aí vai:
Não permita que eu seja aquela que cai.
Ajude-me a deixar meus piores erros no passado,

E fazendo isso, tanto a mim quanto a você terá ajudado,
Por um exemplo de perfeição,
Para as censoras de minha seção;
Ou apenas para que seja celestial,
Como o pão, para que seja frugal;
Por quaisquer razões que possa haver,
Por favor, aja pelo bem que a nós dois possa fazer.

O confronto subsequente com Odrade, registrado pelos olhos-com, fora algo lindo de se ver. A voz estranhamente estridente de Odrade:

– Murbella? Você?

– Temo que sim. – Sem demonstrar quaisquer sinais de contrição.

– Teme? – Ainda estridente.

– Por que não? – De forma desafiadora.

– Você caçoa da Missionaria! Não proteste. Essa foi sua intenção.

– Elas são tão pretensiosas!

Sheeana só conseguia demonstrar simpatia ao refletir sobre aquele confronto. O estado rebelde de Murbella era um sintoma. O que está fermentando até que você seja forçada a notar?

Lutei dessa mesma forma contra a interminável disciplina "que a tornará forte, criança".

Como era Murbella quando criança? Quais pressões a moldaram? A vida era sempre uma reação a pressões. Algumas pessoas cediam diante de distrações fáceis e eram moldadas por elas: poros inchados e avermelhados em função dos excessos. Baco as olhava com malícia. A luxúria cravando sua forma nas feições dessas pessoas. Uma Reverenda Madre sabia disso em virtude de suas observações milenares. *Somos moldadas por pressões, resistamos a elas ou não.* Pressões e moldes: isso é a vida. *E eu crio novas pressões com minha oposição secreta.*

Dado o atual estado de alerta da Irmandade para todas as ameaças, a conversa com as mãos que Sheeana travara com Duncan havia sido provavelmente inútil.

Sheeana inclinou a cabeça e olhou para a massa negra disforme no pedestal de esculpir.

Mas vou persistir. Criarei minha própria declaração de minha vida. Criarei minha própria vida! Malditas sejam as Bene Gesserit!

E perderei o respeito de minhas irmãs.

Havia algo antiquado na forma como a conformidade respeitosa era imposta às irmãs. Elas haviam preservado isso desde o passado mais remoto, retomando-a regularmente para polir e fazer os reparos necessários que o tempo requeria de todas as criações humanas. E ali estava hoje, mantido em reverência não pronunciada.

Dessa forma és uma Reverenda Madre, e, independentemente de outros julgamentos, isso será verdade.

Sheeana soube, então, que seria forçada a testar aquela coisa antiga até o limite, provavelmente ao ponto de ruptura. E aquela forma negra de plás, buscando um modo de sair daquele lugar selvagem que havia dentro dela, seria apenas um elemento daquilo que ela tinha de fazer. Chame de rebelião ou de qualquer outro nome, a força que ela sentia no peito não podia ser negada.

Restrinja-se a observar e você nunca encontrará o sentido de sua própria vida. O objeto pode ser exprimido desta forma: viva a melhor vida que puder. A vida é um jogo cujas regras se aprendem se você entrar de cabeça e der tudo de si. Do contrário, você perde o equilíbrio e é continuamente surpreendido pelas mudanças no tabuleiro. Os não jogadores costumam choramingar e reclamar que nunca têm sorte. Negam-se a ver que podem criar uma parte de sua própria sorte.

– Darwi Odrade

– Você estudou o registro mais recente do olho-com de Idaho? – Bellonda perguntou.

– Mais tarde! Mais tarde! – Odrade sabia que estava irritada e que isso transparecera na resposta que dera ao questionamento pertinente de Bell.

Pressões confinavam a Madre Superiora cada vez mais naqueles dias. Ela sempre tentava encarar seus deveres com uma atitude de amplo interesse. Quanto mais coisas a interessavam, mais amplo seu radar, e isso certamente traria mais dados aproveitáveis. Usar os sentidos os aprimorava. Substância, era por isso que seus interesses de busca ansiavam. Substância. Era como caçar por alimento para mitigar uma fome profunda.

Mas seus dias estavam se tornando réplicas daquela manhã. Seu gosto por inspeções pessoais era bem conhecido, mas as paredes daquele escritório a aprisionavam. *Ela deve estar onde possa ser alcançada.* Não apenas alcançada, mas apta a despachar comunicados e pessoas instantaneamente.

Maldição! Vou encontrar tempo. Preciso!

Era a pressão do tempo e de todo o resto.

Sheeana dissera: "arrastamo-nos por dias tempestuosos".

Muito poético! Não oferece qualquer ajuda em vista de demandas pragmáticas. Elas precisavam Dispersar tantas células Bene Gesserit

Herdeiras de Duna

quantas fossem possíveis antes que o golpe do machado fosse desferido. Nada além disso tinha prioridade. A trama Bene Gesserit já havia se rompido, enviada a destinos que ninguém em Casa Capitular podia saber. Por vezes, Odrade via esse fluxo como trapos e farrapos. Elas seguiam adejando em suas não naves, com um estoque de trutas da areia nos porões de carga, e tradições, ensinamentos e memórias Bene Gesserit servindo-lhes de guia. Mas a Irmandade havia feito isso durante a primeira Dispersão e ninguém retornara ou enviara mensagens. Nenhuma. Nem mesmo uma. Apenas as Honoráveis Matres haviam retornado. Se elas já tivessem sido Bene Gesserit em algum ponto do passado, agora eram uma terrível distorção, cegamente suicidas.

Será que algum dia conseguiremos nos recompor?

Odrade baixou os olhos para o trabalho que estava sobre sua mesa: mais formulários de seleção. Quem deve ir e quem deve ficar? Havia pouco tempo para uma pausa e respirar fundo. As Outras Memórias de sua falecida predecessora, Taraza, assumiram um caráter de "eu te disse!". "Viu o que eu tive de suportar?"

E eu certa vez me perguntei se havia um cômodo aqui no topo.

Até poderia haver um cômodo no topo (como ela gostava de dizer às acólitas), mas raramente havia tempo para ele.

Quando pensava na grande parcela da população não Bene Gesserit "lá fora", em certas ocasiões Odrade sentia inveja. A eles era permitido ter ilusões. Que reconfortante. Podia-se fingir que a vida duraria para sempre, que o amanhã seria melhor, que os zelosos deuses nos céus os observavam.

Ela recuou desse lapso enojada de si mesma. O olho desanuviado enxergava melhor, não importava o que visse.

– Estudei os últimos registros de Idaho – disse ela, olhando por sobre a mesa na direção da paciente Bellonda.

– Ele possui instintos interessantes – Bellonda comentou.

Odrade considerou o assunto. Os olhos-com espalhados pela não nave pouco deixavam passar. A teoria do conselho sobre o ghola-Idaho tornava-se cada dia menos uma teoria e mais uma convicção. Quantas memórias das vidas em série de Idaho este ghola continha?

– Tam está levantando questões sobre os filhos dele – Bellonda prosseguiu. – Será que eles têm talentos perigosos?

Frank Herbert

Isso era de se esperar. As três filhas que Murbella havia tido com Idaho na não nave foram tiradas dela logo no nascimento. Todas estavam sendo observadas com cuidado enquanto cresciam. Teriam elas aquela fantástica velocidade reativa que as Honoráveis Matres exibiam? Era cedo demais para saber. Era algo que se desenvolvia na puberdade, de acordo com Murbella.

A Honorável Matre cativa aceitara a remoção de suas filhas com uma resignação furiosa. Idaho, entretanto, demonstrou pouca reação. Estranho. Será que algo havia lhe dado uma visão mais ampla da procriação? Quase uma visão Bene Gesserit?

– Mais um programa de reprodução Bene Gesserit – ele desdenhara.

Odrade permitiu que seus pensamentos fluíssem. Era mesmo uma atitude Bene Gesserit o que elas viam em Idaho? A Irmandade dizia que vínculos emocionais eram detritos ancestrais: importantes para a sobrevivência humana naqueles tempos, mas desnecessários no plano Bene Gesserit.

Instintos.

Coisas que apareciam com óvulo e esperma. Geralmente vitais e ruidosos: "é a espécie falando com você, idiota!".

*Amores... progênie... apetites...*Todos aqueles motivos inconscientes para compelir a um comportamento específico. Era perigoso intervir nesses assuntos. As Mestras em Reprodução sabiam disso, mesmo enquanto interferiam na questão. O conselho deliberava sobre isso periodicamente e ordenava um exame cauteloso das consequências.

– Você estudou os registros. Isso é tudo o que tem a dizer? – Era um tom muito queixoso para Bellonda.

O registro do olho-com que tanto interessava a Bell era de Idaho questionando Murbella sobre as técnicas de vício sexual das Honoráveis Matres. *Por quê?* As habilidades paralelas dele vinham do condicionamento tleilaxu impresso em suas células no tanque axolotle. As aptidões de Idaho se originaram como um padrão inconsciente, semelhante aos instintos, mas o resultado obtido era indistinguível do efeito das Honoráveis Matres: êxtase amplificado até o ponto de afastar toda a razão e sujeitar as vítimas à fonte de tais recompensas.

Murbella não foi muito adiante em uma exploração verbal das próprias habilidades. Óbvia fúria residual por Idaho tê-la viciado com as mesmas técnicas que ela havia aprendido a usar.

– Murbella cria bloqueios quando Idaho questiona os motivos – Bellonda prosseguiu.

Sim, isso eu notei.

– Eu poderia matar você, e sabe disso! – Murbella dissera.

O registro do olho-com mostrava os dois na cama de Murbella no aposento da não nave, logo depois de saciarem o vício mútuo. Suor reluzia sobre a pele nua. Murbella jazia com uma toalha azul sobre a testa, os olhos verdes encarando os olhos-com. Ela parecia olhar diretamente para suas observadoras. Pequenas manchas laranja em seus olhos. Manchas de raiva geradas pelos resíduos do substituto de especiaria que as Honoráveis Matres usavam e que ainda se encontravam nas reservas de seu corpo. Agora ela consumia mélange, e sem exibir sintomas adversos.

Idaho estava deitado ao lado dela, os cabelos negros em desalinho ao redor do rosto, um contraste marcante sobre o travesseiro branco embaixo de sua cabeça. Seus olhos estavam fechados, mas as pálpebras tremiam. Magro. Ele não andava comendo o suficiente, apesar dos pratos tentadores enviados pela própria cozinheira de Odrade. As maçãs de seu rosto, proeminentes, estavam muito mais definidas. O semblante marcado em função dos anos de confinamento.

A ameaça de Murbella estava apoiada em suas habilidades físicas, Odrade sabia, mas era psicologicamente falsa. *Matar seu amante? Improvável!*

Bellonda estava pensando dentro dos mesmos parâmetros.

– O que ela estava fazendo quando demonstrou velocidade física? Nós já vimos isso antes.

– Ela sabe que nós a observamos.

Os olhos-com mostravam Murbella desafiando a fadiga pós-coito ao pular da cama. Movendo-se a uma velocidade indistinta (mais rápido que qualquer Bene Gesserit jamais conseguira), ela desferiu um chute com o pé direito, detendo-se a uma fração de centímetro da cabeça de Idaho.

Ao primeiro movimento de Murbella, Idaho abrira os olhos. Ele observava sem medo, sem titubear.

Aquele golpe! Seria fatal se tivesse atingido. Só era preciso testemunhar tal proeza uma vez para temê-la. Murbella se movia sem recorrer a seu córtex central. Como um inseto, um ataque disparado pelos nervos no ponto de ignição do músculo.

Frank Herbert

– Está vendo? – Murbella baixou o pé e o encarou.

Idaho sorriu.

Observando, Odrade lembrou-se de que a Irmandade estava com todas as três filhas de Murbella. As Mestras em Reprodução estavam empolgadas. No devido tempo, Reverendas Madres nascidas desta linhagem poderiam ser dotadas daquela mesma habilidade das Honoráveis Matres.

No devido tempo que provavelmente não teremos.

Mas Odrade compartilhava a empolgação das Mestras em Reprodução. Aquela velocidade! Somada ao treinamento nervo-músculo, os incríveis recursos prana-bindu da Irmandade! O que aquilo poderia criar jazia, de forma inexprimível, dentro dela.

– Ela fez isso para nós, não para ele – disse Bellonda.

Odrade não tinha tanta certeza. Murbella se ressentia da observação constante sobre si, mas estava resignada. Muitas de suas ações obviamente ignoravam as pessoas por trás dos olhos-com. O registro a mostrava voltando para a cama, deitando-se ao lado de Idaho.

– Restringi o acesso a este registro – Bellonda informou. – Algumas acólitas estão ficando inquietas.

Odrade anuiu. *Vício sexual.* Esse aspecto das habilidades das Honoráveis Matres criava ondas perturbadoras nas Bene Gesserit, especialmente entre as acólitas. Muito sugestivo. E a maioria das irmãs em Casa Capitular sabia que a Reverenda Madre Sheeana, a única entre elas, praticava algumas dessas técnicas a fim de refutar o medo generalizado de que isso as enfraquecia.

"Não devemos nos tornar Honoráveis Matres!" Bell sempre dizia. *Mas Sheeana representa um fator de controle significativo. Ela nos ensina algo sobre Murbella.*

Certa tarde, encontrando Murbella sozinha em seus aposentos na não nave e obviamente relaxada, Odrade tentara lançar uma questão direta.

– Antes de Idaho, nenhuma de vocês ficou tentada a, digamos, "juntar-se à diversão"?

Murbella se retraiu com orgulho furioso.

– Ele me pegou por acidente!

O mesmo tipo de ira que ela demonstrara em reação às perguntas de Idaho. Lembrando-se disso, Odrade se debruçou sobre sua escrivaninha e solicitou a gravação original.

Herdeiras de Duna

– Veja como ela fica irada – comentou Bellonda. – Uma injunção de hipnotranse para não responder a tais perguntas. Aposto minha reputação nesta teoria.

– Isso será eliminado durante a agonia da especiaria – Odrade rebateu.

– Se ela chegar a tal ponto! – Hipnotranse deveria ser nosso segredo.

Bellonda ruminou tal inferência óbvia. *Nenhuma irmã que enviamos durante a Dispersão original jamais retornara.*

Era algo que estava escrito em letras garrafais em suas mentes: "Teriam sido Bene Gesserit renegadas que criaram as Honoráveis Matres?". Muitos sugeriam tal teoria. Mas então por que apelar para a escravização sexual do sexo masculino? A ladainha histórica de Murbella não era satisfatória. Tudo acerca dessa prática ia contra os ensinamentos Bene Gesserit.

– Temos de descobrir – Bellonda insistiu. – O pouco que sabemos é perturbador demais.

Odrade reconhecia essa preocupação. Quão sedutora era essa habilidade? Imensa, pensou ela. Acólitas se queixavam de ter sonhos nos quais se transformavam em Honoráveis Matres. Bellonda estava certa em se preocupar.

Crie ou desperte esse tipo de forças irrefreáveis e você pode gerar fantasias carnais de enorme complexidade. É possível liderar populações inteiras usando os desejos e as fantasias projetadas das pessoas.

Esse era o poder terrível que as Honoráveis Matres ousavam empregar. Que se divulgue que elas possuíam a chave para um êxtase deslumbrante e que já haviam vencido metade da batalha. A mera prova de que tal coisa existia era o princípio da rendição. Pessoas que estivessem no mesmo nível de Murbella naquela outra Irmandade poderiam não entender tal fato, mas as que se encontrassem no topo... Seria possível que elas empregassem esse poder sem se importar ou suspeitar da força mais profunda que ele tinha? *Se esse for o caso, como nossas primeiras Dispersas foram atraídas para este beco sem saída?*

Mais cedo, Bellonda oferecera sua hipótese:

Honoráveis Matres capturando Reverendas Madres e fazendo-as prisioneiras naquela primeira Dispersão. "Bem-vinda, Reverenda Madre. Gostaríamos que você testemunhasse uma pequena demonstração de nossos poderes." Um interlúdio de demonstração sexual seguido por uma exibição da velocidade física das Honoráveis Matres. Então... abstinência

Frank Herbert

de mélange e injeções daquele substituto à base de adrenalina, infundido com uma hipnodroga. Em tal transe hipotético, a Reverenda Madre seria impressa sexualmente.

Tal procedimento, aliado à seletiva agonia da abstinência de mélange (Bell sugerira), poderia fazer com que a vítima negasse as próprias origens.

Que o destino nos ajude! Será que todas as Honoráveis Matres originais haviam sido Reverendas Madres? Devemos ousar realizar o teste dessa hipótese em nós mesmas? O que podemos aprender a partir daquela dupla na não nave?

Duas fontes de informação se encontravam ali, sob os olhos atentos da Irmandade, mas a cifra ainda precisava ser descoberta.

Mulher e homem que já não eram mais parceiros de reprodução, já não eram um conforto e apoio um para o outro. Algo novo havia sido acrescentado. Os riscos haviam se multiplicado.

No registro do olho-com que era reproduzido na escrivaninha, Murbella dissera algo que atraíra toda a atenção da Madre Superiora.

– Nós, Honoráveis Matres, fizemos isso a nós mesmas! Não podemos culpar mais ninguém.

– Você ouviu isso? – Bellonda vociferou.

Odrade balançou a própria cabeça com vigor, dedicando toda a sua atenção àquele diálogo.

– O mesmo não pode ser dito de mim – Idaho objetara.

– Essa é uma desculpa vazia – Murbella acusara. – Então você foi condicionado pelos Tleilaxu a capturar a primeira Impressora que encontrasse!

– E a matá-la – Idaho emendara. – Era isso que eles pretendiam.

– Mas você nem tentou me matar. Não que fosse conseguir.

– Isso foi quando... – Idaho se deteve, lançando um olhar involuntário para os olhos-com que registravam tudo.

– O que ele estava prestes a dizer ali? – Bellonda afrontou. – Precisamos descobrir!

Mas Odrade continuou com sua observação silenciosa da dupla de prisioneiros. Murbella demonstrara uma percepção surpreendente.

– Você acha que me capturou por meio de algum acidente com o qual não estava envolvido?

– Exatamente.

Herdeiras de Duna

– Mas percebo algo em você que aceitou tudo isso! Você não apenas seguiu seu condicionamento. Você o desempenhou até o limite.

Um olhar interior fez com que os olhos de Idaho ficassem vidrados. Ele inclinou a cabeça para trás, expandindo os músculos do tórax.

– Essa é uma expressão Mentat! – Bellonda acusou.

Todas as analistas de Odrade haviam sugerido o mesmo, mas elas ainda precisavam arrancar uma confissão de Idaho. Se ele era mesmo um Mentat, por que guardar tal informação?

Por causa de todas as outras coisas que tais habilidades implicavam. Ele nos teme, e tem razões para isso.

– Você improvisou e melhorou aquilo que os Tleilaxu fizeram com você – Murbella prosseguira com desdém. – Havia algo em você que não reclamou de absolutamente nada!

– É assim que ela lida com os próprios sentimentos de culpa – Bellonda observou. – Ela tem que acreditar que isso é verdade, senão Idaho não teria sido capaz de aprisioná-la.

Odrade franziu os lábios. A projeção mostrava Idaho entretido.

– Talvez isso se aplique a nós dois.

– Você não pode culpar os Tleilaxu e eu não posso culpar as Honoráveis Matres.

Tamalane entrou no escritório e se jogou na cãodeira ao lado de Bellonda.

– Percebo que isso também despertou a atenção de vocês. – Ela gesticulou na direção das figuras projetadas na escrivaninha.

Odrade fechou o projetor.

– Andei inspecionando nossos tanques axolotles – Tamalane prosseguiu. – Aquele maldito Scytale reteve informações vitais.

– Não há quaisquer falhas em nosso primeiro ghola, não é mesmo? – Bellonda questionou.

– Nada que nossos Suks tenham detectado.

Odrade comentou em um tom suave:

– Scytale tem que guardar algumas moedas de troca.

Ambos os lados compartilhavam uma fantasia: Scytale estava pagando as Bene Gesserit por ter sido resgatado das Honoráveis Matres e pelo refúgio em Casa Capitular. Mas toda Reverenda Madre que o estudava sabia que outra coisa motivava o último Mestre tleilaxu.

Frank Herbert

Espertos, espertos, os Bene Tleilax. Bem mais espertos do que suspeitávamos. E eles nos macularam com os tanques axolotles. A própria palavra "tanque"... Outra de suas enganações. Imaginávamos receptáculos de fluido amniótico aquecido, cada tanque como o foco de um maquinário complexo para duplicar (de uma forma sutil, discreta e controlável) o funcionamento de um ventre. O tanque está mesmo ali! Mas veja o que contém.

A solução tleilaxu era direta: use o original. A natureza já a desenvolvera através dos éons. Tudo que os Bene Tleilax precisaram fazer foi adicionar o próprio sistema de controle, a própria forma de replicar a informação armazenada na célula.

"A Linguagem de Deus", era como Scytale a chamava. *Linguagem de Shaitan era mais apropriado.*

Retroinformação. A célula gerenciando o próprio ventre. Afinal, era mais ou menos isso que um óvulo fertilizado fazia. Os Tleilaxu apenas refinaram o processo.

Odrade permitiu que um suspiro lhe escapasse, trazendo olhares bruscos de suas companheiras. *Teria a Madre Superiora novos problemas?*

As revelações de Scytale me perturbam. E o impacto que tais revelações tiverem sobre nós. Ah, como nos retraímos diante de tal "enfraquecimento". Então, as racionalizações. E sabíamos que elas eram racionalizações! "Se não houver outra forma. Se isso produzir os gholas que tanto precisamos. Provavelmente encontraremos voluntárias." Foram encontradas! Voluntárias!

– Você está devaneando! – Tamalane resmungou. Ela olhou de relance na direção de Bellonda e começou a dizer algo, mas reconsiderou e desistiu.

O rosto de Bellonda assumiu uma expressão suave, algo que com frequência era acompanhado por um de seus humores mais tenebrosos. Sua voz não passava de um sussurro gutural.

– Sugiro fortemente que eliminemos Idaho. E quanto àquele monstro tleilaxu...

– Por que você faz tal sugestão com um eufemismo? – Tamalane questionou.

– Então mate-os! E o tleilaxu deve ser submetido a todas as formas de persuasão que temos...

Herdeiras de Duna

– Basta, vocês duas! – Odrade ordenou.

Odrade pressionou as palmas das mãos rapidamente na própria têmpora e, olhando para a janela arqueada, viu a chuva gélida lá fora. O controle meteorológico estava cometendo mais erros. Não se podia culpá-los, mas não havia nada que os humanos detestassem mais do que o imprevisível. *"Queremos que seja natural!" Seja lá o que isso signifique.*

Quando esse tipo de pensamento a dominava, ela ansiava por uma existência confinada à ordem que tanto a agradava: uma caminhada ocasional pelos pomares. Odrade os adorava em todas as estações. Uma noite tranquila com amigos, as conversas profundas com aqueles pelos quais ela sentia ternura. *Afeto?* Sim. A Madre Superiora ousava chegar a tal ponto – a até mesmo amar suas companhias. E boas refeições com bebidas escolhidas por seus sabores aperfeiçoados. Ela também queria isso. Como era agradável a forma como eles brincavam com o paladar. E depois... sim, depois – uma cama quente com um companheiro sensível às suas necessidades, assim como ela seria sensível às dele.

Grande parte disso ela não poderia ter, é claro. Responsabilidades! Que palavra monstruosa. Como queimava.

– Estou ficando com fome – Odrade comentou. – Devo ordenar que o almoço seja servido aqui?

Bellonda e Tamalade a encararam.

– São apenas onze e meia – Tamalane redarguiu.

– Sim ou não? – Odrade insistiu.

Bellonda e Tamalade trocaram olhares privados.

– Como quiser – Bellonda falou.

Havia um ditado entre as Bene Gesserit (Odrade sabia) de que a Irmandade operava de forma mais eficiente quando o estômago da Madre Superiora estava satisfeito. Aquilo mudara o equilíbrio da balança.

Odrade ligou para sua cozinha privada usando o intercomunicador.

– Almoço para três, Duana. Algo especial. Você decide.

A refeição, quando chegou, consistia em um prato pelo qual Odrade tinha um apreço especial, ensopado de vitela. Duana dera um toque delicado com ervas, um pouco de alecrim na carne, os vegetais não tão cozidos. Esplêndido.

Odrade saboreou cada mordida. As outras duas obrigaram-se a comer, da colher para a boca, da colher para a boca.

Frank Herbert

Seria esta uma das razões pelas quais eu sou Madre Superiora e elas não?

Enquanto uma acólita recolhia o que sobrara do almoço, Odrade lançou uma de suas perguntas favoritas:

– Quais as fofocas nos salões comunais e entre as acólitas?

Ela se lembrava de seus próprios dias de acólita, como se atentava às palavras das mulheres mais velhas, esperando grandes verdades e recebendo, em grande parte, apenas conversas furadas sobre a irmã fulana ou os problemas mais recentes envolvendo a censora X. Em certas ocasiões, entretanto, as barreiras ruíam e dados importantes fluíam.

– Muitas acólitas falam da vontade de partir em nossa Dispersão – Tamalane falou com a voz áspera. – Navios naufragando e ratos, é o que eu digo.

– Há um grande interesse nos Arquivos ultimamente – Bellonda emendou. – Irmãs que sabem demais vêm em busca de confirmação; se esta ou aquela acólita possui uma forte marcação genética de Siona.

Odrade achou tal fato interessante. A ancestral dos Atreides que viveu nos éons do Tirano, Siona Ibn Fuad al-Seyefa Atreides, comum a todas elas, havia passado a seus descendentes aquela habilidade que as ocultava de buscadores prescientes. Cada pessoa que caminhava abertamente em Casa Capitular compartilhava aquela proteção ancestral.

– Uma forte marcação? – Odrade perguntou. – Elas duvidam que aquelas em questão são protegidas?

– Elas querem uma garantia – Bellonda rosnou. – Agora podemos voltar a falar sobre Idaho? Ele possui e não possui a marcação genética. Isso me preocupa. Por que algumas de suas células não trazem o marcador de Siona? O que os Tleilaxu estavam fazendo?

– Duncan está ciente dos perigos e não é suicida – Odrade rebateu.

– Não sabemos o que ele é – Bellonda se queixou.

– Provavelmente um Mentat, e todas nós sabemos o que isso pode significar – Tamalane falou.

– Entendo por que mantemos Murbella – Bellonda prosseguiu. – Informações valiosas. Mas Idaho e Scytale...

– Já chega! – Odrade explodiu. – As cães de guarda podem latir por muito tempo!

Bellonda aceitou a reprimenda com má vontade. *Cães de guarda.* O termo Bene Gesserit para o monitoramento constante das irmãs a fim de

Herdeiras de Duna

garantir que ninguém caísse em caminhos rasos. Algo muito difícil para acólitas, mas uma parte comum da vida das Reverendas Madres.

Odrade explicara isso para Murbella certa tarde, quando as duas estavam sozinhas em uma câmara de interrogatório com paredes cinzentas na não nave. Juntas, de pé, uma encarando a outra. Olhos nivelados. Uma situação bem informal e íntima. Exceto por saberem da presença de todos aqueles olhos-com ao redor delas.

– Cães de guarda – Odrade comentara, respondendo à pergunta de Murbella. – Significa que somos moscardos umas das outras. Não transforme em um problema maior do que de fato é. Raramente nos importunamos. Uma simples palavra pode ser suficiente.

Murbella, com uma expressão de desgosto desenhada em seu rosto oval, os largos olhos verdes atentos, obviamente pensava que Odrade se referia a algum sinal em comum, uma palavra ou dito que as irmãs empregavam em tais situações.

– Que palavra?

– Qualquer palavra, maldição! Uma que seja apropriada. É como um reflexo mútuo. Compartilhamos um "tique" que surge não para nos aborrecer; nós o aceitamos de bom grado porque nos mantém na linha.

– E você será *minha* cão de guarda se eu me tornar Reverenda Madre?

– Nós queremos nossas cães de guarda. Seríamos mais fracas sem elas.

– Soa um tanto opressivo.

– Não é o que achamos.

– Eu acho repulsivo. – Murbella olhou para as lentes cintilantes no teto. – Bem como esses malditos olhos-com.

– Cuidamos de nós mesmas, Murbella. Depois que se tornar uma Bene Gesserit, você tem a garantia de apoio vitalício.

– Uma posição confortável. – Desdenhando.

Odrade falou com suavidade.

– Algo bem diferente. Você é desafiada ao longo de toda a vida. E retribui à Irmandade até os limites de sua capacidade.

– Cães de guarda!

– Sempre cuidamos umas das outras. Algumas de nós em posições de poder podem ser, por vezes, autoritárias, até mesmo terríveis, mas só até um ponto cautelosamente mensurado para atender às exigências daquele momento.

– Nunca efetivamente calorosas ou meigas, hein?

– Essa é a regra.

– Afetuosas, talvez, mas sem amor.

– Eu lhe disse que é a regra. – E Odrade pôde ver claramente a reação no rosto de Murbella: *"Aí está! Elas insistirão para que eu desista de Duncan!"*.

– Então não há amor entre as Bene Gesserit. – Como seu tom de voz era triste. Ainda havia esperança para Murbella.

– O amor acontece – Odrade comentou –, mas minhas irmãs o tratam como uma aberração.

– Então o que sinto por Duncan é uma aberração?

– E as irmãs tentarão tratar esse sentimento.

– Tratar! Aplicar uma terapia correcional àquelas que foram acometidas por ele!

– Amor é considerado um sinal de deterioração entre as irmãs.

– Vejo sinais de deterioração em vocês!

Como se fosse capaz de acompanhar os pensamentos de Odrade, Bellonda arrancou a Madre Superiora de seu devaneio.

– Aquela Honorável Matre nunca se comprometerá conosco! – Bellonda limpou um pouco de molho do canto da boca. – Estamos desperdiçando nosso tempo ao tentar ensinar a ela nossas doutrinas.

Pelo menos Bell não mais chamava Murbella de "meretriz", Odrade pensou. *Isso já era um sinal de melhora.*

Todos os governos sofrem de um problema recorrente: o poder atrai personalidades patológicas. Não que o poder corrompa, mas exerce um magnetismo sobre aqueles que são corruptíveis. Tais pessoas tendem a se embriagar com a violência, uma condição na qual elas logo se viciam.

– Missionaria Protectora, Texto QIV (Máxima)

Rebeca se ajoelhou no chão de ladrilhos amarelos como fora ordenada a fazer, não ousando olhar para cima, na direção da Grande Honorável Matre que estava sentada tão remotamente no alto, tão perigosa. Rebeca teve de aguardar por duas horas ali, quase no centro de um cômodo gigante, enquanto a Grande Honorável Matre e seu séquito almoçavam atendidas por servos obsequiosos. Rebeca observou os modos dos serviçais com cuidado e os emulou.

Suas órbitas oculares ainda doíam em razão dos transplantes que o rabino lhe dera há menos de um mês. Esses olhos mostravam íris azuis e escleras brancas, sem vestígios da agonia da especiaria de seu passado. Era uma defesa temporária. Em menos de um ano seus olhos trairiam o azul sobre azul.

Ela julgava que a dor nos olhos era o menor de seus problemas. Um implante orgânico lhe administrava doses medidas de mélange, ocultando sua dependência. O suprimento era estimado para durar cerca de sessenta dias. Se essas Honoráveis Matres a confinassem por mais tempo, a abstinência faria com que ela mergulhasse em uma agonia que faria a original parecer leve em comparação. O perigo mais iminente era o shere administrado junto com a especiaria. Se essas mulheres detectassem tal fato, certamente se encheriam de suspeitas.

Você está indo bem. Seja paciente. Aquela era a Outra Memória da horda de Lampadas. A voz soou com suavidade em sua cabeça. Era o som de Lucilla, mas Rebeca não tinha certeza.

Tornara-se uma voz familiar durante os meses que se passaram desde o Compartilhamento, quando se anunciara como "Proclamadora de sua Mohalata". *Essas meretrizes não são páreas para o nosso conhecimento. Lembre-se disso e deixe que este fato lhe dê coragem.*

Frank Herbert

A presença das Outras Interiores, que não subtraíam sua atenção do que acontecia ao redor, enchiam-na de perplexidade. *Chamamos isso de simulfluxo*, a Proclamadora dissera. *O simulfluxo multiplica a sua percepção.* Ela tentara explicar tal habilidade para o rabino, mas ele reagira com fúria.

– Você foi maculada por pensamentos impuros!

Eles estavam no escritório do rabino tarde da noite. "Roubando tempo dos dias que nos foram designados", ele dissera. O escritório era um cômodo subterrâneo com paredes ladeadas de livros antigos, cristais ridulianos e pergaminhos. O cômodo era protegido de sondas pelos melhores dispositivos ixianos, que haviam sido modificados por seu próprio povo para melhorá-los.

Rebeca recebera permissão para se sentar ao lado da escrivaninha dele em tais ocasiões, enquanto o homem se reclinava em uma cadeira antiga. Um luciglobo posicionado abaixo e ao lado do rabino lançava uma luz amarelada antiquada em seu rosto barbado, refletindo nos óculos que usava quase como um distintivo de seu posto.

Rebeca fingira certa confusão.

– Mas o senhor disse que nos fora exigido salvar este tesouro de Lampadas. As Bene Gesserit não honraram os compromissos que têm conosco?

Ela percebera a preocupação nos olhos do rabino.

– Você ouviu o que Levi falou ontem, sobre as questões que estavam sendo levantadas. Por que uma bruxa Bene Gesserit veio até nós? Foi isso o que nos questionaram.

– Nossa história é consistente e crível – Rebeca protestara. – As irmãs nos ensinaram costumes que nem mesmo as Proclamadoras da Verdade são capazes de penetrar.

– Não sei... não sei. – O rabino meneara a cabeça com tristeza. – O que é uma mentira? O que é a verdade? Condenamos a nós mesmos com nossa própria boca?

– É ao pogrom que resistimos, rabino! – Normalmente esse argumento fortificava a determinação dele.

– Cossacos! Sim, você está certa, minha filha. Enfrentamos cossacos em todas as eras e nós não somos os únicos que sentiram os açoites e espadas deles quando invadiam alguma vila com a morte em seus corações.

Era estranho, Rebeca pensara, como ele conseguia passar a impressão de que aqueles eventos haviam ocorrido recentemente e que seus olhos os haviam testemunhado. Nunca perdoar, nunca esquecer. Lídice acontecera ontem mesmo. Que recordação poderosa era essa na memória de Israel Secreto. Pogrom! Quase tão poderosa em sua continuidade como essas presenças Bene Gesserit que ela carregava em sua percepção. Quase. Era nesse aspecto que o rabino resistia, dissera ela a si mesma.

– Temo que você tenha sido tirada de nós – o rabino comentara. – O que eu fiz com você? O que foi que eu fiz? E tudo em nome da honra.

Ele olhara para os instrumentos na parede de seu escritório que informavam os acúmulos noturnos de energia a partir do eixo vertical dos moinhos de vento, posicionados ao redor da fazenda. Os instrumentos mostravam que as máquinas estavam zunindo lá em cima, armazenando energia para a manhã seguinte. Esse fora um presente das Bene Gesserit: independência em relação a Ix. Liberdade. Que palavra peculiar.

Sem olhar para Rebeca, ele prosseguira:

– Acho difícil de entender essa coisa de Outras Memórias, sempre achei. Memória deveria trazer sabedoria, mas não traz. É como ordenamos nossa memória e onde aplicamos nosso conhecimento.

O rabino se virara e olhara para Rebeca, o rosto envolto em sombras.

– O que essa pessoa que está dentro de você diz? Essa que você pensa ser Lucilla?

Rebeca podia ver que lhe agradava dizer o nome de Lucilla. Se Lucilla fosse capaz de falar por meio de uma filha de Israel Secreto, então ela ainda vivia e não havia sido traída.

Rebeca baixara o olhar ao falar.

– Ela diz que temos essas imagens, sons e sensações interiores que surgem sob nosso comando ou que se intrometem quando há necessidade.

– Necessidade, sim! E o que é isso a não ser informação de sentidos de corpos que podem ter estado onde você não deveria ter estado e feito coisas ofensivas?

Outros corpos, outras memórias, Rebeca pensara. Por ter experimentado tal coisa, ela sabia que nunca poderia renunciar àquilo por vontade própria. *Talvez eu tenha de fato me tornado uma Bene Gesserit. É isso o que ele teme, é claro.*

– Vou lhe dizer uma coisa – o rabino continuara. – Essa "intersecção crucial de percepções vivas", como elas chamam, não significa nada a me-

Frank Herbert

nos que entenda como suas próprias decisões emanam a partir de você como fios que se conectam às vidas dos outros.

– Ver nossas próprias ações nas reações dos outros; sim, é dessa forma que as irmãs enxergam.

– Isso é sabedoria. O que a dama diz que elas buscam?

– Influência no processo de amadurecimento da humanidade.

– Hummm. E ela acha que eventos não estão além de sua influência, apenas além de seus sentidos. Isso é quase sábio. Mas maturidade... Ahhh, Rebeca. Nós interferimos com um plano mais elevado? É de direito dos humanos traçar limites na natureza de Javé? Creio que Leto II compreendia isso. E esta dama dentro de você nega.

– Ela diz que ele era um tirano maldito.

– E ele era, mas existiram tiranos sábios antes dele e sem dúvida existirão outros depois de nós.

– Elas o chamam de Shaitan.

– Ele tinha os poderes de Satã. Compactuo com os receios delas nesse ponto. Ele não era tão presciente, era mais como uma espécie de cimento. Ele fixava a forma do que via.

– É isso o que a dama diz. Mas ela fala que foi o graal delas que ele preservou.

– Novamente, elas são quase sábias.

Um grande suspiro estremecera o rabino e mais uma vez ele observara os instrumentos em sua parede. *Energia para a manhã seguinte.*

Ele voltara sua atenção para Rebeca. Ela estava mudada. Não conseguia evitar tal percepção. Ela se tornara muito semelhante às Bene Gesserit. Era compreensível. Sua mente estava repleta de todas aquelas *pessoas* de Lampadas. Mas elas não eram porcos gadarenos que deveriam ser conduzidos para o mar, levando seu diabolismo consigo. *E eu não sou outro Jesus.*

– E isso que elas lhe dizem sobre a Madre Superiora Odrade, de que ela muitas vezes amaldiçoa suas próprias Arquivistas e os Arquivos com elas. Que coisa! Arquivos não são como livros nos quais preservamos nossa sabedoria?

– Então eu sou uma Arquivista, rabino?

A pergunta de Rebeca o confundira, mas também elucidara o problema. Ele sorrira.

Herdeiras de Duna

– Vou lhe dizer uma coisa, minha filha. Admito sentir um pouco de simpatia por Odrade. Sempre há um quê de rabugice sobre Arquivistas.

– Isso é sabedoria, rabino? – Como fora tímida ao fazer tal pergunta!

– Acredite em mim, minha filha, é sim. Tamanho é o cuidado com que um Arquivista suprime até o menor indício de julgamento. Uma palavra após a outra. Quanta arrogância!

– Como eles julgam quais palavras usar, rabino?

– Ahhh, um pouco de sabedoria lhe atinge, minha filha. Mas essas Bene Gesserit não alcançaram sabedoria, e é esse graal delas que impede tal coisa.

Ela era capaz de ver algo no rosto do rabino. *Ele tenta me encher de dúvidas sobre estas vidas que carrego.*

– Deixe-me dizer algo sobre as Bene Gesserit – ele murmurara.

Todavia, nada viera à mente do rabino. Nenhuma palavra, nenhum conselho solene. Isso não lhe ocorria há diversos anos. Havia apenas um caminho aberto: falar de coração.

– Talvez elas estejam há muito tempo na estrada para Damasco sem um lampejo de iluminação, Rebeca. Ouço-as dizer que agem em prol da humanidade. Entretanto, não consigo enxergar isso nelas, assim como o Tirano também não enxergava, creio eu.

Quando Rebeca fizera a menção de responder, ele logo a interrompera, erguendo a mão.

– Humanidade madura? Esse é o graal delas? Não é o fruto maduro que é colhido e consumido?

No chão do Grande Salão em Junção, Rebeca lembrou-se dessas palavras, vendo a personificação delas não nas vidas que ela preservava, mas nas ações de suas captoras.

A Grande Honorável Matre terminou sua refeição. Ela limpou as mãos no vestido de uma serva.

– Deixe que ela se aproxime – proclamou a Grande Honorável Matre.

Uma dor transpassou o ombro esquerdo de Rebeca e ela cambaleou para a frente, ajoelhada. Àquela chamada Logno viera por trás, sorrateira como uma caçadora, e golpeara a carne da cativa com um esporão.

Risadas ecoaram pelo salão.

Rebeca se esforçou para ficar de pé e, fora do alcance do esporão, chegou aos pés dos degraus que levavam à Grande Honorável Matre, onde sua captora a deteve.

Frank Herbert

– Para o chão! – Logno enfatizou o comando com outro golpe.

Rebeca desabou sobre os joelhos e olhou diretamente para cima, para os espelhos dos degraus. O ladrilho amarelo mostrava pequenas ranhuras. De alguma forma, esses defeitos fizeram com que ela se sentisse tranquilizada.

– Deixe-a em paz, Logno – a Grande Honorável Matre ordenou. – Quero respostas, não gritos. – Então ela se dirigiu a Rebeca: – Olhe para mim, mulher!

Rebeca ergueu o olhar e encarou a face da morte. Um rosto tão comum para conter tamanha ameaça. Tão... tão uniforme em suas características. Quase singelo. Uma figura tão pequena. Isso amplificou o perigo que Rebeca pressentia. Que poderes essa diminuta mulher deveria ter para governar essas pessoas terríveis.

– Você sabe por que está aqui? – a Grande Honorável Matre questionou.

Em seu tom mais obsequioso, Rebeca respondeu:

– Fui informada, ó Grande Honorável Matre, de que a senhora deseja que eu reconte o mito da Proclamação da Verdade e outras questões de Gammu.

– Você foi parceira de um Proclamador da Verdade! – Em tom de acusação.

– Ele está morto, Grande Honorável Matre.

– Não, Logno! – A expressão era endereçada à assistente que se precipitara para a frente com o esporão. – Esta miserável não conhece nossos costumes. Agora fique ali no canto, Logno, onde não serei incomodada por sua impetuosidade. – Então a Grande Honorável Matre se voltou para a cativa, gritando: – E você só se dirigirá a mim para responder às minhas perguntas ou quando eu mandar, miserável!

Rebeca se encolheu.

A Proclamadora sussurrou dentro da cabeça de Rebeca: *Isso foi quase a Voz. Tome cuidado.*

– Você já conheceu alguma daquelas que se autointitulam Bene Gesserit? – indagou a Grande Honorável Matre.

Ora essa!

– Todos já encontramos as bruxas, Grande Honorável Matre.

– O que você sabe sobre elas?

Então foi para isso que elas me trouxeram aqui.

– Apenas o que ouvi dizer, Grande Honorável Matre.

Herdeiras de Duna

– Elas são corajosas?

– Dizem que elas sempre tentam evitar riscos, Grande Honorável Matre. *Você é digna de nós, Rebeca. Esse é o padrão destas meretrizes. Os pedregulhos rolam ladeira abaixo em sua própria canaleta. Elas acreditam que você sente aversão a nós.*

– Essas Bene Gesserit são ricas? – a Grande Honorável Matre questionou.

– Creio que as bruxas são pobres quando comparadas às Honoráveis Matres – Rebeca respondeu.

– Por que você diz isso? Não fale apenas para me agradar!

– Mas, Honorável Matre, essas bruxas seriam capazes de enviar uma grande nave de Gammu até aqui apenas para me trazer? E onde estão as bruxas neste exato momento? Estão se escondendo da senhora.

– Sim, onde elas estão? – a Grande Honorável Matre perguntou.

Rebeca deu de ombros.

– Você estava em Gammu quando aquele que elas chamam de bashar escapou de nós? – indagou a Honorável Matre.

Ela sabe que você estava lá.

– Sim, eu estava lá, Grande Honorável Matre, e ouvi as histórias. Mas não acredito nelas.

– Você acredita naquilo que dissermos para acreditar, miserável! Que histórias ouviu?

– Que ele se movia com uma velocidade que os olhos não eram capazes de acompanhar. Que ele matou muitas... pessoas, apenas com as próprias mãos. Que ele roubou uma não nave e fugiu para a Dispersão.

– Acredite que ele fugiu, miserável. – *Veja como ela tem medo! Ela não é capaz de ocultar o tremor.* – Fale sobre a Proclamação da Verdade – a Grande Honorável Matre ordenou.

– Grande Honorável Matre, eu não compreendo a Proclamação da Verdade. Conheço apenas as palavras de meu sholem, meu marido. Posso repeti-las, se a senhora desejar.

A Grande Honorável Matre considerou a proposta, relanceando de um lado para outro para suas assistentes e conselheiras, que começavam a demonstrar sinais de tédio. *Por que ela não mata logo essa miserável?*

Rebeca, notando a violência nos olhos que brilhavam num tom alaranjado em sua direção, retraiu-se. Então ela pensou no marido, evocando o apelido amoroso, Shoel, e as palavras dele a confortaram. Ele havia demonstrado o "talento apropriado" quando ainda era uma criança. Alguns chamavam aquilo de instinto, mas Shoel nunca usara esse termo.

– Confie em seus impulsos mais íntimos. É isso o que meus professores sempre dizem.

Era uma expressão tão pragmática que, segundo ele, costumava despistar aqueles que vinham em busca do "mistério esotérico".

– Não há segredo – Shoel dissera. – É treinamento e trabalho duro como qualquer outra coisa. Você exercita aquilo que eles chamam de "*petit* percepção", a habilidade de detectar as mais diminutas variações nas reações humanas.

Rebeca conseguia perceber tais diminutas reações naquelas que a encaravam. *Elas querem me ver morta. Por quê?*

A Proclamadora tinha um conselho. *A maioral gosta de exibir seus poderes sobre as demais. Ela não deseja fazer o que as outras querem, mas aquilo que acredita que as outras não querem.*

– Grande Honorável Matre – Rebeca arriscou –, a senhora é tão rica e poderosa. Certamente deve ter um emprego servil por meio do qual eu possa lhe ser útil.

– Você deseja me servir? – *Que sorriso mais feral!*

– Isso me deixaria contente, Grande Honorável Matre.

– Não estou aqui para deixá-la contente.

Logno deu um passo adiante no salão.

– Então deixe-nos contente, Dama. Permita nos divertirmos com...

– Silêncio! – *Ahhh, aquilo fora um erro, chamá-la por um nome íntimo ali, entre as outras.*

Logno retrocedeu e quase derrubou o esporão.

A Grande Honorável Matre olhou para baixo, na direção de Rebeca, com um olhar alaranjado.

– Você retornará para a sua existência desprezível em Gammu, miserável. Não vou matá-la. Seria um ato de misericórdia. Tendo visto o que poderíamos lhe oferecer, viva a sua vida sem isso.

– Grande Honorável Matre! – Logno protestou. – Temos suspeitas de que...

– Eu tenho suspeitas de você, Logno. Envie-a de volta, e com vida! Ouviu bem? Você pensa que somos incapazes de encontrá-la novamente, caso haja necessidade?

– Não, Grande Honorável Matre.

– Estamos de olho em você, miserável – disse a Grande Honorável Matre.

Isca! É assim que ela a considera, algo para capturar uma presa ainda maior. Muito interessante. Esta mulher tem uma mente e a utiliza, apesar de sua natureza violenta. Então foi assim que ela chegou ao poder.

No caminho de volta a Gammu, confinada em um alojamento fedorento de uma nave que outrora servira à Guilda, Rebeca considerou sua difícil situação. Com certeza aquelas meretrizes não esperavam que a cativa não interpretasse corretamente suas intenções. Todavia... talvez elas esperassem. Subserviência, temor. *Elas se refestelam diante de tais coisas.*

Ela sabia que isso vinha um pouco da habilidade de Shoel de Proclamação da Verdade tanto quanto de suas conselheiras de Lampadas.

– Você acumula diversas pequenas observações; pressentidas, mas nunca trazidas à consciência – Shoel lhe dissera. – Cumulativamente, elas dizem coisas para você, mas não em um idioma que as pessoas falam. Idiomas não são necessários.

Ela pensava que essa era uma das coisas mais curiosas que já tinha ouvido. Mas isso foi antes de sua própria agonia. Na cama, à noite, reconfortados pela escuridão e pelo toque do corpo amoroso, eles haviam agido calados, mas também compartilhado palavras.

– O idioma lhe obstrui – Shoel continuara. – O que deve fazer é aprender a ler suas próprias reações. Às vezes você consegue encontrar palavras para descrevê-las... Às vezes... não.

– Sem palavras? Nem mesmo para perguntas?

– Então são palavras que você quer? Que tal estas? Confiança. Crença. Verdade. Honestidade.

– Essas são boas palavras, Shoel.

– Mas não são precisas. Não confie nelas.

– Então, em que você confia?

– Em minhas próprias reações internas. Eu leio a mim mesmo, não a pessoa diante de mim. Sempre conheço uma mentira porque quero dar as costas a um mentiroso.

– Então é assim que você faz! – lançando um golpe no braço desnudo do marido.

– Há outros que fazem de formas diferentes. Uma pessoa, ouvi dizer, falou que conhece uma mentira porque sente vontade de dar o braço para o mentiroso e caminhar com ele, consolando-o. Você pode achar que é um absurdo, mas funciona.

– Acho que isso é muito sábio, Shoel. – Era o amor falando. Ela, na verdade, não sabia o que ele queria dizer.

– Meu amor precioso – ele falara, aninhando a cabeça de Rebeca em seu braço –, os Proclamadores da Verdade possuem um sentido para a verdade que, uma vez desperto, sempre funciona. Por favor, não me diga que sou sábio quando é seu amor falando.

– Perdoe-me, Shoel. – Ela gostava do cheiro do braço de seu parceiro e escondia a cabeça em suas dobras, fazendo cócegas nele. – Mas quero conhecer tudo o que você conhece.

Ele ajeitou a cabeça dela em uma posição mais cômoda.

– Você sabe o que meu instrutor do terceiro estágio disse? "Não saiba nada! Aprenda a ser totalmente ingênuo."

Ela ficara perplexa.

– Absolutamente nada?

– Você se aproxima de tudo como uma tábula rasa, nada sobre você ou dentro de você. O que vier será escrito por si mesmo.

Ela começara a compreender.

– Nada para interferir.

– Correto. Você é a selvagem ignorante original, completamente não sofisticada a ponto de retroceder diretamente à derradeira sofisticação. Você a encontra sem procurar por ela, pode-se dizer.

– Ora, isso é sabedoria, Shoel. Aposto que você foi o melhor aluno que eles já tiveram, o mais rápido e o...

– Eu achei que isso era uma baboseira sem limites.

– Mentira!

– Até que um dia li uma pequena contração em mim. Não era o movimento de um músculo ou algo que alguma outra pessoa poderia detectar. Apenas uma... uma contração.

– Onde foi?

– Em nenhum lugar que eu seria capaz de descrever. Mas meu instrutor do quarto estágio havia me preparado para aquilo. "Contenha essa coisa entre suas mãos, com gentileza. Delicadamente." Um dos alunos achou que ele queria dizer literalmente com as mãos. Ah, como nós rimos.

– Isso foi cruel. – Ela tocou a bochecha do amante e sentiu as pontas de sua barba negra prontas a despontar. Era tarde, mas ela não estava sonolenta.

– Creio que foi cruel. Mas quando a contração veio, eu soube na hora. Nunca havia sentido algo assim antes. Também fiquei surpreso, porque ao saber naquela ocasião, compreendi que aquilo estivera ali desde sempre. Era familiar. Era meu sentido para a verdade se contraindo.

Ela achava que podia sentir o sentido para a verdade despertando dentro de si. O sentimento de surpresa na voz de Shoel estimulara algo.

– E então ele era meu – Shoel concluíra. – Pertencia a mim e eu pertencia a ele. Nunca mais houve separação.

– Deve ser algo maravilhoso. – Na voz dela havia admiração e inveja.

– Não! Eu odeio uma parte disso. Ver algumas pessoas dessa forma é como vê-las evisceradas, com suas entranhas pendendo para fora.

– Que nojento!

– Sim, mas há compensações, meu amor. Você acaba conhecendo essas pessoas, e elas são como belas flores que lhe são presenteadas por uma criança inocente. Inocência. Minha própria inocência responde e meu sentido para a verdade é fortalecido. É isso o que você faz por mim, meu amor.

A não nave das Honoráveis Matres chegou a Gammu e suas captoras a despacharam até a pista de pouso em um cargueiro de lixo. Rebeca foi despejada ao lado da nave, com os refugos e excrementos, mas não se importou. *Lar! Estou de volta ao lar e Lampadas sobrevive.*

O rabino, entretanto, não compartilhava seu entusiasmo.

Mais uma vez, eles estavam sentados no escritório, mas agora ela se sentia mais confortável com suas Outras Memórias, muito mais confiante. Ele era capaz de perceber tal fato.

– Você está mais parecida com elas do que nunca! É impuro.

– Rabino, todos nós temos ancestrais impuros. Sou afortunada por conhecer alguns dos meus.

– O que é isso? O que você está dizendo?

– Todos nós somos descendentes de pessoas que fizeram coisas horríveis, rabino. Não gostamos de pensar nos bárbaros em nossa linhagem, mas eles estão lá.

– Mas que conversa!

– As Reverendas Madres são capazes de evocar todos eles, rabino. Lembre-se, são os vitoriosos que procriam. O senhor compreende?

– Eu nunca ouvi você falar de forma tão ousada. O que aconteceu com você, minha filha?

– Eu sobrevivi, sabendo que a vitória, por vezes, é conquistada pagando-se um preço moral.

– O que é isso? Essas são palavras do mal.

– Mal? Barbárie nem chega a ser a palavra apropriada para algumas das más ações que nossos ancestrais cometeram. Ancestrais de todos nós, rabino.

Ela percebeu que havia ferido o rabino e sentia a crueldade de suas próprias palavras, mas não conseguia se conter. Como ele escaparia da verdade daquilo que ela havia dito? Ele era um homem honrado.

Ela falou com mais suavidade, mas suas palavras o cortaram de forma ainda mais profunda.

– Rabino, se o senhor compartilhasse o testemunho de algumas das coisas que as Outras Memórias me forçaram a saber, voltaria buscando novas palavras para o mal. Algumas das coisas que nossos ancestrais fizeram aviltam o pior rótulo que o senhor é capaz de imaginar.

– Rebeca... Rebeca... Eu sei das necessidades de...

– Não arranje desculpas acerca das "necessidades de nosso tempo"! O senhor, um rabino, sabe mais do que isso. Quando perdemos o senso de moral? É apenas que, às vezes, não o ouvimos.

Ele colocou as mãos sobre o rosto, balançando para a frente e para trás em sua cadeira antiga, que rangia pesarosa.

– Rabino, eu sempre amei e respeitei o senhor. Passei pela agonia pelo senhor. Compartilhei Lampadas pelo senhor. Não negue o que aprendi com essa experiência.

Ele baixou as mãos.

– Eu não nego, minha filha. Mas permita que eu sinta a minha dor.

– De todas essas constatações, rabino, aquilo com o que devo lidar de forma mais imediata e ininterrupta é o fato de que não existem inocentes.

– Rebeca!

– Culpa pode não ser a palavra correta, rabino, mas nossos ancestrais fizeram coisas pelas quais um pagamento será cobrado.

– Isso eu compreendo, Rebeca. É um equilíbrio que...

– Não me diga que o senhor compreende quando eu sei que não compreende. – Ela se levantou e baixou o olhar na direção dele. – Não é um livro-caixa que o senhor pode corrigir. Quanto tempo o senhor retrocederia?

– Rebeca, eu sou seu rabino. Você não deve falar dessa forma, especialmente comigo.

– Quanto mais o senhor retroceder, rabino, piores são as atrocidades e mais alto é o preço a ser pago. O senhor não é capaz de voltar tanto no passado, mas eu sou forçada a fazê-lo.

Virando-se, ela o deixou, ignorando a súplica em sua voz, a forma dolorosa como ele chamou seu nome. Ao fechar a porta, ela o ouviu dizendo:

– O que foi que eu fiz? Israel, ajude-a.

A escrita da história é, em grande parte, um processo de distração. A maioria dos registros históricos desvia a atenção das influências secretas por trás dos grandes eventos.

– O bashar Teg

Quando tinha a oportunidade de fazer as coisas por conta própria, Idaho com frequência explorava a não nave que era sua prisão. Havia muito para ver e aprender sobre aquele artefato ixiano. Era uma caverna de maravilhas.

Ele fez uma pausa na caminhada irrequieta daquela tarde em seus aposentos e olhou para os pequenos olhos-com encravados na superfície reluzente do batente da porta. Elas o observavam. Ele tinha a sensação peculiar de ver a si mesmo através daqueles olhos curiosos. O que as irmãs pensavam quando olhavam em sua direção? A criança-ghola atarracada do Forte de Gammu, há muito destruído, havia se tornado um homem macilento: pele negra e cabelos escuros. O cabelo estava mais comprido do que quando ele entrara naquela não nave no último dia de Duna.

Os olhos Bene Gesserit o encaravam, transpassando sua pele. Idaho tinha certeza de que elas suspeitavam que ele era um Mentat, e temia a interpretação que pudessem dar a tal fato. Como um Mentat poderia acreditar ser capaz de esconder indefinidamente suas habilidades das Reverendas Madres? Tolice! Ele sabia que elas suspeitavam de sua capacidade de Proclamação da Verdade.

Idaho acenou para os olhos-com e disse:

– Estou irrequieto. Acho que vou explorar.

Bellonda odiava quando ele assumia aquela atitude jocosa diante da vigilância. Ela não gostava quando o ghola perambulava pela nave. Ela nem tentava esconder isso dele. Idaho percebia a pergunta silenciosa no olhar furioso da Reverenda Madre sempre que ela vinha confrontá-lo: *Estaria ele procurando uma forma de fugir?*

É exatamente o que estou fazendo, Bell, mas não da forma como você suspeita.

Herdeiras de Duna

A não nave o presenteava com limites fixos: o campo de força externo que ele não podia atravessar, certas áreas de maquinaria onde o motor havia sido temporariamente desabilitado (ou pelo menos era isso o que lhe diziam), o alojamento da guarda (cujo interior ele conseguia perscrutar, mas jamais adentrar), o arsenal, a seção reservada para o cativo tleilaxu Scytale. Ocasionalmente, ele se encontrava com Scytale em uma das barreiras, e eles se entreolhavam através do campo de silêncio que os isolava. Também havia a barreira de informações – seções dos registros da nave que não respondiam a suas perguntas, respostas que suas carcereiras não lhe forneceriam.

Dentro desses limites havia coisas para se ver e aprender durante toda uma vida, até mesmo considerando os cerca de trezentos anos-padrão que ele poderia alcançar.

Se as Honoráveis Matres não nos encontrarem.

Idaho se via como a presa que elas almejavam, desejando-o ainda mais do que desejavam as mulheres de Casa Capitular. Ele não alimentava ilusões sobre o que as caçadoras queriam consigo. Elas sabiam que ele estava ali. Os homens que ele treinara em sujeição sexual e que havia enviado para atormentar as Honoráveis Matres... Aqueles homens provocaram as caçadoras.

Quando as irmãs descobrissem suas habilidades Mentat, saberiam de imediato que a mente de Idaho carregava as memórias de mais de uma vida de ghola. *O original não possuíra esse talento.* Elas suspeitariam de que ele poderia ser um Kwisatz Haderach latente. Veja como elas racionaram o mélange dele. Estavam claramente aterrorizadas para não repetir o equívoco que haviam cometido com Paul Atreides e seu filho Tirano. *Três mil e quinhentos anos de sujeição!*

Mas lidar com Murbella demandava percepção Mentat. A cada encontro que ele tinha com ela, não esperava conseguir respostas, nem na ocasião, nem nunca. Era uma abordagem tipicamente Mentat: concentre-se nas perguntas. Mentats acumulavam perguntas da mesma maneira que os outros acumulavam respostas. Perguntas criavam seus próprios padrões e sistemas. Isso produzia as *formas* mais importantes. Observa-se seu universo por meio de padrões autocriados – todos compostos de imagens, palavras e rótulos (tudo temporário), todos se imiscuindo em impulsos sensoriais que refletiam os próprios constructos da mesma forma que a luz é refletida a partir de superfícies brilhantes.

Frank Herbert

O instrutor Mentat original de Idaho formara palavras temporárias para aquele tênue constructo inicial: "atente-se a movimentos consistentes contra sua tela interna".

A partir daquele primeiro mergulho hesitante nos poderes Mentat, Idaho era capaz de traçar o crescimento de uma sensitividade a mudanças em suas próprias observações, sempre *se tornando* Mentat.

Bellonda era sua provação mais severa. Ele temia o olhar penetrante e as perguntas cortantes dela. Mentat sondando Mentat. Ele ia de encontro às investidas da Reverenda Madre delicadamente, com reserva e paciência. *E agora, o que você está procurando?*

Como se ele não soubesse.

Ele usava a paciência como máscara. Mas o medo vinha naturalmente e não havia mal em demonstrá-lo. Bellonda não ocultava o próprio desejo em vê-lo morto.

Idaho aceitara o fato de que logo as vigias perceberiam a única fonte possível das habilidades que era forçado a empregar.

As verdadeiras habilidades de um Mentat jaziam naquele *constructo* mental que era chamado de "a grande síntese". Demandava uma paciência que os não Mentats nem imaginavam ser possível. As escolas Mentat definiam tal característica como perseverança. O aluno era como um rastreador primitivo, capaz de interpretar sinais minúsculos, ínfimos distúrbios no ambiente, e segui-los na direção em que apontavam. Ao mesmo tempo, o indivíduo permanecia aberto aos movimentos amplos tanto ao seu redor quanto em seu interior. Isso produzia uma ingenuidade, a postura básica Mentat, similar àquela dos Proclamadores da Verdade, embora muito mais abrangente.

– Você está aberto a tudo o que o universo possa fazer – dissera seu primeiro instrutor. – Sua mente não é um computador; é uma ferramenta responsiva afinada para tudo aquilo que seus sentidos captarem.

Idaho sempre reconhecia quando os sentidos de Bellonda estavam abertos. Ela ficava parada, o olhar levemente voltado para dentro, e ele sabia que alguns preconceitos atulhavam a mente da Reverenda Madre. A defesa do ghola jazia nesta falha básica de sua oponente: abrir os sentidos requeria um idealismo que era estranho a Bellonda. Ela não formulava as melhores perguntas e ele conjecturava a esse respeito. Odrade empregaria uma Mentat defeituosa? Isso ia contra o exemplo de suas outras performances.

Busco as perguntas que formam as melhores imagens.

Jamais se considere engenhoso ao fazer isso, nem que tenha chegado *à* fórmula que fornece *a* solução. Mantenha-se tão responsivo a novas perguntas como a novos padrões. Testando, retestando, moldando e remoldando. Um processo constante, incessante, nunca satisfeito. É sua pavana particular, similar àquela dos outros Mentats, mas que sempre traz consigo posturas e passos únicos.

– *Um indivíduo nunca é verdadeiramente um Mentat. É por isso que chamamos de "O Objetivo Infindável".* – As palavras de seus professores estavam gravadas a fogo em sua percepção.

Ao acumular observações sobre Bellonda, ele aprendeu a apreciar os pontos de vista daqueles grandes Mestres Mentats que o haviam treinado.

– Reverendas Madres não são as melhores Mentats.

Nenhuma Bene Gesserit parecia capaz de se remover por completo daquela união absoluta que alcançavam com a agonia da especiaria: lealdade à Irmandade.

Os professores de Idaho o haviam alertado em relação a absolutos. Estes criavam uma grave falha em um Mentat.

– Tudo o que se faz, tudo o que se sente e se diz é um experimento. Nenhuma dedução é definitiva. Nada para até que esteja morto, e talvez nem mesmo assim, pois cada vida cria ondulações infinitas. Induções irrompem no interior de um indivíduo e ele fica sensibilizado. Deduções trazem consigo ilusões de absolutos. Chute a verdade e a estilhace!

Quando as perguntas de Bellonda tocavam o relacionamento entre Idaho e Murbella, ele captava reações vagamente emocionais. *Diversão? Ciúme?* Idaho era capaz de aceitar divertimento (até mesmo ciúme) nas atraentes demandas sexuais daquele vício mútuo. *Será que o êxtase é realmente tão incrível?*

Ele perambulava por seus aposentos naquela tarde sentindo-se deslocado, como se tivesse acabado de chegar ali e ainda não aceitasse aqueles cômodos como sua casa. *É a emoção falando comigo.*

Ao longo de seus anos de confinamento, esses aposentos haviam assumido a aparência de conforto. Esta era a sua caverna, a antiga suíte do supercargueiro: cômodos amplos e com paredes levemente curvas – quarto, biblioteca-escritório, sala de estar, um banheiro de ladrilhos verdes provido de um sistema de limpeza a seco e de um sistema de limpeza

Frank Herbert

a água, além de um extenso salão de treinamento que ele compartilhava com Murbella para se exercitarem.

Esses aposentos exibiam uma coleção ímpar de artefatos e marcas de sua presença: uma cadeira funda posicionada no ângulo perfeito para acessar o console e o projetor que o conectavam aos sistemas da nave, aqueles registros ridulianos em uma pequena mesa lateral. E havia sinais de que foram ocupados – aquela mancha marrom-escura na mesa de trabalho. Restos de comida tinham deixado marcas indeléveis.

Ele foi até seu quarto, irrequieto. A luz estava mais fraca. Sua habilidade para identificar tudo o que era familiar também funcionava para odores. Havia um cheiro parecido com saliva em sua cama – resíduo da colisão sexual da noite anterior.

Este era o termo apropriado: colisão.

O ar da não nave (filtrado, reciclado e adocicado) normalmente o incomodava. Nenhuma brecha no labirinto da não nave para o mundo exterior ficava aberta por muito tempo. Por vezes ele ficava sentado, inalando em silêncio, esperando captar um resquício vago de ar que não tivesse sido ajustado às necessidades da prisão.

Existe uma forma de escapar!

Ele saiu de seus aposentos e percorreu o corredor, entrou em uma calha vertical de transporte no final da passagem e emergiu no nível mais baixo da nave.

O que de fato está acontecendo lá fora? Naquele mundo aberto para os céus?

As pistas que Odrade lhe dava sobre os eventos o deixavam cheio de temor e com uma sensação de aprisionamento. *Não há para onde fugir! Estou certo em compartilhar meus medos com Sheeana? Murbella apenas ria. "Irei te proteger, meu amor. As Honoráveis Matres não irão me ferir." Outro sonho falso.*

Mas Sheeana... a rapidez com que ela aprendera a linguagem de sinais e entrara no espírito de sua conspiração. Conspiração? Não... Duvido que qualquer Reverenda Madre agiria contra suas irmãs. Até mesmo lady Jéssica voltou para elas no final. Mas não peço que Sheeana aja contra a Irmandade, apenas que nos proteja da insensatez de Murbella.

O enorme poder das caçadoras fazia com que a única coisa que se podia predizer fosse destruição. Um Mentat só precisava olhar para a violência

Herdeiras de Duna

disruptiva das Honoráveis Matres. Elas traziam algo mais consigo, algo que indicava a situação lá fora, na Dispersão. O que seriam aqueles futars que Odrade mencionara com tamanha casualidade? *Parte humanos, parte bestas?* Essa havia sido a hipótese de Lucilla. *E onde está Lucilla?*

Ele se viu no grande porão, o espaço de carga com um quilômetro de largura onde o último verme da areia gigante de Duna havia sido transportado e levado até Casa Capitular. O ambiente ainda trazia o odor de areia e especiaria, enchendo sua mente com tempos imemoriais e mortos longínquos. Ele sabia o motivo de ir com tanta frequência ao grande porão, e o fazia por vezes sem pensar, como acabara de acontecer. Era ao mesmo tempo atrativo e repulsivo. A ilusão de uma vastidão ilimitada com vestígios de poeira, areia e especiaria trazia a nostalgia de liberdades perdidas. Mas havia outro lado. Era ali que aquilo sempre acontecia.

Acontecerá hoje de novo?

Sem qualquer aviso, a sensação de estar no grande porão desapareceria. Então... a rede tremeluzente em um céu vulcânico. Ele tinha ciência de que, quando a visão lhe sobrevinha, não estava de fato *vendo* a rede. Sua mente traduzia o que seus sentidos não eram capazes de definir.

Uma rede tremeluzente, ondulando como uma aurora boreal infinita.

Então a rede se abriria e ele veria duas pessoas: um homem e uma mulher. Como eles pareciam ordinários e, ainda assim, eram extraordinários. Uma avó e um avô em roupas antiquadas: uma jardineira para o homem, um longo vestido e um lenço na cabeça para a mulher. Trabalhando em um jardim de flores! Ele acreditava que era só mais ilusão. *Estou vendo esta cena, mas não é o que de fato vejo.*

Eles sempre acabavam por notá-lo. Idaho ouvia suas vozes.

– Ali está ele outra vez, Marty – o homem diria, chamando a atenção da mulher para Idaho.

– Fico me perguntando como ele consegue enxergar – Marty se indagara certa vez. – Não me parece possível.

– Ele está se alongando demais, creio eu. Será que ele sabe do perigo?

Perigo. Era esta palavra que sempre o removia da visão.

– Não está em seu console hoje?

Por um instante, Idaho pensou que era a visão, a voz daquela mulher curiosa, mas então percebeu que era Odrade. Sua voz vinha de bem perto, logo atrás. Ele rodopiou e notou que se esquecera de fechar a escotilha.

Frank Herbert

Ela o seguira até o porão, perseguindo-o sorrateiramente, evitando os montes de areia no caminho para que estes não produzissem barulho sob seus pés e traíssem sua aproximação.

Ela parecia cansada e impaciente. *Por que ela pensou que eu estaria em meu console?*

Como se em resposta à sua pergunta não enunciada, ela disse:

– Ultimamente tenho encontrado você em seu console com frequência. O que está procurando, Duncan?

Ele meneou a cabeça sem responder. *Por que este sentimento súbito de que estou em perigo?*

Era uma sensação rara na companhia de Odrade. Entretanto, ele era capaz de se lembrar de outras ocasiões. Uma vez, quando ela encarara de forma suspeita as mãos dele no campo do console. *Medo associado ao meu console. Será que revelo minha ânsia Mentat por dados? Será que elas suspeitam que eu escondi meu eu privado ali?*

– Não tenho privacidade alguma? – Ira e ataque.

Ela balançou lentamente a cabeça de um lado para o outro, como se comentasse: "Você pode fazer melhor do que isso".

– Esta é sua segunda visita de hoje – ele acusou.

– Devo dizer que você está com boa aparência, Duncan. – Mais circunlóquio.

– É isso o que suas vigias informam?

– Não seja mesquinho. Vim conversar com Murbella. Ela disse que você estaria aqui.

– Suponho que já saiba que Murbella está grávida outra vez. – Ele estava tentando acalmá-la?

– Algo pelo qual somos gratas. Vim informar a você que Sheeana quer visitá-lo novamente.

Por que Odrade anunciaria isso?

Aquelas palavras encheram a mente do ghola com imagens da criança desgarrada de Duna que se tornara uma Reverenda Madre plena (a mais jovem na história, pelo que diziam). Sheeana, sua confidente, cuidando do último grande verme da areia lá fora. Será que aquele finalmente se perpetuara? Por que Odrade estaria interessada na visita de Sheeana?

– Sheeana quer conversar com você sobre o Tirano.

Ela notou a surpresa que essa declaração gerou.

Herdeiras de Duna

– O que eu poderia acrescentar ao que Sheeana sabe sobre Leto II? – ele indagou. – Ela é uma Reverenda Madre.

– Você conheceu os Atreides intimamente.

Ahhhh. Ela está caçando o Mentat.

– Mas você disse que ela quer conversar sobre Leto e que não é seguro considerá-lo um Atreides.

– Ah, mas ele era. Refinado em algo mais elementar do que qualquer um antes dele, mas ainda assim, um de nós.

Um de nós! Ela o lembrou de que também é uma Atreides. Cobrando o débito eterno que tinha com a família.

– Se você diz...

– Não deveríamos parar com esse jogo frívolo?

Cautela o dominou. Idaho sabia o que ela havia visto. Reverendas Madres eram terrivelmente sensitivas. Ele a encarava, não ousando falar, sabendo que mesmo isso dizia muito a ela.

– Acreditamos que você se recorde de mais de uma vida de ghola. – E, uma vez que ele não respondeu, insistiu: – Vamos lá, Duncan! Você é um Mentat?

Pela forma como ela falou, tanto uma acusação como uma pergunta, ele soube que o segredo acabara. Era quase um alívio.

– E se eu for?

– Os Tleilaxu misturaram as células de mais de um ghola Idaho quando criaram você.

Ghola-Idaho! Ele se recusava a reconhecer-se naquela abstração.

– Por que, de súbito, Leto é tão importante para você? – Não havia como fugir da admissão em tal resposta.

– Nosso verme se tornou trutas da areia.

– Elas estão crescendo e se propagando?

– Aparentemente.

– A menos que vocês as contenham ou as eliminem, Casa Capitular pode se tornar outro Duna.

– Você previu isso, não é mesmo?

– Eu e Leto, juntos.

– Então você se recorda de diversas vidas. Fascinante. Faz que se pareça um pouco conosco. – Como o olhar de Odrade era resoluto!

– Muito diferente, creio eu. – *Tenho que afastá-la dessa ideia!*

– Você adquiriu as memórias durante seu primeiro encontro com Murbella?

Quem presumiu isso? Lucilla? Ela estava lá e pode ter adivinhado, confiando suas suspeitas a suas irmãs. Ele precisava trazer a questão mortal à tona.

– Não sou outro Kwisatz Haderach!

– Não é? – Objetividade estudada. Ela permitiu que isso se revelasse; uma crueldade, ele considerou.

– Você sabe que não sou! – Ele estava lutando pela própria vida e tinha consciência disso. Não tanto com Odrade, mas com aquelas outras que observavam e reviam os registros dos olhos-com.

– Conte-me a respeito de suas memórias seriais. – Essa era uma ordem da Madre Superiora. Não havia como escapar.

– Eu conheço aquelas... vidas. É como se fosse uma única vida em uma linha do tempo.

– Esse repositório pode ser muito valioso para nós, Duncan. Você também se recorda dos tanques axolotles?

Aquela pergunta fez com que seus pensamentos fossem lançados em sondagens nebulosas que o fizeram imaginar coisas estranhas sobre os Tleilaxu: grandes montes de carne humana, levemente visíveis para os olhos imperfeitos de um recém-nascido, imagens desfocadas e borradas, quase memórias de emersão dos canais de nascimento. Como aquilo podia ser registrado como *tanques*?

– Scytale nos forneceu o conhecimento para fazermos nosso próprio sistema axolotle – Odrade falou.

Sistema? Palavra interessante.

– Isso significa que vocês também conseguem duplicar a produção de especiaria tleilaxu?

– Scytale barganha por mais do que iremos dar a ele. Mas a especiaria virá em seu tempo, de uma forma ou de outra.

Odrade ouviu-se falando com firmeza e imaginou se ele detectaria incerteza. *Talvez não tenhamos o tempo necessário para tanto.*

– As irmãs que vocês Dispersam estão claudicando – ele observou, dando a ela uma pequena demonstração da própria percepção Mentat. – Vocês estão sacando de suas reservas de especiaria para supri-las, e essas reservas devem ser finitas.

Herdeiras de Duna

– Elas levam nosso conhecimento axolotle e as trutas da areia.

Ele ficou tão chocado que fez silêncio diante da possibilidade de incontáveis Dunas sendo reproduzidas em um universo infinito.

– Elas resolverão o problema do suprimento de mélange com tanques, com vermes ou com ambos – ela declarou. Isso ela era capaz de dizer com sinceridade. Vinha de perspectivas estatísticas. Um dentre aqueles bandos Dispersos de Reverendas Madres deveria realizar o feito.

– Os tanques – ele murmurou. – Tenho tido estranhos... sonhos. – Ele quase usara o termo "devaneios".

– E deveria mesmo. – De forma breve, ela lhe contou como a carne feminina era incorporada.

– Para fazer a especiaria também?

– Acreditamos que sim.

– Repulsivo!

– Infantilidade sua – ela o repreendeu.

Em momentos como aquele, Idaho a detestava imensamente. Certa vez, ele a repreendera em razão da forma como as Reverendas Madres se excluíam da "torrente comum de emoções humanas", e ela lhe deu aquela mesma resposta.

Infantilidade!

– Provavelmente não deve haver remédio para isso – ele retrucou. – Uma falha vergonhosa em meu caráter.

– Você espera debater moralidade comigo?

Ele pensou ter detectado raiva.

– Nem mesmo ética. Somos regidos por regras diferentes.

– Regras são uma desculpa frequente para ignorar compaixão.

– Isso que ouço é um eco fraco de consciência em uma Reverenda Madre?

– Deplorável. Minhas irmãs me exilariam caso pensassem que sou regida por minha consciência.

– Você pode ser provocada, mas não regida.

– Muito bem, Duncan! Gosto muito mais de você quando é abertamente um Mentat.

– Eu desconfio de seus gostos.

Ela gargalhou.

– Como você se parece com Bell!

Frank Herbert

Ele a encarou em silêncio, arremessado pela risada de Odrade no súbito conhecimento de como escapar de suas carcereiras, de como se livrar das constantes manipulações das Bene Gesserit e viver sua própria vida. A saída não estava no maquinário, mas nas falhas da Irmandade. Os absolutos pelos quais elas achavam que o cercavam e o mantinham... Havia uma saída!

E Sheeana sabe! Essa é a isca que ela usa para me atrair.

Ao notar o silêncio de Idaho, Odrade prosseguiu:

– Conte-me sobre essas outras vidas.

– Errado. Eu as considero uma única vida contínua.

– Sem mortes?

Ele se permitiu uma forma de resposta silenciosa. Memórias seriais: as mortes eram tão instrutivas como as vidas. Morto tantas vezes pelo próprio Leto!

– As mortes não interrompem minhas memórias.

– Que espécie estranha de imortalidade – ela comentou. – Você sabe que os Mestres tleilaxu recriam a si mesmos, não sabe? Mas você... O que eles esperavam criar, misturando diversos gholas em um único corpo?

– Pergunte a Scytale.

– Bell tinha certeza de que você era um Mentat. Ela ficará encantada.

– Acho que não.

– Garantirei que ela fique encantada. Ora! Tenho tantas perguntas que não sei por onde começar. – Ela o estudava, a mão esquerda no próprio queixo.

Perguntas? As demandas Mentat fluíam pela mente de Idaho. Ele permitiu que as perguntas que havia feito a si mesmo por tanto tempo se movessem livremente, formando os próprios padrões. *O que os Tleilaxu buscavam em mim?* Eles não poderiam ter incluído células de todos os seus eu-gholas para esta encarnação. Ainda assim... ele tinha todas as memórias. Quais elos cósmicos acumulavam todas aquelas vidas nesse eu específico? Seria isto uma pista para as visões que o assolavam no grande porão? Meias memórias se formavam na mente dele: seu corpo em um fluido quente, alimentado por tubos, massageado por máquinas, sondado e questionado por observadores tleilaxu. Ele captava respostas murmuradas a partir de seus eus semidormentes. As palavras eram desprovidas de sentido. Era como se escutasse um idioma estrangeiro saído de seus próprios lábios, mas soubesse que se tratava de galach comum.

Herdeiras de Duna

O escopo daquilo que ele pressentia nas ações dos Tleilaxu o deixou perplexo. Eles investigavam um cosmos que ninguém além das Bene Gesserit jamais havia ousado tocar. O fato de que Bene Tleilax fazia isso por seus próprios motivos egoístas não lhe tirava o mérito. Os infinitos renascimentos dos Mestres tleilaxu eram uma recompensa digna para aqueles que eram ousados.

Servos Dançarinos Faciais para copiar qualquer vida, qualquer mente. O escopo do sonho tleilaxu era tão incrível quanto as conquistas Bene Gesserit.

– Scytale admite possuir memórias dos tempos de Muad'Dib – Odrade comentou. – Algum dia você poderia trocar impressões com ele.

– Essa espécie de imortalidade é uma moeda de barganha – Idaho acautelou. – Ele poderia vendê-la às Honoráveis Matres?

– Sim, ele poderia. Venha. Vamos retornar a seus aposentos.

Quando chegaram ao escritório de Idaho, ela gesticulou na direção da cadeira diante do console, e ele se perguntou se ela ainda estava vasculhando em busca de seus segredos. Odrade se reclinou sobre ele para manipular os controles. O projetor logo acima reproduziu a cena de um deserto com um horizonte de dunas ondulantes.

– Casa Capitular? – ela observou. – Uma ampla faixa ao longo de nosso equador.

Ele foi tomado pela empolgação.

– Trutas da areia, você disse. Mas há algum novo verme?

– Sheeana espera que logo tenhamos.

– Eles exigem uma grande quantidade de especiaria como catalisador.

– Arriscamos uma enorme soma de mélange nisso. Leto lhe contou sobre o catalisador, não é mesmo? O que mais você se lembra sobre ele?

– Ele me matou tantas vezes que sinto uma dor quando penso a respeito.

Ela tinha os registros de Dar-es-Balat em Duna para confirmar essa declaração.

– Leto o matou pessoalmente, eu sei. Ele apenas o descartava quando você já havia sido totalmente usado?

– Em determinadas ocasiões meu desempenho atendia às expectativas e eu recebia a permissão de ter uma morte natural.

– O Caminho Dourado dele valia a pena?

Não compreendemos o Caminho Dourado dele nem as fermentações que produziu. Ele enunciou esse pensamento.

– Escolha interessante de palavras. Um Mentat que considera os éons do Tirano fermentação.

– Isso irrompeu durante a Dispersão.

– Impelido também pelos Tempos da Penúria.

– Você acha que ele não antecipou a penúria?

Odrade não respondeu diretamente, mantendo o silêncio diante da visão Mentat de Idaho. *Caminho Dourado: a humanidade "irrompendo" universo adentro... Nunca mais ficaria confinada a qualquer planeta isolado e suscetível a um destino similar. Todos os nossos ovos já não estão mais em uma única cesta.*

– Leto considerava toda a humanidade um único organismo – ele comentou.

– Mas Leto nos alistou em seu sonho contra a nossa vontade.

– Vocês, Atreides, sempre fazem isso.

Vocês, Atreides!

– Então você pagou a sua dívida para conosco?

– Eu não disse isso.

– Você aprecia meu atual dilema, Mentat?

– Há quanto tempo as trutas da areia estão trabalhando?

– Mais de oito anos-padrão.

– A que velocidade o nosso deserto está crescendo?

Nosso deserto! Ela gesticulou na direção da projeção.

– Está mais de três vezes maior do que era antes das trutas da areia.

– Bem rápido!

– Sheeana espera localizar pequenos vermes a qualquer momento.

– Eles tendem a se manter abaixo da superfície até alcançarem dois metros.

– É o que ela diz.

– Cada um deles com uma pérola da percepção de Leto em seu "sonho interminável" – ele murmurou, em tom reflexivo.

– Foram essas as palavras dele, e Leto nunca mentiu sobre esse tipo de coisa.

– As mentiras dele eram mais sutis. Como as de uma Reverenda Madre.

– Você está nos acusando de mentir?

Herdeiras de Duna

– Por que Sheeana quer me ver?

– Mentats! Vocês acham que suas perguntas são respostas. – Odrade meneou a cabeça em desalento zombeteiro. – Ela precisa aprender o máximo possível sobre o Tirano como centro de adoração religiosa.

– Deuses das profundezas! Por quê?

– O culto de Sheeana se propagou. Está por todo o Antigo Império e além, levado pelo clero sobrevivente de Rakis.

– De Duna – ele a corrigiu. – Não o denomine Arrakis ou Rakis. Isso anuvia sua mente.

Ela aceitou a correção. Ele era um Mentat pleno naquele instante e ela aguardava pacientemente.

– Sheeana falava com os vermes da areia em Duna – Idaho considerou. – Eles respondiam. – Os olhos dele encontraram o olhar questionador de Odrade. – Estão se valendo dos velhos truques com sua Missionaria Protectora, não é?

– O Tirano era conhecido como Dur e Guldur durante a Dispersão – ela retrucou, alimentando a inocência Mentat dele.

– Vocês têm uma tarefa perigosa reservada para Sheeana. Ela sabe disso?

– Ela sabe e você pode tornar a tarefa menos perigosa.

– Então abra seus sistemas de dados para mim.

– Sem restrições? – Ela sabia o que Bell teria a dizer sobre isso!

Ele anuiu, incapaz de se permitir a esperança de que ela pudesse consentir. *Será que ela suspeita quão desesperadamente quero isso?* Sentiu uma dor no local onde armazenava o conhecimento de como poderia escapar. *Livre acesso a informações! Ela pensará que desejo a ilusão de liberdade.*

– Você será meu Mentat, Duncan?

– Que escolha tenho eu?

– Discutirei com o conselho sua solicitação e lhe darei nossa resposta.

A porta para a fuga está se abrindo?

– Devo pensar como uma Honorável Matre – ele observou, argumentando para os olhos-com e as vigias que iriam analisar seu pedido.

– Quem melhor para fazer isso do que aquele que vive com Murbella? – ela questionou.

A corrupção traja infinitos disfarces.

– Thu-zen tleilaxu

Elas não sabem o que eu penso nem o que sou capaz de fazer, considerou Scytale. *Suas Proclamadoras da Verdade não são capazes de me ler.* Isso, ao menos, ele conseguira salvar do desastre; a arte do engano, aprendida de seus Dançarinos Faciais aperfeiçoados.

Ele seguia com suavidade pela área que lhe fora reservada na não nave, observando, catalogando, medindo. Cada olhar media pessoas ou lugares em uma mente treinada para buscar falhas.

Todo Mestre tleilaxu sabia que, algum dia, Deus poderia enviá-lo em uma tarefa para testar seu comprometimento.

Muito bem! Essa era uma tarefa e tanto. As Bene Gesserit, que afirmaram compartilhar de sua Grande Crença, haviam perjurado. Elas eram impuras. Ele já não tinha mais companheiros para purificá-lo em seu retorno de lugares estrangeiros. Fora lançado em um universo powindah, feito prisioneiro pelas servas de Shaitan, caçado pelas meretrizes da Dispersão. Mas nenhum desses ímpios sabia de seus recursos. Ninguém suspeitara de como Deus o ajudaria nessa provação derradeira.

Eu me purifico, Deus!

Quando as mulheres de Shaitan o retiraram das mãos das meretrizes, prometendo santuário e "toda a assistência necessária", ele sabia que não passava de falsidades.

Quanto maior o teste, maior a minha fé.

Há apenas alguns minutos, ele observara através de uma barreira cintilante quando Duncan Idaho fez sua caminhada matinal pelo longo corredor. O campo de força que os mantinham separados prevenia a passagem de som, mas Scytale viu os lábios de Idaho se movendo e leu a maldição. *Amaldiçoe-me, ghola, mas nós o fizemos e ainda podemos usá-lo.*

Deus havia introduzido um *Acidente Sagrado* nos planos tleilaxu para aquele ghola, mas Deus sempre tinha desígnios maiores. Era a tarefa dos fiéis de encaixarem-se nos planos de Deus e não exigir que Deus seguisse os desígnios dos humanos.

Herdeiras de Duna

Scytale havia se preparado para esse teste, renovando silenciosamente seu juramento sagrado na doutrina ancestral Bene Tleilax de *s'tori*. "Para alcançar s'tori é necessário não compreender. S'tori existe sem palavras, sem nem mesmo um nome."

A magia de seu Deus era sua única ponte. Scytale sentia isso profundamente. Mestre mais jovem no kehl mais alto, ele soubera desde o início que seria escolhido para esse desafio derradeiro. Aquele conhecimento era uma de suas forças e ele a via sempre que olhava em um espelho. *Deus me formou para enganar as powindah!* A figura frágil e quase infantil dele era composta de uma pele acinzentada cujos pigmentos metálicos bloqueavam a varredura de sondas. Seu tamanho diminuto distraía todos aqueles que o viam e ocultavam os poderes que ele acumulara em suas encarnações seriais como ghola. Apenas as Bene Gesserit portavam memórias mais antigas, mas ele sabia que o mal as guiava.

Scytale esfregou a mão contra o próprio torso, lembrando-se do que estava oculto ali com tamanha habilidade que nem mesmo uma cicatriz marcava o local. Cada Mestre carregava este recurso: uma cápsula de nulentropia preservando as células-sementes de uma multidão: seus colegas Mestres do kehl central, Dançarinos Faciais, especialistas técnicos e *outros* que ele sabia que poderiam ser atrativos para as mulheres de Shaitan... e para diversos powindah medíocres! Paul Atreides e sua amada Chani estavam ali. (Ah, como havia sido custoso procurar trajes dos mortos em busca de células aleatórias!) O Duncan Idaho original estava ali, bem como diversos lacaios dos Atreides: o Mentat Thufir Hawat, Gurney Halleck, o naib fremen Stilgar... Servos e escravos potenciais em número suficiente para povoar um universo tleilaxu.

O maior de todos os prêmios no tubo de nulentropia, aqueles que Scytale mais ansiava em trazer à existência, faziam-no perder o fôlego só de pensar. Dançarinos Faciais perfeitos! Mímicos perfeitos. Perfeitos armazenadores das personas de suas vítimas. Capazes de enganar até mesmo as bruxas das Bene Gesserit. Nem mesmo shere era capaz de prevenir a captura da mente alheia.

O tubo, ele pensou, era seu derradeiro poder de barganha. Ninguém deve saber de sua existência. Por ora, ele catalogava falhas.

Havia falhas o suficiente na não nave para satisfazê-lo. Em suas vidas seriais, ele colecionara habilidades da mesma forma com que seus colegas Mestres colecionavam quinquilharias. Eles sempre o consideraram muito sério, mas agora ele encontrara o momento e o lugar para sua vindicação.

O estudo das Bene Gesserit sempre o atraíra. Ao longo dos éons, ele adquirira um extenso conhecimento sobre elas. Scytale sabia que elas mantinham mitos e desinformações, mas a fé nos propósitos de Deus lhe assegurara que o ponto de vista que ele mantinha serviria à Grande Crença, não importava quais fossem os rigores da Provação Divina.

Ele chamava parte de seu catálogo Bene Gesserit de "típicos", em razão do comentário frequente que elas emitiam: "Isso é típico deles!".

Os *típicos* o fascinavam.

Era *típico* delas tolerar temperamentos grosseiros, mas não ameaçadores, em outros, ainda que não os aceitassem entre elas mesmas. "Os padrões Bene Gesserit são mais altos." Scytale ouvira tal comentário até mesmo de alguns de seus finados companheiros.

– Temos o dom de ver a nós mesmas como os outros nos veem – Odrade comentara certa vez.

Scytale incluíra essa fala entre os *típicos*, mas as palavras da Madre Superiora não estavam de acordo com a Grande Crença. Apenas Deus via seu eu derradeiro! A pompa de Odrade soara como insolência.

– Elas não contam mentiras casuais. A verdade lhes serve melhor.

Ele refletia sobre isso com frequência. A própria Madre Superiora citara tal pensamento como uma regra Bene Gesserit. Assim, restava o fato de que as bruxas aparentavam manter uma visão cínica da verdade. Ela ousava dizer que era zen-sunita. *"A verdade de quem? Modificada de que forma? Em qual contexto?"*

Eles haviam se sentado na tarde anterior nos aposentos de Scytale na não nave. Ele solicitara uma "consulta sobre problemas mútuos", seu eufemismo para barganha. Estavam a sós, exceto pelos olhos-com e as idas e vindas de irmãs observadoras.

Seus aposentos eram suficientemente confortáveis: três cômodos com paredes de plás em um tom tranquilizante de verde, uma cama macia, cadeiras reduzidas para comportar o corpo diminuto dele.

Aquela era uma não nave ixiana, e ele tinha certeza de que suas carcereiras não suspeitavam quanto ele conhecia aquela construção. *Tanto quanto os ixianos.* Máquinas ixianas por todos os lados, mas nenhum

Herdeiras de Duna

ixiano por perto. Ele duvidava que havia um único ixiano em Casa Capitular. As bruxas eram notórias por executar elas mesmas a manutenção.

Odrade se movia e falava lentamente, observando-o com cautela. *"Elas não são impulsivas."* Ouvia-se isso com frequência.

Ela perguntava sobre o conforto do cativo e parecia preocupada com ele.

Scytale relanceou em volta de sua sala de estar.

– Não vejo ixianos.

Ela franziu os lábios em desgosto.

– Foi para isso que pediu uma consulta?

Claro que não, bruxa! Apenas pratico minhas artes de distração. Você não espera que eu mencione as coisas que desejo ocultar. Então, por que eu iria chamar a sua atenção para os ixianos quando sei que é improvável que haja quaisquer intrusos perigosos rondando livremente seu maldito planeta? Ahhh, a ostentosa conexão ixiana que nós, Tleilaxu, mantivemos por tanto tempo. Vocês sabem disso! Vocês puniram Ix de forma memorável em mais de uma ocasião.

Os tecnocratas de Ix poderiam hesitar em irritar as Bene Gesserit, Scytale ponderou, mas teriam de ser extremamente cautelosos para não atiçar a ira das Honoráveis Matres. Negociações secretas eram presumidas pela presença desta não nave, mas o preço poderia ter sido oneroso e os circunlóquios, excepcionais. Muito sórdidas aquelas meretrizes da Dispersão. Talvez elas mesmas precisassem de Ix, ele imaginou. E Ix poderia secretamente desafiar as meretrizes para realizar um acordo com as Bene Gesserit. Mas os limites eram firmes e as chances de traição eram muitas.

Esses pensamentos o confortavam enquanto barganhava. Odrade, com um temperamento irritadiço, o deixara inquieto diversas vezes, com silêncios durante os quais ela o encarava daquela forma perturbadora das Bene Gesserit.

As moedas de troca eram enormes; nada menos que a sobrevivência de cada um deles e sempre na mesa como prêmio aquele aspecto sutil: ascendência, controle do universo humano, perpetuação de suas próprias doutrinas como padrão dominante.

Dê-me uma pequena abertura para que eu possa expandi-la, Scytale pensou. *Dê-me meus próprios Dançarinos Faciais. Dê-me servos que farão apenas as minhas vontades.*

– É uma pequena coisa para se pedir – ele falou. – Busco conforto pessoal, meus próprios servos.

Odrade continuou a encará-lo daquela forma intensa das Bene Gesserit, que sempre parecia remover as máscaras e enxergar as profundezas de seus interlocutores.

Mas eu tenho máscaras que você ainda não penetrou.

Ele era capaz de perceber que ela o achava repulsivo – a forma como Odrade fixava o olhar sequencialmente em cada uma de suas características. Ele sabia o que ela estava pensando. *Uma figura feérica de rosto estreito e olhos travessos. A linha do cabelo ligeiramente avançada sobre a testa.* Seu olhar abaixou: *boca minúscula com dentes afiados e caninos pontudos.*

Scytale sabia que era uma figura retirada de uma das mitologias mais perigosas e perturbadoras da humanidade. Odrade perguntava a si mesma: *Por que os Bene Tleilax escolheram essa aparência física em particular quando o controle da genética que possuíam poderia ter produzido algo muito mais impressionante?*

Pela justa razão de que isso a perturba, powindah imunda!

Ele imediatamente pensou em outro *típico*: "As Bene Gesserit raramente espalham imundícies".

Scytale testemunhara o resultado imundo de diversas ações Bene Gesserit. *Veja o que aconteceu com Duna! Reduzido a cinzas, tudo porque vocês, mulheres de Shaitan, escolheram aquele solo sagrado para desafiar as meretrizes. Até mesmo os resquícios de nosso Profeta ficaram como seu espólio. Todos mortos!*

E ele mal ousava contemplar suas próprias perdas. Nenhum planeta tleilaxu escapara do destino de Duna. *As Bene Gesserit haviam sido as causadoras!* E ele era obrigado a sofrer com a tolerância delas; um refugiado que só tinha a Deus para confortá-lo.

Ele questionou Odrade sobre a *imundície espalhada* em Duna.

– Só se encontra isso quando estamos *in extremis*.

– Foi por isso que vocês atraíram a violência daquelas meretrizes?

Ela se recusou a discutir a questão.

Um dos finados companheiros de Scytale dissera: "As Bene Gesserit deixam rastros claros. Pode-se pensar que são rastros complexos, mas quando se olha com cuidado, eles se suavizam".

Herdeiras de Duna

Aquele companheiro e todos os outros haviam sido massacrados pelas meretrizes. Sua única chance de sobrevivência jazia nas células da cápsula de nulentropia. Eis a sabedoria de um Mestre assassinado!

Odrade queria mais informações técnicas sobre os tanques axolotles. Ahhh, como ela formulava as próprias perguntas com engenhosidade!

Barganhando pela sobrevivência, e cada pedacinho carregava um enorme peso. O que ele recebera por seus pequenos fragmentos de dados sobre os tanques axolotles? Odrade o levava ocasionalmente para fora da nave. Mas todo o planeta era uma prisão para ele, tanto quanto esta nave. Aonde ele poderia ir sem que as bruxas o encontrassem?

O que elas estariam fazendo com seus próprios tanques axolotles? Ele nem tinha certeza quanto a isso. As bruxas mentiam com imensa facilidade.

Fora errado fornecer a elas esse conhecimento, mesmo que limitado? Ele agora percebia que havia contado a elas muito mais do que os preâmbulos dos detalhes biotécnicos aos quais ele havia se atido. Elas definitivamente deduziram como os Mestres haviam criado uma imortalidade limitada – sempre um substituto-ghola crescendo nos tanques. E aquilo também estava perdido! Ele queria gritar isso a ela, tamanha sua ira e frustração.

Perguntas... perguntas óbvias.

Ele aparava as perguntas de Odrade com argumentos prolixos sobre "minhas necessidades de ter servos Dançarinos Faciais e meu próprio console do sistema da nave".

Ela estava ardilosamente irredutível, sondando por mais conhecimento sobre os tanques.

– A informação sobre como produzir mélange a partir de nossos tanques pode nos levar a ser mais generosas com o nosso convidado.

Nossos tanques! Nosso convidado!

Essas mulheres eram como uma parede de açoplás. Nenhum tanque para o uso pessoal dele. *Todo aquele poderio tleilaxu se fora.* Era um pensamento prenhe de autocomiseração pesarosa. Ele se tranquilizou com um lembrete: Deus obviamente testava engenhosidade. *Elas acham que me mantêm em uma armadilha.* Mas estas restrições o afligiam. Nenhum servo Dançarino Facial? Pois bem. Ele buscaria outros servos. Não Dançarinos Faciais.

Scytale sentia a angústia profunda de suas diversas vidas quando pensava nos Dançarinos Faciais que perdera, seus escravos mutáveis. *Malditas sejam essas mulheres e seu fingimento em compartilhar a Grande*

Crença! Acólitas onipresentes e Reverendas Madres sempre bisbilhotando. Espiãs! E olhos-com em todos os cantos. Opressivo.

Na sua chegada a Casa Capitular, ele pressentira uma timidez em suas carcereiras, uma privacidade que se tornara intensa quando ele sondou os mecanismos da ordem Bene Gesserit. Mais tarde, percebeu que se tratava de uma estrutura espiralada, todas olhando para fora, encarando qualquer ameaça. *O que é nosso é nosso! Você não pode entrar!*

Scytale reconhecera uma postura parental nesse comportamento, uma visão maternal da humanidade: "comporte-se ou iremos puni-lo!". E as punições Bene Gesserit certamente deviam ser evitadas.

Conforme Odrade continuava exigindo mais do que ele daria, Scytale travou sua atenção em um *típico* que ele tinha certeza de que era verdadeiro: *Elas não são capazes de amar.* Mas era forçado a concordar. Nem o amor nem o ódio eram puramente racionais. Ele pensava que tais emoções eram uma fonte negra que obscurecia todo o ar ao redor, um borbotão primitivo que respinga em humanos desavisados.

Como essa mulher tagarela! Ele a observava sem realmente ouvi-la. Quais eram as falhas delas? Seria uma fraqueza o fato de evitarem música? Elas temiam as maquinações secretas das emoções? A aversão parecia ser fortemente condicionada, mas o condicionamento nem sempre era bem-sucedido. Em suas diversas vidas, ele vira bruxas que pareciam apreciar música. Quando a questionou, Odrade ficara alterada, e ele suspeitou de uma demonstração deliberada para ludibriá-lo.

– Não podemos nos deixar distrair!

– Vocês nunca reproduzem grandes performances musicais em memória? Fui informado de que em tempos ancestrais...

– Qual seria a utilidade de música tocada em instrumentos que já não são mais conhecidos pela maior parte das pessoas?

– Ah, que instrumentos são esses?

– Onde você encontraria um piano? – *Ainda com aquela falsa ira.* – Instrumentos terríveis para se afinar e ainda mais difíceis de tocar.

Como é bela a forma de seu protesto.

– Nunca ouvi falar desse... desse... piano; foi assim que você o chamou? É como o baliset?

– Primos distantes. Mas só podia ser afinado em um tom aproximado. Uma idiossincrasia do instrumento.

– Por que você comentou sobre esse... esse piano?

– Porque, às vezes, penso que é uma pena eles não existirem mais. Produzir perfeição a partir da imperfeição é, afinal, a mais alta forma de arte.

Perfeição a partir da imperfeição! Ela estava tentando distraí-lo com palavras zen-sunitas, alimentando a ilusão de que essas bruxas partilhavam sua Grande Crença. Ele havia sido alertado diversas vezes sobre essa peculiaridade do processo de barganha das Bene Gesserit. Elas abordavam tudo a partir de um ângulo oblíquo, revelando apenas no último instante o que realmente buscavam. Mas ele sabia o que elas queriam com aquela barganha. Ela almejava todo o seu conhecimento e não estava disposta a pagar nada. Ainda assim, como as palavras dela eram tentadoras.

Scytale sentiu uma cautela profunda crescer em si. As palavras de Odrade se encaixavam com muita precisão ao declarar que as Bene Gesserit buscavam apenas aperfeiçoar a sociedade humana. Então ela pensava que poderia dar-lhe uma lição! Outro *típico*: "Elas veem a si mesmas como professoras".

Quando Scytale expressou dúvida sobre a declaração, Odrade retrucou:

– Naturalmente, criamos pressões nas sociedades que influenciamos. Fazemos dessa forma para que possamos direcionar tais pressões.

– Acho isso contraditório – ele se queixou.

– Ora, Mestre Scytale! É um padrão muito comum. Governos fazem isso com frequência para produzir violência contra os alvos de sua escolha. Vocês mesmos fazem isso! E veja aonde os levou.

Então ela ousa insinuar que os Tleilaxu trouxeram essa calamidade para si mesmos!

– Seguimos a lição do Grande Mensageiro – ela falou, usando o Islamiyat para o Profeta Leto II. As palavras soaram insólitas nos lábios de Odrade, mas ele ficara surpreso. Ela sabia como todos os Tleilaxu reverenciavam o Profeta!

Mas ouvi essas mulheres chamando-O de Tirano!

Ainda falando no Islamiyat, ela o interpelou:

– Não era o objetivo Dele redirecionar a violência, produzindo uma lição de valor para todos?

Ela está zombando da Grande Crença?

– Foi por isso que nós O aceitamos – ela concluiu. – Ele não jogava pelas nossas regras, mas jogava por nosso objetivo.

Frank Herbert

Ela ousa dizer que *ela* aceitou o Profeta!

Scytale não a questionou, ainda que a provocação tivesse sido imensa. Era algo delicado, a visão de uma Reverenda Madre de si mesma e seu comportamento. Ele suspeitava que elas reajustavam constantemente aquele ponto de vista, nunca se desviando muito para qualquer direção. Nenhum ódio próprio, nenhum amor-próprio. Confiança, sim. Uma autoconfiança enlouquecedora. Mas isso não requeria ódio ou amor. Apenas uma cabeça fria, todo julgamento pronto para correção, assim como ela dizia. Raramente demandaria elogios. *Um trabalho bem-feito? Bem, o que mais você esperava?*

"O treinamento Bene Gesserit fortalece o caráter." Esse era o *típico* mais comum entre a Sabedoria Popular.

Ele tentara iniciar uma discussão com ela a esse respeito.

– O condicionamento das Honoráveis Matres não é o mesmo que o seu? Olhe para Murbella!

– Você quer generalizações, Scytale? – *Ela assumira um tom de deleite?*

– Uma colisão entre dois sistemas de condicionamento, esta não é uma boa forma de olhar para esse confronto? – ele arriscou.

– E o mais poderoso emergirá vitorioso, é claro. – *Definitivamente desdenhosa!*

– Não é assim que funciona sempre? – A ira de Scytale não estava bem controlada.

– Uma Bene Gesserit deve lembrar a um Tleilaxu que sutilezas são outra espécie de arma? Vocês não praticam o engano? Uma fraqueza fingida para desviar seus inimigos e levá-los a armadilhas? Vulnerabilidades podem ser criadas.

É claro! Ela sabe sobre os éons de enganos tleilaxu, criando uma imagem de estupidez inepta.

– Então é assim que vocês esperam lidar com suas inimigas?

– Nós temos a intenção de puni-las, Scytale.

Uma determinação tão implacável!

Os novos fatos que ele aprendia sobre as Bene Gesserit o enchiam de receios.

Odrade, levando-o para um passeio vespertino bem escoltado no frio invernal no exterior da nave (censoras corpulentas a um mero passo de distância logo atrás deles), deteve-se para observar uma pequena

Herdeiras de Duna

procissão vinda da Central. Cinco mulheres Bene Gesserit – duas delas acólitas em seus mantos com arremates brancos, mas as outras três vestiam monótonos trajes cinzentos desconhecidos para o Tleilaxu. Elas empurravam uma carroça para um dos pomares. Um vento frígido se abateu sobre os transeuntes. Algumas folhas secas ondulavam em galhos escuros. A carroça levava um longo fardo envolvido em branco. Um corpo? Era do formato correto.

Quando ele questionou, Odrade o presenteou com um relato das práticas funerárias das Bene Gesserit.

Se houvesse um corpo para ser enterrado, isso era realizado com o despedimento casual que ele então testemunhara. Nenhuma Reverenda Madre jamais tivera um obituário ou desejara rituais que demandassem e desperdiçassem tempo. Afinal, a memória dela não vivia em suas irmãs?

Ele começara a argumentar que essa visão era irreverente, mas Odrade o interrompeu.

– Dado o fenômeno da morte, todas as ligações em vida são temporárias! Nós modificamos isso, em certa medida, nas Outras Memórias. Vocês fizeram algo similar, Scytale. E agora nós incorporamos suas habilidades em nossa maleta de truques. Ah, sim! É dessa forma que consideramos tal conhecimento. Ele apenas modifica o padrão.

– Uma prática irreverente!

– Não há nada de irreverente nisso! Elas vão para a terra onde, pelo menos, podem se tornar fertilizantes. – E ela continuou a descrever a cena sem dar a ele novas oportunidades para protestos.

As irmãs seguiam essa rotina regular que ele observava, Odrade comentou. Uma escavadora mecânica fora conduzida ao pomar, onde perfurou um buraco adequado no chão. O corpo, enrolado em um tecido trivial, foi enterrado verticalmente e uma árvore frutífera plantada logo acima dele. Os pomares eram dispostos em padrões gradeados, havendo um cenotáfio em um canto onde o local dos enterros era registrado. Ele notou o túmulo honorário quando Odrade o indicou, um quadrado esverdeado com cerca de três metros de altura.

– Creio que aquele corpo está sendo enterrado no C-21 – ela comentou, observando o funcionamento da escavadora enquanto a equipe funerária aguardava, recostada na carroça. – Esse cadáver fertilizará uma macieira. – Ela soava pecaminosamente feliz por isso!

Frank Herbert

Enquanto eles observavam a escavadora se retirar e a carroça se inclinar, com o corpo deslizando para dentro do buraco, Odrade começou a cantarolar.

Scytale ficou surpreso.

– Você disse que as Bene Gesserit evitavam músicas.

– É só uma cantilena antiga.

As Bene Gesserit permaneciam um enigma e, mais do que nunca, ele percebeu a fraqueza dos *típicos*. Como era possível barganhar com pessoas cujos padrões não seguiam um caminho aceitável? Você pode achar que finalmente as entendeu e então elas disparam em nova direção. Elas eram *atípicas*! Tentar entendê-las causava uma ruptura em seu senso de ordem. Ele tinha certeza de que nada de concreto recebera naquela barganha. Um pouco mais de liberdade que, na verdade, era a ilusão de liberdade. Nada do que ele realmente queria advinha daquela bruxa de rosto gélido! Era torturante tentar ligar as peças para formar alguma substância a partir do que ele sabia sobre as Bene Gesserit. Havia, por exemplo, a declaração de que elas existiam sem se valer de sistemas burocráticos e notação de registros. Exceto, é claro, pelos Arquivos de Bellonda, e toda vez que ele os mencionava, Odrade dizia "Que os céus nos protejam!" ou algo equivalente.

Então ele perguntou:

– Como vocês se mantêm sem oficiais ou registros? – Scytale estava profundamente intrigado.

– Se algo precisa ser feito, nós fazemos. Enterrar uma irmã? – Ela apontou para a cena no pomar onde pás haviam sido trazidas e a terra começava a cobrir a cova. – É assim que as coisas são feitas e sempre há alguém que assume a incumbência. Elas sabem quem são.

– Quem... quem toma conta desse pernicioso...

– Não é pernicioso! É parte de nossa educação. Irmãs que falharam normalmente supervisionam. Acólitas fazem o trabalho.

– Mas elas não... Quero dizer, não é desagradável para elas? Irmãs que falharam, você disse. E acólitas. Parece ser mais uma punição do que...

– Punição! Ora, ora, Scytale. Você só sabe cantar uma única música? – Ela apontou para a equipe fúnebre. – Após o aprendizado, toda a nossa gente aceita seus trabalhos de bom grado.

Herdeiras de Duna

– Mas não... hummm, burocrático...

– Não somos estúpidas!

Novamente, ele não compreendeu, mas ela respondeu à sua perplexidade silenciosa.

– Você certamente sabe que burocracias sempre se tornam aristocracias vorazes depois que alcançam o poder de comandar.

Ele tinha dificuldade em perceber a relevância. Para onde ela o estava levando?

Uma vez que Scytale permaneceu em silêncio, Odrade continuou:

– As Honoráveis Matres possuem todas as marcas da burocracia. Ministros disso, Grandes Honoráveis Matres daquilo, alguns poucos poderosos no topo e muitos funcionários abaixo deles. Elas já estão plenas de ânsias adolescentes. Como predadoras vorazes, nunca consideram a maneira como exterminam suas presas. Uma relação fechada: reduza o número daqueles dos quais você se alimenta e fará toda a sua estrutura entrar em colapso.

Ele achava difícil acreditar que as bruxas realmente viam as Honoráveis Matres sob essa ótica, e manifestou exatamente isso.

– Se você sobreviver, Scytale, verá minhas palavras se tornando realidade. Urros desenfreados de raiva daquelas mulheres irracionais em razão da necessidade de contenções. Um novo esforço descomunal para tirar o máximo de suas presas. Capturem mais! Reprimam-nas com mais força! Isso só significará um extermínio mais rápido. Idaho diz que elas já estão em um estágio de declínio.

O ghola disse isso? Então ela o está usando como um Mentat!

– De onde você tira tais ideias? Certamente isto não se originou de seu ghola. – *Continue achando que ele é seu!*

– Ele apenas confirmou nossa avaliação. Um exemplo nas Outras Memórias nos alertou.

– Ah, é? – Essa questão das Outras Memórias o incomodava. Será que as alegações delas poderiam ser verdadeiras? Memórias das múltiplas vidas que ele havia tido eram de enorme valor. Scytale pediu uma confirmação.

– Nós nos lembramos da relação entre um animal de caça chamado lebre-americana e um felino predador chamado lince. A população desses felinos sempre crescia para acompanhar a população de lebres, e então a superalimentação levava os predadores a tempos de penúria e definhamento.

Frank Herbert

– Que termo interessante, definhamento.

– Descritivo para aquilo que tencionamos para as Honoráveis Matres.

Quando o encontro dos dois chegou ao fim (sem que ele nada ganhasse), Scytale percebeu que estava mais confuso do que antes. Seria esse o verdadeiro intento dessas bruxas? Aquela mulher maldita! Ele não conseguia ter certeza sobre nada do que ela dissera.

Quando Odrade o devolveu a seus aposentos na nave, Scytale permaneceu em pé por um longo tempo, olhando através da barreira de força na direção do longo corredor pelo qual Idaho e Murbella às vezes passavam a caminho do salão de treinamento. Ele sabia que os dois provavelmente iam para lá quando transpunham um amplo portal no final da passagem. Eles sempre emergiam de lá suados e ofegantes.

Nenhum de seus colegas prisioneiros apareceu, ainda que ele tivesse permanecido ali por mais de uma hora.

Ela usa o ghola como Mentat! Isso deve significar que ele tem acesso ao console dos sistemas da nave. Por certo ela não privaria seu Mentat dos dados necessários. De alguma forma, devo conseguir com que Idaho e eu tenhamos um encontro privado. Sempre podemos usar a linguagem sussurrante que imprimimos em todo ghola. Não devo transparecer muita ansiedade. Talvez, uma pequena concessão na barganha. Uma reclamação de que meus aposentos são muito claustrofóbicos. Elas veem como me incomodo com meu aprisionamento.

Educação não é substituta para inteligência. Tal qualidade elusiva é definida apenas em parte pela habilidade de resolver enigmas. É na criação de novos desafios que expressem o que seus sentidos revelam que se pode concluir a definição.

– Mentat, Texto Um (Máxima)

Elas empurraram Lucilla para a presença da Grande Honorável Matre em uma jaula tubular; uma jaula dentro de uma jaula. Amarras de shigafio a confinavam no centro daquela coisa.

– Eu sou a Grande Honorável Matre – saudou a mulher no pesado trono negro. *Mulher pequena, trajes justos em vermelho e dourado.* – A jaula é para a sua proteção, caso tente usar a Voz. Somos imunes a ela. Nossa imunidade toma a forma de um reflexo. Nós matamos. Um grande número de suas irmãs morreu dessa maneira. Nós conhecemos a Voz e a usamos. Lembre-se disso quando eu a soltar. – Ela gesticulou para que os servos que trouxeram a jaula se afastassem. – Vão! Vão!

Lucilla passou os olhos pelo salão. Desprovido de janelas. Quase um quadrado. Iluminado por alguns luciglobos prateados. Paredes em verde-ácido. Disposição típica para um interrogatório. Estava em algum lugar alto. Eles haviam trazido sua jaula usando um tubo de nulentropia pouco antes da aurora.

Um painel atrás da Grande Honorável Matre se abriu bruscamente para um lado e uma jaula menor veio deslizando pelo aposento em um mecanismo oculto. Essa jaula era quadrada e nela estava o que Lucilla inicialmente pensou que fosse um homem nu, até que ele se virou e a encarou.

Futar! Ele tinha um rosto alongado e ela notou os caninos.

– Quer carinho costas – o futar disse.

– Sim, querido. Farei carinho em suas costas mais tarde.

– Quer comer – o futar falou. Ele encarava Lucilla.

– Mais tarde, querido.

O futar continuava a estudar Lucilla.

– Você Treinadora? – a criatura perguntou.

– É claro que ela não é uma Treinadora!

Frank Herbert

– Quer comer – o futar insistiu.

– Eu disse mais tarde! Por ora, você pode ficar sentado aí e ronronar para mim.

O futar se agachou na jaula e um ruído reverberante começou a ser emitido de sua garganta.

– Eles não são adoráveis quando ronronam? – A Grande Honorável Matre obviamente não esperava uma resposta.

A presença do futar deixou Lucilla intrigada. Aquelas coisas deveriam caçar e matar Honoráveis Matres. Entretanto, estava aprisionado.

– Onde você o capturou? – Lucilla perguntou.

– Em Gammu. – Ela não notou o que havia revelado.

Eis a Junção, Lucilla pensou. Ela reconhecera a estrutura a partir do cargueiro na noite anterior.

O futar parou de ronronar.

– Comer – ele ribombou.

Lucilla teria apreciado algo para comer. Elas não a alimentavam havia três dias e fora forçada a suprimir as pontadas causadas pela fome. Pequenos goles de água de um litrofão deixado na jaula ajudaram, mas estava quase no fim. Os servos que a haviam trazido riram de seus pedidos por comida. "Futars preferem carne magra!"

O que mais a afligia era a falta de mélange. Ela começara a sentir as primeiras dores da abstinência naquela manhã.

Logo terei de me matar.

A horda de Lampadas implorava para que ela resistisse. *Seja corajosa. E se aquela Reverenda Madre selvagem falhar conosco?*

Rainha Aranha. É assim que Odrade chama essa mulher.

A Grande Honorável Matre continuou a estudá-la, com uma mão no queixo. Era um queixo fraco. Em um rosto sem quaisquer características positivas, o negativo atraía o olhar.

– Você perderá no final, não sabe? – falou a Grande Honorável Matre.

– Assoviando enquanto passa pelo cemitério – disse Lucilla, e teve de explicar a expressão idiomática usada para quem simula despreocupação diante de uma situação difícil.

Havia um traço educado de interesse no rosto da Grande Honorável Matre. *Que interessante.*

– Qualquer uma de minhas auxiliares a teria matado imediatamente por dizer isso. Essa é uma das razões pelas quais estamos a sós. Estou curiosa para saber o motivo de você dizer tal coisa.

Lucilla relanceou na direção do futar agachado.

– Os futars não apareceram da noite para o dia. Eles foram criados geneticamente a partir de animais selvagens para um único propósito.

– Cuidado! – Chamas alaranjadas surgiram nos olhos da Grande Honorável Matre.

– Gerações de desenvolvimento foram dedicadas à criação dos futars – Lucilla prosseguiu.

– Nós os caçamos para nosso prazer!

– E o caçador se torna a caça.

A Grande Honorável Matre se colocou de pé em um salto, olhos completamente laranja. O futar ficou agitado e começou a ganir. Isso fez que a mulher se acalmasse. Lentamente, ela afundou de volta na cadeira. Gesticulou com uma mão na direção do futar enjaulado.

– Está tudo bem, querido. Logo você comerá e, então, eu farei carinho em suas costas.

O futar voltou a ronronar.

– Então você acha que nós voltamos para cá na condição de refugiadas – falou a Grande Honorável Matre. – Sim! Não tente negar.

– Vermes com frequência se revolvem – Lucilla comentou.

– Vermes? Como aquelas monstruosidades que destruímos em Rakis, você diz?

Era tentador sondar essa Honorável Matre e evocar a reação dramática. Alarme-a o bastante e certamente ela matará.

Por favor, irmã! A horda de Lampadas suplicou. *Persista.*

Vocês acham que serei capaz de escapar deste lugar? Isso as silenciou, exceto por uma voz débil a protestar. *Lembre-se! Somos a boneca ancestral: sete vezes para baixo, oito vezes para cima.* A voz veio acompanhada da imagem oscilante de uma pequena boneca vermelha, um rosto de Buda sorridente e as mãos enlaçadas sobre sua grande barriga.

– Você obviamente está se referindo aos resquícios do Imperador Deus – Lucilla retrucou. – Eu tinha outra coisa em mente.

A Grande Honorável Matre levou algum tempo para considerar essas palavras. O tom alaranjado desvaneceu de seus olhos.

Frank Herbert

Ela está brincando comigo, Lucilla pensou. *Ela tem a intenção de me matar e alimentar seu animal de estimação com meu corpo.*

Mas pense na informação tática que você poderia fornecer se nós escapássemos!

Nós! Mas não havia como escapar da precisão daquele protesto. Elas tinham trazido sua jaula do cargueiro enquanto ainda havia luz do dia. Aproximações do covil da Rainha Aranha eram bem planejadas para dificultar o acesso, mas o planejamento divertia Lucilla. Um conjunto de procedimentos muito antiquado, obsoleto. Locais estreitos com pistas de aproximação dotadas de torreões de observação que se projetavam do solo como cogumelos de um cinza monótono surgindo nos lugares apropriados em seus micélios. Dobras angulares em pontos críticos. Nenhum veículo terrestre comum poderia manobrar tais curvas em alta velocidade.

Não havia menções a isso na crítica de Teg sobre Junção, ela recordou. Defesas absurdas. Bastava trazer equipamentos pesados ou sobrevoar tais instalações rudimentares utilizando outro caminho e as coisas ficariam isoladas. Ligadas pelo subterrâneo, naturalmente, mas isso poderia ser interrompido com o uso de explosivos. Reuni-las, desconectá-las de sua fonte e cairiam em frangalhos. *Nada de sua preciosa energia vindo por seus tubos, idiotas!* Uma sensação visível de segurança, e as Honoráveis Matres a mantinham. Para se sentirem reconfortadas! Suas defesas devem demandar uma grande quantidade de energia em demonstrações inúteis para dar a essas mulheres uma falsa sensação de segurança.

Os corredores! Lembre-se dos corredores.

Sim, os corredores dessa construção colossal eram enormes, para melhor acomodar os tanques gigantes nos quais os navegadores da Guilda eram forçados a viver quando em terra firme. Sistemas de ventilação distribuídos pelos corredores para captar e reclamar o gás vertido de mélange. Ela era capaz de imaginar escotilhas produzindo estrondos ao se abrir e ao se fechar, causando reverberações perturbadoras. Membros da Guilda nunca pareciam se importar com ruídos altos. Linhas de transmissão de energia para os suspensores portáteis eram como espessas cobras negras serpenteando pelas passagens e para dentro de cada cômodo que ela vislumbrara. Não poderiam evitar que um navegador bisbilhotasse qualquer lugar que desejasse.

Muitas das pessoas que ela vira usavam pulseiras-guias. Até as Honoráveis Matres. Então elas se perdiam ali. Tudo sob um teto gigante com torres fálicas. As novas residentes achavam isso uma qualidade atrativa. Extremamente isoladas dos exteriores rudimentares (aonde nenhuma das pessoas importantes ia, exceto para matar coisas ou observar os escravos em seus trabalhos ou jogos divertidos). Em tudo aquilo, ela percebera um desleixo que denotava gastos mínimos em manutenção. *Elas não estão realizando muitas mudanças. A planta baixa de Teg ainda era precisa.*

Perceberam quão valiosas suas observações podem ser?

A Grande Honorável Matre despertou de seus devaneios.

– É possível que eu lhe permita viver. Desde que você satisfaça um pouco de minha curiosidade.

– Como sabe que não responderei a sua curiosidade com um fluxo de puro excremento?

Vulgaridade entretinha a Grande Honorável Matre. Ela quase riu. Aparentemente ninguém a alertara a praticar cautela quando uma Bene Gesserit se valia de vulgaridade. A motivação para tanto certamente deveria ser algo aflitivo. *Nada de Voz, hein? Ela acha que esse é meu único recurso?* A Grande Honorável Matre dissera o bastante e esboçara reações suficientes para dar a qualquer Reverenda Madre um meio seguro de lidar com ela. Sinais do corpo e da fala sempre carregavam mais informações do que era necessário para a compreensão. Havia informações adicionais inevitáveis a ser testadas.

– Você nos acha atraentes? – a Grande Honorável Matre perguntou.

Pergunta curiosa.

– Todos os povos da Dispersão possuem certa atratividade. – *Deixe-a pensar que vimos muitos deles, incluindo seus inimigos.* – Vocês são exóticas, e com isso quero dizer estranhas e novas.

– E nossa proeza sexual?

– Há uma aura que cerca essa habilidade, naturalmente. Excitante e magnética para alguns.

– Mas não para você.

Acerte-a agora, fale do queixo dela! Era uma sugestão da horda. *Por que não?*

– Estive estudando seu queixo, Grande Honorável Matre.

– Esteve? – Surpresa.

Frank Herbert

– É evidente que não mudou desde a infância e deveria ficar orgulhosa dessa recordação pueril.

Ela não ficou nada satisfeita, mas é incapaz de demonstrar. Fale do queixo dela novamente.

– Aposto que seus amantes beijam seu queixo com frequência – Lucilla arrematou.

Agora via-se a raiva e ela permanecia incapaz de extravasá-la. *Ameace-me logo! Acautele-me a não usar a Voz!*

– Beijar queixo – disse o futar.

– Eu disse mais tarde, querido. Agora fique calado!

Descontando no pobre animal de estimação.

– Mas você deseja formular algumas perguntas para mim – Lucilla falou. A doçura em pessoa. Outro sinal de cautela para aqueles com o conhecimento. *Sou aquela que adoça tudo. "Que beleza! Passamos um tempo tão agradável quando estamos com você. Não é maravilhoso?! Você foi muito engenhosa por conseguir isso tão barato! Tão facilmente. Tão rapidamente." Use o advérbio que quiser.*

A Grande Honorável Matre levou alguns instantes para retomar a própria compostura. Ela pressentia que havia sido colocada em desvantagem, mas não sabia dizer como. Recobriu o momento com um sorriso enigmático e falou:

– Mas eu disse que soltaria você. – Ela apertou algo na lateral de sua cadeira e uma seção da jaula tubular se abriu para fora, levando a rede de shigafio consigo. No mesmo instante, uma cadeira baixa surgiu de um painel no chão diretamente a sua frente e a menos de um metro de distância.

Lucilla se sentou na cadeira, seus joelhos quase tocando os de sua inquisidora. *Pés. Lembre-se de que elas matam com os pés.* Ela flexionou os dedos, percebendo naquele instante que estava com as mãos contraídas em punhos cerrados. Malditas sejam as tensões!

– Você deve querer algo para comer e beber – comentou a Grande Honorável Matre. Ela apertou outra coisa ao lado de sua cadeira. Uma bandeja surgiu ao lado de Lucilla: prato, colher e uma taça transbordando um líquido vermelho. *Exibindo seus brinquedos.*

Lucilla ergueu a taça.

Veneno? Primeiro sinta o cheiro.

Ela experimentou a bebida. Chá estimulante e mélange! *Estou faminta.*

Lucilla devolveu a taça vazia para a bandeja. O estimulante em sua língua tinha um forte traço de mélange. *O que ela está fazendo? Tentando me cativar?* Lucilla sentiu um fluxo de alívio em função da especiaria. O prato provou ser composto de feijões com molho picante. Ela comeu até o último grão após uma colherada inicial em busca de aditivos indesejados. Alho no molho. Ela se permitiu uma fração de segundo em suspensão na Memória desse ingrediente – adjunto da alta gastronomia, efetivo contra lobisomens, tratamento potente contra flatulências.

– Achou nossa comida agradável?

Lucilla limpou o queixo com o guardanapo.

– Muito boa. Meus cumprimentos a seu chef. – *Nunca elogie o chef em um estabelecimento privado. Chefs podem ser substituídos. A anfitriã é insubstituível.* – Um belo toque com o uso do alho.

– Estivemos estudando alguns exemplares que encontramos na biblioteca de Lampadas. – Tripudiando: *Viu o que perdeu?* – Pouquíssimas coisas interessantes soterradas em tantas baboseiras.

Ela quer que você seja a bibliotecária dela? Lucilla aguardou em silêncio.

– Algumas de minhas auxiliares acreditam que possa haver pistas para seu ninho de bruxas ali ou, ao menos, uma forma de eliminá-las com maior rapidez. Tantos idiomas!

Ela precisa de uma tradutora? Seja direta!

– O que a interessa?

– Muito pouco. Quem poderia precisar de registros do Jihad Butleriano?

– Eles também destruíram bibliotecas.

– Não seja condescendente comigo!

Ela é mais aguçada do que imaginávamos. Continue de forma direta.

– Pensei que eu fosse o objeto de sua condescendência.

– Escute-me bem, bruxa! Vocês acham que podem ser implacáveis na defesa de seu ninho, mas não sabem o que é ser implacável.

– Não creio que você tenha me contado como posso satisfazer sua curiosidade.

– É a sua ciência que nós queremos, bruxa! – Ela baixou o tom de voz. – Sejamos razoáveis. Com sua ajuda, poderíamos alcançar a utopia.

E conquistar todos os seus inimigos e chegar ao orgasmo todas as vezes.

Frank Herbert

– Você acredita que a ciência detém as chaves para a utopia?

– E para uma organização mais eficiente de nossos afazeres.

Lembre-se: a burocracia eleva a conformidade... Leia-se, eleva a "estupidez fatal" ao status de religião.

– Paradoxo, Grande Honorável Matre. A ciência deve ser inovadora. Ela traz mudanças. É por isso que a ciência e a burocracia estão em constante guerra.

Ela conhece as próprias raízes?

– Mas pense no poder! Pense naquilo que você poderia controlar! – *Ela não conhece.*

As presunções sobre controle da Honorável Matre fascinavam Lucilla. Você controlava o seu universo, você não buscava o equilíbrio com ele. Você olhava para o exterior, nunca para o interior. Você não treinava a si mesma a pressentir suas próprias reações sutis, você produzia músculos (forças, poderes) para sobrepujar tudo o que define como obstáculo. Essas mulheres eram cegas?

Diante do silêncio de Lucilla, a Honorável Matre falou:

– Encontramos muita coisa na biblioteca sobre os Bene Tleilax. Vocês se uniram a eles em diversos projetos, bruxa. Múltiplos projetos: como nulificar a invisibilidade de uma não nave, como penetrar os segredos das células vivas, sua Missionaria Protectora e algo chamado "a linguagem de Deus".

Lucilla esboçou um sorriso controlado. Será que elas temiam existir um deus real lá fora, em algum lugar? *Dê a ela uma amostra! Seja franca.*

– Não nos unimos aos Tleilaxu em absolutamente nada. Seu povo interpretou de forma errônea o que encontrou. Você se preocupa em ser tratada com condescendência? Como você acha que Deus deve se sentir a esse respeito? Nós implantamos religiões protetivas para nos ajudar. Essa é a função da Missionaria. Os Tleilaxu possuem uma única religião.

– Vocês organizam religiões?

– Não exatamente. A abordagem organizacional para a religião é sempre apologética. Nós não fazemos apologias.

– Você está começando a me entediar. Por que encontramos tão pouco sobre o Imperador Deus? – *Atacando a presa!*

– Talvez seu pessoal tenha destruído o que existia.

– Ahhh, então vocês têm interesse nele.

E você também, Madame Aranha!

– Eu presumi, Grande Honorável Matre, que Leto II e seu Caminho Dourado eram assuntos de estudo em muitos de seus centros acadêmicos.

Isso foi cruel!

– Não temos centros acadêmicos!

– Acho seu interesse nele algo surpreendente.

– Interesse casual, nada além disso.

E aquele futar surgiu de um carvalho atingido por um relâmpago!

– Chamamos o Caminho Dourado de Leto de "papelada". Ele a lançou aos ventos infinitos e disse: "Viram? Lá se vai". Isso é a Dispersão.

– Alguns preferem chamá-la de "Busca".

– Ele realmente foi capaz de predizer nosso futuro? É isso o que as interessa? – *Na mosca!*

A Grande Honorável Matre levou a mão à boca e tossiu.

– Dizemos que Muad'Dib criou um futuro. Leto II o "descriou".

– Mas se eu pudesse saber...

– Por favor! Grande Honorável Matre! Aqueles que exigem que o oráculo preveja suas vidas de fato querem saber onde o tesouro está escondido.

– Mas é claro!

– Conhecer todo o seu futuro e nada jamais a surpreenderá outra vez? É isso?

– Pode-se descrever assim.

– Você não quer o futuro, quer um agora estendido para sempre.

– Eu não saberia descrever de uma forma melhor.

– E você diz que eu a entedio.

– O quê?

Olhos alaranjados. Cuidado.

– Nunca mais ser surpreendida? O que poderia ser mais tedioso?

– Ahhhh... Ora! Mas não foi isso o que eu quis dizer.

– Então temo não compreender o que deseja, Grande Honorável Matre.

– Não importa. Retomaremos a questão amanhã.

Suspensão da sentença!

A Grande Honorável Matre se levantou.

– De volta a sua jaula.

– Comer? – o futar se lamuriou.

Frank Herbert

– Tenho uma comida maravilhosa para você lá embaixo, querido. Depois vou fazer carinho em suas costas.

Lucilla entrou na jaula. A Grande Honorável Matre jogou uma almofada de sua cadeira na direção da cativa.

– Coloque-a contra o shigafio. Viu como posso ser gentil?

A porta da jaula se fechou com um estalido.

O futar, em sua jaula, deslizou de volta pela parede. O painel se fechou logo após a sua passagem.

– Eles ficam tão agitados quando estão com fome – a Grande Honorável Matre comentou. Ela abriu a porta do cômodo e se virou para contemplar Lucilla por um instante. – Você não será perturbada aqui. Estou negando permissão a qualquer outra pessoa que queira entrar neste aposento.

Muitas das coisas que fazemos naturalmente tornam-se difíceis apenas quando tentamos transformá-las em questões intelectuais. É possível saber tanto sobre um assunto que você se torna um completo ignorante.

– Mentat, Texto Dois (Máxima)

Periodicamente, Odrade decidia jantar com as acólitas e suas censoras-vigias, suas carcereiras mais próximas nesta *prisão-mental* da qual muitas delas jamais seriam libertas.

O que as acólitas pensavam e faziam realmente informava os recônditos da consciência da Madre Superiora sobre o bom funcionamento de Casa Capitular. Acólitas respondiam a partir de seus humores e premonições mais diretamente do que as Reverendas Madres. Irmãs formadas se tornavam muito boas em não serem surpreendidas em seus piores momentos. Elas não tentavam ocultar o essencial, mas qualquer uma poderia caminhar em um pomar ou fechar uma porta e ficar longe das vistas das cães de guarda.

Isso não ocorria com as acólitas.

Havia pouco tempo livre na Central durante aqueles dias. Mesmo os refeitórios tinham um fluxo constante de ocupantes, não importava o horário. Turnos de trabalho eram controlados e era fácil para uma Reverenda Madre ajustar seus ritmos circadianos aos horários descompassados. Odrade não podia despender energia com tais ajustes. Durante o jantar, deteve-se à porta do refeitório das acólitas e notou o súbito silêncio.

Até mesmo a forma como elas levavam a comida à boca dizia algo. Onde os olhos repousavam enquanto os *hashis* seguiam caminho até a boca? Tratava-se de um golpe ligeiro e um rápido mastigar antes de engolir convulsivamente? Essa era uma das acólitas a ser observadas. Ela estava fomentando desordem. E aquela outra pensativa logo ali, que aparentava pensar a cada bocada em como esconderiam o veneno naquela gororoba. Uma mente criativa por trás daqueles olhos. Deveríamos testá-la para um posto mais sensível.

Odrade entrou no refeitório.

Frank Herbert

O piso tinha um padrão xadrez, de plás preto e branco, resistente a qualquer risco. As acólitas diziam que a estampa servia como tabuleiro de um jogo para as Reverendas Madres: "Coloque uma de nós aqui e outra logo ali, algumas seguindo aquela linha central. Mova-as assim... A vencedora leva tudo".

Odrade se sentou perto da extremidade da mesa, ao lado das janelas que se voltavam para o oeste. As acólitas abriram espaço para a superiora com movimentos discretos e silenciosos.

Aquele refeitório era parte da construção mais antiga de Casa Capitular. Erigida em madeira com vigas sustentando o vão livre logo acima, toras grossas e pesadas com acabamento negro baço. Tinham cerca de 25 metros de comprimento, sem quaisquer emendas. Em algum lugar em Casa Capitular havia um bosque de carvalhos geneticamente modificados, crescendo em direção à luz do sol em plantações zelosamente cuidadas. Árvores que cresciam ao menos trinta metros sem galhos e mais de dois metros em diâmetro. Elas haviam sido plantadas quando aquele refeitório fora construído, a fim de que substituíssem as vigas quando estas enfraquecessem. Estimava-se que tais estruturas durassem mil e novecentos anos-padrão.

As acólitas que se sentavam ao redor da Madre Superiora a observavam com cautela, sem aparentar olhar diretamente em sua direção.

Odrade virou a cabeça para vislumbrar o pôr do sol através das janelas ocidentais. *Poeira outra vez.* A intrusão que se espalhava cada vez mais a partir do deserto inflamava o sol poente e o fazia arder como uma chama distante que poderia explodir em um incêndio incontrolável a qualquer instante.

Odrade conteve um suspiro. Tais pensamentos recriavam seu pesadelo: *o abismo... a corda bamba.* Ela sabia que, se fechasse os olhos, seria capaz de sentir-se oscilando sobre a corda. E a caçadora com o machado se aproximava!

As acólitas comendo ao seu lado se ajeitavam, inquietas, como se pressentissem a preocupação dela. Talvez de fato pressentissem. Odrade ouvia o farfalhar dos tecidos e isso a afastava de seu pesadelo. Seus sentidos começavam a captar uma nova nota nos sons da Central. Havia um ruído áspero por trás de todos os movimentos mais cotidianos; aquela cadeira sendo arrastada atrás de si... O abrir daquela porta da cozinha.

Um rilhar estridente. As equipes de limpeza reclamavam da areia e "daquela ferrugem maldita".

Odrade olhou pela janela na direção da fonte de tal irritação: ventos soprando do sul. Uma nebulosidade baça, algo entre o bronze e um marrom terroso, encobria o horizonte como uma cortina. Seguindo o vento, as camadas finas de seus resíduos seriam encontradas pelos cantos das construções e nas encostas das colinas. Traziam consigo um odor seco de pederneira, algo alcalino que irritava as narinas.

A Madre Superiora olhou para a mesa enquanto uma acólita servia a refeição a sua frente.

Odrade percebeu-se gostando dessa mudança, diferente das refeições rápidas em seu escritório ou em sua sala de jantar privativa. Quando comia sozinha, as acólitas traziam os pratos tão silenciosamente e os recolhiam com tamanha eficiência que, por vezes, ficava surpresa ao ver que tudo havia desaparecido. No refeitório, o jantar era repleto de movimentação e conversas. Em seus aposentos, a chef Duana poderia aparecer e comentar: "A senhora não está comendo o suficiente". Em geral, Odrade dava atenção a tais admoestações. Cães de guarda tinham lá sua utilidade.

A refeição daquela noite era costela de porclesma em molho de soja e melado com pouquíssimo mélange, um toque de manjericão e limão. Feijões verdes frescos *al dente* preparados com pimenta. Suco de uva tinto para bebericar. Ela experimentou um pedaço da costela de porclesma com expectativas e a considerou aceitável, um pouco passado para o seu gosto. As chefs acólitas haviam errado por pouco.

Então por que esta sensação de que tantas refeições são como esta?

Ela engoliu e sua hipersensibilidade identificou aditivos. Aquela refeição não estava ali apenas para repor as energias da Madre Superiora. Alguém na cozinha solicitara a lista de nutrição diária dela e ajustara aquele prato de acordo com os valores prescritos.

Comida é uma armadilha, ela pensou. *Mais aditivos*. Ela não apreciava a forma astuciosa como as chefs de Casa Capitular ocultavam as coisas que acrescentavam na comida "pelo bem das comensais". Elas sabiam, obviamente, que uma Reverenda Madre era capaz de identificar ingredientes e ajustar o metabolismo aos próprios limites. As chefs observavam a Madre Superiora naquele exato momento, perguntando-se como ela avaliaria o menu daquela noite.

Enquanto comia, Odrade escutava as outras comensais. Nenhuma interagira com ela, física ou verbalmente. Os sons haviam quase voltado ao padrão anterior a sua entrada. As línguas ondulantes sempre mudavam o tom de forma quase imperceptível quando ela entrava e depois voltavam ao normal, ainda que em um volume mais baixo.

Uma pergunta não verbalizada pairava sobre todas aquelas mentes sobrecarregadas que a cercavam: *Por que ela está aqui nesta noite?*

Odrade pressentia uma reverência silenciosa em algumas das comensais mais próximas, uma reação que a Madre Superiora algumas vezes empregava em vantagem própria. Uma reverência aguçada. As acólitas sussurravam entre si (era o que as censoras reportavam): "Ela está com Taraza". Elas queriam dizer que Odrade possuía sua finada predecessora como Primária. As duas haviam sido uma dupla histórica, que as postulantes eram obrigadas a estudar.

Dar e Tar já haviam se tornado uma lenda.

Até mesmo Bellonda (a querida e indócil Bell) atacara Odrade de forma oblíqua sobre essa questão. Poucos ataques frontais, raros momentos de exaltação em suas altercações acusatórias. Taraza levava a fama de ter salvado a Irmandade. Tal fato silenciava grande parte da oposição. Taraza havia dito que as Honoráveis Matres eram, em essência, bárbaras, e que a violência delas, ainda que não totalmente evitável, poderia ser canalizada em demonstrações sangrentas. No geral, os eventos haviam confirmado tal postulado.

Correto até certo ponto, Tar. Nenhuma de nós havia antecipado a extensão da violência dessas bárbaras.

A finta clássica (quão oportuna era a terminologia de luta) da qual Taraza havia se valido contra as Honoráveis Matres gerara episódios de tamanha carnificina que o universo estava repleto de críticas e de apoiadores em potencial de suas vítimas brutalizadas.

Como irei nos defender?

Não que os planos defensivos fossem inadequados. Eles podiam se tornar irrelevantes.

Isso, obviamente, é o que busco. Devemos estar purificadas e preparadas para um esforço supremo.

Bellonda desdenhara de tal ideia.

– Para a nossa queda? É por isso que devemos estar purificadas?

Bellonda se tornaria ambivalente quando descobrisse o que a Madre Superiora planejava. A Bellonda-indócil aplaudiria. A Bellonda-Mentat argumentaria em favor de postergar "até um momento mais propício".

Mas buscarei meu próprio caminho, apesar do que minhas irmãs pensam.

E muitas irmãs achavam que Odrade era a Madre Superiora mais estranha que já haviam aceitado. Elevada mais pela mão canhota que pela destra. *Taraza Primária. Eu estava lá quando você morreu, Tar. Não havia mais ninguém para coletar sua persona. Fui elevada por acidente?*

Muitas desaprovavam Odrade. Mas quando a oposição se organizava, acabavam voltando para a "Taraza Primária: a melhor Madre Superiora da nossa história".

Que divertido! A Taraza interior era a primeira a rir e questionar: *Por que você não conta a elas sobre meus equívocos, Dar? Em especial como eu a julguei mal.*

Odrade mastigava uma porção de costela de porclesma enquanto refletia. *Devo uma visita a Sheeana. Para o sul, deserto adentro, o mais depressa possível. Sheeana deve estar preparada para substituir Tam.*

A paisagem em mutação assomava gigantesca aos pensamentos de Odrade. Mais de mil e quinhentos anos de ocupação Bene Gesserit em Casa Capitular. *Sinais de nossa presença em todos os lugares.* Não apenas nos bosques ou vinhedos ou pomares. Imagine as consequências sobre a psiquê coletiva, testemunhar mudanças de tal magnitude acontecendo sobre um terreno tão familiar a elas.

A acólita sentada ao lado de Odrade limpou a garganta com um som suave. Será que ela iria se dirigir à Madre Superiora? Um acontecimento raro. A jovem continuou a comer sem dizer nada.

Os pensamentos de Odrade retornaram à futura jornada para o deserto. Sheeana não deve ser avisada com antecedência. *Preciso ter certeza de que ela é aquela de quem necessitamos.* Havia perguntas que Sheeana deveria responder.

Odrade sabia que encontraria pontos de inspeção pelo caminho. Nas irmãs, na fauna e na flora, nas próprias fundações de Casa Capitular, ela veria mudanças grosseiras e sutis, coisas que abalariam a célebre serenidade da Madre Superiora. Até mesmo Murbella, que nunca saíra da não nave, pressentia tais mudanças.

Frank Herbert

Naquela mesma manhã, sentada de costas para seu console, Murbella havia escutado Odrade, que estivera em pé diante dela, com atenção redobrada. Uma vigilância irascível pairava sobre a Honorável Matre cativa. Sua voz traíra dúvidas e julgamentos desequilibrados.

– *Tudo* é transiente, Madre Superiora?

– Este é um conhecimento estampado em você pelas Outras Memórias. Nenhum planeta, nenhum continente ou mar, nenhuma parte de qualquer continente ou mar está aqui para sempre.

– Que pensamento mais mórbido! – Rejeição.

– Onde quer que estejamos, somos apenas administradoras.

– Um ponto de vista inútil. – Hesitante, questionando o motivo de a Madre Superiora ter escolhido aquele momento para dizer tais coisas.

– Ouço as Honoráveis Matres falando por seu intermédio. Elas lhe deram sonhos gananciosos, Murbella.

– É o que você diz! – Profundamente ressentida.

– As Honoráveis Matres acreditam que são capazes de comprar uma segurança infinita: um pequeno planeta, sabe, com uma população subserviente em abundância.

A face de Murbella produziu um esgar.

– Mais planetas! – Odrade explodiu. – Sempre mais e mais e mais! É por isso que elas voltaram em enxames.

– Algumas migalhas neste Antigo Império.

– Excelente, Murbella! Você está começando a pensar como uma de nós.

– E isso me torna um *nada*!

– Nem uma coisa, nem outra, a não ser você mesma de verdade? Ainda assim, você é apenas uma administradora. Cuidado, Murbella! Se acha que possui algo, está como se andasse em areia movediça.

Isso produziu um cenho franzido e intrigado. Algo deveria ser feito sobre a forma como Murbella permitia que seu rosto transparecesse tão abertamente as emoções que sentia. Em um ambiente como aquele, era algo permissível, mas um dia...

– Então, nada que possuímos é garantido. E daí? – Amargor, amargor.

– Você pronuncia algumas palavras certas, mas não acho que tenha encontrado um lugar dentro de si onde possa resistir por toda a sua existência.

Herdeiras de Duna

– Até que um inimigo me encontre e me abata?

O treinamento das Honoráveis Matres permanece como cola! Mas ela falou com Duncan na noite anterior de uma forma que me diz que está pronta. O quadro de Van Gogh, creio eu, a sensibilizou. Percebo em sua voz. Devo rever aquela gravação.

– Quem a abateria, Murbella?

– Vocês nunca resistiriam a um ataque das Honoráveis Matres!

– Eu já atestei o fato fundamental que diz respeito a nossa situação: nenhum local é seguro para sempre.

– Outra de suas lições malditas e inúteis!

No refeitório das acólitas, Odrade lembrou-se de que não tivera tempo de revisar aquele registro dos olhos-com de Duncan e Murbella. Quase deixou que um suspiro lhe escapasse. Ela o ocultou com uma tossidela. Nunca permita que essas jovens percebam inquietação na Madre Superiora.

Para o deserto e Sheeana! Rotina de inspeção assim que eu tiver tempo para isso. Tempo!

A acólita sentada ao lado de Odrade limpou novamente a garganta com um ruído. Odrade a observou com sua visão periférica; loira, vestido preto curto com acabamento em branco: terceiro estágio intermediário. Nenhum movimento com a cabeça na direção de Odrade, nenhum olhar de soslaio.

É isso que encontrarei em minha rotina de inspeção: medos. E nas paisagens, aquelas coisas que sempre vemos quando ficamos sem tempo: árvores deixadas de pé porque as lenhadoras se foram, arrastadas para a nossa Dispersão, enviadas para seu túmulo, para lugares desconhecidos, talvez até para a servidão. Será que testemunharei Extravagâncias arquitetônicas tornando-se atrativas porque estão incompletas, uma vez que as construtoras partiram? Não. Não nos permitimos Extravagâncias.

As Outras Memórias traziam exemplos do que ela gostaria de encontrar: velhas construções ainda mais belas pelo fato de estarem inacabadas. O construtor havia falido, um proprietário enfurecido com sua amante... Algumas coisas ficavam mais interessantes em função disto: paredes velhas, antigas ruínas. Esculturas do tempo.

O que Bell diria se eu pedisse uma Extravagância em meu pomar predileto?

A acólita ao lado de Odrade disse:

141

Frank Herbert

– Madre Superiora?

Excelente! Elas raramente reúnem coragem.

– Sim? – Um leve questionamento. *Espero que seja importante.* Ela perceberia?

Ela percebeu:

– Dirijo-me à senhora, Madre Superiora, pela urgência e porque sei de seu interesse nos pomares.

Esplêndida! Esta acólita tinha pernas curtas, mas tal característica não se estendia à sua mente. Odrade a encarou em silêncio.

– Sou a responsável pelo mapa em seus aposentos, Madre Superiora.

Então era uma adepta confiável, uma pessoa a quem se atribuía trabalhos para a Madre Superiora. Ainda melhor.

– Terei meu mapa em breve?

– Em dois dias, Madre Superiora. Estou ajustando as camadas da projeção onde demarco o crescimento diário do deserto.

Um breve anuir com a cabeça. Essa havia sido a ordem original: uma acólita para manter o mapa atualizado. Odrade queria acordar todas as manhãs, sua imaginação inflamada por aquela visão mutável, a primeira coisa estampada em sua percepção ao se levantar.

– Deixei um relatório em seu escritório esta manhã, Madre Superiora. "Gerenciamento dos pomares." Talvez a senhora não o tenha notado.

Odrade vira apenas o título. Ela havia se atrasado ao voltar dos exercícios, ansiosa para visitar Murbella. Tanto dependia de Murbella!

– As plantações ao redor da Central devem ser abandonadas ou ações deverão ser tomadas para sustentá-las – a acólita continuou. – Esse é o ponto principal do relatório.

– Repita o relatório *verbatim.*

A noite caiu e a iluminação do salão se acendeu enquanto Odrade escutava. Conciso. Até mesmo sucinto. O relatório trazia um tom de admoestação que Odrade reconheceu como sendo originário de Bellonda. Não havia assinaturas dos Arquivos, mas os avisos meteorológicos deviam passar pelos Arquivos, e esta acólita havia tomado algumas das palavras originais.

Por fim, a acólita ficou em silêncio, o relatório havia acabado.

Como devo responder? Pomares, pastos e vinhedos não eram meras áreas de resistência contra intrusões estranhas, decorações agradáveis para a paisagem. Apoiavam o moral de Casa Capitular e sustentavam suas mesas.

Apoiam o meu moral.

A acólita aguardava em silêncio. Tinha cabelos loiros cacheados e rosto redondo. Um semblante agradável, ainda que a boca fosse grande-larga. Ainda havia comida em seu prato, mas ela não comia. As mãos jaziam dobradas sobre o colo. *Estou aqui para servi-la, Madre Superiora.*

Enquanto Odrade elaborava a sua resposta, uma memória a surpreendeu; um antigo incidente de simulfluxo sobre uma observação imediata. Lembrou-se do percurso de seu treinamento de ornitóptero. *Duas estudantes acólitas com um instrutor ao meio-dia no alto dos charcos de Lampadas.* Ela havia sido designada para fazer par com a acólita mais inepta que já fora aceita na Irmandade. Obviamente uma escolha genética. As Mestras em Reprodução a queriam pelas características que deveriam ser passadas para a prole. *Certamente não por seu controle emocional ou por sua inteligência!* Odrade se lembrou do nome de tal acólita: Linchine.

Linchine gritara com seu instrutor:

– Eu vou pilotar este maldito 'tóptero!

E, enquanto isso, o céu rodopiava e a paisagem de árvores e as margens pantanosas dos lagos causavam-lhes vertigens. *Era assim que as coisas pareciam: nós estávamos parados enquanto o mundo se movia.* Linchine cometendo erros todas as vezes. Cada movimento criava rotações ainda piores.

O instrutor a removera do sistema acionando a desconexão à qual apenas ele tinha acesso. E nada falou até que a nave fosse endireitada e estivessem voando em nível.

– Você nunca será capaz de pilotar esta coisa, senhorita. Jamais! Você não possui as reações necessárias. Deve-se começar a treinar essas habilidades em alguém como você antes da puberdade.

– Vou sim! Vou sim! Vou pilotar esta coisa infernal. – As mãos sacudindo os controles desabilitados.

– Você está fora, senhorita! Para terra firme!

Odrade respirara com mais leveza, percebendo que tinha ciência, durante todo aquele episódio, de que Linchine poderia matá-los.

Virando-se na direção de Odrade, que estava na parte traseira, Linchine gritou:

Frank Herbert

– Diga a ele! Diga que ele deve obedecer a uma Bene Gesserit!

Ela se referia ao fato de que Odrade, anos à frente de Linchine, já demonstrava uma presença imperiosa.

Odrade permaneceu em silêncio, com as feições imóveis.

Por vezes o silêncio é a melhor coisa a se dizer, alguma humorista Bene Gesserit rabiscara no espelho de um lavatório. Odrade considerara um bom conselho à época, e para aquela ocasião.

Recordando-se das necessidades da acólita no refeitório, Odrade se perguntou por que aquela velha memória aparecera por conta própria. Tais eventos jamais ocorriam sem um propósito. *Agora, decerto, não devo silenciar. Humor?* Sim! Essa era a mensagem. O humor de Odrade (aplicado depois) ensinara a Linchine algo sobre ela mesma. *Humor sob estresse.*

Odrade sorriu para a acólita ao seu lado no refeitório.

– Você gostaria de ser um cavalo?

– O quê? – a resposta saiu com perplexidade, mas ela retribuiu o sorriso da Madre Superiora. Não havia nada de alarmante nisso. Era até mesmo caloroso. Todas diziam que a Madre Superiora permitia demonstrações de afeto.

– Você não compreendeu, é claro – Odrade observou.

– Não, Madre Superiora. – Ainda aguardando, sorridente.

Odrade permitiu que seu olhar sondasse aquele rosto jovem. Olhos azuis límpidos, ainda não tocados pelo azul dominante da agonia da especiaria. Uma boca quase como a de Bellonda, mas sem a indocilidade. Músculos confiáveis e inteligência confiável. Ela seria boa em antecipar as necessidades da Madre Superiora. Tome como exemplo a tarefa de mapeamento e o relatório. Sensitiva. Isso acompanhava sua inteligência elevada. Improvável que alcançasse cargos mais altos, mas estaria sempre em postos-chave em que suas qualidades fossem necessárias.

Por que me sentei ao lado desta acólita?

Com frequência Odrade selecionava uma companhia em particular durante suas visitas nos horários de refeição. Na maioria das vezes eram acólitas. Elas podiam ser tão reveladoras. Normalmente os relatórios eram enviados para o escritório da Madre Superiora: observações pessoais das censoras sobre uma ou outra acólita. Mas por vezes Odrade escolhia um assento sem qualquer motivo aparente. *Como fiz esta noite. Por que esta garota?*

Muito raramente uma conversa acontecia, a menos que a Madre Superiora a iniciasse. Em geral, esse início de conversa era suave, fluindo com mais facilidade para questões mais íntimas. Outras ao redor delas escutavam com avidez.

Diante de tais situações, Odrade costumava produzir maneirismos de uma serenidade quase religiosa. Acalmava as mais ansiosas. Acólitas eram... bem, acólitas, mas a Madre Superiora era a feiticeira suprema de todas elas. Nervosismo era natural.

Alguém atrás de Odrade sussurrou:

– Ela está forçando Streggi a caminhar sobre brasas ardentes esta noite.

Caminhar sobre brasas ardentes. Odrade conhecia a expressão. Era utilizada em seus dias de acólita. Então o nome dessa jovem era Streggi. *Melhor não o mencionar, por ora. Nomes são cheios de magia.*

– Você apreciou a refeição desta noite? – Odrade questionou.

– Estava aceitável, Madre Superiora. – Ela tentava não dar falsas opiniões, mas Streggi estava confusa em função da mudança de assunto.

– Elas deixaram passar do ponto – Odrade comentou.

– Servindo tantas de nós, como poderiam agradar a todas, Madre Superiora?

Ela dá a própria opinião e o faz com desenvoltura.

– Sua mão esquerda está tremendo – Odrade observou.

– Estou nervosa pela sua presença, Madre Superiora. E acabo de vir do salão de treinamento. Tive uma sessão muito cansativa hoje.

Odrade analisou os tremores.

– Fizeram você praticar levantamento com braço estendido.

– Em sua época era tão doloroso quanto hoje, Madre Superiora? (Naqueles tempos ancestrais?)

– Tão doloroso quanto hoje. A dor ensina, foi o que me disseram.

Esse comentário suavizou a tensão. Experiências em comum, a tagarelice das censoras.

– Não entendo de cavalos, Madre Superiora. – Streggi olhou para seu prato. – Isto não pode ser carne de cavalo. Tenho certeza de que eu...

Odrade gargalhou, atraindo olhares espantados. Ela levou uma das mãos ao braço de Streggi e foi parando de rir até chegar a um sorriso gentil.

– Obrigada, minha querida. Ninguém me fazia rir desta forma há anos. Espero que isso represente o começo de uma parceria longa e próspera.

– Eu agradeço, Madre Superiora, mas...

– Explicarei sobre o cavalo, minha piadinha interna, e não tenho intenção de humilhá-la. Gostaria que carregasse um jovenzinho em seus ombros, para movê-lo com agilidade maior do que as perninhas dele são capazes.

– Como quiser, Madre Superiora. – Sem objeções, sem maiores questionamentos. Ela tinha perguntas a fazer, mas as respostas viriam em seu próprio tempo, e Streggi sabia disso.

Hora da magia.

Recolhendo a mão, Odrade prosseguiu:

– Qual é o seu nome?

– Streggi, Madre Superiora. Aloana Streggi.

– Fique tranquila, Streggi. Cuidarei dos pomares. Precisamos deles tanto para o nosso moral quanto para a nossa alimentação. Você deve se apresentar para Realocação esta noite. Diga a elas que espero você em meu escritório às seis horas de amanhã.

– Estarei lá, Madre Superiora. Devo continuar as marcações em seu mapa? – Ela questionou quando Odrade se levantava para partir.

– Por ora, Streggi. Mas peça à Realocação uma nova acólita e comece a treiná-la. Logo você estará muito ocupada para o mapa.

– Obrigada, Madre Superiora. O deserto está crescendo muito rapidamente.

As palavras de Streggi deram a Odrade certa satisfação, dissipando a melancolia que a abatera durante a maior parte do dia.

O ciclo estava recebendo outra chance, girando mais uma vez ao ser impelido por aquelas forças subterrâneas chamadas "vida" e "amor" e outros rótulos desnecessários.

E assim ele gira. Assim ele se renova. Mágica. Que tipo de bruxaria seria capaz de tirar a sua atenção desse milagre?

Em seu escritório, ela enviou uma ordem para o controle meteorológico e depois silenciou as ferramentas de trabalho, indo até a janela em formato de arco. Casa Capitular tinha um brilho pálido avermelhado à noite, devido aos reflexos das luzes de sua superfície contra as nuvens baixas. Isso dava uma aparência romântica aos telhados e muros que Odrade logo rejeitara.

Romance? Não havia nada romântico no que ela havia feito no refeitório das acólitas.

Eu fiz isso, finalmente. Eu me comprometi. Agora, Duncan deve restaurar as memórias de nosso bashar. Uma tarefa delicada.

Ela continuou a encarar a noite, suprimindo os nós em seu estômago.

Não apenas me comprometi, mas comprometi tudo o que resta de minha Irmandade. Então é esta a sensação, Tar.

Esta é a sensação, e seu plano é arriscado.

Iria chover. Odrade pressentiu no ar que vinha dos respiradores que cercavam a janela. Não havia necessidade de ler o despacho do controle meteorológico. Ela raramente precisava de tais informes. Por que se preocupar? Mas o relatório de Streggi trazia um aviso potente.

As chuvas estavam se tornando mais raras e deveriam ser bem-vindas. As irmãs sairiam para caminhar sob a chuva, apesar do frio. Havia um toque de tristeza em tal pensamento. Cada chuva que ela via trazia a mesma pergunta: *Esta será a última?*

O pessoal do controle meteorológico fazia coisas heroicas para manter o deserto em expansão seco e as áreas de cultivo irrigadas. Odrade não sabia como haviam sido capazes de providenciar esta chuva para cumprir suas ordens. Em breve, não conseguiriam mais obedecer a tais comandos, mesmo vindo da Madre Superiora. *O deserto triunfará porque foi isso que desencadeamos.*

Ela abriu os painéis centrais da janela. O vento, àquela altura, já havia parado. Apenas as nuvens se moviam na camada mais alta. O vento nas elevações superiores arrastava as coisas consigo. Um senso de urgência no clima. O ar estava gélido. Então haviam feito ajustes na temperatura para provocar essa pancada de chuva. Ela fechou a janela, sem ter qualquer desejo de sair dali. A Madre Superiora não tinha tempo para entrar no jogo da *última chuva.* Uma chuva de cada vez. E sempre, lá fora, o deserto se movia inexoravelmente na direção delas.

Isso nós podemos mapear e observar. Mas e quanto à caçadora atrás de mim; a figura pesadelar com o machado? Que mapa pode me dizer onde ela se encontra esta noite?

A religião (emulação de adultos pela criança) enquista mitologias passadas; adivinhações, presunções ocultas de confiança no universo, pronunciamentos feitos em busca de poder pessoal, todos misturados com fragmentos de iluminação. E sempre um mandamento não verbalizado: não questionarás! Quebramos este mandamento diariamente ao subordinar a imaginação humana a nossa mais profunda criatividade.

– Credo Bene Gesserit

Murbella estava sentada de pernas cruzadas no chão do salão de treinamento, sozinha, tremendo após seus exercícios. A Madre Superiora estivera ali por menos de uma hora naquela tarde. E, como acontecia com frequência, Murbella sentia que fora abandonada em um sonho febril.

As palavras de Odrade ao partir reverberavam em seu sonho:

– A lição mais difícil que uma acólita precisa aprender é que ela deve sempre ir até o limite. Suas habilidades a levarão muito além do que você imagina. Então, não imagine. Amplifique-se!

Qual é a minha resposta? Que fui ensinada a trapacear?

Odrade havia feito algo para atrair os padrões da infância e da educação de Honorável Matre. *Aprendi a trapacear desde criança. Como simular uma necessidade e atrair atenção.* Havia muitos "como fazer" nos padrões da trapaça. Quanto mais velha ficava, mais fácil era trapacear. Ela aprendera que as *pessoas grandes* que a cercavam eram exigentes. *Eu regurgitava de acordo com a exigência. Isso era chamado de "educação".* Por que as Bene Gesserit eram tão incrivelmente diferentes em seus ensinamentos?

– Não peço que seja honesta comigo – Odrade dissera. – Seja honesta consigo mesma.

Murbella se desesperara ao pensar que nunca acharia a raiz de todas aquelas trapaças em seu passado. *E por que eu deveria fazer isso? Mais trapaças!*

– Maldita seja, Odrade!

Herdeiras de Duna

Só depois de ter dito essas palavras ela percebeu que as havia falado em voz alta. Começou a levar a mão na direção da boca, mas desistiu do movimento. A febre lhe disse: "Qual a diferença?".

– Burocracias educacionais embotam a sensibilidade questionadora de uma criança. – *Odrade explicando.* – Os jovens devem ser refreados. Nunca permita que saibam quão bons eles podem ser. Isso traz mudanças. Gaste bastante tempo dos comitês discutindo sobre como lidar com alunos excepcionais. Não invista tempo algum na questão de como professoras convencionais se sentem ameaçadas pelos talentos emergentes e os silenciam em função de um desejo profundo de se sentirem superiores e seguras em um ambiente seguro.

Ela estava falando sobre as Honoráveis Matres.

Professoras convencionais?

Eis o ponto: por trás de uma fachada de sabedoria, as Bene Gesserit não eram convencionais. Elas com frequência não pensavam sobre ensinar: apenas ensinavam.

Deuses! Quero ser como elas!

O pensamento a abalou e ela se pôs de pé em um salto, lançando-se em uma rotina de treinamento para os pulsos e braços.

A compreensão a atingiu mais fundo que das outras vezes. Ela não queria decepcionar essas professoras. *Candor e honestidade.* Toda acólita ouvia isso.

– Ferramentas básicas de aprendizado – Odrade dissera.

Distraída por seus pensamentos, Murbella tropeçou feio e se levantou, passando a mão em um ombro contundido.

Pensara, inicialmente, que as declarações Bene Gesserit deveriam ser uma mentira. *Estou sendo tão cândida com você que devo lhe contar sobre minha honestidade inabalável.*

Mas as ações confirmavam a afirmação delas. A voz de Odrade persistia no sonho febril:

– É assim que você julga.

Elas tinham algo em sua mente, em suas memórias, e um equilíbrio de intelecto que nenhuma Honorável Matre jamais possuíra. Tal pensamento a fazia se sentir pequena. *Eis que surge a corrupção.* Eram como manchas em seus pensamentos febris.

Mas eu tenho talento! Tornar-se Honorável Matre exigia talento.

Ainda me considero uma Honorável Matre?

As Bene Gesserit sabiam que ela ainda não se comprometera totalmente com a Irmandade. *Quais habilidades possuo que elas poderiam querer? Não as habilidades de enganação.*

– *Suas ações estão de acordo com suas palavras? Eis a medida de sua confiabilidade. Nunca confine a si mesma às palavras.*

Murbella colocou as mãos sobre as orelhas. *Cale a boca, Odrade!*

– *Como uma Proclamadora da Verdade diferencia sinceridade de um julgamento mais fundamental?*

Murbella baixou as mãos, deixando-as cair ao seu lado. *Talvez eu esteja realmente doente.* Ela varreu o cômodo com o olhar. Não havia ninguém ali para pronunciar aquelas palavras. De qualquer forma, fora a voz de Odrade.

– *Se convencer a si mesma, com sinceridade, você será capaz de falar palavrórios (um termo arcaico maravilhoso; pesquise), absolutas baboseiras em todas as suas frases, e acreditarão em você. Mas não uma de nossas Proclamadoras da Verdade.*

Os ombros de Murbella despencaram. Ela começou a perambular sem rumo pelo salão de treinamento. Não havia lugar para o qual ela pudesse fugir?

– *Procure pelas consequências, Murbella. É assim que descobrirá coisas que vão funcionar. É assim que todas as nossas célebres verdades de fato são.*

Pragmatismo?

Idaho a encontrou e respondeu ao olhar selvagem em seus olhos.

– O que há de errado?

– Acho que estou doente. Muito doente. Pensei que era algo que Odrade fez comigo mas...

Idaho a segurou quando ela desabou.

– Ajudem-nos!

Pela primeira vez, ele ficou feliz por ter os olhos-com ao redor. Uma Suk surgiu em menos de um minuto. Ela se curvou sobre Murbella, onde Idaho a aninhava no chão.

O exame foi rápido. A Suk, uma Reverenda Madre grisalha de mais idade, com a tradicional marca em forma de diamante sobre a testa, se empertigou e declarou:

– Estresse excessivo. Ela não está tentando encontrar seus limites, mas ultrapassá-los. Nós a colocaremos de volta nas aulas de sensibilização antes de permitirmos que ela continue. Vou enviá-la às censoras.

Odrade encontrou Murbella na ala das censoras naquela tarde prostrada em uma cama, com duas censoras revezando a tarefa de testar as respostas de seus músculos. Após um gesto curto, as duas deixaram Odrade e Murbella a sós.

– Tentei evitar coisas complicadas – disse Murbella. *Candor e honestidade.*

– Tentar evitar complicações normalmente faz com que elas sejam criadas. – Odrade lançou-se sobre uma cadeira ao lado da cama e levou uma das mãos até um braço de Murbella. Os músculos dela tremiam sob o toque. – Dizemos "palavras são lentas, sentir é mais rápido". – Odrade recuou. – Que decisões você andou tomando?

– Vocês permitem que eu tome decisões?

– Não zombe. – Ela ergueu a mão para prevenir interrupções. – Não considerei com suficiente cautela seu condicionamento anterior. As Honoráveis Matres deixaram-na praticamente incapaz de tomar decisões. Típico de sociedades ávidas por poder. Ensinar sua população a perambular sem rumo para sempre. "Decisões trazem resultados ruins." Ensina-se a evasão.

– O que isso tem a ver com o meu colapso? – Ressentida.

– Murbella! Os piores resultados do que estou descrevendo são pessoas completamente incapazes; não conseguem tomar decisões sobre nada ou deixam para tomá-las no último instante possível e ficam saltando como animais desesperados.

– Você me disse para ir até o limite! – Quase chorando.

– Seus limites, Murbella. Não os meus. Não os de Bell nem de mais ninguém. Seus.

– Decidi que quero ser como você. – Muito sutil.

– Esplêndido! Creio que nunca tentei me matar. Especialmente quando estava grávida.

Apesar de tudo, Murbella escancarou um sorriso.

Odrade se levantou.

– Durma. Você terá uma aula especial amanhã na qual trabalharemos sua habilidade de mesclar decisões com sensibilidade a seus limites. Lembre-se do que eu lhe disse. Tomamos conta das nossas.

Frank Herbert

– Eu sou uma de vocês? – Quase um sussurro.

– Desde que repetiu o juramento diante das censoras. – Odrade apagou as luzes ao sair. Murbella a ouviu falando com alguém antes de a porta se fechar. – Pare de perturbá-la. Ela precisa de descanso.

Murbella fechou os olhos. O sonho febril havia partido, mas no lugar dele estava a sua própria memória.

– Sou uma Bene Gesserit. Existo apenas para servir.

Ela ouviu a si mesma pronunciando essas palavras para as censoras, mas a memória deu a elas uma ênfase que não havia no fato original.

Elas sabiam que eu estava sendo cínica.

O que se podia esconder de tais mulheres?

Ela sentiu a recordação da mão da censora em sua testa e ouviu as palavras que não tinham qualquer significado até aquele exato momento.

– *Estou diante de uma sagrada presença humana. Assim como eu, você deverá fazer isso algum dia. Rogo por sua presença que assim seja. Que o futuro permaneça incerto, pois ele é a tela que recebe nossos desejos. Assim a condição humana encara sua perpétua tábula rasa. Não temos nada além deste momento, em que nos dedicamos continuamente à sagrada presença que compartilhamos e criamos.*

Convencional, mas não convencional. Ela percebeu que não havia sido preparada física ou emocionalmente para aquele momento. Lágrimas escorriam por sua face.

> Leis que oprimem tendem a fortificar aquilo que almejam proibir. Esse é o ponto sutil sobre o qual todas as profissões legais da história basearam sua estabilidade empregatícia.
>
> **– Suma Bene Gesserit**

Em suas rondas inquietas pela Central (infrequentes durante aqueles dias, mas ainda mais intensas em função disso), Odrade procurava por sinais de negligência e, em especial, por áreas de responsabilidade que funcionavam com muita lisura.

A *cão de guarda sênior* tinha seu próprio *lema*: "Mostre-me uma operação com lisura absoluta e eu lhe mostrarei alguém que está encobrindo equívocos. Barcos de verdade ondulam".

Ela dizia isso com frequência e tal sentença se tornou uma frase de efeito que as irmãs (e até algumas acólitas) empregavam para tecer comentários sobre a Madre Superiora.

– Barcos de verdade ondulam. – Risadas discretas.

Bellonda acompanhava Odrade na inspeção matinal que naquele dia ocorria bem cedo, sem mencionar que "uma vez por mês" havia se tornado "uma vez a cada dois meses"... se tanto. Tal inspeção já estava atrasada havia uma semana. Bell desejava usar aquele tempo para acautelá-la sobre Idaho. E ela havia arrastado Tamalane consigo, ainda que Tam supostamente devesse revisar o desempenho das censoras àquela hora.

Duas contra uma? Odrade ponderou. Não achava que Bell ou Tam suspeitassem das intenções da Madre Superiora. Bem, isso viria à tona, assim como o plano de Taraza viera. *Em seu próprio tempo, não é, Tar?*

Elas esquadrinhavam os corredores, os mantos negros farfalhando com urgência, os olhos pouco deixavam passar. Tudo era familiar, e ainda assim elas procuravam por coisas que eram novas. Odrade levava seu C-Auricular sobre o ombro esquerdo como um equipamento de mergulho usado para uma função inapropriada. *Nunca fique fora do raio de comunicação nestes dias.*

Nos bastidores de qualquer centro Bene Gesserit ficavam as instalações de apoio: hospital clínico, cozinha, necrotério, controle de resíduos,

Frank Herbert

sistemas de reclamação (ligados ao esgoto e resíduos), transportes e comunicações, despensa de suprimentos de cozinha, salões de treinamento e manutenção física, escolas para acólitas e postulantes, aposentos para todas as denominações, centros de reuniões, instalações de testes e muito mais. As funcionárias normalmente mudavam em razão da Dispersão e do remanejamento de pessoas para novas responsabilidades, tudo de acordo com a sutil percepção Bene Gesserit. Mas tarefas e lugares para elas ainda permaneciam.

Enquanto caminhavam depressa de uma área para outra, Odrade falava sobre a Dispersão da Irmandade sem tentar esconder seu desalento diante da "família atômica" que elas haviam se tornado.

– Acho difícil contemplar a humanidade se espalhando por um universo ilimitado – Tam observou. – As possibilidades...

– Um jogo de números infinitos. – Odrade passou sobre um meio-fio quebrado. – Isso deveria ser reparado. Estamos em uma partida do jogo da infinitude desde que aprendemos a saltar a Dobra espacial.

– Isso não é um jogo! – Não havia sensação de divertimento em Bellonda.

Odrade era capaz de apreciar o sentimento de Bellonda. *Nunca vimos um espaço vazio. Sempre há mais galáxias. Tam está certa. É assustador quando focamos aquele Caminho Dourado.*

Memórias de explorações davam à Irmandade um ponto de apoio estatístico, mas pouquíssimo além disso. Tantos planetas em determinado conjunto e, dentre esses, um número adicional estimado que poderia ser terraformado.

– O que está evoluindo lá fora? – Tamalane questionou.

Uma pergunta que elas não eram capazes de responder. Pergunte o que o Infinito pode produzir e a única resposta possível será: "qualquer coisa".

Qualquer coisa boa, qualquer coisa má; qualquer deus, qualquer demônio.

– E se as Honráveis Matres estiverem fugindo de algo? – Odrade indagou. – Uma possibilidade interessante?

– Essas especulações são inúteis – Bellonda resmungou. – Nem sabemos se a Dobra espacial nos leva a um universo ou a múltiplos... ou mesmo a um número infinito de bolhas em expansão ou em colapso.

Herdeiras de Duna

– Será que o Tirano entendia tudo isso melhor do que nós? – Tamalane especulou.

Elas fizeram uma pausa enquanto Odrade observava uma sala onde cinco acólitas avançadas e uma censora estudavam uma projeção dos estoques regionais de mélange. O cristal que continha a informação executava uma dança intrincada no projetor, saltitando em seu feixe como uma bola em uma fonte. Odrade leu o total e se virou antes de franzir o cenho. Tam e Bell não notaram a expressão de Odrade. *Logo deveremos limitar o acesso aos dados de mélange. É muito deprimente para o moral.*

Administração! O pensamento voltou por completo para a mente da Madre Superiora. Delegue muita responsabilidade para as mesmas pessoas e caia na burocracia.

Odrade sabia que dependia muito de seu senso interno de administração. Um sistema testado e revisado com frequência, que se valia de automação apenas onde era essencial. "O maquinário", elas o chamavam. Quando se tornavam Reverendas Madres, todas já possuíam alguma sensibilidade ao "maquinário" e tendiam a valer-se dele sem questionar. Era aí que jazia o perigo. Odrade exigia melhorias constantes (ainda que diminutas) para introduzir mudanças em suas atividades. Aleatoriedade! Nenhum padrão absoluto que outros pudessem encontrar e usar contra elas. Uma pessoa poderia não identificar tais variações em uma geração, mas as diferenças em períodos mais longos certamente poderiam ser mensuradas.

O grupo de Odrade chegou ao andar térreo e desembocou na maior via pública da Central. "O Caminho Doutrinador", as irmãs a chamavam. Uma piada interna que fazia referência à base de treinamentos popularmente conhecida como "A Doutrina Bene Gesserit", a qual todas tinham que trilhar.

O Caminho Doutrinador partia de uma praça ao lado da torre de Odrade e ia até o perímetro sul da área urbana – tão reto quanto um feixe de armalês, quase doze quilômetros de edifícios altos e baixos. Todos os menores tinham algo em comum: haviam sido construídos de forma tão robusta que poderiam ser expandidos na direção dos céus.

Odrade sinalizou um transportador aberto com assentos vazios e as três se amontoaram em um espaço onde poderiam continuar sua conversa. As fachadas ao longo do Caminho Doutrinador tinham um apelo antiquado, considerou Odrade. Construções como essas, com suas altas

Frank Herbert

janelas retangulares de plás isolante, emolduravam o "Caminho Doutrinador" Bene Gesserit por um longo período da história da Irmandade. Pelo centro da avenida havia uma fileira de olmos modificados geneticamente para valorizar sua altura e contorno delgado. Pássaros se aninhavam nessas árvores e a manhã resplandecia com pontos esvoaçantes avermelhados e alaranjados: corrupiões e tiês.

Seria perigosamente padronizado preferirmos essa configuração mais familiar?

Odrade as conduziu para fora do transportador na Trilha Trôpega, pensando em como o humor Bene Gesserit se manifestava em nomes curiosos. Faziam piadas com as ruas. Trilha Trôpega em razão de as fundações de um dos edifícios terem cedido levemente, dando à estrutura uma aparência curiosamente bêbada. Um membro do grupo saindo da linha.

Como a Madre Superiora. Só que elas ainda não sabem.

Seu C-auricular emitiu um zumbido ao chegarem à Alameda da Torre.

– Madre Superiora? – Era Streggi. Sem se deter, Odrade sinalizou que estava na escuta. – A senhora pediu um relatório sobre Murbella. A Central Suk informa que ela está apta a seguir com as aulas designadas.

– Então prossiga com a designação. – Elas continuaram pela Alameda da Torre: apenas construções de um único andar.

Odrade relanceou brevemente para os prédios baixos que ladeavam os dois lados da rua. A adição de um segundo andar estava em andamento em um dos edifícios. Algum dia aquela via poderia se tornar uma Alameda da Torre e o trocadilho (tal como era naquele momento) seria abandonado.

A nomeação das vias, dizia-se, era apenas uma conveniência, e elas poderiam, afinal, aproveitar a empreitada para abordar um assunto considerado delicado pela Irmandade.

Odrade parou de súbito em uma calçada movimentada e virou-se para suas companheiras.

– O que vocês acham se eu sugerir nomearmos ruas e locais em homenagem a nossas irmãs que partiram?

– Você está cheia de absurdos hoje! – Bellonda acusou.

– Elas não partiram – Tamalane argumentou.

Odrade retomou sua caminhada investigativa. Esperava aquele tipo de reação. Os pensamentos de Bell eram quase audíveis. *Carregamos aquelas que "partiram" em nossas Outras Memórias!*

Herdeiras de Duna

Odrade não desejava discutir ali, em local aberto, mas pensava que sua ideia tinha méritos. Algumas irmãs morreram sem Compartilhar. Linhas de Memória principais eram duplicadas, mas perdia-se um fio e sua portadora era eliminada. Isso acontecera com Schwangyu, do Forte de Gammu, assassinada pela ofensiva das Honoráveis Matres. Ainda restavam muitas memórias que levavam suas boas qualidades... e complexidades. Hesitava-se em dizer que os equívocos de Schwangyu ensinavam mais que seus sucessos.

Bellonda apertou o passo para andar ao lado de Odrade em um trecho relativamente vazio.

– Preciso falar a respeito de Idaho. Um Mentat, sim, mas aquelas memórias múltiplas... Incrivelmente perigoso!

Elas passavam por um necrotério, o forte odor de antissépticos invadia até mesmo a rua. A porta arqueada estava aberta.

– Quem morreu? – Odrade indagou, ignorando a ansiedade de Bellonda.

– Uma censora da seção quatro e um homem que fazia a manutenção dos pomares – Tamalane informou. Tam sempre sabia.

Bellonda estava furiosa por ser ignorada e nem tentava esconder as emoções que sentia.

– Vocês duas poderiam se ater à questão?

– Que questão? – Odrade perguntou. Muito suavemente.

Elas emergiram no terraço sul e se detiveram no parapeito de pedra sobre as plantações: vinhedos e pomares. A luz da manhã trazia uma tonalidade enevoada e poeirenta, muito diferente da neblina criada pela umidade.

– Você sabe que questão! – Bell não seria dissuadida.

Odrade perscrutou o panorama, inclinando-se sobre as pedras. O parapeito estava gélido. Aquele nevoeiro tinha uma cor diferenciada, ela considerou. A luz do sol atravessava a poeira com um espectro reflexivo bem distinto. Mais vivacidade e impetuosidade na luz. Absorvida de uma forma diferente. O nimbo era mais compacto. A poeira e areia impulsionadas pelo vento penetravam todas as frestas da mesma forma que a água, mas o rilhar e limar traíam sua origem. O mesmo acontecia com a persistência de Bell. Não havia lubrificação.

– Essa é a luz do deserto – Odrade observou, apontando.

– Pare de me evitar – Bellonda interpelou.

Frank Herbert

Odrade decidiu não responder. A luz poeirenta era algo clássico, mas não reconfortante como a retratavam os pintores ancestrais e suas manhãs nebulosas.

Tamalane se posicionou ao lado de Odrade.

– Bonita à sua própria maneira. – A sonoridade remota com que ela entoou a frase traçou comparações de Outras Memórias similares às de Odrade.

Se é assim que você foi condicionada a observar a beleza. Mas algo no cerne de Odrade dizia que esta não era a beleza pela qual ela ansiava.

Na rasa baixada que se iniciava sob onde elas estavam, onde houve vegetação um dia, agora existiam apenas a secura e uma sensação de terra sendo eviscerada da mesma forma que os antigos egípcios preparavam seus mortos: ressecando até a matéria essencial, preservada para a sua Eternidade. *O deserto como um mestre da morte, envolvendo a terra em nítron, embalsamando nosso belo planeta com todas as joias que ele esconde.*

Bellonda permaneceu de pé atrás delas, resmungando e meneando a cabeça, recusando-se a olhar para o que seu planeta se tornaria.

Odrade quase estremeceu em um golpe súbito de simulfluxo. A memória a dominou: sentiu-se buscando pelas ruínas de Sietch Tabr, encontrando corpos de piratas de especiaria embalsamados pelo deserto, onde seus assassinos os haviam deixado.

O que é Sietch Tabr agora? Um fluxo piroclástico solidificado e sem qualquer indício que marque sua imponente história. Honoráveis Matres: assassinas da história.

– Caso você não elimine Idaho, então devo protestar contra o uso dele como seu Mentat.

Bell era uma mulher tão irritadiça! Odrade notou que ela demonstrava sua idade mais do que nunca. Lentes de leitura sobre o nariz até mesmo naquele momento. Elas aumentavam seus olhos, fazendo que parecesse um peixe esbugalhado. O uso de lentes, não de uma prótese mais sutil, dizia algo sobre ela. Bell pavoneava uma vaidade reversa que anunciava: "sou maior do que os dispositivos que meus sentidos decadentes necessitam".

Bellonda estava definitivamente irritada com a Madre Superiora.

– Por que você está me encarando dessa forma?

Odrade, pega de surpresa pela abrupta percepção de uma fraqueza em seu conselho, direcionou a atenção para Tamalane. A cartilagem nunca parava de crescer, e isso aumentara as orelhas, o nariz e o queixo de Tam. Algumas Reverendas Madres realizavam ajustes, seja por controle do metabolismo ou procurando correções cirúrgicas regulares. Tam não se curvaria à vaidade. *"Eis o que sou. É pegar ou largar."*

Minhas conselheiras são velhas demais. E eu... eu deveria ser mais jovem e mais forte para carregar esses problemas sobre os ombros. Ah, maldito seja este lapso de autopiedade.

Apenas um perigo supremo: ação contra a sobrevivência da Irmandade.

– Duncan é um excelente Mentat! – Odrade falava com todo o poder de seu posto. – Mas não emprego nenhum de vocês além de suas capacidades.

Bellonda permaneceu em silêncio. Ela conhecia as fraquezas de um Mentat.

Mentats! Odrade pensou. Eram como Arquivos ambulantes, mas quando mais se precisava de respostas, eles voltavam para as perguntas.

– Não preciso de outro Mentat – Odrade continuou. – Preciso de um inventor!

Como Bellonda ainda não se manifestara, Odrade prosseguiu:

– Estou libertando a mente dele, não o corpo.

– Insisto em uma análise antes de você liberar todas as fontes de dados a ele!

Considerando a postura usual de Bellonda, ela fora moderada. Mas Odrade não confiava em tal posicionamento. Ela detestava aquele tipo de sessão: intermináveis revisões de relatórios dos Arquivos. Bellonda amava aquilo. Bellonda das minúcias dos Arquivos e das excursões tediosas a detalhes irrelevantes! Quem se importava se a Reverenda Madre X preferia leite desnatado em seu mingau?

Odrade deu as costas para Bellonda, olhando para o céu ao sul. *Poeira! Teríamos de peneirar mais poeira!* Bellonda flanqueada por assistentes. Odrade sentiu-se entediada só de imaginar.

– Chega de análises. – Odrade falou de forma mais ríspida do que era sua intenção.

– Tenho um ponto de vista. – Bellonda soou magoada.

Ponto de vista? Não somos mais que janelas sensoriais em nosso universo, cada qual com um único ponto de vista?

Frank Herbert

Todo tipo de instintos e memórias... até mesmo os Arquivos; nenhuma dessas coisas falava por si a não ser por incitar intrusões. Nenhuma delas tinha peso até que fosse formulada em uma consciência vivente. Mas quem produzia a formulação desequilibrava a balança. *Toda ordem é arbitrária!* Por que este dado em vez de algum outro? Qualquer Reverenda Madre sabia que os eventos ocorriam em seu próprio fluxo, seu próprio ambiente relativo. Por que uma Reverenda Madre Mentat não era capaz de agir a partir daquele conhecimento?

– Você está recusando um conselho? – Era Tamalane que falava. Estaria ela se aliando a Bell?

– Quando eu recusei um conselho? – Odrade permitiu que seu sentimento de ultraje transparecesse. – Estou recusando mais um giro na ciranda dos Arquivos de Bell.

Bellonda atalhou:

– Então, na realidade...

– Bell! Não venha falar de realidade comigo! – Ela que remoa esta ideia! Reverenda Madre *e* Mentat! *Não existe realidade. Apenas a nossa própria ordem, imposta sobre tudo. Uma máxima Bene Gesserit.*

Havia ocasiões (e esta era uma delas) em que Odrade desejava ter nascido em uma era passada: uma matrona romana durante a longa *pax* dos aristocratas, ou uma vitoriana muito paparicada. Mas ela estava aprisionada pelo tempo e pelas circunstâncias.

Aprisionada para sempre?

Devo encarar essa possibilidade. A Irmandade pode ter apenas um futuro confinada a esconderijos secretos, sempre temendo ser descoberta. O futuro da caça. *E aqui na Central não podemos nos dar ao luxo de cometer nem um equívoco a mais.*

– Já estou farta dessa inspeção! – Odrade chamou um transporte privado e se apressou em voltar para seu escritório.

O que faremos se as caçadoras nos encontrarem aqui?

Cada uma delas criara o próprio cenário, uma pequena peça teatral com reações planejadas. Mas toda Reverenda Madre era realista o bastante para saber que sua peça poderia ser mais um obstáculo que uma ajuda.

Já no escritório, com a luz da manhã revelando com crueldade tudo ao seu redor, Odrade afundou em sua cadeira e esperou que Tamalane e Bellonda assumissem seus lugares.

Basta daquelas malditas sessões de análise. Ela realmente precisava de algo melhor do que os Arquivos, melhor do que tudo o que haviam usado no passado. Inspiração. Odrade massageou as pernas, sentindo os músculos tremerem. Ela não dormia bem havia dias. Aquela inspeção a deixara com um sentimento de frustração.

Um equívoco pode significar nosso fim, e estou prestes a tomar uma decisão da qual não poderemos retornar.

Estou sendo muito ardilosa?

Suas conselheiras eram contra soluções ardilosas. Diziam que a Irmandade deveria se mover com garantias mais firmes, conhecendo o terreno à frente com antecedência. Tudo o que faziam servia de contrapeso para o desastre que as aguardava ante o menor dos tropeços.

E eu estou em uma corda bamba sobre o abismo.

Elas tinham espaço para experimentar, testar possíveis soluções? Estavam todas jogando aquele jogo. Bell e Tam faziam a triagem do fluxo constante de sugestões, mas nada mais efetivo do que a Dispersão atômica delas surgira.

– Devemos nos preparar para matar Idaho ao menor sinal de que seja um Kwisatz Haderach – Bellonda falou.

– Vocês não têm tarefas a cumprir? Saiam daqui, as duas!

Enquanto as duas se levantavam, o escritório ao redor de Odrade lhe passou uma sensação de estranhamento. O que estava errado? Bellonda a encarava com aquele terrível olhar de censura. Tamalane parecia mais sábia do que poderia ser.

O que há com este cômodo?

O escritório poderia ser reconhecido em virtude de suas funções até mesmo por humanos da era pré-espacial. O que parecia tão estranho? A escrivaninha era uma escrivaninha e as cadeiras estavam em posições convenientes. Bell e Tam preferiam cãodeiras. Estas teriam parecido inusitadas para as humanas mais antigas nas Outras Memórias que, Odrade suspeitava, estavam turvando sua visão. Os cristais ridulianos podiam ter um brilho insólito, a luz pulsando e piscando em seu interior. As mensagens que dançavam sobre a mesa talvez fossem surpreendentes. Seus instrumentos de trabalho poderiam gerar estranhamento para uma humana ancestral que estivesse compartilhando sua percepção.

Mas parece estranho para mim.

Frank Herbert

– Você está bem, Dar? – Tamalane questionou, preocupada.

Odrade as dispensou com um gesto, mas nenhuma delas se moveu.

Algo estava acontecendo em sua mente que não poderia ser culpa das longas horas e do descanso insuficiente. Não era a primeira vez que ela sentia que trabalhava em locais estranhos. Na noite anterior, enquanto comia um lanche em sua escrivaninha – cuja superfície estava coberta de ordens de designações exatamente como agora –, ela percebeu que estava apenas sentada, encarando o trabalho ainda por fazer.

Quais irmãs poderiam ser retiradas de quais postos para essa terrível Dispersão? Como aumentariam as chances de sobrevivência das poucas trutas da areia que as irmãs Dispersas levavam consigo? Qual seria uma distribuição apropriada de mélange? Deveriam aguardar antes de enviar mais irmãs rumo ao desconhecido? Esperar que Scytale fosse induzido a lhes contar como os tanques axolotl produziam a especiaria?

Odrade se recordou de que aquela sensação de estranhamento havia lhe acometido ao mastigar seu sanduíche. Ela o examinou, abrindo-o um pouco. *O que é isto que estou comendo?* Fígado de galinha e cebolas em um dos melhores pães de Casa Capitular.

Questionar sua própria rotina, isso fazia parte daquela sensação de estranhamento.

– Você parece doente – Bellonda comentou.

– É apenas cansaço – Odrade mentiu. Elas sabiam que a Madre Superiora mentia, mas a desafiariam? – Vocês devem estar igualmente cansadas. – Afeição em seu tom de voz.

Bell não ficou satisfeita.

– Você dá um mau exemplo!

– Quem? Eu? – A brincadeira teve efeito em Bell.

– Você sabe muito bem que dá, maldição!

– São suas demonstrações de afeição – disse Tamalane.

– Até mesmo por Bell.

– Não quero sua maldita afeição! É errado.

– Apenas se eu permitir que minhas decisões sejam afetadas, Bell. Só se eu permitir.

A voz de Bellonda diminuiu até se tornar um sussurro áspero.

– Algumas pessoas acham que você é perigosamente romântica, Dar. Você sabe o que isso pode acarretar.

– Aliar irmãs comigo para outros propósitos que não a nossa sobre-vivência. É isso o que quer dizer?

– Às vezes você me dá dor de cabeça, Dar!

– É meu dever e meu direito lhe dar dores de cabeça. Quando a sua cabeça para de doer, você se torna negligente. Afeições lhe incomodam, mas ódios, não.

– Conheço meu defeito.

Você não poderia ter se tornado uma Reverenda Madre sem saber disso.

O escritório havia se tornado mais uma vez um local familiar, mas agora Odrade sabia qual a fonte de sua sensação de estranhamento. Ela estava pensando naquele lugar como parte da história antiga, observan-do-o como faria se tivesse deixado de existir há tempos. Como certamen-te aconteceria caso seu plano fosse bem-sucedido. Ela sabia o que tinha de fazer. Hora de revelar o primeiro passo.

Cuidado.

Sim, Tar, serei tão cautelosa quanto você foi.

Tam e Bell podiam ser velhas, mas a mente delas ainda era afiada quando necessário.

Odrade fixou o olhar em Bell.

– Padrões, Bell. É nosso padrão não retribuir violência com violência. – Ela ergueu a mão para impedir uma resposta de Bell. – Sim, violência gera mais violência e o pêndulo balança até que os violentos sejam estraçalhados.

– No que está pensando? – Tam perguntou.

– Talvez devamos considerar atiçar o touro com mais força.

– Não podemos ousar. Ainda não.

– Mas tampouco ousaremos ficar aqui sentadas aguardando estupi-damente que elas nos encontrem. Lampadas e nossos outros desastres nos dizem o que acontecerá quando elas vierem. "Quando", não "se".

Enquanto falava, Odrade pressentiu o abismo sob seus pés, a caça-dora pesadelar com o machado ainda mais perto. Queria afundar no pe-sadelo, virar-se para identificar quem a perseguia, mas não ousava. Aquele havia sido o equívoco do Kwisatz Haderach.

Você não vê aquele futuro, você o cria.

Tamalane queria saber o motivo de Odrade levantar aquele assunto.

– Você mudou de ideia, Dar?

– Nosso ghola-Teg está com dez anos de idade.

– Jovem demais para tentarmos restaurar suas memórias originas – Bellonda argumentou.

– Para que outra função nós recriamos Teg senão para a violência? – Odrade rebateu. – Ah, sim! – Ela continuou quando Tam começava a objetar. – Teg nem sempre resolvia nossos problemas com violência. O bashar pacificador era capaz de defletir inimigos com palavras sensatas.

– Mas as Honoráveis Matres talvez nunca negociem. – Tam falou em tom reflexivo.

– A menos que as levemos a condições extremas.

– Creio que esteja propondo que nos movamos muito depressa – disse Bellonda. Confie em Bell para chegar a uma suma Mentat.

Odrade inspirou profundamente e baixou o olhar para sua escrivaninha. Finalmente chegara a hora. Na manhã em que retirara o bebê ghola de seu obsceno "tanque", pressentira que este momento aguardava por ela. Soube até mesmo que faria aquele ghola passar por uma provação antes de estar pronto. Não obstante os laços de sangue.

Estendendo a mão sob a escrivaninha, Odrade tocou o campo de chamada. Suas duas conselheiras permaneceram de pé, aguardando em silêncio. Elas sabiam que Odrade estava prestes a dizer algo importante. De uma coisa a Madre Superiora podia ter certeza: suas irmãs a ouviam com grande cautela, com uma intensidade que teria agradado uma pessoa mais egocêntrica que uma Reverenda Madre.

– Política – disse Odrade.

Isso as colocou de prontidão! Uma palavra cheia de significados. Quando uma pessoa entrava na política Bene Gesserit, reunindo poderes para se erguer à eminência, ela se tornava uma prisioneira das responsabilidades. Forçava-se a carregar um fardo de deveres e decisões que a prendiam às vidas daqueles que dela dependiam. Era isso o que de fato unia a Irmandade a sua Madre Superiora. Aquela única palavra dizia às conselheiras e às cães de guarda que a Primeira-Dentre-Iguais havia tomado uma decisão.

Todas ouviram a leve movimentação de alguém chegando ao lado oposto da porta do escritório. Odrade tocou o painel branco logo ao canto direito de sua escrivaninha. A porta atrás de si abriu e Streggi aguardava ali, de pé, as ordens da Madre Superiora.

– Traga-o – Odrade ordenou.

– Sim, Madre Superiora. – Quase desprovida de emoção. Uma acólita muito promissora, aquela Streggi.

Ela se afastou para além do alcance da visão das outras e, ao retornar, conduzia Miles Teg pela mão. Os cabelos do garoto eram bem loiros, ainda que manchados por mechas mais escuras, indicando que a coloração clara escureceria quando amadurecesse. O rosto dele era estreito, o nariz começando a denotar aquela angularidade aquilina tão característica dos homens Atreides. Os olhos azuis se moviam, alertas, absorvendo o cômodo e as ocupantes com curiosidade observadora.

– Aguarde lá fora, Streggi, por favor.

Odrade esperou que a porta se fechasse.

O garoto permaneceu em pé, olhando para Odrade sem quaisquer sinais de impaciência.

– Miles Teg, ghola – Odrade falou. – Certamente você se lembra de Tamalane e Bellonda.

Ele dispensou às mulheres um breve relancear, mas permaneceu em silêncio, aparentando não se importar com a intensidade da inspeção das duas.

Tamalane franziu o cenho. Ela discordara desde o princípio em chamar aquela criança de ghola. Gholas eram criados a partir das células de um cadáver. Ele era um clone, assim como Scytale era um clone.

– Vou enviá-lo para a não nave de Duncan e Murbella – declarou Odrade. – Quem melhor para restaurar as memórias originais de Miles do que Duncan?

– Justiça poética – Bellonda concordou. Ela não deu vazão a suas objeções, apesar de Odrade saber que emergiriam quando o garoto partisse. *Jovem demais!*

– O que ela quer dizer com "justiça poética"? – Teg indagou. Sua voz tinha um timbre agudo.

– Quando o bashar estava em Gammu, restaurou as memórias originais de Duncan.

– É mesmo tão doloroso?

– Duncan achou que sim.

Algumas decisões devem ser implacáveis.

Odrade considerou tal pensamento uma grande barreira para se aceitar o fato de que é possível tomar as próprias decisões. Algo que ela não precisaria explicar a Murbella.

Como posso suavizar esse golpe?

Havia ocasiões em que não se podia suavizá-lo; na verdade, havia momentos em que era mais gentil arrancar de uma só vez as bandagens, com um lance rápido de agonia.

– Esse... esse Duncan Idaho pode mesmo devolver minhas memórias de... antes?

– Ele pode e irá devolver.

– Não estamos nos precipitando demais? – Tamalane questionou.

– Estive estudando os registros do bashar – disse Teg. – Ele era um famoso militar e um Mentat.

– E suponho que você sente orgulho disso, não é? – Bell estava despejando suas objeções sobre o garoto.

– Não necessariamente. – Ele devolveu o olhar dela sem hesitar. – Eu o considero outra pessoa. Ainda assim, interessante.

– Outra pessoa – Bellonda resmungou. Ela olhava para Odrade com descontentamento mal disfarçado. – Você está lhe ensinando lições profundas!

– Assim como a mãe biológica dele o fez.

– Eu me lembrarei dela? – Teg perguntou.

Odrade lançou um sorriso conspiratório para o garoto, um sinal compartilhado com frequência durante as caminhadas que haviam feito pelos pomares.

– Você se lembrará.

– De tudo?

– Você se recordará de tudo: sua esposa, seus filhos, as batalhas. Tudo.

– Mande-o embora! – Bellonda vociferou.

O garoto sorriu, mas virou-se para Odrade, aguardando as ordens dela.

– Muito bem, Miles – Odrade falou. – Diga a Streggi para levá-lo a seus novos aposentos na não nave. Eu irei mais tarde e o apresentarei a Duncan.

– Posso ir nos ombros de Streggi?

– Pergunte a ela.

Impulsivamente, Teg disparou na direção de Odrade, ergueu-se sobre os dedos dos pés e beijou a bochecha dela.

– Espero que minha mãe de verdade seja como você.

Odrade afagou o ombro do menino.

– Muito parecida comigo. Agora vá depressa.

Quando a porta se fechou após a passagem do garoto, Tamalane exclamou:

– Você não contou que é uma das filhas dele!

– Ainda não.

– Idaho irá contar?

– Se for apropriado.

Bellonda não estava interessada nos detalhes triviais.

– O que você está planejando, Dar?

– Uma força punitiva comandada por nosso bashar Mentat – Tamalane respondeu por Odrade. – É óbvio.

Ela mordeu a isca!

– É isso mesmo? – Bellonda questionou.

Odrade dispensou um olhar duro a ambas.

– Teg foi o melhor que tivemos. Se alguém é capaz de punir nossas inimigas...

– É melhor começarmos a criar outro – disse Tamalane.

– Não gosto da influência que Murbella possa ter sobre ele – Bellonda objetou.

– Idaho irá cooperar? – Tamalane perguntou.

– Ele fará o que qualquer Atreides pedir a ele.

Odrade disse isso com mais confiança do que de fato sentia, mas essas palavras abriram sua mente para outra fonte da sensação de estranhamento.

Estou nos vendo como Murbella nos vê! Ao menos, sou capaz de pensar como uma Honorável Matre!

**Não ensinamos história; nós recriamos a experiên-
cia. Seguimos a cadeia de consequências: os rastros
da besta em sua floresta. Olhe por trás de nossas
palavras e verá a ampla extensão do comportamento
social que nenhum historiador jamais tocou.**

– Panoplía propheticus Bene Gesserit

Scytale assobiava enquanto caminhava pelo corredor diante de seus aposentos, praticando seus exercícios vespertinos. Indo e vindo. Assobiando.

Elas que se acostumem com o meu assobio.

Enquanto assobiava, compôs uma cantilena para acompanhar o som: "esperma tleilaxu não fala". Repetidas vezes, as palavras rolavam em sua mente. Elas não eram capazes de usar as células dele para cobrir o desfiladeiro genético e aprender seus segredos.

Elas devem vir até mim com presentes.

Odrade havia feito uma parada para vê-lo pouco antes, "no caminho para conversar com Murbella". Ela mencionava a Honorável Matre cativa com frequência quando os dois conversavam. Havia um propósito, mas ele não fazia ideia de qual poderia ser. Ameaça? Era sempre possível. Aquilo acabaria sendo revelado em algum momento.

– Espero que você não esteja temeroso – Odrade dissera.

Eles estavam de pé diante da abertura que provia a alimentação enquanto Scytale aguardava o almoço surgir. O cardápio nunca chegava a ser de seu gosto, mas era aceitável. Naquele dia, pedira frutos do mar. Não era possível saber em que forma o alimento viria.

– Temeroso? Em relação a vocês? Ahhh, cara Madre Superiora, vivo eu sou inestimável para vocês. Por que eu deveria temer?

– Meu conselho reserva o julgamento sobre seus últimos pedidos.

Era o que eu esperava.

– É um erro me enrolar – ele dissera. – Limita suas escolhas. Isso as enfraquece.

Aquelas palavras haviam sido escolhidas após diversos dias de planejamento. Ele aguardara o efeito delas.

Herdeiras de Duna

– Depende da intenção de quem for empregar a ferramenta, mestre Scytale. Algumas ferramentas quebram quando não são usadas de forma apropriada.

Maldita seja, bruxa!

Ele sorrira, exibindo os caninos afiados.

– É um teste para a extinção, Madre Superiora?

Ela fizera um de seus raros gracejos humorosos.

– Você realmente espera que eu o fortaleça? O que pretende barganhar agora, Scytale?

Então já não sou mais o mestre Scytale. Golpeie-a com a superfície plana da lâmina!

– Vocês Dispersam suas irmãs esperando que algumas delas escapem da destruição. Quais são as consequências econômicas de sua reação histérica?

Consequências! Elas sempre falam de consequências.

– Nós negociamos em troca de tempo, Scytale. – Muito solene.

Ele considerara aquilo durante um momento silencioso de reflexão. Os olhos-com permaneciam observando a ambos. Nunca se esqueça disso! *Economia, bruxa! Quem e o que nós compramos e vendemos?* Esta alcova contígua à abertura de alimentação era um local estranho para se barganhar, ele pensara. Economia mal administrada. A diligência da administração, as sessões de planejamento e estratégia, tudo isso deveria ocorrer por trás de portas fechadas, em cômodos nas alturas que possuíssem paisagens que não distraíssem os ocupantes dos negócios tratados.

As memórias em série de suas diversas vidas não aceitavam aquilo. *Necessidade. Humanos conduziam seus assuntos mercantis onde podiam: nos deques dos navios a velas, em ruas espalhafatosas abarrotadas de balconistas alvoroçados, em salões espaçosos de uma tradicional bolsa de valores, com informações flutuando sobre as cabeças de seus ocupantes para que todos tivessem acesso.*

Planejamento e estratégia poderiam vir daqueles cômodos nas alturas, mas as evidências que existiam eram como a informação comum da bolsa de valores: disposta para que todos vissem.

Portanto, deixe que os olhos-com observem.

– Quais as suas intenções para comigo, Madre Superiora?

– Mantê-lo vivo e forte.

Frank Herbert

Cautelosa, cautelosa.

– Mas sem me dar espaço de manobra.

– Scytale! Você fala de economia e então quer algo de graça?

– Mas minha força é importante para você?

– Pode acreditar!

– Não confio em você.

Naquele instante a abertura de alimentação expelira o almoço dele: um peixe branco salteado em molho delicado. Ele sentiu o perfume de ervas. Um copo alto com água, aroma suave de mélange. Uma salada verde. *Um dos melhores esforços que já fizeram.* Ele sentiu a boca salivar.

– Aproveite seu almoço, mestre Scytale. Não há nada nele que possa lhe fazer mal. Isso não é uma medida de confiança?

Ao notar que ele nada respondera, ela insistiu:

– O que confiança tem a ver com nossa barganha?

Que tipo de jogo ela está tramando agora?

– Você me diz quais são as suas intenções para as Honoráveis Matres, mas não revela suas intenções para comigo. – Ele sabia que soara queixoso. Inevitável.

– Tenho a intenção de tornar as Honoráveis Matres cientes de sua própria mortalidade.

– Como faz comigo!

Havia satisfação nos olhos dela?

– Scytale. – *Como sua voz era suave.* – Pessoas que se conscientizam dessa forma ouvem com afinco. Elas ouvem você. – Odrade lançara um olhar na direção da bandeja. – Gostaria de algo em especial?

Ele se recompusera da melhor forma que fora capaz.

– Uma pequena bebida estimulante. Ajuda quando preciso pensar.

– É claro. Providenciarei para que seja enviada imediatamente. – Ela voltara a atenção para além da alcova, na direção do quarto principal dos aposentos. Scytale observara o ponto onde ela se detivera, o olhar saltando de um canto para o outro, de um item para o outro.

Tudo está em seu lugar, bruxa. Não sou um animal em uma caverna. As coisas devem ser convenientes, permanecer onde eu as possa encontrar sem pensar. Sim, aquilo são canetestims ao lado de minha cadeira. E daí que uso canetestims? Mas evito álcool. Você notou?

O estimulante, quando chegou, tinha um gosto herbal amargo que

Scytale demorou um instante para identificar. Casminho. Um fortificante do sangue geneticamente modificado a partir da farmacopeia de Gammu.

Ela tivera a intenção de fazê-lo se lembrar de Gammu? Elas eram tão desonestas, aquelas bruxas!

Tirando sarro dele sobre a questão de economia. Ele sentiu a ferroada dessa zombaria enquanto dava a volta no final do corredor e continuava seu exercício com uma caminhada revigorante de volta a seus aposentos. Que tipo de ligamento mantinha o Antigo Império conectado? Muitas coisas, algumas diminutas, outras enormes, mas em maior parte a economia. Linhas de conexão frequentemente consideradas conveniências. E o que impedia que uma eliminasse a outra da existência? A Grande Convenção. "Você elimina alguém e nos unimos para eliminar você."

Ele parou diante de sua porta, detido de chofre por um pensamento.

Era isso? Como uma punição bastaria para deter as gananciosas powindah? Tudo se resumia a um ligamento composto de intangíveis? A censura de seus pares? Mas, e se seus pares não se detivessem diante de qualquer obscenidade? Podia-se fazer o que quisesse. E isso dizia algo sobre as Honoráveis Matres. Certamente dizia.

Ele ansiava por uma câmara de sagra na qual pudesse desnudar a alma. *O Yaghist se foi! Serei eu o último masheikh?*

Seu peito parecia vazio. Respirar era um esforço. Talvez fosse melhor barganhar mais abertamente com as mulheres de Shaitan.

Não! Isso é o próprio Shaitan a me tentar!

Ele entrou em seus aposentos com um humor amofinado.

Devo fazê-las pagar. Fazê-las pagar caro. Caro, caro, caro. Cada *caro* era acompanhado de um passo na direção de sua cadeira. Ao se sentar, a mão direita se estendeu automaticamente para uma canetestim. Logo ele sentiu a mente se acelerando, pensamentos sendo filtrados em um agrupamento maravilhoso.

Elas não imaginam quão bem conheço a nave ixiana. Está aqui na minha cabeça.

Ele despendeu a hora seguinte decidindo como registraria aqueles momentos quando chegasse a hora de contar a seus colegas como ele triunfara sobre as powindah. *Com o auxílio de Deus!*

Seriam palavras reluzentes, repletas do drama e das tensões de suas provações. A história, afinal, sempre era escrita pelos vencedores.

> **Dizem que a Madre Superiora não pode desconsiderar coisa alguma – um aforismo sem sentido até que se compreenda o outro significado que tem: sou a serva de todas as minhas irmãs. Elas observam sua serva com olhar crítico. Não posso gastar muito tempo com generalidades ou trivialidades. A Madre Superiora deve demonstrar ação criteriosa, caso contrário uma sensação de inquietação se instala até os recônditos mais distantes de nossa ordem.**
>
> **– Darwi Odrade**

Algo que Odrade chamava de "meu *eu* servil" lhe acompanhava ao caminhar pelos corredores da Central naquela manhã, fazendo disso um exercício em vez de utilizar seu tempo no salão de treinamento. *Uma serva descontente!* Ela não gostava do que via.

Estamos muito envolvidas em nossas dificuldades, quase incapazes de separar problemas insignificantes dos grandes.

O que havia acontecido com a consciência delas?

Ainda que algumas negassem, Odrade sabia que existia uma consciência Bene Gesserit. Mas elas a haviam retorcido e remodelado até que chegasse a uma forma quase irreconhecível.

Odrade sentia repugnância por interferir em tal consciência. Decisões tomadas em nome da sobrevivência, a Missionaria (suas intermináveis discussões jesuíticas!)... tudo isso divergia de algo que exigia muito mais do julgamento humano. O Tirano soubera disso.

Ser humano, esse era o problema. Mas antes que se pudesse ser humano, dever-se-ia confiar no próprio instinto.

Não havia respostas diretas! Resumia-se a uma simplicidade enganadora, cuja natureza complexa emergia quando se tentava aplicá-la.

Assim como eu.

Olha-se internamente e descobre-se quem e o que se acredita ser. Nada mais serviria.

Portanto, o que sou eu?

– Quem formula tal pergunta? – Era um golpe estacado das Outras Memórias.

Odrade gargalhou e uma censora que passava, de nome Praska, a encarou com perplexidade. Odrade acenou para Praska e disse:

– É bom estar viva. Lembre-se disso.

Praska esboçou um sorriso tímido antes de seguir com sua rotina.

Então, quem pergunta: o que sou eu?

Pergunta perigosa. Fazer tal questionamento a colocava em um universo onde nada era exatamente humano. Nada se adequava à coisa indefinida que ela buscava. Tudo ao redor, palhaços, animais selvagens e marionetes, reagiam ao comando de cordas invisíveis. Ela sentia as cordas que *a* impeliam a se movimentar.

Odrade continuou pelo corredor em direção ao tubo que a levaria para cima, até seus aposentos.

Cordas. O que vinha às escondidas? *Falamos com eloquência sobre "a Mente em Seu Começo". Mas o que eu era antes de ser moldada pelas pressões de viver?*

Não bastava buscar algo "natural". Nenhum "Bom Selvagem". Ela havia conhecido muitos desses em sua vida. As cordas que os impeliam eram bem visíveis para uma Bene Gesserit.

Ela sentia a capataz dentro de si. Forte naquele dia. Era uma força que por vezes ela desobedecia ou evitava. A capataz dizia: "fortaleça seus talentos! Não flua tranquilamente com a correnteza. Nade! Treine ou atrofie".

Com uma ofegante sensação de quase pânico, ela percebeu que retinha por um fio sua humanidade, que estava a ponto de perdê-la.

Venho tentando com muito afinco pensar como uma Honorável Matre! Manipulando e manobrando qualquer pessoa que eu conseguisse. E tudo em nome da sobrevivência das Bene Gesserit!

Bell dizia que não havia limites além daqueles que a Irmandade se recusava a cruzar para preservar as Bene Gesserit. Havia uma parcela de verdade nessa bazófia, mas essa era a verdade de todas as declarações jactantes. De fato, havia coisas que uma Reverenda Madre não faria para salvar a Irmandade.

Não bloquearíamos o Caminho Dourado do Tirano.

A sobrevivência da humanidade tinha precedência sobre a sobrevivência da Irmandade. *Caso contrário, nosso graal da maturidade humana perde o sentido.*

Mas, ó, os perigos da liderança em uma espécie tão ansiosa por receber orientação sobre o que fazer. Eles sabiam tão pouco sobre o que criavam com as demandas que tinham. Líderes cometem equívocos. E esses equívocos, amplificados pelo número daqueles que os seguiam sem questionar, moviam-se de forma inevitável em direção a desastres ainda maiores.

Comportamento de lemingues.

Era correto que suas irmãs a vigiassem com cuidado. Todos os governos deveriam permanecer sob suspeita durante seus mandatos, inclusive o da própria Irmandade. *Não confie em nenhum governo! Nem mesmo no meu!*

Elas estão me vigiando neste exato momento. Pouco escapa de minhas irmãs. Elas conhecerão meu plano em seu devido tempo.

Era necessária uma constante limpeza mental para encarar o fato de que Odrade detinha imenso poder sobre a Irmandade. *Não busquei esse poder. Ele me foi confiado.* E ela pensou: *o poder atrai os corruptíveis. Suspeitem de todos aqueles que o buscam.* Ela sabia que as chances de que tais pessoas fossem suscetíveis à corrupção ou que já estivessem perdidas eram altas.

Odrade fez uma anotação mental para escrever e transmitir um memorando em forma de Suma para os Arquivos. (Que Bellonda sue a camisa com esta mensagem!) "Devemos outorgar poder sobre nossos assuntos apenas para aqueles que estiverem relutantes em detê-lo e, então, apenas sob condições que aumentem tal relutância."

Uma descrição perfeita das Bene Gesserit!

– Você está bem, Dar? – Era a voz de Bellonda vindo da porta do tubo ao lado de Odrade. – Você parece... estranha.

– Apenas pensei em algo a fazer. Você está de saída?

Bellonda a encarou enquanto trocavam de lugar. O campo do tubo arrebatou Odrade e a afastou daquele olhar questionador.

Odrade entrou no escritório e notou sua escrivaninha repleta de coisas que suas assistentes pensavam que apenas ela poderia resolver.

Política, ela recordou ao sentar-se à escrivaninha e se preparar para lidar com as próprias responsabilidades. Tam e Bell haviam ouvido claramente no outro dia, mas tinham apenas uma vaga ideia do que teriam de apoiar. Elas estavam preocupadas e cada vez mais vigilantes. *Como bem deveriam estar.*

Quase qualquer assunto envolvia elementos políticos, ela considerou. Conforme as emoções se inflamavam, as forças políticas eram trazidas cada vez mais para o primeiro plano. Isso carimbava *"mentira!"* sobre aquela antiga besteira de "separação entre Igreja e Estado". Nada era mais suscetível ao calor da emoção do que a religião.

Não é à toa que desconfiamos de emoções.

Não de todas as emoções, é claro. Apenas daquelas de que não se podia escapar nos momentos de necessidade: amor, ódio. Permita a entrada de um pouco de raiva, mas mantenha-a em rédea curta. Essa era a crença da Irmandade. Completa bobagem!

O Caminho Dourado do Tirano fizera que seu equívoco não fosse mais tolerado. O Caminho Dourado deixara as Bene Gesserit em um charco perpétuo. Não se pode oficiar para o Infinito!

A pergunta recorrente de Bell não tinha resposta. "O que ele realmente queria que fizéssemos?" *Ele nos manipula na direção de quais ações? (Assim como manipulamos outros!)*

Por que procurar significados onde não existem? Você seguiria um caminho que sabe não levar a lugar algum?

Caminho Dourado! Uma trilha criada em uma imaginação. *O Infinito é lugar nenhum!* E a mente finita vacilava. Era ali que os Mentats encontravam *projeções* mutáveis, sempre produzindo mais perguntas do que respostas. Era o graal vazio daqueles que, seguindo atentamente um ciclo sem fim, procuravam pela "derradeira resposta para todas as coisas".

Buscando pela própria espécie de deus.

Ela achou difícil censurá-los. A mente recuava diante do infinito. O Vazio! Alquimistas de qualquer era pareciam catadores de retalhos curvados sobre seus fardos, dizendo: "Deve haver algum tipo de ordem por aqui. Se eu persistir, tenho certeza de que vou encontrá-la".

E todas as vezes, a única ordem encontrada era a que eles mesmos criavam.

Ahhh, Tirano! Meu camarada brincalhão. Você percebeu isso. Disse: "Vou criar uma ordem para que vocês a sigam. Eis o caminho. Viram? Não! Não olhem para lá. Aquela é a trilha do Imperador-Sem-Roupas (uma nudez que só era aparente para crianças e insanos). Mantenham a atenção para onde eu os direciono. Este é meu Caminho Dourado. Belo nome, não? É tudo o que existe e tudo que jamais existirá.

Frank Herbert

Tirano, você foi outro bufão. Apontando-nos a incessante reciclagem de células daquela bolinha de terra, perdida e solitária, que jaz em nosso passado em comum.

Você sabia que o universo humano nunca passaria de comunidades e uma fraca cola que nos unia quando nos Dispersamos. Uma tradição de nascimento comum tão distante em nosso passado que as imagens carregadas por seus descendentes estão, em sua maior parte, distorcidas. As Reverendas Madres são portadoras das imagens originais, mas não podemos forçá-las sobre as pessoas relutantes. Percebe, Tirano? Nós o ouvimos: "Deixem que eles venham buscá-las! Então, e só então...".

E foi por isso que você nos preservou, seu maldito Atreides! É por isso que devo voltar ao trabalho.

Apesar do perigo ao seu senso de humanidade, ela sabia que continuaria a se insinuar nos preceitos das Honoráveis Matres. *Devo pensar como elas pensam.*

O problema dos caçadores: predador e presa o compartilhavam. Não exatamente como agulha no palheiro. Era mais uma questão de rastrear um terreno repleto de coisas familiares e desconhecidas. Os logros das Bene Gesserit asseguravam que as coisas familiares causassem às Honoráveis Matres tanta dificuldade quanto as desconhecidas.

Mas o que elas fizeram para nós?

A comunicação interplanetária funcionava para a presa. Limitada pela economia por milênios. Não ocorria com frequência, exceto entre as Pessoas Importantes e Comerciantes. "Importantes" significava o que sempre significara: ricos, poderosos; banqueiros, oficiais, diplomatas. Militares. "Importantes" rotulava diversas categorias: negociadores, artistas do entretenimento, equipe médica, técnicos habilidosos, espiões e outros especialistas. Não era muito diferente dos dias dos maçons na antiga Terra. Em grande parte, uma diferença em números, qualidade e sofisticação. As fronteiras eram transparentes para alguns, como sempre o foram.

Ela sentia que era importante rever este fato ocasionalmente, buscando por falhas.

A grande massa da humanidade, presa nos planetas, falava do "silêncio do espaço", o que significava que as pessoas não conseguiam arcar com os custos de tal forma de viagem ou comunicação. A maioria sabia que as notícias que recebiam através dessa barreira eram gerenciadas por interesses especiais. Sempre fora assim.

Em um planeta, o terreno e a necessidade de evitar indícios radioativos ditavam os sistemas de comunicação utilizados: tubos, mensageiros, linhas de luz, transmissores neurais e diversas permutações. Discrição e encriptação eram importantes não apenas entre os planetas, mas na superfície deles também.

Odrade percebeu que esse era um sistema de que as Honoráveis Matres poderiam se valer caso encontrassem um ponto de entrada. As caçadoras precisariam começar decifrando o sistema, entretanto... Onde se originaria uma trilha para Casa Capitular?

Não naves que não podiam ser rastreáveis, máquinas ixianas e navegadores da Guilda; todos contribuíam para o manto de silêncio entre os planetas, exceto para os poucos privilegiados. Não dê pontos de partida às caçadoras!

Foi surpreendente quando uma Reverenda Madre anciã vinda de um planeta de punição das Bene Gesserit apareceu à porta do escritório da Madre Superiora, pouco antes do intervalo do almoço. Os Arquivos a identificaram: *Nome: Dortujla. Enviada à perdição especial anos antes por uma infração imperdoável.* A memória informava que havia sido algum tipo de caso amoroso. Odrade não pediu mais detalhes. De todo modo, alguns deles foram mostrados. (Bellonda interferindo novamente!) Uma rebelião emocional na época do banimento de Dortujla, Odrade notou. Tentativas fúteis por parte da amante para evitar a separação.

Odrade se recordou dos mexericos acerca da desonra de Dortujla. "O crime de Jéssica!" Muitas informações valiosas eram recebidas sob a forma de bisbilhotice. Para onde diabos Dortujla havia sido designada? Não importava. Pelo menos não naquele momento. Mais importante: *Por que ela está aqui? Por que ousou fazer uma viagem que poderia trazer as caçadoras até nós?*

Odrade interpelou Streggi quando a jovem anunciou a recém-chegada. Streggi não soube informar.

– Segundo ela, o que deve revelar é apenas para seus ouvidos, Madre Superiora.

– Apenas para meus ouvidos? – Odrade quase gargalhou, considerando o constante monitoramento (vigilância era um termo mais apropriado) de cada uma de suas ações. – Essa Dortujla não revelou o motivo de ter vindo até aqui?

– Aquelas que me pediram para interrompê-la, Madre Superiora, disseram que a senhora deveria recebê-la.

Odrade franziu os lábios. O fato de a Reverenda Madre banida ter chegado tão longe atiçou a curiosidade de Odrade. Uma Reverenda Madre persistente poderia cruzar barreiras ordinárias, mas estas barreiras não eram ordinárias. O motivo da vinda de Dortujla já fora revelado. Outras a haviam ouvido e permitido que prosseguisse. Era óbvio que Dortujla não havia confiado nos ardis Bene Gesserit para persuadir suas irmãs. Isso teria causado uma rejeição imediata. Não havia tempo para tamanha tolice! Então ela observara a cadeia de comando. Suas ações denotavam avaliação cautelosa, uma mensagem dentro da mensagem que ela trazia.

– Mande-a entrar.

Dortujla havia envelhecido tranquilamente em seu planeta esquecido. Revelava seus anos em grande parte pelas rugas sombrias ao redor da boca. O capuz de seu manto ocultava os cabelos, mas os olhos que perscrutavam por baixo eram brilhantes e alertas.

– Por que você está aqui? – O tom de voz de Odrade dizia: "É melhor que isto seja importante, maldição".

A história de Dortujla era bem direta. Ela e três Reverendas Madres associadas haviam conversado com um bando de futars oriundos da Dispersão. O posto em que Dortujla se encontrava havia sido procurado e lhe pediram que transmitisse uma mensagem a Casa Capitular. Dortujla filtrara o pedido usando o sentido para a verdade, segundo ela mesma, lembrando a Madre Superiora de que até mesmo em planetas esquecidos podia haver *algum* talento. Julgando que a mensagem era verídica, suas irmãs entraram em acordo e Dortujla agira com rapidez, sem se esquecer da cautela.

– Com toda a diligência em nossa própria não nave – foi a forma como ela declarou. A nave, ela disse, era pequena, do tipo de contrabandistas. – Uma só pessoa é capaz de operá-la.

O cerne da mensagem era fascinante. Os futars desejavam se aliar às Reverendas Madres em oposição às Honoráveis Matres. O tamanho das forças que esses futars comandavam era difícil de avaliar, Dortujla informou.

– Eles se recusaram a dizer quando perguntei.

Odrade avaliara diversas histórias sobre futars. Matadores de Honoráveis Matres? Havia motivos para se acreditar nisso, mas o desempenho dos futars era confuso, em especial quando se levavam em conta os relatos de Gammu.

– Qual o tamanho dessa comitiva?

– Dezesseis futars e quatro Treinadores. Foi assim que eles se chamaram: Treinadores. E disseram que as Honoráveis Matres possuem uma arma perigosa que só pode ser usada uma única vez.

– Você só havia mencionado futars. Quem são esses Treinadores? E que história é essa de uma arma secreta?

– Eu me abstive de mencioná-los. Eles aparentam ser humanos dentre os variantes observados a partir da Dispersão: três homens e uma mulher. Quanto à arma, eles não revelaram outros detalhes.

– Aparentam ser humanos?

– Esse é o problema, Madre Superiora. Tive uma curiosa primeira impressão de que eram Dançarinos Faciais. Nenhum dos critérios se aplicava. Negativo para feromônios. Gestos, expressões... tudo negativo.

– Foi só aquela primeira impressão?

– Não consigo explicar.

– E quanto aos futars?

– Eles condizem com as descrições. Humanos na aparência externa, mas com uma ferocidade inconfundível. Originários de família felina, de acordo com o meu julgamento.

– É o que outras fontes dizem.

– Eles falam, mas uma versão abreviada de galach. Rompantes de palavras, ao que me parece. "Quando comer?" "Você senhora boa." "Querer carinho cabeça." "Sentar aqui?" Eles aparentam ser imediatamente responsivos aos Treinadores, mas não temerosos. Tive a impressão de que há uma relação de respeito mútuo e afeição entre futars e Treinadores.

– Conhecendo os riscos, por que você achou que isso seria importante o suficiente para trazer de imediato?

– Esse é o povo da Dispersão. A oferta de aliança que fazem é uma abertura para os locais de origem das Honoráveis Matres.

– Você os questionou, é claro. E sobre as condições na Dispersão.

– Sem respostas.

O fato, em uma simples declaração. Não se podia desdenhar da irmã banida, não importava o tamanho da mácula que carregava de seu passado. Mais questionamentos eram indicados. Odrade formulou as perguntas, julgando atentamente conforme as respostas eram dadas, observando a boca anciã como um fruto murcho que se abria arroxeada e se fechava em um tom rosado.

Algo no serviço de Dortujla, talvez os longos anos de penitência, a havia deixado mais gentil, ainda que mantivesse o cerne da obstinação Bene Gesserit intocado. Ela falava com uma hesitação natural. Os gestos eram levemente fluidos. Ela observava Odrade com benevolência. (*Aquela* era a falha pela qual suas irmãs a haviam condenado: manter o cinismo Bene Gesserit sob controle.)

Dortujla deixava Odrade interessada. Ela falava de irmã para irmã, uma mente forte e decidida por trás de suas palavras. Uma mente temperada pela adversidade dos anos em seu posto de punição. Fazendo o que podia naquele instante para compensar aquele lapso da juventude. Sem qualquer tentativa de se passar por uma serva desinformada sobre os assuntos correntes. Um relato à altura dos essenciais. Deixando claro que tinha tanta percepção das necessidades quanto era possível. Curvando-se diante das decisões da Madre Superiora e sendo cautelosa quanto à visita perigosa, mas ainda sentindo que "a senhora deve ter acesso a esta informação".

– Estou convencida de que não é uma armadilha.

O comportamento de Dortujla estava acima de qualquer reprimenda. Olhar direto, olhos e rosto esboçando a compostura apropriada, mas sem tentativas de dissimulação. Uma irmã poderia ler através de tal máscara para uma avaliação correta. Dortujla agia a partir de uma sensação de urgência. Fora uma tola no passado, mas já não mais.

Qual era o nome de seu planeta de punição?

O projetor da escrivaninha informou: Buzzell.

Aquele nome trouxe uma sensação de alerta a Odrade. Buzzell! Seus dedos dançaram sobre o console, confirmando as memórias. Buzzell: na maior parte, oceano. Gelado. Muito gelado. Ilhas esparsas, nenhuma maior que uma grande não nave. Certa época, as Bene Gesserit consideraram Buzzell como uma punição. Castigo exemplar: "Cuidado, garota, ou será enviada a Buzzell". Então Odrade se recordou de outra palavra-chave: sugemas. Buzzell era o local onde elas haviam naturalizado as criaturas marítimas monopódicas, cholistros, que, quando tinham a carapaça raspada, produziam tumores maravilhosos, uma das joias mais valiosas do universo.

Sugemas.

Dortujla ostentava uma delas sobre a dobra de sua gola, semioculta. A luz do escritório conferia a ela um misto elegante de malva e de verde-mar profundo e brilhante. Era maior do que um globo ocular humano, pendendo ali como uma declaração de riqueza. Elas provavelmente tinham tais decorações em pouca conta em Buzzell. Apanhavam-nas nas praias.

Sugemas. Aquilo era significativo. Por desígnio Bene Gesserit, Dortujla negociava com os contrabandistas frequentemente. (A posse daquela não nave era prova disso.) Isso deve ser tratado com cautela. Ainda que fosse uma discussão de irmã para irmã, uma era Madre Superiora e a outra era Reverenda Madre de um planeta de punição.

Contrabando. Um crime capital para as Honoráveis Matres e para outros que não lidavam com o fato de haver leis que não podiam ser aplicadas. A Dobra espacial não havia mudado o contrabando, apenas tornado as pequenas intrusões ainda mais fáceis. Pequenas não naves. Qual seria o menor modelo possível? Uma lacuna nos conhecimentos de Odrade. Os Arquivos preencheram tal lacuna: "diâmetro, 140 metros".

Então eram pequenas o bastante. Sugemas eram uma carga com atração natural. A Dobra espacial representava uma barreira econômica crítica: quão valiosa era uma carga, comparada com tamanho e massa? Podiam-se gastar diversos solars movendo coisas imensas.

Sugemas... Atrativas para contrabandistas. Também despertavam interesses especiais nas Honoráveis Matres. Apenas econômicos? Sempre um grande mercado. Tão atrativo para os contrabandistas quanto mélange, agora que a Guilda a comercializava tão livremente. A Guilda sempre armazenara especiaria através das gerações, espelhada em depósitos e (sem dúvida) diversos reservatórios escondidos.

Eles pensam que podem comprar imunidade das Honoráveis Matres! Mas aquilo oferecia algo que Odrade pressentia poder se tornar vantajoso. Em sua fúria selvagem, as Honoráveis Matres haviam destruído Duna, a única fonte *natural* de mélange conhecida. Ainda sem considerar as consequências (o que fora estranho), elas eliminaram os Tleilaxu, cujos tanques axolotles haviam inundado o Antigo Império de especiaria.

Frank Herbert

E nós temos as criaturas capazes de recriar Duna. Talvez também possamos ter o único Mestre tleilaxu vivo. Trancada na mente de Scytale: a maneira de transformar tanques axolotles em uma cornucópia de mélange. Se conseguirmos fazê-lo revelar isso.

O problema imediato era Dortujla. A mulher transmitia suas ideias com uma concisão que lhe dava créditos. Treinadores e seus futars, dizia ela, sentiam-se perturbados por algo que não revelaram. Dortujla fora sábia ao não empregar os métodos persuasivos das Bene Gesserit. Não era possível garantir como o povo da Dispersão reagiria. O que os perturbava?

– Alguma ameaça além das Honoráveis Matres – Dortujla sugeriu. Ela não arriscaria muito mais, mas existia tal possibilidade e deveria ser considerada.

– O ponto essencial é que eles dizem querer uma aliança – Odrade concluiu.

"Uma causa em comum para um problema em comum", foi a forma como eles expuseram. Apesar do sentido para a verdade, Dortujla aconselhou apenas uma exploração cautelosa de tal oferta.

Mas por que foram justamente a Buzzell? Porque as Honoráveis Matres haviam negligenciado Buzzell ou considerado tal planeta insignificante em suas buscas furiosas?

– Pouco provável – Dortujla comentou.

Odrade concordava. Dortujla, não importava quão infame era seu posto original, agora comandava uma propriedade valiosa e, muito mais importante, era uma Reverenda Madre com uma não nave que poderia levá-la até a Madre Superiora. Ela conhecia a localização de Casa Capitular. Algo inútil para caçadores, é claro. Eles sabiam que uma Reverenda Madre acabaria com a própria vida antes de trair tal segredo.

Problemas compostos de problemas. Mas, antes de tudo, um compartilhamento entre irmãs. Dortujla tinha certeza de que interpretava corretamente os motivos da Madre Superiora. Odrade mudou o assunto para questões pessoais.

Tudo transcorreu bem. Dortujla estava obviamente curiosa, mas disposta a falar.

Reverendas Madres em postos solitários tendiam a ter o que as irmãs chamavam de "outros interesses". Em eras passadas, aquilo se chamaria "hobby", mas a atenção despendida a tais interesses, por vezes, chegava a extremos. Odrade pensava que a maioria dos *interesses* eram tediosos, mas descobriu que era significativo o fato de Dortujla chamar os dela de "hobby". *Então ela colecionava moedas velhas, hein?*

– De que tipo?

– Tenho duas peças gregas antigas em prata e um óbolo de ouro perfeito.

– Autênticos?

– São legítimos. – O que significava que a Reverenda Madre havia realizado uma autovarredura das Outras Memórias para autenticá-los. Fascinante. Ela exercitava suas habilidades para fortalecê-las, mesmo com seu hobby. A história interior e a exterior coincidiam.

– Tudo isso é muito interessante, Madre Superiora – Dortujla disse por fim. – Aprecio como a senhora reassegura que ainda somos irmãs e do quanto se interessa por pinturas antigas como hobbies em paralelo. Ambas sabemos por que eu arrisquei vir até aqui.

– Os contrabandistas.

– É claro. As Honoráveis Matres certamente perceberam minha ausência em Buzzell. Os contrabandistas venderão para quem pagar mais. Devemos assumir que eles lucraram com seu conhecimento valioso sobre Buzzell, as sugemas e uma Reverenda Madre com assistentes. E não devemos esquecer que os Treinadores me encontraram.

Maldição! Odrade pensou. *Dortujla é o tipo de conselheira que eu gostaria de ter à mão. Gostaria de saber quantos mais tesouros enterrados como este temos por aí, negligenciados por motivos mesquinhos? Por que relegamos com tanta frequência nossas irmãs talentosas? É uma fraqueza ancestral que a Irmandade ainda não exorcizou.*

– Creio que aprendemos algo valioso sobre as Honoráveis Matres – Dortujla observou.

Não havia a necessidade de anuir com a cabeça para confirmar. Este era o cerne do motivo que trouxera Dortujla a Casa Capitular. As caçadoras vorazes haviam invadido como enxame o Antigo Império, matando e queimando todos os locais que suspeitavam ter a presença de instituições Bene Gesserit. Mas as caçadoras não haviam tocado Buzzell, apesar de sua localização provavelmente ser conhecida.

– Por quê? – perguntou Odrade, enunciando aquilo que estava em suas mentes.

Frank Herbert

– Nunca danifique seu próprio ninho – Dortujla retrucou.

– Você acha que elas já estão em Buzzell?

– Ainda não.

– Mas você acredita que Buzzell é um local almejado por elas.

– Projeção primária.

Odrade se deteve, encarando-a. Então Dortujla tinha outro hobby! Ela investigara suas Outras Memórias, reavivara e aperfeiçoara talentos ali armazenados. Quem poderia culpá-la? O tempo deve se arrastar em Buzzell.

– Uma suma Mentat – Odrade acusou.

– Sim, Madre Superiora. – Muito humilde. As Reverendas Madres deveriam, supostamente, mergulhar em suas Outras Memórias dessa forma só com a permissão de Casa Capitular e com o direcionamento e apoio de irmãs companheiras. Então Dortujla continuava sendo uma rebelde. Ela seguia os próprios desejos, da mesma forma que fizera com seu amante proibido. Bom! As Bene Gesserit precisavam dessas rebeldes.

– Elas querem Buzzell intocada – Dortujla comentou.

– Um mundo aquático?

– Poderia se tornar um lar apropriado para servos anfíbios. Não os futars nem os Treinadores. Eu os estudei minuciosamente.

As evidências sugeriam um plano das Honoráveis Matres de levar servos escravizados, talvez anfíbios, para colher sugemas. As Honoráveis Matres poderiam ter escravos anfíbios. O conhecimento que produzia futars talvez criasse muitas formas de vida sencientes.

– Escravos, desequilíbrio perigoso – Odrade falou.

Dortujla demonstrou o primeiro sinal de emoção forte, uma repulsa profunda que repuxou sua boca, tornando-a uma linha comprimida.

Era um padrão que a Irmandade há muito reconhecera: a queda inevitável da escravidão e do regime de trabalhos forçados. Cria-se um reservatório de ódio. Inimigos implacáveis. Se não há forma de exterminar todos esses inimigos, melhor nem ousar. Meça seus esforços pela certeza de que a opressão fará seus inimigos mais fortes. Os oprimidos *terão* sua vez, e que os céus ajudem o opressor quando tal dia chegar. Era uma faca de dois gumes. O oprimido sempre aprende com seu opressor e o copia. Quando a sorte muda de lado, o palco está armado para outra exibição de vingança e violência, com os papéis invertidos. E os papéis se invertem e se invertem *ad nauseam*.

Herdeiras de Duna

– Elas nunca irão amadurecer? – Odrade indagou.

Dortujla não tinha respostas, mas uma sugestão imediata.

– Devo retornar a Buzzell.

Odrade considerou aquela declaração. Mais uma vez, a Reverenda Madre banida estava um passo à frente da Madre Superiora. Apesar de desagradável, a decisão era a melhor a se tomar, ambas sabiam. Os futars e os Treinadores voltariam. Ainda mais importante, com um planeta que as Honoráveis Matres desejavam, as probabilidades de que os visitantes da Dispersão tivessem sido observados eram altas. As Honoráveis Matres teriam de agir, e esta ação poderia revelar muito sobre elas.

– É claro, elas acreditam que Buzzell é isca para uma armadilha – Odrade comentou.

– Eu poderia deixar vazar que fui banida por minhas irmãs, para que elas descubram – Dortujla sugeriu. – É algo que pode ser confirmado.

– Usar a si mesma como isca?

– Madre Superiora, e se elas puderem ser tentadas a uma trégua?

– Conosco? – *Que ideia espantosa!*

– Sei que o histórico delas não é de negociações sensatas, ainda assim...

– Essa ideia é brilhante! Mas podemos deixá-la ainda mais tentadora. Digamos que estou convencida de que devo ir até elas com uma proposta de submissão das Bene Gesserit.

– Madre Superiora!

– Não tenho intenções de rendição. Mas existe forma melhor de fazê-las conversar?

– Buzzell não é um bom local para um encontro. Nossas instalações são muito fracas.

– Elas estão em Junção com forças reunidas. Se elas sugerirem Junção como um local para o encontro, você poderia ser persuadida?

– Precisaríamos planejar com cuidado, Madre Superiora.

– Ah, com *muito* cuidado. – Os dedos de Odrade dançaram sobre o console. – Sim, esta noite – ela falou em resposta a uma pergunta visível e, então, voltando-se para Dortujla por sobre a escrivaninha abarrotada: – Quero que você conheça meu conselho e as outras antes de retornar. Iremos instruí-la minuciosamente, mas dou-lhe minha garantia pessoal de que terá uma tarefa em aberto. O mais importante é forçá-las a uma reunião em Junção... E espero que saiba como me desgosta a ideia de usá-la como isca.

Frank Herbert

Uma vez que Dortujla permaneceu mergulhada em pensamentos e não lhe respondeu, Odrade insistiu:

– Elas podem ignorar nossas propostas e obliterá-la. Ainda assim, você é a melhor isca que temos.

Dortujla demonstrou que ainda retinha seu senso de humor.

– Não gosto muito da ideia de me debater sobre um anzol, Madre Superiora. Por favor, segure a linha com firmeza. – Ela se levantou, lançou um olhar preocupado para os documentos sobre a escrivaninha de Odrade e concluiu: – A senhora tem tanto a fazer e temo que a detive muito além do almoço.

– Jantaremos aqui juntas, irmã. No momento, você é mais importante do que todo o resto.

Todos os Estados são abstrações.

– Octun Politicus, Arquivos B.G.

Lucilla tomou cuidado em não assumir um sentimento de familiaridade sobre aquele quarto verde-ácido e a recorrente presença da Grande Honorável Matre. Ali era Junção, fortaleza daquelas que almejavam o extermínio das Bene Gesserit. Ali estava o inimigo. Décimo sétimo dia.

O infalível relógio mental que havia sido iniciado durante sua agonia da especiaria lhe dizia que ela havia se adaptado ao ritmo circadiano do planeta. Despertara com a aurora. Não havia como saber quando seria alimentada. As Honoráveis Matres a confinavam com apenas uma refeição por dia.

E sempre aquele futar em sua jaula. Um lembrete. *Cada um em sua jaula. É assim que tratamos animais perigosos. Nós podemos permitir que saiam em certas ocasiões para esticar as pernas e nos entreter, mas logo depois voltam a suas respectivas jaulas.*

Quantidades mínimas de mélange em seus alimentos. Não eram parcimoniosas. Não com a própria riqueza. Uma pequena demonstração "daquilo que poderia ser seu, caso você fosse razoável".

A que horas ela virá hoje?

As chegadas da Grande Honorável Matre não tinham horário fixo. Aparições aleatórias para confundir a cativa? Provavelmente. Haveria outras demandas na agenda da comandante. Encaixe os animais de estimação perigosos em sua rotina regular sempre que possível.

Posso até ser perigosa, Senhora Aranha, mas não sou seu animal de estimação.

Lucilla sentia a presença de dispositivos de varredura, instrumentos que proviam mais do que meros estímulos para os olhos. Eles observavam *dentro* da carne, sondando por armas ocultas, pelo funcionamento dos órgãos. *Ela possui implantes estranhos? Que tipo de órgãos adicionais foram colocados cirurgicamente em seu corpo?*

Nada disso, Senhora Aranha. Contamos com as coisas que acompanham o nosso nascimento.

Lucilla sabia qual era o seu risco mais imediato: sentir-se inadequada diante de tal cenário. Suas captoras a deixaram em uma terrível

Frank Herbert

desvantagem, mas não haviam destruído suas capacidades Bene Gesserit. Ela podia decidir morrer antes que o shere em seu corpo se esgotasse a ponto de cometer traição. Ela ainda tinha a própria mente... e a horda de Lampadas.

O painel do futar se abriu e a criatura deslizou para fora da jaula. Então a Rainha Aranha estava a caminho. Demonstrando uma ameaça antecipada, como de costume. *Virá mais cedo hoje. Mais cedo do que nunca.*

– Bom dia, futar. – Lucilla falou com uma cadência animada.

O futar olhou para ela, mas não falou palavra.

– Você deve odiar ficar naquela jaula – Lucilla comentou.

– Não gostar jaula.

Ela já havia determinado que tais criaturas possuíam um grau de facilidade para idiomas, mas a extensão de tal domínio ainda lhe escapava.

– Creio que ela também o mantém faminto. Você gostaria de me comer?

– Comer. – Uma óbvia demonstração de interesse.

– Eu queria ser sua Treinadora.

– Você Treinadora?

– Você me obedeceria se eu fosse?

O pesado trono da Rainha Aranha se ergueu da reentrância sob o chão. Ainda não havia sinais dela, mas devia-se assumir que ela ouvia essa conversa.

O futar encarava Lucilla com uma intensidade peculiar.

– Os Treinadores mantêm você enjaulado e com fome?

– Treinadora? – Inflexão clara de questionamento.

– Quero que você mate a Grande Honorável Matre. – Isso não seria surpreendente para elas.

– Matar Dama!

– E que a coma.

– Dama veneno. – Desanimado.

Aaaah. Eis uma informação interessantíssima!

– Ela não é veneno. A carne dela é igual à minha.

O futar se aproximou dos limites da jaula. A mão esquerda exibiu o interior de seu lábio inferior. Havia ali uma cicatriz horrenda e avermelhada, aparentando uma queimadura.

– Ver veneno – ele falou, baixando a mão.

Herdeiras de Duna

Como será que ela fez isso? Não havia odor de veneno ao redor dela. Carne humana somada à droga baseada em adrenalina para produzir os olhos alaranjados em resposta à ira... E outras respostas que Murbella revelara. Uma sensação de absoluta superioridade.

Até que ponto ia a compreensão do futar?

– O veneno era amargo?

O futar esboçou um esgar e cuspiu.

Ações são mais rápidas e mais poderosas do que palavras.

– Você odeia a Dama?

Caninos à mostra.

– Você a teme?

Sorriso.

– Então, por que não a mata?

– Você não Treinadora.

É preciso uma palavra de comando para matar, vinda de um Treinador!

A Grande Honorável Matre entrou e se lançou sobre o trono.

Lucilla mediu a voz em uma cadência animada:

– Bom dia, Dama.

– Eu não lhe dei permissão para me chamar assim. – Grave e com indícios de manchas alaranjadas em seus olhos.

– O futar e eu estávamos conversando.

– Eu sei. – O laranja mais acentuado em seus olhos. – E se você o estragou para mim...

– Mas Dama...

– Não me chame assim! – Levantou-se da cadeira, olhos alaranjados flamejantes.

– Ora, sente-se – Lucilla retrucou. – Essa não é a forma correta de conduzir um interrogatório. – Sarcasmo, uma arma perigosa. – Você disse ontem que gostaria de continuar nossa discussão sobre política.

– Como você sabe que horas são? – Afundando novamente em seu trono, mas com os olhos ainda em chamas.

– Todas as Bene Gesserit possuem essa habilidade. Conseguimos sentir o ritmo de qualquer planeta depois de estarmos algum tempo nele.

– Um talento estranho.

– Qualquer pessoa é capaz de fazer isso. É uma questão de sensibilidade.

– Eu seria capaz de aprender? – Manchas laranjas desaparecendo.

– Eu disse *qualquer pessoa*. Você ainda é humana, não é? – *Uma pergunta ainda não plenamente respondida.*

– Por que disse que vocês, bruxas, não possuem um governo?

Ela quer mudar de assunto. Nossas habilidades a preocupam.

– Não foi isso o que eu disse. Não temos um governo *convencional*.

– Nem mesmo um código social?

– Não existe um código social que atenda todas as necessidades. Um crime em uma sociedade pode ser um requisito moral em outra.

– As pessoas sempre têm um governo. – Manchas laranjas completamente esmaecidas. *Por que isso a interessa tanto?*

– Pessoas têm políticas. Eu lhe disse isso ontem. Política: a arte de aparentar ser cândido e completamente aberto enquanto se oculta o máximo possível.

– Então vocês, bruxas, ocultam.

– Eu não disse isso. Quando dizemos "política", é um aviso a nossas irmãs.

– Não acredito em você. Humanos sempre criam alguma forma de...

– Acordo?

– Uma palavra tão apropriada quanto qualquer outra! – *Isso a enfureceu.*

Uma vez que Lucilla não ofereceu mais informações, a Grande Honorável Matre inclinou-se para a frente.

– Você está ocultando!

– Não é meu direito esconder de você coisas que podem ajudá-la a nos derrotar? – *Essa é uma isca bem suculenta!*

– Foi o que pensei! – Recostando-se com um olhar de satisfação.

– Entretanto, por que não as revelar? Você acha que os nichos de autoridade estão sempre ali para serem preenchidos e não vê o que isso diz sobre a minha Irmandade.

– Ah, por obséquio, conte-me. – *Exagerada com o sarcasmo.*

– Você acredita que tudo isso entra em conformidade com os instintos que remontam os dias tribais e ainda mais antigos. Chefes e Anciãos. Mãe Misteriosa e Conselho. E, antes disso, o Homem (ou a Mulher) Forte que providenciava que todos fossem alimentados, que todos fossem protegidos pelo fogo na entrada da caverna.

– Faz sentido.

Faz mesmo?

– Ah, eu concordo. A evolução das formas está bem estabelecida.

– Evolução, bruxa! Uma coisa empilhada sobre a outra.

Evolução. Viu como ela abocanha palavras-chave?

– É uma força que pode ser posta sob controle voltando-a contra si mesma.

Controle! Observe os interesses que foram despertados. Ela ama essa palavra.

– Então, vocês criam leis como todos os outros!

– Regulamentos, talvez, mas não é tudo temporário?

Interesse intenso.

– É claro.

– Mas sua sociedade é administrada por burocratas que não sabem que podem aplicar o mínimo de imaginação àquilo que fazem.

– Isso é importante? – *Realmente intrigada. Olhe a expressão franzida.*

– Apenas para você, Honorável Matre.

– Grande Honorável Matre! – *Como ela é sensível!*

– Por que não me permite chamá-la de Dama?

– Não somos íntimas.

– O futar lhe é íntimo?

– Pare de mudar de assunto!

– Quer dente limpo – o futar disse.

– Cale a boca! – *Olhos flamejantes.*

O futar agachou-se, mas não se retraiu.

A Grande Honorável Matre voltou seu olhar alaranjado na direção de Lucilla.

– Qual a questão sobre os burocratas?

– Eles não têm margem de manobra porque é assim que os superiores deles engordam. Se você não enxerga a diferença entre regulamentos e leis, ambos têm força de lei.

– Não vejo diferença. – *Ela não percebe o que revela ao dizer isso.*

– Leis representam o mito da mudança forçada. Um novo e brilhante futuro acontecerá em função desta ou daquela lei. Leis reforçam o futuro. Acredita-se que regulamentos reforçam o passado.

– Acredita-se? – *Ela também não gosta dessa palavra.*

– Em cada instância, a ação é ilusória. É como designar um comitê para estudar um problema. Quanto mais pessoas em um comitê, mais preconceitos são aplicados sobre o problema.

Cuidado! Ela está realmente pensando sobre isso, aplicando-o a si mesma.

Lucilla modulou a voz em um de seus tons mais razoáveis.

– Você vive tomando como base um passado ampliado e tenta compreender algum futuro irreconhecível.

– Não acreditamos em presciência. – *Sim, ela acredita! Finalmente. É por isso que nos mantém vivas.*

– Dama, por favor. Sempre há certo desequilíbrio em se confinar em um ciclo fechado de leis.

Seja cautelosa! Ela não a repreendeu ao chamá-la de Dama.

O trono da Grande Honorável Matre rangeu quando ela se ajeitou.

– Mas leis são necessárias!

– Necessárias? Isso é perigoso.

– Como assim?

Seja suave. Ela está se sentindo ameaçada.

– Regras necessárias e leis a impedem de se adaptar. Inevitavelmente, tudo desaba. É como banqueiros pensando que podem comprar o futuro. "Ter poder em meu tempo! Meus descendentes que vão para o inferno!"

– O que os descendentes estão fazendo por mim?

Não diga! Olhe para ela. Ela está reagindo a partir da insanidade comum. Dê a ela outro gostinho.

– Honoráveis Matres surgiram como terroristas. Burocratas antes de tudo, e terror como sua arma preferencial.

– Use as ferramentas quando estão à mão. Mas éramos rebeldes. Terroristas? Isso é caótico demais.

Ela gosta da palavra "caos". Define tudo que existe do lado de fora. Ela nem mesmo questionou como você conhece as origens das Honoráveis Matres. Ela aceita as nossas habilidades misteriosas.

– Não é curioso, Dama... – *sem reação; continue.* – ... como rebeldes logo acabam sucumbindo aos padrões antigos quando saem vitoriosos? Não é exatamente uma armadilha no caminho de todos os governos, mas uma ilusão que aguarda qualquer um que adquire poder.

– Ah! E eu pensei que você iria me dizer algo novo. Conhecemos essa: "Poder corrompe. Poder absoluto corrompe absolutamente".

– Errado, Dama. Trata-se de algo mais sutil, porém bem mais penetrante: o poder atrai o corruptível.

– Você ousa me acusar de ser corrupta?

Observe os olhos!

– Eu? Acusá-la? A única pessoa capaz de fazer isso é você mesma. Eu apenas lhe dou a opinião Bene Gesserit.

– Que não me diz nada!

– Ainda assim, acreditamos que há uma moralidade acima de qualquer lei, que deve se manter vigilante sobre todas as tentativas de regulamentação imutável.

Você usou ambas as palavras em uma única frase e ela nem percebeu.

– O poder sempre funciona, bruxa. Essa é a lei.

– E governos que se perpetuam por tempo suficiente sob *essa* crença sempre se tornam prenhes de corrupção.

– Moralidade!

Ela não é muito boa com sarcasmo, sobretudo quando está na defensiva.

– Eu realmente tentei ajudá-la, Dama. Leis são perigosas a todos, tanto para inocentes quanto para culpados. Não importa se você acredita ser poderosa ou indefesa. Leis não possuem compreensão humana em si nem por si próprias.

– Não existe isso de compreensão humana!

Nossa pergunta está respondida. Não humana. Fale com o lado inconsciente dela. Ela está escancarada.

– Leis devem ser sempre interpretadas. Aqueles que são presos às leis não desejam latitude para a compaixão. Sem margem de manobra. "A lei é a lei!"

– E é mesmo! – *Muito defensiva.*

– Essa é uma ideia perigosa, especialmente para os inocentes. As pessoas sabem disso instintivamente e ficam ressentidas de tais leis. Pouco é feito, com frequência de modo inconsciente, para conter "a lei" e aqueles que lidam com tal baboseira.

– Você ousa chamar a lei de baboseira? – A meio caminho de levantar-se do trono e depois voltando a se sentar.

– Ah, sim. E a lei, personificada por todos aqueles cuja subsistência depende dela, fica ressentida ao ouvir palavras como as minhas.

– E com razão, bruxa! – *Mas ela não mandou que se calasse.*

– "Mais leis!", você diz. "Precisamos de mais leis!" Então você cria novos instrumentos de não compaixão e, incidentalmente, novos nichos de emprego para aqueles que se alimentam do sistema.

– Sempre foi assim e sempre será.

– Errado novamente. É um rondo. Ele gira e gira até que fere a pessoa errada ou o grupo errado. Então se instaura a anarquia. Caos. – *Viu como ela não conteve um sobressalto?* – Rebeldes, terroristas, cada vez mais explosões de violência incontida. Um jihad! E tudo porque você criou algo não humano.

Mão no queixo. Preste atenção!

– Como nos afastamos tanto da política, bruxa? Essa era a sua intenção?

– Não nos afastamos nem por uma fração de milímetro!

– Suponho que vá me dizer que vocês, bruxas, praticam uma forma de democracia.

– Com um desvelo que você não é capaz de imaginar.

– Teste-me. – *Ela pensa que você contará um segredo. Faça isso.*

– A democracia é suscetível de ser desvirtuada ao se exibir um bode expiatório diante do eleitorado. Utilize o rico, o ganancioso, os criminosos, o líder estúpido e assim por diante, *ad nauseam.*

– Sua crença é como a nossa. – *Ora! Ela deseja desesperadamente que sejamos como ela.*

– Você declarou que as Honoráveis Matres eram burocratas que se rebelaram. Você conhece a falha. Uma burocracia com um pesado alto escalão inacessível ao eleitorado, que sempre expande os limites de energia do sistema. Rouba dos idosos, dos aposentados, de qualquer um. Em especial daqueles que já foram chamados de classe média, porque é dali que a maior parte da energia se origina.

– Vocês se consideram... classe média?

– Não consideramos a nós mesmas sob qualquer perspectiva fixa. Mas as Outras Memórias nos falam sobre as falhas da burocracia. Presumo que vocês possuem alguma forma de serviço civil para as "ordens menores".

– Tomamos conta dos nossos. – *Que eco mais horroroso.*

– Então você sabe como isso dilui os votos. Sintoma principal: o povo não vota. O instinto diz a eles que é algo inútil.

– A democracia é uma ideia estúpida de qualquer maneira!

– Concordamos. É suscetível à demagogia. É uma doença à qual os sistemas eleitorais são vulneráveis. Ainda assim, é fácil identificar demagogos. Eles gesticulam muito e falam com o ritmo do púlpito, usando palavras repletas de fervor religioso e sinceridade de quem é temente a Deus.

Ela está contendo uma risada!

– Sinceridade sem estrutura por trás requer muita prática, Dama. A prática sempre pode ser detectada.

– Por Proclamadoras da Verdade?

Viu como ela se inclina para a frente? Nós a temos nas mãos novamente.

– Por qualquer um que aprenda os sinais: repetição. Numerosas tentativas de manter a atenção nas palavras. Não se deve prestar atenção às palavras. Observe o que a pessoa faz. É assim que se aprende os motivos.

– Então vocês não têm uma democracia. – *Conte-me mais segredos Bene Gesserit.*

– Ah, mas nós temos, sim.

– Pensei que você tivesse dito...

– Nós a protegemos bem, observando as coisas que acabo de descrever. Os perigos são imensos, mas as recompensas também são.

– Você sabe o que acaba de me dizer? Que vocês são um bando de tolas!

– Senhora boa! – o futar exclamou.

– Cale-se, ou mandarei você de volta para a manada!

– Você não boa, Dama.

– Viu o que você fez, bruxa? Você o estragou!

– Suponho que existam outros.

Ahhhhh. Observe esse sorriso.

Lucilla esboçou um sorriso idêntico, sincronizando sua respiração com a da Grande Honorável Matre. *Viu como somos parecidas? É claro que tentei feri-la. Você não teria feito o mesmo em meu lugar?*

– Então você sabe como fazer uma democracia se curvar à sua vontade. – Uma expressão exultante.

– A técnica é muito sutil, mas fácil. Cria-se um sistema no qual a maior parte das pessoas está descontente, seja de forma vaga ou profunda.

É assim que ela enxerga a questão. Observe como ela anui com a cabeça no ritmo de suas palavras.

Lucilla manteve seu ritmo ao do balanço da cabeça da Grande Honorável Matre.

– Isso cria sentimentos generalizados de raiva vingativa. Então se fornecem alvos para essa raiva conforme eles são necessários.

– Uma tática diversiva.

– Prefiro considerar tal expediente uma distração. Não dar a eles tempo para pensar. Enterram-se os equívocos em mais leis. Trafica-se uma ilusão. Táticas de tourada.

– Ah, sim! Isso é bom! – *Ela está quase maravilhada. Diga-lhe mais sobre touradas.*

– Agite a capa bonita. Eles investirão contra ela e ficarão confusos quando não houver um toureiro por trás do pano. Isso embota o eleitorado da mesma forma que ocorre com o touro. Menos pessoas usarão o voto com inteligência da próxima vez.

– E é por isso que nós fazemos assim!

"Nós fazemos assim"! Será que ela ouviu a si mesma?

– Então, recrimine o eleitorado apático. Faça-o se sentir culpado. Mantenha-o embotado. Alimente-o. Entretenha-o. Mas não exagere!

– Ah, não! Nunca exagere.

– Faça com que eles saibam que a fome aguarda aqueles que não se mantiverem na linha. Mostre a eles o tédio imposto àqueles que tentam virar o barco. – *Obrigada, Madre Superiora. Essa é uma imagem apropriada.*

– Vocês não permitem que o touro, por vezes, pegue um toureiro?

– É claro. Pow! Pegaram aquele! Então espera-se até que as risadas diminuam.

– Eu sabia que vocês não permitiriam uma democracia!

– Por que você não acredita em mim? – *Você está brincando com fogo!*

– Porque vocês teriam de permitir uma votação aberta, júris, juízes e...

– Nós as chamamos censoras. É uma espécie de Júri do Todo.

Agora você a deixou confusa.

– E não há leis... regulamentos, seja lá como vocês preferem chamar?

Herdeiras de Duna

– Já não falei que as definimos separadamente? Regulamentos: passado. Lei: futuro.

– Vocês limitam essas... essas censoras de alguma forma!

– Elas podem chegar a qualquer decisão que quiserem, da forma como um júri deveria funcionar. A lei que vá para o inferno!

– Essa é uma ideia muito perturbadora. – *Ela de fato está perturbada. Veja como os olhos dela estão baços.*

– A primeira regra de nossa democracia: nenhuma lei deve restringir os júris. Tais leis são estúpidas. É espantoso quão estúpidos os humanos podem ser quando atuam em grupos pequenos e que agem em benefício próprio.

– Você está me chamando de estúpida, não é mesmo!?

Cuidado com o laranja.

– Parece existir uma regra natural que diz ser quase impossível que grupos que agem em benefício próprio ajam de forma esclarecida.

– Esclarecida! Eu sabia!

Eis um sorriso perigoso. Tenha cautela.

– Significa fluir com as forças da vida, ajustando suas ações para que a vida possa continuar.

– Dispensando o máximo de felicidade para o maior número de pessoas possível, é claro.

Depressa! Fomos espertas demais! Mude de assunto!

– Esse foi um elemento que o Tirano deixou de lado em seu Caminho Dourado. Ele não considerava a felicidade, apenas a sobrevivência da espécie humana.

Falamos para você mudar de assunto! Olhe para ela! Está com raiva!

A Grande Honorável Matre deixou a mão cair de seu queixo.

– E eu iria convidá-la para se unir a nossa ordem, torná-la uma de nós. Libertá-la.

Tire-a desse humor! Depressa!

– Não fale – a Grande Honorável Matre aconselhou. – Nem sequer abra a boca.

Agora você estragou tudo!

– Você ajudaria Logno, ou alguma das outras, e uma delas ganharia meu trono! – Ela relanceou para o futar, que estava agachado. – Comer, querido?

Frank Herbert

– Não comer senhora boa.

– Então jogarei a carcaça dela para a manada!

– Grande Honorável Matre...

– Eu disse para você não falar! Você *se atreveu* a me chamar de Dama.

Ela se levantou da cadeira em um borrão de movimento. A porta da jaula de Lucilla foi escancarada com um estrondo contra a parede. Lucilla tentou se esquivar, mas o shigafio a restringiu. Ela nem sequer foi capaz de ver o chute que estilhaçou sua têmpora.

Ao morrer, a percepção de Lucilla foi tomada por um grito de fúria: a horda de Lampadas dando vazão a emoções confinadas por diversas gerações.

Algumas pessoas nunca participam. A vida acontece para elas. Seguem com pouco mais que uma persistência embotada e resistem com ira ou violência a todas as coisas que poderiam tirá-las de suas ilusões de segurança repletas de ressentimento.

– Alma Mavis Taraza

Para a frente e para trás, para a frente e para trás. Durante todo o dia, para a frente e para trás. Odrade trocava de uma gravação dos olhos-com para outra, procurando, indecisa e inquieta. Primeiro observando Scytale, depois o jovem Teg lá fora, com Duncan e Murbella, depois um longo olhar pela janela enquanto pensava no último informe de Burzmali a partir de Lampadas.

Em quanto tempo eles tentariam restaurar as memórias do bashar? Será que um ghola restaurado obedeceria?

Por que não recebemos mais notícias do rabino? Devemos iniciar a Extremis Progressiva, o Compartilhamento entre nós mesmas, até onde pudermos? O efeito no moral seria devastador.

Registros eram projetados sobre sua escrivaninha enquanto assistentes e conselheiras entravam e saíam. Interrupções necessárias. Assine isto. Aprove aquilo. Diminuição de mélange para esse grupo?

Bellonda estava ali, sentada à mesa. Ela desistira de perguntar o que Odrade procurava e apenas observava com um olhar irredutível. Inclemente.

Elas haviam discutido sobre a possibilidade de uma nova população de vermes da areia na Dispersão restaurar a influência maligna do Tirano. Aquele *sonho interminável* em cada simulacro de verme ainda preocupava Bell. Mas os próprios números de tal população diziam que o domínio do Tirano sobre seus destinos havia acabado.

Tamalane chegara mais cedo, buscando algum registro de Bellonda. Com um novo acúmulo dos Arquivos ainda fresco em sua memória, Bellonda lançara uma crítica mordaz às flutuações populacionais da Irmandade, ao esgotamento de recursos.

Odrade, retornando ao presente momento, olhava pela janela enquanto o crepúsculo se movia pela paisagem. Escurecia em tonalidades quase imperceptíveis. À medida que o completo breu se estabeleceu, percebeu as luzes nas casas das plantações ao longe. Ela sabia que tais luzes haviam sido acesas muito tempo antes, mas tinha a sensação de que a noite criava as luzes. Algumas se apagavam ocasionalmente conforme as pessoas se moviam em suas habitações. *Sem pessoas, sem luzes. Não gastem energia.*

As luzes piscantes roubaram a sua atenção por um instante. Uma variação da antiga pergunta sobre a árvore caindo na floresta: ela produzia som mesmo se não houvesse ninguém lá para ouvir? Odrade estava do lado das pessoas que diziam que as vibrações existiam independentemente de haver ou não um sensor para captá-las.

Será que sensores secretos seguem a nossa Dispersão? Que tipo de novos talentos e invenções os primeiros Dispersos utilizam?

Bellonda permitira um silêncio longo por tempo suficiente.

– Dar, você está emitindo sinais preocupantes por todo o Casa Capitular.

Odrade aceitou a acusação sem emitir comentários.

– Seja lá o que estiver fazendo, está sendo interpretado como indecisão. – *Como Bell soava entristecida.* – Grupos importantes estão discutindo se devemos substituir você. As censoras estão votando.

– Apenas as Censoras?

– Dar, você realmente acenou para Praska outro dia e disse que era bom estar viva?

– Sim.

– O que você tem *feito*?

– Reavaliado. Ainda não recebemos notícias de Dortujla?

– Você perguntou isso pelo menos uma dezena de vezes só hoje! – Bellonda gesticulou na direção da escrivaninha. – Você insiste em retomar o último informe de Burzmali vindo de Lampadas. Há algo que deixamos passar despercebido?

– Por que nossas inimigas se entrincheiraram em Gammu? Diga-me, Mentat.

– Não tenho dados o bastante e você sabe disso!

– Burzmali não era Mentat, mas seu retrato dos eventos possui uma força persistente, Bell. Digo a mim mesma que, bem, ele era o aluno favorito do bashar, afinal. É compreensível que Burzmali demonstre características de seu professor.

– Fale logo, Dar. O que você vê no informe de Burzmali?

– Ele preenche uma lacuna. Não completamente, mas... a forma como ele insiste em se referir a Gammu é tantálica. Muitas forças econômicas têm conexões poderosas lá. Por que esses fios não são cortados pelas nossas inimigas?

– Elas estão naquele mesmo sistema, é óbvio.

– E se organizarmos um ataque total a Gammu?

– Ninguém quer fazer negócios em cercanias violentas. É isso o que você está dizendo?

– Em parte.

– A maior porção dos grupos daquele sistema econômico provavelmente iria se deslocar. Outro planeta, outra população subserviente.

– Por quê?

– Eles são capazes de predizer com maior confiabilidade. Iriam aumentar suas defesas, é claro.

– Essa aliança que pressentimos haver ali, Bell, redobraria os esforços delas para nos encontrar e nos obliterar.

– Com certeza.

O comentário sucinto de Bellonda impeliu os pensamentos de Odrade ao mundo exterior. Ela ergueu o olhar para as montanhas coroadas de neve que brilhavam sob a luz das estrelas. Os agressores viriam daquela direção?

A projeção daquele pensamento poderia ter embotado um intelecto inferior. Mas Odrade não precisava da Litania contra o Medo para conservar a mente tranquila. Ela tinha uma fórmula mais simples.

Encare seus medos, senão eles vão montar em suas costas.

Sua atitude era direta. As coisas mais aterrorizantes no universo vinham das mentes humanas. O pesadelo (o cavalo branco da extinção Bene Gesserit) tinha formas tanto míticas quanto reais. A caçadora com o machado poderia golpear a mente ou a carne. Mas não se podia escapar dos terrores da mente.

Então encare-os!

O que ela confrontava naquelas trevas? Não aquela caçadora sem face com seu machado, não a queda no abismo desconhecido (ambos visíveis a ela com sua *porção de talento*), mas as bem tangíveis Honoráveis Matres e quem mais as apoiavam.

E nem mesmo ouso usar a minha pequena presciência para nos guiar. Eu poderia travar nosso futuro em uma forma imutável. Muad'Dib e seu filho Tirano fizeram isso, e o Tirano levou três mil e quinhentos anos para nos tirar de tal enrascada.

Luzes se movendo no meio do campo atraíram a sua atenção. Jardineiros trabalhando tarde, ainda podando os pomares como se aquelas árvores veneráveis fossem durar para sempre. Os ventiladores traziam um leve odor de fumaça dos fogos que queimavam os galhos podados. Muito atenciosos a detalhes, os jardineiros das Bene Gesserit. Nunca deixe madeira morta nos arredores para atrair parasitas que, num próximo passo, poderiam se mudar para árvores vivas. Limpos e asseados. Planejar antecipadamente. Mantendo seu hábitat. Este momento é parte do sempre.

Nunca deixe madeira morta nos arredores?

Seria Gammu uma madeira morta?

– Por que os pomares a deixam tão fascinada? – Bellonda quis saber.

– Eles me restauram. – Odrade falou sem se virar.

Apenas duas noites antes ela havia caminhado por lá, o clima frio e estimulante, uma névoa fina sobre o chão. Seus pés faziam as folhas se agitarem. Um leve odor de compostagem onde as chuvas esparsas haviam caído, nos locais mais baixos e mais quentes. Um cheiro relativamente pantanoso e atrativo. A vida em sua fermentação usual, até mesmo naquelas circunstâncias. Os galhos vazios sobre sua cabeça se projetavam inflexíveis contra a luz das estrelas. Deprimente, na verdade, se comparada com a primavera ou a época da colheita. Ainda assim, bela em seu fluxo. A vida mais uma vez aguardando para ser chamada a entrar em ação.

– Você não está preocupada com as censoras? – Bellonda questionou.

– Como elas votarão, Bell?

– Será por pouco.

– As outras as seguirão?

– Há uma preocupação sobre suas decisões. Consequências.

Bell era muito boa nisso: uma grande quantidade de dados em poucas palavras. A maior parte das decisões Bene Gesserit se movia por um labirinto triplo: Efetividade, Consequências e (a mais vital) Quem Pode Executar Ordens? Combinava-se feito e pessoa com grande cautela,

Herdeiras de Duna

atenção precisa a detalhes. Isso tinha uma grande influência sobre Efetividade e, por sua vez, governava as Consequências. Uma boa Madre Superiora era capaz de se guiar pelos labirintos das decisões em segundos. Assim, tinham vivacidade na Central. Olhos se abrilhantavam. Palavras eram trocadas sobre como "ela agia sem hesitação". Isso criava confiança entre as acólitas e outras estudantes. As Reverendas Madres (as censoras em especial) aguardavam para avaliar as Consequências.

Odrade falou tanto para seu próprio reflexo na janela quanto para Bellonda:

– Até a Madre Superiora deve ter seu próprio tempo.

– Mas o que a perturba tanto?

– Você está exigindo velocidade, Bell?

Bellonda recuou em sua cãodeira como se Odrade a tivesse empurrado.

– É extremamente difícil ter paciência em tempos como estes – Odrade prosseguiu. – Mas escolher o momento certo influencia minhas decisões.

– Quais as suas intenções para com o nosso novo Teg? Essa é a questão que você deve responder.

– Se nossas inimigas se retirassem de Gammu, para onde iriam, Bell?

– Você as atacaria lá?

– Para provocá-las um pouco.

– É perigoso alimentar essa fogueira – Bellonda falou com suavidade.

– Precisamos de outra moeda de troca.

– Honoráveis Matres não realizam trocas!

– Mas creio que os associados delas realizam. Será que eles se mudariam... digamos, para Junção?

– As Honoráveis Matres firmaram-se lá com grande força. E nosso querido bashar mantinha um dossiê-memória daquele lugar em sua adorável memória Mentat.

– Ahhhhhhh. – Era tanto um suspiro quanto uma palavra.

Então Tamalane entrou e exigiu atenção ao ficar de pé e em silêncio, até que Odrade e Bellonda olharam para ela.

– As censoras a apoiam, Madre Superiora. – Tamalane ergueu um dedo semelhante a uma garra. – Por um voto!

Odrade suspirou.

– Diga, Tam, a censora que cumprimentei no corredor, Praska, qual foi o voto dela?

– Ela votou a seu favor.

Odrade mirou um sorriso controlado para Bellonda.

– Envie espiãs e agentes, Bell. Devemos instigar as caçadoras a nos receber em Junção.

Bell deduzirá meu plano pela manhã.

Quando Bellonda e Tamalane partiram, murmurando entre si, com preocupação no tom de suas vozes, Odrade saiu para o curto corredor que levava a seus aposentos privados. O corredor era patrulhado pelas acólitas de costume e Reverendas Madres serventes. Algumas acólitas sorriram para ela. Então as notícias da votação das censoras as haviam alcançado. Outra crise havia passado.

Odrade atravessou a sala de estar em direção à cela onde dormia, esticando-se sobre o catre ainda vestida. Seu olhar passou pelo mapa do deserto até a pintura de Van Gogh que, protegida em sua moldura e cobertura, pendia da parede no pé de seu leito.

Casas em Cordeville.

Um mapa melhor do que aquele marcando o crescimento do deserto, ela pensou. *Lembre-me, Vincent, de onde eu vim e daquilo que ainda posso fazer.*

Aquele dia a esgotara. Ela passara da fadiga para um lugar onde a mente se prendia em círculos fechados.

Responsabilidades!

Elas a cercavam, e Odrade sabia quão desagradável poderia ser quando ficava sobrecarregada por afazeres. Forçada a despender energias apenas para manter a ilusão de uma calma compostura. *Bell notou isso em mim.* Era enlouquecedor. A Irmandade era barrada em todas as passagens, tornando-se quase ineficiente.

Ela fechou os olhos e tentou construir uma imagem de uma comandante Honorável Matre a quem se endereçar. *Idosa... repleta de poder. Vigorosa. Forte e com aquela velocidade ofuscante que possuíam.* Sem rosto, mas o corpo visualizado estava ali, de pé na mente de Odrade.

Formando as palavras em silêncio, Odrade se dirigiu à Honorável Matre sem face.

Herdeiras de Duna

– É difícil para nós permitirmos que vocês cometam seus próprios erros. Professoras sempre acham isso complicado. Sim, nós nos consideramos professoras. Não ensinamos indivíduos, mas espécies. Proporcionamos lições para todos. Se vocês enxergam o Tirano em nós, estão certas.

A imagem em sua mente não esboçou reação.

Como professores poderiam ensinar quando não eram capazes de emergir de seus esconderijos? Burzmali, morto; o ghola Teg era uma soma desconhecida. Odrade sentiu as pressões invisíveis convergindo sobre Casa Capitular. Não era de se espantar que as censoras houvessem votado. Uma teia cercava a Irmandade. Os fios as prendiam com força. E em algum lugar daquela teia, uma Honorável Matre sem rosto comandava, pronta para o ataque.

Rainha Aranha.

A presença dela se fazia conhecida por meio das ações de seus servos. Bastava um leve tremor em um dos fios de sua teia e atacantes lançavam-se contra as vítimas emaranhadas, com violência insana, sem se preocupar com quantos dos seus morreriam ou quantos oponentes massacrariam.

Alguém comandava a busca: Rainha Aranha.

Será que ela pode ser considerada sã de acordo com nossos padrões? Em direção a quais perigos terríveis enviei Dortujla?

As Honoráveis Matres iam além da megalomania. Elas faziam o Tirano parecer um pirata ridículo. Leto II pelo menos soubera o que as Bene Gesserit sabiam: como se equilibrar na ponta da espada, ciente de que sofreria um ferimento mortal quando escorregasse daquela posição. *O preço que se paga por buscar tamanho poder.* As Honoráveis Matres ignoravam esse destino inevitável, golpeando e cortando tudo a sua volta como um gigante acometido de terrível histeria.

Ninguém jamais havia se oposto a elas com sucesso, e elas haviam optado por responder com a ira assassina de *berserkers*. Histeria por opção. Deliberada.

Seria porque deixamos nosso bashar em Duna para despender sua patética força em uma defesa suicida? Não havia como dizer quantas Honoráveis Matres ele matara. E Burzmali durante a morte de Lampadas. Por certo as caçadoras haviam sentido o ferrão dele. Sem mencionar os homens treinados por Idaho que enviamos para transmitir as técnicas de escravidão sexual das Honoráveis Matres. E para homens!

Teria sido isso o suficiente para suscitar tamanha fúria? Era possível. Mas, e quanto às histórias de Gammu? Será que Teg demonstrara um novo talento que aterrorizara as Honoráveis Matres?

Se restaurarmos as memórias de nosso bashar, deveremos observá-lo com cuidado.

Uma não nave seria capaz de contê-lo?

O que de fato fizera com que as Honoráveis Matres se tornassem tão reativas? Elas tinham sede de sangue. Jamais traga más notícias para esse tipo de gente. Não é de espantar que seus subordinados tenham se comportado com tamanho frenesi. Uma pessoa poderosa sobressaltada poderia matar o portador de más notícias. Não traga más notícias. É melhor morrer em batalha.

O povo da Rainha Aranha ia além da arrogância. Muito além. Sem possibilidade de censura. Era melhor repreender uma vaca por pastar. A vaca estaria em seu direito de olhar para você com olhos preocupados, questionando: "Não é isso o que eu deveria estar fazendo?".

Conhecendo as prováveis consequências, por que as inflamamos de tal forma? Não somos como a pessoa que bate em um objeto redondo cinzento com um galho e descobre que se trata de um vespeiro. Sabíamos o que havíamos golpeado. Era o plano de Taraza e nenhuma de nós questionou.

A Irmandade enfrentava um inimigo cuja orientação deliberada era a violência histérica. "Investiremos violentamente!"

E o que aconteceria se as Honoráveis Matres deparassem com uma derrota dolorosa? Em que sua histeria se tornaria?

É isso que temo.

A Irmandade ousaria jogar lenha em tal fogueira?

Devemos!

A Rainha Aranha redobraria seus esforços para localizar Casa Capitular. A violência escalaria a um estágio ainda mais repulsivo. E o que aconteceria? Será que as Honoráveis Matres começariam a suspeitar que tudo e todos eram simpáticos às Bene Gesserit? Poderiam elas se voltar contra os próprios apoiadores? Será que elas contemplavam ficar sozinhas em um universo desprovido de outra vida senciente? É mais provável que isso jamais lhes tenha ocorrido.

Qual a sua aparência, Rainha Aranha? Como você pensa?

Herdeiras de Duna

Murbella disse não conhecer sua comandante suprema, nem mesmo as subcomandantes de sua Ordem de Hormu. Mas fornecera uma descrição sugestiva dos aposentos de uma subcomandante. Informativa. O que uma pessoa chama de lar? Quem ela mantém por perto para compartilhar as pequenas homilias da vida?

A maior parte de nós escolhe nossas companhias e aquilo que nos cerca para que sejam nosso reflexo.

Murbella dissera:

– Uma das servas pessoais dela me levou à área privativa. Exibindo-se, demonstrando que tinha acesso ao santuário. A área pública era organizada e limpa, mas os aposentos privados eram bagunçados: roupas lançadas a esmo, jarros de unguentos abertos, cama por fazer, restos de comida secando em pratos pelo chão. Perguntei por que elas não haviam limpado aquela bagunça. A serva respondeu que não era trabalho dela. A pessoa responsável pela limpeza tinha permissão de entrar nos aposentos pouco antes do anoitecer.

Vulgaridades secretas.

A mente de tal pessoa teria de combinar com aquela arrumação privada.

Os olhos de Odrade se abriram de chofre. Ela focou a pintura de Van Gogh. *Minha escolha.* A tela colocava tensões sobre a longa extensão da história humana de uma forma que as Outras Memórias não conseguiam. *Você enviou uma mensagem para mim, Vincent. E por sua causa, não deceparei minha orelha... nem enviarei mensagens de amor àqueles que não se importam. É o mínimo que posso fazer para honrá-lo.*

A cela de dormir tinha uma fragrância familiar, uma pungência apimentada de cravos. O perfume floral favorito de Odrade. As serviçais o mantinham ali como plano de fundo nasal.

Ela fechou os olhos mais uma vez e seus pensamentos se voltaram de imediato à Rainha Aranha. Odrade sentia que esse exercício criava outra dimensão àquela mulher desprovida de rosto.

Murbella dissera que bastava uma comandante Honorável Matre dar uma ordem e qualquer coisa que quisesse lhe era trazida.

– Qualquer coisa?

Murbella descrevera instâncias que conhecia: parceiros sexuais grotescamente desfigurados, guloseimas excessivamente doces, orgias emocionais incendiadas por demonstrações de extraordinária violência.

207

Frank Herbert

– Elas estão sempre à procura de extremos.

Os informes de espiões e agentes davam substância aos relatos quase admirativos de Murbella.

– Todos dizem que elas possuem o direito de governar.

Aquelas mulheres evoluíram a partir de uma burocracia autocrática.

Muitas evidências confirmavam tal fato. Murbella mencionara as aulas de história em que diziam que as primeiras Honoráveis Matres conduziram pesquisas para ganhar dominância sexual sobre suas populações "quando as taxações se tornavam ameaçadoras demais sobre aqueles que elas governavam".

Direito de governar?

Não parecia a Odrade que essas mulheres insistissem em possuir tal direito. Não. Elas assumiam que sua legitimidade nunca deveria ser questionada. Nunca! Nenhuma decisão errada. Desconsidere as consequências. Isso nunca ocorreu.

Odrade se sentou, empertigada, em seu leito, cônscia de que encontrara o *insight* que buscava.

Equívocos nunca aconteciam.

Isso exigia uma bagagem extremamente grande de inconsciência para ser contida. Então consciências diminutas perscrutavam um universo tumultuoso que elas mesmas haviam criado!

Oh, adorável!

Odrade convocou sua atendente noturna, uma acólita de primeiro estágio, e pediu um chá de mélange contendo um perigoso estimulante, algo para ajudá-la a retardar as demandas de seu corpo por sono. Mas a algum custo.

A acólita hesitou antes de obedecer. Retornou após alguns instantes com uma caneca fumegante em uma pequena bandeja.

Odrade decidira há muito que chá de mélange feito com a gélida água de Casa Capitular tinha um gosto que surtia efeito sobre sua psiquê. O estimulante amargo a privava daquele gosto refrescante e corroía sua consciência. A notícia se espalharia a partir daquelas que observavam. *Preocupação, preocupação, preocupação.* Será que as censoras fariam outra votação?

Ela bebericava devagar, dando tempo para que o estimulante fizesse efeito. *Mulher condenada rejeita última refeição. Beberica chá.*

Herdeiras de Duna

Por fim, pôs de lado a caneca vazia e pediu uma roupa quente.

– Vou caminhar pelos pomares.

A atendente noturna nada comentou. Todas sabiam que Odrade caminhava por lá com frequência, até mesmo de noite.

Dentro de minutos ela estava na passagem estreita e cercada que levava ao seu pomar predileto, o caminho iluminado por um miniglobo preso por um pequeno cordão em seu ombro direito. Um pequeno rebanho de gado negro da Irmandade foi até a cerca ao lado de Odrade e observou enquanto a Madre Superiora caminhava. Ela notou os focinhos úmidos, inalou o forte odor de alfafa no vapor no hálito dos animais e parou. As vacas inspiraram e sentiram o feromônio que lhes dizia para aceitá-la. Os animais voltaram a comer a forragem que seus cuidadores haviam empilhado próximo à cerca.

Dando as costas ao gado, Odrade mirou as árvores nuas do outro lado do pasto. Seu miniglobo descrevia uma circunferência de luz amarelada que enfatizava a severidade do inverno.

Poucos compreendiam o motivo de aquele lugar a atrair. Não bastava dizer que ela sentia que seus pensamentos irrequietos eram acalmados ali. Até mesmo no inverno, com gelo sob os pés. Aquele pomar era uma valiosa calmaria entre tempestades. Ela apagou seu miniglobo e permitiu que os pés trilhassem o caminho familiar em plena escuridão. Por vezes relanceava para o alto, na direção das estrelas emolduradas pelos galhos desprovidos de flores. *Tempestades.* Ela sentia que uma se aproximava, a qual meteorologista algum era capaz de antever. *Tempestades geram tempestades. Ódio gera ódio. Vingança gera vingança. Guerra gera guerra.*

O velho bashar havia sido um mestre em quebrar tais ciclos. Será que o ghola ainda reteria esse talento?

Uma aposta muito perigosa.

Odrade olhou para trás na direção do gado, uma mancha escura de movimento e vapor iluminado pelas estrelas. Eles haviam se aproximado uns dos outros para se aquecer e ela ouvia o som familiar que produziam ao ruminar.

Devo ir para o sul, deserto adentro. Devo conversar pessoalmente com Sheeana. As trutas da areia prosperam. Por que não há vermes da areia?

Frank Herbert

Em voz alta, ela falou para o gado aglomerado junto à cerca:

– Comam sua grama. É isso o que devem fazer.

Se alguma cão de guarda a estivesse espreitando e ouvisse tal comentário, Odrade sabia que teria muito trabalho para explicar esse comportamento.

Mas esta noite eu vi através do coração de nossas inimigas. E tenho pena delas.

Para conhecer muito bem uma coisa, conheça os limites dela. Apenas quando forçada para além de sua tolerância é que a verdadeira natureza de tal coisa será vista.

– A lei de amtal

Não dependa apenas da teoria caso sua vida esteja em risco.

– Comentário Bene Gesserit

Duncan Idaho estava de pé quase no centro do salão de treinamento da não nave e a três passos do ghola-criança. Sofisticados instrumentos de treinamento estavam à mão, alguns eram exaustivos, outros perigosos.

A criança demonstrava admiração e confiança naquela manhã.

Será que eu o entendo melhor uma vez que também sou ghola? Uma presunção questionável. Este jovem foi criado de uma forma bem diferente da que haviam projetado para mim. Projetado! O termo preciso.

A irmandade havia copiado o máximo possível da infância do Teg original. Até mesmo um adorado companheiro mais jovem no lugar de um irmão há muito perdido. E Odrade transmitindo a ele os ensinamentos profundos! Assim como a mãe biológica de Teg o fizera.

Idaho se recordava do bashar idoso, cujas células haviam produzido essa criança. Um homem zeloso, cujos comentários deveriam sempre ser ouvidos. Com pouquíssimo esforço, Idaho era capaz de evocar os trejeitos e palavras daquele homem.

– O verdadeiro guerreiro com frequência compreende seu inimigo melhor do que entende seus amigos. Uma perigosa armadilha caso se permita que a compreensão leve à simpatia, como naturalmente ocorrerá se deixada sem direcionamento.

Era difícil pensar que a mente por trás de tais palavras jazia latente em algum lugar nesta criança. O bashar havia sido tão esclarecido, ensinando sobre simpatia naquele dia distante no Forte de Gammu.

Frank Herbert

"Simpatia pelo inimigo: uma fraqueza tanto da polícia quanto dos exércitos. Mais perigosas são as simpatias inconscientes que o dirigem a preservar seu inimigo intacto porque o inimigo é sua justificativa para existir."

– Senhor?

Como aquela voz estridente poderia se tornar o tom de comando do velho bashar?

– O que foi?

– Por que o senhor está parado aí, olhando para mim?

– Chamavam o bashar de "Confiabilidade Antiga". Você sabia disso?

– Sim, senhor. Eu estudei a história da vida dele.

Seria esse, agora, "Confiabilidade Nova"? Por que Odrade queria que as memórias originais dele fossem restauradas tão depressa?

– Por causa do bashar, toda a Irmandade tem mergulhado nas Outras Memórias, revisando seus pontos de vista da história. Elas disseram isso para você?

– Não senhor. É importante que eu saiba isso? A Madre Superiora me disse que o senhor treinaria meus músculos.

– Você gostava de beber marinette daniano, um conhaque muito refinado, se me lembro bem.

– Sou muito jovem para beber, senhor.

– Você era um Mentat. Sabe o que isso significa?

– Saberei quando você restaurar as minhas memórias, não é?

Sem o *senhor* respeitoso. Repreendendo o professor por atrasos indesejados.

Idaho sorriu e recebeu um sorriso largo como resposta. Uma criança cativante. Fácil de demonstrar afeto natural.

– Tome cuidado com ele – Odrade acautelara. – Ele é encantador.

Idaho se recordara dos avisos que Odrade lhe dera antes de trazer a criança.

– Uma vez que, em última instância, cada indivíduo é responsável perante o *eu* – ela dissera –, a formação de tal *eu* exige nosso maior cuidado e atenção.

– Isso é necessário com um ghola?

Eles estiveram na sala de estar de Idaho naquela noite, Murbella como uma espectadora fascinada.

Herdeiras de Duna

– Ele se lembrará de tudo o que você ensinar.

– Então realizaremos pequenas edições do original.

– Cuidado, Duncan! Dê experiências ruins para uma criança impressionável, ensine-a a não confiar em ninguém, e você criará um suicida; seja o suicídio lento ou rápido, não fará qualquer diferença.

– Você se esquece de que eu conheci o bashar?

– Você não se lembra de como suas memórias foram restauradas, Duncan?

– Sei que o bashar foi capaz de restaurá-las e o considero minha salvação.

– E é assim que esse garoto vê você. É um tipo especial de confiança.

– Eu o tratarei com honestidade.

– Você pode achar que age com honestidade, mas aconselho-o a olhar fundo para dentro de si toda vez que encarar a confiança dele.

– E se eu cometer um erro?

– Nós o corrigiremos, se for possível. – Ela ergueu os olhos na direção dos olhos-com e depois de volta para Idaho.

– Eu sei que vocês estarão nos observando!

– Não permita que isso o iniba. Não estou tentando deixá-lo desconfortável. Apenas cauteloso. E lembre-se de que minha Irmandade possui métodos eficientes de cura.

– Serei cauteloso.

– Você deve se lembrar de que foi o bashar quem disse: "A ferocidade que demonstramos para com nossos oponentes sempre é temperada pela lição que esperamos ensinar".

– Não sou capaz de considerá-lo um oponente. O bashar foi um dos homens mais distintos que já conheci.

– Excelente. Deixo-o em suas mãos.

E ali estava a criança, no salão de treinamento, ficando cada vez mais impaciente com a hesitação de seu professor.

– Senhor, isso é parte da lição, ficar em pé aqui? Sei que às vezes...

– Fique quieto.

Teg assumiu uma postura militar de sentido. Ninguém havia lhe ensinado aquilo. Vinha de suas memórias originais. Idaho ficou subitamente fascinado com aquele relance do bashar.

Elas sabiam que ele me cativaria dessa forma!

Frank Herbert

Nunca subestime a capacidade de persuasão das Bene Gesserit. É possível descobrir-se fazendo coisas para elas sem saber que pressões haviam sido aplicadas. Malditas e sutis! Havia compensações, é claro. Vivia-se em tempos interessantes, de acordo com o que ditavam as maldições/bênçãos ancestrais. Em suma, Idaho decidiu que preferia os tempos interessantes, mesmo que fossem os atuais.

Ele inspirou longamente.

– Restaurar suas memórias originais lhe causarão dor física e mental. De algumas formas, as dores mentais são piores. Devo prepará-lo para isso.

Ainda em posição de sentido. Sem comentários.

– Começaremos sem armas, usando uma lâmina imaginária em sua mão direita. Esta é uma variação das "cinco atitudes". Cada resposta surge antes da necessidade. Solte seus braços para os lados e relaxe.

Posicionando-se atrás de Teg, Idaho agarrou o braço direito da criança abaixo do cotovelo e demonstrou os primeiros movimentos.

– Cada atacante é uma pena flutuando em um caminho infinito. À medida que a pena se aproxima, ela é desviada e removida. Sua resposta é como uma lufada de ar que sopra a pena para longe.

Idaho se afastou e observou conforme Teg repetia os movimentos, corrigindo, em determinadas ocasiões, com um golpe brusco algum músculo incorreto.

– Permita que seu corpo aprenda! – Quando Teg questionou por que ele o machucava daquela forma.

Durante um dos períodos de descanso, Teg quis saber ao que Idaho se referira quando dissera "dores mentais".

– Você possui barreiras impostas pelo processo ghola ao redor de suas memórias originais. No momento apropriado, algumas dessas memórias irão romper a barragem e inundá-lo. Nem todas as memórias serão agradáveis.

– A Madre Superiora diz que o bashar restaurou suas memórias.

– Deuses das profundezas, garoto! Por que você insiste em dizer "o bashar"? Ele foi você!

– Mas eu ainda não sei disso.

– Você apresenta um problema especial. Para que um ghola redesperte, deveria haver memória de sua morte. Mas as células usadas para criá-lo não carregam a memória de sua morte.

– Mas o... bashar está morto.

– O bashar! Sim, ele está morto. Você deve sentir onde mais dói e saber que *você* é o bashar.

– O senhor pode mesmo me devolver essa memória?

– Se você for capaz de suportar a dor. Sabe o que eu lhe disse quando *você* restaurou minhas memórias? Eu falei: "Atreides! Vocês são infernalmente parecidos!".

– O senhor... me odiou?

– Sim, e você estava com nojo de si mesmo pelo que fez comigo. Isso lhe dá alguma ideia daquilo que eu devo fazer?

– Sim, senhor. – Em tom muito baixo.

– A Madre Superiora diz que eu não devo trair sua confiança... Entretanto, você traiu a minha confiança.

– Mas eu restaurei suas memórias?

– Viu como é fácil pensar em si mesmo como o bashar? Você ficou chocado. E sim, você restaurou minhas memórias.

– Isso é tudo o que eu desejo.

– Isso é o que você diz.

– A Mã... Madre Superiora diz que você é um Mentat. Isso ajudará... O fato de eu ter sido um Mentat também?

– A lógica diz que "sim". Mas nós, Mentats, temos um ditado: a lógica se move às cegas. E estamos cientes de que existe uma lógica que nos arremessa da segurança do ninho na direção do caos.

– Eu sei o que caos significa! – Muito orgulhoso de si mesmo.

– Isso é o que você acha.

– E eu confio no senhor!

– Ouça-me bem! Somos servos das Bene Gesserit. As Reverendas Madres não construíram sua ordem com base em confiança.

– Eu não deveria confiar na Mã... Madre Superiora?

– Dentro de limites que você aprenderá e apreciará. Por ora, eu o aviso de que as Bene Gesserit trabalham em um regime de *desconfiança* organizada. Elas lhe ensinaram sobre democracia?

– Sim, senhor. É quando se vota para...

– É quando você desconfia de todos aqueles que detêm poder sobre você! As irmãs sabem disso muito bem. Não confie demais.

– Então eu também não devo confiar no senhor?

Frank Herbert

– A única confiança que você pode depositar em mim é que farei o meu melhor para restaurar as suas memórias originais.

– Então não me importa quanto doerá. – Ele olhou para cima, na direção dos olhos-com, sua expressão mostrando que estava ciente da função de tais aparelhos. – Elas não se incomodam com essas coisas que o senhor diz sobre elas?

– Os sentimentos delas não dizem respeito a um Mentat, a não ser como dados.

– Isso representa um fato?

– Fatos são frágeis. Um Mentat pode se enroscar neles. Muitos dados *confiáveis*. É como diplomacia. Precisa-se de algumas boas mentiras para atingir suas projeções.

– Estou... confuso. – Teg usou a palavra com hesitação, sem ter certeza de que era isso que gostaria de dizer.

– Certa vez eu falei o mesmo para a Madre Superiora. Ela disse: "Estive me comportando mal".

– O senhor não deveria... me confundir?

– Apenas se isso lhe ensinar algo. – E como Teg ainda parecia intrigado, Idaho emendou: – Deixe-me contar uma história.

Teg se sentou no chão de imediato, uma ação reveladora de que Odrade usava a mesma técnica com alguma frequência. Bom. Teg já era receptivo.

– Em uma de minhas vidas, tive um cachorro que odiava mariscos – Idaho iniciou.

– Eu já experimentei mariscos. Eles vêm do Grande Mar.

– Sim, bem, meu cachorro odiava mariscos porque um deles teve a audácia de cuspir no olho dele. Aquilo arde. Mas o pior é que foi um buraco inocente na areia que cuspira. Nenhum marisco visível.

– O que seu cachorro fez? – Inclinando-se para a frente, apoiando o queixo no punho.

– Ele escavou seu atacante e o trouxe para mim. – Idaho escancarou um sorriso. – Primeira lição: não permita que o desconhecido cuspa em seu olho.

Teg gargalhou e aplaudiu.

– Mas veja isso sob o ponto de vista do cachorro. Vá atrás de quem cuspiu! Então... Recompensa gloriosa: seu Mestre ficará contente.

Herdeiras de Duna

– Seu cachorro escavou mais mariscos?

– Toda vez que íamos à praia. Ele ia rosnando atrás de cuspidores e o Mestre sempre os levava embora para que nunca mais fossem vistos, exceto como conchas vazias com pedacinhos de carne ainda grudadas no interior.

– Você os comia.

– Veja a situação como o cachorro a via. Os cuspidores recebiam a punição que mereciam. O cão era capaz de livrar seu mundo de coisas ofensivas e o Mestre ficava contente com ele.

Teg demonstrou seu brilhantismo:

– As irmãs nos consideram cachorros?

– De certa forma. Nunca se esqueça disso. Quando voltar a seus aposentos, procure *"lèse majesté"*. Ajuda a posicionar nosso relacionamento com nossas Mestras.

Teg olhou para o alto, para os olhos-com, então de volta para Idaho, mas não disse nada.

Idaho voltou sua atenção para a porta atrás de Teg e disse:

– Essa história também foi para você.

Teg se pôs de pé com um salto, virando-se e esperando ver a Madre Superiora. Mas era apenas Murbella.

Ela estava recostada na parede próxima à porta.

– Bell não gostará de ouvir você falando da Irmandade dessa forma – ela o repreendeu.

– Odrade me disse que tenho carta branca. – Ele olhou para Teg. – Já gastamos tempo demais com histórias! Deixe-me ver se seu corpo aprendeu algo.

Um sentimento curioso de empolgação tomara conta de Murbella quando entrou no salão de treinamento e viu Duncan com a criança. Ela observou por algum tempo, ciente de que o via sob uma nova ótica, quase Bene Gesserit. As instruções da Madre Superiora transpiravam do candor que Duncan utilizava com Teg. Uma sensação extremamente curiosa, aquela nova percepção, como se ela tivesse dado um grande passo para afastar-se de suas antigas associações. O sentimento era repleto de perda.

Murbella descobriu que sentia falta de coisas estranhas de sua vida passada. Não de caçar nas ruas, buscando novos homens para cativar e submetê-los ao controle das Honoráveis Matres. Os poderes que advinham de criar viciados sexuais perderam o sabor sob os ensinamentos

Frank Herbert

Bene Gesserit e suas experiências com Duncan. Ainda assim, ela admitia sentir falta de um elemento daquele poder: a sensação de pertencer a uma força que nunca poderia ser detida.

Era tanto uma abstração quanto algo específico. Não as conquistas recorrentes, mas a expectativa de uma vitória inevitável que vinha, em parte, da droga que compartilhava com suas irmãs Honoráveis Matres. Conforme a vontade diminuía ao mudar para mélange, ela via o vício antigo a partir de uma ótica diferente. As químicas Bene Gesserit, pesquisando o substituto de adrenalina a partir de amostras de seu sangue, mantinham uma substância pronta caso houvesse necessidade. Murbella sabia que não seria preciso. Outra abstinência a consumia. Não os homens cativados, mas o fluxo deles. Algo em seu âmago lhe dizia que aquilo havia se perdido para sempre. Ela nunca mais voltaria a experimentar aquela sensação. Novo conhecimento mudara seu passado.

Ela vagueara pelos corredores que levavam de seus aposentos até o salão de treinamento naquela manhã com desejo de observar Duncan com aquela criança, mas temerosa de que sua presença pudesse interferir. Tal vaguear era algo que ela fazia com maior frequência nos dias que sucediam as mais exaustivas aulas matinais com uma professora Reverenda Madre. Pensamentos sobre as Honoráveis Matres a aturdiam muito em tais ocasiões.

Ela não conseguia se desvencilhar desse sentimento de perda. Era tamanho vazio que ela se questionava se algo seria capaz de preenchê-lo. A sensação era pior do que a de envelhecer. Envelhecer como uma Honorável Matre trazia suas compensações. Poderes acumulados *naquela* Irmandade tendiam a aumentar vertiginosamente com a idade. Mas não era isso. Era uma derrota *absoluta*.

Fui derrotada.

Honoráveis Matres nunca contemplavam a derrota. Murbella se sentia forçada a contemplar. Ela sabia que Honoráveis Matres, por vezes, eram mortas por inimigos. Tais inimigos sempre pagavam. Era a lei: planetas inteiros carbonizados para se vingar de um ofensor.

Murbella sabia que as Honoráveis Matres caçavam Casa Capitular. Levando em conta suas antigas lealdades, ela sabia que deveria ajudar tais caçadoras. A intensidade de sua derrota pessoal jazia no fato de que não queria que as Bene Gesserit pagassem tal preço.

As Bene Gesserit são valiosas demais.

Elas eram infinitamente valiosas para as Honoráveis Matres. Murbella duvidava que qualquer outra Honorável Matre sequer suspeitasse de tal fato.

Vaidade.

Esse era o julgamento que dispensara a suas antigas irmãs. *E a mim mesma, como eu era.* Um orgulho terrível. Um sentimento que crescera após terem sido subjugadas por tantas gerações antes que alcançassem a própria ascensão. Murbella tentara transmitir isso a Odrade, recontando as histórias ensinadas pelas Honoráveis Matres.

– Os escravos se tornam péssimos mestres – Odrade comentara.

Era um padrão das Honoráveis Matres, Murbella percebeu. Ela aceitara aquilo certa vez, mas agora o rejeitava e não era capaz de determinar os motivos para tal mudança.

Cresci e abandonei essas coisas. Elas me parecem infantis agora.

Mais uma vez Duncan parara o treino. Suor escorria tanto do professor como do aluno. Permaneceram de pé, ofegando, recuperando o fôlego, uma peculiar troca de olhares entre os dois. *Conspiração?* A criança parecia estranhamente madura.

Murbella se recordou de um comentário de Odrade:

– A maturidade impõe seus próprios comportamentos. Uma de nossas lições: faça com que tais imperativos estejam disponíveis para a consciência. Modifique instintos.

Elas me modificaram e o farão ainda mais.

Ela conseguia ver o mesmo acontecendo no comportamento de Duncan com o ghola-criança.

– Essa é uma atividade que cria muitas pressões nas sociedades que influenciamos – Odrade dissera. – Isso nos força a realizar ajustes constantes.

Mas como elas podem se ajustar às minhas antigas irmãs?

Odrade revelara sua típica presença de espírito ao ser confrontada com tal pergunta.

– Encaramos ajustes maiores em razão de nossas atividades passadas. O mesmo aconteceu durante o reinado do Tirano.

Ajustes?

Duncan estava conversando com a criança. Murbella se aproximou para ouvir.

– Você teve contato com a história de Muad'Dib? Bom. Você é um Atreides e isso inclui falhas.

– O senhor quer dizer equívocos?

– Pode apostar que sim! Nunca escolha um percurso apenas porque ele oferece a oportunidade de um gesto dramático.

– Foi assim que eu morri?

Ele fez a criança pensar em seu antigo eu na primeira pessoa.

– Você mesmo julgará. Mas esta sempre foi uma fraqueza dos Atreides. Coisas atrativas, gestos. Morrer sob os chifres de um grande touro, como fez o avô de Muad'Dib. Um grande espetáculo para seu povo. O estofo de histórias por gerações! Ainda é possível ouvir trechos do conto mesmo após todos esses éons.

– A Madre Superiora me contou essa história.

– Sua mãe biológica, provavelmente, também lhe contou.

A criança estremeceu.

– Quando você diz "mãe biológica", sinto uma sensação estranha. – Perplexidade em sua jovem voz.

– Sensações estranhas são uma coisa; esta lição é outra. Estou falando sobre algo com um rótulo persistente: *O Gesto Desiano*. Costumava ser *Atreidesiano*, mas era muito complicado.

Novamente a criança tocou aquele cerne de percepção madura:

– Até a vida de um cachorro tem seu preço.

Murbella ficou sem ar, tendo um vislumbre do que aquilo viria a ser: uma mente adulta naquele corpo de criança. Era desconcertante.

– Sua mãe biológica foi Janet Roxbrough, dos Roxbrough de Lernaeus – Idaho falou. – Ela era Bene Gesserit. Seu pai era Loschy Teg, um feitor de estação da CHOAM. Em alguns instantes, mostrarei a você a casa do bashar em Lernaeus, a foto favorita dele. Quero que fique com ela e a estude bem. Considere-a o seu lugar predileto.

Teg anuiu com a cabeça, mas a expressão em seu rosto demonstrava que estava temeroso.

Seria possível que o grande Guerreiro Mentat tivesse sentido medo? Murbella meneou. Ela tinha um conhecimento intelectual daquele processo que Duncan estava realizando, mas sentiu lacunas nos relatos. Isso era algo que ela poderia nunca experimentar. Como seria tal sentimento: redespertar para uma nova vida com as memórias de outra vida intactas?

Muito diferente das Outras Memórias de uma Reverenda Madre, ela suspeitava.

– A Mente em Seu Começo – Duncan o chamara. – O Despertar de seu Verdadeiro Eu. Senti como se tivesse mergulhado em um universo mágico. Minha percepção era um círculo, então se tornou um globo. Formas arbitrárias se tornaram transientes. A mesa não era uma mesa. Então entrei em um transe: tudo ao redor tinha uma qualidade iridescente. Nada era real. Isso passou e senti que tinha perdido a única realidade. Minha mesa era uma mesa outra vez.

Ela havia estudado o manual das Bene Gesserit chamado "Sobre Despertar as Memórias Originais de um Ghola". Duncan divergia daquelas instruções. Por quê?

Ele deixou a criança e se aproximou de Murbella.

– Tenho que falar com Sheeana – Duncan enunciou ao passar por ela. – Deve haver uma forma melhor.

Compreensão imediata é, em geral, uma resposta dada por reflexo, como um golpe contra o joelho, e é a forma mais perigosa de *entendimento*. Ela lança uma tela opaca rapidamente sobre sua habilidade de aprender. Os precedentes cheios de crítica da lei operam dessa forma, enchendo seu caminho de becos sem saída. Esteja advertido. Nada entenda. Toda compreensão é temporária.

– Determinação Mentat (*Adacto*)

Idaho, sentado sozinho em seu console, encontrou uma entrada que havia armazenado nos sistemas da nave durante seus primeiros dias de confinamento e descobriu-se lançado (ele aplicou a palavra mais tarde) em atitudes e percepções sensoriais daquele período. Já não era mais a tarde de um dia frustrante na não nave. Ele estava *lá* atrás, estendido entre o *então* e o *agora* da forma como as vidas seriais de ghola entrelaçavam essa encarnação a seu nascimento original.

De imediato Idaho notou aquilo que viria a chamar de "a rede" e o casal idoso definido pelas linhas entrecruzadas, corpos visíveis através das cordas iridescentes como joias: verdes, azuis, douradas e prateadas, tão brilhantes que faziam seus olhos doerem.

Ele pressentia uma estabilidade quase divina naquelas pessoas, mas havia algo de comum nelas. A palavra *ordinários* vinha à mente. A paisagem do jardim já lhe era familiar e se estendia atrás dos dois: arbustos floridos (rosas, ele julgava), gramados ondulantes, árvores altas.

O casal o encarava de volta com uma intensidade que fazia Idaho se sentir nu.

Novo poder na visão! Já não estava confinada ao grande porão; era uma compulsão magnética que só crescia e o atraía ao espaço de carga com tanta frequência que, ele sabia, as cães de guarda estavam alertas.

Seria ele outro Kwisatz Haderach?

Havia um nível de suspeita a que as Bene Gesserit poderiam chegar que, se ultrapassado, o mataria. E elas o observavam naquele instante!

Perguntas, especulações inquietantes. Apesar disso, ele não era capaz de dar as costas para a visão.

Por que aquele casal idoso parecia tão familiar? Alguém do seu passado? Família?

Repassar suas memórias por um filtro Mentat não trazia quaisquer resultados que se encaixassem com a especulação que fazia. Rostos redondos. Queixos abreviados. Rugas adiposas nos maxilares. Olhos escuros. A rede ofuscava a coloração de suas peles. A mulher trajava um vestido longo verde e azul que ocultava seus pés. Um avental branco manchado de verde cobria o vestido logo abaixo de seus seios, a partir de sua cintura. Ferramentas de jardinagem estavam penduradas em alças no avental que usava. Ela segurava um pequeno ancinho na mão esquerda. O cabelo era grisalho. Mechas escapavam de um lenço verde que as confinava e esvoaçavam sobre seus olhos, enfatizando as linhas de expressão deixadas por seu sorriso. Ela parecia... uma vovozinha.

O homem combinava com ela, como se tivesse sido criado pelo mesmo artista como um par perfeito. Um macacão sobre a barriga redonda. Sem chapéu. Os mesmos olhos escuros com reflexos brilhantes. Cabelos grossos e grisalhos em corte bem curto.

Ele tinha a expressão mais benigna que Idaho já vira. Marcas de sorriso cravadas nos cantos de sua boca. Ele segurava uma pequena pá na mão esquerda e, na palma da direita, estendida, equilibrava o que parecia ser uma bolinha de metal. A bola emitia um silvo penetrante que forçou Idaho a cobrir as orelhas com as mãos. Isso não detinha o som, que enfraqueceu por conta própria. Idaho baixou as mãos.

Rostos apaziguadores. Tal pensamento despertou suspeitas em Idaho, porque, naquele instante, ele reconheceu a familiaridade. Eles se assemelhavam um bocado a Dançarinos Faciais, até mesmo os narizes chatos.

Ele se inclinou para a frente, mas a visão manteve a distância.

– Dançarinos Faciais – sussurrou Idaho.

A rede e o casal idoso desapareceram.

Eles foram substituídos por Murbella no salão de treinamento em trajes justos cor de ébano. Ele teve de esticar a mão e tocá-la antes de acreditar que ela de fato estava de pé em sua frente.

– Duncan? O que foi? Você está encharcado de suor.

Frank Herbert

– Eu... acho que é algo que os malditos Tleilaxu plantaram em mim. Eu fico vendo... Acho que são Dançarinos Faciais. Eles... eles olham para mim e então... um apito. Dói.

Ela relanceou para os olhos-com que, no entanto, não pareciam se preocupar. Era algo que as irmãs conseguiam saber sem que apresentasse perigos imediatos... exceto por Scytale, possivelmente.

Ela se pôs de cócoras ao lado de Idaho e colocou a mão em seu braço.

– Algo que eles fizeram com seu corpo nos tanques?

– Não!

– Mas você disse...

– Meu corpo não é só um item de bagagem novo para esta viagem. Ele conserva toda a química e substância que sempre tive. É minha mente que está diferente.

Isso a deixou preocupada. Ela sabia das preocupações das Bene Gesserit sobre talentos selvagens.

– Aquele maldito Scytale!

– Eu vou descobrir o que é – ele falou.

Idaho fechou os olhos e ouviu Murbella se levantar. A mão dela soltou seu braço.

– Talvez você não devesse fazer isso, Duncan.

Ela soava muito distante.

Memória. Onde foi que esconderam essa coisa secreta? Nas profundezas das células originais? Até aquele momento, ele considerara suas memórias uma ferramenta Mentat. Era capaz de conjurar suas próprias imagens de tempos longínquos diante de espelhos. Ampliadas, examinando uma ruga de velhice. Olhando para uma mulher atrás dele: duas faces no espelho e seu próprio rosto, cheio de perguntas.

Faces. Uma sucessão de máscaras, diferentes relances dessa pessoa que ele chamava de *eu mesmo.* Faces levemente desiguais. Cabelos que por vezes eram grisalhos, por vezes escuros e encaracolados como os de sua vida atual. Em certas ocasiões bem-humorado, em outras sério e buscando intimamente sabedoria para encarar um novo dia. Em algum lugar no meio de tudo aquilo jazia uma consciência que observava e deliberava. Alguém que fazia escolhas. Os Tleilaxu haviam adulterado aquilo.

Idaho sentiu o sangue pulsando mais forte e sabia que o perigo estava presente. Era isso o que ele fora projetado para experimentar... mas não pelos Tleilaxu. Ele nascera com aquilo.

É isso o que significa estar vivo.

Nenhuma memória de suas outras vidas, nada que os Tleilaxu haviam feito nele, nada daquilo mudava sua percepção mais profunda em um átimo.

Ele abriu os olhos. Murbella ainda estava de pé perto dele, mas sua expressão era velada. *Então é assim que ela se parecerá quando for uma Reverenda Madre.*

Idaho não gostava desta mudança nela.

– O que acontecerá se as Bene Gesserit falharem? – ele perguntou.

Uma vez que ela não respondeu, ele anuiu com a cabeça. *Sim. Essa é a pior suposição. A irmandade descendo pelo esgoto da história. E você não quer que isso aconteça, minha amada.*

Ele conseguia ver aquilo no rosto de Murbella enquanto ela se virava e o deixava.

Olhando para o alto, disse para os olhos-com:

– Dar. Preciso falar com você, Dar.

Nenhuma resposta de quaisquer mecanismos que o cercavam. Ele não esperava uma resposta. Ainda assim, sabia que poderia falar e que Odrade o ouviria.

– Estive abordando nosso problema de outro ângulo – ele prosseguiu. E imaginou o zunido atarefado dos gravadores ao armazenar os sons de sua voz em cristais ridulianos. – Estive entrando nas mentes das Honoráveis Matres. Sei que consegui. Murbella ressoou.

Isso as deixaria em alerta. Ele possuía sua própria Honorável Matre. Mas *possuir* não era a palavra correta. Ele não *possuía* Murbella. Nem mesmo na cama. Eles tinham um ao outro. Combinavam da mesma forma que as pessoas em sua visão pareciam se completar. O que era aquilo que ele via? Duas pessoas idosas treinadas sexualmente pelas Honoráveis Matres?

– Agora me volto para outra questão – ele disse. – Como suplantar as Bene Gesserit.

O desafio estava lançado.

– Episódios – ele completou. Uma palavra que Odrade apreciava usar. – É assim que temos de ver o que está acontecendo conosco. Pequenos episódios. Mesmo as piores conjecturas devem ser filtradas contra esse plano de fundo. A Dispersão tem uma magnitude que apequena qualquer coisa que fizermos.

Pronto! Isso demonstrava seu valor para as irmãs. Colocava as Honoráveis Matres em uma perspectiva melhor. Elas estavam aqui, de volta ao Antigo Império. Os colegas apequenados. Ele sabia que Odrade entenderia. Bell faria que ela entendesse.

Lá fora, em algum lugar no Universo Infinito, um júri havia se decidido sobre o veredicto contra as Honoráveis Matres. A lei e seus mantenedores não haviam prevalecido em favor das caçadoras. Ele suspeitava que sua visão lhe mostrara dois dos jurados. E se eles eram Dançarinos Faciais, não eram Dançarinos Faciais de Scytale. Aqueles dois por trás da rede iridescente não pertenciam a ninguém além de a eles mesmos.

Falhas graves no governo surgem a partir do medo de implementar mudanças internas radicais, ainda que esteja claro que são necessárias.

– Darwi Odrade

Para Odrade, a primeira dose de mélange pela manhã era sempre diferente. Sua carne respondia como uma criança faminta que agarrava um fruto adocicado. Então se seguia a restauração lenta, penetrante e dolorosa.

Essa era a coisa mais assustadora no vício em mélange.

Ela estava em pé diante da janela de seu quarto e aguardava o efeito se dissipar. O controle meteorológico, ela notou, conseguira produzir outra manhã chuvosa. A paisagem havia sido lavada, tudo imerso em uma nebulosidade romântica, todas as silhuetas borradas e reduzidas a essências como velhas memórias. Ela abriu a janela. O ar úmido e frio soprou em seu rosto, cercando-a de recordações como quem veste uma roupa familiar.

Odrade inalou profundamente. Cheiro que sucede uma chuva! Ela se recordou dos princípios básicos da vida amplificados e suavizados pela torrente de água, mas essas chuvas eram diferentes. Possuíam um odor persistente, quase palatável. Odrade não gostava. A mensagem que traziam não era de coisas lavadas, mas de vida ressentida, ansiando que toda a chuva cessasse e fosse trancafiada para sempre. Essa chuva já não era gentil e não trazia completude. Carregava a inescapável percepção de mudança.

A Madre Superiora fechou a janela. De imediato, retornara aos aromas habituais de seus aposentos e ao constante odor de shere dos implantes reguladores, obrigatórios a todos que conhecessem a localização de Casa Capitular. Ela ouviu Streggi entrando, o ruído de papéis dos mapas do deserto sendo trocados.

Um som eficiente acompanhava os movimentos de Streggi. Semanas de estreita parceria haviam confirmado o julgamento inicial de Odrade. Confiável. Não era brilhante, mas sensitiva ao extremo às necessidades da Madre Superiora. Perceba como é silenciosa ao se mover. Transfira a sensibilidade de Streggi para as necessidades do jovem Teg e eles terão a altura e a mobilidade necessárias. *Uma montaria? Muito mais.*

A assimilação de mélange de Odrade havia chegado ao ápice e cessara. O reflexo de Streggi na janela mostrava que a jovem aguardava por novas atribuições. Ela sabia que momentos assim eram dedicados à especiaria. Em seu estágio, deveria estar ansiosa para o dia em que receberia essa misteriosa amplificação.

Espero que ela a receba bem.

A maioria das Reverendas Madres seguia os ensinamentos e raramente consideravam a especiaria um vício. Odrade sabia o que aquilo representava todas as manhãs. Consumia-se a especiaria durante o dia conforme o corpo exigia, seguindo um padrão do treinamento inicial: dosagem mínima, apenas o suficiente para estimular o sistema metabólico e elevá-lo à alta performance. As necessidades biológicas se entrelaçavam mais suavemente com mélange. A comida tinha melhor sabor. Excetuando acidentes ou embates fatais, quem fazia uso dela vivia muito mais do que se não a consumisse. Mas adquire-se o vício.

Com seu corpo restaurado, Odrade piscou e pensou em Streggi. A curiosidade sobre o longo ritual matutino estava estampada na face da jovem. Dirigindo-se ao reflexo de Streggi na janela, Odrade disse:

– Você já aprendeu sobre a abstinência de mélange?

– Sim, Madre Superiora.

Apesar dos avisos para manter a discrição sobre o vício, a especiaria sempre estava a um piscar de olhos de Odrade, e ela sentia os ressentimentos acumulados. Os preparativos mentais realizados enquanto acólita (impressos com firmeza durante a agonia) haviam sido erodidos pelas Outras Memórias e pelo acúmulo do tempo. A admoestação: "abstinência remove uma essência de sua vida e, se ocorrer no final da meia-idade, pode levar à morte". Isso tinha pouquíssimo significado agora.

– Abstinência tem um significado intenso para mim – disse Odrade. – Sou daquelas para quem o mélange matutino é doloroso. Tenho certeza de que lhe disseram que isso pode acontecer.

– Sinto muito, Madre Superiora.

Odrade analisou o mapa. Mostrava um longo dedo de deserto apontando para o norte e um alargamento pronunciado das áreas secas a sudeste da Central, onde Sheeana montara sua estação. Então Odrade retornou a atenção para Streggi, que observava a Madre Superiora com interesse renovado.

Pega de surpresa por pensamentos do lado mais tenebroso da especiaria!

– A singularidade do mélange raramente é levada em consideração na nossa era – Odrade comentou. – Todos os velhos narcóticos aos quais os humanos se entregavam possuíam um fator notável em comum... todos exceto a especiaria. Todos causavam a abreviação da vida e da dor.

– Foi o que nos instruíram, Madre Superiora.

– Mas provavelmente não lhe disseram que um fato de governança pode ser eclipsado por nossa preocupação com as Honoráveis Matres. Há uma avareza de energia em governos (sim, até mesmo no nosso) que pode impeli-la a uma armadilha. Se você me servir, sentirá isso em suas entranhas, porque toda manhã me observará sofrer. Permita que esse conhecimento penetre em você, essa armadilha mortal. Não se torne uma arrivista insensível, presa em um sistema que troca vida por mortes indiferentes, como fazem as Honoráveis Matres. Lembre-se: narcóticos aceitáveis podem ser taxados para pagar salários ou, por outro lado, criar empregos para funcionários negligentes.

Streggi parecia intrigada.

– Mas o mélange prolonga a nossa vida, aumenta nossa saúde e atiça apetites...

Ela foi detida pelo esgar no rosto de Odrade.

Diretamente do Manual da Acólita.

– O mélange tem outro lado, Streggi, e você o vê em mim. O Manual da Acólita não mente. Mas trata-se de um narcótico e nós somos viciadas.

– Eu sei que a especiaria não é suave com todas, Madre Superiora. Mas a senhora disse que as Honoráveis Matres não fazem uso dela.

– O produto que elas empregam substitui o mélange com poucos benefícios, exceto prevenir as agonias de abstinência e morte. É um vício paralelo.

– E a cativa?

– Murbella fazia uso dele e agora utiliza mélange. Eles são intercambiáveis. Curioso?

– Eu... acho que iremos aprender mais sobre isso. Percebo, Madre Superiora, que a senhora nunca as chama de meretrizes.

– Como as acólitas o fazem? Ah, Streggi, Bellonda tem sido uma má influência. Oh, eu reconheço as pressões. – Streggi ia protestar, mas

Odrade a interrompeu: – As acólitas sentem a ameaça. Elas olham para Casa Capitular e a consideram sua fortaleza durante a longa noite das meretrizes.

– Algo nesse sentido, Madre Superiora. – Extremamente hesitante.

– Streggi, este planeta é apenas outro lugar temporário. Hoje iremos para o sul e imprimiremos isso em você. Encontre Tamalane, por favor, e peça a ela que inicie os preparativos que discutimos para nossa visita a Sheeana. Não fale com mais ninguém sobre isso.

– Sim, Madre Superiora. A senhora quer dizer que eu a acompanharei?

– Quero você ao meu lado. Diga àquela que você está treinando que agora ela é a responsável pelo meu mapa.

Enquanto Streggi saía, Odrade pensou em Sheeana e Idaho. *Ela quer falar com ele, e ele quer conversar com ela.*

A análise dos olhos-com notou que aqueles dois conversavam por sinais com as mãos em algumas ocasiões, enquanto escondiam a maior parte dos movimentos com os corpos. Tinha semelhança com a antiga língua de batalha Atreides. Odrade reconhecia algumas partes, mas não o bastante para determinar o conteúdo. Bellonda exigia uma explicação de Sheeana.

– Segredos!

Odrade era mais cautelosa:

– Deixe-os mais um pouco. Talvez algo interessante surja disso.

O que Sheeana deseja?

Seja lá o que Duncan tivesse em mente, dizia respeito a Teg. Criar a dor necessária para que Teg recuperasse suas memórias originais ia contra a fibra de Duncan.

Odrade notara isso ao interromper Duncan quando ele interagia com seu console no dia anterior.

– Já é tarde, Dar. – Sem erguer o olhar de fosse lá o que ele estivesse fazendo. *Tarde? Era início de noite.*

Ele a chamava de Dar com frequência há vários anos, uma provocação, um lembrete de que se ressentia de sua existência naquele aquário. A provocação irritava Bellonda, que era contra "as malditas intimidades dele". Ele chamava Bellonda de "Bell", é claro. Duncan era generoso com sua mordacidade.

Lembrando-se disso, Odrade parou antes de entrar no escritório. Duncan golpeara o balcão com o punho fechado.

Herdeiras de Duna

– Deve haver algo melhor para Teg!

Algo melhor? Em que ele está pensando?

A movimentação no corredor fora de seu escritório a tirara dessas reflexões. Streggi retornando do escritório de Tamalane. Streggi entrando na sala de preparação das acólitas. *Dando ordens quanto a sua substituição no mapa do deserto.*

Uma pilha de registros do Arquivo aguardava sobre a escrivaninha de Odrade. *Bellonda!* Odrade encarou a pilha. Não importava quanto ela tentasse delegar, sempre havia esse resíduo organizado com o qual suas conselheiras insistiam que apenas a Madre Superiora era capaz de lidar. A maior parte desse novo lote vinha das demandas de Bellonda por "sugestões e análises".

Odrade tocou seu console.

– Bell!

A voz da oficial dos Arquivos respondeu:

– Madre Superiora?

– Mande Bell vir até aqui! Quero-a na minha frente o mais rápido que aquelas pernas redondas que ela tem forem capazes de se mover!

Levou menos de um minuto. Bellonda estava em pé diante da escrivaninha como uma acólita repreendida. Todas elas conheciam aquele tom na voz da Madre Superiora.

Odrade encostou na pilha de papéis em sua mesa e recolheu a mão como se tivesse sido eletrocutada.

– O que, em nome de Shaitan, é tudo isso?

– Nós julgamos que era significativo.

– Você acha que tenho de ver absolutamente tudo? Onde está a concisão? Isso é trabalho malfeito, Bell! Não sou estúpida, nem você. Mas isso... Diante de tudo isso...

– Eu delego tanto quanto...

– Delega? Olhe para isso! O que devo ver e o que devo delegar? Nem uma síntese!

– Vou providenciar que isso seja corrigido imediatamente.

– Vai mesmo, Bell. Porque Tam e eu iremos para o sul hoje, uma rotina de inspeções surpresa e uma visita a Sheeana. E enquanto eu estiver fora, você sentará em minha cadeira. Vamos ver se *você* vai gostar dessa montanha diária!

– Você ficará incomunicável?

– Levarei comigo uma linha de luz e C-auriculares durante todo o tempo.

Bellonda suspirou, tranquilizada.

– Sugiro que volte para os Arquivos e coloque alguém no comando que leve suas responsabilidades a sério, Bell. Estou condenada se vocês não começarem a agir como burocratas. Tirando os seus da reta!

– Barcos de verdade ondulam, Dar.

Bell estava tentando fazer graça? Nem tudo estava perdido!

Odrade balançou a mão sobre seu projetor, que exibiu Tamalane no salão de transportes.

– Tam?

– Sim? – Sem tirar os olhos de sua lista de tarefas.

– Quando podemos partir?

– Em cerca de duas horas.

– Ligue quando estiver pronta. Ah, e Streggi irá conosco. Abra espaço para ela. – Odrade desligou a projeção antes que Tamalane pudesse responder.

Havia coisas que ela deveria estar fazendo, Odrade sabia. Tam e Bell não eram a única fonte de preocupações da Madre Superiora.

Restam-nos dezesseis planetas... e isso inclui Buzzell, definitivamente um lugar em perigo. Apenas dezesseis! Ela afastou aquele pensamento. Não havia tempo para isso.

Murbella. Devo ligar para ela e... Não. Isso pode esperar. Uma nova reunião de censoras? Deixe que Bell lide com isso. Debandadas na comunidade?

Redirecionar pessoal para a nova Dispersão forçará consolidações. *Mantenha-se à frente do deserto!* Era deprimente e ela não sentia vontade de enfrentar isso naquele dia. *Sempre fico agitada antes de uma viagem.*

De forma abrupta, Odrade fugiu de seu escritório e começou a rondar os corredores, inspecionando como suas ordens estavam sendo cumpridas, parando em passagens, notando o que as alunas estavam lendo, como se comportavam em suas intermináveis sessões de exercícios prana-bindu.

– O que você está lendo aí? – ela questionou uma jovem acólita de segundo estágio com um projetor em um aposento à meia-luz.

– Os diários de Tolstói, Madre Superiora.

Herdeiras de Duna

Aquele olhar familiar nos olhos da acólita perguntava: "Será que a senhora tem as palavras dele diretamente nas Outras Memórias?". A questão estava bem na ponta da língua da garota! Elas sempre estavam prontas para se arriscar em tais trivialidades quando pegas a sós.

– Tolstói era um nome de *família*! – Odrade redarguiu. – Por sua menção a diários, presumo que se refira ao conde Lev Nikoláievitch.

– Sim, Madre Superiora. – Envergonhada e ciente da censura.

De forma mais suave, Odrade lançou uma citação para a garota:

– "Eu não sou um rio, sou uma rede." Ele disse essas palavras em Iásnaia Poliana quando tinha apenas doze anos. Você não as encontrará em seus diários, mas elas provavelmente são as palavras mais significativas que ele proferiu.

Odrade se virou antes que a acólita pudesse agradecê-la. *Sempre ensinando!*

Ela caminhou até as cozinhas principais e as inspecionou, vasculhando as beiradas internas das panelas em busca de gordura, notando a forma cautelosa como até o chef instrutor observava seus passos.

A cozinha fumegava com odores deliciosos dos preparativos para o almoço. Havia os ruídos restauradores de alimentos sendo fatiados e panelas mexidas, mas as provocações animadas haviam parado assim que Odrade entrara.

Ela prosseguiu pela bancada comprida com seus cozinheiros atarefados até a plataforma elevada do chef instrutor. Era um homem enorme e vigoroso de malares proeminentes, seu rosto, tão rosado quanto as carnes sobre as quais trabalhava. Odrade não tinha dúvidas de que era um dos maiores chefs da história. Seu nome era adequado: Plácido Salat. Ele tinha lugar garantido na afeição de Odrade por diversos motivos, incluindo o fato de que treinara sua chef pessoal. Visitantes ilustres, nos dias que antecederam as Honoráveis Matres, haviam feito o *tour* pela cozinha e experimentado suas especialidades.

– Posso apresentar-lhes nosso chef sênior, Plácido Salat?

Seu bife plácido (em minúsculas, por opção dele) era invejado por muitos. Era quase cru e servido com um molho de mostarda e ervas apimentado que não mascarava o sabor da carne.

Odrade achava o prato muito exótico, mas nunca enunciara suas críticas.

Frank Herbert

Quando Salat lhe dispensou completa atenção (após uma breve interrupção para corrigir um molho), Odrade disse:

– Estou faminta por algo especial, Plácido.

Ele reconheceu o pedido. Era assim que ela sempre solicitava seu "prato especial".

– Talvez um ensopado de ostras – ele sugeriu.

É uma dança, Odrade pensou. Ambos sabiam o que ela queria.

– Excelente! – ela concordou, e seguiu com a coreografia. – Mas elas devem ser tratadas com delicadeza, Plácido, as ostras não devem cozinhar demais. Um pouco de nosso aipo desidratado em pó no caldo.

– E talvez um pouco de páprica?

– É como eu sempre prefiro. Seja extremamente cauteloso com o mélange. Uma pitadinha e nada mais.

– É claro, Madre Superiora! – Olhos rolando para o alto diante do horror de usar mélange em demasia. – É muito fácil deixar a especiaria dominar.

– Cozinhe as ostras em caldo concentrado de mexilhões, Plácido. Eu gostaria que você mesmo as observasse de perto, mexendo com cuidado até que as bordas das ostras comecem a se encurvar.

– E nem um segundo a mais, Madre Superiora.

– Aqueça um pouco de creme de leite à parte. Não deixe que ferva!

Plácido demonstrou perplexidade diante da possibilidade de Odrade suspeitar que ele deixaria o leite ferver para seu ensopado de ostras.

– Uma leve camada de manteiga na tigela para servir – Odrade prosseguiu. – Coloque a combinação dos caldos sobre essa camada.

– Sem xerez?

– Como fico feliz por ser você quem está preparando o meu prato especial, Plácido. Eu ia me esquecendo do xerez. – (A Madre Superiora nunca se esquecia de nada, e todos sabiam que esse era um passo necessário na dança.)

– Noventa mililitros de xerez no caldo – ele emendou.

– Aqueça-o para se livrar do álcool.

– Mas é claro! Entretanto, não devemos carregar os sabores. A senhora gostaria de croutons ou saltines?

– Croutons, por favor.

Sentada à mesa em uma alcova, Odrade tomou duas tigelas do ensopado de ostra, lembrando-se de como a Filha do Mar o saboreava. Papai

Herdeiras de Duna

lhe havia apresentado esse prato quando ela mal conseguia levar a colher à boca. Ele mesmo preparara o ensopado, sua própria especialidade. Odrade o havia ensinado a Salat.

Ela parabenizou Salat pelo vinho.

– Gostei particularmente de sua escolha de um chablis para acompanhar.

– Um chablis mineral com um toque marcante, Madre Superiora. Uma de nossas melhores safras. Contrasta de forma admirável com o sabor das ostras.

Tamalane a encontrou na alcova. Elas sempre sabiam onde encontrar a Madre Superiora quando era necessário.

– Estamos prontas. – Havia descontentamento no rosto de Tam?

– Onde iremos parar esta noite?

– Eldio.

Odrade sorriu. Ela gostava de Eldio.

Tam está me ciceroneando porque estou muito crítica? Talvez tenhamos uma pequena digressão se formando.

Seguindo Tamalane até a doca de transporte, Odrade pensou como era característico daquela mulher mais velha a preferência por viagens via tubo. Viagens pela superfície a deixavam irritada. "Quem quer desperdiçar tempo na minha idade?"

Odrade não apreciava os tubos para transporte de pessoas. Ficava-se tão enclausurado e impotente! Ela preferia viagens pela superfície ou pelo ar, utilizando os tubos apenas quando a velocidade era indispensável. Não hesitava em usar tubos pequenos para notas ou memorandos. *Memorandos não se importam, desde que cheguem a seu destinatário.*

Esse pensamento sempre a lembrava da rede que se ajustava a seus movimentos para onde quer que fosse.

Em algum lugar, no coração de tudo (sempre havia um "coração de tudo"), um sistema automatizado roteava as comunicações e garantia (quase sempre) que missivas importantes chegassem a quem eram endereçadas.

Quando as Remessas Pessoais (elas chamavam de RP) não eram necessárias, comunicações estáticas ou visuais estavam disponíveis através de emaranhadores e linhas de luz. Para fora do planeta era outra questão, em especial durante estes tempos de caça. Era mais seguro enviar uma Reverenda Madre com a mensagem memorizada ou um implante distrans.

Toda mensageira tomava doses cada vez maiores de shere naqueles dias. Sondas-T eram capazes de ler até mesmo uma mente morta se não estivesse resguardada por shere. Toda mensagem extraplanetária era encriptada, mas um inimigo poderia ter a sorte de romper essa proteção. Havia um grande risco nas comunicações para fora dos planetas. Talvez fosse esse o motivo pelo qual o rabino permanecia em silêncio.

Mas por que estou pensando sobre essas coisas justamente agora?

– Ainda não recebemos nenhuma notícia de Dortujla? – ela perguntou, enquanto Tamalane se preparava para entrar na Remessa onde os outros membros de sua comitiva aguardavam. Tantas pessoas. Por que tantas?

Odrade viu Streggi na extremidade da doca conversando com uma acólita de comunicações. Havia ao menos seis outras pessoas de comunicações nos arredores.

Tamalane virou-se, obviamente ofendida.

– Dortujla! Já dissemos que vamos notificá-la assim que tivermos novidades!

– Só estou perguntando, Tam. Só perguntando.

Acanhada, Odrade seguiu Tamalane para o interior da Remessa. *Eu deveria monitorar minha mente e questionar tudo o que surge ali.* Havia sempre bons motivos por trás de intrusões mentais. Era essa a doutrina Bene Gesserit, como Bellonda a lembrava com frequência.

Então, Odrade surpreendeu-se ao perceber que estava farta das doutrinas Bene Gesserit.

Que Bell se preocupe com essas coisas, para variar um pouco!

Era hora de flutuar livremente, de reagir como uma partícula nas correntezas que se moviam ao redor dela.

A Filha do Mar entendia de correntezas.

O tempo não registra a si mesmo. Basta olhar para um círculo e isso fica aparente.

– Leto II (O Tirano)

– Veja! Veja a que ponto chegamos! – o rabino lamuriou-se. Estava sentado de pernas cruzadas sobre o chão frio e curvo, com seu xale cobrindo a cabeça e quase ocultando sua face.

O cômodo ao redor era escuro e ressoava com aqueles ruídos de maquinário diminuto que o faziam se sentir fraco. Se aqueles ruídos pudessem parar!

Rebeca estava de pé diante do rabino, com as mãos na cintura e um olhar de frustração e fadiga no rosto.

– Não fique aí parada dessa forma! – o rabino a repreendeu. Ele olhou para cima na direção dela por debaixo do xale.

– Se você se desesperar, não estaremos perdidos? – ela questionou.

O tom da voz da mulher o deixou irritado, e ele precisou de um instante para afastar aquela emoção indesejada.

Ela ousa me instruir? Mas não foi dito por homens mais sábios que o conhecimento pode advir de uma erva daninha? Com um grande suspiro, ele estremeceu e deixou o xale cair sobre os ombros. Rebeca o ajudou a se levantar.

– Uma não sala – o rabino resmungou. – Aqui, nós nos escondemos do... – Erguendo o olhar, vasculhou o teto obscurecido. – Melhor mantermos silêncio, até mesmo aqui.

– Escondemo-nos do inominável – Rebeca falou.

– Não podemos deixar a porta aberta nem na Páscoa – ele reclamou. – Como o Estrangeiro entrará?

– Alguns estrangeiros nós nem queremos aqui – ela disse.

– Rebeca. – Ele baixou a cabeça. – Você é um desafio e um problema. Esta pequena célula de Israel Secreto compartilha seu exílio porque compreendemos que...

– Pare de dizer isso! Você nada compreende do que aconteceu comigo. Quer saber meu problema? – Ela se reclinou na direção dele. – É permanecer humana enquanto estou em contato com todas aquelas vidas passadas.

O rabino se retraiu.

– Então você já não é mais uma de nós? Você é uma Bene Gesserit, então?

– Você saberá quando eu for uma Bene Gesserit. Você me verá olhando para mim tal como eu me vejo.

O cenho dele se contraiu em um esgar.

– O que quer dizer com isso?

– O que um espelho reflete, rabino?

– Hmmmmmm! Agora são adivinhações. – Mas um leve sorriso se esboçou em sua boca. Uma expressão de determinação retornou a seus olhos. Ele relanceou em volta do aposento. Havia oito deles ali... Mais do que aquele espaço deveria conter. *Uma não sala!* Havia sido construída a muito custo com peças contrabandeadas. Tão pequena. Doze metros e meio de largura. Ele mesmo a havia medido. Um formato que se assemelhava a um antigo barril tombado, ovalado em sua extensão, com semiesferas nas extremidades. O teto estava a pouco mais de um metro de sua cabeça. O ponto mais largo ali no centro tinha apenas cinco metros, e a curvatura do chão e do teto faziam que parecesse ainda mais estreito. Comida desidratada e água reciclada. Era assim que eles deveriam viver, e por quanto tempo? Talvez um ano-padrão, caso não fossem descobertos. Ele não confiava na segurança daquele dispositivo. Aqueles ruídos peculiares no maquinário.

O dia já estava quase acabando quando eles se esconderam naquele buraco. Certamente já havia escurecido lá fora àquela altura. E onde estaria o restante de seu povo? Fugira para qualquer refúgio que pudesse encontrar, cobrando dívidas antigas e compromissos honrosos por serviços prestados no passado. Alguns sobreviveriam. Talvez eles sobrevivessem melhor do que aqueles que permaneceram ali.

A entrada para a não sala jazia oculta sob um poço de cinzas com uma chaminé ao lado. O metal reforçado da chaminé continha fios de cristal riduliano para transmitir cenas do exterior àquele esconderijo. Cinzas! O aposento ainda cheirava a coisas queimadas e já começava a adquirir um odor de esgoto vindo da pequena câmara de reciclagem. Que eufemismo para privada!

Alguém se posicionou às costas do rabino.

– As buscas estão acabando e elas estão partindo. Tivemos sorte de sermos avisados a tempo.

Era Joshua, aquele que havia construído a sala. Pequeno e magro, o homem tinha um rosto triangular aquilino que se estreitava em um queixo fino. Cabelos pretos cobriam sua ampla fronte. Tinha olhos castanhos muito espaçados que perscrutavam seu mundo com uma qualidade meditativa introspectiva na qual o rabino não confiava. *Ele aparenta ser novo demais para saber sobre essas coisas.*

– Pois bem, elas estão partindo – o rabino anuiu. – Mas voltarão. E então você não nos considerará tão sortudos.

– Elas não vão suspeitar de que nos escondemos tão perto da fazenda – disse Rebeca. – As pessoas que faziam buscas estavam basicamente pilhando o local.

– Ouçam a Bene Gesserit – o rabino falou.

– Rabino. – Que tom de reprimenda na voz de Joshua! – Não o ouvi dizer várias vezes que abençoados são aqueles que ocultam as falhas dos outros até de si mesmos?

– Agora todos são professores! – o rabino explodiu. – Mas quem pode nos dizer o que acontecerá em seguida?

Entretanto, ele tinha de admitir que as palavras de Joshua continham verdades. *É a angústia de nossa fuga que me aflige. Nossa pequena diáspora. Mas não nos dispersamos a partir da Babilônia. Escondemo-nos em... em um porão contra ciclones!*

Esse pensamento o acalmou. *Ciclones passam.*

– Quem é o responsável pela comida? – ele questionou. – Devemos racionar desde o princípio.

Rebeca suspirou de alívio. O rabino estava na pior fase de suas amplas oscilações: emocional demais ou intelectual demais. Agora era dono de si mais uma vez. Logo se tornaria intelectual demais. Isso também deveria ser contido. A percepção Bene Gesserit lhe dava uma nova visão das pessoas que a cercavam. *Nossa suscetibilidade judia. Olhe só os intelectuais!*

Era um pensamento peculiar para a Irmandade. Os revezes de alguém colocar confiança considerável sobre conquistas intelectuais eram enormes. Ela não conseguia negar todas aquelas evidências produzidas pela horda de Lampadas. A Oradora as exibia sempre que ela acenava.

Rebeca chegara a quase se entreter com a busca por memórias extravagantes, como ela as chamava. Conhecer tempos mais remotos a forçava a negar seu próprio tempo mais remoto. Ela fora forçada a acreditar

Frank Herbert

em tantas coisas as quais, agora, sabia serem absurdos. Mitos e quimeras, impulsos de um comportamento extremamente infantil.

"Nossos deuses devem amadurecer como nós amadurecemos."

Rebeca suprimiu um sorriso. A Oradora fazia isso com frequência: um pequeno cutucão de alguém que sabia que você apreciaria aquilo.

Joshua retornara para seus instrumentos. Ela viu que alguém revisava o catálogo de alimentos armazenados. O rabino observava a tarefa com sua intensidade costumeira. Outros haviam se enrolado em cobertas e dormiam em catres nas extremidades escuras do cômodo. Ao ver tudo aquilo, Rebeca sabia qual seria sua função. *Evitar que fiquemos entediados.*

"A dona dos jogos?"

A menos que você tenha algo melhor para sugerir, não tente me contar coisas sobre meu próprio povo, Oradora.

Apesar de tudo o que ela podia falar sobre essas conversas interiores, não havia dúvida de que todas as peças estavam conectadas: o passado e aquele cômodo, aquele cômodo e suas projeções das consequências. E aquilo era uma grande dádiva das Bene Gesserit. *Não pense sobre "O Futuro". Predestinação? Então, o que acontece com a liberdade que lhe fora dada no nascimento?*

Rebeca considerou seu próprio nascimento sob uma nova ótica. Aquilo a fizera embarcar em um movimento na direção de um destino desconhecido. Repleto de alegrias e perigos inesperados. Então eles haviam dobrado uma curva no rio e encontrado as atacantes. A próxima curva poderia revelar uma catarata ou um trecho de beleza plácida. E ali jazia a incitação mágica da presciência, a atração à qual Muad'Dib e seu filho Tirano haviam sucumbido. *O oráculo sabe o que está por vir!* A horda de Lampadas a havia ensinado a não buscar oráculos. O conhecido poderia afligi-la mais do que o desconhecido. A doçura do novo estava em suas surpresas. Será que o rabino era capaz de enxergar isso?

"Quem irá nos dizer o que acontecerá em seguida?", ele questiona.

É isso o que você quer, rabino? Não vai gostar do que irá ouvir. Eu garanto. A partir do momento em que o oráculo falar, seu futuro se torna idêntico a seu passado. Como você se lamentaria em seu tédio. Nada de novo, nunca mais. Tudo será velho naquele único instante de revelação.

"Mas não é isso o que eu queria!", posso ouvi-lo dizer.

*Nada de brutalidade, nada de selvageria, nada de felicidade silencio-
sa nem alegria explosiva jamais acontecerá de forma inesperada. Como
um trem desgovernado em seu túnel subterrâneo, sua vida passará correndo até o momento final de confronto. Como uma mariposa dentro de um
carro, você baterá suas asas contra as laterais e pedirá ao Destino que lhe
deixe sair. "Faça com que este túnel passe por uma mudança mágica de
direção. Permita que algo novo aconteça! Não deixe que as coisas terríveis
que vi venham a acontecer!"*

De forma abrupta, ela percebeu que essa deve ter sido a angústia de
Muad'Dib. A quem ele endereçava suas orações?

– Rebeca! – Era o rabino a chamando.

Ela foi até onde o rabino estava, de pé ao lado de Joshua, observando o mundo escuro fora de sua sala, conforme era revelado pela pequena
projeção acima dos instrumentos de Joshua.

– Há uma tempestade a caminho – o rabino comentou. – Joshua
acredita que ela cimentará o poço de cinzas.

– Isso é bom – ela observou. – Foi por isso que construímos a não sala
aqui e não cobrimos o poço ao entrarmos.

– Mas como sairemos?

– Temos ferramentas para isso – disse ela. – E mesmo sem ferramentas, sempre podemos contar com nossas mãos.

Um conceito principal guia a Missionaria Protectora: instrução premeditada das massas. Tal fato está firmado em nossa crença de que o objetivo de argumentar deve ser mudar a natureza da verdade. Nessas questões, preferimos usar o poder em vez da força.

– A Suma

Para Duncan Idaho, a vida na não nave havia ganhado o ar de um jogo peculiar desde o advento de sua visão e de seus *insights* sobre o comportamento das Honoráveis Matres. A entrada de Teg na partida havia sido uma jogada para distrair, não apenas a introdução de outro jogador.

Ele estava de pé ao lado de seu console naquela manhã e reconheceu elementos desse jogo análogos àqueles de sua própria infância ghola no Forte Bene Gesserit, em Gammu, quando o bashar idoso era um mestre-guardião de armas.

Educação. Essa era a preocupação primária tanto naquela época quanto agora. E os guardas rondavam a não nave, discretos em sua maior parte, embora sempre presentes, assim como haviam estado em Gammu. Ou seus dispositivos espiões se encontravam ali, camuflados de forma artística e ocultos na decoração. Idaho se tornara um perito em se esquivar deles em Gammu. Ali, com a ajuda de Sheeana, ele havia elevado a esquiva ao nível de uma arte refinada.

As atividades ao redor de Idaho haviam sido reduzidas a um plano de fundo mínimo. Guardas não portavam armas. Mas as sentinelas eram, em sua maior parte, Reverendas Madres com um punhado de acólitas seniores. Elas não acreditavam precisar de armas.

Algumas coisas na não nave contribuíam para a ilusão de liberdade, principalmente seu tamanho e complexidade. A nave era grande, embora Idaho não pudesse determinar quão grande, mas ele tinha acesso a diversos andares e corredores que se estendiam por mais de setenta e cinco metros.

Tubos e túneis, tubulação de acesso que o levava em cápsulas com suspensores, calhas verticais de transporte e elevadores, passagens

Herdeiras de Duna

convencionais e amplos corredores com escotilhas que se abriam sibilantes com um só toque (ou permaneciam seladas: *Proibido!*): tudo aquilo formava um lugar para guardar em sua memória, tornando-se seu próprio ambiente, privado para ele de uma forma muito diferente da que era para os guardas.

A energia necessária para pousar aquela nave na superfície do planeta e mantê-la ali transparecia um comprometimento imenso. A Irmandade não poderia contabilizar aquele custo de uma forma ordinária. O computrolador das finanças Bene Gesserit não lidava apenas com contadores monetários. Não aplicava solar ou moedas correntes comparáveis. Ele armazenava o pessoal, os mantimentos, os pagamentos devidos (alguns até por milênios), os pagamentos que normalmente eram em espécie: tanto materiais quanto lealdades.

Pague logo, Duncan! Estamos cobrando seu valor!

Aquela nave não era apenas uma prisão. Ele considerara diversas projeções Mentat. Primária: era um laboratório onde as Reverendas Madres buscavam uma forma de anular a habilidade de uma não nave de confundir os sentidos humanos.

Uma não nave como tabuleiro de jogo: intrincada e labiríntica. Tudo para confinar três prisioneiros? Não. Deveria haver outros motivos.

O jogo tinha regras secretas, sobre algumas das quais ele só podia tecer conjecturas. Mas sentiu-se reconfortado quando Sheeana entrou no espírito da partida. *Eu sabia que ela tinha as próprias estratégias. Ficou óbvio quando começou a praticar as técnicas das Honoráveis Matres. Refinando aqueles que eu treino!*

Sheeana queria informações íntimas sobre Murbella e muito mais: as memórias que Duncan possuía de pessoas que ele conhecera durante suas muitas vidas, em especial memórias do Tirano.

E quero informações sobre as Bene Gesserit.

A Irmandade o mantinha em atividade mínima. Frustravam-no para aumentar suas habilidades Mentat. Duncan não estava no olho do maior furacão que pressentia existir fora da nave. Fragmentos sedutores lhe ocorriam quando Odrade, por meio das perguntas que fazia, dava a ele vislumbres dos apuros pelos quais passavam.

Bastava para oferecer novas premissas? Não sem o acesso aos dados que seu console se recusava a fornecer.

Aquilo era problema dele também, malditas sejam! Ele estava em uma caixa dentro da caixa delas. Todos aprisionados.

Certa tarde, havia uma semana, Odrade ficara ali, em pé ao lado de seu console, e o assegurara com brandura de que as fontes de dados da Irmandade estavam "completamente disponíveis" para ele. Ela estivera bem ali, recostada no balcão, debruçando-se sobre Idaho de forma casual, braços cruzados sobre o peito. Sua semelhança com Miles Teg quando adulto por vezes era temível. Até mesmo aquela necessidade (ou talvez fosse uma compulsão?) de ficar de pé enquanto falava. Ela também não tinha apreço pelas cãodeiras.

Idaho sabia que tinha uma compreensão extremamente tênue das motivações e dos planos de Odrade. Mas não confiava neles. Não depois de Gammu.

Chamariz e isca. Fora assim que elas o usaram. Ele tivera sorte de não terminar como Duna: uma crisálida morta. Exaurido pelas Bene Gesserit.

Quando estava irrequieto daquele jeito, Idaho preferia se lançar sobre a cadeira do console. Algumas vezes, ficava ali por horas, imóvel, tentando englobar as complexidades das poderosas fontes de dados da nave com sua mente. O sistema era capaz de identificar qualquer humano. *Portanto, tinha monitores automáticos.* O sistema deveria saber quem estava falando, fazendo pedidos, assumindo o controle temporário.

Os circuitos de voo vão contra minhas tentativas de transpassar as travas. Desconectados? Era o que suas guardas diziam. Mas a forma como a nave identificava quem acessava os circuitos... Ele sabia que a chave estava ali.

Será que Sheeana ajudaria? Era uma aposta perigosa confiar tanto nela. Por vezes, quando ela o observava utilizar o console, parecia-se com Odrade. *Sheeana fora aluna de Odrade.* Esse era um lembrete sensato.

Qual era o interesse delas em saber como ele utilizava os sistemas da nave? Como se tal pergunta fosse necessária!

Durante seu terceiro ano ali, Duncan fizera o sistema ocultar dados para ele, utilizando as próprias chaves para isso. A fim de frustrar os olhos-com bisbilhoteiros, ocultara suas ações da vista de todos. Inserções óbvias para que fossem recuperadas mais tarde, mas com segundas mensagens encriptadas. Fácil para um Mentat e um truque útil, explorando os potenciais dos sistemas da nave. Ele havia protegido as próprias informações transformando-as em um monte de dados aleatórios sem esperança de serem resgatados.

Bellonda tinha suas suspeitas, mas quando ela o questionara a respeito, ele apenas sorrira.

Eu oculto minha história, Bell. Minhas vidas em série como ghola... todas elas, até chegar na original, não ghola. Coisas íntimas que lembro dessas experiências: um terreno baldio para memórias intensas.

Sentado diante do console, ele experimentava sentimentos conflitantes. O confinamento o atormentava. Pouco importava o tamanho ou a suntuosidade de sua prisão, ainda era uma prisão. Idaho sabia havia algum tempo que provavelmente seria capaz de escapar, mas Murbella e seu crescente conhecimento sobre a situação que todos enfrentavam o mantinham ali. Ele se sentia prisioneiro tanto de seus próprios pensamentos quanto desse sistema elaborado, representado pelas guardas e por aquele dispositivo monstruoso. A não nave era um dispositivo, obviamente. Uma ferramenta. Uma forma de mover-se despercebidamente por um universo perigoso. Um modo de ocultar a si e as suas intenções até mesmo de observadores prescientes.

Com as habilidades acumuladas de diversas vidas, Idaho perscrutava os arredores através de uma tela de sofisticação e ingenuidade. Mentats cultivavam a ingenuidade. Alguém considerar que sabe algo é uma forma certa de se cegar. Não era o crescimento que criava empecilhos para o aprendizado (assim era ensinado aos Mentats), mas o acúmulo de "coisas que eu sei".

As novas fontes de dados que a Irmandade abrira para ele (se fossem, de fato, confiáveis) suscitavam questões. Como a oposição às Honoráveis Matres era organizada na Dispersão? Estava óbvio que havia grupos (ele hesitava chamá-los de poderes) que caçavam as Honoráveis Matres da mesma forma que as Honoráveis Matres caçavam as Bene Gesserit. Matavam-nas também, caso se aceitassem as evidências de Gammu.

Futars e Treinadores? Ele fez uma projeção Mentat: uma ramificação tleilaxu na primeira Dispersão havia se dedicado a manipulações genéticas. Aqueles dois que vira em sua visão: teriam sido eles os criadores dos futars? Será que aqueles dois eram Dançarinos Faciais? Independentes de Mestres tleilaxu? Nada era singular a respeito da Dispersão.

Maldição! Ele precisava de mais dados, de fontes mais potentes. Suas fontes atuais eram extremamente inadequadas. Uma ferramenta de propósito limitado, seu console poderia ser adaptado para maiores requerimentos, mas as adaptações que fazia claudicavam. Ele precisava dar passos largos como um Mentat!

Eu estou tolhido e isso é um equívoco. Odrade não confia em mim? Ela é uma Atreides, maldita seja! Ela sabe que estou em débito com sua família.

Mais de uma vida e a dívida nunca é paga!

Ele sabia que estava inquieto. De forma abrupta, sua mente focou esse ponto. Um Mentat irrequieto! Era um sinal de que ele estava no limiar de um avanço. *Uma projeção primária!* Algo que elas *não* haviam lhe dito sobre Teg?

Perguntas! Havia perguntas não realizadas lhe fustigando.

Preciso de perspectiva! Não era necessariamente uma questão de distância. É possível adquirir perspectiva em seu íntimo desde que as perguntas feitas carreguem poucas distorções.

Ele pressentia que em algum lugar nas experiências Bene Gesserit (talvez até mesmo nos Arquivos que Bell guardava com tanto zelo) jaziam as peças que lhe faltavam. Bell devia adorar isso! Um colega Mentat deveria saber como esse momento é empolgante. Os pensamentos dele eram como tesselas, a maior parte das peças estava à mão, pronta para ser encaixada em um mosaico. Não era uma questão de soluções.

Idaho era capaz de ouvir seu primeiro professor Mentat, as palavras reverberavam em sua mente: *"Reúna seus questionamentos em contrapeso e lance os dados temporários em um dos lados da balança. Soluções desequilibram qualquer situação. Desequilíbrios revelam aquilo que você procura".*

Sim! Alcançar desequilíbrios com perguntas sensibilizadas era um ato de malabarismo Mentat.

Algo que Murbella dissera na noite anterior... O que fora? Eles estavam na cama dela. Idaho se recordou de notar as horas projetadas no teto: 9:47. Pensara: *aquela projeção consome energia.*

Quase pudera sentir o fluxo de energia da nave, aquela clausura gigante arrancada do Tempo. Um maquinário azeitado para criar uma presença mimética que instrumento algum era capaz de distinguir do plano de fundo natural. Com a exceção do estado de repouso atual, ocultado não dos olhos, mas da presciência.

Murbella ao seu lado: outra forma de poder, ambos cientes da força que tentava uni-los. A energia que se gastava para suprimir aquele magnetismo mútuo! A atração sexual crescendo e crescendo e crescendo.

Murbella estava falando. Sim, era isso. Autoanalítica, algo incomum. Ela encarava a própria vida com nova maturidade, com aquela percepção e confiança elevadas de que algo de imensa força crescia nela, próprias das Bene Gesserit.

Sempre que Idaho reconhecia essa mudança Bene Gesserit, entristecia-se. *O dia de nossa separação está cada vez mais próximo.*

Mas Murbella estava falando.

– Ela – Odrade normalmente era "ela" – insiste em me pedir para avaliar meu amor por você.

Lembrando-se disso, Idaho permitiu que a memória se repetisse.

– Ela tentou a mesma abordagem comigo.

– E o que você disse?

– *Odi et amo. Excrucior.*

Murbella se ergueu, apoiando-se em um cotovelo e baixando o olhar para Idaho.

– Que idioma é esse?

– Um muito antigo, que Leto me fez aprender certa vez.

– Traduza. – Peremptória. Seu *eu* antigo de Honorável Matre.

– Eu a odeio e a amo. E sinto-me atormentado.

– Você me odeia de verdade? – Incrédula.

– O que eu odeio é estar atado desse jeito, não ser o mestre do meu *eu*.

– Você me abandonaria se pudesse?

– Anseio por poder decidir momento a momento. Quero controlar isso.

– É um jogo no qual uma das peças não pode ser movida.

Ali estava! Palavras dela.

Ao recordar, Idaho não sentiu satisfação, mas foi como se seus olhos tivessem se aberto subitamente após um longo sono. *Um jogo no qual uma das peças não pode ser movida. Jogo.* Seu ponto de vista acerca da não nave e daquilo que a Irmandade fazia ali.

A conversa ainda continuava.

– Esta nave é a nossa própria escola especial – Murbella comentou.

A ele só restava concordar. A Irmandade reforçava suas capacidades Mentat para vasculhar dados e demonstrar o que não havia sido repassado. Ele pressentia onde isso poderia acabar e sentiu o peso do medo.

Frank Herbert

"Libere as passagens dos nervos. Afaste e bloqueie as distrações e as divagações mentais inúteis."

Redirecionava-se as respostas àquele modo perigoso que todo Mentat era acautelado a evitar.

– Pode-se perder a si mesmo ali.

Alunos eram levados a visitar os humanos vegetais, "Mentats fracassados", mantidos vivos apenas para demonstrar os perigos.

Mas como era tentador. Era possível pressentir o poder naquele modo. *Nada fica oculto. Conhece-se tudo.*

No auge daquele medo, Murbella se virou na direção dele na cama, Idaho sentiu as tensões sexuais tornando-se quase explosivas.

Ainda não. Ainda não!

Um deles havia dito algo a mais. O quê? Ele estivera pensando sobre os limites da lógica como uma ferramenta para expor as motivações da Irmandade.

– Você tenta analisá-las com frequência? – Murbella perguntou.

Era estarrecedor como ela fazia aquilo, dirigindo-se aos pensamentos não enunciados de Idaho. Ela negava ler mentes.

– Leio apenas você, meu ghola. Você é meu, como bem sabe.

– E vice-versa.

– Verdade. – Quase uma provocação, mas ocultando algo mais profundo e convoluto.

Havia uma armadilha em qualquer análise da psique humana, e ele falou isso.

– Pensar que você sabe o porquê de se comportar de determinada maneira lhe dá todo tipo de desculpas para comportamentos extraordinários.

Desculpas para comportamentos extraordinários! Ali estava outra peça de seu mosaico. Mais daquele jogo, mas esses contragolpes eram repletos de culpa e acusações.

A voz de Murbella assumiu um tom quase reflexivo.

– Suponho que se possa racionalizar quase tudo colocando-se a culpa em algum trauma.

– Racionalizar coisas como incendiar planetas inteiros?

– Há uma espécie de autodeterminação nisso. *Ela* diz que tomar determinadas escolhas firma a psique e oferece um senso de identidade no qual se pode confiar sob estresse. Você concorda, meu Mentat?

Herdeiras de Duna

– O Mentat não é seu. – Não havia força em sua voz.

Murbella riu e se deixou cair de volta no travesseiro.

– Você sabe o que as irmãs querem de nós, meu Mentat?

– Elas querem nossos filhos.

– Ah, muito mais do que isso. Elas querem nossa participação voluntária em seu sonho.

Outra peça do mosaico!

Mas quem além de uma Bene Gesserit conhecia aquele sonho? As irmãs eram atrizes, sempre atuando, permitindo que pouco do real transparecesse através de suas máscaras. A pessoa de verdade estava trancafiada e era exposta aos poucos, conforme o necessário.

– Por que ela mantém aquela pintura antiga? – Murbella perguntou.

Idaho sentiu os músculos de seu estômago se contraindo. Odrade lhe dera uma hologravação da pintura que tinha em seu quarto. *Casas em Cordeville, de Vincent Van Gogh.* Ela o acordara naquela mesma cama, na calada de alguma noite havia quase um mês.

– Você perguntou como retenho a humanidade e aqui está. – E lançara o holo diante dos olhos marejados de sono de Idaho. Ele se sentara e encarara aquela coisa, tentando compreender. O que havia de errado com ela? Odrade parecia tão exaltada.

Ela deixara o holo nas mãos dele enquanto acendia todas as luzes, emprestando ao quarto uma sensação de imagens sólidas e imediatas, tudo vagamente mecânico, da forma como se espera que seja em uma não nave. Onde estava Murbella? Eles haviam dormido juntos.

Ele focara o holo, que o tocara de uma forma inexplicável, como se aquilo o ligasse a Odrade. *Como ela retém a própria humanidade?* O holo era frio sobre suas mãos. Odrade o tomara de volta e o posicionara na mesa de cabeceira, onde Idaho o encarava enquanto ela apanhava uma cadeira e se sentava próxima à cabeça dele. Sentada? Algo a compelia a ficar perto dele!

– Foi pintada por um louco na Velha Terra – ela comentou, aproximando sua bochecha da dele enquanto ambos observavam a cópia da pintura. – Olhe só para isso! Um momento humano encapsulado.

Em uma paisagem? Sim, maldição. Ela estava certa.

Idaho encarava o holo. *Aquelas cores maravilhosas!* Não eram apenas as cores. Era a totalidade.

– A maioria dos artistas modernos riria da forma como ele a criou – Odrade comentou.

Ela não podia ficar em silêncio enquanto ele observava a imagem?

– Esse ser humano era um registrador supremo – Odrade continuou. – A mão humana, o olho humano, a essência humana condensados na percepção de uma pessoa que testava os limites.

Testava os limites! Mais do mosaico.

– Van Gogh pintou usando os materiais e equipamentos mais primitivos. – Ela soava como se estivesse meio embriagada. – Pigmentos que um homem das cavernas seria capaz de reconhecer! Pintado em um tecido que ele mesmo poderia ter feito com as próprias mãos. É possível que ele mesmo tenha feito os utensílios a partir de pelos e gravetos toscos.

Ela tocara a superfície do holo, seus dedos lançando uma sombra sobre as altas árvores.

– O nível cultural era incipiente para os nossos padrões, mas você consegue enxergar o que ele produziu?

Idaho sentira que deveria dizer algo, mas as palavras não lhe vinham. Onde estava Murbella? Por que ela não estava ali?

Odrade se afastara e suas próximas palavras marcaram Duncan como fogo.

– Essa pintura diz que não se pode suprimir a coisa selvagem, a singularidade que *se manifestará* entre humanos, não importa quanto tentemos evitá-la.

Idaho afastara o olhar do holo e mirara os lábios de Odrade enquanto ela falava.

– Vincent nos diz algo importante sobre nossos companheiros na Dispersão.

Aquele pintor, morto havia tanto tempo? Sobre a Dispersão?

– Fizeram coisas lá fora e ainda estão fazendo coisas que não podemos conceber. Coisas selvagens! O tamanho explosivo daquela população Dispersa garante isso.

Murbella entrara no quarto por trás de Odrade. Trajava um robe branco macio e tinha os pés descalços. O cabelo estava úmido do banho. Então era ali que ela estivera.

– Madre Superiora? – A voz de Murbella soou sonolenta.

Odrade falava por sobre o ombro, sem se virar por completo.

Herdeiras de Duna

– As Honoráveis Matres pensam que são capazes de antecipar e controlar toda selvageria. Que bobagem. Elas não são capazes de controlá-la sequer em si mesmas.

Murbella a contornara até os pés da cama e olhara para Idaho inquisitivamente.

– Parece que cheguei no meio da conversa.

– Equilíbrio, essa é a chave – disse Odrade.

Idaho mantivera sua atenção na Madre Superiora.

– Seres humanos são capazes de manter o equilíbrio em superfícies incomuns – Odrade prosseguiu. – Até mesmo sobre superfícies imprevisíveis. A isso chamamos de "entrar em sintonia". Grandes músicos sabem disso. Surfistas que observei quando era criança em Gammu também conheciam isso. Algumas ondas o derrubam, mas você está preparado para isso. Você volta para o topo e começa outra vez.

Por um motivo inexplicável, Idaho pensou em outra coisa que Odrade havia dito:

– Não possuímos sótãos de armazenamento. Reciclamos tudo.

Reciclar. Ciclo. Pedaços do círculo. Peças do mosaico.

Ele estava caçando a esmo e sabia disso. Não era o modo Mentat. Ainda assim, reciclar: as Outras Memórias não eram um sótão de armazenamento, mas algo que elas consideravam reciclagem. Significava que usavam o passado apenas para mudá-lo e renová-lo.

Entrar em sintonia.

Uma alusão estranha para alguém que dizia evitar músicas.

Relembrando, ele pressentiu seu mosaico mental. Tornara-se uma desordem. Nada se encaixava em lugar algum. Peças aleatórias que provavelmente nem se adequavam àquela composição.

Mas se encaixavam!

A voz da Madre Superiora continuava em sua memória. *Então ainda há algo a mais.*

– As pessoas que sabem disso vão até o cerne – Odrade falou. – Elas avisam que você não pode pensar sobre o que está fazendo. Essa é uma garantia de falha. Apenas faça!

Não pense. Faça. Ele pressentia a anarquia. As palavras da Reverenda Madre lançavam-no de volta a outros recursos, não apenas ao treinamento Mentat.

Frank Herbert

Truques Bene Gesserit! Ela falara aquilo de forma deliberada, ciente do efeito que causaria. Onde estava a afeição que Idaho por vezes sentia emanando dela? Seria ela capaz de se preocupar com o bem-estar de alguém que tratava dessa forma?

Quando Odrade os deixou (ele mal notara a partida dela), Murbella se sentou na cama e alisou o robe sobre os joelhos.

Seres humanos são capazes de manter o equilíbrio em superfícies incomuns. Movimento em sua mente: as peças do mosaico tentando encontrar relações.

Ele sentiu uma nova tensão no universo. Aquelas duas pessoas estranhas em sua visão? Elas eram parte disso. Ele sabia tal coisa sem ser capaz de identificar o motivo. Como era aquilo que as Bene Gesserit diziam? "Modificamos velhos hábitos e velhas crenças."

– Olhe para mim! – disse Murbella.

Voz? Não exatamente, mas agora ele tinha certeza de que Murbella tentara usar a voz e que ela não lhe contara que suas professoras a treinavam nesse tipo de bruxaria.

Ele notou a expressão distante nos olhos verdes dela, o que lhe dizia que ela estava pensando em suas antigas associações.

– Nunca tente ser mais esperto do que as Bene Gesserit, Duncan.

Falando para os olhos-com?

Ele não podia ter certeza. Era a inteligência por trás daqueles olhos verdes que lhe causava apreensão naqueles dias. Ele conseguia senti-la crescendo, como se as professoras de Murbella soprassem em um balão e o intelecto dela expandisse tal como seu abdômen se expandia com uma nova vida.

Voz! O que elas estavam fazendo com Murbella?

Era uma pergunta estúpida. Idaho sabia o que elas estavam fazendo. Estavam afastando-a dele, tornando-a uma irmã. *Já não é mais minha amante, minha maravilhosa Murbella.* Era uma Reverenda Madre, calculando de forma remota tudo o que fazia. *Uma bruxa.* Quem seria capaz de amar uma bruxa?

Eu poderia. E sempre amarei.

– Elas o pegam pelo seu ponto cego e usam você para os propósitos delas – ele falou.

Ele pôde ver suas palavras ganhando força. Ela percebera a armadilha muito tarde. As malditas Bene Gesserit eram tão espertas! Elas a atraíram para a sua armadilha, cedendo pequenos relances de coisas tão magnéticas quanto as forças que a uniam a ele. Aquilo só poderia ser um despertar cheio de fúria para uma Honorável Matre.

Fazemos armadilhas para os outros! Eles não nos capturam em armadilhas!

Mas aquela armadilha havia sido feita pelas Bene Gesserit. Elas estavam em uma categoria diferente. Quase irmãs. Por que negar? E elas cobiçavam as habilidades das outras. Murbella queria sair desse período probatório para chegar aos ensinamentos completos, os quais pressentia estarem logo além das paredes daquela nave. Ela não sabia por que as Bene Gesserit ainda a mantinham em período probatório.

Elas sabem que Murbella ainda luta dentro de sua armadilha.

Murbella se despiu do robe e se ajeitou na cama ao lado de Idaho. Sem tocá-lo. Mas mantendo aquele sentimento armado de proximidade entre seus corpos.

– Originalmente, as irmãs tinham a intenção de que eu controlasse Sheeana para elas – ele comentou.

– Tal como você me controla?

– Eu a controlo?

– Por vezes acho que você é um comediante, Duncan.

– Se eu não puder rir de mim mesmo, então estarei perdido de fato.

– Rir também de suas próprias tentativas de humor?

– Disso acima de tudo. – Ele se virou para Murbella e tomou o seio esquerdo dela na mão, sentindo o mamilo endurecer em sua palma. – Você sabia que eu nunca fui amamentado?

– Nunca, em todas aquelas...

– Nunca.

– Eu deveria ter imaginado. – Um sorriso se formou brevemente em seus lábios e, de repente, os dois estavam rindo, agarrando um ao outro, entregues ao momento. Então Murbella disse: – Maldição, maldição, maldição.

– Quem você está amaldiçoando? – ele questionou quando as risadas diminuíram e eles se afastaram, forçando a separação.

– Não "quem", mas "o quê". Maldito destino!

– Não acho que o destino se importa.

– Eu te amo, e não devo sentir isso se quiser me tornar uma Reverenda Madre de verdade.

Ele odiava aqueles episódios que beiravam a autocomiseração. *Então faça piada.*

– Você nunca foi qualquer coisa "de verdade". – Ele massageou o abdômen dela, inchado pela gravidez.

– Eu *sou* de verdade!

– Esse é um termo que deixaram de fora quando lhe fizeram.

Ela afastou a mão de Duncan e se sentou, baixando o olhar na direção dele.

– Reverendas Madres nunca devem amar.

– Eu sei disso. – *Minha angústia se revelou?*

Ela estava muito focada nas próprias preocupações.

– Quando eu passar pela agonia da especiaria...

– Amor! Não gosto da ideia de agonia associada a você, de forma alguma.

– Como posso evitar? Já estou a caminho. Logo elas atualizarão meus conhecimentos. E então eu irei muito rápido.

Ele quis se virar, mas os olhos de Murbella o mantinham fixo.

– É verdade, Duncan. Eu posso sentir. De certa forma, é como uma gravidez. Chega um ponto em que se torna muito perigoso abortar. Deve-se seguir o curso.

– Então nós nos amaremos! – Forçava os próprios pensamentos a irem de um perigo a outro.

– E elas proibirão.

Ele ergueu o rosto, mirando os olhos-com.

– As cães de guarda estão nos observando, e elas têm presas.

– Eu *sei*. Estou falando com *elas* neste exato momento. Meu amor por você não é uma falha. A frieza delas é a falha. Elas são exatamente como as Honoráveis Matres!

Um jogo no qual uma das peças não pode ser movida.

Ele teve vontade de gritar isso, mas aquelas que ouviam por detrás dos olhos-com captariam mais do que suas palavras. Murbella estava certa. Era perigoso achar que se podia ludibriar as Reverendas Madres.

Havia algo anuviado nos olhos de Murbella enquanto ela o olhava.

– Você ficou com uma expressão estranha agora há pouco. – Ele reconheceu a Reverenda Madre que ela poderia se tornar.

Afaste-se desse pensamento!

Pensar sobre a estranheza das memórias de ghola por vezes a distraía. Murbella pensava que as encarnações anteriores de Idaho faziam dele algo similar a uma Reverenda Madre.

– Eu morri tantas vezes.

– Você se lembra de todas elas? – A mesma pergunta, todas as vezes.

Ele meneou a cabeça, sem ousar dizer outra palavra que as cães de guarda pudessem interpretar.

Não das mortes nem dos momentos de redespertar.

Essas memórias haviam ficado entorpecidas em razão das repetições. Por vezes ele nem se dava ao trabalho de colocá-las em seu depósito secreto de dados. Não... Tratava-se dos encontros singulares com outros humanos, da longa coleção de reconhecimentos.

Era isso que Sheeana dizia querer dele.

– Trivialidades íntimas. É por esse tipo de coisa que todos os artistas anseiam.

Sheeana não sabia o que estava pedindo. Todos aqueles encontros vivos haviam criado novos significados. Padrões dentro de padrões. Coisas minúsculas ganharam uma pungência que lhe causava desespero ao compartilhar com qualquer pessoa... Até mesmo com Murbella.

O toque de uma mão em meu braço. O rosto sorridente de uma criança. O brilho nos olhos de um oponente.

Incontáveis coisas mundanas. Uma voz familiar dizendo: "Só quero erguer meus pés e desmaiar esta noite. Não me peça para me mexer".

Tudo havia se tornado parte dele. Essas memórias estavam entremeadas em seu caráter. O viver as havia cimentado de forma inextricável e ele não era capaz de explicá-las a ninguém.

– Houve diversas mulheres nessas suas vidas – Murbella falou, sem olhar para ele.

– Eu nunca as contei.

– Você as amou?

– Elas estão mortas, Murbella. Tudo o que posso prometer é que não há fantasmas ciumentos em meu passado.

Murbella apagou os luciglobos. Idaho fechou os olhos e sentiu a escuridão cercando-o enquanto ela se aninhava em seus braços. Ele a abraçou com força, sabendo que ela precisava daquilo, mas sua mente viajava por vontade própria.

Uma velha memória exibiu um professor Mentat dizendo: "*A maior relevância pode se tornar irrelevante no intervalo de uma batida de seu coração. Mentats devem reconhecer tais momentos com alegria*".

Ele não sentia qualquer alegria.

Todas aquelas vidas em série continuavam dentro dele, desafiando as relevâncias Mentat. Um Mentat chegava a seu mais recente universo a cada instante. Nada velho, nada novo, nada colado a aderências ancestrais, nada realmente *conhecido*. Devia-se ser como uma rede e apenas existir para examinar aquilo que se apanha.

O que não atravessou? Quão fina era a trama que usei para esse lote?

Essa era a visão Mentat. Mas não havia como os Tleilaxu incluírem todas aquelas células dos ghola-Idaho para recriá-lo. Deveria haver falhas na série de coleções de suas células. Ele mesmo havia identificado diversas dessas falhas.

Mas não há falhas em minha memória. Eu me lembro de tudo.

Ele era uma rede ligada fora do Tempo. *É assim que consigo ver as pessoas naquela visão... A rede.* Era a única explicação Mentat que sua percepção era capaz de oferecer e, caso a Irmandade suspeitasse, ficaria aterrorizada. Não importa quantas vezes ele negasse, elas diriam: "outro Kwisatz Haderach! Matem-no!".

Portanto, trabalhe por si, Mentat!

Ele sabia que tinha a maioria das peças do mosaico, mas elas ainda não se encaixavam naquele conjunto de questões "Arrá!" que os Mentats tanto valorizavam.

Um jogo no qual uma das peças não pode ser movida.

Desculpas para comportamentos extraordinários.

"Elas querem nossa participação voluntária em seu sonho."

Testava os limites!

Seres humanos são capazes de manter o equilíbrio em superfícies incomuns.

Entrar em sintonia. Não pense. Faça.

A melhor arte imita a vida de uma forma atrativa. Se imita um sonho, então deve imitar um sonho de vida. De outra maneira, não há lugar com o qual possamos nos ligar. Nossos conectores não se encaixam.

– Darwi Odrade

À medida que viajavam para o sul, na direção do deserto, no início da tarde, Odrade notava que o interior havia mudado de forma perturbadora desde a última inspeção que haviam feito, três meses antes. Ela se sentia justificada por ter escolhido os veículos terrestres. As paisagens, emolduradas pelo espesso plás que as protegia da poeira, revelavam mais detalhes sob essa perspectiva.

Muito mais seco.

O grupo que a cercava estava em um carro relativamente leve: apenas quinze passageiros, incluindo o motorista. Tinha suspensores e um sofisticado motor a jato quando não estavam sob efeito-chão. Era capaz de chegar a suaves trezentos quilômetros por hora em solo vitrificado. Seu séquito (grande demais, graças à diligência extrema de Tamalane) seguia em um ônibus que também carregava mudas de roupas, comidas e bebidas para escalas.

Streggi, sentada ao lado de Odrade e atrás do motorista, disse:

– Não poderíamos providenciar um pouco de chuva aqui, Madre Superiora?

Os lábios de Odrade se contraíram. Silêncio era a melhor resposta.

Elas haviam partido muito tarde. Todas se reuniram na doca de carga e estavam prontas para partir quando chegara uma mensagem de Bellonda. Outro relatório de desastres que demandava a atenção pessoal da Madre Superiora no último minuto!

Era uma daquelas ocasiões nas quais Odrade sentia que seu único papel possível era o de uma intérprete oficial. Caminhar até a beira de um palco e informar o que aquilo significava: "Hoje, irmãs, descobrimos que as Honoráveis Matres obliteraram mais quatro de nossos planetas. Estamos ainda menores".

Frank Herbert

Apenas doze planetas (incluindo Buzzell), e a caçadora sem face com o machado está ainda mais perto.

Odrade sentiu o abismo se abrindo sob seus pés.

Bellonda havia recebido ordens para reter essa recente má notícia até um momento mais apropriado.

Odrade olhou pela janela a seu lado. Qual momento seria apropriado para uma notícia dessas?

Elas rumavam para o sul havia pouco mais de três horas, a estrada vitrificada pelos queimadores se estendia como um rio verde diante delas. Essa via as levava por entre colinas de sobreiros que se estendiam até os horizontes cercados por cordilheiras. Deixaram que os sobreiros crescessem como gnomos em plantações menos regimentadas que seus pomares. Havia corredores sinuosos subindo as colinas. A plantação original havia sido disposta de acordo com os contornos existentes, semiterraços agora obscurecidos por uma alta grama acastanhada.

– Cultivamos trufas ali – Odrade comentou.

Streggi tinha outras más notícias.

– Disseram que estamos enfrentando problemas com as trufas, Madre Superiora. Não há chuva suficiente.

Acabaram-se as trufas? Odrade hesitou, prestes a trazer uma acólita de comunicações da retaguarda e perguntar ao controle meteorológico se aquela secura poderia ser corrigida.

Ela relanceou para trás, na direção de sua comitiva. Três fileiras, quatro pessoas em cada, especialistas para estender seus poderes de observação e executar suas ordens. E veja aquele ônibus que as seguia! Um dos maiores veículos de Casa Capitular. Pelo menos trinta metros de comprimento! Repleto de pessoas! Poeira esvoaçava por onde passava e ao seu redor.

Tamalane seguia lá atrás, de acordo com as ordens de Odrade. A Madre Superiora podia ser irascível quando provocada, todas pensavam. Tam trouxera pessoas além da conta, mas Odrade descobrira que era tarde demais para mudanças.

– Não é uma inspeção! É uma maldita invasão! – *Siga minha deixa, Tam. Um pouco de drama político. Para tornar a transição mais fácil.*

Ela voltou sua atenção para o motorista, o único homem em seu carro. Clairby, um pequeno e irritadiço especialista em transporte. Semblante carregado, pele da cor de terra úmida recém-revolvida. O motorista predileto de Odrade. Veloz, seguro e ciente dos limites de seu maquinário.

Chegaram ao topo de uma colina e os sobreiros ficaram mais esparsos, sendo substituídos mais adiante por pomares de frutas que circundavam uma comunidade.

Belíssimo nesta luz, Odrade pensou. Construções baixas de paredes brancas e telhados de placas alaranjadas. Uma rua de entrada sombreada por um arco podia ser avistada ao longe, no sopé do declive, e, alinhada atrás dela, uma alta estrutura contendo os escritórios regionais de supervisão.

Aquela visão renovou a confiança de Odrade. A comunidade tinha uma aparência brilhante suavizada pela distância e uma névoa se erguendo dos pomares no entorno. Os galhos ainda estavam desnudos naquela região invernal, mas decerto ainda podiam render pelo menos mais uma colheita.

A Irmandade exigia certa beleza em seus arredores, ela lembrava a si mesma. Um mimo que provia alento para os sentidos sem subtrair as necessidades do estômago. Conforto onde fosse possível... mas não em demasia!

Alguém atrás de Odrade observou:

– Creio que algumas daquelas árvores estão começando a verdejar.

Odrade lançou um olhar mais minucioso. Sim! Pequenos pontos verdes em troncos escuros. O inverno havia se esquecido dali. O controle meteorológico, lutando para realizar as mudanças sazonais, não podia evitar erros ocasionais. O deserto em expansão estava criando temperaturas elevadas muito cedo ali: trechos de calor anormal que faziam as plantas verdejarem ou florescerem bem a tempo para uma nevasca abrupta. A morte gradativa das plantações começava a se tornar muito frequente.

Uma conselheira de campo havia desenterrado o termo ancestral "verão indiano" para um relatório ilustrado pelas projeções de um pomar completamente desabrochado sendo fustigado pela neve. Odrade sentira a memória se inquietando diante das palavras da conselheira.

Verão indiano. Que apropriado!

Suas conselheiras, compartilhando aquela pequena visão da labuta de seu planeta, reconheceram a metáfora de uma nevasca inclemente que segue de perto uma onda inapropriada de calor: um reavivamento inesperado do clima quente, uma época em que saqueadores podiam atormentar seus vizinhos.

Frank Herbert

Lembrando-se, Odrade sentiu o arrepio do machado da caçadora. *Quão breve?* Ela não ousava procurar a resposta. *Eu não sou um Kwisatz Haderach!*

Sem se virar, Odrade se dirigiu a Streggi:

– Este lugar, Pondrille, você já esteve aqui?

– Não foi meu centro de postulante, Madre Superiora, mas presumo que seja similar.

Sim, essas comunidades eram muito parecidas: estruturas baixas, em sua maioria, localizadas em terrenos ajardinados e pomares, centros de ensino para treinamentos específicos. Era um sistema de seleção para irmãs em potencial, uma rede cada vez mais apurada conforme se chegava mais próximo da Central.

Algumas dessas comunidades, como Pondrille, concentravam-se em endurecer suas postulantes. Enviavam mulheres para longas horas de trabalho braçal todos os dias. Mãos que revolviam a terra e ficavam manchadas de fruta raramente se furtavam a tarefas mais sórdidas no futuro.

Agora que estavam fora do terreno poeirento, Clairby abriu as janelas. O calor invadiu o carro! O que o controle meteorológico estava fazendo?

Duas construções na periferia de Pondrille haviam sido conectadas no primeiro andar sobre o nível da rua, formando um longo túnel. Só faltava, Odrade pensou, uma ponte levadiça para imitar uma entrada de cidade da história pré-espacial. Cavaleiros em armadura não estranhariam o calor lúgubre de tal entrada. Havia sido assentada em plaspedra escura, visualmente idêntica à pedra. Aberturas para os olhos-com mais acima certamente eram os locais onde guardiões se posicionavam.

A longa e escura entrada para a comunidade era limpa, Odrade notou. O olfato raramente era atacado por podridão ou quaisquer odores ofensivos em comunidades Bene Gesserit. Sem regiões pobres. Poucas pessoas com deficiências claudicando pelas calçadas. Muito corpo saudável. A boa administração assegurava-se de manter uma população sadia e feliz.

Ainda assim, temos nossos deficientes. E nem todos com deficiência física.

Clairby estacionou próximo da saída da rua encoberta e todas desembarcaram. O ônibus de Tam parou logo atrás.

Odrade torcia para que a passagem de entrada fornecesse um alívio para o calor, mas a perversidade da natureza transformara aquele lugar em um forno e a temperatura só aumentava ali. Ela ficou satisfeita ao passar para a clara luz natural da praça central, onde o suor evaporando de seu corpo deu-lhe alguns segundos de frescor.

A ilusão de alívio passou de forma abrupta à medida que o sol lhe queimava a cabeça e os ombros. Ela foi forçada a recorrer ao controle metabólico para ajustar o calor corporal.

Água esguichava em um círculo refletidor na praça central, um exagero negligente que logo deveria ter fim.

Deixe assim, por ora. Moral!

Ela ouviu suas companheiras a seguindo, as reclamações de costume por "ter ficado sentada por muito tempo em uma só posição". Uma delegação para saudá-las pôde ser vista do outro lado da praça. Odrade reconheceu Tsimpay, a líder de Pondrille, na van.

O séquito da Madre Superiora seguiu para os ladrilhos azulados da praça da fonte; todas exceto Streggi, que se manteve ao lado de Odrade. O grupo de Tamalane também foi atraído pela água que dali emanava. Parte intrínseca de um sonho humano tão ancestral que jamais poderia ser descartada, Odrade considerou.

Campos férteis e água a céu aberto: água clara e potável onde se pode mergulhar o rosto para obter um alívio para a garganta seca.

De fato, algumas de seu grupo faziam exatamente isso na fonte. Rostos reluzindo com a umidade.

A delegação de Pondrille deteve-se próximo a Odrade, ainda sobre os ladrilhos azuis da praça da fonte. Tsimpay estava acompanhada de três outras Reverendas Madres e cinco de suas acólitas mais velhas.

Todas essas acólitas estão próximas da agonia, Odrade observou. O olhar direto demonstra terem ciência do ordálio que as espera.

Tsimpay era alguém que Odrade via com pouca frequência na Central, onde ela atuava como professora em algumas ocasiões. Estava com boa aparência: cabelo castanho tão escuro que parecia negro acobreado sob aquela luz. O rosto estreito estava quase entristecido em função de sua austeridade. Suas feições se centravam nos olhos azul sobre azul abaixo de grossas sobrancelhas.

– É um prazer vê-la aqui, Madre Superiora. – Soava como se estivesse sendo sincera.

Odrade inclinou a cabeça, um gesto contido. *Captei sua mensagem. Por que é um prazer me ver aqui?*

Tsimpay compreendeu. E gesticulou apontando uma Reverenda Madre alta e de bochechas encovadas a seu lado.

– A senhora se lembra de Fali, nossa Mestra dos Pomares? Fali acaba de me visitar com uma delegação de jardineiras. Uma queixa séria.

O rosto de Fali, fustigado pelas intempéries, parecia envelhecido. *Trabalho em excesso?* Ela tinha lábios finos sobre um queixo aquilino. Terra sob as unhas. Odrade notou esse detalhe com aprovação. *Ela não tem medo do trabalho pesado.*

Delegação de jardineiras. Houve, então, uma escalada na quantidade de queixas. Deve ter sido sério. Não era do feitio de Tsimpay jogar algo no colo da Madre Superiora.

– Vamos ouvir essa queixa – Odrade sentenciou.

Lançando um olhar para Tsimpay, Fali passou a fazer um relato detalhado, fornecendo até mesmo as qualificações das líderes da delegação. Todas eram boas, é claro.

Odrade reconheceu o padrão. Conferências haviam ocorrido para lidar com essa consequência inevitável. Tsimpay participara de algumas delas. Como era possível explicar a seu pessoal que um distante verme da areia (que talvez ainda nem existisse) requeria essa mudança? Como explicar para fazendeiros que *não* era uma questão de "apenas um pouco mais de chuva", mas algo que atingia o cerne do clima completo do planeta? Mais chuva ali poderia representar uma mudança nos ventos de alta altitude. Isso, por sua vez, poderia mudar coisas em outro lugar, causando sirocos repletos de umidade onde seriam não apenas inoportunos, mas também perigosos. Era fácil demais causar grandes tornados caso as condições erradas fossem inseridas. O clima de um planeta não era uma coisa simples de ser tratada com pequenos ajustes. *Como eu mesma exigi em determinadas ocasiões.* Em cada situação, havia uma equação total que precisava ser examinada.

– O planeta dá o voto final – Odrade concluiu. Era um antigo lembrete na Irmandade sobre a falibilidade humana.

– Duna ainda tem um voto? – Fali indagou. Mais amargor na pergunta do que Odrade antecipara.

– Eu sinto o calor. Vimos as folhagens em seus pomares quando chegamos – Odrade respondeu. *Sei que isso a preocupa, irmã.*

– Perderemos parte da colheita este ano – Fali informou. Havia acusação em suas palavras: *isso é culpa sua!*

Herdeiras de Duna

– O que você disse a sua delegação? – Odrade questionou.

– Que o deserto deve crescer e que o controle meteorológico já não pode realizar todos os ajustes de que precisamos.

Verdade. A resposta que havia sido combinada. Inadequada, como frequentemente ocorria com a verdade, mas era tudo o que elas tinham agora. Algo teria que ceder logo. Enquanto isso, mais delegações e perda nas colheitas.

– A senhora aceita tomar chá conosco, Madre Superiora? – Tsimpay, a diplomata, intervindo. *A senhora percebe como o problema está crescendo, Madre Superiora? Fali agora voltará a lidar com frutas e vegetais. Seu lugar apropriado. Mensagem recebida.*

Streggi pigarreou, limpando a garganta.

Esse gesto abominável tem que ser suprimido! Mas o significado estava claro. Streggi recebera a responsabilidade pelo cronograma da viagem. *Devemos partir.*

– Saímos muito tarde – Odrade comentou. – Paramos apenas para esticar as pernas e ver se há problemas com os quais vocês não conseguem lidar por conta própria.

– Conseguimos lidar com as jardineiras, Madre Superiora.

O tom de voz ríspido de Tsimpay dizia muito mais do que suas palavras, e Odrade quase sorriu.

Inspecione se quiser, Madre Superiora. Olhe em qualquer direção. A senhora perceberá que Pondrille está de acordo com a ordem Bene Gesserit.

Odrade relanceou para o ônibus de Tamalane. Algumas pessoas já retornavam para o interior climatizado. Tamalane estava em pé diante da porta, à escuta.

– Ouvi bons relatórios sobre você, Tsimpay – Odrade concluiu. – É capaz de lidar com tudo sem nossa interferência. Certamente não desejo importuná-la com um séquito que é grande demais. – Isso foi dito em tom alto o suficiente para que ela tivesse certeza de que todos ouvissem.

– Onde a senhora passará a noite, Madre Superiora?

– Eldio.

– Não vou lá faz algum tempo, mas ouvi dizer que o mar está bem menor.

– Sobrevoos confirmam o que você ouviu dizer. Não há necessidade de alertá-las de que estamos a caminho, Tsimpay. Elas já sabem. Tivemos que prepará-las para esta invasão.

Fali, a Mestra dos Pomares, deu um pequeno passo adiante.

– Madre Superiora, se pudéssemos apenas...

– Diga a suas jardineiras, Fali, que elas têm uma escolha. Podem reclamar e esperar aqui até que as Honoráveis Matres cheguem para escravizá-las ou podem se candidatar a ir para a Dispersão.

Odrade retornou ao carro e se sentou, com os olhos fechados, até que ouviu as portas selarem e eles retomarem seu caminho. Só então abriu os olhos. Já estavam fora de Pondrille e seguindo a alameda vítrea que cruzava a porção sul do anel de pomares. Um silêncio pesado se instaurara atrás dela. As irmãs estavam considerando profundamente questões sobre o comportamento da Madre Superiora há pouco. Um encontro nada satisfatório. As acólitas, naturalmente, perceberam o humor. Streggi parecia lúgubre.

Aquele clima exigia satisfações. Palavras já não bastavam para abafar as reclamações. Dias bons eram medidos por padrões muito baixos. Todos sabiam os motivos, mas as mudanças permaneciam como um ponto focal. Visíveis. Não se podia reclamar da Madre Superiora (não sem um bom motivo!), mas podia-se resmungar sobre o clima.

"Por que eles deixaram que fizesse tanto frio hoje? Por que justo hoje, quando tive que sair? Estava bem quente quando saímos, mas veja só agora. E estou sem roupas adequadas!"

Streggi queria falar. *Bem, foi por isso que eu a trouxe.* Mas ela se tornara quase tagarela, agora que a intimidade forçada com a Madre Superiora erodira o sentimento de intimidação.

– Madre Superiora, estive procurando em meus manuais por uma explicação sobre...

– Cuidado com manuais! – Quantas vezes durante toda a sua vida ela ouvira ou falara aquelas palavras? – Manuais criam hábitos.

Streggi recebia com frequência admoestações sobre hábitos. As Bene Gesserit os tinham; aquelas coisas que o povo preservava como "típico das bruxas!". Mas padrões que permitissem a outros predizer comportamentos, esses deveriam ser extirpados com cautela.

– Então, por que temos manuais, Madre Superiora?

– Nós os temos primariamente para desmenti-los. A Suma existe para noviças e para outras em treinamento primário.

– E as histórias?

Herdeiras de Duna

– Nunca ignore a banalidade dos registros históricos. Como Reverenda Madre, você reaprenderá a história a cada novo instante.

– A verdade é um copo vazio. – Muito orgulhosa ao se lembrar do aforismo.

Odrade quase sorriu.

Streggi é uma joia.

Era um pensamento premonitório. Algumas pedras preciosas podiam ser identificadas por suas impurezas. Especialistas mapeavam as impurezas dentro das pedras. Uma impressão digital secreta. Pessoas eram assim. Com frequência as conhecemos por seus defeitos. Aquela superfície reluzente dizia muito pouco. Uma boa identificação requeria um olhar profundo para dentro a fim de se notarem as impurezas. *Ali* estava a qualidade da gema como a totalidade de um ser. O que Van Gogh teria sido sem impurezas?

– São os comentários de cínicos perspicazes, Streggi, coisas que *eles* dizem *sobre* a história, que devem ser seus guias antes da agonia. Depois disso, você será sua própria cínica e descobrirá seus próprios valores. Por ora, as histórias revelam datas e lhe contam que algo ocorreu. Reverendas Madres procuram por esses *algos* e aprendem os preconceitos dos historiadores.

– É só isso? – Profundamente ofendida. *Por que elas gastam meu tempo dessa forma?*

– Muitas histórias são, em grande parte, desprovidas de valor por conterem preconceitos, escritas para agradar um ou outro grupo de poderosos. Aguarde até que seus olhos estejam abertos, minha cara. Nós somos as melhores historiadoras. Nós estivemos lá.

– E meu ponto de vista mudará a cada dia? – Muito introspectiva.

– Essa é uma lição que o bashar nos lembrou de manter fresca na memória. O passado deve ser reinterpretado pelo presente.

– Não tenho certeza se gostarei disso, Madre Superiora. Tantas decisões morais.

Ahh, essa joia vislumbrou o cerne da questão e abriu a mente como uma verdadeira Bene Gesserit. Havia facetas brilhantes em meio às impurezas de Streggi.

Odrade relanceou de esguelha para a acólita pensativa. Há muito, a Irmandade havia decidido que cada irmã deveria tomar suas próprias decisões morais. *Nunca siga uma líder sem enunciar suas próprias perguntas.* Era por isso que o condicionamento moral das jovens tinha uma prioridade tão alta.

É por isso que preferimos acolher nossas irmãs em potencial tão jovens. E talvez seja esse o motivo de uma falha moral ter se insinuado em Sheeana. Nós a acolhemos tarde demais. Sobre o que ela e Duncan conversam de forma tão secreta com as mãos?

– Decisões morais sempre são fáceis de reconhecer – Odrade comentou. – São aquelas nas quais se abandona o interesse pessoal.

Streggi olhou Odrade com reverência.

– Imagine a coragem necessária para fazer isso!

– Não é coragem! Nem mesmo desespero. O que fazemos é, em um sentido mais básico, natural. Coisas são feitas por não haver outra escolha.

– Às vezes a senhora faz que eu me sinta uma ignorante, Madre Superiora.

– Excelente! Esse é o princípio da sabedoria. Há muitos tipos de ignorância, Streggi. O mais fundamental é seguir seus desejos sem examiná-los. Por vezes, é o que fazemos de modo inconsciente. Aprimore sua sensibilidade. Esteja atenta àquilo que faz inconscientemente. Sempre questione: "Quando fiz isso, o que tentei ganhar?".

Eles chegaram ao topo da última colina antes de Eldio, e Odrade admitiu de bom grado um momento de reflexão.

Alguém atrás dela murmurou:

– Ali está o mar.

– Pare aqui – Odrade comandou quando se aproximaram de um amplo desvio na curva que dava para o mar. Clairby conhecia aquele lugar e estava preparado para tal ordem. Odrade pedia que parasse ali com frequência. Ele estacionou onde a Madre Superiora desejava. O carro chiou ao frear. Ouviram o ônibus parando logo atrás, uma voz bradando às companheiras "olhem só para isso!".

Eldio estava à esquerda de Odrade, muito abaixo: construções delicadas, algumas erguidas acima do solo sobre canos esguios; o vento passava abaixo e por entre os edifícios. O vilarejo encontrava-se suficientemente afastado ao sul e abaixo da altitude do local onde a Central estava posicionada, que era bem mais quente. Pequenos moinhos de vento de eixo vertical, que pareciam brinquedos àquela distância, giravam nas extremidades das construções de Eldio a fim de auxiliar na geração de energia para a comunidade. Odrade os indicou para Streggi.

– Nós os consideramos a libertação da dependência de tecnologias complexas controladas por terceiros.

Enquanto falava, Odrade deixou que sua atenção migrasse para a direita. *O mar!* Era um resquício condensado e horrendo de uma expansão outrora gloriosa. A Filha do Mar odiava o que via ali.

Um vapor cálido se erguia do mar. As colinas áridas, turvas e arroxeadas esboçavam uma fronteira obscura no horizonte além das águas. Odrade notou que o controle meteorológico havia introduzido um vento para dispersar o ar saturado. O resultado eram marolas espumosas se chocando contra o cascalho logo abaixo de onde eles se encontravam.

Existira uma série de vilas de pescadores ali, Odrade se recordava. Agora que o mar havia retrocedido, os vilarejos encontravam-se mais abaixo no declive. No passado, os assentamentos haviam sido destaques coloridos pela costa. Grande parte de sua população fluíra para a nova Dispersão. O povo remanescente construíra um guindaste para colocar e retirar suas embarcações da água.

Ela aprovava o fato e o achava deplorável. Conservação de energia. Toda aquela situação lhe pareceu subitamente austera – como uma daquelas instalações geriátricas do Antigo Império, onde as pessoas aguardavam a morte.

Quanto tempo levará para que esses lugares morram?

– O mar está tão reduzido! – Era uma voz no fundo do carro. Odrade a reconheceu. Uma escrevente dos Arquivos. *Uma das malditas espiãs de Bell.*

Inclinando-se para a frente, Odrade tocou Clairby no ombro.

– Leve-nos para baixo, próximo à margem, naquela angra quase imediatamente abaixo de onde estamos. Desejo nadar em nosso mar, Clairby, enquanto ele ainda existe.

Streggi e duas outras acólitas se juntaram a ela nas águas cálidas da angra. As outras caminhavam pela praia ou observavam aquela cena curiosa a partir do carro ou do ônibus.

A Madre Superiora nadando nua no mar!

Odrade sentiu a água energizante a sua volta. Era necessário nadar em razão das decisões de comando que ela deveria tomar.

Frank Herbert

Quanto daquele último grande mar elas poderiam se dar ao luxo de manter durante esses derradeiros dias de vida temperada em seu planeta? O deserto estava a caminho – um *deserto total* para traçar um paralelo com aquele perdido em Duna. *Se a caçadora do machado nos der tempo.* A ameaça parecia muito próxima e o abismo, profundo. *Maldito seja esse talento selvagem! Por que eu preciso saber?*

Devagar, a Filha do Mar e a movimentação das ondas restauraram seu senso de equilíbrio. Este corpo d'água era um grande fator complicador – muito mais importante que os pequenos e dispersos mares e lagos. Umidade se erguia dali em quantidades significativas. Energia para carregar desvios indesejados na tênue administração do controle meteorológico. Apesar disso, esse mar ainda alimentava Casa Capitular. Era um meio de comunicação e rota de transporte. Viagens marítimas eram mais baratas. Os custos de energia deveriam ser equilibrados com outros elementos na decisão que fosse tomar. Mas o mar desapareceria. Isso era certo. Populações inteiras enfrentariam novos deslocamentos.

As memórias da Filha do Mar interferiram. Nostalgia. Bloqueava os caminhos do julgamento apropriado. *Quão depressa o mar desaparecerá?* Essa era a questão. Todas as realocações inevitáveis e reassentamentos aguardavam essa decisão.

Melhor lidar com isso depressa. Que a dor seja banida para nosso passado. Vamos acabar logo com isso!

Ela nadou até a parte mais rasa e soergueu o olhar para uma intrigada Tamalane. As saias do manto de Tam estavam mais escuras pela água de uma onda inesperada. Odrade ergueu a cabeça para evitar o golpe das pequenas vagas.

– Tam! Elimine o mar o mais depressa possível. Faça que o controle meteorológico planeje um rápido esquema de desidratação. Alimentação e transporte deverão ser investidos. Eu aprovarei o plano final após nossa revisão costumeira.

Tamalane se virou sem falar nada. Acenou para que as irmãs apropriadas a acompanhassem, relanceando apenas uma vez para a Madre Superiora no processo. *Viu?! Eu estava certa em trazer conosco a estrutura necessária!*

Odrade saiu da água. A areia molhada causava atrito sob seus pés. *Logo será areia seca.* Ela vestiu suas roupas sem se preocupar em se secar.

O tecido agarrou-se à pele causando desconforto, mas ela ignorou esse fato, andando pela praia, afastando-se das outras e sem olhar de volta para o mar.

Recordações da memória devem ser apenas isto. Coisas às quais recorremos e acariciamos em determinadas ocasiões para evocar alegrias passadas. Nenhuma alegria pode ser permanente. Tudo é transitório. "Isso também deverá perecer" se aplica a todas as coisas em nosso universo vivo.

No local onde a praia se tornava argilosa e plantas esparsas nasciam, ela finalmente se voltou e olhou para o mar que acabara de condenar.

Apenas a vida em si importava, ela dizia a si mesma. E a vida não poderia perdurar sem um golpe certeiro da procriação.

Sobrevivência. Nossas crianças devem sobreviver. As Bene Gesserit devem sobreviver!

Nenhuma criança em particular era mais importante do que o todo. Odrade aceitara isso, reconhecendo que era a espécie falando a partir de seu âmago mais profundo, o *eu* que ela encontrara pela primeira vez como Filha do Mar.

Odrade permitiu que a Filha do Mar inspirasse uma última vez o ar salgado enquanto elas retornavam a seus veículos e se preparavam para rumar na direção de Eldio. Ela sentiu-se mais calma. Aquele equilíbrio essencial, uma vez aprendido, não precisava de um mar para ser mantido.

Arranque suas questões do solo em que se encontram e as raízes pendentes ficarão visíveis. Mais questões!

– Mentat zen-sufista

A Dama estava em seu ambiente.

Rainha Aranha!

Ela gostava do título que as bruxas lhe haviam dado. Ali era o coração de sua teia, esse novo centro de controle em Junção. O exterior da construção ainda não lhe agradava. Muita complacência da Guilda no projeto. Conservador. Mas o interior havia começado a ganhar aquela familiaridade que lhe reconfortava. Ela quase conseguia imaginar que nunca tinha deixado Dur, que não havia futars e que a fuga angustiante de volta para o Antigo Império jamais ocorrera.

Ela estava de pé no umbral da sala de reunião que tinha vista para o jardim botânico. Logno aguardava cerca de três metros atrás dela. *Não muito próximo, Logno, ou terei de matá-la.*

Ainda havia orvalho no gramado além do piso onde, quando o sol tivesse se erguido o suficiente, os servos iriam distribuir cadeiras confortáveis e mesas. Ela ordenara um dia ensolarado e o controle meteorológico o produziria, para o próprio bem deles. O informe de Logno era interessante. Então a velha bruxa retornara a Buzzell. E estava irritada, ainda por cima. Excelente. Decerto ela sabia que estava sendo observada e visitara sua bruxa suprema para suplicar uma remoção de Buzzell, pedindo asilo. E seu pedido havia sido recusado.

Elas não se importam que destruamos seus membros desde que o tronco permaneça oculto.

Falando por sobre o ombro para Logno, Dama ordenou:

– Traga-me aquela velha bruxa. E todo o séquito dela.

Quando Logno se virou para obedecer, Dama acrescentou:

– E comece a deixar alguns futars com fome. Eu os quero famintos.

– Sim, Dama.

Outra pessoa se moveu para assumir a posição de Logno como auxiliar. Dama não se virou para identificar a substituta. Sempre havia atendentes o suficiente para executar as ordens necessárias. Uma era muito parecida com a outra, exceto pela ameaça. Logno era uma ameaça constante. *Faz que eu me mantenha alerta.*

Dama inspirou profundamente o ar fresco. Seria um bom dia precisamente porque ela assim desejava. Reuniu suas memórias secretas e permitiu que elas a reconfortassem.

Bendito seja Guldur! Encontramos o lugar para reconstruir nossas forças.

A consolidação do Antigo Império estava seguindo conforme o planejado. Não restavam muitos ninhos de bruxas lá fora, e uma vez encontrado o maldito Casa Capitular, os membros poderiam ser destruídos com tranquilidade.

Agora, Ix. Aí estava o problema. *Talvez eu não devesse ter matado aqueles dois cientistas ixianos ontem.*

Mas os tolos ousaram exigir "mais informações" dela. Exigiram! E depois de confirmar que ainda não haviam encontrado uma solução para reativar A Arma. É claro, eles não sabiam que aquilo era uma arma. Ou sabiam? Ela não tinha certeza. Então, talvez tivesse sido algo positivo matar aqueles dois, no final das contas. Ensinar uma lição a eles.

Tragam-nos respostas, não perguntas.

Ela gostava da ordem que estava criando com suas irmãs no Antigo Império. Elas vaguearam demais e enfrentaram muitas culturas diferentes, muitas religiões instáveis.

O culto a Guldur lhes servirá assim como nos serve.

Ela não sentia afinidade mística com sua religião. Era uma ferramenta útil de poder. As raízes eram bem conhecidas: Leto II, aquele que as bruxas chamavam de "O Tirano", e seu pai, Muad'Dib. Agentes de poder consumados, os dois. Havia uma porção de células cismáticas por ali, mas que podiam ser desarraigadas. Manter a essência. Era uma máquina bem azeitada.

A tirania da minoria oculta pela máscara da maioria.

Fora isso que a bruxa Lucilla reconhecera. Não havia como deixá-la viver depois de descobrir como manipular as massas. Os ninhos das bruxas teriam de ser localizados e queimados. A percepção de Lucilla mostrava claramente não se tratar de um exemplo isolado. Suas ações haviam denunciado os ensinamentos de uma escola. Elas ensinavam essa coisa!

Tolas! Devia-se gerenciar a realidade, caso contrário as coisas fugiriam de controle.

Logno retornou. Dama sempre era capaz de identificar o som de seus passos. Furtiva.

– A velha bruxa será trazida de Buzzell – Logno informou. – Bem como seu séquito.

– Não se esqueça dos futars.

– Eu já dei a ordem, Dama.

Voz melíflua! Você adoraria me dar de comer à manada, não é, Logno?

– E aumente a segurança nas gaiolas, Logno. Mais três deles escaparam nessa última noite. Estavam perambulando pelo jardim quando acordei.

– Fui informada, Dama. Mais guardas foram designados para as gaiolas.

– E não me diga que são inofensivos sem um Treinador.

– Não acredito nisso, Dama.

Uma verdade vindo dela, finalmente. Futars a deixam apavorada. Bom.

– Acredito que temos nossa base de poder, Logno. – Dama se virou, notando que Logno havia se aproximado pelo menos dois milímetros da zona de perigo. A auxiliar também percebeu e recuou. *Tão próxima quanto quiser na minha frente, Logno, onde eu possa vê-la, mas não de minhas costas.*

Logno percebeu as chamas alaranjadas nos olhos de Dama e quase ajoelhou. *Os joelhos definitivamente haviam se dobrado.*

– É minha ânsia em servi-la, Dama!

É sua ânsia em me substituir, Logno.

– E quanto àquela mulher de Gammu? Nome curioso. Como era?

– Rebeca, Dama. Ela e alguns de seus companheiros... ahhhh, nos ludibriaram por um tempo. Nós os encontraremos. Eles não podem ter deixado o planeta.

– Você acha que eu deveria tê-la mantido aqui, não é mesmo?

– Foi acertado considerá-la uma isca, Dama!

– Ela ainda é uma isca. Aquela bruxa que encontramos em Gammu não apelou a essas pessoas por acaso.

– Sim, Dama.

Sim, Dama! Mas o tom de subserviência na voz de Logno era adorável.

– Bem, providencie logo isso!

Logno saiu, apressada.

Havia sempre aquelas pequenas células de violência em potencial se encontrando secretamente em algum lugar. Acumulando cargas mútuas de ódio, fervilhando para perturbar as vidas ordeiras ao seu redor. Alguém sempre acaba fazendo a limpeza após essas perturbações. Dama suspirou. Táticas de terror eram tão... tão temporárias!

Sucesso, eis o perigo. Custara-lhes um império. Quando se pavoneia o sucesso como um estandarte, alguém sempre tenta derrubá-lo. Inveja!

Sustentaremos o nosso sucesso com mais cautela dessa vez.

Ela caiu em um semidevaneio, ainda alerta aos sons atrás de si, mas deleitando-se com a evidência de novas vitórias que lhe haviam sido alardeadas naquela manhã. Ela gostava de arrolar os nomes dos planetas cativos em silêncio em sua língua.

Wallach, Kronin, Reenol, Ecaz, Bela Tegeuse, Gammu, Gamont, Niushe...

Humanos nascem com uma suscetibilidade àquilo que é a doença do intelecto mais persistente e debilitante: o autoengano. O melhor e o pior de todos os mundos possíveis ganham uma coloração dramática a partir do autoengano. Até onde sabemos, não há imunidade natural. Cautela constante é necessária.

– A Suma

Com Odrade longe da Central (e provavelmente apenas por um curto espaço de tempo), Bellonda sabia que uma ação imediata era necessária. *Aquele maldito ghola-Mentat é muito perigoso para continuar vivo!*

A comitiva da Madre Superiora mal sumira de vista sob a tarde que se findava quando Bellonda rumou para a não nave.

Ela não faria uma aproximação prudente andando pelo anel de pomares. Bellonda exigira um espaço em um tubo, sem janelas, automático e rápido. Odrade também tinha observadoras que poderiam enviar mensagens indesejadas.

No caminho, Bellonda revisou sua avaliação das muitas vidas de Idaho. Um registro que manteve nos Arquivos pronto para uma rápida retirada. No original e nos primeiros gholas, seu caráter havia sido dominado pela impulsividade. Rápido para odiar, rápido para dar sua lealdade. Os ghola-Idahos mais recentes moderavam isso com cinismo, mas a impulsividade subjacente permanecia. O Tirano o forçara a entrar em ação diversas vezes. Bellonda reconhecia um padrão.

Ele pode ser incitado pelo orgulho.

Seu longo período de serviços para o Tirano a deixava fascinada. Não apenas por ele ter sido um Mentat diversas vezes, mas havia evidências de que ele fora um Proclamador da Verdade em mais de uma encarnação.

A aparência de Idaho refletia o que ela via em seus registros. Linhas de caráter interessantes, uma expressão em seus olhos e uma rigidez em sua boca que estavam de acordo com os complexos desenvolvimentos internos que possuía.

Por que Odrade não aceitava que esse homem era perigoso? Com frequência Bellonda sentia apreensão quando Odrade, ao falar de Idaho, ostentava as próprias emoções.

– Ele pensa de forma clara e direta. Há uma limpeza obstinada em sua mente. É revigorante. Eu gosto dele e sei que isso é algo trivial para influenciar minhas decisões.

Ela admite a influência dele!

Bellonda encontrou Idaho a sós, sentado diante de seu console. A atenção do ghola estava fixa em um mostrador linear que ela reconhecia: as plantas operacionais da não nave. Ele limpou a projeção assim que a notou.

– Olá, Bell. Eu estava a sua espera.

Duncan tocou o campo do console e uma porta atrás dele se abriu. O jovem Teg entrou e assumiu uma posição próxima ao ghola, observando Bellonda em silêncio.

Idaho não a convidou a se sentar nem procurou uma cadeira para a Reverenda Madre, forçando-a a buscar uma no quarto onde ele dormia e a posicioná-la para encará-lo. Quando Bellonda por fim se sentou, Idaho lançou-lhe um olhar que era um misto de zombaria e cautela.

Bellonda ainda estava perplexa com a saudação de Idaho. *Por que ele estava me esperando?*

Ele respondeu à pergunta que não havia sido enunciada.

– Dar projetou mais cedo, dizendo que estava de saída para ver Sheeana. Eu sabia que você não perderia tempo e viria até aqui assim que ela partisse.

Uma simples projeção Mentat ou...

– Ela o avisou!

– Errado.

– Que segredos você e Sheeana compartilham? – Demandando.

– Ela me usa da mesma forma que você quer que ela me use.

– A Missionaria.

– Bell! Dois Mentats juntos. Precisamos mesmo fazer esses joguinhos estúpidos?

Bellonda inspirou profundamente e buscou seu modo Mentat. Nada fácil sob aquelas circunstâncias, com aquela criança encarando-a, o olhar zombeteiro no rosto de Idaho. Estaria Odrade demonstrando uma astúcia da qual ninguém suspeitava? Trabalhando contra uma irmã com o ghola?

Frank Herbert

Idaho relaxou quando percebeu a intensidade Bene Gesserit se tornar aquele foco duplo de um Mentat.

– Sei há um bom tempo que você me quer morto, Bell.

Sim... Deixei-me previsível por meus medos.

E fora por muito pouco, ele considerou. Bellonda havia ido até ele pensando em morte, com um pequeno drama todo preparado para criar "a necessidade". Ele tinha poucas ilusões sobre sua própria capacidade para enfrentá-la em questão de violência. Mas a Bellonda-Mentat observaria antes de agir.

– A forma como você usa nossos nomes é desrespeitosa – ela falou, provocando-o.

– É uma forma de tratamento diferente, Bell. Você já não é mais Reverenda Madre e eu não sou "o ghola". Somos dois seres humanos com problemas em comum. Não me diga que você não está ciente disso.

Ela olhou rapidamente em volta do escritório de Idaho.

– Se estava me esperando, por que Murbella não está aqui?

– E forçá-la a matar você enquanto me protegia?

Bellonda avaliou a réplica. *A maldita Honorável Matre provavelmente seria capaz de me matar, mas...*

– Você a mandou embora para protegê-la.

– Tenho um guardião melhor. – Ele gesticulou para o menino.

Teg? Um guardião? Havia *histórias de Gammu sobre ele. Idaho sabia de algo?*

Ela queria perguntar, mas ousaria uma distração? As cães de guarda devem captar um cenário real de perigo.

– Ele?

– Ele serviria as Bene Gesserit caso visse você me matando?

Vendo que ela não responderia, Idaho prosseguiu:

– Coloque-se em meu lugar, Bell. Eu sou um Mentat preso não só em sua armadilha, mas também na das Honoráveis Matres.

– Isso é tudo o que você é? Um Mentat?

– Não. Sou um experimento tleilaxu, mas não vejo o futuro. Não sou um Kwisatz Haderach. Sou um Mentat com memórias de muitas vidas. Você, com suas Outras Memórias... pense sobre a vantagem que isso me dá.

Enquanto o ghola falava, Teg se aproximou e se encostou no console, aos ombros de Idaho. A expressão do garoto era de curiosidade, mas Bellonda não notou medo nela.

Herdeiras de Duna

Idaho gesticulou na direção do foco da projeção sobre a própria cabeça, onde partículas prateadas dançavam, prontas para criar imagens.

– Um Mentat vê seus relés produzindo discrepâncias: cenas de inverno durante o verão, luz do sol quando visitantes chegam molhados de chuva... Você não esperava mesmo que eu ignorasse sua pequena atuação teatral?

Ela ouviu a suma Mentat. Nesse quesito, eles compartilhavam um ensinamento em comum.

– Você, naturalmente, lembrou-se de não minimizar o Tao – ela retrucou.

– Formulei perguntas diferentes. Coisas que acontecem juntas podem ter elos subterrâneos. O que é causa e efeito quando confrontados com a simultaneidade?

– Você teve bons professores.

– E não apenas em uma vida.

Teg se inclinou na direção de Bellonda e indagou:

– Você veio mesmo matá-lo?

Não fazia sentido mentir.

– Ainda acho que ele é perigoso demais. – Que as cães de guarda discutam sobre isso!

– Mas ele vai devolver minhas memórias!

– Dançarinos em um mesmo tablado, Bell – Idaho emendou. – Tao. Pode parecer que não dançamos juntos, que não seguimos os mesmos passos ou ritmos, mas somos vistos em conjunto.

Ela começou a suspeitar para onde ele estava levando a conversa e se perguntou se havia alguma outra forma de destruí-lo.

– Não sei do que vocês estão falando – Teg admitiu.

– Coincidências interessantes – disse Idaho.

Teg se virou para Bellonda.

– A senhora poderia explicar, por gentileza?

– Ele está tentando me dizer que precisamos um do outro.

– Então, por que ele não falou isso?

– É mais sutil do que isso, garoto. – E ela pensou: *os registros devem mostrar que avisei Idaho.* – O focinho do burro não causa o rabo, Duncan, não importa quantas vezes você vir o animal passando por aquele pequeno espaço vertical que limita a visão que você tem dele.

Idaho travou os olhos no olhar fixo de Bellonda.

Frank Herbert

– Dar veio aqui certa vez com um ramo florido de macieira, mas minha projeção dizia que era época de colheita.

– São charadas, não é mesmo? – Teg disse, batendo palmas.

Bellonda se lembrava do registro daquela visita. Movimentos precisos da Madre Superiora.

– Você não suspeitou que pudesse haver uma estufa?

– Ou que ela quisesse apenas me agradar?

– Devo tentar adivinhar? – Teg questionou.

Depois de um longo silêncio, olhar fixo de Mentat para Mentat, Idaho prosseguiu:

– Há anarquia por trás do meu confinamento, Bell. Discordâncias nos altos conselhos Bene Gesserit.

– Pode haver deliberação e julgamento até mesmo na anarquia – ela retrucou.

– Você é uma hipócrita, Bell!

Ela se encolheu como se tivesse sido golpeada por ele, um movimento puramente involuntário que a abalou pela força da reação. *Voz?* Não... Era algo que tinha um alcance mais profundo. De súbito, sentiu pavor daquele homem.

– Acho incrível que uma Mentat *e Reverenda Madre* possa ser tão hipócrita – ele emendou.

Teg cutucou o braço de Idaho.

– Vocês estão brigando?

Idaho afastou a mão do menino.

– Sim, estamos brigando.

Bellonda não conseguia desviar a atenção dos olhos de Idaho. Ela queria se virar e fugir. O que ele estava fazendo? Aquilo havia fugido de controle!

– Hipócritas e criminosas no meio de vocês? – ele indagou.

Mais uma vez, Bellonda se lembrou dos olhos-com. Ele estava representando não apenas para ela, mas para as vigias também! E tudo era feito com cuidado e apuro. Ela foi subitamente tomada por admiração diante da performance de Duncan, mas isso não atenuou seu medo.

– Eu me pergunto por que suas irmãs a toleram. – Os lábios dele se moviam com uma delicadeza tão precisa! – Você é um mal necessário? Uma fonte valiosa de dados e, em certas ocasiões, de bons conselhos?

Herdeiras de Duna

Ela encontrou a própria voz.

– Como ousa? – Um som gutural e contendo toda a sua reconhecida truculência.

– Pode ser que você fortaleça suas irmãs. – A voz uniforme, sem a menor mudança de tom. – Elos fracos criam situações que outros devem reforçar, e isso fortalece esses outros.

Bellonda percebeu que mal conseguia manter o controle do modo Mentat. Será que alguma coisa nisso tudo poderia ser verdade? Seria possível que a Madre Superiora a considerasse dessa forma?

– Você veio até aqui com desobediência criminal em mente – ele declarou. – Tudo em nome da necessidade! Um pouco de drama para os olhos-com, a fim de provar que não teve outra escolha.

Ela percebeu que as palavras de Idaho haviam restaurado suas habilidades Mentat. Ele fazia isso de forma consciente? Bell estava fascinada pela necessidade de estudar os maneirismos dele, bem como suas palavras. Idaho, de fato, a lia tão bem? Os registros desse encontro poderiam se provar mais valiosos do que sua própria pequena encenação. E o resultado não seria diferente!

– Você pensa que os desejos da Madre Superiores são leis? – ela indagou.

– Você realmente acha que sou tão míope? – Uma das mãos dele balançou para Teg, que começava a interromper. – Bell! Seja apenas uma Mentat.

– Estou te ouvindo. – *Assim como tantas outras estão!*

– Estou afundado em seu problema.

– Mas nós não lhe demos problema algum!

– Deram, sim. *Você* me deu, Bell. Vocês são avarentas pela forma como distribuem os pedaços, mas eu vejo isso.

Bellonda se lembrou de maneira abrupta de Odrade dizendo: "Eu não preciso de um Mentat! Preciso de um inventor".

– Vocês... precisam... de mim – Idaho falou. – Seu problema ainda está fechado na concha, mas a carne continua lá e deve ser extraída.

– Por que precisaríamos de você?

– Vocês precisam da minha imaginação, da minha inventividade, de coisas que me mantiveram vivo diante da ira de Leto.

– Você disse que ele o matou tantas vezes que perdeu as contas. – *Engula suas próprias palavras, Mentat!*

Frank Herbert

Ele a presenteou com um sorriso controlado tão primoroso, tão preciso, que nem ela nem os olhos-com poderiam se equivocar quanto ao intento.

– Mas como você pode confiar em mim, Bell?

Ele condena a si mesmo!

– Sem algo novo, vocês estão condenadas – ele declarou. – É apenas questão de tempo, e todas vocês sabem disso. Talvez não esta geração. Talvez nem mesmo a próxima. Mas é inevitável.

Teg puxou com força a manga de Idaho.

– O bashar poderia ajudar, não é?

Então o garoto de fato estava ouvindo. Idaho afagou o braço de Teg.

– O bashar não é suficiente. – Então virou-se para Bellonda: – Somos azarões unidos. Devemos lutar pela mesma posição?

– Você já disse isso antes. – *E sem dúvida dirá outras vezes.*

– Ainda Mentat? – ele questionou. – Então pare com a encenação! Tire a névoa romântica de nosso problema.

Dar é a romântica! Eu não!

– O que há de romântico nesses pequenos bolsões da Dispersão Bene Gesserit aguardando para ser massacrados?

– Você acredita que nenhum deles escapará?

– Vocês estão semeando inimigos no universo – ele sentenciou. – Estão alimentando as Honoráveis Matres!

Naquele instante, ela estava completamente (e somente) em modo Mentat, necessário para ficar páreo a páreo com esse ghola em questão de habilidade. Drama? Romance? O corpo atrapalhava o desempenho Mentat. Mentats devem usar o corpo, não permitir que ele interfira.

– Nenhuma Reverenda Madre que vocês Dispersaram jamais retornou ou enviou qualquer mensagem – ele avaliou. – Vocês tentam se reconfortar dizendo que apenas os Dispersos sabem para onde estão indo. Como podem ignorar a mensagem que eles enviam quanto a esse outro fato? Por que nenhum deles tentou se comunicar com Casa Capitular?

Ele está admoestando a todas nós, maldito seja! E está certo.

– Eu apresentei nosso problema em sua forma mais elementar?

Questionamento Mentat!

– A pergunta mais simples, a projeção mais simples – ela concordou.

– Êxtase sexual amplificado: impressão Bene Gesserit? As Honoráveis Matres estão aprisionando o seu povo lá fora em uma armadilha?

Herdeiras de Duna

– Murbella? – Um desafio em uma única palavra. *Avalie essa mulher que você diz amar! Ela sabe coisas que nós deveríamos saber?*

– Elas estão condicionadas a aumentar o próprio prazer a níveis viciantes, mas são vulneráveis.

– Ela nega haver fontes Bene Gesserit na história das Honoráveis Matres.

– Exatamente como foi condicionada a fazer.

– Em vez disso, teriam uma luxúria por poder?

– Você finalmente formulou uma pergunta apropriada. – E então, sem obter uma réplica, ele prosseguiu: – Mater Felicissima. – Endereçando-se a ela no termo ancestral usado para as membras do conselho Bene Gesserit.

Bell sabia por que Idaho dissera aquelas palavras e sentiu-as produzindo o efeito desejado. Agora estava equilibrada com firmeza. A Reverenda Madre Mentat cingida pela Mohalata de sua agonia da especiaria – aquela união das Outras Memórias benignas protegendo-a do domínio dos ancestrais malignos.

Como ele sabe fazer isso? Cada observadora por trás dos olhos-com estaria fazendo aquela mesma pergunta. *É claro! O Tirano o treinou nisso repetidas vezes. O que temos aqui? Que talento é esse que a Madre Superiora ousa empregar? Perigoso, sim, mas muito mais valioso do que eu suspeitava. Pelos deuses de nossa criação! Seria ele a ferramenta para a nossa libertação?*

A tranquilidade o permeava. Ele sabia que a havia capturado.

– Em uma de minhas muitas vidas, Bell, visitei sua casa Bene Gesserit em Wallach IX, e lá conversei com uma de suas ancestrais, Tersius Helen Anteac. Permita que ela a guie, Bell. Ela sabe.

Bellonda sentiu uma sondagem familiar em sua mente. *Como ele poderia saber que Anteac é minha ancestral?*

– Fui a Wallach IX por instrução do Tirano – ele prosseguiu. – Ah, sim! Pensei nele como Tirano em diversas ocasiões. Minhas ordens eram para suprimir a escola Mentat que vocês acreditavam ocultar ali.

O simulfluxo-Anteac se interpôs: *"Agora eu mostrarei a você o evento ao qual ele se refere".*

– Considere – ele continuou. – Eu, um Mentat, forçado a suprimir uma escola que treinava pessoas da forma como eu fora treinado. Eu sabia o motivo por trás das ordens dele, é claro, e você também o sabe.

Frank Herbert

O simulfluxo verteu por meio da percepção de Bellonda: *ordem dos Mentats, fundada por Gilbertus Albans; refúgio temporário com os Bene Tleilax, que esperavam incorporar os Mentats na hegemonia tleilaxu; espalhou-se por incontáveis "escolas semente"; suprimida por Leto II por formar um núcleo de oposição independente; propagou-se na Dispersão após a Penúria.*

– Ele manteve alguns dos melhores professores em Duna, mas a questão que Anteac a força a confrontar neste exato momento não segue o mesmo caminho. Para onde suas irmãs foram, Bell?

– Ainda não temos como saber, não é mesmo? – Ela observou o console de Idaho com nova percepção. Era errado bloquear uma mente daquelas. Se elas iriam usá-lo, deveriam fazê-lo completamente.

– Aliás, Bell – Idaho emendou quando ela se levantou para sair. – As Honoráveis Matres podem ser um grupo relativamente pequeno.

Pequeno? Ele não sabia como a Irmandade estava sendo sobrepujada por números aterrorizantes, planeta por planeta?

– Todos os números são relativos. Há algo realmente inamovível em nosso universo? Nosso Antigo Império pode ser um último refúgio para elas, Bell. Um lugar para se esconder e tentar se reagrupar.

– Você já sugeriu isso antes... para Dar.

Não "Madre Superiora". Não "Odrade". Dar. Ele sorriu.

– E talvez nós possamos obter ajuda com Scytale.

– Nós?

– Murbella para obter informações, eu para avaliá-las.

Ele não gostou do sorriso que a sugestão produziu.

– O que, precisamente, você está sugerindo?

– Permita que nossa imaginação divague e crie nossos experimentos dessa forma. De que serviria até mesmo um não planeta se alguém for capaz de penetrar seus escudos?

Ela relanceou para o garoto. Idaho sabia que elas suspeitavam que o bashar havia *visto* as não naves? Naturalmente! Um Mentat com tais habilidades... Pequenos fragmentos se reuniam em uma projeção magistral.

– Seria necessária toda a energia de um sol G-3 para manter um escudo em qualquer planeta habitável no meio do caminho. – Bellonda o observava de forma seca e impassível.

– Nada está fora de questão na Dispersão.

Herdeiras de Duna

– Mas não dentro de nossas atuais capacidades. Você tem algo menos ambicioso?

– Rever os marcadores genéticos nas células do seu pessoal. Procurar por padrões comuns na herança Atreides. Pode haver talentos que vocês nem suspeitam.

– Sua imaginação inventiva dispara de um lado para outro.

– De sóis G-3 para genética. Pode haver fatores em comum.

Qual o motivo dessas sugestões insanas? Não planetas e pessoas para as quais os escudos prescientes são transparentes? O que ele está fazendo?

Bell não se deixava enganar pensando que ele falava apenas em benefício dela. Sempre havia os olhos-com.

Idaho fez silêncio, um braço negligentemente sobre os ombros do garoto. Ambos a observavam! Um desafio?

Seja uma Mentat, se for capaz!

Não planetas? À medida que a massa de um objeto crescia, a energia para nulificar a gravitação ultrapassava o limiar dos números primários. Não escudos tinham como obstáculo barreiras de energia ainda maiores. Outra magnitude de crescimento exponencial. Estaria Idaho sugerindo que alguém na Dispersão teria encontrado uma forma de contornar o problema? Ela verbalizou a pergunta.

– Os ixianos não penetraram o conceito de unificação de Holzmann – ele respondeu. – Eles apenas o utilizam: uma teoria que funciona mesmo quando não compreendida.

Por que ele direciona minha atenção para a tecnocracia de Ix? Ixianos metiam o nariz em assuntos demais para as Bene Gesserit confiarem neles.

– Você não fica curiosa sobre o porquê de o Tirano nunca ter suprimido Ix? – ele indagou. Uma vez que ela permaneceu calada, encarando-o, Idaho prosseguiu: – Leto II apenas colocou uma rédea neles. Estava fascinado pela ideia de humanos e máquinas inextricavelmente unidos um ao outro, cada lado testando os limites do outro.

– Ciborgues?

– Dentre outras coisas.

Idaho não sabia do asco residual deixado pelo Jihad Butleriano, mesmo entre as Bene Gesserit? Perturbador! A convergência que cada um deles, humanos e máquinas, poderia acarretar. Considerando as limitações

Frank Herbert

das máquinas, essa era uma descrição sucinta da miopia ixiana. Idaho estaria sugerindo que o Tirano subscrevia a ideia de Inteligência Maquinal? Tolice! Ela deu as costas ao ghola.

– Você está indo embora muito depressa, Bell. Deveria estar mais interessada na imunidade de Sheeana à sujeição sexual. Os jovens que enviei para serem refinados *não* estão impressos, e nem ela. Ainda assim, toda Honorável Matre não passa de uma adepta.

Bellonda agora percebia o valor que Odrade via naquele ghola. *Inestimável! E eu poderia tê-lo matado.* A iminência daquele erro a deixava desconcertada.

Quando ela chegou ao umbral, ele a deteve mais uma vez.

– Os futars que vi em Gammu: por que nos disseram que eles caçam e matam Honoráveis Matres? Murbella nada sabe sobre isso.

Bellonda partiu sem olhar para trás. Tudo o que havia aprendido sobre Idaho naquele dia aumentava o perigo que ele significava... Mas elas tinham que conviver com aquilo... por ora.

Idaho inspirou profundamente e se voltou para o intrigado Teg.

– Obrigado por ficar aqui, e aprecio o fato de ter permanecido em silêncio diante de uma grande provocação.

– Ela não ia mesmo matar você... ia?

– Se você não tivesse ganhado aqueles segundos iniciais para mim, ela poderia ter me matado.

– Por quê?

– Ela tem a ideia equivocada de que posso ser um Kwisatz Haderach.

– Como Muad'Dib?

– E o filho dele.

– Bem, ela não vai machucar você agora.

Idaho se voltou para a porta por onde Bellonda havia partido. Protelação. Era tudo o que ele conseguira. Talvez ele já não fosse *apenas* uma engrenagem nas maquinações dos outros. Haviam chegado a um novo relacionamento, que poderia mantê-lo vivo caso fosse aproveitado com cautela. Laços emocionais não haviam sido levados em conta, nem mesmo com Murbella... nem com Odrade. Em seu âmago, Murbella ressentia-se pela sujeição sexual tanto quanto ele. Odrade poderia apresentar indícios dos antigos laços de lealdade Atreides, mas não se podia confiar nas emoções de uma Reverenda Madre.

Atreides! Idaho olhou para Teg, vendo a aparência da família já começando a moldar a face imatura.

O que de fato consegui com Bell? Já não era mais provável que elas lhe fornecessem dados falsos. Ele poderia depositar certa confiança naquilo que uma Reverenda Madre lhe dissesse, mantendo a percepção de que qualquer humano pode cometer equívocos.

Não sou o único em uma escola especial. Agora, as irmãs estão em minha escola!

– Posso sair para encontrar Murbella? – Teg perguntou. – Ela prometeu me ensinar como se luta com os pés. Não acho que o bashar tenha aprendido isso.

– *Quem* não aprendeu isso?

Cabeça baixa, envergonhado.

– *Eu* nunca aprendi isso.

– Murbella está no salão de treinamento. Mas deixe-me contar a ela sobre Bellonda.

As aulas em um ambiente Bene Gesserit nunca paravam, pensou Idaho ao observar o garoto partindo. Mas Murbella estava certa quando dizia que eles aprendiam apenas as coisas disponibilizadas pelas irmãs.

Esse pensamento atiçava receios. Idaho viu uma imagem em sua memória: Scytale de pé por trás do campo barreira em um corredor. O que seu colega de prisão estaria aprendendo? Idaho estremeceu. Pensar no tleilaxu sempre trazia memórias de Dançarinos Faciais. E isso o recordava da habilidade de "reimprimir" as memórias de qualquer um que eles matassem. Isso, por sua vez, o deixava repleto de medo de suas visões. Dançarinos Faciais?

Eu sou um experimento tleilaxu.

Isso não era algo que ele ousava investigar com uma Reverenda Madre, muito menos com uma à espreita.

Então saiu para os corredores e foi aos aposentos de Murbella, onde se acomodou em uma cadeira e examinou o resquício de uma lição que ela andara estudando. Voz. Havia um gravador que ela utilizava para ecoar seus experimentos vocais. O arnês de respiração que forçava respostas prana-bindu jazia sobre uma cadeira, jogado de maneira displicente, todo amarrotado. Ela tinha maus hábitos de seus dias de Honorável Matre.

Murbella o encontrou ali quando retornou do treino. Vestia trajes justos brancos marcados pela perspiração e estava com pressa para tirar a roupa e se sentir mais confortável. Ele a deteve no caminho para o chuveiro usando um dos truques que aprendera.

– Descobri algumas coisas sobre a Irmandade que não sabíamos.

– Conte-me! – Era a *sua* Murbella que exigia isso, suor reluzindo em seu rosto oval, olhos verdes repletos de adoração. *Meu Duncan conseguiu ver através delas outra vez!*

– Um jogo no qual uma das peças não pode ser movida – ele a recordou. *Que as cães de guarda nos olhos-com se divirtam com essa!* – Elas não apenas esperam que eu as ajude a criar uma religião ao redor de Sheeana, *nossa participação voluntária em seu sonho*, devo ser o moscardo delas, a consciência delas, fazê-las questionar as próprias desculpas para *comportamentos extraordinários.*

– Odrade esteve aqui?

– Bellonda.

– Duncan! Aquela mulher é perigosa. Você nunca deve vê-la a sós.

– O garoto estava comigo.

– Ele não me contou!

– Ele obedeceu às minhas ordens.

– Muito bem! O que aconteceu?

Ele contou a ela uma versão abreviada, até para descrever as expressões faciais e outras reações de Bellonda. (E como as vigias nos olhos-com se divertiriam com isso!)

Murbella ficou enraivecida.

– Se ela o ferir, nunca mais cooperarei com qualquer uma delas!

Pegou a deixa com perfeição, minha querida. Consequências! Vocês, bruxas Bene Gesserit, deveriam reexaminar seu comportamento com muita cautela.

– Ainda estou cheirando mal do salão de treinamento – ela disse. – Aquele garoto. Ele é ágil. Nunca vi uma criança tão brilhante.

Ele se colocou de pé.

– Vamos. Eu a ajudo a se limpar.

No chuveiro, ele a ajudou a despir os trajes justos e suados, sua mão parecendo fria contra a pele dela. Idaho notou quanto ela apreciava seu toque.

– Tão gentil e, ainda assim, tão forte – ela sussurrou.

Deuses das profundezas! A forma como ela o olhava, como se fosse devorá-lo.

Herdeiras de Duna

Pela primeira vez, os pensamentos de Murbella estavam livres de autoacusação. *Não me lembro de nenhuma ocasião em que acordei e lhe disse: "eu o amo!"*. Não, havia criado um caminho tortuoso cada vez mais fundo pelo vício até que, consumado o feito, deveria ser aceito em cada momento de sua vida. Como respirar... ou como as batidas do coração. *Uma falha? A Irmandade está errada!*

– Lave minhas costas – ela disse, e riu quando o chuveiro encharcou as roupas de Idaho. Ela o ajudou a se despir e ali, no chuveiro, aquilo aconteceu mais uma vez: aquela compulsão incontrolável, aquela ligação homem-mulher que afastava a tudo, exceto as sensações. Apenas depois do fato ela seria capaz de se lembrar e dizer a si mesma: *ele conhece todas as técnicas que executo.* Mas era mais do que técnica. *Ele quer me dar prazer! Queridos Deuses de Dur! Como posso ter tanta sorte?*

Ela se agarrou ao pescoço dele enquanto Duncan a tirava do chuveiro e a colocava na cama, ainda molhada. Ela o puxou para se deitar ao seu lado e ficaram deitados ali, em silêncio, permitindo que suas energias se recarregassem.

Depois de alguns instantes, ela sussurrou:

– Então a Missionaria usará Sheeana.

– Muito perigoso.

– Coloca a Irmandade em uma posição exposta. Pensei que elas sempre tentassem evitar isso.

– Do meu ponto de vista, é risível.

– Por que elas querem que você controle Sheeana?

– Ninguém pode controlá-la! Talvez ninguém devesse controlá-la. – Ele mirou os olhos-com. – Ei, Bell! Você tem mais de um tigre preso pela cauda.

Bellonda, ao retornar para os Arquivos, parou no umbral da sala de registros dos olhos-com e lançou um olhar questionador para a Madre Vigia.

– Estão no chuveiro outra vez – a Madre Vigia informou. – Fica chato depois de algum tempo.

– A mística da participação! – Bellonda retrucou, e marchou até seus aposentos com a mente conturbada pelas percepções alteradas que precisavam de reorganização. *Ele é um Mentat melhor do que eu!*

Tenho inveja de Sheeana, maldita seja! E ele sabe disso!

A mística da participação! A orgia como efeito de reenergização. O conhecimento sexual das Honoráveis Matres estava causando um efeito nas Bene Gesserit semelhante àquela submersão primitiva em êxtase compartilhado. Damos um passo em direção a isso e um passo para trás.

Só de saber que essa coisa existe! Tão repelente, tão perigosa... e ainda assim, tão magnética.

E Sheeana é imune! Maldita seja! Por que Idaho teve de lembrá-las disso justamente agora?

Apresente-me o julgamento de mentes equilibradas em detrimento das leis em qualquer ocasião. Códigos e manuais criam comportamentos padronizados. Todos os comportamentos padronizados tendem a não ser questionados, acumulando um ímpeto destrutivo.

– Darwi Odrade

Tamalane surgiu nos aposentos de Odrade em Eldio pouco antes da aurora, trazendo notícias sobre a via vítrea que as aguardava.

– A areia ao vento fez que a estrada ficasse perigosa ou intransponível em seis locais além do mar. Dunas muito largas.

Odrade acabara de completar sua dieta diária: miniagonia de especiaria seguida de exercícios e um banho frio. A cela de dormir dos visitantes de Eldio tinha uma cadeira funda (eles sabiam das preferências de Odrade) e ela havia se sentado para aguardar Streggi e o informe matutino.

O rosto de Tamalane parecia pálido sob a luz dos dois luciglobos, mas não havia como se equivocar de sua satisfação. *Se você tivesse me ouvido desde o começo!*

– Providencie tópteros – Odrade rebateu.

Tamalane partiu, obviamente desapontada pela reação branda da Madre Superiora.

Odrade convocou Streggi.

– Verifique estradas alternativas. Informe-se sobre a passagem ao redor da porção ocidental do mar.

Streggi se apressou, quase colidindo com Tamalane, que retornava.

– Lamento informá-la de que o pessoal de transportes não pode nos fornecer tópteros suficientes de imediato. Estão realocando cinco comunidades a leste de onde estamos. Provavelmente os conseguiremos ao meio-dia.

– Não há um terminal de observação na beira daquela intrusão do deserto ao sul daqui? – Odrade questionou.

– A primeira obstrução fica logo depois dele. – Tamalane ainda estava muito satisfeita consigo mesma.

Frank Herbert

– Faça com que os tópteros nos encontrem lá – Odrade ordenou. –
Partiremos imediatamente depois do desjejum.

– Mas Dar...

– Diga a Clairby que você irá no meu carro hoje. Sim, Streggi? – A
acólita estava no umbral logo atrás de Tamalane.

A postura dos ombros de Tamalane ao partir dizia que ela não havia
apreciado seu novo assento na viagem. *Sobre brasas ardentes!* Mas o
comportamento de Tam se adequava às necessidades delas.

– Podemos seguir até o terminal de observação – Streggi informou,
indicando que ela ouvira tudo. – Vamos levantar um pouco de poeira e
areia, mas é seguro.

– Então vamos apressar o desjejum.

Quanto mais elas se aproximavam do deserto, mais infértil o terreno se tornava, e Odrade comentou a respeito disso à medida que avança-
vam rapidamente para o sul.

Depois de cem quilômetros da última fronteira do deserto, elas viram sinais de comunidades abandonadas e removidas para latitudes
mais frias. Fundações desnudas, paredes irrecuperáveis danificadas durante a desmontagem e deixadas para trás. Tubulações cortadas no nível
da fundação. Caro demais para desenterrá-las. A areia não tardaria em
encobrir toda aquela bagunça.

Elas não possuíam uma Muralha Escudo ali como houvera em Duna,
Odrade comentou para Streggi. Algum dia, muito em breve, a população
de Casa Capitular teria de ser toda removida para as regiões polares e
minar o gelo por água.

– É verdade, Madre Superiora, que já estamos confeccionando equipamento para colher especiaria? – alguém na parte de trás, junto a Tamalane, questionou.

Odrade se virou em seu assento. A pergunta havia sido feita por
uma escriturária de comunicações, uma acólita sênior: uma mulher mais
velha com rugas de responsabilidade entalhadas profundamente no cenho; séria e com os olhos estreitos pelas longas horas diante do equipamento que usava.

– Devemos nos preparar para os vermes – Odrade respondeu.

– Se eles vierem – Tamalane atalhou.

– Você já andou no deserto, Tam? – Odrade indagou.

– Estive em Duna. – Uma resposta concisa.

– Mas você foi para o deserto aberto?

– Somente até algumas pequenas dunas próximas a Kina.

– Não é a mesma coisa. – Uma resposta concisa merecia uma réplica à altura.

– As Outras Memórias me dizem o que preciso saber. – Isso era para as acólitas.

– Não é a mesma coisa, Tam. Você mesma deve fazer isso. Era uma sensação muito curiosa em Duna, sabendo que um verme poderia surgir a qualquer instante e consumi-la.

– Ouvi sobre a sua... façanha em Duna.

Façanha. Não "experiência". Façanha. Muito precisa em sua censura. Era de se esperar de Tam. "Muito de Bell se infundiu nela", algumas diriam.

– Caminhar naquela espécie de deserto muda uma pessoa, Tam. As Outras Memórias se tornam mais claras. Uma coisa é acessar as experiências de um ancestral fremen. Outra coisa completamente diferente é caminhar por lá sendo você mesma a fremen, mesmo que por poucas horas.

– Não gostei da experiência.

Eis a medida do espírito aventureiro de Tam, e todos naquele carro a haviam visto sob um péssimo prisma. As notícias iriam se espalhar.

De fato, sobre brasas ardentes!

Mas agora, a troca por Sheeana no conselho (*caso ela se adequasse*) teria uma explicação mais fácil.

O terminal de observação era uma vastidão de sílica fundida, verde e vítrea, com bolhas de calor por toda parte. Odrade estava de pé sobre a beira fundida e notou como a grama logo abaixo de si terminava em alguns tufos, a areia já invadindo as encostas mais baixas da colina que um dia fora verdejante. Podiam-se ver ervas-sal (plantadas pelo pessoal de Sheeana, informou alguém do séquito de Odrade) formando uma tela cinzenta e aleatória em todo o entorno dos dedos do deserto, que se alongavam cada vez mais. Uma guerra silenciosa. Vida baseada em clorofila lutando na retaguarda contra a areia.

Uma duna baixa se erguia à direita do terminal. Acenando para que as outras não a seguissem, ela escalou a colina e, logo além daquela massa de areia, o deserto da memória se descortinava.

Então é isso o que estamos criando.

Nenhum sinal de habitação. Odrade não olhou de volta para as coisas que cresciam e travavam, desesperadas, sua última luta contra as dunas invasoras, mas manteve sua atenção focada mais além, no horizonte. Ali estava a fronteira que os habitantes do deserto observavam. Qualquer coisa que se movesse naquele amplo terreno seco era potencialmente perigosa.

Ao retornar para as outras, ela varreu com o olhar a superfície vítrea do terminal por algum tempo.

A acólita mais velha de comunicações se aproximou de Odrade com uma solicitação do controle meteorológico.

Odrade perscrutou o documento. Conciso e inescapável. Nada de inesperado nas mudanças detalhadas naquelas palavras. Eles solicitavam mais equipamentos terrestres. Não foi algo que chegou com a brusquidão de uma tempestade acidental, mas com a decisão da Madre Superiora.

Ontem? Decidi eliminar o mar aos poucos apenas ontem?

Ela devolveu o documento para a acólita de comunicações e olhou para além dela, na direção do terreno marcado pela areia.

– Solicitação aprovada. – Em seguida: – Ver todas aquelas construções arruinadas lá atrás me entristece.

A acólita deu de ombros. *Deu de ombros!* Odrade sentiu vontade de bater nela. (E isso teria enviado ondas de perturbação por toda a Irmandade!)

Odrade deu as costas para a mulher.

O que eu poderia ter dito a ela? Estamos neste lugar por um período de tempo cinco vezes maior do que a vida de nossas irmãs mais velhas. E essa aí dá de ombros.

Entretanto... para certos padrões, ela sabia que as instalações da Irmandade mal haviam alcançado a maturidade. Plás e açoplás tendiam a manter uma relação ordeira entre construções e seu entorno. *Fixos na terra e na memória.* Vilas e cidades não se submetiam facilmente a outras forças... exceto aos caprichos humanos.

Outra força natural.

O conceito de respeito pela idade era algo curioso, ela decidiu. Os humanos carregavam-no de forma inata. Ela vira isso no velho bashar quando ele falava das posses de sua família em Lernaeus.

"Consideramos adequado manter a decoração de minha mãe."

Continuidade. Será que um ghola redivivo também traria esses sentimentos?

É aqui que aqueles de minha espécie estiveram.

Isso adquiria um verniz peculiar quando "minha espécie" era considerada ancestral por laços de sangue.

Veja por quanto tempo nós, Atreides, persistimos em Caladan, restaurando o velho castelo, polindo os entalhes profundos em madeira antiga. Equipes inteiras de trabalhadores apenas para manter o velho lugar que vivia rangendo em um nível quase tolerável de funcionalidade.

Mas aqueles trabalhadores não acreditavam que estavam sendo mal empregados. Havia um senso de privilégio em seus afazeres. Mãos que poliam a madeira em uma espécie de carícia.

– Antiga. Já está com os Atreides há muito tempo.

Pessoas e seus artefatos. Ela percebia o senso de ferramenta como uma parte viva de si mesma.

"Sou melhor por causa deste pedaço de madeira em minha mão... por causa desta laça afiada no fogo para matar minha carne... por causa deste abrigo contra o frio... por causa de meu sótão de pedra que armazena nossos suprimentos para o inverno... por causa desta embarcação rápida... deste gigantesco navio de cruzeiro oceânico... desta nave de metal e cerâmica que me carrega para o espaço..."

Aqueles primeiros aventureiros humanos que foram para o espaço – quão pouco eles suspeitavam de até onde a viagem se estenderia. Quão isolados estavam naqueles tempos ancestrais! Pequenas cápsulas de atmosfera habitável ligadas a fontes de dados desajeitadas por meio de sistemas primitivos de transmissão. Solidão. Isolamento. Oportunidades limitadas para qualquer coisa além da própria sobrevivência. Manter o ar limpo. Certificar-se da água potável. Exercitar-se para prevenir a debilitação que acompanha a falta de peso. Manter-se ativo. Mente sã em um corpo são. Mas o que era uma mente sã, afinal?

– Madre Superiora?

Aquela maldita acólita de comunicações outra vez!

– Sim?

– Bellonda pede que a informemos imediatamente de que chegou uma mensageira de Buzzell. Desconhecidos apareceram e levaram todas as Reverendas Madres embora.

Odrade se virou.

– Essa é toda a mensagem?

– Não, Madre Superiora. Os desconhecidos foram descritos como sendo um grupo comandado por uma mulher. A mensageira diz que ela tinha a aparência de uma Honorável Matre, mas não estava trajando um de seus mantos.

– Nada de Dortujla ou das outras?

– Elas não tiveram a oportunidade, Madre Superiora. A mensageira é uma acólita de primeiro estágio. Veio na pequena não nave seguindo ordens explícitas de Dortujla.

– Diga a Bell que essa acólita não deve receber permissão para partir. Ela possui informações perigosas. Vou instruir uma mensageira quando retornarmos. Deve ser uma Reverenda Madre. Vocês têm uma à disposição?

– É claro, Madre Superiora. – Ofendida diante da sugestão de dúvida.

Estava acontecendo! Odrade conteve a empolgação com dificuldade.

Elas morderam a isca. Agora... será que foram fisgadas?

Dortujla fez algo perigoso ao confiar em uma acólita desse jeito. Mas, conhecendo Dortujla, deveria ser uma acólita de extrema confiança. Preparada para se matar caso fosse capturada. Devo me encontrar com essa acólita. Ela pode estar pronta para a agonia. E talvez essa seja uma mensagem enviada por Dortujla. Seria de seu feitio.

Bell ficaria furiosa, é claro. *Tolice confiar em alguém proveniente de um posto de punição!*

Odrade convocou uma equipe de comunicações.

– Preparem um link com Bellonda.

O projetor portátil não era tão nítido quanto uma instalação fixa, mas Bell e seu ambiente eram reconhecíveis.

Sentada a minha mesa como se fosse dela. Excelente!

Sem dar chance a Bellonda para uma de suas explosões, Odrade falou:

– Verifique se aquela acólita mensageira está pronta para a agonia.

– Ela está. – *Deuses das profundezas! Isso foi conciso até para os padrões de Bell.*

– Então providencie para que isso aconteça. Talvez ela possa ser nossa mensageira.

– Já providenciei.

Herdeiras de Duna

– Ela é prestativa?

– Muito.

O que, em nome de todos os demônios, havia acontecido com Bell? Estava agindo de modo muito estranho. Ela não era assim, em absoluto. Duncan!

– Ah, e Bell, quero que Duncan tenha um link aberto com os Arquivos.

– Fiz isso esta manhã.

Bom, bom. O contato com Duncan surtira efeito.

– Falo com você depois de me encontrar com Sheeana.

– Diga a Tam que ela estava certa.

– Sobre o quê?

– Apenas diga isso a ela.

– Muito bem. Devo dizer, Bell, eu não poderia estar mais satisfeita quanto à forma como está lidando com as coisas.

– Depois da maneira como você me tratou, como eu poderia falhar?

Bellonda chegou a esboçar um sorriso enquanto encerravam a conexão. Odrade se virou e descobriu que Tamalane estava de pé logo atrás dela.

– Sobre o que você estava certa, Tam?

– De que há mais contatos entre Idaho e Sheeana do que suspeitamos. – Tamalane se aproximou de Odrade e baixou o tom de voz. – Não a coloque em meu lugar sem descobrir o que eles mantêm em segredo.

– Sei que está ciente de minhas intenções, Tam. Mas... sou tão transparente assim?

– Em alguns aspectos, Dar.

– Tenho sorte de tê-la como amiga.

– Você tem outras apoiadoras. Quando as censoras votaram, foi a sua criatividade que agiu em seu favor. "Inspirada" foi a forma como uma de suas defensoras se posicionou.

– Então você sabe que farei Sheeana caminhar sobre brasas ardentes com muita cautela antes de tomar uma de minhas decisões *inspiradas*.

– É claro.

Odrade gesticulou para que alguém de comunicações retirasse o projetor e foi aguardar na beira da área vítrea.

Imaginação criativa.

Ela sabia dos sentimentos conflitantes de suas associadas.

Criatividade!

Frank Herbert

Sempre perigosa para o poder entrincheirado. Sempre inventando algo novo. Coisas novas podiam destruir o jugo da autoridade. Até mesmo as Bene Gesserit abordavam a criatividade com receio. Manter o barco equilibrado inspirava alguns tripulantes a isolar aqueles que causam instabilidades. Esse era o elemento por trás da punição de Dortujla. O problema era que as pessoas criativas tendiam a apreciar os locais mais retirados. Chamam isso de *privacidade*. Exigira muita energia desentocar Dortujla.

Fique bem, Dortujla. Seja a melhor isca que já usamos.

Por fim, os tópteros apareceram – dezesseis deles, com seus pilotos desgostosos por terem recebido ordens adicionais depois de toda a comoção à qual haviam sido submetidos. *Transportar comunidades inteiras!*

Com o humor volátil, Odrade observou os tópteros pousando na dura superfície vítrea, as ventoinhas das asas se dobrando em reentrâncias do casulo – cada nave como um inseto adormecido.

Um inseto projetado com uma aparência única por um robô ensandecido.

Quando já estavam suspensas no ar, Streggi, mais uma vez sentada ao lado de Odrade, perguntou:

– Veremos vermes da areia?

– Possivelmente. Mas ainda não recebemos notificações de avistamentos.

Streggi se recostou, decepcionada com a resposta, mas incapaz de transformar esse sentimento em outra pergunta. A verdade pode ser incômoda às vezes, e elas haviam depositado muitas esperanças nessa aposta evolucionária, Odrade pensou.

Caso contrário, por que estaríamos destruindo tudo o que amamos em Casa Capitular?

Simulfluxo se entremeteu com uma imagem de uma placa antiquíssima ornando um arco de uma entrada estreita para uma construção de tijolos rosados: *HOSPITAL PARA DOENÇAS INCURÁVEIS.*

Fora ali que a Irmandade descobriu a si mesma? Ou fora o fato de terem tolerado inúmeros fracassos? Outras Memórias intrusivas tinham de ter propósito.

Fracassos?

Odrade vasculhou o pensamento: *caso aconteça, devemos considerar Murbella uma irmã.* Não que a Honorável Matre cativa fosse um fracasso incurável. Mas era uma pária e estava passando pelo treinamento profundo em uma idade já considerada avançada.

Todas estavam quietas ao redor de Odrade, observando a areia varrida pelos ventos – dunas-estrelas cedendo espaço, por vezes, a ondulações secas. O sol do início de tarde começara a prover iluminação lateral suficiente para definir as paisagens mais próximas. A poeira obscurecia o horizonte mais adiante.

Odrade se aninhou em seu assento e dormiu. *Já vi isso antes. Sobrevivi a Duna.*

A comoção que se formou enquanto elas baixavam de altitude e circundavam o Centro de Observação do Deserto de Sheeana acordou Odrade.

Centro de Observação do Deserto. De novo isso. Nem chegamos a nomeá-lo... Assim como não nomeamos este planeta. Casa Capitular! Que tipo de nome é esse? Centro de Observação do Deserto! Uma descrição, não um nome. Acentua o caráter temporário.

Enquanto realizavam a manobra descendente, Odrade notava confirmações de seu pensamento. O senso de alojamento temporário era amplificado pela rudeza espartana em todas as junções. Nada de suavidade, nenhum arredondamento de quaisquer conexões. *Isso se junta ali e aquilo vai acolá.* Tudo era unido por conectores removíveis.

Após uma aterrissagem cheia de solavancos, o piloto as despachou:

– Aqui estão e vão em paz.

Odrade foi imediatamente para o cômodo que sempre era reservado a ela e convocou Sheeana. Aposentos temporários: outro cubículo espartano com um catre duro. Dessa vez havia duas cadeiras. Uma janela dava um vislumbre do deserto ocidental. A natureza temporária desses cômodos a irritava. Qualquer coisa ali poderia ser desmantelada em horas e levada embora. Ela lavou o rosto no banheiro adjacente, aproveitando ao máximo o movimento. Dormira em uma posição incômoda no tóptero e seu corpo estava reclamando.

Refrescada, ela saiu e foi até a janela, grata pelo fato de a equipe de construção ter incluído essa torre: dez andares, e este era o nono. Sheeana ocupava o andar superior, um benefício por fazer o que o nome daquele lugar descrevia.

Enquanto aguardava, Odrade realizou os preparativos necessários.

Abrir a mente. Livrar-me de preconceitos.

As primeiras impressões, quando Sheeana chegar, devem ser vistas com olhos de ingenuidade. Os ouvidos não devem estar preparados para uma voz em particular. O nariz não deve esperar os odores dos quais se lembre.

Eu escolhi essa garota. Eu, sua primeira professora, sou suscetível a equívocos.

Odrade se virou ao notar um som vindo do umbral. Streggi.

– Sheeana acaba de retornar do deserto e está com seu pessoal. Ela pede que a Madre Superiora a encontre em seus aposentos no andar acima, que são mais confortáveis.

Odrade anuiu.

Os aposentos de Sheeana no último andar ainda possuíam aquela aparência pré-fabricada nas extremidades. Um abrigo rápido contra o deserto. Um cômodo amplo, seis ou sete vezes maior do que o cubículo dos visitantes, mas era tanto um escritório como um dormitório. Janelas em dois lados: oeste e norte. Odrade ficou perplexa com a mistura de funcionalidade e não funcionalidade.

Sheeana conseguira fazer que os ambientes refletissem a si mesma. Um catre padrão das Bene Gesserit havia sido coberto por uma colcha chamativa em laranja e marrom. Um desenho em linhas pretas sobre branco de um verme da areia, vindo contra o observador com seus dentes cristalinos à mostra, cobria uma parede. Sheeana o havia desenhado, buscando inspiração em suas Outras Memórias e na Duna de sua infância para guiar sua mão.

O fato de que ela não tentara uma representação mais ambiciosa dizia algo sobre Sheeana – talvez em cores, e em uma ambientação desértica mais tradicional. Era apenas o verme e um vestígio de areia sob ele, com uma diminuta figura humana no plano de frente.

Ela mesma?

Um controle admirável e um lembrete constante do motivo de ela estar ali. Uma impressão profunda da natureza.

A natureza não produz arte ruim?

Uma afirmação muito superficial para ser aceita.

O que queremos dizer com "natureza"?

Ela vira ermos *naturais* atrozes: árvores de aspecto quebradiço, como se houvessem sido mergulhadas em pigmento verde doentio e deixadas na beira de uma tundra para secar, tornando-se paródias horrendas.

Herdeiras de Duna

Repulsivas. Era difícil imaginar que tais árvores possuíssem algum propósito. E as cobras-de-vidro... Peles amareladas e viscosas. O que havia de arte nelas? Um passo temporário na jornada da evolução para outra direção. A intervenção humana por vezes fazia a diferença? Porclesmas! Os Bene Tleilax haviam produzido algo nojento nesse caso.

Admirando o desenho de Sheeana, Odrade decidiu que certas combinações ofendiam alguns sentidos humanos em particular. Porclesmas eram um alimento delicioso. Combinações horrendas afetavam experiências iniciais. Experiências julgavam.

Algo ruim!

Muito do que consideramos ARTE *fomenta nossos desejos de reafirmação. Não me ofenda! Eu sei o que posso aceitar.*

Como esse desenho reafirmava Sheeana?

Verme da areia: poder cego guardando riquezas ocultas. Trabalho artístico em beleza mística.

Era dito em alguns relatórios que Sheeana zombava de sua tarefa.

– Sou pastora de vermes que podem nunca existir.

E mesmo que aparecessem, demoraria anos para que qualquer um deles chegasse ao tamanho indicado por seu desenho. Era a voz dela que vinha daquela pequena figura diante do verme?

"Isso acontecerá no devido tempo."

Um odor de mélange impregnava o cômodo, mais forte do que o de costume para os aposentos de uma Reverenda Madre. Odrade vasculhou com o olhar a mobília: cadeiras, escrivaninha, iluminação de luciglobos fixos – tudo posicionado de forma a oferecer alguma vantagem. Mas o que era aquele monte no canto, com formato curioso e feito de plás negro? Outra obra de Sheeana?

Aqueles aposentos se adequavam a Sheeana, Odrade concluiu. Fora o desenho para fazê-la se lembrar de suas origens, a paisagem de qualquer uma das janelas poderia muito bem ter sido das profundezas de Dar-es-Balat, na inóspita Duna.

Um baixo farfalhar à porta alertou Odrade. Ela se virou e ali estava Sheeana. Com um jeito quase tímido, ela espiou à porta antes de entrar e ficar diante da Madre Superiora.

Movimento traduzido em palavras: *"Então ela veio mesmo aos meus aposentos. Bom. Alguém poderia ter sido negligente com meu convite".*

Frank Herbert

Os sentidos de Odrade, que haviam sido preparados, tiniam com a presença de Sheeana. A Reverenda Madre mais nova da história. Muitas vezes considerada a *Pequena e Quieta Sheeana*. Nem sempre ela era quieta, nem mesmo pequena, mas o apelido ficara. Nunca chegou a ser diminuta, mas com frequência era silenciosa como um roedor na beira de um campo de cultivo, aguardando o fazendeiro partir e, então, disparando para apanhar os grãos caídos.

Sheeana por fim adentrou o cômodo e parou a menos de um passo de Odrade.

– Ficamos muito tempo separadas, Madre Superiora.

A primeira impressão de Odrade foi estranhamente desordenada.

Franqueza e ocultação?

Sheeana permaneceu em receptividade silenciosa.

Essa descendente de Siona Atreides havia desenvolvido um rosto interessante sob a pátina Bene Gesserit. A maturidade agia sobre ela de acordo com os padrões tanto Bene Gesserit quanto Atreides. Marcas de inúmeras decisões tomadas com firmeza. A criança desgarrada, esguia, de pele negra e com cabelos castanhos queimados de sol havia se tornado essa equilibrada Reverenda Madre. A pele ainda estava queimada em virtude das longas horas em terreno aberto. O cabelo ainda tinha manchas de sol. Os olhos, em contrapartida... Aquele azul total acerado que dizia: "passei pela agonia".

O que é isto que pressinto nela?

Sheeana notou o olhar de Odrade (ingenuidade Bene Gesserit!) e sabia que este seria o confronto que há muito temia.

Não pode haver defesa além de minha verdade e espero que ela pare antes de uma confissão total!

Odrade observou sua antiga aluna com cuidado minucioso, todos os sentidos abertos.

Medo! O que pressinto? Algo quando ela falou?

A firmeza da voz de Sheeana havia sido moldada no instrumento poderoso que Odrade antecipara em seu primeiro encontro. A natureza original de Sheeana (uma natureza fremen, como todo fremen deveria ser!) havia sido controlada e redirecionada. Aquele cerne vingativo fora retirado com suavidade. Sua capacidade para amar e odiar havia sido refreada.

Por que tenho a impressão de que ela quer me abraçar?

Herdeiras de Duna

Odrade subitamente se sentiu vulnerável.

Essa mulher esteve dentro de minhas defesas. Jamais terei condições de excluí-la por completo outra vez.

O julgamento de Tamalane veio à mente de Odrade: *"Ela é uma daquelas que se mantêm reservadas. Lembra-se da irmã Schwangyu? Como ela, mas ainda melhor nisso. Sheeana sabe para onde está indo. Devemos observá-la com cautela. Você sabe, é o sangue Atreides".*

"Também sou Atreides, Tam."

"Não pense que nos esquecemos disso! Você acha que ficaríamos ociosas se a Madre Superiora decidisse se reproduzir por conta própria? Há limites para nossa tolerância, Dar."

– De fato, demoramos muito para fazer esta visita, Sheeana.

O tom da voz de Odrade alertou Sheeana. De súbito, ela devolveu o olhar com aquele que a Irmandade chamava de "placidez B.G."; provavelmente, não havia nada mais plácido no universo, e tal olhar não passava de uma máscara para ocultar o que se passava por trás dele. Não era só uma barreira, era um *nada*. Qualquer coisa naquela máscara seria uma transgressão. Isso, por si só, era uma traição. Sheeana percebeu de imediato e respondeu com uma risada.

– Eu sabia que a senhora viria sondar! A conversa com Duncan usando as mãos, correto? *Por favor, Madre Superiora! Aceite isto.*

– Tudo, Sheeana.

– Ele quer que alguém os resgate caso as Honoráveis Matres ataquem.

– Só isso? *Ela pensa que sou uma completa idiota?*

– Não. Ele quer informações sobre nossas intenções... e o que estamos fazendo para enfrentar a ameaça das Honoráveis Matres.

– O que você contou a ele?

– Tudo o que podia. – *A verdade é minha única arma. Tenho que desviar a atenção dela!*

– Você é amiga dele na corte, Sheeana?

– Sim!

– Eu também.

– Mas Tam e Bell não?

– Minhas informantes dizem que Bell agora o tolera.

– Bell? Tolerante?

Frank Herbert

– Você a julga injustamente, Sheeana. É uma de suas falhas. – *Ela está escondendo algo. O que você fez, Sheeana?*

– Sheeana, você acha que conseguiria trabalhar com Bell?

– Por que eu a provoco? – *Trabalhar com Bell? O que ela quer dizer com isso? Que não seja para Bell liderar aquele maldito projeto da Missionaria!*

Um leve estremecer ergueu os cantos da boca de Odrade. *Outra zombaria? Seria isso?*

Sheeana era o assunto principal das fofocas nos refeitórios da Central. Histórias de como ela provocara as Mestras em Reprodução (Bell, em especial) e relatos detalhadamente elaborados – mais picantes do que a própria comida – das formas de sedução executadas em comparação com as técnicas das Honoráveis Matres de Murbella. Odrade ouvira trechos da história mais recente havia apenas dois dias. E falou:

– Ela disse: "Empreguei o método *deixe-o que se comporte mal*. Muito efetivo com homens que pensam estar levando você para o mau caminho".

– Provocar? É isso o que você faz, Sheeana?

– Uma palavra apropriada: evocar uma nova forma indo contra a inclinação natural. – No instante em que essas palavras foram enunciadas, Sheeana soube que cometera um erro.

Odrade sentiu uma calmaria ominosa. *Nova forma?* Seu olhar se desviou para a massa negra de formato curioso em um canto. Observou-a com uma fixação que a surpreendeu. Aquilo drenava a visão. A Madre Superiora tentou sondar em busca de coerência, algo que *falasse* com ela. Nada respondia, nem mesmo quando ela sondava até alcançar os próprios limites. *E esse é o propósito dessa coisa!*

– Eu a chamo de "Vazio" – Sheeana informou.

– É sua? – *Por favor, Sheeana. Diga que outra pessoa esculpiu isso. Essa pessoa foi para um lugar que não posso seguir.*

– Eu a criei certa noite, há cerca de uma semana.

Plás negro foi a única coisa a que você deu nova forma?

– Um comentário fascinante sobre a arte em geral.

– E não sobre a arte em específico?

– Tenho um problema com você, Sheeana. Você preocupa algumas irmãs. – *E a mim. Há um lugar selvagem dentro de você que nós não descobrimos. Os marcadores genéticos dos Atreides que Duncan nos disse para buscar estão em suas células. O que eles lhes deram?*

Herdeiras de Duna

– Preocupo minhas irmãs?

– Em especial quando se lembram de que você foi a mais jovem a sobreviver à agonia.

– Exceto pelas Abominações.

– É isso o que você é?

– Madre Superiora! – *Ela nunca me magoou de forma deliberada, exceto quando havia uma lição a ser ensinada.*

– Você passou pela agonia como um ato de desobediência.

– A senhora não diria que agi contra conselhos mais maduros? – *Por vezes o humor a distraía.*

Prester, a acólita assistente de Sheeana, chegou à porta e bateu de forma suave no batente até que tivesse atraído a atenção de ambas.

– A senhora solicitou que eu a informasse de imediato quando as equipes de busca retornassem.

– O que elas relatam?

Alívio na voz de Sheeana?

– A equipe oito deseja que a senhora verifique suas varreduras.

– Elas sempre querem isso! – Sheeana, então, falou com frustração forçada: – A senhora deseja verificar as varreduras comigo, Madre Superiora?

– Esperarei aqui.

– Isso não deve demorar.

Quando as outras partiram, Odrade foi até a janela ocidental: uma paisagem clara sobre os telhados para o novo deserto. Havia pequenas dunas ali. O sol estava quase se pondo e aquele calor seco que tanto lembrava Duna.

O que Sheeana está escondendo?

Um jovem, pouco mais do que um garoto, tomava sol, nu, em um telhado próximo, de rosto para cima em um colchonete verde-mar e uma toalha dourada sobre a face. Sua pele tinha um tom bronzeado que combinava com a toalha e com seus pelos pubianos. Uma brisa tocou o canto da toalha e a ergueu. Uma de suas mãos se ergueu languidamente e colocou o tecido de volta no lugar.

Como ele pode estar tão ocioso? Trabalhador noturno? Era provável.

O ócio não era encorajado, e esse rapaz o estava pavoneando. Odrade sorriu consigo mesma. Qualquer pessoa poderia ser justificada por assumir que ele era um trabalhador noturno. Ele talvez estivesse con-

Frank Herbert

fiando nessa suposição específica. O truque era não ser visto por aqueles que sabiam não ser verdade.

Não questionarei. A inteligência merece algumas recompensas. E, afinal de contas, ele poderia ser mesmo um trabalhador noturno.

Odrade ergueu o olhar. Um novo padrão emergira ali: ocasos exóticos. Uma faixa alaranjada estreita desenhada contra o horizonte, alargando-se onde o sol acabara de mergulhar sob o terreno. Um azul prateado sobre o laranja escurecia logo acima. Ela vira aquilo diversas vezes em Duna. Havia explicações meteorológicas com as quais ela não se importava o bastante para explorar. Melhor deixar os olhos absorverem essa beleza transitória; melhor deixar os ouvidos e a pele sentirem a súbita tranquilidade sobre aquela região com as céleres trevas que baixavam após o desaparecimento do brilho alaranjado.

De forma difusa, Odrade notou o jovem pegando o colchonete e a toalha e desaparecendo atrás de um exaustor.

Som de passos apressados no corredor atrás de si. Sheeana entrou quase sem fôlego.

– Encontraram uma massa de especiaria a trinta quilômetros a nordeste daqui! Pequena, mas compacta!

Odrade não ousava alimentar esperanças.

– Poderia ser um acúmulo criado pelo vento?

– Não é provável. Criei um sistema de rotação de vigilância sobre o deserto. – Sheeana relanceou na direção da janela. *Ela viu Trebo. Talvez...*

– Perguntei há pouco, Sheeana, se você trabalharia com Bell. É uma pergunta importante. Tam está ficando muito velha e preciso substituí-la em breve. Deve haver uma votação, é claro.

– Eu? – Aquilo era totalmente inesperado.

– Minha primeira escolha. – *Agora de forma imperativa. Eu a quero próxima de mim, onde posso ficar de olho em você.*

– Mas pensei que... Quero dizer, o plano da Missionaria...

– Isso pode esperar. E deve haver outra pessoa que possa pastorear os vermes... Se aquela massa de especiaria for o que esperamos.

– O quê? Sim... diversas pessoas, mas nenhuma que... A senhora não quer me testar para saber se os vermes ainda respondem a mim?

– O trabalho no conselho não deve interferir nisso.

– Eu... A senhora pode notar que estou surpresa.

Herdeiras de Duna

– Eu diria chocada. Diga-me, Sheeana, o que de fato a interessa ultimamente?

Ainda sondando. Trebo, sirva a meus propósitos!

– Garantir que o deserto cresça bem. – *Verdade!* – E minha vida sexual, é claro. A senhora viu o jovem no telhado ao lado? Trebo, o rapaz novo que Duncan me enviou para refinamento.

Mesmo após a partida de Odrade, Sheeana se perguntava por que aquelas palavras causaram tamanho divertimento. De toda forma, a Madre Superiora havia sido ludibriada.

Não houvera a necessidade de desperdiçar sua posição de recuo; a verdade: *"Estivemos discutindo a possibilidade de eu imprimir Teg e restaurar as memórias do bashar dessa maneira".*

A confissão total havia sido evitada. *A Madre Superiora não descobriu que inventei uma forma sorrateira de reativar nossa prisão não nave e desativar as minas que Bellonda instalou.*

Nenhum adoçante é capaz de ocultar algumas formas de amargor. Se está amargo, cuspa. Era o que nossos ancestrais mais antigos faziam.

– A Suma

Murbella percebeu-se levantando durante a noite para continuar um sonho, ainda que estivesse bem acordada e ciente de tudo que a cercava: Duncan dormindo ao seu lado, o suave tiquetaquear do maquinário, a cronoprojeção no teto. Ultimamente, ela insistia na presença de Duncan durante a noite, temerosa quando ficava solitária. Ele culpava a quarta gravidez.

Ela sentou-se na beira da cama. O quarto tinha uma aparência fantasmal sob a luz tênue do crono. As imagens do sonho persistiam.

Duncan resmungou e rolou em sua direção. Um braço esticado envolveu as pernas de Murbella.

Ela sentiu que aquela intrusão não era algo onírico, embora possuísse algumas dessas características. Os ensinamentos Bene Gesserit eram os responsáveis. Elas e suas malditas sugestões sobre Scytale e... e tudo o mais! Precipitavam movimentos que Murbella não podia controlar.

Naquela noite, estava perdida em um mundo insano de mundos. A causa era clara. Bellonda, naquela manhã, descobrira que Murbella falava nove idiomas e havia iniciado a suspeita acólita em um caminho mental chamado "Herança Linguística". Mas a influência de Bell naquela insanidade noturna não fornecia escapatórias.

Pesadelo. Ela era uma criatura de dimensões microscópicas, aprisionada em um enorme local cheio de ecos, rotulado em letras gigantes para todos os lados que ela se virasse: "Reservatório de Dados". Palavras animadas com mandíbulas ameaçadoras e temíveis tentáculos a rodeavam.

Feras predadoras, e ela era a presa!

Desperta e ciente de que estava sentada na beira da cama, com o braço de Duncan ao redor de suas pernas, ela ainda via as feras. Elas a cercavam, fazendo-a recuar. Murbella *sabia* que estava recuando, ainda que seu corpo não se movesse. Elas a encurralavam contra um terrível desastre que Murbella não era capaz de ver. Sua cabeça não virava! Ela não só via as criaturas (que escondiam partes de seu quarto) como as ouvia em uma cacofonia de seus nove idiomas.

Vão me estraçalhar!

Apesar de não poder se virar, ela pressentia o que se encontrava atrás de si: mais dentes e garras. Ameaça por toda a sua volta! Se conseguissem encurralá-la, iriam atacar e Murbella estaria perdida.

Acabada. Morta. Vítima. Cativa-torturada. Ridicularizada.

Foi tomada pelo desespero. Por que Duncan não acordava para salvá-la? O braço dele era um peso morto, parte da força que a restringia e que permitia àquelas criaturas que a conduzissem para o interior da bizarra armadilha que haviam armado. Ela tremia. Suor encharcava seu corpo. Palavras terríveis! Uniam-se em combinações gigantescas. Uma criatura de presas afiadas avançou até ficar diante de Murbella, que viu mais palavras nas trevas que se estendiam no espaço entre aquelas mandíbulas.

Olhe mais para cima.

Murbella começou a rir. Não tinha qualquer controle sobre aquilo. *Olhe mais para cima. Acabada. Morta. Vítima...*

A risada acordou Duncan. Ele se sentou, ativou um pequeno luciglobo e a encarou. Como ele parecia desgrenhado após a colisão sexual que ocorrera há pouco.

A expressão dele pairava entre curiosidade e descontentamento por ter sido acordado.

– Por que está rindo?

A risada deu lugar a uma respiração ofegante. Seus flancos doíam. Ela temia que o sorriso acanhado de Duncan precipitasse um novo espasmo.

– Ah... ah! Duncan! Colisão sexual!

Ele sabia que aquele era o termo que ambos empregavam para o vício que os unia, mas por que isso a fazia rir?

Sua expressão questionadora pareceu burlesca a Murbella.

Entre um ofegar e outro, ela disse:

– Mais duas palavras. – E então cobriu a boca para evitar outro acesso.

– O quê?

A voz de seu companheiro era a coisa mais engraçada que ela jamais ouvira. Ela projetou uma das mãos na direção dele e meneou a cabeça.

– Ahhh... ahhh...

– Murbella, o que há de errado com você?

Menear a cabeça era tudo o que ela conseguia fazer.

Ele tentou esboçar um sorriso. Isso a reconfortou e ela se reclinou sobre Duncan.

– Não! – ela exclamou quando a mão direita dele começou a se mover. – Só quero ficar perto de você.

– Veja que horas são. – Ele ergueu o queixo na direção da projeção no teto. – Quase três.

– Foi tão engraçado, Duncan.

– Então conte para mim.

– Quando recuperar meu fôlego.

Ele a deitou contra o travesseiro.

– Somos como um maldito casal de idosos. Histórias engraçadas no meio da noite.

– Não, meu querido, somos diferentes.

– Uma questão de graduação, nada mais.

– Qualidade – ela insistiu.

– O que foi tão engraçado?

Ela descreveu seu pesadelo e a influência de Bellonda.

– Zen-sunita. Uma técnica muito antiga. As irmãs a utilizam para livrar uma pessoa de suas conexões traumáticas. Palavras que incitam respostas inconscientes.

O medo retornou.

– Murbella, por que você está tremendo?

– As professoras Honoráveis Matres nos avisaram de que coisas terríveis aconteceriam se caíssemos em mãos zen-sunitas.

– Besteira! Passei pelo mesmo como Mentat.

As palavras de Duncan invocaram outro fragmento onírico. Uma fera de duas cabeças. Ambas as bocarras se abriram. Havia palavras ali. Na esquerda “Uma palavra”, e na direita “leva a outra”.

A hilaridade substituiu o medo. Acalmou as risadas.

– Duncan!

– Hmmmmmmm. – Distanciamento Mentat naquele som.

– Bell disse que as Bene Gesserit usam palavras como armas... Voz. “Ferramentas de controle”, foi como ela as chamou.

– Uma lição que você deve incorporar quase como instinto. Elas nunca vão confiar treinamentos mais aprofundados a você até que aprenda isso.

Herdeiras de Duna

E eu não confiarei em você depois disso.

Ela rolou para longe dele e observou os olhos-com cintilando no teto ao redor da projeção do horário.

Ainda estou em estágio probatório.

Ela tinha consciência de que suas professoras discutiam a seu respeito em caráter privado. Conversas eram interrompidas quando ela se aproximava. Encaravam-na de uma forma diferente, como se Murbella fosse um espécime interessante.

A voz de Bellonda atulhava sua mente.

Tentáculos de pesadelo. Já era meio da manhã e o miasma do suor de seus esforços lhe invadia as narinas. A aluna em provação estava a respeitosos três passos da Reverenda Madre. A voz de Bell: "Nunca seja uma especialista. Isso a deixará completamente fechada".

Tudo isso porque perguntei se não havia palavras para guiar as Bene Gesserit.

– Duncan, por que elas misturam ensinamentos mentais e físicos?

– Mente e corpo reforçam-se mutuamente. – Sonolento. *Maldito seja! Ele está voltando a dormir.*

Ela chacoalhou o ombro de Duncan.

– Se palavras são tão desimportantes, por que elas falam tanto sobre disciplina?

– Padrões – ele resmungou. – Palavra asquerosa.

– O quê? – Ela o chacoalhou mais vigorosamente.

Ele se virou para deitar de costas, movimentando os lábios, então:

– Disciplina é igual a padrões que é igual a um caminho ruim de seguir. Elas dizem que somos todos criadores naturais de padrões... O que significa "ordem" para elas, creio eu.

– Por que isso é tão ruim?

– Oferece aos outros formas de nos destruir ou de nos aprisionar em... em coisas que não mudaremos.

– Você está errado sobre mente e corpo.

– Hmmmm?

– São as pressões que nos prendem uns aos outros.

– Não foi isso o que eu disse? Ei! Vamos conversar, dormir ou o quê?

– Chega de "ou o quê". Não nesta noite.

Um grande suspiro inflou o peito de Duncan.

Frank Herbert

– O objetivo delas não é melhorar minha saúde – ela disse.

– Ninguém disse que era esse o objetivo delas.

– Isso vem mais tarde, depois da agonia. – Murbella sabia que ele odiava lembretes sobre aquele ordálio mortal, mas não havia como evitar. A expectativa preenchia sua mente.

– Muito bem! – Duncan se sentou, ajeitou o travesseiro e recostou-se nele para estudar Murbella. – O que foi?

– Elas são tão espertas com suas palavras-armas, malditas! Ela trouxe Teg até você e lhe disse que estaria completamente responsável por ele.

– Você não acredita nisso?

– Ele o considera como pai.

– Não necessariamente.

– Não, mas... é assim que você considera o bashar?

– Quando ele restaurou minhas memórias? Sim.

– Vocês são um par de órfãos intelectuais, sempre procurando por pais que não estão presentes. Ele não faz a menor ideia de quanto você o machucará.

– Isso tende a separar a família.

– Então você odeia o bashar que há nele, e está satisfeito em machucá-lo?

– Não foi o que eu disse.

– Por que ele é tão importante?

– O bashar? Um gênio militar. Sempre faz o inesperado. Atordoa seus oponentes por aparecer onde nunca o esperam.

– E qualquer um não pode fazer isso?

– Não da forma como ele faz. Ele inventa táticas e estratégias. Assim! – Estalando os dedos.

– Mais violência. Tais como as Honoráveis Matres.

– Nem sempre. O bashar tinha uma reputação de ganhar sem batalhar.

– Eu vi as histórias.

– Não confie nelas.

– Mas você acabou de dizer...

– Histórias focalizam os confrontos. Há um pouco de verdade nelas, mas escondem coisas mais persistentes que continuam apesar das revoltas.

Herdeiras de Duna

– Coisas persistentes?

– Que história menciona a mulher no arrozal, conduzindo seu búfalo à frente de um arado enquanto o marido está longe, provavelmente alistado, carregando uma arma?

– Por que isso seria persistente e mais importante do que...

– Seus bebês, que estão em casa, precisam de comida. O homem está ausente nesta loucura incessante? Alguém precisa arar. Ela é uma imagem verdadeira da persistência humana.

– Você soa tão amargo... Acho isso curioso.

– Considerando minha *história* militar?

– Isso, sim. As Bene Gesserit dão ênfase ao... ao seu bashar e às suas tropas de elite e...

– Você acha que elas não passam de pessoas presunçosas falando e falando sobre sua violência presunçosa? Elas atropelarão a mulher com seu arado?

– Por que não?

– Porque muito pouco lhes escapa. As violentas *passarão* pela mulher do arado e raramente verão que tocaram a realidade básica. Uma Bene Gesserit jamais deixaria passar uma coisa dessas.

– Mais uma vez: por que não?

– As presunçosas têm uma visão limitada porque percorrem uma realidade-mortal. A mulher e seu arado são a realidade-vital. Sem realidade-vital, não haveria humanidade. Meu Tirano sabia disso. As irmãs o abençoam por isso ao mesmo tempo que o amaldiçoam.

– Então você é um participante voluntário no sonho delas.

– Acho que sou. – Ele pareceu surpreso.

– E está sendo completamente honesto com Teg?

– Ele pergunta, dou respostas francas. Não acredito em agir com violência diante da curiosidade.

– E você assume total responsabilidade por ele?

– Não foi exatamente isso o que ela disse.

– Ahhhhh, meu amado. Não foi *exatamente* isso o que ela disse. Você chama Bell de hipócrita e não inclui Odrade. Duncan, se você soubesse...

– Já que estamos ignorando os olhos-com, diga logo!

– Mentira, trapaças, depravações...

– Ei! As Bene Gesserit?

– Elas usam aquela velha desculpa: irmã A fez isso, então, se eu fizer, não vai ser tão ruim. Dois crimes se cancelam mutuamente.

– Quais crimes?

Ela hesitou. *Devo contar a ele? Não. Mas ele espera algum tipo de resposta.*

– Bell se deleita com o fato de que os papéis estão invertidos entre você e Teg! Ela mal pode esperar pela dor que você causará a ele.

– Talvez devêssemos desapontá-la. – Ele soube que havia sido um erro dizer isso assim que as palavras saíram de sua boca. *Cedo demais.*

– Justiça poética! – Murbella estava regozijante.

Desvie a atenção delas!

– Elas não estão interessadas em justiça. Imparcialidade, sim. Elas possuem uma homilia para isso: "Aqueles contra quem um julgamento é decretado devem aceitar sua imparcialidade".

– Então elas o condicionam a aceitar o julgamento que fazem.

– Há brechas em qualquer sistema.

– Sabe, querido, acólitas aprendem certas coisas.

– É por isso que são acólitas.

– Quero dizer que nós conversamos umas com as outras.

– Nós? Você é uma acólita? Você é uma prosélita!

– Seja lá o que eu for, ouvi histórias. Seu Teg pode não ser o que ele aparenta ser.

– Fofoca de acólitas.

– Há histórias vindas de Gammu, Duncan.

Ele a encarou. *Gammu? Ele nunca fora capaz de conceber o planeta por qualquer outro nome além do original: Giedi Primo. Inferno Harkonnen.*

Ela entendeu que o silêncio de Idaho era um convite para que continuasse.

– Dizem que Teg se movia mais rápido do que os olhos podem ver, que ele...

– É provável que ele mesmo tenha começado tais boatos.

– Algumas irmãs não os desconsideram. Elas adotam uma postura de "ver para crer". Querem precauções.

– Você não aprendeu nada sobre Teg a partir de suas preciosas *histórias*? Seria algo típico dele iniciar tais boatos. Faz que as pessoas fiquem mais cautelosas.

Herdeiras de Duna

– Mas lembre-se de que eu estava em Gammu naquela época. As Honoráveis Matres estavam muito perturbadas. Enfurecidas. Algo dera errado.

– Claro. Teg fez o inesperado. Surpreendeu-as. Roubou uma de suas não naves. – Duncan bateu com a mão contra a parede atrás de si. – Esta aqui.

– A Irmandade possui um território proibido, Duncan. Elas sempre me dizem para esperar pela agonia. Tudo será esclarecido. Malditas sejam!

– Parece que elas a estão preparando para os ensinamentos da Missionaria. Engenharia de religiões para propósitos específicos e populações selecionadas.

– Você não vê nada de errado nisso?

– Moralidade. Não discuto isso com Reverendas Madres.

– Por que não?

– Religiões vão a pique naquelas rochas. As B.G. não vão a pique. *Duncan, se você conhecesse a moralidade delas!*

– O que as irrita é o fato de você saber tanto sobre elas.

– Bell só quis me matar por causa disso.

– Você não acha que Odrade é tão ruim quanto ela?

– Mas que pergunta! – *Odrade? Uma mulher temível caso você se deixe seduzir pelas habilidades dela. Afinal, é uma Atreides. Já conheci Atreides e Atreides. Essa é Bene Gesserit em primeiro lugar. Teg é o ideal Atreides.*

– Odrade me diz que confia em sua lealdade aos Atreides.

– Sou leal à honra dos Atreides, Murbella. – *E tomo minhas próprias decisões morais: sobre a Irmandade, sobre essa criança que colocaram aos meus cuidados, sobre Sheeana e... sobre minha amada.*

Murbella se inclinou na direção dele, os seios roçando o braço de Duncan, e sussurrou em sua orelha.

– Por vezes, acho que poderia matar qualquer uma delas que esteja ao meu alcance!

Ela pensa que as irmãs não podem ouvi-la? Duncan sentou-se ereto, arrastando-a consigo.

– O que te deixou assim?

– *Ela* quer que eu persuada Scytale.

Persuadir. Eufemismo das Honoráveis Matres. *Bem, por que não? Ela "persuadiu" diversos homens antes de entrar em conflito comigo.* Mas Duncan teve uma reação antiquada de marido. E não apenas isso... Scytale? Um maldito Tleilaxu?

– A Madre Superiora? – Ele precisava ter certeza.

– Ela mesma. – Agora que descarregara aquele fardo, Murbella estava quase de coração leve.

– Qual foi a sua reação?

– Ela diz que foi ideia sua.

– Minha... Sem chance! Sugeri que poderíamos tentar arrancar alguma informação dele, mas...

– Ela diz que é uma coisa comum para as Bene Gesserit, assim como é para as Honoráveis Matres. Vá procriar com este aqui. Seduza aquele ali. Faz parte do trabalho.

– Eu perguntei qual foi a *sua* reação.

– Fiquei revoltada.

– Por quê? – *Conhecendo seu histórico...*

– É você quem eu amo, Duncan, e... meu corpo é... para te dar prazer... assim como você...

– Somos um casal de idosos e as bruxas estão tentando nos separar.

Tais palavras incitaram nele mesmo uma clara visão de lady Jéssica, amante de seu duque, morto há muito, e mãe de Muad'Dib. *Eu a amava. Ela não me amava, mas...* O olhar que ele via agora nos olhos de Murbella já havia notado em Jéssica ao fitar o duque daquela forma: amor cego e inabalável. Aquilo de que as Bene Gesserit desconfiavam. Jéssica fora mais flexível que Murbella. Embora tivesse sido bem inflexível. E Odrade... Ela fora inflexível desde o começo. Toda de açoplás.

E quanto às ocasiões em que ele suspeitou que ela compartilhava emoções humanas? A forma como ela falava do bashar quando descobriram que o velho havia morrido em Duna.

"Ele era meu pai, sabia?"

Murbella o tirou do devaneio.

– Você pode partilhar do sonho delas, seja lá qual for, mas...

– Amadureçam, humanos!

– O quê?

– Esse é o sonho delas. Comecem a agir como adultos, não como crianças nervosas no pátio da escola.

– Mamãe sabe de tudo?

– Sim... Creio que ela saiba.

– É assim que você realmente as vê? Mesmo quando as chama de bruxas?

– É uma boa palavra. Bruxas fazem coisas misteriosas.

– Você não acredita que seja o treinamento longo e severo, somado à especiaria e à agonia?

– O que acreditar tem a ver com isso? O que é desconhecido cria sua própria mística.

– Mas você não acha que elas enganam as pessoas para que façam o que elas querem?

– É claro que fazem isso!

– Palavras como armas, Voz, Impressoras...

– Nenhuma delas é mais bela do que você.

– O que é beleza, Duncan?

– Há estilos de beleza, é claro.

– É exatamente o que ela diz. "Estilos baseados em raízes procriadoras soterradas tão profundamente em nossa psiquê racial que não ousamos removê-las." Então elas já pensaram em se meter nisso, Duncan.

– E elas podem ousar qualquer coisa?

– Ela diz: "Não distorceremos nossa progênie em algo que julguemos não humano". Elas julgam, elas condenam.

Idaho pensou nas figuras forasteiras de suas visões. Dançarinos Faciais. E perguntou:

– Como os amorais Tleilaxu? Amorais, não humanos.

– Quase consigo ouvir as engrenagens na cabeça de Odrade. Ela e suas irmãs... observam, escutam, confeccionam cada resposta, tudo calculado.

É isso o que você quer, minha querida? Ele se sentia aprisionado. Ela estava certa e estava errada. Os fins justificam os meios? Como ele poderia justificar a perda de Murbella?

– Você as considera amorais? – ele questionou.

Foi como se ela não o tivesse ouvido.

– Sempre perguntando a si mesmas o que dizer em seguida para obter a resposta desejada.

– Que resposta? – Ela não era capaz de ouvir a dor na voz dele?

– Não se sabe até ser tarde demais! – Ela se virou e o encarou. – Exatamente como as Honoráveis Matres. Você sabe como as Honoráveis Matres me aprisionaram?

Duncan não conseguia suprimir a percepção de quão ávidas as cães de guarda estavam pelas próximas palavras de Murbella.

– Fui apanhada das ruas depois de um rastreio das Honoráveis Matres. Acho que aquele rastreio foi por minha causa. Minha mãe era muito bela, mas velha demais para as Honoráveis Matres.

– Um rastreio? – *As cães de guarda queriam que eu perguntasse isso.*

– Elas vasculham uma área e as pessoas desaparecem. Não sobram corpos, nada. Famílias inteiras somem. É interpretado como uma punição por haver pessoas maquinando contra elas.

– Quantos anos você tinha?

– Três... talvez quatro. Estava brincando com amigos em uma clareira sob as árvores. De repente, ouvimos muito barulho e gritaria. Nós nos escondemos atrás de algumas pedras.

Ele foi surpreendido pela visão daquele drama.

– O chão estremeceu. – O olhar dela se voltou para o interior com as memórias. – Explosões. Depois de algum tempo tudo ficou quieto e espiamos para fora de nosso esconderijo. Todo o quarteirão, onde era minha casa, havia se tornado um buraco no chão.

– Você ficou órfã?

– Eu me lembro de meus pais. Meu pai era um camarada grande, robusto. Acho que minha mãe trabalhava de atendente em algum lugar. Usavam uniformes para esse tipo de trabalho; lembro-me dela em um uniforme.

– Como você pode ter certeza de que seus pais foram mortos?

– Tudo de que tenho certeza é que o rastreio aconteceu, mas é sempre assim. Gritaria e pessoas correndo de um lado para o outro. Ficamos apavorados.

– Por que acha que o rastreio foi por sua causa?

– Elas fazem esse tipo de coisa.

Elas. Que vitória as vigias estariam celebrando por conta dessa única palavra.

Murbella ainda estava absorta em memórias.

– Acho que meu pai se recusou a sucumbir a uma Honorável Matre. Isso sempre foi considerado perigoso. Um homem grande, belo... forte.

– Então você as odeia?

– Por quê? – Ela ficou realmente surpresa com essa pergunta. – Sem aquilo, eu nunca teria me tornado uma Honorável Matre.

A insensibilidade de Murbella o chocou.

– Então valeu a pena!

– Meu amor, você se ressente de tudo o que aconteceu e me trouxe para o seu lado?

Touché!

– Mas você não gostaria que isso tivesse acontecido de outra forma?

– Simplesmente aconteceu.

Completo fatalismo. Ele nunca suspeitara dessa faceta dela. Era um condicionamento das Honoráveis Matres ou algo que as Bene Gesserit haviam feito?

– Você não passava de uma adição valiosa aos estábulos delas.

– Correto. Provocadoras, era como nos chamavam. Recrutávamos homens valiosos.

– E foi isso mesmo que você fez.

– Quitei o investimento delas diversas vezes.

– Percebe como as irmãs interpretarão isso?

– Não faça tanto caso disso.

– Então você está pronta para *persuadir* Scytale?

– Eu não disse isso. As Honoráveis Matres me manipulavam sem o meu consentimento. As irmãs precisam de mim e querem me usar da mesma forma. Meu preço pode ser alto demais.

Levou um instante para que ele conseguisse falar depois de engolir em seco.

– Preço?

Ela o fulminou com o olhar.

– Você, você é apenas uma parte de meu preço. Nada de persuadir Scytale. E mais do famoso candor Bene Gesserit sobre por que elas precisam de mim!

– Cuidado, minha amada. Elas podem acabar lhe contando.

Murbella lançou um olhar quase Bene Gesserit na direção dele.

– Como você poderia restaurar as memórias de Teg sem que ele sofra?

Maldição! E exatamente quando ele pensou que estavam livres daquele tropeço. Não havia escapatória. Conseguia ver nos olhos dela as suspeitas.

Murbella confirmou o fato.

– Uma vez que eu não concordaria, tenho certeza de que você discutiu o problema com Sheeana.

Não restava opção a Idaho além de anuir com a cabeça. Sua Murbella havia se perdido muito mais fundo na Irmandade do que ele suspeitava. E ela sabia como as múltiplas memórias de ghola de Duncan haviam sido restauradas por sua *impressão*. De súbito, ele a viu como uma Reverenda Madre, e teve vontade de bradar contra esse destino.

– Como isso o faz diferente de Odrade? – ela indagou.

– Sheeana foi treinada como Impressora. – As palavras dele soavam vazias enquanto saíam de seus lábios.

– E isso é diferente do meu treinamento? – Acusatória.

A raiva inflamou o âmago de Idaho.

– Você prefere a dor? Assim como Bell?

– Você prefere a derrota das Bene Gesserit? – A voz timidamente suave.

Ele ouviu o distanciamento no tom de voz de Murbella, como se ela já tivesse recuado para a postura fria e observadora da Irmandade. As Bene Gesserit estavam enregelando a adorável Murbella! Entretanto, ainda havia vitalidade nela. Aquilo o dilacerava. Ela emitia uma aura de saúde, em especial durante a gravidez. Vigor e infinita alegria de viver. Aquilo a iluminava. As irmãs pegariam aquilo e o embotariam.

Murbella caiu em silêncio diante do olhar penetrante de Idaho.

Desesperado, ele se perguntou o que poderia fazer.

– Eu esperava que estivéssemos mais abertos um com o outro nesses últimos tempos – ela comentou. Outra sondagem Bene Gesserit.

– Eu discordo de muitas das ações da Irmandade, mas não desconfio de seus motivos.

– Saberei desses motivos caso sobreviva à agonia.

Ele ficou completamente imóvel, preso pela ideia de que ela poderia não sobreviver. Uma vida sem Murbella? Um vazio escancarado, mais profundo do que qualquer coisa que ele jamais imaginara. Não podia ser comparado com nada em suas muitas vidas. Com um movimento inconsciente, estendeu a mão e acariciou as costas da companheira. Uma pele tão macia e, ainda assim, resiliente.

– Eu a amo demais, Murbella. Essa é a minha agonia.

Ela estremeceu sob o toque de Idaho.

Ele se percebeu mergulhado em sentimentalidade, criando uma imagem de luto até que se recordou das palavras de um professor Mentat sobre "euforia emocional".

Herdeiras de Duna

"A diferença entre sentimento e sentimentalidade é fácil de se notar. Quando você evita matar o animal de estimação de alguém em uma via vítrea, isso é sentimento. Se você desvia para poupar o animal e isso faz com que mate pedestres, isso é sentimentalidade."

Murbella pegou a mão cariciosa de Idaho e a pressionou contra os lábios.

– Palavras somadas ao corpo, mais do que ambos – ele sussurrou.

As palavras de Idaho lançaram-na mais uma vez no pesadelo, mas agora ela estava tomada por um ímpeto, cônscia das palavras como ferramentas. Foi dominada por um apetite especial por aquela experiência, com vontade de rir de si mesma.

Ao exorcizar o pesadelo, Murbella percebeu que nunca havia visto uma Honorável Matre rir de si mesma.

Segurando a mão de Duncan, ela o encarou. O tremor Mentat de suas pálpebras. Será que ele percebia o que ela acabara de experimentar? Liberdade! Já não era mais uma questão de como ela havia sido confinada e conduzida a canais inevitáveis por seu passado. Pela primeira vez desde que aceitara a possibilidade de que poderia se tornar uma Reverenda Madre, ela teve um relance do que aquilo significaria. Sentiu-se espantada e em choque.

Nada mais importante do que a Irmandade?

Elas falavam de um juramento, algo mais misterioso do que as palavras da censora durante a iniciação de acólita.

Meu juramento para as Honoráveis Matres não passou de palavras. Um juramento para as Bene Gesserit não pode passar disso.

Ela se lembrou de Bellonda rosnando sobre o fato de que diplomatas eram escolhidos por suas habilidades em mentir.

"Você seria mais uma diplomata, Murbella?"

Não significava que juramentos eram feitos para serem quebrados. Que infantil! Uma ameaça no pátio da escola: *"Se você quebrar sua promessa, eu quebro a minha! Lááá, lááá, láááááá!"*.

Era uma futilidade se preocupar com juramentos. Procurar um lugar nela mesma onde a liberdade vivia era muito mais importante. Era um lugar onde algo sempre estava em escuta.

Aninhando a mão de Duncan sobre seus lábios, ela sussurrou:

– Elas escutam. Ah, como elas escutam.

Não entre em conflito com fanáticos a menos que você seja capaz de desarmá-los. Oponha uma religião a outra religião apenas se suas provas (milagres) forem irrefutáveis ou se conseguir se integrar de tal forma que os fanáticos o aceitem como alguém movido por inspiração divina. Essa foi, por muito tempo, a barreira para que a ciência assumisse o manto de revelação divina. É óbvio o fato de que a ciência é feita pelo homem. Fanáticos (e muitos são fanáticos por um assunto ou outro) devem saber sobre que bases você se firma, mas, ainda mais importante, devem reconhecer quem sussurra em seu ouvido.

– Missionaria Protectora, Ensinamento Primário

O fluxo do tempo incomodava Odrade tanto quanto a constante percepção de que as caçadoras se aproximavam. Anos passavam tão depressa que os dias eram como um borrão. Dois meses de discussões para se obter a aprovação de Sheeana como sucessora de Tam!

Bellonda havia assumido o turno diurno na ausência de Odrade, como naquele dia, e passava informações para um novo grupo Bene Gesserit que seria enviado para a Dispersão. Ainda que relutante, o conselho mantivera essa decisão. A sugestão de Idaho de que aquela era uma estratégia fútil estremecera a Irmandade. As instruções agora continham novos planos defensivos para "o que vocês possam encontrar".

No final da tarde, quando Odrade entrou no escritório, Bellonda estava sentada à escrivaninha. Suas bochechas pareciam inchadas e seus olhos tinham aquele ar duro que assumiam sempre que ela ocultava a fadiga. Com Bell ali, o resumo diário incluiria comentários ácidos.

– Elas aprovaram Sheeana – ela informou, empurrando um pequeno cristal na direção de Odrade. – O apoio de Tam surtiu efeito. E a nova cria de Murbella nascerá em oito dias, pelo menos é isso o que os Suks *dizem*.

Bell depositava pouca fé em médicos Suk.

Nova cria? Como ela podia ser tão impessoal sobre a vida! Odrade sentiu o coração acelerar diante da expectativa.

Quando Murbella se recuperar desse parto... A agonia. Ela está pronta.

– Duncan está extremamente ansioso – Bellonda prosseguiu, deixando o assento livre.

E ainda Duncan! Esses dois estão ficando incrivelmente íntimos.

Bell ainda não havia terminado.

– E antes que você pergunte, nenhuma novidade sobre Dortujla.

Odrade tomou seu assento atrás da escrivaninha e equilibrou o cristal com o relatório na palma da mão. A acólita de confiança de Dortujla, agora Reverenda Madre Fintil, não arriscaria a viagem de não nave ou qualquer outro dispositivo de mensagem que elas haviam preparado apenas para agradar a Madre Superiora. Nenhuma notícia significava que a isca ainda estava lá... ou que havia sido desperdiçada.

– Você já informou Sheeana de que ela foi aprovada? – Odrade perguntou.

– Deixei isso para você. Mais uma vez ela está atrasada com seu informe diário. Não é certo para alguém do conselho.

Então Bell ainda discordava da nomeação.

As mensagens diárias de Sheeana haviam tomado um tom repetitivo. *"Nenhum sinal de verme. Massa de especiaria intacta."*

Tudo em que elas depositavam esperanças continuava em terrível suspensão. E as caçadoras pesadelares se aproximavam mais. Tensões se acumulavam. Explosivas.

– Você já viu aquela conversa entre Duncan e Murbella vezes o bastante – Bellonda falou. – Era isso o que Sheeana estava escondendo? E se era, por quê?

– Teg era meu pai.

– Quanta delicadeza! Uma Reverenda Madre cheia de dedos sobre imprimir o ghola do pai da Madre Superiora!

– Ela foi minha aluna pessoal, Bell. Tem por mim uma consideração que você é incapaz de sentir. Além disso, esse não é apenas um ghola, é uma criança.

– Temos que ter certeza sobre ela!

Odrade viu o nome se formar nos lábios de Bellonda, mas ele não foi pronunciado. *"Jéssica."*

Frank Herbert

Outra Reverenda Madre defeituosa? Bell tinha razão, elas precisavam ter certeza sobre Sheeana. *Minha responsabilidade.* A imagem da escultura negra de Sheeana bruxuleou na percepção de Odrade.

– O plano de Idaho é um pouco atrativo, mas... – Bellonda hesitou.

Odrade elevou o tom de voz:

– Essa criança é muito jovem, seu crescimento ainda está incompleto. A dor esperada pela restauração de memória usual poderia se assemelhar à agonia. Pode aliená-lo. Mas isso...

– A parte de controlá-lo com um Impressora eu aprovo. Mas e se isso não restaurar as memórias dele?

– Ainda temos o plano original. Que *surtiu* efeito sobre Idaho.

– Foi diferente para ele, mas essa decisão pode esperar. Você está atrasada para seu encontro com Scytale.

Odrade sopesou o cristal.

– Resumo diário?

– Nada que você já não tenha visto uma porção de vezes. – Vindo de Bell, aquilo tinha um tom quase preocupante.

– Eu o trarei de volta para cá. Peça a Tam que aguarde aqui com você mais tarde sob algum pretexto.

Scytale havia se acostumado com essas caminhadas fora da nave e Odrade observava esse fato por meio da pose casual que ele assumia quando saíam de seu transporte, ao sul da Central.

Era mais que um passeio, e ambos sabiam disso, mas ela fazia essas excursões com regularidade, projetando a repetição para ludibriá-lo. *Rotina. Tão útil em certas ocasiões.*

– É muito gentil de sua parte me trazer para essas caminhadas – Scytale comentou, olhando-a de relance. – O ar está mais seco do que eu me lembrava. Para onde estamos indo esta noite?

Como seus olhos ficam pequeninos quando ele os estreita contra o sol.

– Para o meu escritório. – Ela apontou as construções da Central a cerca de meio quilômetro ao norte. Estava frio sob um céu primaveril sem nuvens e as cores quentes dos telhados, com luzes apontando para sua torre, sinalizavam a promessa de alívio para o vento gélido que acompanhava quase todos os pores do sol naqueles dias.

Com sua atenção periférica, Odrade observou com cuidado o Tleilaxu a seu lado. Tanta tensão! Ela também podia sentir isso nas Reverendas

Herdeiras de Duna

Madres guardiãs e nas acólitas logo atrás deles, todas incumbidas de vigiar de forma redobrada por Bellonda.

Precisamos desse monstrinho e ele sabe disso. E ainda não sabemos o alcance de suas habilidades tleilaxu! Quais talentos ele tem acumulado? Por que procura contatar seus colegas prisioneiros com uma casualidade tão evidente?

Os Tleilaxu fizeram o Idaho-ghola, ela lembrou a si mesma. Será que esconderam coisas secretas nele?

– Sou como um pedinte em sua porta, Madre Superiora – disse Scytale com sua voz chorosa e delicada. – Nossos planetas estão em ruínas, meu povo, massacrado. Por que vamos a seus aposentos?

– Para barganhar em um local mais agradável.

– Sim, a nave pode ser bem restritiva. Mas não compreendo por que sempre deixamos o carro tão longe da Central. Por que andamos?

– Acho reconfortante.

Scytale olhou ao redor para as plantações.

– Agradável, mas um bocado frio, não concorda?

Odrade se voltou para o sul. As encostas voltadas para o sul tinham plantações de uvas, enquanto os cimos e as faces viradas para o norte eram reservados para os pomares. Viníferas melhoradas, naqueles vinhedos. Desenvolvidas pelas jardineiras Bene Gesserit. As vinhas antigas, raízes que "iam até o ínfero" onde (de acordo com a superstição ancestral) elas roubavam água das almas ardentes. O lagar ficava no subsolo, bem como as caves de armazenamento e envelhecimento. Tudo para manter uma paisagem de vinhas cuidadas em fileiras ordenadas, plantadas com exata distância umas das outras, suficiente apenas para os equipamentos de coleta e de lavragem.

Agradável para ele? Ela duvidava que Scytale visse qualquer coisa agradável ali. Ele estava devidamente nervoso, da forma como Odrade queria, perguntando a si mesmo: *Qual o verdadeiro motivo para ela ter escolhido me fazer andar por estes arredores rústicos?*

Odrade estava amargurada por não poderem ousar empregar métodos Bene Gesserit mais persuasivos naquele homenzinho. Mas ela concordava com a advertência de que, caso esses esforços falhassem, elas não teriam uma segunda chance. Os Tleilaxu haviam demonstrado que prefeririam morrer antes de abrir mão de seus conhecimentos secretos (e sagrados).

– Diversas coisas me intrigam – Odrade comentou, escolhendo um caminho que rodeava uma pilha de galhos cortados das vinhas. – Por que você insiste em ter seus próprios Dançarinos Faciais *antes* de aceder a nossos pedidos? E qual o motivo desse interesse em Duncan Idaho?

– Cara dama, eu não tenho companhia para a minha solidão. Isso responde a ambas as perguntas. – Ele massageou distraidamente o peito onde a cápsula de nulentropia jazia oculta.

Por que ele se massageia nesse lugar com tanta frequência? Era um gesto que ela e as analistas haviam debatido. *Não há cicatrizes nem inflamação na pele. Talvez apenas uma mania de infância. Mas aquilo havia acontecido há tanto tempo! Um defeito nesta reencarnação?* Ninguém era capaz de afirmar. E aquela pele cinzenta que continha uma pigmentação metálica que resistia a instrumentos de investigação. Certamente ele havia sido sensibilizado a radiações pesadas e saberia caso fossem empregadas. Não... Aquele era o momento para se usar apenas diplomacia. *Maldito monstrinho!*

Scytale se perguntava: esta fêmea powindah não possui simpatias naturais das quais ele poderia se aproveitar? Os *típicos* eram ambivalentes nesse quesito.

– Já não existe o Wekht de Jandola – ele lamuriou. – Bilhões de nós foram exterminados por aquelas meretrizes. Até os recônditos mais distantes do Yaghist, fomos todos destruídos e resta apenas eu.

Yaghist, ela pensou. *A terra dos desgovernados.* Era uma palavra reveladora em islamiyat, o idioma dos Bene Tleilax.

Naquele idioma, ela comentou:

– A magia de nosso Deus é nossa única ponte.

Mais uma vez ela alegava compartilhar da Grande Crença dele, o ecumenismo sufi-zen-sunita que havia se originado em Bene Tleilax. Ela falava aquele idioma de forma impecável, conhecendo as palavras apropriadas, mas ele notou falsidades. *Ela chama o Mensageiro de Deus de "Tirano" e desobedece aos preceitos mais básicos!*

Onde essas mulheres se reuniam em kehl para sentir a presença de Deus? Se elas realmente falassem o Idioma de Deus, já saberiam o que ansiavam tirar dele com essas barganhas grosseiras.

Ao subir a última rampa até a Central, Scytale clamou a Deus por ajuda. *Os Bene Tleilax chegaram a este ponto! Por que o Senhor colocou este ordálio sobre nós? Somos os últimos legalistas da Shariat e eu, o último Mestre de meu povo, devo buscar respostas com o Senhor, Deus, quando o Senhor já não fala comigo em kehl.*

Mais uma vez, em perfeito islamiyat, Odrade falou:

– Você foi traído por seu próprio povo, aqueles que foram enviados para a Dispersão. Você já não tem mais irmãos malik, apenas irmãs.

Então, onde está a sua câmara de sagra, enganadora powindah? Onde está o local profundo e sem janelas onde apenas os irmãos podem entrar?

– Isso é novo para mim – ele falou. – Irmãs malik? Essas duas palavras sempre negaram uma à outra. Irmãs não podem ser malik.

– Waff, seu finado Mahai e Abdl, teve problemas com isso. E quase levou seu povo à extinção.

– Quase? Você sabe da existência de sobreviventes? – Ele não conseguiu ocultar a empolgação na voz.

– Nenhum Mestre... mas ficamos sabendo de alguns domel, todos nas mãos das Honoráveis Matres.

Ela parou onde a quina de um prédio bloqueava a vista do sol poente nos degraus adiante e, ainda no idioma secreto dos Tleilaxu, continuou:

– O sol não é Deus.

O lamento da aurora e do ocaso do Mahai!

Scytale sentiu sua fé abalada enquanto a seguia por uma passagem arqueada entre dois prédios atarracados. As palavras de Odrade estavam corretas, mas apenas o Mahai e Abdl deveria enunciá-las. Nas trevas da passagem, com o som dos passos de sua escolta logo atrás, Odrade o confundiu ainda mais, dizendo:

– Por que você não falou as palavras apropriadas? Você não é o último Mestre? Isso não faz de você o Mahai e Abdl?

– Não fui assim escolhido por meus irmãos malik. – Soou fraco até para ele próprio.

Odrade chamou um elevacampo e aguardou no tubo de transporte. Nos detalhes fornecidos pelas Outras Memórias, ela encontrou o kehl e seu correto e familiar ghufran – palavras sussurradas à noite pelos amantes de uma mulher morta há tempos. "E então nós..." "E, portanto, se falamos estas palavras sagradas..." *Ghufran!* Aceitação e readmissão de um dos nossos que se aventurou entre as powindah, aquele que retorna implorando perdão pelo contato com pecados inimagináveis dos forasteiros. *O masheikh se reuniu em kehl e sentiu a presença de seu Deus!*

O tubo de transporte se abriu. Odrade gesticulou para que Scytale e duas guardas entrassem na frente. À medida que ele passava, a Madre Superiora pensou: *Devemos chegar a algo logo. Não podemos continuar este nosso joguinho até chegarmos ao fim que ele anseia.*

Tamalane estava de pé diante da janela arqueada, de costas para a porta, quando Odrade e Scytale adentraram o escritório. A luz do pôr do sol caía de forma oblíqua sobre os telhados. Então o fulgor desapareceu e deixou para trás um senso de contraste, a noite ainda mais escura em virtude daquele último brilho no horizonte.

Nas trevas densas, Odrade gesticulou para dispensar as guardas, notando a relutância delas. Bellonda as havia instruído a ficar, estava óbvio, mas elas não desobedeceriam a Madre Superiora. Ela indicou a cãodeira do outro lado da escrivaninha e esperou que ele se sentasse. Ele lançou um olhar para trás cheio de suspeita para Tamalane antes de afundar na cãodeira, mas disfarçou dizendo:

– Por que não há luzes?

– É um interlúdio relaxante – ela respondeu. *E eu sei que a escuridão o deixa preocupado!*

Ela ficou de pé por um instante atrás de sua escrivaninha, identificando trechos brilhantes nas trevas, um lustro dos artefatos posicionados ao redor dela para criar uma ambientação: o busto da finada Chenoeh em seu nicho ao lado da janela, e ali, na parede a sua direita, a paisagem pastoral das primeiras migrações humanas espaço adentro, uma pilha de cristais ridulianos na escrivaninha e o reflexo prateado de seu luzcriba concentrando a fraca iluminação das janelas.

Ele já ruminou o suficiente.

Ela tocou um seletor em seu console. Luciglobos posicionados estrategicamente ao longo das paredes e teto se acenderam. Com essa deixa, Tamalane se virou, seu manto farfalhando de forma deliberada. Ela parou dois passos atrás de Scytale, uma encarnação do ominoso mistério Bene Gesserit.

Scytale estremeceu levemente quando Tamalane se moveu, mas então permaneceu sentado, imóvel. A cãodeira era muito grande para sua figura diminuta, conferindo-lhe uma aparência quase infantil.

Herdeiras de Duna

– As irmãs que lhe resgataram dizem que você comandava uma não nave em Junção, preparando-se para o primeiro salto de dobra espacial quando as Honoráveis Matres atacaram – Odrade começou. – Você estava retornando para a sua nave em uma pequena aeronave individual, foi o que elas informaram, e desviou o curso pouco antes das explosões. Você detectou as atacantes?

– Sim. – Havia relutância em sua voz.

– E sabia que elas poderiam localizar a não nave a partir de sua trajetória. Então você fugiu, abandonando seus irmãos para serem destruídos.

Ele falou com o completo amargor de seu testemunho trágico:

– Pouco mais cedo, quando havíamos deixado Tleilax, vimos aquele ataque começar. Nossas explosões para destruir tudo que as atacantes consideravam de valor e os queimadores a partir do espaço criaram o holocausto. Por fim, também fugimos.

– Mas não diretamente para Junção.

– Procuramos outros lugares, mas elas estiveram em todos antes de nós. Elas tinham as cinzas, mas eu guardava nossos segredos. – *Um lembrete a ela de que eu ainda tenho algo de valor para barganhar!* Ele bateu levemente um dedo contra a própria cabeça.

– Vocês buscaram refúgio com a Guilda ou a CHOAM em Junção – ela prosseguiu. – Por sorte, nossa nave espiã estava ali para apanhá-los antes que o inimigo pudesse reagir.

– Irmã... – como era difícil enunciar aquela palavra! – Se você de fato é minha irmã em kehl, então por que não me provê servos Dançarinos Faciais?

– Ainda há muitos segredos entre nós, Scytale. Por exemplo, por que você estava deixando Bandalong quando as atacantes chegaram?

Bandalong!

O nome da grande cidade tleilax apertou seu peito e ele teve a impressão de sentir a cápsula de nulentropia pulsar, como se o pequeno recipiente buscasse libertar seu precioso conteúdo. *Bandalong perdida. Nunca mais verei a cidade de céus cornalinas, nunca mais sentirei a presença de meus irmãos, de paciente domel e...*

– Você está doente? – Odrade perguntou.

– Estou doente por tudo o que perdi! – Ele ouviu o tecido serpenteando atrás de si e pressentiu Tamalane se aproximando. Como aquele lugar era opressivo! – Por que ela está atrás de mim?

Frank Herbert

– Sou serva de minhas irmãs e ela está aqui para observar a nós dois.

– Vocês pegaram algumas de minhas células, não é mesmo? Estão criando um Scytale sobressalente em seus tanques!

– É claro que estamos. Você não acha que as irmãs deixariam que o último Mestre encontrasse seu fim aqui, acha?

– Nenhum ghola meu fará algo que eu não faria! – *E não carregará qualquer tubo de nulentropia!*

– Nós sabemos. – *Mas o que não sabemos?*

– Isto não é uma barganha – ele se queixou.

– Você me julga muito mal, Scytale. Sabemos quando você mente e quando você oculta algo. Empregamos sentidos que os outros não são capazes.

Era verdade! Elas detectavam coisas a partir dos odores de seu corpo, dos ínfimos movimentos de seus músculos, das expressões que não era capaz de suprimir.

Irmãs? Essas criaturas são powindah! Todas elas!

– Você esteve em lashkar – Odrade sondou.

Lashkar! Como ele gostaria de estar *ali* em lashkar. Dançarinos Faciais guerreiros. Assistentes domel... eliminando esse mal abominável! Mas ele não ousava mentir. Aquela atrás dele provavelmente era uma Proclamadora da Verdade. A experiência de muitas vidas lhe dizia que as Proclamadoras da Verdade Bene Gesserit eram as melhores.

– Eu comandava uma força de khadasars. Procurávamos uma manada de futars para nossa defesa.

Manada? Os Tleilaxu sabiam algo sobre os futars que não haviam revelado para a Irmandade?

– Vocês partiram preparados para a violência. As Honoráveis Matres descobriram sua missão e os dizimaram? Creio que seja o mais provável.

– Por que você as chama de Honoráveis Matres? – A voz de Scytale quase se transformou em um guincho.

– Porque é assim que elas se autodenominam. – *Com muita tranquilidade agora. Deixe que ele chafurde em seus próprios erros.*

Ela está certa! Fomos traídos. Pensamento amargo. Ele manteve a atenção nisso, perguntando-se como deveria responder. *Uma pequena revelação? Uma revelação nunca é* pequena *com essas mulheres.*

Herdeiras de Duna

Um suspiro fez seu peito estremecer. A cápsula de nulentropia e seu conteúdo. Sua preocupação mais importante. *Qualquer coisa* para ter acesso a seus próprios tanques axolotle.

– Descendentes do povo que mandamos para a Dispersão retornaram com futars cativos. Uma mistura de humanos e felinos, como você indubitavelmente sabe. Mas eles não se reproduziam em nossos tanques. E antes que pudéssemos determinar o motivo, aqueles que nos foram trazidos morreram. – *Os traidores nos trouxeram apenas dois! Deveríamos ter suspeitado.*

– Eles não lhes trouxeram muitos futars, não é? Vocês deveriam ter suspeitado que aquilo era uma isca.

Viu só? Isso é o que elas fazem com pequenas revelações!

– Por que os futars não caçaram e mataram as Honoráveis Matres em Gammu? – Era a pergunta de Duncan, e merecia uma resposta.

– Disseram-nos que não haviam dado o comando. Eles não matam sem ordens. – *Ela sabe disso. Ela está me testando.*

– Dançarinos Faciais também matam quando ordenados – ela comentou. – Eles matariam até mesmo você, caso você desse essa ordem. Correto?

– Essa ordem é reservada para evitar que nossos segredos caiam nas mãos de inimigos.

– É por isso que você quer seus próprios Dançarinos Faciais? Você nos considera inimigas?

Antes que ele pudesse pensar em uma resposta, a figura projetada de Bellonda apareceu sobre a escrivaninha, em tamanho real e parcialmente translúcida, cristais dançantes dos Arquivos atrás de si.

– Notícias urgentes de Sheeana! – Bellonda anunciou. – Ocorreu o afloramento de especiaria. Vermes da areia! – A figura se virou e mirou Scytale, os olhos-com coordenavam seus movimentos com perfeição. – Então você perdeu uma moeda de barganha, Mestre Scytale! Por fim, temos nossa especiaria! – A figura projetada desapareceu com um sonoro *clique* e um leve odor de ozônio.

– Vocês estão tentando me ludibriar! – ele explodiu.

Mas a porta à esquerda de Odrade se abriu. Sheeana adentrou com uma pequena cápsula em um suspensor a reboque, que não media mais que dois metros de comprimento. As laterais transparentes refletiam os luciglobos do escritório em pequenas fulgurâncias amareladas. Algo se contorcia no interior da cápsula!

Sheeana se posicionou em uma das laterais, permitindo que tivessem uma visão completa do interior. Tão pequeno! O verme tinha menos da metade da cápsula, mas era perfeito em todos os detalhes, alongando-se em um leito raso de areia dourada.

Scytale não conseguiu conter um ofegar de reverência. O Profeta!

A reação de Odrade foi pragmática. Reclinou-se bem perto da cápsula, perscrutando a boca diminuta. O rilhar abrasador dos fogos internos de um grande verme estavam reduzidos a isso? Mas que pequeno arremedo!

Dentes cristalinos faiscaram quando a criatura ergueu seus segmentos frontais.

O verme virava a boca de um lado para o outro, sondando. Todos eram capazes de ver por trás dos dentes o minúsculo fogo de sua química alienígena.

– Milhares deles – Sheeana reportou. – Vieram até o afloramento de especiaria, como sempre fazem.

Odrade permaneceu em silêncio. *Conseguimos!* Mas aquele era o momento de triunfo de Sheeana. Deixemos que ela o aproveite ao máximo. Scytale nunca aparentou ter enfrentado tamanha derrota.

Sheeana abriu a cápsula e ergueu o verme, aninhando-o como se fosse um infante. A criatura ficou quieta em seu colo.

Odrade inspirou profundamente, com satisfação. *Ela ainda os controla.*

– Scytale – Odrade o chamou.

Ele não conseguia desviar o olhar do verme.

– Você ainda serve ao Profeta? – Odrade questionou. – Aqui está ele!

Ele não sabia como responder. Era um verdadeiro remanescente do Profeta? Ele queria negar sua primeira resposta cheia de reverência, mas seus olhos não permitiam isso.

Odrade falou com suavidade:

– Enquanto vocês se dedicavam à sua tola missão, sua missão *egoísta*, nós estávamos servindo ao Profeta! Resgatamos seu último remanescente e o trouxemos até aqui. Casa Capitular irá se transformar em outra Duna!

Ela se sentou e juntou as mãos diante de si. Bell estava assistindo pelos olhos-com, é claro. As observações de uma Mentat seriam valiosas.

Herdeiras de Duna

Odrade gostaria que Idaho também estivesse assistindo. Mas ele poderia ver um holo. Estava claro para a Madre Superiora que Scytale via as Bene Gesserit apenas como ferramentas para a restauração de sua preciosa civilização tleilaxu. Essa reviravolta o forçaria a revelar os segredos mais profundos de seus tanques? O que ele ofereceria?

– Preciso de tempo para pensar. – Sua voz saiu trêmula.

– Sobre o que você tem de pensar?

Ele não respondeu, mas manteve a atenção em Sheeana, que recolocava o pequeno verme na cápsula. Ela o acariciou antes de selar a tampa.

– Diga-me, Scytale – Odrade insistiu. – Como pode haver qualquer coisa para reconsiderar? Esse é o nosso Profeta! Você diz que serve à Grande Crença. Então, sirva-a!

Ela podia ver os sonhos do tleilaxu se dissolvendo. *Seus próprios Dançarinos Faciais para imprimir as memórias daqueles que matavam, copiando as formas e maneirismos de cada vítima.* Ele nunca nutrira esperanças de enganar uma Reverenda Madre... mas acólitas e simples trabalhadores de Casa Capitular... Todos os segredos que ele esperava descobrir desapareceram! Tão perdidos quanto as carcaças incineradas dos planetas tleilaxu.

Ela diz nosso *Profeta.* Ele se virou para Odrade com um olhar cheio de pânico, mas não foi capaz de se concentrar. *O que devo fazer? Essas mulheres já não precisam de mim. Mas eu preciso delas!*

– Scytale. – Quão suavemente ela falava. – A Grande Convenção acabou. Há um novo universo lá fora.

Ele tentou engolir em seco. Todo o conceito de violência ganhara uma nova proporção. No Antigo Império, a Convenção assegurava retaliação contra qualquer um que ousasse incinerar um planeta atacando a partir do espaço.

– Violência progressiva, Scytale. – A voz de Odrade se tornara quase um sussurro. – Nós *dispersamos* sementes de ira.

Ele conseguiu focar a Madre Superiora. *O que ela estava dizendo?*

– O ódio está sendo armazenado contra as Honoráveis Matres – ela prosseguiu. *Você não é o único a sofrer perdas, Scytale. Antes, quando problemas surgiam em nossa civilização, o clamor se espalhava: "Tragam uma Reverenda Madre!". As Honoráveis Matres inviabilizaram isso. E os mitos são recompostos. Luz dourada é lançada sobre nosso passado. "Era melhor naqueles velhos tempos em que as Bene Gesserit podiam nos ajudar. Onde se acha uma Proclamadora da Verdade confiável atualmente? Arbitragem? Essas Honoráveis Matres nunca escutam uma palavra! Sempre foram corteses, as Reverendas Madres. Temos que admitir isso sobre elas."*

Uma vez que Scytale não respondeu, Odrade continuou:

– Pense no que poderia acontecer se essa ira fosse liberada em um jihad!

E como Scytale permaneceu mudo, ela sentenciou:

– Você viu isso. Tleilaxu, Bene Gesserit, sacerdotes do Deus Dividido e quem sabe quantos mais... Todos caçados como animais selvagens.

– Elas não podem matar a todos nós! – Um grito de sofrimento.

– Não podem? Seus Dispersos se uniram às Honoráveis Matres sob uma causa comum. Seria esse um refúgio que você buscaria na Dispersão?

E lá se vai outro sonho: pequenos redutos dos Tleilaxu, persistentes como feridas supuradas, aguardando o dia do Grande Reavivamento de Scytale.

– As pessoas se tornam mais fortes sob opressão – ele falou, mas não havia força em suas palavras. – Até mesmo os sacerdotes de Rakis estão encontrando buracos para se esconder! – Palavras desesperadas.

– Quem disse isso? Alguns de seus *amigos* retornados?

O silêncio de Scytale foi toda a resposta de que ela precisava.

– Bene Tleilax matou Honoráveis Matres, e elas sabem disso – Odrade continuou, pressionando-o. – Elas só ficarão satisfeitas com o seu extermínio.

– E o de vocês!

– Somos parceiros por necessidade, se não por crença em comum. – Ela disse essas palavras no mais puro islamiyat, e notou a esperança saltando dos olhos de Scytale. *Kehl e Shariat ainda podem reaver seus antigos significados entre as pessoas que compõem os pensamentos na linguagem de Deus.*

– Parceiros? – Fraco e extremamente hesitante.

Ela adotou uma nova objetividade brutal:

– Em certos aspectos, essa é uma base mais confiável para ações em comum do que qualquer outra. Cada um de nós sabe o que o outro quer. Um projeto intrínseco: filtre tudo a partir disso e algo confiável pode ocorrer.

– E o que você quer de mim?

Herdeiras de Duna

– Você já sabe.

– Como fazer os melhores tanques, sim. – Ele meneou a cabeça, com óbvias incertezas. As mudanças implícitas nas demandas delas!

Odrade se perguntou se poderia ousar uma explosão de fúria contra ele. Como era obtuso! Mas ele estava muito perto do pânico. Antigos valores haviam mudado. As Honoráveis Matres não eram a única fonte de tumulto. Scytale nem mesmo conhecia a extensão das mudanças que haviam infectado aqueles de sua própria Dispersão!

– Os tempos estão mudando – Odrade comentou.

Mudança, que palavra perturbadora, ele pensou.

– Devo ter meus próprios servos Dançarinos Faciais! E meus próprios tanques? – Quase implorando.

– Meu conselho e eu consideraremos seu pedido.

– O que há para ser considerado? – Jogando as palavras de Odrade contra ela mesma.

– Você precisa apenas de sua própria aprovação. Eu preciso da aprovação das outras. – Ela esboçou um sorriso severo. – Assim, você terá algum tempo para pensar. – Odrade anuiu a cabeça para Tamalane, que convocou as guardas.

– De volta para a não nave? – Ele falou do umbral, uma figura diminuta entre as corpulentas guardas.

– Mas desta vez você irá de carro por todo o caminho.

Ele lançou um último olhar prolongado para o verme ao sair.

Quando Scytale e as guardas partiram, Sheeana disse:

– Você fez certo em não o pressionar. Ele estava quase entrando em pânico.

Bellonda entrou.

– Talvez fosse melhor matá-lo de uma vez.

– Bell! Pegue o holo e repasse nossa reunião mais uma vez. Desta vez como uma Mentat!

Isso a fez parar.

Tamalane gargalhou.

– Você se diverte demais com a descompostura de nossa irmã, Tam – Sheeana comentou.

Tamalane deu de ombros, todavia Odrade estava contente. *Acabaram-se as provocações de Bell?*

– Ele começou a entrar em pânico quando você mencionou que Casa Capitular estava se tornando outra Duna – Bellonda falou, sua voz plena de distanciamento Mentat.

Odrade vira a reação, mas ainda não havia feito a associação. Este era o valor de um Mentat: padrões e sistemas, blocos de construção. Bell pressentira um padrão no comportamento de Scytale.

– Eu me pergunto: essa coisa está se tornando realidade mais uma vez? – disse Bellonda.

Odrade compreendeu de imediato. Havia algo curioso sobre lugares perdidos. Enquanto Duna havia sido um planeta conhecido e vivo, existira ali uma firmeza histórica acerca de sua presença nos Registros Galácticos. Podia-se apontar para uma projeção e dizer: "Este é Duna. Antigamente chamado Arrakis, nos tempos atuais, Rakis. Duna em virtude de sua característica desértica total nos tempos de Muad'Dib".

Entretanto, com o lugar destruído, uma camada mitológica sopesava contra a *realidade* projetada. Com o tempo, tais lugares se tornavam totalmente míticos. *Arthur e sua Távola Redonda. Camelot, onde só chovia à noite. Um controle meteorológico fantástico para aquela época!*

Mas agora, uma nova Duna havia surgido.

– O poder do mito – Tam sentenciou.

Ahhhh, sim. Tam, próxima da partida final de sua carne, estaria mais sensível ao funcionamento dos mitos. Mistério e segredo, ferramentas da Missionaria, também haviam sido usados em Duna por Muad'Dib e pelo Tirano. As sementes haviam sido plantadas. Até mesmo os sacerdotes do Deus Dividido haviam seguido a própria perdição, os mitos de Duna proliferavam.

– Mélange – Tamalane completou.

As outras irmãs no escritório entenderam de imediato o que ela queria dizer. Nova esperança podia ser injetada na Dispersão Bene Gesserit.

– Por que elas nos querem mortas, e não capturadas? – Bellonda questionou. – Isso sempre me intrigou.

As Honoráveis Matres poderiam não querer *nenhuma* Bene Gesserit viva... talvez apenas o conhecimento da especiaria. Mas elas destruíram Duna. Destruíram os Tleilaxu. Era um pensamento cauteloso a se considerar em qualquer confronto com a Rainha Aranha... caso Dortujla fosse bem-sucedida.

– Nenhuma refém útil? – Bellonda perguntou.

Odrade notou a expressão na face de suas irmãs. Estavam seguindo uma única trilha, como se todas pensassem com uma só mente. As lições exemplares das Honoráveis Matres, deixando poucos sobreviventes, apenas faziam com que uma oposição em potencial se tornasse mais cautelosa. Invocava uma regra de silêncio dentro da qual memórias amargas se tornavam mitos amargurados. As Honoráveis Matres eram como bárbaros de qualquer época: sangue em vez de reféns. Ataque com violência aleatória.

– Dar está certa – Tamalane falou. – Estivemos procurando por aliados muito próximos de nós.

– Os futars não se criaram sozinhos – Sheeana comentou.

– Aqueles que os criaram esperam nos controlar – Bellonda retrucou. Havia um tom claro de projeção primária em sua voz. – Foi essa hesitação que Dortujla ouviu nos Treinadores.

Ali estava o problema, e elas o encaravam entendendo todos os seus perigos. Resumia-se a pessoas (como sempre era o caso). Pessoas... Contemporâneos. Aprendiam-se coisas valiosas a partir das pessoas que viviam em seu próprio tempo e do conhecimento que carregavam de seu próprio passado. As Outras Memórias não eram a única forma de comunicar a história.

Odrade sentiu que tinha voltado ao lar após uma longa ausência. Havia uma familiaridade na forma como as quatro estavam pensando naquele instante. Era uma familiaridade que transcendia a localização. A própria Irmandade era o Lar. Não onde elas habitavam em casas transitórias, mas a associação.

Bellonda verbalizou aquilo por todas.

– Temo que estivemos trabalhando para propósitos opostos.

– O medo faz isso – Sheeana comentou.

Odrade não ousou sorrir. Poderia ser mal interpretada e ela não queria ter de explicar. *Dê-nos Murbella como irmã e um bashar restaurado! Só então teremos uma chance de lutar!*

Bem ali, carregando consigo aquele bom sentimento, o sinal de mensagem se ativou. Ela observou a superfície da projeção, um puro reflexo, e reconheceu a crise. Uma coisa tão pequena (relativamente) para precipitar uma crise. Clairby mortalmente ferido em um acidente de tóptero. Mortal, a menos que... O "a menos que" estava soletrado ali e formava a

Frank Herbert

palavra ciborgue. Suas companheiras viram a mensagem invertida, mas já haviam ficado boas em ler informações espelhadas naquele lugar. Elas sabiam.

Onde traçamos o limite?

Bellonda, com seus óculos antiquados, quando poderia ter olhos artificiais ou inúmeras próteses, votava com o próprio corpo. *É isso que significa ser humano. Tente se agarrar à juventude e ela zombará de você enquanto foge. Mélange é o suficiente... E talvez até demais.*

Odrade reconhecia o que suas próprias emoções estavam lhe dizendo. Mas o que dizer sobre a necessidade Bene Gesserit? Bell poderia depositar seu voto individual e todas o reconheceriam, e até o respeitariam. Mas o voto da Madre Superiora carregava a Irmandade consigo.

Primeiro os tanques axolotles, e agora isso.

A necessidade ditava que elas não poderiam se dar ao luxo de perder especialistas do calibre de Clairby. Já tinham muito poucos da forma como estavam. "Esparsos" nem chegava a descrever o problema. Lacunas estavam aparentes. Ciborgue Clairby, entretanto, representava abrir um caminho.

Os Suks estavam a postos. "Uma precaução estabelecida" caso fosse necessário para alguém insubstituível. *Tal como a Madre Superiora?* Odrade sabia que havia aprovado com suas reservas precavidas de costume. Onde estavam suas reservas agora?

Ciborgue também era uma daquelas palavras mescladas. Em que ponto as adições mecânicas à carne humana se tornavam dominantes? Quando um ciborgue deixava de ser humano? As tentações se intensificavam... "Só mais esse pequeno ajuste." E era tão fácil *ajustar* até que o humano-mesclado se tornasse obediente de forma incondicional.

Mas... Clairby?

Condições *in extremis* diziam "transforme-o em ciborgue!". A Irmandade estava tão desesperada assim? Ela foi forçada a responder afirmativamente.

Então, eis a resposta... A decisão não estava inteiramente fora de suas mãos, mas a desculpa estava a sua disposição. *Ditada pela necessidade.*

O Jihad Butleriano deixara sua marca indelével nos humanos. Combatido e vencido... por ora. E aqui estava outra batalha daquele conflito ancestral.

Herdeiras de Duna

Agora, entretanto, a sobrevivência da Irmandade estava em jogo. Quantos especialistas técnicos restavam em Casa Capitular? Ela sabia a resposta sem ter de pesquisar. Não o suficiente.

Odrade se inclinou para a frente e apertou o comando a fim de transmitir.

– Transforme-o em ciborgue – ela falou.

Bellonda grunhiu. *Aprovação ou reprovação?* Ela nunca diria. Essa era uma instância da Madre Superiora, e que ela fizesse bom proveito!

Quem ganhou essa batalha? Odrade se perguntou.

Andamos por uma linha delicada, perpetuando genes Atreides (Siona) em nossa população, uma vez que isso nos oculta da presciência. Carregamos o Kwisatz Haderach nesse balaio! A obstinação criou Muad'Dib. Profetas fazem predições se tornarem reais! Ousaremos mais uma vez ignorar nosso senso Tao e supriremos uma cultura que odeia o acaso e implora por profecia?

– Suma do Arquivo (Adixto)

Logo após a aurora, Odrade chegou à não nave, mas Murbella já estava desperta e se exercitando com um mek de treino quando a Madre Superiora adentrou o salão de treinamento.

Odrade caminhara o último quilômetro pelo anel de pomares ao redor do campo de pouso espacial. As nuvens escassas da noite haviam se afinado diante da chegada da aurora e então se dissipado, revelando um céu repleto de estrelas.

Ela reconhecera uma mudança climática delicada para forçar uma nova safra para aquela região, mas a diminuição das pancadas de chuva era quase insuficiente para manter os pomares e pastos vivos.

Conforme andava, Odrade foi tomada por melancolia. O inverno que acabara de passar havia sido uma calmaria conquistada com sofrimento antes da tormenta. Vida era holocausto. A dispersão de pólen por insetos ávidos, o aflorar e o semear que seguiam as flores. Aqueles pomares eram uma tempestade secreta cujo poder jazia oculto nos fluxos torrenciais da vida. Entretanto, ohhh! A destruição. Nova vida que carregava mudança. O Agente da Mudança estava vindo, sempre diferente. Vermes da areia traim a pureza do deserto da ancestral Duna.

A desolação daquele poder transformador invadira sua imaginação. Ela era capaz de imaginar aquela paisagem reduzida a dunas varridas pelo vento, hábitat para os descendentes de Leto II.

E as artes de Casa Capitular sofreriam uma mutação – mitos de uma civilização substituídos pelos de outra.

Herdeiras de Duna

A aura de tais pensamentos acompanhou Odrade até o salão de treinamento e matizou seu humor enquanto ela observava Murbella completando uma bateria de exercícios rápidos e recuando em seguida, ofegante.

Um arranhão fino enrubescia o dorso da mão esquerda de Murbella no lugar em que fora atingida ao errar uma passada do grande mek. O treinador automático estava parado ali no centro do aposento como um pilar dourado, suas armas dardejando para dentro e para fora – tal como inseto irritado, com suas mandíbulas a sondar.

Murbella vestia trajes justos verdes e sua pele exposta reluzia com a transpiração. Mesmo com a barriga proeminente de sua gestação, parecia graciosa. Sua pele brilhava de saúde. Vinha de dentro, Odrade assumiu, parte pela gravidez, mas também por algo mais fundamental. Isso impressionara Odrade durante o primeiro encontro que haviam tido, algo que Lucilla comentara após capturar Murbella e resgatar Idaho de Gammu. Saúde pulsava sob a pele dela, presente como uma lente para focar a atenção em um profundo manancial de vitalidade.

Precisamos tê-la!

Murbella notou a visitante, mas recusou ser interrompida.

Ainda não, Madre Superiora. Logo meu bebê nascerá, mas as necessidades deste corpo continuarão.

Só então Odrade reparou que o mek estava simulando ira, uma resposta programada trazida pela frustração em seus circuitos. Um modo extremamente perigoso!

– Bom dia, Madre Superiora.

A voz de Murbella veio modulada por seus esforços enquanto se esquivava e rodopiava com aquela velocidade quase ofuscante que ela dominava.

O mek golpeava e buscava por ela, seus sensores disparando e zumbindo na tentativa de seguir os movimentos de Murbella.

Odrade fungou. Falar em um momento daqueles aumentaria o perigo do mek. Não arrisque quaisquer distrações nesse jogo perigoso. *Já basta!*

Os controles do mek estavam em um grande painel na parede à direita da porta. As modificações que Murbella fizera podiam ser vistas nos circuitos: fios dependurados, feixes de campos com cristais de memória deslocados. Odrade ergueu a mão e parou o mecanismo.

Murbella se virou para enfrentar a Madre Superiora.

– Por que mudou os circuitos? – interpelou Odrade.

– Por ódio.

– É isso que as Honoráveis Matres fazem?

– Retorcer o galho? – Murbella massageou a mão machucada. – Mas e se o galho sabe que está sendo retorcido e consente?

Odrade sentiu uma empolgação repentina.

– Consente? Por quê?

– Porque há algo... grandioso nisso.

– Você quer perpetuar o efeito da adrenalina?

– Você sabe que não é isso! – A respiração de Murbella retornou ao normal. Ela permaneceu de pé, encarando Odrade.

– Então, o que é?

– É... ser desafiada a fazer mais do que jamais pensou ser possível. Você nunca suspeita que pode ser tão... tão boa, tão especial e conquistar qualquer coisa.

Odrade ocultou sua elação.

Mens sana in corpore sano. Finalmente nós a temos!

– Mas a que preço! – Odrade contrapôs.

– Preço? – Murbella soou perplexa. – Enquanto tiver capacidade, estarei feliz em pagá-lo.

– Pegue o que quiser e pague por isso?

– É a cornucópia mágica de vocês, Bene Gesserit: conforme me torno mais adepta, minha capacidade de pagar aumenta.

– Cuidado, Murbella. Essa cornucópia, como você a chama, tem o potencial de se tornar uma caixa de Pandora.

Murbella conhecia a alusão. Ficou quieta, com a atenção fixa na Madre Superiora.

– Hã? – O som quase não lhe escapou.

– A caixa de Pandora libera distrações poderosas que desperdiçam energias de sua vida. Você fala com loquacidade sobre estar "a um passo" de se tornar uma Reverenda Madre, mas ainda não sabe o que isso significa nem o que queremos de você.

– Então nunca foram nossas habilidades sexuais que vocês cobiçavam.

Odrade avançou oito passos, magistralmente deliberados. Assim que Murbella abordou aquele assunto, não havia como evitar que ela seguisse com sua resolução de costume: acabar a discussão com um comando da Madre Superiora.

– Sheeana aprendeu suas habilidades de forma magistral com facilidade – Odrade redarguiu.

– Então vocês a *usarão* naquela criança!

Odrade ouviu o descontentamento. Era um resíduo cultural. Quando a sexualidade humana se iniciava? Sheeana, aguardando naquele instante nos aposentos da guarda na não nave, havia sido forçada a lidar com a questão.

"Espero que a senhora reconheça a fonte de minha relutância e o motivo de eu ter sido tão reservada, Madre Superiora."

"Eu reconheço que uma sociedade fremen encheu sua mente de inibições antes que nós pudéssemos acolhê-la!"

Aquilo desanuviara o ar entre elas. Mas como aquela discussão com Murbella poderia ser redirecionada? *Devo permitir que ela prossiga enquanto busco uma saída.*

Haveria uma repetição. Questões não resolvidas emergiriam. O fato de quase toda palavra enunciada por Murbella poder ser antecipada... Eis o ordálio.

– Por que evitar esse caminho de dominação já testado, agora que você diz precisar realizá-lo com Teg? – Murbella questionou.

– Escravos, é isso o que você quer? – Odrade rebateu.

Com os olhos quase fechados, Murbella considerou a pergunta. *Eu considero homens como nossos escravos? Talvez. Produzo neles períodos de abandono selvagem, um enlevo de êxtase que jamais sonharam ser possível. Fui treinada para dar isso a eles e, por meio disso, sujeitá-los ao nosso controle.*

Até que Duncan fez o mesmo comigo.

Odrade notou o anuviamento dos olhos de Murbella e reconheceu que havia coisas na psiquê daquela mulher deturpadas de uma forma difícil de descobrir. *Uma natureza selvagem à solta correndo para onde não seguimos.* Era como se a clareza original de Murbella tivesse sido manchada de maneira indelével e aquela marca a cobrisse, e até mesmo essa cobertura estivesse mascarada. Havia uma severidade nela que distorcia pensamentos e ações. Camada sobre camada sobre camada...

– Você tem medo daquilo que posso fazer – Murbella sentenciou.

– Há verdade no que você diz – Odrade concordou.

Frank Herbert

Honestidade e candor: agora são ferramentas limitadas, a serem empregadas com cautela.

– Duncan. – A voz de Murbella ressoou com suas novas habilidades Bene Gesserit.

– Temo o que você compartilha com ele. Acha estranho a Madre Superiora admitir sentir medo?

– Eu sei sobre honestidade e candor! – Ela fez com que candor e honestidade soassem repulsivos.

– As Reverendas Madres são ensinadas a nunca abandonar seu *eu*. Somos treinadas para não nos comprometermos com as preocupações dos outros.

– É só isso?

– É algo que se aprofunda e tem outras ramificações. Ser uma Bene Gesserit marca você à sua própria maneira.

– Eu sei o que você está pedindo: escolha Duncan ou a Irmandade. Conheço seus truques.

– Acho que não.

– Há coisas que eu não farei!

– Cada uma de nós está atrelada a um passado. Eu tomo minhas decisões, faço o que devo em virtude de meu passado ser diferente do seu.

– Você continuará a me treinar apesar do que acabo de dizer?

Odrade ouviu tal declaração na total receptividade que esses encontros com Murbella exigiam, cada sentido alerta a coisas não faladas, mensagens que pairavam nos limites das palavras como se tivessem cílios oscilando delas, estendendo-se para entrar em contato com um universo perigoso.

As Bene Gesserit devem mudar seus costumes. E eis aqui uma pessoa que poderia nos guiar na direção da mudança.

Bellonda ficaria horrorizada diante dessa possibilidade. Muitas irmãs a rejeitariam. Mas ali estava ela.

Uma vez que Odrade permaneceu em silêncio, Murbella emendou:

– Treinada. Essa é a palavra apropriada?

– Condicionada. Talvez essa lhe seja mais familiar.

– O que você realmente quer é unificar nossas experiências, tornar-me suficientemente parecida com vocês para que possamos criar confiança entre nós. É o que toda educação faz.

Não me venha com jogos eruditos, garota!

– Devemos fluir na mesma correnteza, não é, Murbella?

Qualquer acólita de terceiro estágio teria adotado uma postura cautelosa de observação ao ouvir aquele tom de voz da Madre Superiora. Murbella parecia inabalada.

– Só que eu não vou desistir dele.

– Essa é uma decisão sua.

– Vocês permitiram que lady Jéssica decidisse?

Por fim, uma escapatória para aquele beco sem saída.

Duncan havia feito Murbella estudar a vida de Jéssica. *Na esperança de nos frustrar!* Holos de sua atuação haviam forçado uma análise severa dos registros.

– Uma pessoa interessante – Odrade comentou.

– Amor! Depois de todos os seus ensinamentos, seus *condicionamentos!*

– Você nunca considerou o comportamento dela traidor?

– Nunca!

Agora, com delicadeza.

– Mas veja as consequências: um Kwisatz Haderach... e aquele neto... o Tirano! – *O argumento favorito de Bellonda.*

– O Caminho Dourado – Murbella atalhou. – A sobrevivência da humanidade.

– Tempos da Penúria e a Dispersão.

Você está assistindo a isso, Bell? Não importa. Você assistirá.

– Honoráveis Matres! – Murbella vociferou.

– Tudo por causa de Jéssica? – Odrade perguntou. – Mas Jéssica retornou para a Irmandade e viveu o resto de seus dias em Caladan.

– Professora de acólitas!

– Era um exemplo para elas, também. Viu o que acontece quando nos desafiam? – *Desafiar-nos, Murbella! Faça isso com mais astúcia do que Jéssica.*

– Por vezes você me enoja! – E a honestidade natural forçou que ela acrescentasse: – Mas você sabe que eu quero o que vocês possuem.

O que nós possuímos.

Odrade recordou seus primeiros encontros com os atrativos Bene Gesserit. Tudo realizado de maneira extraordinariamente precisa com o

Frank Herbert

corpo, sentidos afinados para detectar o menor dos detalhes, músculos treinados para agir com exatidão admirável. Essas habilidades em uma Honorável Matre podiam acrescentar uma nova dimensão amplificada pela velocidade corporal.

– Mais uma vez, você está jogando a decisão de volta para mim – Murbella acusou. – Tentando forçar minha escolha quando já sabe qual será.

Odrade permaneceu em silêncio. Esta era uma forma de discussão que os antigos jesuítas haviam quase aperfeiçoado. Simulfluxo sobrepunha padrões disputativos: deixe que Murbella se convença sozinha. Forneça apenas o mais sutil dos empurrões. Dê-lhe pequenas desculpas as quais ela possa elaborar.

Mas mantenha-se firme, Murbella, pelo amor que sente por Duncan!

– Você é muito esperta em desfiar as vantagens de sua Irmandade diante de mim – disse Murbella.

– Não somos a fila de uma cafeteria!

Murbella esboçou um sorriso indiferente.

– Quero um desse e um daquele e acho que gostaria de uma daquelas coisas cremosas logo ali.

Odrade apreciou a metáfora, mas as observadoras onipresentes tinham seus próprios apetites.

– Uma dieta que poderia matá-la.

– Mas vejo o que vocês oferecem de forma tão atrativa. Voz! Que coisa maravilhosa vocês criaram. Tenho esse instrumento maravilhoso em minha garganta e você pode me ensinar a usá-lo de forma derradeira.

– Agora, você é a maestrina de um concerto.

– Quero suas habilidades para influenciar aqueles que me cercam!

– Para qual finalidade, Murbella? Para os objetivos de quem?

– Se comer o que você come, ganharei o seu tipo de resiliência: açoplás por fora e algo ainda mais duro por dentro?

– É assim que você me enxerga?

– A chef de meu banquete! E devo comer qualquer coisa que você trouxer: para o meu bem e para o seu.

Ela soava quase como uma maníaca. Uma pessoa estranha. Por vezes, aparentava ser a mulher mais infeliz, andando por seus aposentos como uma fera enjaulada. Aquela expressão ensandecida em seus olhos, manchas alaranjadas nas córneas... Como as que mostrava naquele instante.

Herdeiras de Duna

– Você ainda se recusa a *persuadir* Scytale?

– Deixe que Sheeana faça isso.

– Você a treinará?

– E assim ela usará meu treinamento na criança!

Elas se encararam, percebendo que compartilhavam um pensamento similar. *Isto não é um confronto porque cada uma de nós quer a outra.*

– Estou comprometida com você em função do que pode me dar – Murbella admitiu, a voz baixa. – Mas você quer saber se eu seria capaz de algum dia ir contra esse comprometimento.

– Você seria?

– Tanto quanto você, caso as circunstâncias exigissem.

– Você acha que algum dia se arrependerá de sua decisão?

– É claro que sim! – Maldição, que tipo de pergunta era aquela? As pessoas sempre tinham arrependimentos.

– Estou apenas confirmando sua honestidade para consigo mesma. Gostamos que você não guarde cartas na manga.

– Vocês encontram quem guarde?

– Naturalmente.

– Devem ter alguma forma de eliminar essas pessoas.

– A agonia se encarrega disso para nós. Falsidades não passam pela especiaria.

Odrade pressentiu os argumentos defensivos de Murbella se agitando.

– E você não exigirá que eu desista de Duncan? – Muito incisiva.

– Essa conexão apresenta dificuldades, mas são suas dificuldades.

– Outra forma de pedir que eu desista dele?

– Aceite a possibilidade, só isso.

– Não consigo.

– Não quer?

– Eu falei exatamente o que quis dizer. Sou incapaz.

– E se alguém lhe mostrasse uma forma?

Murbella fixou a atenção nos olhos de Odrade por um longo momento, então falou:

– Eu quase disse que isso me libertaria... mas...

– Sim?

– Eu não poderia ser livre enquanto ele estivesse ligado a mim.

– Isso é uma renúncia às doutrinas das Honoráveis Matres?

Frank Herbert

– Renúncia? Palavra errada. Eu apenas cresci para além de minhas antigas irmãs.

– Antigas irmãs?

– Ainda minhas irmãs, mas são irmãs de minha infância. Lembro-me com afeto de algumas, outras eu detesto intensamente. Colegas em um jogo que já não me interessa mais.

– Essa decisão a deixa satisfeita?

– A senhora está satisfeita, Madre Superiora?

Odrade uniu as mãos com júbilo irrestrito. A rapidez com que Murbella adquirira o contragolpe Bene Gesserit!

– Satisfeita? Uma palavra mortal e infernal!

À medida que Odrade falava, Murbella sentia-se se movendo como em um sonho até a beira de um abismo, incapaz de acordar e evitar a queda. Seu estômago doía com um vazio secreto, e as próximas palavras de Odrade vieram a partir de um eco distante.

– As Bene Gesserit são tudo para uma Reverenda Madre. Você nunca será capaz de se esquecer disso.

Tão rápido quanto surgira, a sensação onírica passou. As palavras subsequentes da Madre Superiora vieram frias e imediatas.

– Prepare-se para um treinamento mais avançado.

Até você conhecer a agonia... viver ou morrer.

Odrade voltou seu rosto para os olhos-com no teto.

– Mande Sheeana até aqui. Ela começa imediatamente com sua nova professora.

– Então você vai mesmo fazer isso! Você vai *persuadir* aquela criança.

– Pense nele como o bashar Teg – Odrade falou. – Isso ajuda. – *E não estamos lhe dando tempo para reconsiderar.*

– Eu não resisti a Duncan e não vou discutir com você.

– Não discuta nem mesmo consigo mesma, Murbella. É inútil. Teg era meu pai e ainda assim devo fazer isso.

Até aquele momento, Murbella não havia percebido a força por trás da declaração anterior de Odrade. *As Bene Gesserit são tudo para uma Reverenda Madre. Grande Dur me proteja! Eu acabarei assim?*

**Testemunhamos uma fase passageira da eternida-
de. Coisas importantes acontecem, mas algumas
pessoas nunca percebem. Acidentes interferem.
Você não está presente nesses episódios. Deve-se
confiar em informes. E as pessoas fecham a mente.
De que servem os informes? História em um relato
de notícias? Pré-selecionados em uma conferência
editorial, digeridos e excretados pelo preconceito? Os relatos de que você precisa raramente vêm
daqueles que fazem a história. Diários, memórias
e autobiografias são formas subjetivas de súplicas
especiais. Os Arquivos estão abarrotados desse
tipo de coisa suspeita.**

– Darwi Odrade

Scytale notou a agitação das guardas e de outras quando chegou à barreira no final de seu corredor. O movimento célere de pessoas, especialmente tão cedo, chamara a sua atenção e fizera que ele fosse até a barreira. Lá estava aquela médica Suk, Jalanto. Ele a reconhecera da ocasião em que Odrade a enviara "porque ele estava com um aspecto doente". *Mais uma Reverenda Madre para me espiar!*

Ahhhh, o bebê de Murbella. Esse era o motivo da correria e da Suk.

Mas quem eram todas as outras? Mantos Bene Gesserit em uma abundância que ele jamais vira ali. Não apenas acólitas. Reverendas Madres eram mais numerosas do que as outras que ele via correndo. Pareciam grandes aves carniceiras. Por último, uma acólita passou carregando uma criança nos ombros. Muito misterioso. *Se ao menos eu tivesse um link para os sistemas da nave!*

Ele se recostou contra uma parede e aguardou, mas as pessoas desapareceram por diversas escotilhas e umbrais. Alguns dos destinos ele era capaz de identificar com um bom grau de certeza, outros permaneciam um mistério.

Pelo Sagrado Profeta! Eis a Madre Superiora em pessoa! Ela passou por uma porta mais larga pela qual a maioria das outras seguira.

Frank Herbert

Seria inútil perguntar a Odrade na próxima vez que a encontrasse. Ele caíra na armadilha dela.

O Profeta está aqui, e nas mãos das powindah!

Ao notar que mais ninguém apareceu no corredor, Scytale retornou a seus aposentos. O monitor de identificação ao lado da porta tremeluziu durante sua passagem, mas ele se forçou a não olhar para o dispositivo. *Identificação é a chave.* Com seu conhecimento, aquela falha no sistema de controle da nave ixiana atraiu instantaneamente a sua atenção.

Quando eu agir, elas não me darão muito tempo.

Seria um ato desesperado tomar a nave e tudo o que ela continha como reféns. Meros segundos para ser bem-sucedido. Quem poderia saber quais painéis falsos haviam sido construídos, de quais escotilhas secretas aquelas mulheres terríveis poderiam saltar para pegá-lo. Ele não ousava realizar sua jogada antes de exaurir todas as outras possibilidades. Ainda mais agora... com o Profeta restaurado.

Bruxas ardilosas. O que mais elas mudaram nesta nave? Um pensamento inquietante. *Será que meu conhecimento ainda é aplicável?*

A presença de Scytale do outro lado da barreira não havia escapado à atenção de Odrade, mas ela tinha outras questões com que se preocupar. A parição (ela gostava daquele termo antigo) do filho de Murbella viera em um momento oportuno. Odrade queria Idaho distraído durante a tentativa de Sheeana de restaurar as memórias do bashar. Idaho se distraía com frequência ao pensar em Murbella. E Murbella obviamente não poderia estar com ele naquele momento.

Odrade mantinha uma vigilância prudente na presença dele. Afinal, era um Mentat.

Ela o encontrou mais uma vez diante de seu console. Quando Odrade emergiu da calha vertical para o corredor de acesso aos aposentos de Idaho, ouviu os cliques dos relês e aquele zumbido característico do campo comunicador, então soube de imediato onde o encontraria.

Idaho demonstrou estar com um humor singular quando a Madre Superiora o levou à sala de observação, de onde poderiam monitorar Sheeana e a criança.

Preocupado com Murbella? Ou com o que eles logo veriam ali?

A sala de observação era comprida e estreita. Três fileiras de cadeiras voltadas para a parede falsa através da qual poderiam ver o quarto

Herdeiras de Duna

secreto onde o experimento ocorreria. A área de observação fora deixada em uma penumbra cinzenta, com apenas dois pequenos luciglobos nas quinas superiores atrás das cadeiras.

Duas Suks estavam presentes – apesar de Odrade temer que fossem ineficientes. Jalanto, a Suk que Idaho considerava a melhor, estava com Murbella.

O que demonstra a nossa preocupação. É real o bastante.

Cadeiras fundas haviam sido posicionadas ao longo da parede falsa. Uma escotilha de acesso para o outro cômodo estava próxima.

Streggi trouxe a criança pela passagem externa, por onde não veria os observadores, e a levou até o interior do aposento. O lugar havia sido preparado segundo as orientações de Murbella: um quarto de dormir, algumas das coisas do próprio garoto, que haviam sido trazidas de seus aposentos, e algumas coisas dos cômodos compartilhados por Idaho e Murbella.

O antro de um animal, Odrade pensou. Havia um senso de desordem naquele lugar vindo da desorganização deliberada que normalmente era encontrada nos aposentos de Idaho: roupas jogadas sobre uma cadeira funda, sandálias em um canto. O catre era aquele compartilhado por Idaho e Murbella. Durante sua inspeção prévia, Odrade notara um cheiro semelhante a saliva, um odor intimamente sexual. Isso também agiria de maneira inconsciente em Teg.

Eis o lugar onde coisas selvagens se originam, coisas que não podemos suprimir. Que ousadia pensar que podemos controlar isso. Mas devemos.

Conforme Streggi despia o garoto, deixando-o nu sobre o catre, Odrade sentiu a própria pulsação acelerar. Ela se posicionou mais para a frente em sua cadeira, notando que suas companheiras Bene Gesserit imitavam aquele mesmo movimento.

Que coisa, ela pensou. *Será que não passamos de* voyeurs?

Tais pensamentos eram necessários naquele momento, mas ela sentiu que a aviltavam. Ela perdia algo com aquela intrusão. Uma ideia extremamente não Bene Gesserit. Mas bastante humana!

Duncan assumira um ar de estudada indiferença, um simulacro fácil de se reconhecer. Havia muita subjetividade em seus pensamentos para que ele funcionasse bem como um Mentat. E era precisamente assim que Odrade queria que ele estivesse. A mística da participação. O orgasmo como energizador. Bell reconhecera corretamente.

Com uma das três censoras próximas, todas escolhidas por sua força e que estavam ali ostensivamente como observadoras, Odrade comentou:

– O ghola quer suas memórias originais restauradas, mas as teme por completo. Essa é a maior barreira a ser vencida.

– Besteira! – Idaho atalhou. – Você sabe o que nos favorece neste exato momento? A mãe dele foi uma de vocês e lhe deu o treinamento profundo. Quais as chances de ela ter falhado em protegê-lo contra suas Impressoras?

Odrade se voltou bruscamente para ele. *Mentat?* Não, ele estava de volta a seu passado imediato, revivendo-o e traçando comparações. Entretanto, aquela referência às Impressoras... Foi dessa forma que a primeira "colisão sexual" com Murbella restaurou suas memórias das outras vidas-ghola? Profunda resistência contra a impressão?

A censora a quem Odrade havia se dirigido escolheu ignorar aquela interrupção impertinente. Ela lera o material dos Arquivos que Bellonda recomendara. Todas as três sabiam que poderiam ser ordenadas a matar o ghola-criança. Teria ele poderes perigosos para elas? As observadoras não tinham como saber até (ou a menos que) Sheeana fosse bem-sucedida.

Para Idaho, Odrade falou:

– Streggi lhe disse o motivo de estar aqui.

– O que ela falou? – Muito peremptório com a Madre Superiora. As censoras o encararam.

Odrade manteve o tom de voz deliberadamente suave:

– Streggi lhe disse que Sheeana restauraria suas memórias.

– O que ele falou?

– "Por que Duncan Idaho não está fazendo isso?"

– E ela respondeu com honestidade? – *Conseguindo se recompor um pouco.*

– Com honestidade, mas sem revelar coisa alguma. Streggi disse a ele que Sheeana tem um método melhor. E que você aprovou.

– Olhe para ele! O menino nem está se movendo. Vocês não o drogaram, não é?

Idaho se virou para encarar as censoras.

– Não ousaríamos. Mas ele está focado em si, no próprio interior. Você se lembra da necessidade disso, não lembra?

Idaho afundou na cadeira, os ombros desabando.

Herdeiras de Duna

– Murbella vive dizendo: "Ele é só uma criança. Ele é só uma criança". Vocês sabem que discutimos por causa disso.

– Penso que seus argumentos são pertinentes. O bashar não era uma criança. É o bashar quem estamos despertando.

Ele ergueu os dedos cruzados.

– É o que espero.

Ela se reclinou, olhando para os dedos de Idaho.

– Não sabia que era supersticioso, Duncan.

– Eu rezaria para Dur se pensasse que isso fosse ajudar.

Ele se recorda de suas próprias dores do redespertar.

– Não mostre compaixão – ele murmurou. – Despeje sobre ele. Mantenha-o focado em seu interior. Você quer a ira dele.

Aquelas eram palavras vindas de sua própria experiência.

De forma abrupta, ele disse:

– Essa deve ser a coisa mais estúpida que já sugeri. Preciso ir e ficar com Murbella.

– Você está em boa companhia, Duncan. E não há nada que possa fazer por Murbella agora. Veja! – Ela falou assim que Teg saltou do catre e encarou os olhos-com no teto.

– Ninguém virá me ajudar? – Teg questionou. Mais desespero em sua voz do que o previsto para aquele estágio. – Onde está Duncan Idaho?

Odrade colocou uma mão sobre o braço de Idaho quando ele começou a se mover para a frente.

– Fique onde está, Duncan. Você também não pode ajudá-lo. Ainda não.

– Alguém vai me dizer o que devo fazer? – A voz do jovem tinha um timbre solitário e agudo. – O que vão fazer?

Essa era a deixa de Sheeana, que entrou no cômodo por uma escotilha oculta atrás de Teg.

– Aqui estou. – Ela vestia apenas um manto azul de tecido diáfano, quase transparente. O traje aderia ao seu corpo conforme ela dava a volta para ficar frente a frente com o garoto.

Ele ficou boquiaberto. Seria ela uma Reverenda Madre? Ele nunca vira uma delas vestida daquela forma.

– Você vai me devolver as minhas memórias? – Dúvida e desespero.

– Eu vou ajudá-lo a devolvê-las a si mesmo. – Ao dizer isso, ela retirou o manto e o jogou para o lado. A veste flutuou até o chão como uma grande borboleta azulada.

Teg a encarou.

– O que você está fazendo?

– O que acha que estou fazendo? – Sheeana se sentou ao lado de Teg e colocou a mão em seu pênis.

A cabeça dele se inclinou para a frente como se tivesse sido empurrada por trás e ele mirou a mão de Sheeana à medida que uma ereção se formava ali.

– Por que está fazendo isso?

– Você não sabe?

– Não!

– O bashar saberia.

Ele ergueu o olhar para o rosto de Sheeana, que estava muito perto do seu.

– Você sabe! Por que não me conta?

– Eu não sou sua memória!

– Por que você está sussurrando desse jeito?

Ela encostou os lábios contra o pescoço do garoto. O sussurro se tornou perceptível para os observadores. Murbella o chamava de intensificador, um retorno ajustado para as respostas sexuais. Foi aumentando.

– O que está fazendo? – Quase um guincho à medida que ela o posicionava sob seu corpo. Ela ondulou, massageando a nuca do garoto.

– Responda, maldição! – Definitivamente um guincho.

De onde aquele "maldição" teria vindo? Odrade se perguntou.

Sheeana fez que ele a penetrasse.

– Aqui está sua resposta!

A boca de Teg formou um "ohhhhhhhh" silencioso.

Os observadores perceberam a concentração nos olhos de Teg, mas Sheeana também o *observava* com outros sentidos.

"Sinta a tensão das coxas dele, aquele pulso indicador do nervo vago e, em especial, o escurecimento de seus mamilos. Quando ele chegar a esse ponto, mantenha-o até que as pupilas dele se dilatem."

– Impressora! – O grito de Teg fez os observadores se sobressaltarem.

Ele golpeou os ombros de Sheeana com os punhos. Todos os que observavam pela parede falsa notaram um tremeluzir interno nos olhos do garoto conforme ele se retorcia para a frente e para trás; algo novo emergindo dele.

Odrade pôs-se de pé.

– Algo deu errado?

Idaho permaneceu em sua cadeira.

– O que eu havia previsto.

Sheeana afastou Teg para longe a fim de escapar de seus dedos em forma de garras.

Ele caiu no chão e girou com uma velocidade que deixou os observadores chocados. Sheeana e Teg se confrontaram durante um longo intervalo. Vagarosamente, ele se endireitou e só então olhou para si. Em seguida, voltou a atenção para seu braço esquerdo, mantido à sua frente. Seu olhar foi para o teto e depois para cada uma das paredes. Então, observou o próprio corpo.

– O que infernos... – Ainda era uma aguda voz infantil, mas estranhamente madura.

– Bem-vindo, ghola-bashar – Sheeana falou.

– Você estava tentando me imprimir! – Uma acusação raivosa. – Acha que minha mãe não me ensinou a prevenir isso? – Uma expressão de distanciamento cobriu seu rosto. – Ghola?

– Alguns preferem considerá-lo um clone.

– Quem é... Sheeana! – Ele girou sobre os calcanhares, observando toda a extensão do quarto. Havia sido escolhido por seus acessos ocultos, nenhuma escotilha visível. – Onde estamos?

– Na não nave que você levou a Duna pouco antes de ser morto ali mesmo. – Ainda seguindo de acordo com as regras.

– Morto... – Outra vez, ele olhou as próprias mãos. Os observadores quase podiam ver os filtros ghola-impostos caírem de sua memória. – Eu fui morto... em Duna? – Quase lamurioso.

– Valente até o final – Sheeana concordou.

– Meus... Os homens que levei de Gammu... Eles estavam...

– As Honoráveis Matres usaram Duna como uma lição exemplar. Agora é uma esfera desprovida de vida, reduzida a cinzas.

Raiva tingiu suas feições. Ele se sentou e cruzou as pernas, colocando um punho cerrado sobre cada joelho.

– Sim. Eu aprendi sobre isso na história de... de mim mesmo. – Mais uma vez ele relanceou na direção de Sheeana. Ela permanecia sentada no

Frank Herbert

catre, imóvel. Era um mergulho tão profundo nas memórias que apenas alguém que havia passado pela agonia podia compreender. Era necessário completa imobilidade.

Odrade sussurrou:

– Não interfira, Sheeana. Deixe que aconteça. Deixe que ele resolva por si só. – Ela sinalizou com uma das mãos para as três censoras. Elas foram até a escotilha de acesso, observando a Madre Superiora em vez do quarto secreto.

– Acho estranho considerar a mim mesmo um assunto de história – Teg comentou. A voz era a da criança, mas passava aquela sensação recorrente de maturidade. Ele fechou os olhos e respirou profundamente.

Na sala de observação, Odrade afundou de volta em sua cadeira e perguntou:

– O que você viu, Duncan?

– Quando Sheeana o afastou, ele se virou com uma rapidez que nunca vi, exceto em Murbella.

– Ainda mais rápido que ela.

– Talvez... porque seu corpo é jovem e tenhamos dado a ele o treinamento prana-bindu.

– Algo mais. Você nos alertou, Duncan. Um fator desconhecido nos marcadores das células Atreides. – Ela olhou para as censoras que observavam e meneou a cabeça. *Não. Ainda não.* – Maldita seja a mãe dele! Hipno-indução para bloquear uma Impressora, e ela ocultou isso de nós.

– Mas veja o que ela nos deu – Idaho comentou. – Uma forma mais efetiva de restaurar memórias.

– Nós mesmas devíamos ter notado isso! – Odrade sentiu raiva de si. – Scytale diz que os Tleilaxu usavam dor e confronto. Fico imaginando.

– Pergunte a ele.

– Não é tão simples. Nossas Proclamadoras da Verdade não têm certeza quanto a ele.

– Ele é opaco.

– Quando você o estudou?

– Dar! Tenho acesso aos registros dos olhos-com.

– Eu sei, mas...

– Maldição! Você não vai manter seus olhos em Teg? Olhe para ele! O que está acontecendo?

354

Odrade retornou rapidamente a atenção para a criança sentada.

Teg observava os olhos-com, uma expressão de terrível intensidade em seu rosto.

Para ele, aquilo fora como despertar de um sonho sob o estresse do conflito, a mão de um auxiliar a balançá-lo. Algo demandava a sua atenção! Ele recordou estar sentado no centro de comando da não nave, Dar de pé ao seu lado com uma mão em seu pescoço. *Arranhando-o?* Algo urgente a ser feito. O que era? Seu corpo tinha uma sensação errada. Gammu... E agora estavam em Duna, e... Ele se lembrava de coisas diferentes: de sua infância em Casa Capitular? Dar como... como... Mais memórias entremeadas. *Elas tentaram me imprimir!*

Sua percepção fluía ao redor daquele pensamento como um rio espraiando-se por uma pedra.

– Dar! Você está aí? Você está aí!

Odrade se recostou e levou uma das mãos ao queixo. *E agora?*

– Mãe! – Que tom mais acusatório!

Odrade tocou um painel de transmissão ao lado de sua cadeira.

– Olá, Miles. Vamos caminhar pelos pomares?

– Chega de jogos, Dar. Sei por que você precisa de mim. Mas lhe aviso: violência projeta o tipo de pessoa errada ao poder. Como se você não soubesse!

– Ainda fiel à Irmandade, Miles, apesar do que acabamos de tentar fazer?

Ele relanceou para Sheeana, que observava.

– Ainda seu cão obediente.

Odrade lançou um olhar acusatório na direção do sorridente Idaho.

– Você e suas malditas histórias! – Falando novamente com Teg: – Muito bem, Miles... chega de jogos, agora tenho que saber sobre Gammu. Dizem que você se movia mais rápido que os olhos eram capazes de seguir.

– Verdade. – Monótono, indiferente.

– E agora há pouco...

– Este corpo é muito pequeno para carregar a carga.

– Mas você...

– Eu o usei em um rompante e estou faminto.

Odrade se voltou para Idaho. Ele anuiu. *Verdade.*

Ela acenou para que as censoras se afastassem da escotilha. Elas hesitaram antes de obedecer. O que Bell havia dito a elas?

Teg não havia terminado.

– Eu entendi direito, filha? Uma vez que cada indivíduo é o derradeiro responsável por seu *eu*, a formação desse *eu* demanda extremo cuidado e atenção?

Maldita seja a mãe dele por ensiná-lo tudo!

– Peço desculpas, Miles. Não sabíamos como sua mãe o havia preparado.

– Isso foi ideia de quem? – Ele olhou para Sheeana enquanto falava.

– Minha ideia, Miles – Idaho assumiu.

– Ah, você também está aí? – Mais memórias retornaram aos poucos, como um gotejar.

– E eu me recordo da dor que você me causou quando restaurou minhas memórias – Idaho retrucou.

Aquilo o recompôs.

– Argumento aceito, Duncan. Desculpas não são necessárias. – Ele se voltou para os alto-falantes que reproduziam a voz dos interlocutores. – Como está o ar aí no alto, Dar? Rarefeito o bastante para o seu gosto?

Maldita ideia idiota!, ela pensou. *E ele sabe disso. Nada rarefeito.* O ar estava pesado pela respiração de todos que a cercavam, incluindo aqueles que desejavam compartilhar sua presença dramática, aquelas dotadas de ideias (por vezes a ideia de que elas seriam melhores no posto de Madre Superiora), outras com mãos que ofereciam e mãos que exigiam. De fato, rarefeito! Ela pressentia que Teg tentava lhe dizer algo. O quê?

"Por vezes devo ser a autocrata!"

Ela se ouviu dizendo isso durante uma de suas caminhadas pelos pomares, explicando o significado de "autocrata" a ele e adicionando: *"Tenho o poder e devo utilizá-lo. Isso me oprime terrivelmente".*

Você tem o poder, portanto use-o! Era isso o que aquele bashar Mentat estava lhe dizendo. *Você deve me matar ou me libertar, Dar.*

Ainda assim, ela protelou em busca de tempo e sabia que ele pressentiria isso.

– Miles, Burzmali está morto, mas mantinha uma força de reserva aqui treinada pessoalmente por ele. Os melhores de...

– Não me estorve com detalhes triviais! – Que voz de comando! Fina e aguda, mas todo o essencial estava ali.

Herdeiras de Duna

Sem receberem orientações, as censoras retornaram para a escotilha. Odrade ordenou que elas se afastassem com um gesto repleto de raiva. Só então percebeu que havia chegado a uma decisão.

– Devolvam-lhe as roupas e deixem-no sair – ela falou. – Tragam Streggi até aqui.

As primeiras palavras de Teg ao emergir perturbaram Odrade e a fizeram se perguntar se teria cometido um equívoco.

– E se eu não me engajar na batalha da forma que você deseja?

– Mas você disse...

– Eu disse muitas coisas em minhas... vidas. Batalhas não reforçam o senso moral, Dar.

Ela (e Taraza) haviam ouvido o bashar abordar aquela questão em mais de uma ocasião. *"Guerras deixam um resíduo de 'coma, beba e divirta-se' que, com frequência, levava inexoravelmente a um colapso moral."*

Correto, mas ela não sabia o que ele tinha em mente com aquele lembrete. *"Para cada veterano que retorna com um novo senso de destino ('eu sobrevivi; este deve ser o propósito de Deus'), muitos voltam para casa quase submersos em amargor, prontos para seguir pelo 'caminho mais fácil' porque viram coisas demais durante as tensões da guerra."*

Tais palavras pertenciam a Teg, mas eram a crença de Odrade.

Streggi se apressou até a sala, mas antes que pudesse falar, Odrade indicou para que ficasse de lado e aguardasse em silêncio.

Pela primeira vez, a acólita teve coragem para desobedecer a Madre Superiora.

– Duncan deve saber que tem outra filha. Mãe e bebê estão vivas e saudáveis. – Ela se virou para Teg. – Olá, Miles. – Só então Streggi se afastou para a parede do fundo e ficou em silêncio.

Ela é melhor do que eu esperava, Odrade pensou.

Idaho relaxou em sua cadeira, sentindo a tensão das preocupações que haviam interferido em sua análise do que observara ali.

Teg saudou Streggi inclinando a cabeça, mas dirigiu-se a Odrade:

– Mais alguma palavra para sussurrar nos ouvidos de Deus? – Era essencial controlar a atenção de todos e confiar que Odrade notasse. – Caso contrário, estou faminto de verdade.

Odrade ergueu um dedo para sinalizar Streggi e logo ouviu a acólita partindo.

Frank Herbert

Ela pressentiu para onde Teg direcionava sua atenção e, como se quisesse confirmar tal presságio, ele emendou:

– Talvez você tenha criado uma cicatriz desta vez.

Uma farpa direcionada para a máxima que a Irmandade alardeava, que dizia "não permitimos que cicatrizes se acumulem em nosso passado. Cicatrizes costumam ocultar mais do que revelam".

– Algumas cicatrizes *revelam* mais do que escondem – comentou Teg e olhou para Idaho. – Não é, Duncan? – *De um Mentat para o outro.*

– Acredito que acabo de me deparar com uma velha discussão – Idaho replicou.

Teg se virou para Odrade.

– Viu só, minha filha? Um Mentat conhece uma velha discussão só de ouvir. As Bene Gesserit se orgulham de saber o que é requerido de *vocês* a cada desdobramento, mas o monstro deste desdobramento foi criado por vocês mesmas!

– Madre Superiora! – Era uma censora que não admitia que lhe dirigissem a palavra dessa forma.

Odrade a ignorou. Sentiu-se mortificada, com força e severidade. A Taraza Interior se recordou da discussão: *"Somos moldadas pelas associações Bene Gesserit. De uma forma peculiar, elas nos embotam. Ah, podemos cortar rápida e profundamente quando necessário, mas essa é uma espécie diferente de embotamento".*

– Não tomarei parte em seu embotamento – Teg arrematou. Então ele se lembrava.

Streggi retornou com uma tigela de ensopado, um caldo marrom no qual flutuavam pedaços de carne. Teg se sentou no chão e levou a colher à boca com movimentos apressados.

Odrade permaneceu em silêncio, os pensamentos seguindo na direção que Teg havia apontado. Havia uma rígida carapaça com a qual as Reverendas Madres se revestiam, contra a qual tudo o que vinha de fora (incluindo emoções) parecia apenas projeções. Murbella tinha razão e a Irmandade precisava reaprender emoções. Caso permanecessem meras observadoras, estariam perdidas.

– Não será necessário que você nos embote – ela respondeu a Teg.

Teg e Idaho ouviram algo a mais na voz de Odrade. Teg colocou de lado a tigela vazia, mas Idaho foi o primeiro a falar:

Herdeiras de Duna

– Refinada – ele murmurou.

Teg concordou. As irmãs raramente eram impulsivas. Obtinham-se reações ordenadas delas mesmo em tempos de perigo. Elas iam além daquilo que a maioria das pessoas considerava refinado. Elas eram impulsionadas não apenas por seus sonhos de poder, mas também por sua longa visão, algo composto pela imediação e por uma memória quase ilimitada. Odrade, então, estava seguindo um plano cuidadosamente delineado. Teg relanceou as observadoras censoras.

– Vocês estavam dispostas a me matar – ele falou.

Ninguém respondeu. Não havia necessidade. Todos reconheceram a projeção Mentat.

Teg se virou e olhou para o fundo da sala onde tinha recuperado suas memórias. Sheeana havia partido. Mais memórias sussurravam nos limites de sua percepção. Elas teriam a vez de falar quando fosse apropriado. Este corpo diminuto. Era um fator complicador. E Streggi... Ele se concentrou em Odrade.

– Vocês foram mais espertas do que imaginam. Mas minha mãe...

– Não creio que ela tenha previsto isso – Odrade atalhou.

– Não... ela não era tão Atreides.

Uma palavra eletrizante naquelas circunstâncias, que espalhou um silêncio especial pela sala. As censoras se aproximaram.

Aquela mãe dele!

Teg ignorou as censoras que o cercavam.

– Respondendo à pergunta que você não enunciou, não sou capaz de explicar o que aconteceu comigo em Gammu. Minha agilidade física e mental desafia quaisquer explicações. Dado o tamanho e a energia, no intervalo de uma batida de seu coração eu poderia arrasar esta sala e seria capaz de quase sair desta nave. Ahhh... – Erguendo a mão. – Ainda sou o seu cão obediente. Farei o que precisam, mas talvez não da forma como imaginam.

Odrade notou a preocupação estampada nas faces de suas irmãs. *O que eu causei a nós mesmas?*

– Podemos prevenir qualquer ser vivo de sair desta nave – ela rebateu. – Você pode ser rápido, mas duvido que seja mais rápido do que o fogo que o envolveria caso tentasse partir sem nossa permissão.

– Partirei quando eu quiser e *com* sua permissão. De quantos soldados das tropas especiais de Burzmali vocês dispõem?

Frank Herbert

– Quase dois milhões. – Uma resposta automática, enunciada pela perplexidade.

– Tantos!

– Ele contava com mais do que o dobro dessa quantia consigo em Lampadas quando as Honoráveis Matres os obliteraram.

– Teremos de ser mais espertos do que o pobre Burzmali. Vocês poderiam me deixar a sós com Duncan para discutirmos? É para isso que nos mantêm por perto, não é? Nossa especialidade? – Ele mirou com uma expressão sorridente os olhos-com logo acima. – Tenho certeza de que vocês revisarão nossa discussão de forma minuciosa antes de aprová-la.

Odrade e suas irmãs trocaram olhares. Elas compartilhavam uma pergunta não enunciada: *O que mais podemos fazer?*

Conforme se levantava, Odrade olhou para Idaho.

– Eis um verdadeiro trabalho para um Mentat-Proclamador da Verdade!

Depois que as mulheres deixaram a sala, Teg se posicionou em uma das cadeiras e observou o cômodo vazio pela parede falsa. Passou muito perto e ele ainda sentia o coração batendo forte em razão de seus esforços.

– Um belo show – ele comentou.

– Já vi melhores. – Extremamente seco.

– O que eu gostaria agora era de uma grande taça de marinette, mas duvido que este corpo seja capaz de aguentar.

– Bell estará aguardando Dar quando ela voltar para a Central – Idaho falou.

– Que Bell vá para o mais profundo inferno! Precisamos desarmar aquelas Honoráveis Matres antes que elas nos encontrem.

– E nosso bashar tem exatamente esse plano.

– Maldito seja esse título!

Idaho inspirou de forma impetuosa, movido pela perplexidade.

– Vou lhe dizer uma coisa, Duncan! – Intenso. – Certa vez, quando cheguei para uma reunião importante com inimigos em potencial, ouvi um auxiliar me anunciar. "O bashar está aqui." Eu quase tropecei, pego por aquela maldita abstração.

– Obscuridade Mentat.

– Claro que foi. Mas eu sabia que o título tirava algo de mim que eu não ousava perder. Bashar? Eu era mais do que isso! Eu era Miles Teg, o nome dado a mim por meus pais.

– Você estava na cadeia-nominal!

– Com certeza, e percebi que meu nome estava afastado de algo mais primal. Miles Teg? Não, eu era mais básico do que isso. Eu conseguia ouvir minha mãe dizendo: "Ah, que belo bebê". Então eu tinha outro nome: "Belo Bebê".

– Você foi mais a fundo? – Idaho percebeu que estava fascinado.

– Eu fui apanhado. Nomes que levavam a nomes, que levavam a nomes, que levavam ao inominado. Quando adentrei aquela sala importante, era inominado. Você já se arriscou nisso?

– Uma vez. – Uma admissão relutante.

– Todos nós fazemos isso pelo menos uma vez. Mas ali estava eu. Sabia com o que estava lidando. Tinha uma referência para cada um à mesa: rostos, nomes, títulos, além de todo tipo de antecedentes.

– Mas você não estava ali de verdade.

– Ah, eu conseguia notar as expressões cheias de expectativas me medindo, indagando, se preocupando. Mas eles não me conheciam!

– Isso lhe deu uma sensação de grande poder?

– Exatamente como eu havia sido acautelado na escola Mentat. Perguntei-me: "Seria isso a Mente em Seu Começo?". Não ria. É uma pergunta torturante.

– Então você se aprofundou ainda mais? – Pego pelas palavras de Teg, Idaho ignorou os sinais de cautela nos limites de sua percepção.

– Ah, sim. E me encontrei no famoso "Corredor dos Espelhos" que eles descreveram e nos avisaram para fugirmos.

– Então você se lembrou de como sair e...

– Lembrei? Você obviamente esteve lá. A memória o tirou de lá?

– Ela ajudou.

– Apesar dos avisos, permaneci, vendo meu "*eu* dos *eus*" e infinitas permutações. Reflexos de reflexos, *ad infinitum*.

– Fascínio do "cerne egoico". Pouquíssimos escaparam daquelas malditas profundezas. Você teve sorte.

– Não tenho certeza de que podemos chamar de sorte. Eu sabia que deveria haver uma Percepção Primordial, um despertar...

– Que descobre não ser a primeira.

– Mas eu queria ver um *eu* na raiz do *eu*!

– As pessoas na reunião não notaram algo estranho em você?

– Descobri mais tarde que fiquei sentado com uma expressão rígida que ocultou essa ginástica mental.

– Você não falou?

– Fiquei mudo. Isso foi interpretado como "a esperada reticência do bashar". Veja o que faz uma reputação.

Idaho começou a sorrir e se lembrou dos olhos-com. Percebeu de imediato como as vigias interpretariam tais revelações. Talentos selvagens em um descendente perigoso dos Atreides! As irmãs sabiam dos espelhos. Qualquer um que escapasse deveria ser tratado como suspeito. O que os espelhos mostraram a ele?

Como se tivesse ouvido aquela pergunta perigosa, Teg falou:

– Eu estava preso e sabia disso. Eu podia visualizar a mim mesmo como alguém em estado vegetativo em uma cama, mas não me importava. Os espelhos eram tudo, até que, como algo que emerge da água, vi minha mãe. Sua fisionomia estava mais ou menos parecida com a que tinha pouco antes de morrer.

Idaho inspirou de forma trêmula. Será que Teg não sabia o que estava dizendo para os olhos-com registrarem?

– Agora as irmãs vão pensar que sou, no mínimo, um Kwisatz Haderach em potencial – Teg prosseguiu. – Outro Muad'Dib. Besteira! Como você tanto gosta de dizer, Duncan. Nenhum de nós arriscaria algo assim. Sabemos o que ele criou e não somos estúpidos!

Idaho não conseguia sequer engolir em seco. Será que elas aceitariam essas palavras de Teg? Ele falava a verdade, mas, ainda assim...

– Ela pegou minha mão – Teg continuou. – Eu era capaz de sentir! E me conduziu para fora do Corredor. Eu esperava que ela estivesse comigo quando senti que me sentava à mesa. Minha mão ainda formigava em razão de seu toque, mas ela havia partido. Eu sabia. Apenas foquei minha atenção e reassumi. A Irmandade precisava ganhar vantagens importantes e foi o que eu fiz.

– Algo que sua mãe plantou em...

– Não! Eu a vi da mesma forma que as Reverendas Madres veem suas Outras Memórias. Era a forma dela de dizer: "Por que diabos você está gastando tempo aqui quando há trabalho a ser feito?". Ela nunca me deixou, Duncan. O passado nunca deixa qualquer um de nós.

Idaho percebeu de forma abrupta o propósito do recital de Teg. *Honestidade e candura, de fato!*

– Você possui Outras Memórias!

– Não! Exceto aquilo que qualquer um possui em emergências. O Corredor dos Espelhos era uma emergência e também me permitiu ver e sentir a fonte de ajuda. Mas não vou voltar para lá!

Idaho aceitou aquela declaração. A maiora dos Mentats se arriscava em um mergulho raso no Infinito e aprendia a natureza transiente de nomes e títulos, mas o relato de Teg ia muito além de uma declaração sobre o Tempo como fluxo e arranjo.

– Percebi que chegara a hora de nos apresentar completamente para as Bene Gesserit – Teg falou. – Elas devem saber até que ponto podem confiar em nós. Há trabalho a ser feito e já gastamos tempo demais com tolices.

Gaste energias com aqueles que a fortalecem. Energia gasta com os fracos a arrastará para a perdição. (Regra HM)

Comentário Bene Gesserit: Quem julga?

– O Registro Dortujla

O dia do retorno de Dortujla não foi bom para Odrade. Uma reunião sobre armamentos com Teg e Idaho terminou sem qualquer tomada de decisões. Ela pressentira a caçadora com o machado durante a reunião e sabia que aquilo afetara suas reações.

Em seguida, a sessão vespertina com Murbella: palavras, palavras, palavras. Murbella estava emaranhada em questões filosóficas. Um beco sem saída, caso Odrade já tivesse se visto nesse tipo de situação.

Naquele momento a Madre Superiora estava de pé no limite ocidental do perímetro pavimentado da Central. Era um de seus locais favoritos, mas Bellonda, ao seu lado, privava-a do sossego silencioso que Odrade antecipara.

Sheeana as encontrou ali e perguntou:

– É verdade que você deu a Murbella liberdade para circular pela nave?

– Pronto! – Esse era um dos medos mais profundos de Bellonda.

– Bell – Odrade a interrompeu e apontou para o anel de pomares. – Naquela pequena elevação ali, onde não plantamos nenhuma árvore. Quero que mande erguer uma construção decorativa naquele lugar, seguindo minhas instruções. Um belvedere com gelosias para observar a paisagem.

Não havia como deter Bellonda agora. Odrade raramente a vira tão irritada. E quanto mais Bellonda se queixava, mais Odrade se tornava inflexível.

– Você quer uma... uma construção decorativa? Naquele pomar? Em que mais você quer gastar nossos recursos? Decorativa! Um rótulo bem apropriado para outra de suas...

Era uma discussão boba. Ambas sabiam, após vinte palavras daquela arenga. A Madre Superiora não poderia ceder primeiro, e Bell raramente cedia coisa alguma. Mesmo quando Odrade permaneceu em silêncio, Bellonda continuou atacando as trincheiras vazias. No final, quando as energias de Bellonda se esgotaram, Odrade sentenciou:

Herdeiras de Duna

– Você me deve um esplêndido jantar, Bell. Assegure-se de que seja o melhor que puder arranjar.

– Eu devo... – Bellonda começou a gaguejar.

– Uma oferta de paz – Odrade atalhou. – Quero que seja servida em meu belvedere... minha fantástica construção decorativa.

Quando Sheeana riu, Bellonda foi forçada a segui-la, mas com um tom gélido. Ela sabia quando havia sido vencida.

– Todos verão e dirão: "Vejam como a Madre Superiora é confiante" – Sheeana comentou.

– Então você quer essa construção para elevar o moral! – Nesse ponto, Bellonda teria aceitado quase qualquer justificativa.

Odrade lançou um sorriso radiante para Sheeana. *Minha pequena e esperta garota!* Sheeana não tinha apenas parado de provocar Bellonda, mas assumira a tarefa de reforçar a autoestima da mulher mais velha sempre que possível. Bell sabia disso, é claro, e uma inevitável pergunta Bene Gesserit permanecia: *Por quê?*

Reconhecendo a suspeita, Sheeana comentou:

– Estamos, na verdade, discutindo sobre Miles e Duncan. E eu, para ser sincera, estou cansada disso.

– Se eu soubesse o que você realmente está fazendo, Dar! – Bellonda explodiu.

– Energia tem padrões próprios, Bell!

– O que quer dizer com isso? – Muito espantada.

– Elas irão nos encontrar, Bell. E eu sei como.

Bellonda ficou boquiaberta.

– Somos escravas de nossos hábitos – Odrade falou. – Escravas das energias que criamos. Escravos são capazes de se libertar? Bell, você conhece esse problema tão bem quanto eu.

Incrivelmente, Bellonda ficou perplexa.

Odrade a encarou.

Orgulho, era o que Odrade via quando olhava para suas irmãs e seus postos. Dignidade era apenas uma máscara. Não havia humildade real. Em vez disso, havia essa conformidade visível, um verdadeiro padrão Bene Gesserit que, em uma sociedade ciente do perigo de padrões, soava como um alarme sonoro.

Sheeana estava confusa.

– Hábitos?

– Seus hábitos virão sempre atrás de você. O *eu* que você construir irá assombrá-la. Um fantasma perambulando atrás de seu corpo, ansioso para possuí-la. Somos viciadas no *eu* que construímos. Escravas daquilo que fizemos. Somos viciadas nas Honoráveis Matres e elas em nós!

– Mais de seu maldito romantismo! – Bellonda resmungou.

– Sim, sou romântica... da mesma forma que o Tirano foi. Ele se sensibilizou quanto à forma fixa de sua criação. Sou sensível à armadilha presciente que ele criou.

Mas, ah, quão perto estava a caçadora e, ah, quão profundo era o abismo.

Bellonda não fora aplacada.

– Você disse que sabe como elas nos encontrarão.

– Elas têm apenas de reconhecer seus próprios hábitos e... Sim? – Isso foi para uma mensageira acólita que surgiu de uma passagem coberta atrás de Bellonda.

– Madre Superiora, é a Reverenda Madre Dortujla. Madre Fintil a trouxe até o campo de pouso espacial e elas estarão aqui dentro de uma hora.

– Leve-a até o meu escritório! – Odrade se virou para Bellonda com um olhar quase selvagem. – Ela disse alguma coisa?

– Madre Dortujla está doente – a acólita falou.

Doente? Que coisa extraordinária de se dizer a respeito de uma Reverenda Madre.

– Reserve o julgamento. – Era Bellonda-Mentat falando, Bellonda inimiga do romantismo e da imaginação bravia.

– Faça com que Tam também esteja lá como observadora – Odrade acrescentou.

Dortujla claudicava com uma bengala, auxiliada por Fintil e Streggi. Ainda assim, havia uma firmeza em seus olhos e um senso de avaliação por trás de cada olhar que lançava aos arredores. Ela removera o capuz, revelando o cabelo castanho-escuro mosqueado com mármore ancestral e, quando falou, sua voz trazia um senso de fadiga.

– Fiz como a senhora ordenou, Madre Superiora. – Assim que Fintil e Streggi deixaram o escritório, Dortujla se sentou, sem receber autorização, em uma cadeira funda ao lado de Bellonda. Lançou breves relances para Sheeana e Tamalane a sua esquerda, então um olhar duro para

Herdeiras de Duna

Odrade. – Elas irão encontrá-la em Junção. Acreditam que o lugar foi proposto por elas e sua Rainha Aranha está lá!

– Quando? – Sheeana perguntou.

– Elas estipularam cem dias-padrão contados a partir de mais ou menos agora. Posso ser mais precisa, se quiser.

– Por que tanto tempo? – Odrade indagou.

– Minha opinião? Elas usarão o tempo para reforçar suas defesas em Junção.

– Quais as garantias? – Tam quis saber, concisa como sempre.

– Dortujla, o que foi que aconteceu com você? – Odrade estava chocada com a fraqueza trêmula que era evidente nela.

– Elas fizeram experimentos em mim. Mas isso não é importante. Os preparativos, são. É importante ressaltar que elas lhe prometeram travessia segura para entrar e sair de Junção. Não acredite nelas. Permitiram-lhe uma *pequena* comitiva de ajudantes, que não passe de cinco integrantes. Assuma que elas matarão todos que a acompanharem, ainda que... eu possa ter ensinado a elas o erro desse comportamento.

– Elas esperam que eu apresente a submissão das Bene Gesserit? – A voz de Odrade nunca fora tão gélida. As palavras de Dortujla traziam um novo espectro de tragédia.

– Foi a isso que as induzi.

– E quanto às irmãs que foram com você? – Sheeana perguntou.

Dortujla indicou a testa com uma pequena batida do indicador, um gesto comum na Irmandade.

– Eu as tenho. Concordamos que as Honoráveis Madres devem ser punidas.

– Mortas? – Odrade forçou a palavra entre lábios cerrados.

– Tentando me forçar a me juntar a elas. *"Viu só? Mataremos outra se você não concordar."* Eu disse a elas que nos matassem de uma vez e desistissem de uma reunião com a Madre Superiora. Não aceitaram isso até que acabassem as reféns.

– Você Compartilhou todas elas? – Tamalane perguntou. Sim, essa seria uma das preocupações de Tam, agora que ela se aproximava de sua própria morte.

– Enquanto fingia me assegurar de que estavam mortas. Vocês devem saber da história inteira. Essas mulheres são grotescas! Possuem futars enjaulados. Os corpos de minhas irmãs foram jogados nas jaulas deles, que as devoraram. A Rainha Aranha (um nome apropriado) me fez assistir a tudo.

– Repulsivo! – Bellonda comentou.

Dortujla suspirou.

– Elas não sabem, naturalmente, que tenho visões ainda piores nas Outras Memórias.

– Tentaram sobrepujar suas sensibilidades – Odrade comentou. – Tolice. Ficaram surpresas quando você não reagiu como elas esperavam?

– Humilhadas, eu diria. Acho que elas já viram outras reagindo como eu. Disse a elas que era uma boa forma de se conseguir fertilizante. Creio que isso as deixou irritadas.

– Canibalismo – Tamalane murmurou.

– Apenas em aparência – Dortujla rebateu. – Futars definitivamente não são humanos. Não passam de animais selvagens domesticados.

– Sem Treinadores? – Odrade questionou.

– Não vi nenhum. Os futars falavam. Diziam "comer!" antes de comer e provocavam as Honoráveis Matres que os cercavam. "Você fome?" Esse tipo de coisa. O mais importante era o que acontecia depois que eles comiam.

Dortujla cedeu a um acesso de tosse.

– Elas tentaram venenos – queixou-se. – Mulheres estúpidas!

Quando recuperou o fôlego, Dortujla continuou:

– Um futar foi até as barras de sua jaula após o... Banquete? A coisa olhou para a Rainha Aranha e gritou. Eu nunca ouvi um som igual àquele. Enregelante! Cada Honorável Matre naquele cômodo foi paralisada e eu juro a vocês que elas estavam apavoradas.

Sheeana tocou o braço de Dortujla.

– Um predador imobilizando sua presa?

– Sem dúvida. Tinha as qualidades da Voz. Os futars pareceram surpresos com o fato de que aquilo não me paralisou.

– A reação das Honoráveis Matres? – Bellonda inquiriu. Sim, uma Mentat sempre requeria esse *datum*.

– Um clamor generalizado quando elas recobraram as vozes. Muitas berravam para que a Grande Honorável Matre destruísse os futars. Ela, entretanto, assumiu uma postura mais calma. "Mais valiosos vivos", disse.

Herdeiras de Duna

– Um sinal esperançoso – Tamalane comentou.

Odrade virou-se para Bellonda.

– Ordenarei a Streggi que traga o bashar aqui. Objeções?

Bellonda fez um curto sinal com a cabeça. Elas sabiam do risco que precisavam correr, apesar das dúvidas sobre as intenções de Teg.

Para Dortujla, Odrade falou:

– Quero que fique nos meus aposentos de hóspedes. Traremos Suks. Peça o que precisar e prepare-se para uma reunião com todo o conselho. Você é uma consultora especial.

Dortujla falou enquanto se esforçava para se levantar.

– Eu não durmo há quase quinze dias e preciso de uma refeição especial.

– Sheeana, cuide disso e chame as Suks aqui. Tam, fique com o bashar e Streggi. Informes regulares. Ele desejará visitar o aquartelamento e assumir pessoalmente o controle. Providencie um link de comunicação entre ele e Duncan. Nada deve impedi-los.

– Você quer que eu fique aqui com ele? – Tamalane questionou.

– Você é a carrapato dele. Streggi não o leva a lugar algum sem seu conhecimento. Ele quer Duncan como Mestre de Armas. Assegure-se de que ele aceite o confinamento de Duncan na nave. Bell, quaisquer dados sobre armas que Duncan requisitar: prioridade. Comentários?

Não havia comentários. Pensamentos sobre consequências, sim, mas a assertividade do comportamento de Odrade as infectou.

Sentada e recostada, Odrade fechou os olhos e aguardou até que o silêncio a informasse que estava sozinha. Os olhos-com ainda a observavam, é claro.

Elas sabem que estou cansada. Quem não estaria sob estas circunstâncias? Mais três irmãs assassinadas por essas monstras! Bashar! Elas devem sentir a chibata e aprender a lição!

Quando ouviu Streggi chegando com Teg, Odrade abriu os olhos. Streggi o conduzia pela mão, mas havia algo na postura deles dizendo que já não eram um adulto cuidando de uma criança. Os movimentos de Teg diziam que ele dava permissão para Streggi tratá-lo daquela forma. Ela teria de ser avisada.

Tam os seguia e foi até uma cadeira perto das janelas diretamente abaixo do busto de Chenoeh. Posicionamento significativo? Tam fazia coisas estranhas naqueles últimos dias.

– A senhora deseja que eu fique, Madre Superiora? – Streggi soltou a mão de Teg e ficou perto da porta.

– Sente-se ali, ao lado de Tam. Escute, mas não interrompa. Você deve saber o que será requisitado de você.

Teg subiu na cadeira que recentemente Dortujla ocupara.

– Suponho que isto seja um conselho de guerra.

Há um adulto por trás dessa voz infantil.

– Ainda não vou perguntar sobre seu plano – Odrade falou.

– Bom. O inesperado demanda mais tempo e posso não ser capaz de lhe dizer o que tenho em mente até o instante da ação.

– Estivemos observando você e Duncan. Por que estão interessados nas naves da Dispersão?

– Naves de carga compridas possuem uma aparência característica. Vi uma delas no campo de Gammu.

Teg se recostou e deixou que sua frase fosse absorvida, satisfeito com a postura vivaz que pressentia em Odrade. Decisões! Não longas deliberações. Aquilo se adequava a suas necessidades. *Elas não devem descobrir toda a extensão de minhas habilidades. Ainda não.*

– Você disfarçaria uma força de ataque?

Bellonda irrompeu pela porta enquanto Odrade falava e grunhiu uma objeção enquanto se sentava:

– Impossível! Elas reconhecerão códigos e sinais secretos para...

– Deixe-me decidir quanto a isso, Bell, ou me tire do comando.

– Este é o conselho! – Bellonda exclamou. – Você não...

– Mentat? – Ele lançou um olhar direto para ela, o bashar se tornando evidente em sua feição.

Uma vez que ela permaneceu em silêncio, ele rebateu:

– Não questione minha lealdade! Se quiser me enfraquecer, é melhor me substituir!

– Deixe que ele fale. – Era Tam. – Este não é o primeiro conselho no qual o bashar apareceu como nosso igual.

Bellonda baixou o queixo uma fração de milímetro.

Para Odrade, Teg falou:

– Evitar um combate é uma questão de inteligência: a variedade coletada e o poder intelectual.

Está lançando nossa arenga contra nós mesmas! Ela ouviu o Mentat em sua voz e Bellonda obviamente também havia notado. Inteligência e inteligência: a visão dupla. Sem ela, o combate frequentemente ocorria como um acidente.

O bashar permaneceu sentado em silêncio, deixando-as marinar em suas próprias observações históricas. O anseio por conflito ia muito mais fundo do que a consciência. O Tirano acertara. A espécie humana agia como "uma fera". As forças que impeliam aquele grande coletivo animal remontavam aos dias tribais e muito além, assim como as forças às quais os humanos respondiam sem pensar.

Misture os genes.

Expanda o Lebensraum para seus próprios reprodutores.

Reúna a energia dos outros: junte escravos, peões, criados, servos, mercados, trabalhadores... A terminologia com frequência era intercambiável.

Odrade percebeu o que ele estava fazendo. O conhecimento absorvido pela Irmandade ajudava a torná-lo o incomparável bashar Mentat. Ele mantinha essas coisas como instintos. Os devoradores de energia conduziam a violência da guerra. Isso era descrito como "ganância, medo (de que outros tomem seus tesouros), fome de poder" e assim por diante em análises fúteis. Odrade ouvira algo do tipo até mesmo de Bellonda, que obviamente não estava lidando muito bem com o fato de que um *subordinado* as lembrasse do que já sabiam.

– O Tirano sabia – Teg prosseguiu. – Duncan o cita: "A guerra é um comportamento com raízes na única célula dos mares primevos. Coma o que você tocar ou aquilo o comerá".

– O que você sugere? – Bellonda, mordaz como nunca.

– Um estratagema em Gammu, então um ataque à base delas em Junção. Para isso, precisamos de observações em primeira mão. – Ele observou Odrade fixamente.

Ele sabe! O pensamento se incendiou na mente de Odrade.

– Você acha que seus estudos de Junção quando era uma base da Guilda ainda são precisos? – Bellonda perguntou.

– Elas ainda não tiveram tempo de mudar aquele lugar em comparação com o que tenho armazenado aqui. – Ele indicou a testa em uma paródia do gesto da Irmandade.

– Englobamento – Odrade comentou.

Bellonda lançou um olhar severo.

Frank Herbert

– O custo!

– Perder tudo é mais custoso – Teg rebateu.

– Sensores de dobra espacial não precisam ser tão grandes – Odrade falou. – Duncan os programaria para criar uma explosão Holzmann quando em contato?

– As explosões seriam visíveis e nos dariam uma trajetória. – Ele se recostou e olhou para uma área indefinida na parede atrás de Odrade. Será que elas aceitariam? Ele não ousaria apavorá-las com mais uma demonstração de seu talento selvagem. Se Bell soubesse que ele era capaz de *ver* as não naves!

– Faça isso! – Odrade concordou. – Você tem o comando. Use-o.

Houve uma sensação distinta de risada vinda de Taraza nas Outras Memórias. *Deixe que ele aja como quiser! Foi assim que ganhei minha tremenda reputação!*

– Uma coisa – disse Bellonda. Ela se voltou para Odrade. – Você será a espiã dele?

– Quem mais poderia entrar lá e transmitir as observações?

– Elas vão monitorar todas as formas de transmissão!

– Até mesmo aquela que diz à nossa não nave que não fomos traídas? – Odrade sugeriu.

– Uma mensagem encriptada escondida na transmissão – Teg complementou. – Duncan desenvolveu uma encriptação que levaria meses para ser decodificada, mas duvidamos que elas sequer detectem a sua presença.

– Loucura – Bellonda resmungou.

– Eu conheci um comandante militar das Honoráveis Matres em Gammu – Teg insistiu. – Negligente em se tratando dos detalhes necessários. Creio que são confiantes demais.

Bellonda o encarou e ali estava o bashar, encarando-a de volta a partir dos olhos de uma criança inocente.

– Abandone toda a sanidade, vós que entrais aqui – ele arrematou.

– Caiam fora daqui todos vocês! – Odrade ordenou. – Vocês têm trabalho a fazer. E Miles...

Ele já havia escorregado para fora da cadeira, mas permaneceu parado ali, com a mesma aparência de quando aguardava que sua *Mãe* lhe dissesse algo importante.

Herdeiras de Duna

– Você se refere à insanidade dos eventos dramáticos que a guerra sempre amplifica?

– Ao que mais? Certamente não acha que eu me referia a sua Irmandade!

– Por vezes, Duncan toma parte neste jogo.

– Não quero que contraiamos a loucura das Honoráveis Matres – Teg falou. – É contagiosa, sabe?

– Elas tentaram controlar o ímpeto sexual – Odrade comentou. – Isso sempre acaba fugindo de controle.

– Fuga ensandecida – ele concordou. Apoiou-se contra a escrivaninha, o queixo mal alcançava a superfície. – Algo colocou aquelas mulheres para correr lá fora. Duncan está certo. Elas estão buscando por algo e fugindo ao mesmo tempo.

– Você tem noventa dias-padrão para se aprontar – ela sentenciou. – Nem um dia a mais.

Ish yara al-ahdab hadbat-u. (Um corcunda não vê
a própria corcova. – Dito popular.)

**Comentário Bene Gesserit: A corcova pode ser
vista com o auxílio de espelhos, mas espelhos
podem mostrar todo o ser.**

– O bashar Teg

Era uma fraqueza Bene Gesserit que Odrade sabia que toda a Irmandade logo reconheceria. Ela não sentia consolo por ter sido a primeira a perceber. *Negando nosso recurso mais profundo quando mais precisamos dele!* As Dispersões haviam ido além da habilidade humana de reunir as experiências de uma forma gerenciável. *Podemos somente extrair os princípios essenciais, e isso é uma questão de julgamento.* Dados vitais permaneceriam dormentes em grandes e pequenos eventos, acúmulos chamados de instinto. Então finalmente chegou-se a isto: elas devem retroceder para o conhecimento silenciado.

Naquela era, a palavra "refugiados" ganhava a coloração de seu significado pré-espacial. Pequenos grupos de Reverendas Madres enviadas pela Irmandade tinham algo em comum com as cenas antigas de errantes desalojados marchando por estradas esquecidas, seus pertences patéticos atados com retalhos, rebocados por carretas de mão e vagões de brinquedo, ou ainda empilhados sobre veículos descompensados, resquícios da humanidade mantendo-se às margens e densamente amontoados em seu interior, cada rosto pálido com desesperança ou enrubescido pelo desespero.

Então repetimos a história, e a repetimos e a repetimos.

Enquanto entrava no tubo de transporte pouco antes do almoço, os pensamentos de Odrade se mantinham fixos em suas irmãs Dispersas: refugiadas políticas, refugiadas econômicas, refugiadas de pré-combate.

Esse é o seu Caminho Dourado, Tirano?

Visões de suas Dispersas assombravam Odrade ao entrar no Refeitório Reservado da Central, um local que apenas Reverendas Madres podiam frequentar. Ali elas se serviam nas filas da cafeteria.

Haviam se passado vinte dias desde que ela liberara Teg para ir ao aquartelamento. Rumores circulavam pela Central, em especial entre as censoras, apesar de ainda não haver sinais de outra votação. Novas decisões devem ser anunciadas hoje e teriam de ser mais do que a mera nomeação de quem a acompanharia a Junção.

Ela vasculhou o refeitório com os olhos, um lugar austero com paredes amareladas, teto baixo, pequenas mesas quadradas que poderiam ser dispostas em fileiras para grupos maiores. Janelas em um dos lados revelavam um pátio ajardinado sob uma cobertura translúcida. Damasqueiros com frutos verdes, gramado, bancos, pequenas mesas. Irmãs comiam lá fora quando os raios de sol iluminavam o pátio. Naquele dia não havia sol.

Odrade ignorou a fila da cafeteria, na qual um lugar havia sido aberto para ela. *Até mais, irmãs.*

Na mesa de canto que lhe era reservada, próxima das janelas, Odrade deliberadamente moveu as cadeiras. A cãodeira castanha de Bell pulsou levemente em função dessa perturbação incomum. Odrade se sentou de costas para o salão, sabendo que aquilo seria interpretado da forma correta: *Deixe-me a sós com meus pensamentos.*

Enquanto aguardava, observou o pátio externo. Uma sebe viva de exóticos arbustos de folhas arroxeadas e flores vermelhas: botões gigantes com estames delicados em amarelo profundo.

Bellonda foi a primeira a chegar, instalando-se em sua cãodeira sem comentários sobre sua nova posição. Bell com frequência aparentava desalinho, cinto solto, manto amarrotado, restos de comida no peito. Naquele dia, estava arrumada e limpa.

Ora, mas por que isso?

– Tam e Sheeana irão se atrasar – Bellonda informou.

Odrade aceitou isso sem parar de estudar aquela Bellonda diferente. Estaria um pouco mais magra? Não havia como isolar por completo uma Madre Superiora do que ocorria dentro de sua área sensorial de preocupações, mas por vezes as pressões do trabalho a distraíam de pequenas mudanças. Ainda assim, aquele era o hábitat natural de uma Reverenda Madre, e evidências negativas eram tão elucidantes quanto positivas. Em retrospecto, Odrade percebeu que essa nova Bellonda estivera entre elas por diversas semanas.

Frank Herbert

Algo acontecera com Bellonda. Qualquer Reverenda Madre poderia exercer razoável controle sobre seu peso e condição corporal. Uma questão de química interna: conter fogos ou permitir que queimassem com força. Por anos, a rebelde Bellonda havia ostentado um corpo obeso.

– Você perdeu peso – Odrade comentou.

– A gordura estava começando a me deixar muito lenta.

Aquilo nunca fora motivo o bastante para Bell mudar seus hábitos. Ela sempre compensara com a velocidade de sua mente, com projeções e transporte ainda mais rápido.

– Duncan realmente a afetou, não foi?

– Não sou hipócrita, nem criminosa!

– Acho que chegou a hora de mandá-la para um Forte de punição.

Esse golpe humorístico normalmente deixava Bellonda incomodada. Naquela ocasião, ela não se sentiu provocada. Mas, sob a pressão do olhar de Odrade, confessou:

– Se você insiste em saber, é Sheeana. Ela anda me atazanando para melhorar minha aparência e aumentar meu círculo de associadas. Irritante! Estou fazendo isso para calar a boca dela.

– Por que Tam e Sheeana estão atrasadas?

– Repassando sua última reunião com Duncan. Impus limites severos a quem tem acesso aos registros. Não há como saber o que acontecerá quando se tornar conhecimento geral.

– Como acontecerá.

– É inevitável. Estou apenas ganhando tempo para nos prepararmos.

– Eu não queria que isso fosse suprimido, Bell.

– Dar, o que você *está* fazendo?

– Anunciarei durante a Convocação.

Bellonda não respondeu, mas encarou-a cheia de surpresa.

– Uma Convocação é direito meu – Odrade falou.

Bellonda se recostou e observou Odrade, avaliando, questionando... tudo sem palavras. A última Convocação das Bene Gesserit ocorrera após a morte do Tirano. E antes disso, quando o Tirano tomou o poder. Uma Convocação não fora cogitada desde os ataques das Honoráveis Matres. Muito tempo retirado de tarefas prementes.

Logo Bellonda perguntou:

Herdeiras de Duna

– Você arriscará trazer irmãs de nossos Fortes remanescentes?

– Não. Dortujla irá representá-las. Há um precedente, você bem sabe.

– Primeiro você liberta Murbella; agora é uma Convocação.

– Liberta? Murbella está atada por correntes de ouro. Aonde iria sem seu Duncan?

– Mas você deu liberdade para Duncan deixar a nave!

– E ele fez isso?

– Você acha que a informação sobre o arsenal da nave é a única coisa que ele levará? – Bellonda indagou.

– Estou certa de que sim.

– Eu me lembro de Jéssica dando as costas para o Mentat que poderia tê-la matado.

– O Mentat estava imobilizado por suas próprias crenças.

– Às vezes o touro acerta o toureiro, Dar.

– Na maioria das vezes, não.

– Nossa sobrevivência não deveria depender de estatísticas!

– Concordo. Por isso conclamei uma Convocação.

– Incluindo as acólitas?

– Todas.

– Até mesmo Murbella? Ela terá um voto de acólita?

– Creio que até lá ela já será uma Reverenda Madre.

Bellonda arfou, e então:

– Você está indo depressa demais, Dar!

– Estes tempos exigem agilidade.

Bellonda relanceou na direção da porta do refeitório.

– Tam acaba de chegar. Mais atrasada do que eu esperava. Será que elas gastaram tempo para consultar Murbella?

Tamalane se aproximou, ofegante em virtude da correria. Lançou-se em sua cãodeira azul, notando o novo posicionamento, e disse:

– Sheeana logo estará aqui. Ela está mostrando os registros para Murbella.

– Ela vai fazer Murbella passar pela agonia e conclamar uma Convocação – Bellonda se endereçou a Tamalane.

– Não fico surpresa. – Tamalane rebateu com sua antiga precisão. – A posição daquela Honorável Matre deve ser resolvida assim que possível.

Frank Herbert

Neste ponto Sheeana se juntou às outras, sentando-se na cadeira funda à esquerda de Odrade, falando ao se sentar.

– Vocês já observaram a maneira como Murbella anda?

Odrade foi pega de surpresa por essa pergunta abrupta, lançada sem preâmbulos, fixando sua atenção. *Murbella caminhando pela nave.* Observara justamente naquela manhã. Havia beleza em Murbella e os olhos não podiam se desviar. Para outras Bene Gesserit, tanto Reverendas Madres como acólitas, ela era uma coisa exótica. Chegara ali já madura do perigoso Além. *Uma delas.* Eram seus movimentos, entretanto, que atraíam os olhos. A homeostase dela ia além dos padrões.

A pergunta de Sheeana redirecionou a mente da observadora. Algo sobre a passagem relativamente aceitável de Murbella requeria novo exame. O que seria?

Os movimentos de Murbella sempre eram escolhidos com cautela. Ela excluía qualquer coisa que não fosse necessária para ir de um lugar a outro. *O caminho de menor resistência?* Era a visão de Murbella que causara angústia em Odrade. Sheeana também notara, é claro. Seria Murbella uma daquelas que escolheria um caminho fácil em todas as ocasiões? Odrade conseguiu notar essa pergunta estampada no rosto das companheiras.

– A agonia resolverá isso – Tamalane declarou.

Odrade olhou diretamente para Sheeana.

– Bem? – Afinal, fora a jovem quem suscitara a questão.

– Talvez seja apenas o caso de ela não querer gastar energia. Mas concordo com Tam: a agonia.

– Será que estamos cometendo um erro grave? – Bellonda indagou.

Algo na maneira como ela formulou a pergunta disse a Odrade que Bell havia chegado a uma suma Mentat. *Ela descobriu minhas intenções!*

– Se você souber de um caminho melhor, fale agora – Odrade rebateu. *Ou fique em paz.*

O silêncio se abateu sobre elas. Odrade olhou para cada uma de suas companheiras em sucessão, demorando-se em Bell.

Ajudem-nos, seja lá quais deuses possam existir! E eu, sendo uma Bene Gesserit, sou agnóstica demais para fazer essa súplica com pouco mais do que uma esperança de cobrir todas as possibilidades. Não revele, Bell. Se você sabe o que farei, sabe que isso deve ser revelado no devido tempo.

Herdeiras de Duna

Bellonda tirou Odrade dessa quimera com uma tossidela.

– Vamos comer ou conversar? Há pessoas nos observando.

– Devemos tentar novamente algo com Scytale? – Sheeana questionou.

Isso foi uma tentativa de desviar minha atenção?

– Não lhe dê coisa alguma! – Bellonda falou. – Ele está na reserva. Deixe-o se preocupar.

Odrade observou Bellonda com atenção. Estava furiosa com o silêncio imposto pela decisão secreta de Odrade. Evitando trocar olhares com Sheeana. *Ciúmes! Bell está com ciúmes de Sheeana!*

– Agora sou apenas uma consultora, mas... – Tamalane começou.

– Pare com isso, Tam! – Odrade redarguiu.

– Tam e eu estivemos discutindo sobre aquele ghola – Bellonda emendou. (Idaho era "aquele ghola" quando Bellonda tinha algo aviltante para falar.) – Por que ele acredita que precisa falar secretamente com Sheeana? – Encarando Sheeana com dureza.

Odrade notou a suspeita que compartilhavam. *Ela não aceita a explicação. Ela rejeita a propensão emotiva de Duncan?*

– A Madre Superiora já explicou isso! – Sheeana falou rapidamente.

– Emoção – Bellonda escarneceu.

Odrade levantou a voz e ficou surpresa com a própria reação.

– Suprimir emoções é uma fraqueza!

As grossas sobrancelhas de Tamalane se ergueram.

Sheeana interrompeu:

– Se não formos flexíveis, podemos rachar.

Antes que Bellonda pudesse rebater, Odrade falou:

– Gelo pode ser lascado ou derretido. Damas de gelo são vulneráveis a uma única forma de ataque.

– Estou faminta – Sheeana comentou.

Oferta de paz? Não era um papel esperado da Roedora.

Tamalane se levantou.

– *Bouillabaisse.* Devemos comer peixes antes que nosso mar desapareça. Não há armazenamento suficiente de nulentropia.

Com o mais suave dos simulfluxos, Odrade notou a partida de suas companheiras para a fila da cafeteria. As palavras acusatórias de Tamalane trouxeram a memória daquele segundo dia com Sheeana após a decisão de extinguir o Grande Mar. De pé diante da janela de Sheeana, bem cedo naquela manhã, Odrade observara uma ave marítima esvoaçando contra uma paisagem desértica. A criatura adejava para o norte, completamente deslocada naquele ambiente, mas bela de forma profundamente nostálgica por isso mesmo.

As asas brancas reluziam nos primeiros instantes da aurora. Um toque de preto debaixo dela e na frente de seus olhos. Abruptamente a ave pairou, asas imóveis. Então, erguendo-se em uma corrente de ar, encolhera as asas como um falcão e despencara para além da visão, por trás das construções mais longínquas. Ao reaparecer, carregava algo em seu bico, que devorou enquanto voava.

Uma ave marítima solitária e se adaptando.

Nós nos adaptamos. De fato, nos adaptamos.

Não foi um pensamento silencioso. Nada para induzir repouso. Ao contrário, foi chocante. Odrade sentiu que era arrastada perigosamente por um terreno escorregadio. Não apenas seu adorado Casa Capitular, mas todo o universo humano estava se esfacelando de seus moldes antigos e assumindo novas formas. Talvez fosse correto, nesse novo universo, que Sheeana continuasse a ocultar coisas da Madre Superiora. *E ela está ocultando algo.*

Mais uma vez, os tons ácidos de Bellonda atraíram a atenção completa de Odrade para seus arredores.

– Já que você não vai se servir, suponho que temos que cuidar de você. – Bellonda colocou uma tigela com um cozido de peixe aromático diante de Odrade, um grande pedaço de pão de alho ao lado.

Após todas terem provado a *bouillabaisse*, Bellonda repousou sua colher e encarou Odrade duramente.

– Você não vai sugerir que devemos "amar umas às outras" ou algum absurdo debilitante desses?

– Obrigada por me trazer comida – Odrade falou.

Sheeana deglutiu e um amplo sorriso marcou suas feições.

– Está delicioso.

Bellonda voltou a comer.

– Está bom. – Mas ela ouvira o comentário que não fora pronunciado.

Tamalane comia em um ritmo constante, alternando sua atenção entre Sheeana, Bellonda e Odrade. Tam parecia concordar com a proposta de suavizar a restrição emocional. Pelo menos não verbalizava objeções, e as irmãs mais velhas costumavam objetar.

O amor que as Bene Gesserit tentavam negar estava em toda parte, Odrade considerou. Nas pequenas e grandes coisas. Quantas formas havia de se preparar refeições agradáveis que mantinham a vida, receitas que de fato eram exemplos de amores antigos e novos. Esta *bouillabaisse*, tão suave em suas propriedades restauradoras ao tocar a língua; as origens daquele prato estavam enraizadas nas profundezas do amor: a esposa, em casa, aproveitando a parte da pesca que o marido não conseguira vender.

A própria essência das Bene Gesserit estava oculta em amores. Qual outro motivo para se dedicar àquelas necessidades silenciosas que a humanidade sempre exigia? Que outra razão haveria para trabalhar pelo aperfeiçoamento da espécie humana?

Com a tigela vazia, Bellonda baixou a colher e limpou os restos com o último pedaço de pão, engolindo-o com aparência meditativa.

– O amor nos enfraquece – ela sentenciou. Não havia força em sua voz.

Uma acólita não teria dito de forma diferente. Extraído diretamente da Suma. Odrade ocultou seu deleite e rebateu com outro fundamento da Suma.

– Cuidado com jargões. Eles geralmente escondem ignorância e carregam pouco conhecimento.

Prudência respeitosa transpareceu nos olhos de Bellonda.

Sheeana afastou o assento da mesa e limpou a boca com seu guardanapo. Tamalane fez o mesmo. Sua cãodeira se ajustou assim que ela se recostou, os olhos brilhantes e alegres.

Tam sabe! A velha bruxa astuta ainda é sábia em diversos assuntos. Mas Sheeana... Em que tipo de jogo Sheeana está envolvida? Eu quase diria que ela espera me distrair, mantendo minha atenção longe dela. Ela é muito boa nisso, aprendeu comigo. Bem... duas podem jogar esse jogo. Vou pressionar Bellonda, mas ficarei de olho na minha pequena criança desgarrada de Duna.

– Qual o preço da respeitabilidade, Bell? – Odrade questionou.

Bellonda aceitou essa investida em silêncio. Escondida no jargão Bene Gesserit estava uma definição de respeitabilidade, e todas elas sabiam disso.

– Devemos honrar a memória de lady Jéssica por sua humanidade? – Odrade perguntou. *Sheeana ficou surpresa!*

– Jéssica colocou a Irmandade em perigo! – *Bellonda acusa.*

– Sê fiel a tuas próprias irmãs – Tamalane murmurou.

– Nossa arcaica definição de respeitabilidade ajuda a nos manter humanas – Odrade emendou. *Ouça-me bem, Sheeana.*

Com a voz que mal passava de um sussurro, Sheeana disse:

– Se perdermos isso, perdemos tudo.

Odrade suprimiu um suspiro. *Então é isso!*

Sheeana encontrou o olhar da Madre Superiora.

– A senhora nos instrui, é claro.

– Pensamentos crepusculares – Bellonda resmungou. – Melhor que nós os evitemos.

– Taraza nos chamou de "Bene Gesserit dos Últimos Dias" – Sheeana lembrou.

O humor de Odrade se tornou autoacusatório.

A ruína de nossa existência atual. Imaginários sinistros podem nos destruir.

Como era fácil conjurar um futuro que as mirava com o olhar alaranjado das insanas Honoráveis Matres. Medos vindos de diversos passados rastejavam dentro de Odrade, momentos ansiosos focados nas presas que acompanhavam aqueles olhos.

Odrade forçou sua atenção de volta para o problema imediato.

– Quem irá me acompanhar até Junção?

Elas sabiam da experiência excruciante de Dortujla e seus relatos haviam se espalhado por todo o Casa Capitular.

"Quem acompanhar a Madre Superiora pode servir de alimento para os futars."

– Tam – Odrade decidiu. – Você e Dortujla. – *E isso pode ser uma sentença de morte. O próximo passo é óbvio.* – Sheeana, você irá Compartilhar com Tam. Dortujla e eu Compartilharemos com Bell. E eu também Compartilharei com *você* antes de partir.

Bellonda ficou horrorizada.

– Madre Superiora! Não estou preparada para assumir seu posto.

Odrade manteve a atenção em Sheeana.

– Não foi isso que sugeri. Apenas farei de você o repositório de minhas vidas. – Definitivamente havia medo no rosto de Sheeana, mas ela não ousou negar uma ordem direta. Odrade anuiu a cabeça na direção de Tamalane. – Compartilharei mais tarde. Você e Sheeana o farão agora.

Tamalane se inclinou na direção de Sheeana. As limitações de sua idade avançada e da morte iminente fizeram que isso fosse algo bem-vindo a ela, mas Sheeana se afastou involuntariamente.

– Agora! – Odrade ordenou. *Que Tam julgue o que você estiver escondendo.*

Não havia escapatória. Sheeana baixou a cabeça até que encostasse na de Tamalane. O lampejo da troca foi eletrizante e todas no refeitório sentiram. As conversas pararam, todos os olhares se voltaram para a mesa ao lado da janela.

Havia lágrimas nos olhos de Sheeana quando ela recuou.

Tamalane sorriu e acariciou com suavidade as bochechas de Sheeana com as duas mãos.

– Está tudo bem, minha querida. Todas nós temos esses medos e, por vezes, fazemos coisas tolas por causa deles. Mas fico feliz em chamá-la de irmã.

Conte, Tam! Agora!

Tamalane optou por não fazer isso. Ela encarou Odrade e disse:

– Devemos reter nossa humanidade a qualquer custo. Sua lição é bem recebida e você ensinou Sheeana muito bem.

– Quando Sheeana Compartilhar com você, Dar – Bellonda começou –, poderia reduzir a influência que ela tem sobre Idaho?

– Não enfraquecerei uma possível Madre Superiora – Odrade respondeu. – Obrigada, Tam. Creio que iremos para a nossa empreitada em Junção sem excesso de bagagem. Agora! Quero um relatório esta noite sobre o progresso de Teg. A carrapato já esteve afastada dele por tempo demais.

– Ele vai descobrir que agora possui duas carrapatos? – Sheeana perguntou. *Tanta alegria nela!*

Odrade se levantou.

Se Tam a aceita, então eu também devo aceitá-la. Tam nunca trairia nossa Irmandade. E Sheeana... De todas nós, Sheeana é a que mais revela os traços naturais de nossas raízes humanas. Ainda assim... gostaria que ela nunca tivesse criado aquela escultura que chama de "O Vazio".

A religião deve ser aceita como uma fonte de energia. Ela pode ser direcionada para cumprir nossos propósitos, mas apenas dentro de limites que a experiência revela. Aqui jaz o verdadeiro significado de Livre-arbítrio.

– Missionaria Protectora, Ensinamento Primário

Uma espessa cobertura de nuvens se instalara sobre a Central naquela manhã, e o escritório de Odrade assumira um silêncio cinzento que ela sentia ressoar com sua serenidade interior, como se não ousasse se mover porque isso perturbaria forças perigosas.

É o dia da agonia de Murbella, ela pensou. *Não devo pensar em presságios.*

O controle meteorológico havia enviado um aviso peremptório sobre as nuvens. Eram um *deslocamento acidental*. Medidas corretivas haviam sido tomadas, mas demandariam tempo. Enquanto isso, esperavam-se ventos fortes e poderia haver precipitação.

Sheeana e Tamalane estavam em pé junto à janela, olhando para o clima mal controlado. Seus ombros se tocavam.

Odrade as observava de sua cadeira por trás da escrivaninha. Aquelas duas haviam se tornado uma única pessoa desde o Compartilhamento do dia anterior, o que não era uma ocorrência inesperada. Precedentes eram conhecidos, embora não muitos. Trocas ocorridas na presença da venenosa essência de especiaria ou no efetivo momento da morte normalmente não permitiam maior contato vivo entre as participantes. Era algo interessante de se observar. As costas de ambas estavam curiosamente parecidas em sua postura rígida.

A força da *extremis* que tornava o Compartilhamento possível ditava mudanças poderosas na personalidade, e Odrade sabia disso com uma intimidade que compelia à tolerância. Fosse lá o que Sheeana ocultasse, Tam ocultava também. *Algo ligado à humanidade básica de Sheeana.* E Tam podia ser confiável. Até que outra irmã Compartilhasse com alguma delas, o julgamento de Tam deveria ser aceito. Isso, entretanto, não cessaria a sondagem e a observação minuciosa das cães de guarda, mas ninguém precisava de uma nova crise naquele momento.

– Este é o dia de Murbella – Odrade comentou.

– As chances de que ela não sobreviva são grandes – Bellonda falou, encurvada para a frente em sua cãodeira. – E o que acontecerá com nosso precioso plano nesse caso?

Nosso plano!

– *Extremis* – Odrade respondeu.

Naquele contexto, era uma palavra que trazia diversos significados. Bellonda interpretou como uma possível extração das persona-memórias de Murbella no instante de sua morte.

– Sendo assim, não devemos permitir que Idaho observe!

– Minha ordem continua a mesma – Odrade rebateu. – É o desejo de Murbella e eu lhe dei minha palavra.

– Erro... erro... – Bellonda resmungou.

Odrade sabia qual era a fonte das dúvidas de Bellonda. Era visível a todas elas: em algum lugar de Murbella jazia algo extremamente doloroso. Isso a fazia se esquivar de certas questões como um animal confrontado por um predador. Seja lá o que fosse, essa coisa tinha raízes profundas. Indução de hipnotranse poderia não explicar.

– Muito bem! – Odrade falou em tom alto, para enfatizar que se endereçava a todas as ouvintes. – Não é a forma como sempre fizemos. Mas não podemos tirar Duncan da nave, portanto devemos ir até ele. Duncan estará presente.

Bellonda ainda estava genuinamente em choque. Nenhum homem, *exceto o maldito Kwisatz Haderach e seu filho Tirano*, jamais conheceu as particularidades desse segredo Bene Gesserit. Aqueles dois *monstros* haviam sentido a agonia. Dois desastres! Não importa que a agonia do Tirano tenha traçado um caminho para o interior de cada uma de suas células a fim de transformá-lo em um verme da areia simbionte (não mais um verme original, não mais um humano original). E Muad'Dib! Ele ousara passar pela agonia e veja o que surgiu dali!

Sheeana se afastou da janela e deu um passo na direção da escrivaninha, transmitindo a Odrade a curiosa sensação de que as duas mulheres de pé haviam se tornado uma representação de Janus: de costas uma para a outra, mas só uma persona.

– Bell está *confusa* por sua promessa – Sheeana comentou. Como sua voz estava suave.

Frank Herbert

– Ele pode ser o catalisador para conduzir Murbella pelo processo – disse Odrade. – Vocês tendem a subestimar o poder do amor.

– Não! – Tamalane falou para o reflexo na janela diante de si. – Nós tememos o poder do amor.

– Pode ser! – Bell continuava zombeteira, mas essa postura lhe era natural. A expressão em seu rosto dizia que ela continuava implacavelmente teimosa.

– Hubris – Sheeana murmurou.

– O quê? – Bellonda girou em sua cãodeira, que rangeu de indignação.

– Compartimos uma falha em comum com Scytale – Sheeana explicou.

– Ah, é? – O segredo de Sheeana corroía Bellonda.

– Pensamos que fazemos a história – Sheeana prosseguiu. Ela retornou para seu posto ao lado de Tamalane, ambas observando pela janela.

Bellonda voltou sua atenção para Odrade.

– Você entende isso?

Odrade a ignorou. Deixe que a Mentat resolva por conta própria. O projetor na escrivaninha estalou e uma mensagem foi exibida. Odrade as informou.

– Ainda não estão prontos na nave. – Ela observou aquelas duas de costas rígidas diante da janela.

História?

Em Casa Capitular, Odrade considerava que muito pouco acontecera em termos de criação da história antes do surgimento das Honoráveis Matres. Apenas o fluxo constante da graduação de Reverendas Madres passando pela agonia.

Como um rio.

Ele fluía e seguia para outro lugar. Podia-se ficar em pé à margem (como Odrade costumava pensar que elas faziam) e podia-se observar o fluxo. Um mapa é capaz de dizer para onde o rio segue, mas nenhum mapa poderia revelar os elementos mais essenciais. Um mapa jamais poderia mostrar os movimentos íntimos do carregamento do rio. Para onde eles iam? Mapas tinham um valor limitado nesta época. Um folheto ou projeção dos Arquivos; aquele não era o mapa de que elas precisavam. Deveria haver um melhor em algum lugar, um que se ligasse a todas aquelas vidas. Quem sabe carregar *esse* mapa na memória e examiná-lo de forma minuciosa ocasionalmente.

O que teria acontecido à Reverenda Madre Perinte, que mandamos embora no ano passado?

O *mapa-na-mente* assumiria o controle e criaria um "Cenário Perinte". Seria você mesma no rio, é claro, mas isso faria pouca diferença. Ainda seria o mapa de que elas precisavam.

Não gostamos quando somos pegas na corrente de outras pessoas, quando não sabemos o que pode ser revelado na próxima curva do rio. Nós sempre preferimos sobrevoar, mesmo quando qualquer posição de comando deva permanecer como parte de outras correntes. Cada fluxo contém elementos imprevisíveis.

Odrade ergueu os olhos e percebeu que suas três companheiras a observavam. Tamalane e Sheeana haviam dado as costas para a janela.

– As Honoráveis Matres se esqueceram de que se apegar a qualquer forma de conservadorismo pode ser perigoso – Odrade falou. – Será que nós também nos esquecemos disso?

As outras continuaram a encará-la, mas haviam prestado atenção. Torne-se conservadora demais e não estará preparada para surpresas. Fora isso que Muad'Dib as havia ensinado, e seu filho Tirano havia tornado essa lição inesquecível para todo o sempre.

A expressão lúgubre de Bellonda não mudou.

Nos profundos recônditos da consciência de Odrade, Taraza sussurrou: *"Cuidado, Dar. Eu tive sorte. Fui rápida em agarrar uma vantagem. Assim como você. Mas você não pode confiar na sorte e é isso que as incomoda. Nem espere ter sorte. É muito melhor confiar em seu reflexo na água. Permita que Bell se pronuncie.*

– Bell, pensei que você tivesse aceitado Duncan – Odrade falou.

– Dentro de certos limites. – Definitivamente acusatória.

– Acho que devemos ir para a nave. – Sheeana falou com ênfase exigente. – Este não é o lugar para aguardarmos. Nós tememos o que ela pode se tornar?

Tam e Sheeana viraram-se simultaneamente para a porta, como se o mesmo titereiro controlasse suas cordas.

Odrade achou que a interrupção era bem-vinda. A pergunta de Sheeana as alarmara. *O que Murbella poderia se tornar? Uma catalisadora, minhas irmãs. Uma catalisadora.*

O vento as balançou quando saíram da Central e, diferente do costume, Odrade ficou grata pelo transporte via tubo. Preferia deixar as caminhadas para temperaturas mais altas e sem essa minitempestade que fazia os mantos esvoaçarem.

Quando todas estavam sentadas em um carro privado, Bellonda retomou mais uma vez sua reprimenda acusatória.

– Tudo o que ele faz pode ser camuflagem.

Novamente, Odrade verbalizou o aviso Bene Gesserit que era repetido com frequência para limitar a dependência que tinham de Mentats.

– A lógica é cega e muitas vezes conhece apenas seu próprio passado.

Tamalane contribuiu com um apoio inesperado.

– Você está ficando paranoica, Bell!

Sheeana falou com mais suavidade.

– Entendo seu ponto, Bell, e essa lógica é boa para se jogar xadrez piramidal, mas na maioria das vezes é lenta demais para a sobrevivência.

Bellonda ficou sentada, quieta e emburrada; apenas o indistinto sibilar estrondoso da passagem pelo tubo atrapalhando o silêncio.

Feridas não devem ser levadas para a nave.

Odrade assumiu um tom semelhante ao de Sheeana:

– Bell, querida Bell. Não temos tempo para considerar todas as ramificações de nosso apuro. Já não podemos dizer: "Se isto acontecer, então aquilo certamente sucederá e, nesse caso, nossos movimentos deverão ser este e aquele e aquele outro...".

Bellonda chegou a rir.

– Ora, ora! A mente comum é uma bagunça. E eu não devo exigir o que todas precisamos e não podemos ter: tempo bastante para cada plano.

Era a Bellonda-Mentat falando, dizendo às outras que era imperfeita em função do orgulho de sua mente comum. Que lugar desorganizado e bagunçado. *Imagine o que os não Mentat tinham que passar, impondo tão pouca ordem.* Ela se esticou pelo corredor e bateu suavemente no ombro de Odrade.

– Tudo bem, Dar. Vou me comportar.

O que uma pessoa de fora pensaria, vendo aquela conversa? Odrade se perguntou. Todas as quatro agindo em consonância pelas necessidades de uma irmã.

Também pelas necessidades da agonia de Murbella.

As pessoas viam apenas o lado de fora dessa máscara de Reverendas Madres que elas usavam.

Quando precisamos (o que acontece na maior parte do tempo nestes dias), funcionamos em níveis espantosos de competência. Não há orgulho nisso; é um simples fato. Mas nos permitam relaxar e ouvir baboseiras por aí como as pessoas comuns. As nossas são apenas mais ruidosas. Vivemos nossas vidas em pequenas congéries, como todo mundo. Cômodos da mente, cômodos do corpo.

Bellonda se recompôs, unindo as mãos sobre o colo. Sabia o que Odrade planejava e o mantivera para si. Era uma confiança que ia além das projeções Mentat para algo mais básico do ser humano. Projeções eram ferramentas incrivelmente adaptáveis, entretanto não passavam de ferramentas. No final, todas as ferramentas dependiam daqueles que as empunhavam. Odrade não sabia como demonstrar sua gratidão sem reduzir a confiança.

Devo caminhar sobre a minha corda bamba em silêncio.

Ela pressentiu o abismo abaixo de si, a imagem pesadelar conjurada por aquelas reflexões. A caçadora invisível com o machado estava mais perto. Odrade queria se virar e identificar sua perseguidora, mas resistiu. *Não cometerei o erro de Muad'Dib!* O aviso presciente que sentira pela primeira vez em Duna, nas ruínas de Sietch Tabr, não seria exorcizado até que ela ou a Irmandade encontrassem seu fim. *Será que eu criei essa terrível ameaça em razão de meus medos? Certamente não!* Entretanto, ainda sentia que encarava o Tempo naquela fortaleza fremen ancestral, como se todo o passado e todo o futuro estivessem congelados em uma tábula que não podia ser mudada. *Devo me libertar por completo de você, Muad'Dib!*

A chegada delas no campo de pouso espacial a tirou de tais devaneios temerosos.

Murbella aguardava nos aposentos que as censoras haviam preparado. No centro havia um pequeno anfiteatro com cerca de sete metros ao longo da parede traseira. Bancos acolchoados se estendiam para o alto em um arco íngreme, provendo assentos para não mais do que vinte observadores. As censoras haviam-na deixado sem quaisquer explicações no banco mais baixo, observando uma mesa flutuando por meio de suspensores. Cintas pendiam das laterais para confinar quem quer que deitasse sobre a superfície.

Eu.

Uma incrível série de aposentos, ela pensou. Murbella nunca havia recebido permissão para visitar aquela parte da nave. Sentia-se exposta ali, muito mais do que a céu aberto. Os cômodos menores através dos

Frank Herbert

quais elas a trouxeram até este anfiteatro claramente haviam sido projetados para emergências médicas: equipamentos de ressuscitação, odores sanitizantes, antissépticos.

Ela fora trazida até este cômodo de forma peremptória, nenhuma de suas perguntas respondida. As censoras haviam-na tirado de uma aula avançada de exercícios prana-bindu para acólitas. Elas apenas disseram:

– Ordens da Madre Superiora.

O porte de suas censoras guardiãs dizia muito. *Gentis, mas firmes.* Estavam ali para prevenir uma fuga e para garantir que ela fosse para onde ordenavam. *Não tentarei escapar!*

Onde estava Duncan?

Odrade prometera que ele estaria a seu lado para a agonia. A ausência dele significava que isso não seria seu ordálio derradeiro? Ou elas o haviam ocultado por trás de alguma parede secreta através da qual ele poderia ver, mas não ser visto?

Eu o quero ao meu lado!

Elas não sabiam como controlá-la? Certamente sabiam!

Ameaçar me privar desse homem. É o que basta para me manter e me satisfazer. Satisfazer! Que palavra mais inútil. Para me completar. Assim está melhor. Fico subtraída quando estamos afastados. Ele também sabe disso, maldito seja.

Murbella sorriu. *Como ele sabe disso? Porque se sente completo da mesma forma.*

Como isso poderia ser amor? Ela não se sentia enfraquecida pelas forças atrativas do desejo. Tanto as Bene Gesserit como as Honoráveis Matres diziam que o amor enfraquecia. Ela se sentia fortalecida por Duncan. Até a menor de suas atenções era fortificante. Quando ele trazia uma xícara fumegante de chá estimulante pela manhã, a bebida era melhor por vir das mãos dele. *Talvez tenhamos algo mais forte do que amor.*

Odrade e suas companheiras entraram no anfiteatro pela fileira superior e ficaram de pé por algum tempo olhando para baixo, para a figura que ali se sentava. Murbella trajava um longo manto com bordas brancas de uma acólita sênior. Estava sentada com um cotovelo apoiado no joelho, o queixo repousando no punho, atenção concentrada na mesa.

Ela sabe.

– Onde está Duncan? – Odrade questionou.

Ao ouvir a Madre Superiora, Murbella levantou-se e se virou. A pergunta confirmara suas suspeitas.

– Vou averiguar – Sheeana falou, e saiu.

Murbella aguardava em silêncio, encarando Odrade da mesma forma como ela a olhava.

Temos de convertê-la, Odrade pensou. Nunca antes a necessidade Bene Gesserit fora tão premente. Que figura insignificante Murbella parecia ali embaixo para carregar tanto em sua pessoa. O rosto quase oval, com a porção mais larga ao redor das têmporas, revelava uma nova compostura Bene Gesserit. Um par de largos olhos esverdeados, sobrancelhas arqueadas; sem olhar enviesado; sem manchas alaranjadas. Boca pequena; sem fazer beicinho.

Ela está pronta.

Sheeana retornou com Duncan ao seu lado.

Odrade concedeu um breve relance em sua direção. *Nervoso*. Então Sheeana havia contado a ele. *Bom*. Aquilo era uma prova de amizade. Ele poderia precisar de amigos ali.

– Você ficará aqui em cima e deve permanecer aqui a menos que eu lhe chame – Odrade ordenou. – Fique com ele, Sheeana.

Sem receber ordens, Tamalane flanqueou Duncan, cada uma delas a um dos lados de Idaho. Seguindo um gesto gentil de Sheeana, eles se sentaram.

Com Bellonda a seu lado, Odrade desceu até onde Murbella estava e se aproximou da mesa. Seringas dosadoras orais na extremidade oposta estavam prontas para se erguerem a seus postos, mas permaneciam vazias. Odrade gesticulou na direção das seringas e anuiu para Bellonda, que foi até uma porta lateral à procura da Reverenda Madre Suk, responsável pela essência de especiaria.

Afastando a mesa da parede traseira, Odrade começou a verificar as cintas e ajustar as correias. Ela se movia metodicamente, checando tudo o que havia sido colocado na pequena saliência sob a mesa. A correia de boca para evitar que a agonizante mordesse a própria língua. Odrade a testou para se assegurar de que era forte. Murbella tinha um maxilar musculoso.

Murbella mantinha silêncio enquanto observava Odrade trabalhando, tentando não emitir ruídos que a perturbassem.

Bellonda retornou com a essência de especiaria e prosseguiu, enchendo as seringas. A essência venenosa tinha um odor marcante: canela amarga.

Obtendo a atenção de Odrade, Murbella falou:

– Sou grata pelo fato de a senhora mesmo estar supervisionando tudo.

– Ela é grata! – Bellonda desdenhou, sem desviar o olhar de seu trabalho.

– Deixe isso comigo, Bell. – Odrade manteve sua atenção em Murbella.

Bellonda não parou, mas um ar arredio assumiu seus movimentos. Bellonda se retraindo? Algo que nunca deixava de surpreender Murbella era o fato de como acólitas se retraíam quando estavam na presença da Madre Superiora. Ali, mas não exatamente ali. Murbella nunca conseguira realizar tal feito, nem mesmo quando passara da fase probatória e entrara para o estágio avançado. *Bellonda também?*

Observando Murbella com dureza, Odrade falou:

– Sei as reservas que você guarda em seu peito, os limites que impõe a seu comprometimento conosco. Muito bem. Não teço argumentos sobre isso porque, em grande medida, suas reservas são muito pouco diferentes daquelas mantidas por qualquer uma de nós.

Candor.

– A diferença, se quiser saber, está no senso de responsabilidade. Sou responsável por minha Irmandade... por tudo aquilo que dela sobreviver. Há uma profunda responsabilidade e, por vezes, eu a vejo com olhos ciumentos.

Bellonda fungou.

Odrade pareceu não perceber esse trejeito e continuou.

– A Irmandade Bene Gesserit azedou um bocado desde o Tirano. Nosso contato com suas Honoráveis Matres não melhorou a situação. As Honoráveis Matres fedem a morte e decadência, seguindo ladeira abaixo rumo ao grande silêncio.

– Por que está me dizendo essas coisas agora? – Medo na voz de Murbella.

– Porque, de alguma forma, o pior da decadência das Honoráveis Matres não a tocou. Talvez seja a sua natureza espontânea. Ainda que isso tenha sido levemente refreado desde Gammu.

Herdeiras de Duna

– Feito de vocês!

– Nós apenas tiramos um pouco de sua selvageria, dando-lhe um melhor equilíbrio. Você pode viver mais e ser mais saudável em função disso.

– Se eu sobreviver a isso! – Apontando a mesa com um movimento brusco de sua cabeça.

– Equilíbrio. É disso que eu quero que você se lembre, Murbella. Homeostase. Qualquer grupo que escolhe suicídio tendo outras opções só o escolhe por insanidade. Homeostase entrando em curto-circuito.

Quando Murbella baixou o olhar na direção do chão, Bellonda explodiu:

– Ouça o que ela diz, tola! Está fazendo o melhor que pode para ajudá-la.

– Está tudo bem, Bell. Isso é entre nós duas.

Uma vez que Murbella continuou encarando o chão, Odrade falou:

– Esta é a Madre Superiora lhe dando uma ordem. Olhe para mim!

A cabeça de Murbella se ergueu bruscamente e ela fitou os olhos de Odrade.

Era uma tática que Odrade empregava em raras ocasiões, mas que produzia excelentes resultados. Acólitas podiam ser levadas à histeria por causa disso e, em seguida, receber instruções de como lidar com respostas excessivas a emoções. Murbella aparentava estar mais enfurecida do que temerosa. Excelente! Mas era chegada a hora da cautela.

– Você tem reclamado da morosidade de sua educação – Odrade prosseguiu. – Isso foi feito tendo em mente as suas necessidades em primeiro lugar. Todas as suas principais professoras foram escolhidas pela estabilidade, nenhuma delas era impulsiva. Minhas instruções foram explícitas: "Não lhe ensinem muitas habilidades rápido demais. Não abram uma comporta de poderes que talvez estejam além do que ela consiga lidar".

– Como você sabe com o que eu consigo lidar? – Ainda raivosa.

Odrade apenas sorriu.

Enquanto Odrade permaneceu em silêncio, Murbella pareceu agitada. Havia feito papel de tola diante da Madre Superiora, de Duncan e das outras? Que humilhação.

Odrade lembrou a si mesma de que não era bom deixar Murbella cônscia demais de sua vulnerabilidade. Era uma péssima tática para aquele momento. Não havia necessidade de provocá-la. Ela tinha um senso aguçado do que era apropriado, acautelando-se das necessidades do momento. Ter sua fonte em uma motivação de sempre escolher o caminho de menor resistência era algo que elas temiam. *Que não seja isso. Completa honestidade agora!* A derradeira ferramenta de educação das Bene Gesserit. A técnica clássica que unia acólita e professora.

– Ficarei ao seu lado durante sua agonia. Se você falhar, eu sofrerei.

– Duncan? – Lágrimas em seus olhos.

– Toda a ajuda que ele puder fornecer, terá permissão de fazê-lo.

Murbella percorreu as fileiras de assentos com os olhos e, por um breve momento, seu olhar cruzou o de Idaho. Ele se levantou muito pouco, mas a mão de Tamalane em seu ombro o conteve.

Elas podem matar minha amada! Idaho pensou. *Devo ficar aqui sentado e só observar esse acontecimento?* Mas Odrade havia dito que ele teria permissão para ajudar. *Não há como parar isso agora. Devo confiar em Dar. Mas, deuses das profundezas! Ela não conhece os limites de meu sofrimento, e se... e se...* Ele fechou os olhos.

– Bell. – A voz de Odrade carregava uma sensação de rejeição, o gume de uma faca em seu ponto de tensão.

Bellonda tomou o braço de Murbella e a ajudou a subir na mesa. O móvel oscilou levemente, ajustando-se ao peso.

Esta é a verdadeira calha, Murbella pensou.

Ela teve a mais remota sensação das correias sendo presas ao seu redor, do movimento cheio de propósito a sua volta.

– Esta é a rotina – Odrade falou.

Rotina? Murbella odiara as rotinas para se tornar Bene Gesserit, todas aquelas lições, ouvir e reagir às censoras. Achava particularmente repugnante a necessidade de refinar reações que considerava adequadas, mas não havia como ludibriar aqueles olhos que a perscrutavam.

Adequadas! Que palavra perigosa.

Esse reconhecimento fora precisamente o que elas buscavam. Precisamente a influência que sua acólita requeria.

Se você acha repugnante, faça melhor. Use sua repulsa como guia; siga na direção exata daquilo de que precisa.

O fato de que suas professoras notavam de maneira tão direta seu comportamento, que coisa maravilhosa! Ela queria aquela habilidade. Ah, como ela a queria!

Devo me sobressair nisso.

Era uma coisa que qualquer Honorável Matre invejaria. De súbito, ela se viu com uma espécie de visão dupla: tanto Bene Gesserit como Honorável Matre. Uma percepção atemorizante.

Uma mão tocou sua bochecha, moveu sua cabeça e desapareceu.

Responsabilidade. Estou prestes a aprender o que elas querem dizer com "um novo senso de história".

O ponto de vista sobre a história que as Bene Gesserit possuíam a fascinava. Como elas observavam seus múltiplos passados? Era algo imerso em um plano maior? A tentação de se tornar uma delas havia sido irresistível.

Este é o momento em que aprenderei.

Ela viu uma seringa dosadora oral oscilando até chegar em posição sobre sua boca. A mão de Bellonda a moveu.

"Carregamos nosso graal em nossa cabeça", Odrade dissera. *"Carregue esse graal com cuidado caso se aposse dele."*

A seringa tocou seus lábios. Murbella fechou os olhos, mas sentiu dedos abrindo sua boca. Metal gelado tocou seus dentes. A voz rememorada de Odrade estava com ela.

Evite excessos. Corrija em demasia e você sempre terá em mãos uma bagunça terrível, a necessidade de fazer correções cada vez maiores. Oscilações. Fanáticos são criadores maravilhosos de oscilações.

"Nosso graal. Ele possui linearidade porque cada Reverenda Madre carrega a mesma determinação. Nós perpetuaremos isso juntas."

Um líquido amargo foi injetado em sua boca. Murbella engoliu convulsivamente. Sentiu o fogo fluindo por sua garganta até seu estômago. Não havia dor além da queimação. Ela imaginou se não passaria disso. Seu estômago só sentia um calor naquele instante.

Devagar, tão devagar que demorou diversas batidas de seu coração antes que ela percebesse, o calor fluiu para fora. Quando chegou à ponta de seus dedos, sentiu seu corpo convulsionando. Suas costas se arquearam contra a mesa acolchoada. Algo delicado, mas firme, substituiu a seringa em sua boca.

Vozes. Ela as ouvia e sabia que pessoas falavam, mas Murbella era incapaz de distinguir as palavras.

Enquanto se concentrava nas vozes, tomou consciência de que havia perdido o contato com seu próprio corpo. Em algum lugar, sua carne se contorcia e havia dor, mas ela foi removida dali.

Frank Herbert

Uma mão tocou outra mão e a segurou com firmeza. Ela reconheceu o toque de Duncan e então, de forma abrupta, ali estava seu corpo e a agonia. Seus pulmões doíam quando ela exalava. Não quando inalava. Depois eles pareciam rasos, nunca cheios o bastante. O senso de sua presença na carne viva se tornou uma fibra delgada que se emaranhava por diversas presenças. Ela pressentia os outros a sua volta, pessoas demais para o pequeno anfiteatro.

Outro ser humano flutuou em seu campo de visão. Murbella sentia como se estivesse em uma nave de transporte de uma fábrica... no espaço. A nave era primitiva. Controles manuais em excesso. Muitas luzes piscantes. Uma mulher estava no comando, pequena e desgrenhada, suando em função de seu trabalho. Ela tinha um longo cabelo castanho preso em um coque a partir do qual mechas mais claras escapavam e pendiam ao redor de suas bochechas encovadas. Trajava uma única peça de roupa, um curto vestido de tons brilhantes de vermelhos, azuis e verdes.

Maquinário.

Havia uma percepção de um maquinário monstruoso pouco além deste espaço imediato que a cercava. O vestido da mulher contrastava severamente com a percepção parda e letárgica do maquinário. Ela falava, mas seus lábios não se moviam.

– Você, ouça! Quando chegar a hora de assumir estes controles, não se torne uma destruidora. Estou aqui para ajudá-la a evitar as destruidoras. Entendeu?

Murbella tentou falar, mas não encontrou sua voz.

– Não tente com tanto esforço, garota! – a mulher falou. – Eu consigo te ouvir.

Murbella tentou desviar a atenção para longe da mulher.

Que lugar é este?

Uma operadora, um depósito gigante... fábrica... tudo automatizado... redes de linhas de alimentação centradas nesse pequeno espaço com controles complexos.

Pensando sussurrar, Murbella perguntou *"Quem é você?"* e ouviu a própria voz rugindo. Agonia em seus ouvidos!

– Não tão alto! Sou sua guia da Mohalata, aquela que a conduz para longe das destruidoras.

Dur me proteja! Murbella pensou. *Isto não é um lugar; sou eu!*

Com esse pensamento, a sala de controle desapareceu. Ela era uma migrante no vazio, condenada a nunca estar em tranquilidade, nunca encontrar um momento de paz. Tudo, exceto seus próprios pensamentos fugazes, tornou-se imaterial. Ela não possuía substância, apenas uma aderência tênue à qual reconhecia como consciência.

Eu construí a mim mesma a partir da névoa.

Outra Memória surgiu, pedaços e fragmentos de experiências que ela sabia não serem suas. Rostos a observavam de soslaio e exigiam sua atenção, mas a mulher nos controles da nave de transporte fez que ela se afastasse. Murbella reconheceu necessidades, mas não conseguia agrupá-las de forma coerente.

– São vidas em seu passado.

Era a mulher nos controles da nave, mas sua voz tinha uma qualidade incorpórea e vinha de algum lugar indefinido.

– Somos descendentes de pessoas que fizeram coisas terríveis – a mulher prosseguiu. – Não gostamos de admitir que havia bárbaros em nossa ancestralidade. Uma Reverenda Madre deve admitir isso. Não temos escolha.

Murbella aprendera o artifício de apenas pensar suas perguntas. *Por que eu...*

– As vitoriosas se acasalavam. Somos suas descendentes. Com frequência, vitórias são conquistadas a um alto custo moral. Barbarismo nem chega a ser uma palavra adequada para certas coisas que nossas antepassadas fizeram.

Murbella sentiu uma mão familiar em sua bochecha. *Duncan!* O toque reavivou a agonia. *Ah, Duncan! Você está me ferindo.*

Através da dor, ela pressentiu lacunas entre as vidas que lhe eram reveladas. Coisas retidas.

– Só aquilo que você é capaz de aceitar neste momento – a voz incorpórea falou. – Outras virão mais tarde, quando você estiver mais forte... caso sobreviva.

Filtro seletivo. Palavras de Odrade. *A necessidade abre portas.*

Clamores persistentes vinham de outras presenças. Lamúrias. *"Viu? Viu o que acontece quando se ignora o senso comum?"*

A agonia aumentou. Murbella não conseguia escapar dela. Cada nervo era tocado pelo fogo. Ela queria chorar, proferir ameaças, implorar por ajuda. Emoções em cascata acompanhavam a agonia, mas ela as ignorava. Tudo acontecia ao longo da fibra delgada de existência. A fibra podia se partir!

Estou morrendo.

A fibra estava se esticando. Ia se quebrar! Era inútil resistir. Os músculos não obedeciam. Provavelmente não lhe restavam músculos. Na verdade, ela nem os queria. Eles eram dor. Era um inferno e nunca acabaria... nem mesmo se a fibra se partisse. Chamas queimavam ao longo da fibra, tocando sua percepção.

Mãos balançavam seus ombros. *Duncan... não.* Cada movimento era uma dor além de tudo o que ela poderia ter imaginado. Aquilo merecia ser chamado de agonia.

A fibra já não estava mais se alongando. Estava se recolhendo, comprimindo. Tornou-se uma coisa pequena, um embutido de dor tão primoroso que nada mais existia. O senso de *ser* tornou-se vago, translúcido... transparente.

– Você vê? – a voz de sua guia da Mohalata veio de muito longe.

Eu vejo coisas.

Não era ver, exatamente. Uma percepção distante de outras. Outros embutidos. Outras Memórias encapsuladas em peles de vidas perdidas. Elas se estendiam atrás de Murbella em sucessão cujo comprimento não podia ser determinado. Névoa translúcida. Em algumas ocasiões, a névoa se abria e ela vislumbrava eventos. Não... não os eventos propriamente ditos. Memória.

– Compartilhe testemunhas – a guia falou. – Você vê o que nossas ancestrais fizeram. Elas aviltam a pior profanação que você pode inventar. Não dê desculpas como necessidades da época! Apenas se lembre: não há inocentes!

Horrível! Horrível!

Ela já não podia mais conter nada daquilo. Tudo havia se tornado reflexos e névoa fendida. Em algum lugar havia uma glória que ela sabia ser capaz de alcançar.

Ausência desta agonia.

Ali estava. Seria tão gloriosa!

Onde está aquela condição gloriosa?

Lábios tocaram sua testa, sua boca. *Duncan!* Ela tentou tocá-lo. *Minhas mãos estão livres.* Seus dedos acariciaram o cabelo do qual ela se lembrava. *Isto é real!*

A agonia retrocedeu. Só então ela percebeu que havia passado pela dor mais terrível do que palavras eram capazes de descrever. Agonia? Aquilo cauterizara a psiquê e a remoldara. Uma pessoa entrara e outra emergira.

Duncan! Ela abriu os olhos e ali estava a face de Idaho, diretamente sobre seu rosto. *Eu ainda o amo? Ele está aqui. Ele é a âncora na qual eu me prendo nos piores momentos. Mas eu o amo? Ainda estou equilibrada?*

Não havia resposta.

Odrade falou a partir de algum lugar fora de seu campo de visão:

– Tirem essas roupas dela. Tragam toalhas. Ela está encharcada. E tragam-lhe um manto apropriado!

Ouviram-se sons apressados, e mais uma vez Odrade proferiu:

– Murbella, você seguiu pelo caminho mais difícil, fico feliz em dizer.

Tamanha elação em sua voz. Por que ela estava tão satisfeita?

Onde está o senso de responsabilidade? Onde está o graal que eu supostamente deveria sentir em minha cabeça? Alguém me responda!

Mas a mulher no controle da nave havia desaparecido.

Apenas eu permaneço. E me recordo das atrocidades que podem fazer uma Honorável Matre estremecer. Então ela vislumbrou o graal, que não era uma *coisa*, mas uma pergunta: Como ajustar esses equilíbrios?

Nosso deus doméstico é esse elemento que carregamos de geração em geração: nossa mensagem para a raça humana caso ela amadureça. O mais próximo que temos de uma deusa doméstica é uma Reverenda Madre fracassada – Chenoeh, ali em seu nicho.

– Darwi Odrade

Idaho considerava suas habilidades Mentat um refúgio naquele momento. Murbella ficava com ele tanto quanto seus deveres permitiam – ele com o desenvolvimento de armas e ela recobrando as forças enquanto se ajustava a seu novo status.

Ela não mentia para ele. Não tentava dizer a ele que não sentia qualquer diferença entre os dois. Mas Idaho percebia o afastamento, o elástico sendo esticado até chegar ao limite.

– Minhas irmãs me ensinaram a não divulgar os segredos do coração. Existe o perigo que elas distinguem no amor. Intimidades perigosas. As sensibilidades mais profundas embotadas. Não ofereça a alguém a vara com a qual ele possa bater em você.

Ela pensou que suas palavras estavam reconfortando Idaho, mas ele ouvia o argumento interno. *Seja livre! Quebre os elos aprisionantes!*

Ele notou que, naqueles dias, Murbella sofria com os estertores das Outras Memórias. Palavras lhe escapavam durante a noite.

– Dependências... Alma coletiva... Intersecção da percepção viva... Oradoras Peixe...

Ela não hesitava em compartilhar algumas daquelas coisas.

– A intersecção? Qualquer um pode pressentir pontos de conexão em interrupções naturais da vida. Mortes, desvios, pausas incidentais entre eventos poderosos, nascimentos...

– Nascimento é uma interrupção?

Eles estavam na cama de Idaho, até o crono estava apagado... mas isso não os escondia dos olhos-com, é claro. Outras energias alimentavam a curiosidade da Irmandade.

– Você nunca considerou o nascimento uma interrupção? Uma Reverenda Madre acharia isso engraçado.

Engraçado! Afastando-se... afastando-se...

Oradoras Peixe, aquela era a revelação que as Bene Gesserit absorveram com fascínio. Elas haviam suspeitado, mas Murbella lhes confirmara. A democracia das Oradoras Peixe se tornara a autocracia das Honoráveis Matres. Não havia dúvidas.

– A tirania da minoria era adornada pela máscara da maioria – Odrade falara, sua voz exultante. – A queda da democracia. Ou sobrepujada por seus próprios excessos, ou corroída pela burocracia.

Idaho conseguia ouvir o Tirano naquele julgamento. Se a história tivesse quaisquer padrões repetitivos, aquele era um deles. Uma repetição ritmada. Primeiro, um serviço civil legal mascarado pela mentira de que seria a única forma de corrigir excessos demagógicos e que estragam o sistema. Em seguida, o acúmulo de poder em lugares que os eleitores não conseguiam alcançar. E, por fim, aristocracia.

– As Bene Gesserit podem ter sido as únicas a criar um júri todo-poderoso – Murbella comentou. – Júris não são populares entre legalistas. Júris se opõem à lei. Podem ignorar juízes.

Ela riu nas trevas.

– Evidência! O que é evidência, a não ser aquelas coisas que você tem permissão de perceber? É isto que a lei tenta controlar: realidades cuidadosamente gerenciadas.

Palavras para distraí-lo, palavras para demonstrar seus novos poderes Bene Gesserit. Suas palavras de amor não surtiam efeitos.

Ela as fala a partir da memória.

Ele viu que isso incomodava Odrade tanto quanto o desalentava. Murbella não se atentava à reação de ambos.

Odrade tentara reconfortá-lo.

– Toda nova Reverenda Madre passa por um período de ajustes. Por vezes, maníaco. Pense no novo terreno sobre o qual ela se apoia, Duncan!

Como eu não pensaria nisso?

– A primeira lei da burocracia – Murbella murmurou para as trevas.

Você não pode me distrair, meu amor.

– Crescendo até os limites da energia disponível! – A voz dela tinha mesmo um tom maníaco. – Use a mentira de que impostos resolvem todos

Frank Herbert

os seus problemas. – Ela virou na direção de Idaho na cama, mas não por amor. – As Honoráveis Madres encenavam todo esse roteiro! Até um sistema de segurança social para silenciar as massas, mas tudo ia para seu próprio reservatório de energia.

– Murbella!

– O quê? – Surpresa em resposta ao tom severo de Idaho. *Ele não sabia que estava falando com uma Reverenda Madre?*

– Eu sei de tudo isso, Murbella. Qualquer Mentat sabe.

– Você está tentando me calar? – Nervosa.

– Nosso trabalho é pensar como nosso inimigo – ele rebateu. – Temos um inimigo em comum?

– Você está zombando de mim, Duncan.

– Seus olhos estão alaranjados?

– O mélange não permite isso e você sabe... Ah.

– As Bene Gesserit precisam de seu conhecimento, mas você deve *cultivá-lo*! – Ele acendeu um luciglobo e viu que ela o estava encarando, enfurecida. Não era inesperado e não era Bene Gesserit.

Híbrida.

A palavra saltou à mente de Duncan. Seria o vigor híbrido? Era isso que a Irmandade esperava de Murbella? Por vezes, as Bene Gesserit podiam surpreender. Em algumas ocasiões elas o encaravam em corredores estranhos, olhos impassíveis, rostos como uma máscara bem ao feitio delas e, por trás das máscaras, respostas incomuns borbulhavam. Fora assim que Teg aprendera a fazer o inesperado. Mas, e quanto a isso? Idaho pensou que podia começar a não gostar dessa nova Murbella.

Naturalmente, ela notou isso em Idaho. Ele permanecia aberto a Murbella, mas não aos outros.

– Não me odeie, Duncan. – Não havia súplica, mas algo profundamente ferido em suas palavras.

– Eu nunca a odiarei. – Mas ele apagou a luz.

Ela se aninhou contra Duncan quase da mesma forma como fazia antes da agonia. *Quase.* A diferença o dilacerava.

– As Honoráveis Matres veem as Bene Gesserit como competidoras em busca de seu poder – Murbella retomou. – Os homens que seguem minhas antigas irmãs não são apenas fanáticos, são feitos incapazes de autodeterminação em função de seu vício.

– É assim que *nós* somos?

– Ora, Duncan.

– Você quer dizer que posso conseguir essa commodity em outro mercado?

Ela preferiu assumir que ele falava sobre os medos das Honoráveis Matres.

– Muitos prefeririam abandoná-las se pudessem. – Virando-se com ferocidade para Idaho, ela exigia uma resposta sexual. O abandono de Murbella o chocou. Como se essa pudesse ser a última vez que ela experimentaria tal êxtase.

Após o ato, ele se deitou, exausto.

– Espero ter concebido de novo – ela sussurrou. – Ainda precisamos de nossos bebês.

Precisamos. As Bene Gesserit precisam. Já não era mais "elas precisam".

Ele adormeceu e sonhou que estava no arsenal da nave. Era um sonho marcado por realidades. A nave continuava a ser uma fábrica de armas como, de fato, havia se tornado. Odrade estava conversando com ele no arsenal onírico.

– Preciso tomar decisões de necessidade, Duncan. Pouquíssima probabilidade de você fugir de forma desabalada.

– Sou Mentat demais para isso! – Quão presunçosa era sua voz onírica! *Estou sonhando e sei disso. Por que estou no arsenal com Odrade?*

Um rol de armas se desenrolava diante de seus olhos.

Atômicas. (Ele notou explosivos pesados e poeiras mortais.)

Armalês. (Uma infinidade de modelos variados.)

Bacteriológicas.

O rol foi interrompido pela voz de Odrade.

– Podemos assumir que contrabandistas se concentram em pequenas coisas que detêm um grande valor, como o costume.

– Sugemas, é claro. – Ainda presunçoso. *Eu não sou assim!*

– Armas de assassínios – ela falou. – Planos e especificações para novos dispositivos.

– Roubo de segredos mercantis é um grande negócio entre contrabandistas. – *Sou insuportável!*

– Sempre há remédios e as doenças que os demandam – ela rebateu.

403

Frank Herbert

Onde ela está? Posso ouvi-la, mas não consigo vê-la.

– Será que as Honoráveis Matres sabem que nosso universo abriga salafrários que não se furtam a semear problemas antes de prover a solução? – *Salafrários? Eu nunca uso essa palavra.*

– Tudo é relativo, Duncan. Elas queimaram Lampadas e massacraram quatro milhões de nossos melhores elementos.

Ele despertou e se sentou, empertigado. *Especificações para novos dispositivos!* Ali estava um detalhe delicado, uma forma de miniaturizar geradores Holzmanns. Dois centímetros, no máximo. E muito mais baratos! *Como isso foi contrabandeado para a minha mente?*

Ele se levantou suavemente da cama, sem acordar Murbella, e tateou em busca de um manto. Idaho a ouviu fungar enquanto ele saía do quarto a caminho do escritório.

Sentando-se em seu console, copiou o projeto de sua mente e o estudou. Perfeito! Englobamento, com certeza. Ele o transmitiu para os Arquivos, incluindo uma sinalização para Odrade e Bellonda.

Suspirando, recostou-se em seu assento e examinou o projeto mais uma vez. O desenho desapareceu em um retorno a seu rol onírico. *Ainda estou dormindo? Não!* Ele conseguia sentir a cadeira, tocar o console, ouvir o zunido com campo. *Sonhos fazem isso.*

O rol informava armas cortantes e penetrantes, incluindo algumas projetadas para introduzir venenos ou bactérias na carne do inimigo.

Projéteis.

Ele se perguntou como parar o rol e estudar os detalhes.

"Está tudo em sua cabeça!"

Humanos e outros animais reproduzidos para combate passavam por seus olhos, ocultando o console e suas projeções. *Futars? Como os futars foram parar aqui? O que sei sobre futars?*

Desruptores substituíram os animais. Armas que podiam anuviar atividades mentais ou interferir na própria vida. *Desruptores? Nunca ouvi esse nome antes.*

Desruptores foram sucedidos por "buscadores" zero-G, projetados para caçar alvos específicos. *Esses eu conheço.*

Depois vieram explosivos, incluindo aqueles que disseminavam venenos e os bacteriológicos.

Quiméricos, para projetar alvos falsos. Teg fazia uso deles.

Herdeiras de Duna

Energizadores apareceram na sequência. Ele tinha um arsenal privado desses: formas de aumentar a capacidade de suas tropas.

De forma abrupta, a rede tremeluzente de sua visão substituiu o rol de armas e ele vislumbrou o casal idoso em seu jardim. Eles o encaravam. A voz do homem se tornou audível.

– Pare de nos espiar!

Idaho agarrou os braços da cadeira e lançou-se para a frente, mas a visão desapareceu antes que ele pudesse estudar os detalhes.

Espiar?

Ele sentiu um resquício do rol em sua mente; já não era mais visível, mas uma voz meditativa... masculina.

– Com frequência, defesas devem assumir as características de armas ofensivas. Por vezes, entretanto, um sistema simples pode desviar as armas mais devastadoras.

Sistemas simples! Ele gargalhou.

– Miles! Onde infernos você está, Teg? Consegui suas naves de ataque disfarçadas! Iscas infladas! Vazias, exceto pelo gerador Holzmann miniaturizado e uma armalês. – Ele acrescentou esses detalhes a sua transmissão para os Arquivos.

Quando terminou, Idaho perguntou-se mais uma vez sobre suas visões. *Influenciando meus sonhos? O que eu acessei?*

Em seu tempo vago desde que se tornara o Mestre de Armas de Teg, Idaho havia consultado os registros dos Arquivos. Deveria haver alguma pista em todo aquele acúmulo gigantesco!

Ressonâncias e teoria dos táquions atraíram sua atenção por algum tempo. A teoria dos táquions figurava no projeto original de Holzmann. O cientista chamara sua fonte de energia de "téquis".

Um *sistema de ondas* que ignorava os limites da velocidade da luz. A velocidade da luz obviamente não limitava as naves de dobra espacial. Téquis?

– Funciona porque funciona – Idaho murmurou. – Fé. Como qualquer outra religião.

Mentats armazenavam muitos dados que aparentavam ser irrelevantes. Idaho marcou um de seus armazéns com "téquis" e prosseguiu sua busca sem muita satisfação.

Nem mesmo os navegadores da Guilda professavam conhecimento de como guiavam naves de dobra espacial. Cientistas ixianos produziram

Frank Herbert

máquinas para duplicar as habilidades dos navegadores, mas ainda não eram capazes de definir o que faziam.

– Podemos confiar nas fórmulas de Holzmann.

Ninguém proclamava compreender Holzmann. Apenas usavam suas fórmulas porque funcionam. Era o "éter" da viagem espacial. *Dobra--se* o espaço. Em um instante você estava aqui, no outro descobria-se que estava a incontáveis parsecs de distância.

Alguém "lá fora" descobriu outra forma de utilizar as teorias de Holzmann! Era uma projeção Mentat completa. Idaho tinha certeza de sua veracidade em razão das novas perguntas que ela produzia.

A arenga das Outras Memórias de Murbella o assombravam naquele instante, mesmo depois de Idaho ter reconhecido os ensinamentos básicos das Bene Gesserit.

O poder atrai os corruptíveis. Poder absoluto atrai os absolutamente corruptíveis. Esse é o perigo das burocracias entrincheiradas para a população que lhes é subordinada. Até sistemas estragados são melhores porque seus níveis de tolerância são menores e os corruptos podem ser eliminados periodicamente. Burocracia entrincheirada raramente pode ser atacada sem violência. Tome cuidado quando o serviço civil e o militar dão as mãos!

A conquista das Honoráveis Matres.

Poder pelo poder... Uma aristocracia criada a partir de uma matriz desequilibrada.

Quem eram aquelas pessoas que ele via? Fortes o suficiente para escorraçar as Honoráveis Matres. Ele sabia disso pelo *datum* de sua projeção.

Idaho percebeu que essa compreensão o deslocava profundamente. Honoráveis Matres fugitivas! Bárbaras, mas ignorantes, como era toda a sorte de invasores antes dos vândalos. Movidos por uma cobiça impulsiva, tanto quanto por qualquer outra força. *"Peguem o ouro romano!"* Eles filtravam todas as distrações para fora de sua consciência. Era uma ignorância entorpecente que só esmoreceu quando uma cultura mais sofisticada se insinuou em...

De repente, ele percebeu o que Odrade estava fazendo.

Deuses das profundezas! Que plano mais frágil!

Ele pressionou a palma das mãos contra os olhos e forçou-se a não urrar de pura angústia. *Deixe que pensem que estou cansado.* Mas vislumbrar o plano de Odrade também lhe dizia que perderia Murbella... de uma forma ou de outra.

Quando devemos confiar nas bruxas? Nunca! O lado tenebroso da mágica do universo pertence às Bene Gesserit e devemos rejeitá-las.

– Tylwyth Waff, Mestre dos Mestres

O amplo salão comunal da não nave, com suas fileiras de assentos e uma plataforma elevada em uma das extremidades, estava apinhado de irmãs Bene Gesserit, mais do que jamais haviam se reunido. Casa Capitular estava quase paralisado naquela tarde, uma vez que poucas queriam enviar procuradores e decisões importantes não poderiam ser delegadas a um séquito serviçal. Reverendas Madres em seus mantos negros dominavam a assembleia em grupos reservados perto do palco, mas o cômodo estava em polvorosa, com acólitas em mantos com detalhes brancos e até mesmo as que haviam acabado de ser alistadas. Grupos de mantos brancos que marcavam as acólitas mais jovens salpicavam o ambiente em pequenos grupos, mantendo-se unidos por apoio mútuo. Todos os outros haviam sido excluídos pelas censoras da convocação.

O ar estava pesado com hálitos carregados de mélange e havia aquela qualidade úmida e reaproveitada sempre que o maquinário de condicionamento estava sobrecarregado. Odores do almoço recente, carregado de alho, acompanhavam a atmosfera como um intruso inesperado. Isso e as histórias que se espalhavam pelo salão aumentavam as tensões.

A maioria delas mantinha a atenção na plataforma elevada e na porta lateral pela qual a Madre Superiora deveria entrar. Mesmo enquanto conversavam com as companheiras ou perambulavam, ainda focavam aquele lugar de onde sabiam que alguém apareceria e mudaria profundamente suas vidas. A Madre Superiora não pastoreava todas elas até um salão comunal com a promessa de anúncios importantes a menos que algo capaz de abalar as estruturas das Bene Gesserit estivesse para acontecer.

Bellonda precedeu Odrade ao entrar, subindo à plataforma com aquele gingado beligerante que a tornava facilmente reconhecível, mesmo a distância. Odrade seguiu cinco passos atrás de Bellonda. Então vieram as conselheiras seniores e auxiliares, dentre elas Murbella, com seu

Frank Herbert

manto negro (aparentando estar ainda um pouco deslumbrada em função de sua agonia, apenas duas semanas antes). Dortujla mancava logo atrás de Murbella, flanqueada por Tam e Sheeana. No final da procissão vinha Streggi, carregando Teg em seus ombros. Ouviram-se murmúrios empolgados quando ele apareceu. Homens raramente participavam de assembleias, mas todas em Casa Capitular sabiam que esse ghola era seu bashar Mentat, vivendo agora no aquartelamento com todo o efetivo militar que restara às Bene Gesserit.

Vendo as fileiras amontoadas de sua Irmandade daquela forma, Odrade experimentou uma sensação de vazio. Algum ancestral havia resumido aquilo, ela pensou. "Qualquer tolo desgraçado sabe que um cavalo pode correr mais rápido do que outro." Com frequência, ali naquela cópia de estádio esportivo, ela havia sido tentada a citar aquele fragmento de sabedoria, mas Odrade sabia que o ritual também tinha um propósito melhor. Assembleias mostravam umas às outras.

Aqui estamos, unidas. Nossa gente.

A Madre Superiora e as participantes se moviam como um peculiar feixe de energia atravessando a multidão até a plataforma, a posição de eminência da Madre na extremidade da arena.

A Madre Superiora nunca estava sujeita ao tumulto da massa em assembleias. Ela nunca recebia cotoveladas nas costelas ou tinha o pé pisoteado pela pessoa ao lado. Nunca era forçada a andar enquanto os demais se moviam em uma espécie de fluxo de centopeia composto de corpos prensados em proximidade indesejada.

Eis que chega César. Polegares para baixo para toda aquela maldição! Para Bellonda, ela disse:

– Vamos começar.

Em algum momento no futuro, ela sabia que perguntaria a si mesma o motivo de não ter delegado a outra pessoa fazer aquela aparição ritual e pronunciar palavras agourentas. Bellonda teria amado a posição proeminente e, por essa razão, nunca deveria tê-la. Mas talvez alguma irmã de baixo escalão, que se sentisse envergonhada pela elevação e obedecesse somente por lealdade, pela necessidade intrínseca de fazer o que a Madre Superiora comandou.

Deuses! Se existir algum de vocês por aí, por que nos permite ser tão subservientes?

Herdeiras de Duna

Ali estavam elas, Bellonda preparando a todas para Odrade. *Os batalhões das Bene Gesserit.* Elas não compunham batalhões de verdade, mas Odrade com frequência imaginava patentes de suas irmãs, catalogando-as por função. *Aquela ali é líder de esquadrão. Aquela outra é capitã general. Esta aqui é uma simples sargento e ali temos uma mensageira.*

As irmãs ficariam ultrajadas se descobrissem essa sua peculiaridade. Ela mantinha tudo aquilo bem oculto por trás de uma atitude de "destacamentos ordinais". Podiam-se destacar tenentes sem chamá-las de tenentes. Taraza havia feito o mesmo.

Bell estava dizendo a elas que a Irmandade poderia ter que criar uma nova acomodação para o cativo tleilaxu. Palavras amargas para Bell:

– Passamos por uma terrível provação, tanto os Tleilaxu como as Bene Gesserit, e saímos dela mudados. De certa forma, mudamos uns aos outros.

Sim, somos como rochas friccionadas uma contra a outra por tanto tempo que cada uma assume a forma exigida pela outra. Mas a rocha original permanece aqui, no cerne!

O público estava ficando inquieto. Elas sabiam que essa era a fase preliminar, não importavam as mensagens ocultas dentro das pistas sobre os Tleilaxu. Preliminar e relativa em importância. Odrade deu um passo e se colocou ao lado de Bellonda, sinalizando para que ela fosse direto ao ponto.

– Aqui está a Madre Superiora.

Como é difícil extinguir antigos padrões! Bell acha que eles não me reconhecem?

Odrade falou em tons fortes, muito próximos da Voz.

– Ações foram tomadas que exigem que eu vá me encontrar com a liderança das Honoráveis Matres em Junção, um encontro do qual posso não sair viva. Eu *provavelmente* não sobreviverei. Esse encontro será, em parte, uma distração. Estamos prestes a puni-las.

Odrade aguardou os murmúrios diminuírem, ouvindo tanto burburinhos de concordância como de discordância. Interessante. Aquelas que concordavam estavam mais perto do palco e mais ao fundo, entre as novas acólitas. Discordância vinda das acólitas avançadas? Sim. Elas conheciam o aviso: *não ousamos alimentar aquelas chamas.*

Ela modulou a voz em tons mais baixos, permitindo que os alto-falantes a levassem para aquelas nas fileiras mais altas.

Frank Herbert

– Antes de ir, Compartilharei com mais de uma irmã. Estes tempos requerem tais precauções.

"Qual é o seu plano?" "O que a senhora fará?"

Perguntas gritadas em sua direção, vindas de vários lugares.

– Simularemos um ataque a Gammu. Isso deve levar os aliados das Honoráveis Matres a Junção. Iremos, então, tomar Junção e, espero, capturar a Rainha Aranha.

– O ataque ocorrerá enquanto a senhora estiver em Junção? – A pergunta veio de Garimi, uma censora de rosto sóbrio diretamente abaixo de Odrade.

– Esse é o plano. Transmitirei minhas observações para os atacantes. – Odrade gesticulou na direção de Teg, sentado nos ombros de Streggi. – O bashar liderará o ataque pessoalmente.

"Quem irá com a senhora?" "Sim. Quem a acompanhará?"

Não havia como se enganar sobre a preocupação naqueles clamores. Então a notícia ainda não havia se espalhado por Casa Capitular.

– Tam e Dortujla – Odrade respondeu.

– Quem Compartilhará com a senhora? – Garimi outra vez. *De fato! Essa é a pergunta política de maior interesse. Quem pode suceder a Madre Superiora?* Odrade ouviu uma movimentação nervosa atrás de si. *Bellonda empolgada? Você não, Bell. Você já sabe disso.*

– Murbella e Sheeana – Odrade falou. – E mais uma irmã, caso as censoras queiram indicar uma candidata.

As censoras formaram pequenos grupos de consulta, gritando sugestões de um grupo a outro, mas nenhum nome foi indicado. Entretanto, alguém tinha uma pergunta: "Por que Murbella?"

– Quem conhece melhor as Honoráveis Matres? – Odrade rebateu.

Isso as silenciou.

Garimi se aproximou do palco e fitou Odrade com um olhar penetrante. *Não tente ludibriar uma Reverenda Madre, Darwi Odrade!*

– Após nossa simulação em Gammu, elas ficarão ainda mais alertas e fortificarão Junção. O que faz a senhora pensar que podemos subjugá-las?

Odrade deu um passo para o lado e indicou para Streggi avançar com Teg.

Teg estivera observando a atuação de Odrade com fascínio. Então baixou os olhos na direção de Garimi. Ela era, naquele momento, a censora chefe de destacamento e, sem dúvida, havia sido escolhida para falar em nome de um bloco de irmãs. Ocorreu a Teg que aquela posição estapafúrdia nos ombros de uma acólita fazia parte do plano de Odrade por outros motivos além daquele já dito.

Para colocar meus olhos mais próximos de um nível dos adultos a minha volta... Mas também para lembrá-las de minha menor estatura, para reconfortá-las do fato de que uma Bene Gesserit (ainda que somente uma acólita) ainda controla meus movimentos.

– Não entrarei em detalhes bélicos neste momento – ele começou. *Maldita seja esta voz esganiçada!* Ainda assim, ele havia conseguido a atenção de todas. – Mas optamos por mobilidade, por iscas que destruirão boa parte da área ao redor delas caso um feixe de armalês as atinja... E englobaremos Junção com dispositivos que revelarão os movimentos de suas não naves.

Uma vez que elas permaneceram encarando-o, ele prosseguiu:

– Caso a Madre Superiora confirme meu conhecimento prévio de Junção, saberemos os postos de nossas inimigas de forma íntima. Não deve haver modificações significativas. Não se passou tempo suficiente.

Surpresa e o inesperado. O que mais elas esperavam de seu bashar Mentat? Ele devolveu o olhar de Garimi, desafiando-a a enunciar mais dúvidas sobre suas habilidades militares.

Ela tinha outra pergunta.

– Devemos presumir que Duncan Idaho o aconselha em questão de armamentos?

– Quando se tem o melhor, só um tolo não o empregaria – ele respondeu.

– Mas ele irá acompanhá-lo como Mestre de Armas?

– Ele optou por não deixar a nave e todas vocês sabem o motivo. Qual o significado dessa pergunta?

Ele a havia desconcertado e silenciado, e ela não gostou disso. Um homem não deve ser capaz de manipular uma Reverenda Madre dessa forma!

Odrade deu um passo para a frente e colocou a mão no braço de Teg.

– Vocês se esqueceram de que este ghola é o nosso amigo leal, Miles Teg? – A Madre Superiora encarou alguns rostos em particular na multidão, escolhendo aqueles que ela tinha certeza de pertencer a cães de guarda dos olhos-com e que sabiam que Teg era seu pai, movendo o olhar de um rosto a outro com uma lentidão deliberada que não podia ser mal interpretada.

Há alguma entre vocês que ousará gritar "nepotismo"? Então olhem mais uma vez para os registros dele em nosso serviço!

Os sons da Convocação se tornaram mais uma vez respeitosos, como era o esperado em assembleias. Não havia mais a luta vulgar de vozes questionadoras disputando atenção. Agora, os discursos se adequavam a um padrão muito mais parecido com canto gregoriano, mas não era exatamente um canto. Vozes se moviam e fluíam em conjunto. Odrade sempre achou isso formidável. Ninguém conduzia a harmonia. Aquilo acontecia porque elas eram Bene Gesserit. Naturalmente. Esta era a única explicação de que elas necessitavam. Acontecia porque elas eram treinadas para se ajustar umas às outras. A dança dos movimentos rotineiros continuava em suas vozes. Parceiras, não importavam as discordâncias transitórias.

Sentirei falta disso.

– Nunca é o bastante fazer predições precisas de eventos lamentáveis – ela falou. – Quem sabe disso melhor do que nós? Há alguma entre nós que não aprendeu a lição do Kwisatz Haderach?

Não havia necessidade de elaboração. Predições malignas não deviam alterar seu curso. Isso manteve Bellonda em silêncio. As Bene Gesserit eram iluminadas. Não simplórias que atacavam o portador de más notícias. Descontar no mensageiro? (*Quem poderia esperar algo útil desse tipinho?*) Esse era um padrão de comportamento que deveria ser evitado a todo custo. *Silenciaremos os mensageiros desagradáveis, achando que o silêncio profundo da morte obliterará a mensagem?* As Bene Gesserit sabiam que não era assim! *A morte faz com que a voz do profeta reverbere mais alto. Mártires são realmente perigosos.*

Odrade observou a percepção reflexiva se espalhando pelo salão, até mesmo nas fileiras mais altas.

Estamos adentrando tempos difíceis, irmãs, e devemos aceitar isso. Até Murbella sabe disso. E agora ela sabe por que eu estava tão ansiosa para torná-la uma irmã. Todas nós sabemos, de uma forma ou de outra.

Odrade se virou e relanceou na direção de Bellonda. Não havia decepção ali. Bell sabia o motivo de não figurar entre as escolhidas. *É nosso melhor curso de ação, Bell. Infiltração. Subjugá-las antes que suspeitem do que estamos fazendo.*

Focando o olhar em Murbella, Odrade notou a percepção respeitosa. Murbella estava começando a receber sua primeira leva de bons conselhos das Outras Memórias. O estágio maníaco havia passado e ela estava recuperando certo *afeto* por Duncan. No devido tempo, talvez... O treinamento Bene Gesserit garantia que ela julgaria as Outras Memórias por conta própria. Nada na postura de Murbella dizia "guarde esse conselho horrível para você mesma!". Ela tinha comparações históricas e não podia se esquivar da mensagem óbvia delas.

Não marche nas ruas com outras pessoas que compartilham de seus preconceitos. Os gritos mais altos normalmente são os mais fáceis de ser ignorados. "Digo, olhe para eles, gritando como tolos a plenos pulmões! Você quer ter uma causa em comum com eles?"

Eu lhe disse, Murbella: Agora julgue por si mesma. "Para criar mudanças, você deve encontrar pontos de alavancagem e movê-los. Cuidado com becos sem saída. Ofertas de altos postos são uma distração comum exibida diante daqueles que marcham. Nem todos os pontos de alavancagem estão em altos postos. É normal que estejam em centros econômicos ou de comunicação e, a menos que você saiba disso, altos postos são inúteis. Até mesmo tenentes podem alterar nosso rumo. Não por mudar informes, mas enterrando ordens indesejadas. Bell retém ordens até que acredite serem ineficazes. Às vezes, dou ordens a ela por esse motivo: para que possa participar desse jogo de atrasos. Bell sabe disso, mas ainda assim participa do jogo. Saiba disso, Murbella! E depois que nós Compartilharmos, estude minha atuação com grande cautela."

Harmonia havia sido conquistada, mas a um custo. Odrade sinalizou que a Convocação acabara, sabendo muito bem que todas as perguntas não haviam sido respondidas, nem mesmo enunciadas. Mas as perguntas não formuladas viriam, filtradas por Bell, onde receberiam o tratamento mais apropriado.

As irmãs mais alertas não perguntariam. Elas já haviam vislumbrado o plano.

Ao deixar o grande salão comunal, Odrade sentiu-se aceitando o comprometimento total com as escolhas que havia feito, reconhecendo a hesitação prévia pela primeira vez. Havia arrependimentos, mas apenas Murbella e Sheeana poderiam conhecê-los.

Caminhando atrás de Bellonda, Odrade pensou sobre *os lugares a que nunca irei, as coisas que jamais verei, exceto como um reflexo na vida de outra.*

Era uma forma de nostalgia que se centrava nas Dispersões, e isso aliviava a dor. Havia coisas demais lá fora para que uma só pessoa pudesse ver. Até mesmo as Bene Gesserit, com suas memórias acumuladas, nunca poderiam absorver tudo aquilo, não com todos os detalhes interessantes. Tudo voltava para os grandes projetos. A Imagem Completa, a Tendência. *As especialidades de minha Irmandade.* Ali estavam os princípios essenciais que os Mentats empregavam: padrões, movimentos das correntes e o que essas correntes carregavam, para onde iam. Consequências. Não mapas, mas os fluxos.

Pelo menos preservei os elementos-chave de nossa democracia monitorada por júri em sua forma original. Elas podem me agradecer por isso algum dia.

**Busque ser livre e torne-se prisioneiro
de seus desejos. Busque disciplina e
encontre sua liberdade.**

– A Suma

– Quem esperava que a bomba de ar fosse quebrar?

O rabino não fez tal pergunta a uma pessoa em particular. Estava sentado em um banco pequeno, com um pergaminho pressionado contra o peito. O pergaminho havia sido reforçado por um artífice moderno, mas ainda era antigo e frágil. Ele não tinha certeza de que horas eram. Provavelmente, meio da manhã. Eles haviam comido não fazia muito tempo, uma comida que poderia ser descrita como desjejum.

– *Eu* imaginava.

Ele parecia discutir com o pergaminho.

– A Páscoa chegou e passou, e nossa porta estava trancada.

Rebeca se aproximou dele.

– Por favor, rabino. Como isso contribui para os esforços de Joshua?

– Nós não fomos abandonados – o rabino falou para seu pergaminho. – Fomos nós que nos escondemos. Não podemos ser encontrados por estranhos, onde aqueles que poderiam nos ajudar nos procurariam?

Abruptamente, ele ergueu os olhos para Rebeca, os óculos conferindo-lhe uma aparência de coruja.

– Você trouxe o mal até aqui, Rebeca?

Ela sabia o que ele queria dizer.

– Forasteiros sempre pensam que há algo nefando nas Bene Gesserit – ela respondeu.

– Então agora eu, seu rabino, sou forasteiro!

– O senhor se aliena, rabino. Eu falo a partir do ponto de vista da Irmandade que o senhor ordenou que eu ajudasse. O que elas fazem é, com frequência, entediante. Repetitivo, mas não maligno.

– Eu *ordenei* que você ajudasse? Sim, eu fiz isso. Perdoe-me, Rebeca. Se o mal se abateu sobre nós, fui eu quem o trouxe.

– Rabino! Pare com isso. Elas são uma extensão do clã. E, ainda assim, mantêm um individualismo melindroso. Uma extensão do clã não significa nada para o senhor? Minha dignidade o ofende?

– Vou lhe dizer, Rebeca, o que me ofende. Por meio de minhas mãos você aprendeu a seguir outros livros que não... – Ele ergueu o pergaminho como se fosse um porrete.

– Nenhum livro em absoluto, rabino. Ah, elas possuem uma Suma, mas é apenas uma coletânea de lembretes, por vezes úteis, em outras ocasiões, descartáveis. Elas sempre ajustam a Suma para as necessidades atuais.

– Há livros que não podem ser *ajustados*, Rebeca!

Ela o encarou com desalento mal disfarçado. Era assim que ele via a Irmandade? Ou seria apenas o medo falando?

Joshua caminhou até o lado de Rebeca, mãos cheias de graxa, manchas pretas em sua testa e bochechas.

– Sua sugestão estava certa. Está funcionando outra vez. Por quanto tempo, já não sei. O problema é...

– Você não sabe qual é o problema – o rabino interrompeu.

– O problema mecânico, rabino – Rebeca atalhou. – O campo desta não sala distorce o maquinário.

– Não pudemos trazer um maquinário sem fricção – Joshua explicou. – Seria muito óbvio, sem mencionar os custos.

– Seu maquinário não é a única coisa que foi distorcida.

Joshua olhou para Rebeca com uma sobrancelha erguida. *O que há de errado com ele?* Então Joshua também confiava nos *insights* Bene Gesserit. Isso ofendia o rabino. Seu rebanho buscava orientação em outros lugares.

Então o rabino a surpreendeu.

– Você acha que estou com ciúmes, Rebeca?

Ela meneou a cabeça.

– Você demonstra talentos que outros se apressam para utilizar – o rabino falou. – Sua sugestão consertou o maquinário? Foram essas... essas Outras que lhe disseram?

Rebeca deu de ombros. Aquele era o rabino ancestral, que não seria desafiado em sua própria casa.

– Eu deveria lhe elogiar? – o rabino prosseguiu. – Você detém poder? Você nos governará agora?

– Ninguém, eu muito menos, jamais sugeriu isso, rabino. – Ela havia sido ofendida e não se importava em demonstrar.

– Perdoe-me, filha. Isso é o que você chamaria de "petulância".

– Não preciso do seu elogio, rabino. E eu o perdoo, é claro.

– Suas Outras têm algo a dizer sobre isso?

– As Bene Gesserit dizem que o medo de elogios remonta à antiga proibição de elogiar sua prole, uma vez que isso poderia incorrer na ira dos deuses.

Ele curvou a cabeça.

– Por vezes, um fragmento de sabedoria.

Joshua parecia envergonhado.

– Vou tentar dormir. Eu deveria descansar. – Ele lançou um olhar significativo para a área do maquinário, de onde um som de rangido podia ser ouvido.

Joshua os deixou, indo em direção à extremidade obscurecida da sala, tropeçando em um brinquedo de criança no caminho.

O rabino indicou o banco ao seu lado.

– Sente-se, Rebeca.

Ela se sentou.

– Temo por você, por nós, por todas as coisas que nós representamos. – Ele acariciou o pergaminho. – Fomos tão fiéis por tantas gerações. – Ele varreu o cômodo com o olhar. – E nem temos um minyan aqui.

Rebeca secou as lágrimas em seus olhos.

– Rabino, o senhor julga mal a Irmandade. Elas desejam apenas aperfeiçoar os humanos e seus governos.

– Isso é o que elas dizem.

– Isso é o que *eu* digo. Governos, para elas, são uma forma de arte. O senhor acha isso interessante?

– Você despertou a minha curiosidade. Essas mulheres sofrem de autoengano em razão de seus devaneios sobre a própria importância?

– Elas se consideram cães de guarda.

– Cães?

– Cães *de guarda*, alertas para quando uma lição possa ser ensinada. Isso é o que elas buscam. Nunca tentam ensinar a alguém uma lição que não possa ser absorvida.

– Sempre esses fragmentos de sabedoria. – Sua voz soou entristecida. – E elas se governam *artisticamente*?

– Elas se consideram um júri com poderes absolutos, os quais lei alguma pode vetar.

Frank Herbert

Ele gesticulou o pergaminho diante do nariz de Rebeca.

– Foi o que pensei!

– Nenhuma lei *humana*, rabino.

– Você está me dizendo que essas mulheres que fazem as religiões lhes servirem acreditam em um... em um poder maior do que elas mesmas?

– A crença delas não vai de acordo com a nossa, rabino, mas não creio que seja maligna.

– Que... que crença é essa?

– Elas a chamam de "impulso de nivelamento". Elas a consideram algo genético e também instintivo. Por exemplo, é provável que pais brilhantes tenham filhos próximos da média.

– Um impulso. *Isso* é uma crença?

– É por isso que elas evitam proeminência. São conselheiras, em algumas ocasiões até agem nos bastidores para influenciar quem tomará o poder, mas não desejam ser protagonistas no palco principal.

– Esse impulso... Elas acreditam que existe um Impulsionador?

– Elas não assumem que exista. Apenas que há esse momento observável.

– Então o que elas fazem nesse impulso?

– Adotam precauções.

– Na presença de Satã, é o que penso!

– Elas não se opõem à correnteza, mas, aparentemente, apenas se movem para atravessá-la, fazendo que o fluxo trabalhe para elas, usando as contracorrentes.

– Nossa!

– Os antigos mestres marinheiros entendiam isso muito bem, rabino. A Irmandade possui o equivalente a mapas de correntezas que dizem a elas quais locais evitar e onde empreender maiores esforços.

Ele balançou o pergaminho mais uma vez.

– Isto não é um mapa de correntezas.

– Você não me interpretou corretamente, rabino. Elas conhecem as falácias sobre máquinas opressoras. – Rebeca relanceou para o maquinário em funcionamento. – Elas nos veem em correntezas que as máquinas não podem enfrentar.

– Essas pequenas sabedorias... Eu não sei, filha. Interferir na política, eu aceito. Mas em questões sagradas...

– Um impulso de nivelamento, rabino. A influência das massas sobre inovadores brilhantes que, por sua vez, afastam-se do bando e criam coisas novas. Mesmo quando o novo nos ajuda, o impulso atinge o inovador.

– E quem determina o que ajuda, Rebeca?

– Estou apenas dizendo no que elas acreditam. Elas veem taxações como evidência do impulso, tomando energia livre que pode criar mais coisas novas. Dizem que uma pessoa sensibilizada o detecta.

– E essas... essas Honoráveis Matres?

– Elas se encaixam no padrão. Governo centrado em poder a fim de tornar ineficazes todos os desafiantes em potencial. Elimine os brilhantes. Embote a inteligência.

Um baixo bipe veio da área do maquinário. Joshua passou por eles antes que os dois pudessem se levantar. Ele se curvou sobre a tela que revelava os eventos da superfície.

– Eles voltaram – Joshua informou. – Veja! Estão cavando as cinzas diretamente acima de nós.

– Eles nos encontraram? – O rabino soou quase aliviado.

Joshua observava a tela.

Rebeca se posicionou atrás dele, estudando os escavadores: dez homens com aquele aspecto sonhador nos olhos, como aqueles que haviam sido sujeitados às Honoráveis Matres.

– Eles estão cavando a esmo – Rebeca declarou, endireitando-se.

– Tem certeza? – Joshua se ergueu e olhou para o rosto de Rebeca, buscando uma confirmação secreta.

Qualquer Bene Gesserit era capaz de enxergar aquilo.

– Veja você mesmo. – Ela gesticulou para a tela. – Eles estão partindo. Estão indo em direção ao chiqueiro de porclesmas, agora.

– O lugar ao qual eles pertencem – o rabino murmurou.

A tomada de decisões executáveis se dá ao longo de um ordálio de equívocos informativos. Portanto, a Inteligência aceita a falibilidade. E quando não vêm à luz escolhas absolutas (infalíveis), a Inteligência aceita riscos com dados limitados em uma arena onde equívocos não são apenas possíveis, mas também necessários.

– Darwi Odrade

A Madre Superiora não foi simplesmente embarcada em um cargueiro e transferida para uma não nave conveniente qualquer. Houve planos, combinações, estratégias – contingências de contingências.

Foram oito dias frenéticos. O *timing* com Teg deveria ser preciso. Consultas com Murbella consumiam horas. Murbella tinha de saber o que iria enfrentar.

Descubra o calcanhar de Aquiles delas, Murbella, e você terá tudo. Fique na nave de observação quando Teg atacar, mas observe cuidadosamente.

Odrade recebeu conselhos detalhados de todos aqueles que poderiam ajudar. Então vieram os implantes de sinais vitais com a encriptação que transmitiria suas observações secretas. Uma não nave e um cargueiro de longo alcance precisaram ser reaparelhados, uma tripulação escolhida por Teg.

Bellonda resmungava e rosnava, até que Odrade interveio.

– Você está me distraindo! É isso o que quer? Me enfraquecer? – Era o final de uma manhã, quatro dias antes da partida, e elas estavam temporariamente a sós no escritório. O clima estava claro, mas fazia um frio fora de época, e o ar tinha uma tonalidade ocre em função de uma tempestade de poeira que varrera a Central naquela noite.

– A Convocação foi um erro! – Bellonda precisava dar um tiro de despedida.

Odrade percebeu que estava explodindo contra Bellonda, que havia se tornado um pouco cáustica demais.

– Foi necessária!

– Talvez você também seja! Dizendo adeus para a sua *família*. Agora, você nos deixa aqui lavando as roupas sujas umas das outras.

– Você veio até aqui só para reclamar da Convocação?

– Não gostei de seus comentários mais recentes sobre as Honoráveis Matres! Você deveria ter nos consultado antes de espalhar...

– Elas são parasitas, Bell! Chegou a hora de deixarmos isto claro: uma fraqueza conhecida. E o que um corpo faz quando é afligido por parasitas? – Odrade falou com um sorriso escancarado.

– Dar, quando você assume essa... pose pseudo-humorística, tenho vontade de te esganar!

– Você sorriria durante o processo, Bell?

– Maldita seja, Dar! Qualquer dia...

– Não temos muitos dias mais juntas, Bell, e isso está te corroendo. Responda à minha pergunta.

– Responda você mesma!

– O corpo recebe de bom grado um purgante periódico. Até mesmo os viciados sonham em se tornar livres.

– Ahhhhh. – Uma Mentat perscrutou a partir dos olhos de Bellonda. – Você acha que o vício às Honoráveis Matres pode ser transformado em algo doloroso?

– Apesar de sua terrível inaptidão para o humor, você ainda consegue funcionar.

A boca de Bellonda esboçou um sorriso cruel.

– Eu consegui entreter você – Odrade comentou.

– Deixe-me discutir isso com Tam. Ela tem uma cabeça melhor para estratégias. Apesar de que... Compartilhar a suavizou.

Quando Bellonda partiu, Odrade se reclinou e riu em silêncio. *Suavizou! "Não suavize seu Compartilhamento amanhã, Dar." A Mentat tropeça na lógica e deixa passar o coração. Ela vê o processo e se preocupa com fracassos. O que faremos se... Abrimos janelas, Bell, e deixamos o senso comum entrar. Até mesmo a hilaridade. Colocar as questões mais sérias em perspectiva. Pobre Bell, minha irmã imperfeita. Sempre algo para ocupar seu nervosismo.*

Odrade deixou a Central na manhã de sua partida perdida em pensamentos emaranhados – um humor introspectivo, preocupada com o que aprendera com o Compartilhamento com Murbella e Sheeana.

Frank Herbert

Estou sendo autoindulgente.

Isso não lhe dava qualquer alívio. Seus pensamentos estavam emoldurados pelas Outras Memórias e por um fatalismo quase cínico.

Enxames de abelhas-rainha?

Isso havia sido sugerido sobre as Honoráveis Matres.

Mas Sheeana? E Tam aprova?

Isso tinha mais peso do que uma Dispersão.

Não posso te seguir neste seu lugar selvagem, Sheeana. Minha tarefa é criar ordem. Não posso arriscar aquilo que você ousou arriscar. Há tipos diferentes de trabalhos artísticos. O seu me repele.

Absorver as vidas das Outras Memórias de Murbella ajudou. O conhecimento de Murbella oferecia uma vantagem estratégica sobre as Honoráveis Matres, mas cheia de nuances perturbadoras.

Não é hipnotranse. Elas usam indução celular, um subproduto de suas malditas sondas-T! Compulsão inconsciente! Como é tentador usarmos isso em benefício próprio. Mas é aí que as Honoráveis Matres são mais vulneráveis: um enorme conteúdo inconsciente trancafiado por suas próprias decisões. A chave de Murbella apenas enfatiza seus perigos para nós.

Elas chegaram ao campo de pouso espacial no meio de uma tempestade de ventos que as arrebatou ao saírem do carro. Odrade vetara uma caminhada pelo que restara dos pomares e vinhedos.

Partindo pela última vez? Essa era a questão nos olhos de Bellonda quando elas se despediram. Na preocupação do cenho franzido de Sheeana.

Será que a Madre Superiora aceita minha decisão?

Em caráter provisório, Sheeana. Em caráter provisório. Mas eu não avisei Murbella. Portanto... talvez eu concorde com o julgamento de Tam.

Dortujla, ainda no carro de transporte do grupo de Odrade, estava introvertida.

É compreensível. Ela esteve lá... e viu suas irmãs sendo devoradas. Coragem, irmã! Ainda não fomos derrotadas.

Apenas Murbella aparentava levar isso em conta, mas estava pensando no encontro de Odrade com a Rainha Aranha.

Será que armei a Madre Superiora o suficiente? Ela sabe, em seu âmago, quão perigoso esse encontro será?

Odrade afastou tais pensamentos de sua mente. Havia coisas a fazer na travessia. Nenhuma delas era mais importante do que reunir as próprias energias. As Honoráveis Matres podiam ser analisadas quase fora da realidade, mas o verdadeiro confronto seria ritmado conforme viesse... uma performance de jazz. Ela gostava da *ideia* de jazz, ainda que a música a distraísse com seus toques antiquados e os mergulhos na brutalidade. Entretanto, jazz falava sobre a vida. Duas performances nunca eram iguais. Os músicos reagiam àquilo que recebiam dos outros: jazz.

Alimente-nos com jazz.

As viagens aéreas e espaciais não se preocupavam com o clima. Abriam caminho através de interferências transitórias. Confie que o controle meteorológico lhe forneça uma janela de lançamento entre tempestades e coberturas de nuvens. Planetas desérticos eram uma exceção, e isso logo teria que entrar nas equações de Casa Capitular. Muitas mudanças, incluindo o retorno das práticas mortuárias dos fremen. Corpos rendendo água e potassa.

Odrade falava sobre isso enquanto aguardavam o transporte para a nave. Aquele cinturão de terra quente e seca, expandindo-se ao redor do equador do planeta, não demoraria a gerar ventos perigosos. Algum dia haveria tempestades de coriolis: uma explosão de fornalha vinda do interior do deserto com velocidades de centenas de quilômetros por hora. Duna registrara ventos de mais de setecentos quilômetros por hora. Até mesmo cargueiros espaciais notavam tal força. Viagens aéreas ficariam sujeitas aos constantes caprichos das condições da superfície. E a frágil carne humana deveria encontrar qualquer abrigo que pudesse.

Como sempre fizemos.

O saguão do campo de pouso era antigo. Pedras revestiam seu interior e o exterior, o primeiro material de construção usado naquele planeta. Cadeiras fundas espartanas e mesas baixas de plás moldado eram mais recentes. A economia não podia ser ignorada, mesmo pela Madre Superiora.

O cargueiro chegou em um redemoinho de poeira. Sem afetações como uso de suspensores para amortecimento. Seria uma decolagem rápida com alguns gês desconfortáveis de aceleração, mas não elevados o suficiente para prejudicar os corpos que transportasse.

Odrade sentiu como se a tivessem desventrado ao se despedir e entregar Casa Capitular para o triunvirato composto por Sheeana, Murbella e Bellonda. Uma última instrução:

Frank Herbert

– Não interfiram no trabalho de Teg. E não quero que nada de ruim aconteça a Duncan. Você me ouviu, Bell?

Apesar de todas as maravilhas tecnológicas que eram capazes de desenvolver, elas ainda não conseguiam evitar que uma espessa tempestade de areia quase as cegasse durante a decolagem. Odrade fechou os olhos e aceitou o fato de que não teria a chance de uma última visão panorâmica de seu amado planeta. Ela despertou com o choque da atracagem. O transporte aguardava em um corredor logo do outro lado da escotilha. Completaram a travessia zunindo até seus aposentos. Tamalane, Dortujla e a serva acólita mantiveram silêncio, respeitando o desejo da Madre Superiora de ficar a sós com seus pensamentos.

Os aposentos, pelo menos, eram familiares, de acordo com os padrões das naves Bene Gesserit: uma pequena sala de estar-jantar em plás elemental verde-claro; quartos de pequenas proporções com paredes na mesma cor; e um único catre duro. Elas sabiam das preferências da Madre Superiora. Odrade olhou de relance para o banheiro e para a privada usiformes. Instalações padrão. Os aposentos contíguos para Tam e Dortujla eram similares. Haveria tempo, mais tarde, para verificar o reaparelhamento da nave.

Tudo o que era essencial havia sido fornecido. Incluindo elementos discretos para apoio psicológico: cores brandas, mobiliário familiar, um ambiente para não perturbar os processos mentais de nenhuma delas. Odrade dera ordens para a partida antes de retornar para sua sala de estar-jantar.

Uma refeição a aguardava na pequena mesa – frutas azuladas, doces e suculentas, uma saborosa geleia amarelada sobre uma fatia de pão preparado para suas necessidades energéticas. Muito bom. Ela observara a acólita designada fazendo seu trabalho de forma absorta, arrumando os pertences da Madre Superiora. Seu nome escapara a Odrade por um segundo, mas então: *Suipol.* Uma figurinha de rosto calmo e arredondado, e um comportamento que refletia essas mesmas qualidades. *Não é uma de nossas mais brilhantes, mas de eficiência garantida.*

Odrade percebeu, de súbito, que aquelas atribuições carregavam um elemento insensível. *Um pequeno séquito, para não ofender as Honoráveis Matres. E manter nossas baixas ao menor número possível.*

– Você desempacotou todas as minhas coisas, Suipol?

– Sim, Madre Superiora. – Muito orgulhosa de ter sido escolhida para essa atribuição importante. Transparecia na forma como ela andava.

Há algumas coisas que você não pode desempacotar para mim, Suipol. Estas eu carrego em minha cabeça.

Nenhuma Bene Gesserit de Casa Capitular deixava o planeta sem levar consigo uma certa quantidade de chauvinismo. Outros lugares nunca eram tão belos, nunca eram tão serenos, nunca eram uma residência tão agradável.

Mas esse era o Casa Capitular do passado.

Era um aspecto da transformação em deserto que ela nunca havia observado exatamente dessa forma. Casa Capitular estava se subtraindo. Indo embora para nunca mais retornar, pelo menos não durante as vidas daquelas que a conheciam naquele instante. Era como ser abandonado por um pai amado – com desdém e malícia.

Você já não é importante para mim, criança.

No percurso para se tornar uma Reverenda Madre, elas aprendiam muito cedo que uma viagem poderia oferecer um atalho pacífico para o descanso. Odrade tinha toda a intenção em tirar vantagem dessa lição e disse a suas companheiras logo depois de comerem:

– Poupem-me dos detalhes.

Suipol recebeu ordens para chamar Tamalane. Odrade falou usando a própria métrica concisa de Tam:

– Inspecione a nova aparelhagem e me diga o que devo ver. Leve Dortujla.

– Ela tem uma boa cabeça. – Era um grande elogio, vindo de Tam.

– Quando acabarmos, isole-me o máximo que puder.

Durante parte da travessia, Odrade se prendeu na teia de seu catre e se ocupou redigindo o que pensava ser seu testamento.

Quem seria sua testamenteira?

Murbella era sua escolha pessoal, principalmente depois do Compartilhamento com Sheeana. Ainda assim... a criança desgarrada de Duna permanecia uma candidata em potencial caso essa empreitada em Junção falhasse.

Algumas assumiam que qualquer Reverenda Madre serviria se a responsabilidade recaísse sobre os próprios ombros. Mas não naqueles tempos. Não com tal armadilha preparada. Não era provável que as Honoráveis Madres evitassem essa cilada.

Frank Herbert

Caso eu as tenha julgado corretamente. E os dados de Murbella dizem que fizemos nosso melhor. A abertura está ali para que as Honoráveis Matres entrem, e ah, como ela parecerá convidativa. Elas não verão o beco sem saída até que estejam embrenhadas nele. Tarde demais!

Mas, e se nós falharmos?

As sobreviventes (se houvesse alguma) sempre considerariam Odrade com desprezo.

Com frequência senti que fui diminuída, mas nunca alvo de desprezo. Entretanto, pode ser que as decisões que tomei nunca sejam aceitas por minhas irmãs. Pelo menos, não crio desculpas, nem mesmo para aquelas com as quais Compartilhei. Elas sabem que minhas respostas vêm das trevas que antecedem a aurora humana. Qualquer uma de nós pode fazer algo fútil, até mesmo algo estúpido. Mas meu plano pode nos garantir a vitória. Não iremos "apenas sobreviver". Nosso graal requer que persistamos juntas. Os humanos precisam de nós! Por vezes, eles precisam de religiões. Por vezes, precisam apenas saber que suas crenças são tão vazias quanto as esperanças que nutrem por nobreza. Nós somos sua fonte. Depois que as máscaras caírem, isto permanece: Nosso Nicho.

Então ela sentiu que aquela nave a estava levando para o abismo. Cada vez mais perto daquela ameaça terrível.

Eu vou em direção ao machado; ele não está em meu encalço.

Nenhum pensamento sobre o extermínio desse oponente. Desde a Dispersão, o aumento da população humana impedia que isso fosse possível. Uma falha nos planos das Honoráveis Matres.

Um bipe agudo e o piscar de luzes alaranjadas sinalizavam que elas haviam chegado, e isso tirou Odrade de seu estado de repouso. Ela se desvencilhou das faixas de segurança e, com Tam, Dortujla e Suipol logo atrás de si, seguiu uma guia até a escotilha de transporte, onde um cargueiro de longas distâncias se atracara a sua nave. Odrade observou o cargueiro por meio dos dispositivos de varredura na antepara. Incrivelmente pequeno!

– Serão apenas dezenove horas – Duncan informara. – Mas esse período de tempo é o mais próximo que ousamos percorrer com a não nave. Elas certamente posicionaram sensores de dobra espacial nas proximidades de Junção.

Bell, estranhamente, concordara. *Não coloque a nave em risco. Ela estará lá para armar nossas defesas externas e receber transmissões, não apenas para entregar a Madre Superiora.* O cargueiro era o sensor avançado da não nave, sinalizando o que encontrasse.

E eu sou o sensor de vanguarda, um corpo frágil com instrumentos delicados.

Ali estavam as setas de encaminhamento até a escotilha. Odrade conduziu seu séquito. Elas passaram por um pequeno cilindro em queda livre. Ela adentrou uma cabine surpreendentemente suntuosa. Suipol, aparecendo logo atrás, reconheceu-a e ganhou alguns pontos na estima de Odrade.

– Esta era uma nave de contrabandistas.

Uma pessoa as aguardava. Seu odor dizia que era um homem, mas o piloto usava um capuz do qual surgiam diversos conectores que ocultavam seu rosto.

– Coloquem os cintos.

Uma voz masculina por trás daquele instrumento.

Teg o escolheu. Deve ser o melhor.

Odrade se posicionou em um assento atrás da porta de desembarque e encontrou os dispositivos protuberantes que desenrolavam a teia de segurança. Ela ouviu as outras obedecendo às ordens do piloto.

– Todas estão seguras? Continuem com os cintos afivelados até que eu diga o contrário. – Sua voz veio de um alto-falante flutuante posicionado atrás de seu assento de comando.

O tubo de ligação se separou com um estalo. Odrade sentiu movimentos suaves, mas a visão proporcionada pelo relé a seu lado mostrava a não nave se distanciando a uma velocidade impressionante. O veículo desapareceu em um piscar de olhos.

Indo desempenhar seu papel antes que alguém tivesse a oportunidade de investigar.

O cargueiro desenvolveu uma velocidade surpreendente. Os dispositivos de varredura indicavam estações planetárias e barreiras de transição ao longo de mais de dezoito horas, mas os pontos piscantes que as identificavam só eram visíveis porque haviam sido ampliados. Uma janela do dispositivo de varredura dizia que as estações poderiam ser vistas a olho nu em menos de doze daquelas horas.

A sensação de movimento parou de forma abrupta e Odrade já não sentia a aceleração que seus olhos registravam. *Cabine suspensora. Tecnologia ixiana para um nulcampo tão pequeno.* Onde Teg o havia adquirido?

Frank Herbert

Não é necessário que eu saiba disso. Para que informar a Madre Superiora onde cada plantação de carvalhos está localizada?

Ela observou o sensor informando que o contato aconteceria em cerca de uma hora e agradeceu silenciosamente a astúcia de Duncan.

Estamos começando a conhecer essas Honoráveis Matres.

O padrão defensivo de Junção era evidente, mesmo sem a análise dos dispositivos de varredura. Planos sobrepostos! Bem como Teg havia previsto. Com o conhecimento da disposição das barreiras, o pessoal de Teg podia tecer outro globo ao redor do planeta.

Decerto não é tão simples.

As Honoráveis Matres confiavam tanto assim em seu poder esmagador que ignoravam as precauções mais elementares?

A Estação Planetária Quatro começou a chamá-los quando estavam a menos de três horas de distância.

– Identifiquem-se!

Odrade ouviu um "do contrário..." naquele comando.

A resposta do piloto obviamente surpreendeu os controladores.

– Vocês vieram nessa pequena nave de contrabandistas?

Então eles haviam reconhecido a nave. Teg acertara mais uma vez.

– Estou prestes a dar ignição aos sensores no propulsor – o piloto anunciou. – Isso irá aumentar nosso impulso. Assegurem-se de estar bem presas.

A Estação Planetária Quatro percebeu a mudança.

– Por que estão aumentando a velocidade?

Odrade se inclinou para a frente.

– Repita a contrassenha e diga que nossa comitiva está fatigada por um longo período de tempo em aposentos apertados. Acrescente que estou equipada com um transmissor cautelar de sinais vitais para alertar meu pessoal caso eu morra.

Elas não encontrarão a encriptação! Duncan é esperto. E Bell não ficou surpresa ao descobrir o que ele havia ocultado nos sistemas da nave. "Mais romantismo!"

O piloto retransmitiu as palavras de Odrade. A Estação devolveu as ordens:

– Reduzam a velocidade e fixem as seguintes coordenadas para o pouso. Iremos assumir o controle de sua nave a partir desse ponto.

O piloto tocou um campo amarelo em seu teclado.

– Exatamente como o bashar disse que fariam. – Um tom exultante em sua voz. Ele retirou o capuz e se virou.

Odrade ficou chocada.

Ciborgue!

O rosto era uma máscara de metal com duas esferas prateadas fazendo as vezes de olhos.

Entramos em um território perigoso.

– Eles não lhe contaram? – ele questionou. – Não desperdice sua piedade. Eu estava morto e isto me deu vida. Sou Clairby, Madre Superiora. E quando eu morrer dessa vez, isto servirá de pagamento para que eu ganhe uma vida como ghola.

Maldição! Estamos realizando transações em uma moeda que pode nos ser negada. Tarde demais para mudanças. E este foi o plano de Teg. Mas... Clairby?

O cargueiro pousou com uma suavidade que denotava o incrível controle da Estação Quatro. Odrade soube que haviam parado porque a paisagem, minuciosamente cultivada e visível em seu equipamento de varredura, já não se movia. O nulcampo foi desligado e ela sentiu a gravidade. A escotilha logo a sua frente se abriu. O calor era agradável. Ouviam-se ruídos lá fora. Crianças envolvidas em algum jogo competitivo?

Com a bagagem flutuando atrás de si, ela subiu um pequeno lance de escadas e viu que, de fato, o barulho vinha de um grande grupo de crianças em um campo perto dali. Jovens na flor da adolescência e mulheres. Empurravam uma bola suspensa flutuante para a frente e para trás, gritando e berrando enquanto brincavam.

Encenando para nosso benefício?

Odrade pensou que era possível. Provavelmente, havia cerca de duas mil garotas naquele campo.

Veja quantas recrutas conseguimos para a nossa causa!

Nenhuma delas cumprimentou Odrade, mas ela observou uma estrutura familiar no final de uma alameda pavimentada a sua esquerda. Era obviamente um artefato da Guilda Espacial, com o acréscimo recente de uma torre. Ela falou sobre a torre ao relancear naquela direção, acrescentando ao transmissor implantado os dados pertinentes à mudança estrutural no esquema de Teg. Ninguém que já vira uma construção da Guilda seria capaz de se equivocar quanto ao propósito daquela construção.

Então, este era exatamente igual a outros planetas de Junção. Sem dúvida, em algum lugar dos registros da Guilda havia um número serial e código para aquele planeta. O lugar ficou por tanto tempo sob o controle da Guilda antes das Honoráveis Matres que, naqueles primeiros instantes após o desembarque, conseguindo firmar as "pernas sobre o solo", era possível notar aquela marca especial da Guilda em tudo ao redor delas. Até mesmo o campo onde as jovens brincavam – projetado para encontros dos navegadores ao ar livre, em seus contêineres gigantes de gás de mélange.

A marca da Guilda: era um composto de tecnologia ixiana e projeto dos navegadores – construções que envolviam um espaço da melhor forma para conservar energia, caminhos diretos; poucas calçadas gravitacionais. Estas eram um desperdício, e só aqueles sujeitos à gravidade precisariam delas. Não havia jardineiras e flores próximo ao campo de pouso espacial. Seriam suscetíveis à destruição acidental. E aquele acinzentado permanente em todas as construções – não exatamente prateado, mas tão opaco quanto a pele dos Tleilaxu.

A estrutura à esquerda era uma protuberância cheia de extrusões, algumas redondas, outras angulares. Aquela não tinha sido uma hospedaria luxuosa. Claro que possuía pequenos recantos opulentos, mas eram raros, reservados para as pessoas mais importantes, em sua grande parte inspetores da Guilda.

Mais uma vez Teg estava certo. As Honoráveis Matres mantiveram as estruturas existentes, remodelando minimamente. Uma torre!

Odrade lembrou a si mesma: *este não é apenas outro planeta, mas outra sociedade com seu próprio cimento social.* Ela havia adquirido esse conhecimento a partir do Compartilhamento com Murbella, mas não acreditava que havia mergulhado a fundo naquilo que mantinha as Honoráveis Matres unidas. Certamente não era apenas a ânsia pelo poder.

– Nós iremos caminhando – ela declarou, e liderou seu grupo pela alameda pavimentada na direção da estrutura gigante.

Adeus, Clairby. Exploda sua nave assim que puder. Que esta seja a primeira grande surpresa para as Honoráveis Matres.

A estrutura da Guilda assomava cada vez mais alta à medida que elas se aproximavam.

O que mais deixava Odrade perplexa quando via uma dessas construções funcionais era o fato de que alguém havia tomado grande cuidado em planejá-la. Detalhes intencionais em tudo, embora em alguns casos fosse necessário prestar muita atenção. O orçamento ditava uma redução na qualidade de diversas escolhas, luxo ou apelo visual eram preteridos em favor da durabilidade. Concessões e, como a maior parte das concessões, ninguém ficava satisfeito. Os computroladores da Guilda sem dúvida alguma se queixaram do preço, e as ocupantes atuais ainda podiam se sentir irritadas diante de falhas. Não importava. Aquilo era de uma substância tangível. Estava ali para ser usado naquele instante. Outra concessão.

A antessala era menor do que ela esperava. Algumas mudanças no interior. Apenas seis metros de comprimento e talvez quatro metros de largura. O espaço da recepção estava à direita da entrada. Odrade fez um gesto para que Suipol registrasse seu grupo e indicou que as outras esperassem no espaço aberto, mantendo uma distância de combate uma da outra. Perfídia ainda não havia sido descartada.

Dortujla obviamente esperava por isso. Ela aparentava resignação.

Odrade realizou uma inspeção minuciosa e comentou sobre os arredores. Muitos olhos-com, mas o resto...

Toda vez que ela adentrava um daqueles lugares, tinha a sensação de estar em um museu. As Outras Memórias diziam que hospedarias desse tipo não haviam recebido mudanças significativas em éons. Até mesmo em tempos idos ela encontrava protótipos. Um vislumbre do passado nos lustres – artefatos gigantescos e resplandecentes que imitavam os dispositivos elétricos, mas eram providos de luciglobos. Dois deles dominavam o teto como naves espaciais imaginárias penetrando o vazio em esplendor.

Havia mais vislumbres do passado que poucos transientes desta época notariam. A disposição da área da recepção por detrás das aberturas gradeadas, espaço para que aguardassem com seus assentos variados e iluminação inconveniente, placas indicando serviços – restaurantes, narcosalões, bares para encontros íntimos, piscinas e outras instalações para exercícios, salas de automassagem e outras afins. Apenas o idioma e as inscrições haviam mudado desde os tempos ancestrais. Dado certo entendimento do idioma, as placas seriam reconhecíveis até pelos primitivos da era pré-espacial. Era um ponto de parada temporário.

Havia diversas instalações de segurança. Algumas tinham a aparência de artefatos da Dispersão. Ix e a Guilda nunca gastaram ouro em olhos-com e sensores.

Frank Herbert

Roboservos executavam uma dança frenética na área de recepção – dardejando de um lado para outro, limpando, recolhendo lixo, guiando os recém-chegados. Uma comitiva de quatro ixianos precedia o séquito de Odrade. Ela os examinou com cautela. Como eram presunçosos e, em contrapartida, temerosos.

Para seu olho Bene Gesserit, as pessoas de Ix eram sempre reconhecíveis, não importavam seus disfarces. A estrutura básica de sua sociedade marcava os indivíduos. Os ixianos demonstravam uma postura hogbenesca em se tratando de sua ciência: aqueles requisitos políticos e econômicos que determinavam a permissibilidade das pesquisas. Isso denotava como a ingenuidade inocente dos sonhos sociais dos ixianos havia se tornado a realidade de um centralismo burocrático – uma nova aristocracia. Então eles rumavam para um declínio que não seria parado por quaisquer acordos que tal comitiva ixiana fechasse com as Honoráveis Matres.

Não importa o resultado de nosso confronto, Ix está morrendo. Testemunha: nenhuma grande inovação ixiana havia surgido em séculos.

Suipol retornou.

– Elas pediram que aguardemos uma escolta.

Odrade decidiu iniciar as negociações imediatamente com uma conversa para o benefício de Suipol, dos olhos-com e dos ouvintes em sua não nave.

– Suipol, você reparou naqueles ixianos a nossa frente?

– Sim, Madre Superiora.

– Marque-os bem. Eles são o produto de uma sociedade agonizante. É ingênuo esperar que qualquer burocracia assuma inovações brilhantes e as coloque em bom uso. Burocracias formulam perguntas diferentes. Você sabe quais são?

– Não, Madre Superiora. – Ela falou após relancear os arredores.

Ela sabe! Mas entendeu o que estou fazendo. O que temos aqui? Eu a julguei mal.

– São perguntas típicas, Suipol: Quem leva o crédito? Quem será culpabilizado se isso der problemas? Mudará a estrutura de poder, custando nossos empregos? Ou fará que algum departamento subsidiário se torne mais importante?

Suipol anuiu no momento apropriado, mas mirou os olhos-com em uma demonstração que poderia ser um pouco óbvia demais. Não importava.

Herdeiras de Duna

– Essas perguntas são políticas – Odrade prosseguiu. – Demonstram como os motivos da burocracia são diretamente opostos à necessidade de se adaptar a mudanças. Adaptabilidade é um requisito primário para que a vida sobreviva.

Chegou a hora de falar diretamente com nossas anfitriãs.

Odrade voltou sua atenção para o alto, escolhendo um olho-com proeminente em um lustre.

– Perceba aqueles ixianos. Sua "mente em um universo determinístico" deu espaço a uma "mente em um universo ilimitado" em que *qualquer coisa* pode acontecer. A anarquia criativa é o caminho para a sobrevivência neste universo.

– Obrigada por essa lição, Madre Superiora.

Abençoada seja, Suipol.

– Após todas as experiências delas conosco, certamente já não questionam nossa lealdade entre as nossas – Suipol sentenciou.

Que o destino a preserve! Essa acólita está pronta para a agonia e pode nunca chegar a passar por ela.

Odrade pôde apenas concordar com a sinopse da acólita. Submissão às *doutrinas* Bene Gesserit vinha de dentro, daqueles detalhes constantemente monitorados que mantinham a casa em ordem. Não era um ponto de vista filosófico do livre-arbítrio, mas pragmático. Qualquer alegação que a Irmandade pudesse ter sobre criar seu próprio caminho em um universo hostil era assentado na adesão escrupulosa à lealdade mútua, um pacto forjado durante a agonia. Casa Capitular e as subsidiárias remanescentes eram berçários de uma ordem fundada na partilha e no Compartilhamento. Não eram baseadas em inocência. Isso se perdera havia muito. Estavam firmadas na consciência política e em uma visão de história que não dependia de outras leis e costumes.

– Não somos máquinas – Odrade falou, olhando para os autômatos que as rodeavam. – Sempre confiamos em relações pessoais, nunca sabendo aonde podem nos levar.

Tamalane se posicionou ao lado de Odrade.

– Você não acha que elas deveriam ter pelo menos enviado uma mensagem?

– Elas já nos mandaram uma mensagem, Tam, colocando-nos em uma hospedaria de segunda classe. E eu lhes respondi.

Ao fim e ao cabo, todas as coisas são *conhecidas* porque queres acreditar que conheces.

– Koan zen-sunita

Teg inspirou profundamente. Gammu estava logo adiante, no exato local onde seus navegadores haviam dito que estaria quando emergissem da dobra espacial. Ele estava de pé ao lado da vigilante Streggi, monitorando a tudo em mostradores no centro de comando de sua capitânia.

Streggi não apreciava o fato de ele ficar em pé em vez de se empoleirar em seus ombros. Ela se sentia supérflua em meio a um aparato militar. Seu olhar disparava entre campos de multiprojeção localizados no coração do centro de comando. Auxiliares entravam e saíam com eficiência de cápsulas e campos, corpos trajando um aparato esotérico, aparentando saber o que faziam. Ela tinha apenas a mais vaga noção de suas funções.

O teclado-com que retransmitia as ordens de Teg estava sob suas mãos, flutuando sobre suspensores. Seu campo de comando formava uma débil aura azulada ao redor de seus dedos. A ferradura prateada que o ligava à força de ataque repousava levemente sobre seus ombros, um sentimento familiar apesar de ser muito grande em relação a seu corpo diminuto, um contraste com os links de comunicação de sua vida pregressa.

Ninguém mais a sua volta questionava que aquele era seu famoso bashar em um corpo de criança. Todos recebiam suas ordens com austeridade.

O sistema-alvo parecia comum a distância: um sol e seus planetas cativos. Mas Gammu, no foco central, não era comum. Idaho havia nascido ali, seu ghola fora treinado ali, suas memórias originais haviam sido restauradas ali.

E eu fui mudado ali.

Teg não tinha explicações para o que encontrara em si sob as pressões da sobrevivência em Gammu. A velocidade física que drenava seu corpo e uma habilidade de *ver* não naves, de localizá-las em um campo imagético como um bloco de espaço reproduzido em sua mente.

Ele suspeitava de um afloramento selvagem nos genes Atreides. Marcadores celulares haviam sido identificados nele, mas não o propósito de tais marcadores. Era a herança das Mestras em Reprodução das Bene Gesserit, que haviam se intrometido por éons. Havia pouca dúvida de que elas encarariam essa habilidade como algo que lhes fosse potencialmente perigoso. Elas poderiam usá-la, mas era certo que Teg perderia sua liberdade.

Ele afastou essas reflexões de sua mente.

– Envie as iscas.

Ação!

Teg sentiu seu corpo assumindo uma postura familiar. Havia uma sensação de se erguer a uma eminência revigorante quando o planejamento acabava. Teorias haviam sido articuladas, alternativas cuidadosamente investigadas e subordinados destacados, tudo feito com minúcia. Seus líderes de pelotões-chave haviam sido obrigados a memorizar Gammu – onde o auxílio de milícias locais estaria disponível, cada esconderijo, todos os locais guarnecidos que eles conheciam e quais rotas de acesso eram as mais vulneráveis. Teg os acautelara especialmente acerca dos futars. A possibilidade de aquelas feras humanoides serem aliadas não foi descartada. Rebeldes que haviam auxiliado o ghola-Idaho a escapar de Gammu insistiam que futars tinham sido criados para caçar e matar Honoráveis Matres. Conhecendo os relatos de Dortujla e de outros, era quase possível sentir pena das Honoráveis Matres se isso fosse verdade, exceto pelo fato de que não se podia desperdiçar piedade por aquelas que nunca haviam demonstrado senti-la por outros.

A ofensiva estava se desenhando de acordo com o planejado – naves batedoras estavam instalando uma barragem de chamarizes e cargueiros pesados se moviam para suas posições de ataque. Naquele instante, Teg tornou-se aquilo que chamava de "instrumento de meus instrumentos". Era difícil determinar quem comandava e quem respondia.

Agora, a parte delicada.

O desconhecido deveria ser temido. Um bom comandante deveria manter isso firme em sua mente. Sempre havia desconhecidos.

As iscas estavam se aproximando do perímetro defensivo. Ele *viu* as não naves do inimigo e os sensores de dobra espacial – pontos brilhantes dispostos em sua percepção. Teg sobrepôs essa imagem ao posicionamento de suas forças. Cada ordem que dispensava deveria parecer se originar do plano de batalha que todos compartilhavam.

Frank Herbert

Ele se sentiu grato por Murbella não ter se juntado a eles. Qualquer Reverenda Madre poderia penetrar aquele engodo. Mas ninguém questionara as ordens de Odrade de que Murbella aguardasse com seu grupo a uma distância segura.

"Uma potencial Madre Superiora. Guarde-a bem!"

A demolição explosiva das iscas começou com uma mostra aleatória de lampejos brilhantes ao redor do planeta. Ele se inclinou para a frente, observando as projeções.

– Ali está o padrão!

Não havia qualquer padrão, mas suas palavras criavam uma crença e os batimentos cardíacos se aceleraram. Ninguém questionaria que o bashar havia visto uma vulnerabilidade nas defesas. Suas mãos dardejaram sobre o teclado-com, enviando suas naves adiante em uma demonstração fulgurante que atulhava o espaço atrás deles com fragmentos do inimigo.

– Muito bem! Adiante!

Ele computou o trajeto da capitânia diretamente ao sistema de navegação, então dedicou sua atenção completa ao controle de armas. Explosões silenciosas pontilhavam o espaço ao redor deles conforme a capitânia eliminava os elementos sobreviventes da proteção perimetral de Gammu.

– Mais iscas! – ele ordenou.

Globos de luz branca cintilavam nos campos de projeção.

A atenção no centro de comando se concentrava nos campos, não em seu bashar. *O inesperado!* Teg, com fama justificada, confirmava sua reputação.

– Tudo isso me parece estranhamente romântico – Streggi comentou.

Romântico? Não havia romance naquilo! O tempo para romances havia passado e ainda estava por vir. Certa aura podia cercar *planos* de violência. Isso ele aceitava. Historiadores criavam sua própria marca de romance dramático. Mas agora? Este era o momento de adrenalina! Romance os distrairia das necessidades. Devia-se manter um âmago frio, uma linha límpida e desimpedida entre a mente e o corpo.

À medida que suas mãos se moviam no campo do teclado-com, Teg compreendeu o que havia motivado o comentário de Streggi. Algo primitivo acerca de morte e destruição sendo criado ali. Aquele era um momento extirpado da ordem normal. Um retorno perturbador a antigos padrões tribais.

Ela sentia um tambor em seu peito e vozes entoando: "Mate! Mate! Mate!".

A visão de Teg das não naves de defesa mostrava os sobreviventes fugindo em pânico.

Ótimo! Pânico era uma forma de segregar e enfraquecer seus inimigos.

– Ali está Baronato.

Idaho havia designado o lugar com o antigo nome Harkonnen para a extensa cidade e seu gigantesco prédio central em açoplás negro.

– Pousaremos no campo ao norte.

Ele enunciava as palavras, mas eram suas mãos que delegavam as ordens.

Depressa!

Por um breve instante, enquanto expeliam suas tropas, as não naves se tornavam visíveis e vulneráveis. Ele retivera os elementos de toda a sua frota de forma responsiva a seu teclado-com e a responsabilidade era pesada.

– Isso é apenas um subterfúgio. Entraremos e, assim que infligirmos danos graves, sairemos. Junção é nosso verdadeiro alvo.

A precaução que Odrade lhe havia recomendado antes de se separarem ainda estava em sua memória.

– As Honoráveis Matres devem receber uma lição como nenhuma que já tiveram. Ataquem-nos e sairão muito feridas. Pressionem-nos e a dor pode ser tremenda. Elas já ouviram sobre as punições das Bene Gesserit. Somos notórias. Não há dúvida de que a Rainha Aranha nos escarneceu. Devemos fazê-la engolir esse escárnio goela abaixo!

– Desembarcar da nave!

Aquele era o momento vulnerável. O espaço acima deles permanecia sem ameaças, mas lanças de fogo eram atiradas do leste. A artilharia seria capaz de lidar com aquilo. Ele se concentrou na possibilidade de que não naves inimigas retornassem para um ataque suicida. As projeções do centro de comando mostravam suas naves-martelo e naves de transporte de tropas partindo do compartimento de carga da capitânia. A tropa de choque, uma elite trajando armaduras em suspensores, já havia protegido o perímetro.

Os olhos-com portáteis foram enviados para ampliar seu campo de observação e retransmitir detalhes minuciosos da violência. Comunicação era a chave para um comando responsivo, mas também exibia uma destruição sangrenta.

– Seguro!

O sinal ecoou pelo centro de comando.

Eles decolaram do campo de pouso e se reposicionaram para recuperar a invisibilidade completa. Agora, apenas os links de comunicação permitiam que os defensores tivessem um indício do posicionamento de Teg, e isso ainda era mascarado pelas iscas de retransmissão.

As projeções mostravam o retângulo monstruoso do antigo centro Harkonnen. Ele havia sido construído como um bloco de metal que absorvia qualquer luz para confinar escravos. A elite vivera em mansões ajardinadas no topo. As Honoráveis Matres haviam devolvido à estrutura seu caráter opressor.

Três de suas imensas naves-martelo surgiram no campo de visão de Teg.

– Esvaziem o topo daquela coisa! – Teg ordenou. – Apaguem toda resistência, mas limitem a destruição da estrutura ao mínimo possível.

Ele sabia que suas palavras eram supérfluas, mas enunciou-as de qualquer forma. Todos naquela força ofensiva sabiam o que ele desejava.

– Retransmita os informes! – ele bradou.

Informações começaram a fluir a partir da ferradura em seus ombros. Ele projetou uma imagem secundária. Olhos-com mostravam suas tropas limpando o perímetro. Batalhas aéreas e terrestres estavam bem controladas em uma área de pelo menos cinquenta quilômetros. Tudo corria muito melhor do que o esperado. Então as Honoráveis Matres mantinham seu equipamento pesado no espaço, sem antecipar um ataque ousado. Uma postura familiar, e ele devia agradecer a Idaho por prever isto.

– Elas estão cegas pelo poder. Acreditam que defesas pesadas são para o espaço e que apenas equipamento leve deve ser usado em solo. Armamentos pesados são enviados à superfície conforme o necessário. Não há motivos para mantê-los no planeta. Gasta-se muita energia. Além disso, saber que todo o equipamento pesado está lá no alto causa um efeito pacificador na população cativa.

Os conceitos de Idaho sobre armamentos eram devastadores.

– Tendemos a fixar nossa mente naquilo que acreditamos saber. Um projétil é um projétil mesmo quando miniaturizado para carregar veneno ou agentes biológicos.

Inovações em equipamentos de proteção aumentavam a mobilidade. Embutir dispositivos nos uniformes quando possível. E Idaho trouxera de volta os escudos com a temível destruição que representam quando atingidos por um feixe de armalês. Escudos em suspensores ocultos naquilo que pareciam ser soldados (mas que na verdade eram uniformes inflados) estavam espalhados pela vanguarda. Um tiro de armalês causava uma explosão atômica limpa para liberar grandes áreas.

Junção será fácil assim?

Teg duvidava. A necessidade forçaria uma rápida adaptação a novos métodos.

Elas poderiam instalar escudos em Junção em dois dias.

E nenhuma inibição sobre como empregá-los.

Escudos haviam dominado o Antigo Império, ele sabia, em função daquele curioso conjunto de palavras que formava "Grande Convenção". Pessoas honradas não usariam armas de forma inapropriada em sua sociedade feudal. Caso a Convenção fosse desonrada, seus pares se voltariam contra si mesmos em violência uníssona. Mais do que isso, existira uma coisa intangível, "Brio", aquilo que alguns chamavam de "Orgulho".

Brio! Minha posição em meu bando.

Algo que, para alguns, era mais importante do que a própria vida.

– Isso está nos custando muito pouco – Streggi observou.

Ela havia se tornado uma analista de combate, banal demais para o gosto de Teg. Streggi queria dizer que estavam perdendo poucas vidas, mas talvez tivesse dito algo mais certeiro do que supunha.

– É difícil cogitar que dispositivos baratos possam dar conta do trabalho – Idaho comentara. *– Mas isso é uma arma poderosa.*

Se suas armas custam apenas uma pequena fração da energia gasta por seus inimigos, tem-se em mãos uma poderosa vantagem que poderia prevalecer contra chances aparentemente esmagadoras. Prolongue o conflito e a substância do inimigo será desperdiçada. Seu adversário cai por perder o controle da produção e dos trabalhadores.

– Podemos iniciar a retirada – Teg falou, desviando a atenção das projeções enquanto suas mãos repetiam o comando. – Quero um relatório de baixas assim que... – Ele parou e se virou para verificar uma comoção súbita.

Murbella?

A projeção dela se repetia em todos os campos do centro de comando. Sua voz ressoou de todas as imagens:

– Por que está ignorando os informes de seu perímetro?

Ela tomou o controle do teclado de Teg e as projeções mostravam um comandante de campo no meio de uma frase:

– ... ordens, devo negar seu pedido.

– Repita – Murbella ordenou.

As feições suadas do comandante de campo se viraram para seu olho-com móvel. O sistema-com realizou os ajustes e ele pareceu olhar diretamente nos olhos de Teg.

– Repetindo: estou com um grupo peculiar de refugiados que pede asilo. O líder deles diz que realizou um acordo e solicita que a Irmandade honre seu pedido, mas sem ordens...

– Quem é ele? – Teg questionou.

– Ele chama a si mesmo de rabino.

Teg recuperou o controle de seu teclado-com.

– Eu não conheço...

– Espere! – Murbella retomou o controle do teclado de Teg.

Como ela está fazendo isso?

Mais uma vez a voz de Murbella reverberou pelo centro de controle.

– Traga-o até a capitânia juntamente com sua comitiva. Depressa. – Ela silenciou os transmissores perimetrais.

Teg sentiu-se ultrajado, mas estava em desvantagem. Ele escolheu uma das múltiplas imagens e a encarou.

– Como ousa interferir?

– Porque você não possui os dados apropriados. O rabino tem plenos direitos. Prepare-se para recebê-lo com honras.

– Explique-se.

– Não! Não é preciso que saiba. Mas era apropriado que eu tomasse essa decisão quando percebi que você não estava respondendo.

– Aquele comandante estava em uma área diversiva! Não é importante que...

– Mas o pedido do rabino é prioritário.

– Você é tão terrível quanto a Madre Superiora.

– Talvez pior. Agora me escute! Traga esses refugiados para a sua capitânia. E prepare-se para me receber.

– Em absoluto! Você deve ficar exatamente onde está!

– Bashar! Há algo nessa solicitação que requer a atenção de uma Reverenda Madre. Ele diz que estão em perigo porque ofereceram refúgio temporário à Reverenda Madre Lucilla. Aceite ou afaste-se do comando.

– Então deixe que eu reembarque meu pessoal e execute minha retirada. Nós a encontraremos no ponto de encontro quando for seguro.

– De acordo. Mas trate esses refugiados com cortesia.

– Agora saia de minhas projeções. Você me cegou e isso foi uma tolice!

– Tudo está sob controle, bashar. Durante este hiato, outra de nossas naves aceitou quatro futars. Eles solicitaram que os levássemos a Treinadores, mas ordenei que eles fossem confinados. Trate-os com extrema cautela.

As projeções do centro de controle voltaram a transmitir a situação da batalha. Mais uma vez Teg ordenou que suas forças recuassem. Ele estava colérico e levou alguns minutos para recuperar um senso de comando. Murbella não sabia como havia minado sua autoridade? Ou ele deveria considerar o episódio uma indicação da importância desses refugiados?

Quando a situação estava segura, ele passou o controle do centro de comando para um auxiliar e, empoleirando-se nos ombros de Streggi, foi inspecionar aqueles refugiados *importantes*. O que havia de tão vital acerca deles para que Murbella arriscasse uma interferência?

Eles estavam no porão de carga das tropas, um grupo aglomerado separado por um comandante cauteloso.

Quem sabe o que pode estar oculto entre esses desconhecidos?

O rabino, identificável pela forma como estava sendo tratado pelo comandante de campo, estava em pé na companhia de uma mulher envolta em um manto marrom, próximo de sua gente. Ele era um homem pequeno e barbado usando um quipá branco. A luz fria fazia que ele parecesse um ancião. A mulher protegia os olhos com uma das mãos. O rabino falava, e suas palavras se tornavam audíveis à medida que Teg se aproximava.

A mulher estava sob ataque verbal!

– O orgulhoso será aviltado!

Sem remover a mão de sua postura defensiva, a mulher rebateu:

Frank Herbert

– Não sinto orgulho daquilo que carrego.

– Nem dos poderes que esse conhecimento possa lhe conferir?

Pressionando com o joelho, Teg sinalizou para que Streggi parasse a cerca de três metros de distância dos interlocutores. Seu comandante relanceou para Teg, mas manteve-se em posição, pronto para agir defensivamente caso aquilo se provasse uma distração.

Bom soldado.

A mulher baixou a cabeça ainda mais e pressionou a mão contra os olhos ao falar.

– Não nos oferecem conhecimentos para que possamos utilizá-los em serviço sagrado?

– Filha! – O rabino se empertigou. – Qualquer coisa que possamos aprender para servir melhor nunca chegará a ser digno de nota. Tudo o que chamamos de conhecimento, caso englobasse tudo o que um coração humilde é capaz de comportar, tudo isso não passaria de uma semente nas leiras.

Teg sentiu relutância para interferir. *Que vocabulário mais arcaico.* Aquela dupla o fascinava. Os outros refugiados ouviam o embate, absortos. Apenas o comandante de campo de Teg parecia indiferente, mantendo a atenção nos estranhos e ocasionalmente enviando sinais com as mãos a seus auxiliares.

A mulher mantinha a cabeça baixa em respeito e a mão defensiva em riste, mas ainda assim se defendia.

– Até mesmo uma semente perdida nas leiras pode gerar vida.

Os lábios do rabino se estreitaram em uma linha severa, e então disse:

– Sem água e cuidados, o que significa sem as bênçãos e a palavra, não há vida.

Um grande suspiro fez os ombros da mulher estremecerem, mas ela se manteve naquela postura curiosamente submissa ao responder:

– Rabino, eu ouço e obedeço. Ainda assim, devo honrar este conhecimento que me foi incumbido, pois ele contém a mesma admoestação que o senhor verbalizou.

O rabino pousou uma das mãos no ombro da mulher.

– Então transmita-o àquelas que por ele anseiam e que nenhum mal entre aonde quer que você vá.

Herdeiras de Duna

O silêncio disse a Teg que a discussão acabara. Ele indicou para que Streggi seguisse adiante. Antes que esta pudesse se mover, Murbella passou por eles e cumprimentou o rabino acenando com a cabeça, ainda que mantendo os olhos fixos na outra mulher.

– Em nome das Bene Gesserit e de nossa dívida para com seu povo, eu os recebo e lhes ofereço refúgio – Murbella entoou.

A mulher em manto marrom baixou a mão e Teg notou lentes de contato reluzindo em sua palma. Ela ergueu a cabeça naquele instante e todos ao redor ofegaram. Os olhos da mulher eram totalmente azuis, resultado do vício em especiaria, mas também carregavam aquela força interior que marcava as que sobreviviam à agonia.

Murbella a identificou de imediato. *Uma Reverenda Madre selvagem!* Não havia registros de nenhuma delas desde a época dos fremen de Duna.

A mulher fez uma reverência para Murbella.

– Meu nome é Rebeca. Sinto-me tomada por felicidade por estar contigo. O rabino crê que sou uma gansa tola, mas carrego um ovo de ouro, pois tenho comigo Lampadas: sete milhões, seiscentas e vinte e duas mil e quatorze Reverendas Madres, e elas são suas por direito.

Respostas são entraves perigosos no universo. Podem parecer razoáveis e, ainda assim, nada explicarem.

– O açoite zen-sunita

À medida que a espera pela escolta que lhes havia sido prometida aumentava, Odrade sentiu inicialmente irritação, e depois, hilaridade. Por fim, começou a seguir os robôs pela antessala, interferindo em seus movimentos. A maioria deles era pequena e nenhum aparentava ser humanoide.

Funcionais. Marca registrada dos servos autômatos ixianos. Pequenos acompanhantes ocupadíssimos em uma estada em Junção ou seu equivalente em qualquer outro lugar.

Eles eram tão comuns que poucas pessoas os notavam. Uma vez que não conseguiam lidar com interferências deliberadas, ficavam imóveis, zunindo.

"Honoráveis Matres possuem pouco ou nenhum senso de humor." Eu sei, Murbella. Eu sei. Mas será que elas entenderam minha mensagem?

Dortujla obviamente compreendeu. Ela abandonou seu surto melancólico e observou a movimentação com um amplo sorriso estampado no rosto. Tam parecia reprovar, mas permaneceu tolerante. Suipol estava encantada. Odrade teve de refreá-la quando ela tentou ajudar a imobilizar os dispositivos.

Deixe que eu as antagonize, criança. Eu sei o que está reservado para mim.

Quando Odrade teve certeza de que havia deixado clara a sua mensagem, posicionou-se sob um dos lustres.

– Tam, acompanhe-me – ela pediu.

Tamalane se posicionou diante de Odrade, obediente e com uma expressão atenta.

– Você já reparou que as antessalas modernas tendem a ser muito pequenas, Tam?

Tamalane olhou de relance para os arredores.

– Outrora, antessalas eram enormes – Odrade comentou. – Para prover um sentimento de amplitude para os poderosos e para impressionar outros com sua própria importância, é claro.

Tamalane logo compreendeu o espírito da atuação de Odrade e respondeu:

– Nos dias atuais, você é importante pelo mero fato de viajar.

Odrade observou os robôs imóveis que estavam espalhados pela antessala. Alguns zuniam e estremeciam. Outros aguardavam em silêncio até que alguém ou algo restaurasse a ordem.

O autorrecepcionista, um tubo fálico de plás preto com um único olho-com reluzente, surgiu por detrás de sua jaula e abriu caminho pelos robôs inertes para confrontar Odrade.

– Hoje está úmido demais. – Uma voz feminina fluida. – Não sei em que o controle meteorológico estava pensando.

Odrade ignorou o autorrecepcionista e comentou com Tamalane:

– Por que eles programam essas coisas mecânicas para simular um ser humano amistoso?

– É obsceno – Tamalane concordou. Ela abriu caminho com um golpe de ombro contra o autorrecepcionista e o dispositivo rodopiou para investigar a fonte da intrusão, mas não executou ação alguma.

Odrade percebeu de súbito que havia tocado na força que servira de combustível para o Jihad Butleriano: motivação de massa.

Meu próprio preconceito!

Ela analisou o mecanismo que as confrontava. Estaria aguardando por instruções ou ela deveria se dirigir diretamente àquela coisa?

Quatro outros robôs entraram na antessala e Odrade reconheceu a bagagem de sua comitiva empilhada sobre eles.

Tenho certeza de que todos os nossos pertences foram cuidadosamente inspecionados. Procurem quanto quiserem. Não carregamos vestígios de nossas legiões.

Os quatro seguiram pelo canto da sala e encontraram a passagem obstruída por um daqueles que Odrade havia paralisado. Os robôs com as bagagens pararam e aguardaram até que aquele evento singular fosse resolvido. Odrade sorriu na direção dos robôs.

– Lá se vão os sinais daquilo que é transiente ocultando nossos *eus* secretos.

Frank Herbert

"Ocultando" e "secretos".

Palavras para irritar as observadoras.

Vamos lá, Tam! Você conhece o roteiro. Confundir aquele enorme conteúdo do inconsciente, despertar sentimentos de culpa os quais elas serão incapazes de reconhecer. Dar a elas uma letargia da mesma forma que fiz com os robôs. Deixá-las cautelosas. Quais são os verdadeiros poderes dessas bruxas Bene Gesserit?

Tamalane compreendeu a deixa. *Transientes* e eus *secretos*. Ela explicou para os olhos-com empregando o mesmo tom de quem fala com uma criança.

– O que você carrega quando deixa o ninho? Você é daqueles que empacotam absolutamente tudo? Ou se atém às necessidades?

O que as observadoras classificariam como necessidades? Utensílios de higiene e mudas de roupas? Armas? Elas vasculharam nossas bagagens em busca disso. Mas Reverendas Madres não tendem a carregar armas visíveis.

– Mas que lugar mais horroroso – Dortujla comentou, juntando-se a Tamalane diante de Odrade e aumentando o drama da cena. – Pode-se quase acreditar que foi feito de propósito.

Ahhh, suas observadoras terríveis. Vejam Dortujla. Lembram-se dela? Por que ela retornou, uma vez que deve saber o que podem fazer com ela? Alimento para os futars? Viram só como isso não a preocupa?

– Um ponto de transição, Dortujla – Odrade falou. – A maioria das pessoas nunca iria querer que este fosse seu destino. Uma inconveniência, e os pequenos incômodos servem apenas para lembrá-las disso.

– Uma parada à beira da estrada, e isto nunca vai deixar de sê-lo até que façam uma reconstrução total – Dortujla arrematou.

Será que elas ouviriam? Odrade mirou um olhar de plena compostura para o olho-com que ela havia escolhido.

Essa feiura trai seu intento. Diz-nos: "Proveremos algo para o estômago, uma cama, um local para esvaziar a bexiga e os intestinos, um lugar para conduzir os rituais de manutenção que o corpo requer, mas vocês farão isso rapidamente porque tudo o que desejamos é a energia que deixarão para trás".

O autorrecepcionista deu a volta por trás de Tamalane e Dortujla, tentando estabelecer contato com Odrade mais uma vez.

Herdeiras de Duna

– Você irá nos levar até nossos aposentos imediatamente! – Odrade comandou, encarando o olho ciclópico.

– Puxa vida! Como fomos desatenciosos.

Onde haviam encontrado aquela voz melíflua? Repulsiva. Mas, em menos de um minuto, Odrade estava a caminho, deixando a antessala com os robôs carregando sua bagagem adiante, Suipol logo atrás, Tamalane e Dortujla no encalço.

Havia um ar de negligência em uma das alas pelas quais elas passaram. Isso significava que o tráfego em Junção havia diminuído? Interessante. Persianas estavam fechadas ao longo de todo um corredor. Escondiam algo? No breu resultante, ela detectou poeira no chão e ranhuras com poucas marcas de dispositivos mecânicos de manutenção. Ocultavam o que jazia além daquelas janelas? Pouco provável. Aquele lugar estava fechado havia um bom tempo.

Ela detectou um padrão naquilo que estava sendo mantido. Pouquíssimo tráfego. Efeito das Honoráveis Matres. Quem ousava se mover por aí quando a sensação de segurança era obtida ao se entrincheirar e rezar para que não se fosse notado por aquelas predadoras perigosas? Vias de acesso a aposentos privados de elite recebiam manutenção. Só os melhores eram preservados nas melhores condições.

Quando os refugiados de Gammu chegarem, haverá espaço.

Na antessala, um robô havia entregado um pulsador guia para Suipol e dissera: "Para encontrar seu caminho mais tarde". O dispositivo era uma esfera azulada contendo uma seta amarela que apontava a direção escolhida. "Soará uma sineta quando você chegar."

O pulsador ressoou a sineta.

E aonde nós chegamos?

Outro cômodo que suas anfitriãs haviam provido de "todo luxo" e, ainda assim, era repulsivo. Quartos com pisos em amarelo suave, paredes em malva pálida, tetos brancos. Sem cãodeiras. Sejam gratas por isso, todavia as ausências denotavam economia em vez de cuidado pelas preferências de suas convidadas. Cãodeiras requeriam sustento e uma equipe dispendiosa. Ela viu mobílias com tecidos em permaflox. E por trás do tecido, sentiu uma resiliência plástica. Tudo havia sido feito com base nas outras cores dos cômodos.

A cama foi um pequeno choque. Alguém havia levado o pedido de um catre duro literalmente. Uma superfície lisa de plás negro sem estofados. Sem lençóis.

Suipol, ao ver isso, começou a objetar, mas Odrade a silenciou. Apesar dos recursos Bene Gesserit, conforto por vezes era deixado de lado. Termine seu trabalho! Essa era a ordem primária que tinham. Se a Madre Superiora tivesse que, em determinadas ocasiões, dormir em uma superfície dura sem cobertas, isso podia ser feito em nome de seus deveres. Além do mais, as Bene Gesserit tinham formas de se ajustar a tais leviandades. Odrade fortaleceu-se em preparação para o desconforto, ciente de que, se objetasse, poderia encontrar outro insulto deliberado.

Deixe que adicionem isso àquele conteúdo inconsciente e se preocupem com ele.

Sua convocação chegou enquanto ela inspecionava o restante de seus aposentos, demonstrando preocupação mínima e deleite escancarado. Uma voz estridente veio das aberturas de ventilação no teto quando Odrade e suas companheiras entravam na sala de estar comunal:

– Retornem para a antessala, onde encontrarão uma escolta que as levará até a Grande Honorável Matre.

– Eu irei sozinha – Odrade sentenciou, silenciando as objeções.

Uma Honorável Matre trajando um manto esverdeado aguardava em uma das cadeiras frágeis onde o corredor se ligava à antessala. Ela tinha um rosto que se assemelhava à muralha de um castelo – pedra assentada sobre pedra. A boca era uma comporta por meio da qual ela tragava algum líquido usando um canudo transparente. Um fluxo arroxeado canudo acima. Odor açucarado no líquido. Os olhos eram armas que miravam por sobre os baluartes. Nariz: um declive pelo qual os olhos despachavam seu ódio. Queixo: fraco. Desnecessário, aquele queixo. Impensado. Algum resquício de uma construção anterior. Era possível ver uma criança nela. E o cabelo: escurecido artificialmente em um castanho lodoso. Insignificante. Olhos, nariz e boca, esses eram importantes.

A mulher se levantou devagar, de forma insolente, enfatizando o favor que fazia a Odrade por simplesmente notá-la.

– A Grande Honorável Matre concorda em recebê-la.

Voz pesada, quase masculina. Orgulho acumulado a tal ponto que ela o demonstrava em tudo o que fazia. Solidificada por um preconceito inamovível. Ela *sabia* tantas coisas que era uma vitrine ambulante de ignorância e medos. Odrade via nela uma perfeita demonstração da vulnerabilidade das Honoráveis Matres.

Ao fim de diversos corredores e encruzilhadas, todos resplandecentes e limpos, elas chegaram a um aposento comprido – o sol adentrava por uma fileira de janelas, sofisticados consoles militares em uma extremidade; mapas espaciais e mapas terrestres projetados neles. O centro da teia da Rainha Aranha? Odrade nutria dúvidas. Os consoles eram muito óbvios. Algo de diferente dos projetos da Dispersão, mas não havia como se equivocar acerca de seu propósito. Campos que os humanos podiam manipular tinham limites físicos, e um capuz para interface mental não poderia significar outra coisa, apesar de este ter um formato ovalado imenso em um tom imundo de amarelo.

Odrade vasculhou o aposento com os olhos. Mobílias esparsas. Algumas cadeiras fundas e pequenas mesas, uma área espaçosa onde (presumia-se) pessoas poderiam aguardar suas ordens. Nenhuma bagunça. Ali deveria ser um centro de ações.

Imprima isso na bruxa!

As janelas em uma das longas paredes mostravam um chão pavimentado com lajotas e jardins. Tudo aquilo era uma montagem!

Onde está a Rainha Aranha? Onde ela repousa? Qual o aspecto de seu covil?

Duas mulheres adentraram por uma passagem em arco vindas do jardim. Ambas trajavam mantos vermelhos com arabescos cintilantes e dragões estampados neles. Estilhaços de sugemas para decorá-los.

Odrade manteve silêncio, exercitando sua cautela até que passassem pelas apresentações feitas pela escolta, que enunciou o mínimo possível e partiu apressadamente.

Sem as pistas de Murbella, Odrade teria considerado a figura alta ao lado da Rainha Aranha como sendo a comandante. No entanto, era a menor delas. Fascinante.

Essa aí não apenas galgou seu caminho ao poder. Ela se esgueirou por entre as frestas. Certo dia, suas irmãs despertaram para o fato consumado. Ali estava ela, assentada com firmeza no centro. E quem poderia objetar? Dez minutos após deixá-la, qualquer pessoa teria dificuldade de se lembrar do alvo de suas objeções.

As duas mulheres examinaram Odrade com a mesma intensidade.

Frank Herbert

Muito bem. Isso é necessário neste momento.

A aparência da Rainha Aranha foi uma grande surpresa. Até aquele momento, nenhuma descrição física dela havia sido captada pelas Bene Gesserit. Apenas projeções temporárias, constructos imaginativos baseados em fragmentos dispersos de evidência. Por fim, ali estava ela. Uma mulher pequena. Esperavam-se músculos fibrosos sob os trajes justos vermelhos por debaixo do manto. Um rosto oval nada memorável, com insípidos olhos castanhos, manchas alaranjadas dançando em seu interior.

Temerosa e irascível em virtude disso, mas não consigo identificar com precisão o motivo de seu medo. Tudo o que ela possui é um alvo – eu. O que ela espera obter de mim?

Sua assistente era o completo oposto: em aparência, muito mais perigosa. Cabelos dourados tratados com extremo cuidado, um nariz levemente aquilino, lábios finos, cútis firme sobre as maçãs do rosto. E aquele olhar venenoso.

Odrade repassou mais uma vez o olhar pelas feições da Rainha Aranha: um nariz que alguns teriam dificuldade em descrever alguns instantes após um encontro.

Angular? Bem, de certa forma.

Sobrancelhas da cor de palha, assim como seus cabelos. A boca se abria para se tornar uma linha rosada e quase desaparecia quando se fechava. Um rosto no qual era difícil encontrar um ponto central para focar e, por isso, todo o conjunto se tornava indistinto.

– Então você lidera as Bene Gesserit.

Uma voz igualmente imprecisa. Falava um galach estranhamente flexionado e sem jargões, e ainda assim qualquer interlocutor podia senti-lo logo no fundo da língua dela. Truques linguísticos estavam presentes ali. O conhecimento de Murbella enfatizava isso.

"Elas possuem algo próximo da Voz. Não é igual a isso que vocês me deram, mas há outros artifícios que elas empregam, uma espécie de truque com as palavras."

Truque com as palavras.

– Como devo me dirigir a você? – Odrade perguntou.

– Ouvi dizer que você me chama de Rainha Aranha. – Manchas laranja dançando com ferocidade em seus olhos.

– Aqui, no centro de sua teia e considerando seus vastos poderes, temo que devo confessar que é verdade.

– Então é isto o que você nota: meus poderes. – Presunçosa!

A primeira coisa que Odrade realmente marcou sobre a mulher foi o cheiro. Ela havia se banhado em algum perfume exagerado.

Ocultando os feromônios?

Ela havia sido acautelada sobre a habilidade Bene Gesserit de julgar com base em ínfimos dados sensoriais? Talvez. Também era possível que preferisse aquele perfume. A mistura odiosa tinha uma base essencial de flores exóticas. Algo de sua terra natal?

A Rainha Aranha levou uma das mãos ao queixo nada memorável.

– Você pode me chamar de Dama.

A companheira objetou:

– Esta é a última inimiga nos Mil Milhares de Planetas!

Então é assim que elas consideram o Antigo Império.

Dama ergueu a mão, impondo silêncio. Que casual e como era revelador. Odrade notou um lustro remanescente de Bellonda nos olhos da assistente. Uma observadora voraz jazia ali, procurando por lugares para atacar.

– A maioria deve se dirigir a mim como Grande Honorável Matre – Dama prosseguiu. – Eu lhe conferi uma honra. – Ela gesticulou na direção da passagem em arco atrás de si. – Caminharemos lá fora, apenas nós duas, enquanto conversamos.

Não era um convite; era uma ordem.

Odrade parou ao lado da porta para observar um mapa ali disponível. Preto e branco, pequenas linhas de caminhos e contornos irregulares com legendas em galach. Eram os jardins além do piso de lajotas, identificação das plantações. Odrade se curvou para estudar mais de perto enquanto Dama aguardava com tolerância entretida. Sim, árvores e arbustos esotéricos, pouquíssimos geravam frutos comestíveis. Tinham orgulho de suas posses, e aquele mapa estava ali para enfatizar esse fato.

No pátio, Odrade comentou:

– Notei seu perfume.

Dama foi lançada para as profundezas de suas memórias e sua voz carregava sinais sutis ao responder.

Frank Herbert

Um marcador de identidade floral de seu próprio arbusto-chama. Imagine só! Mas ela fica triste e irascível ao pensar nele. E se pergunta o motivo de eu focar minha atenção nisso.

– Se não estivesse usando, o arbusto não teria me aceitado – Dama arrematou.

Escolha interessante de conjugação verbal.

O sotaque acentuado de seu galach não era difícil de entender. Ela obviamente o ajustara de forma inconsciente para a ouvinte.

Bom ouvido. Gastou poucos segundos observando, ouvindo e ajustando para que fosse compreendida. Uma arte antiquada que a maioria dos humanos adotava rapidamente.

Odrade notou as origens com nuances de proteção.

Não quer ser considerada uma forasteira.

Uma característica ajustável embutida nos genes. As Honoráveis Matres não a haviam perdido, mas isso era uma vulnerabilidade. Nuances inconscientes não estavam completamente encobertas e revelavam muito.

Apesar de sua vaidade ostensiva, Dama era inteligente e autodisciplinada. Era agradável chegar àquela conclusão. Certos circunlóquios não eram necessários.

Odrade se deteve onde Dama havia parado, na beira do pátio. Seus ombros quase se tocavam, e Odrade, observando o jardim, ficou perplexa com a aparência muito semelhante aos jardins Bene Gesserit.

– Diga-me o que está pensando – Dama falou.

– Que valor tenho como refém? – Odrade perguntou.

Olhar alaranjado!

– Você obviamente já se fez essa pergunta – Odrade emendou.

– Continue. – O brilho laranja diminuiu.

– A Irmandade tem três substitutas para o meu posto. – Odrade lançou seu olhar mais penetrante. – É possível que nos enfraqueçamos mutuamente por maneiras que destruiriam a nós duas.

– Podemos esmagá-las como um inseto!

Cuidado com o laranja!

Odrade não se desviou em função dos avisos internos.

– Mas a mão que nos *esmaga* ulceraria e, no final, a infecção a consumiria.

Não poderia ser mais clara sem entrar em detalhes específicos.

– Impossível! – Um lampejo alaranjado.

– Você pensa que não estamos cientes de como vocês foram escorraçadas até aqui por seus inimigos?

Minha aposta mais perigosa.

Odrade observou sua declaração surtindo efeito. Um franzir de cenho não era a única resposta visível em Dama. O brilho alaranjado desapareceu, deixando seus olhos com uma branda e estranha discrepância em um rosto tomado pela fúria.

Odrade anuiu com a cabeça como se Dama tivesse respondido.

– Poderíamos deixá-las vulneráveis àqueles que as atacam, aqueles que conduziram vocês a este beco sem saída.

– Você acha que nós...

– Nós sabemos.

Agora, pelo menos, eu sei.

O conhecimento gerou tanto elação quanto medo.

O que há lá fora para subjugar essas mulheres?

– Estamos apenas reunindo nossas forças antes de...

– Antes de retornar a uma arena onde vocês certamente serão aniquiladas... Onde vocês não podem contar com a superioridade numérica.

A voz de Dama voltou ao galach suave que Odrade tinha dificuldade de compreender.

– Então eles foram até vocês... e fizeram uma proposta. Como são tolas em confiar...

– Eu não disse que nós confiamos.

– Se Logno, aquela ali atrás... – e sinalizou com a cabeça a assistente no cômodo adjacente – ... a ouvisse falando dessa forma comigo, você estaria morta antes que eu tivesse tempo de avisá-la.

– Tenho sorte de sermos apenas nós duas aqui.

– Não espere que isso a leve muito mais longe.

Odrade relanceou por sobre o ombro em direção ao edifício. As alterações no projeto da Guilda eram visíveis: uma extensa fachada de janelas, muita madeira exótica e pedras preciosas.

Opulência.

Ela contava com uma opulência tão extrema que seria difícil para alguns imaginar. Nada que Dama quisesse, nada que pudesse ser providenciado por uma sociedade subserviente a ela, seria negado. Nada exceto a liberdade de retornar à Dispersão.

Com que firmeza Dama se apegava à fantasia de que seu exílio poderia terminar? E qual seria a força que obrigaria tal poder a retornar ao Antigo Império? Por que ali? Odrade não ousava perguntar.

– Continuaremos esta conversa em meus aposentos – Dama declarou.

Por fim, adentrarei o covil da Rainha Aranha!

Os aposentos de Dama eram um mistério. O chão era ricamente acarpetado. Ela tirou as sandálias e entrou com os pés descalços. Odrade seguiu o exemplo.

Veja como a pele tem calos na parte externa dos pés dela! Armas perigosas mantidas em boas condições.

Não era apenas o piso suave que intrigava Odrade, mas todo o cômodo. Tinha uma pequena janela com vista para o jardim botânico cuidadosamente aparado. Não havia quadros ou tapeçarias nas paredes. Sem decorações. Uma grelha de ventilação desenhava faixas sobre a porta de entrada. Outra porta à direita. Outra abertura de ventilação. Dois sofás cinzentos. Duas pequenas mesas laterais em negro reluzente. Outra mesa mais larga com tons dourados e um lustro esverdeado sobre ela, indicando um campo de controle. Odrade identificou o fino contorno retangular de um projetor embutido na mesa dourada.

Ahhhh, esse é o escritório dela. Estamos aqui para trabalhar?

Uma concentração refinada cercava aquele lugar. Haviam tomado cuidado para eliminar as distrações. Quais seriam as distrações que Dama aceitaria?

Onde estão os aposentos decorados? Ela deve viver de formas próprias com seu entorno. Não é possível criar barreiras mentais a toda hora para rejeitar os objetos que a cercam e não agradam a sua psiquê. Caso queira conforto verdadeiro, sua casa não pode ser arranjada de uma maneira que se sinta atacado, sobretudo em seu lado inconsciente. Ela está ciente das próprias vulnerabilidades inconscientes! Isso é realmente perigoso, mas ela tem o poder de dizer "Sim".

Era uma antiga percepção Bene Gesserit. Procura-se por aquilo a que se pode dizer "Sim". Nunca se importe com subalternos que dizem apenas "Não". Buscavam-se aqueles com quem se podia chegar a um acordo, assinar um contrato, cumprir uma promessa. A Rainha Aranha não dizia "Sim" com frequência, mas tinha aquele poder e sabia disso.

Eu deveria ter percebido quando ela me trouxe sozinha. Ela havia me dado o primeiro sinal quando permitiu que eu a chamasse de Dama. Será que fui muito precipitada armando o ataque de Teg de uma forma que não consigo deter? Tarde demais para hesitação. Eu sabia disso quando lhe entreguei as rédeas.

Mas quais outras forças podemos atrair?

Odrade havia registrado os padrões de dominância de Dama. Palavras e gestos que poderiam fazer a Rainha Aranha recuar, retrocedendo com atenção intensa a seus próprios batimentos cardíacos.

O drama deve continuar.

Dama fazia algo com as mãos no campo esverdeado sobre a mesa dourada. Estava concentrada, ignorando Odrade de modo tanto insultante como elogioso.

Você não interferirá, bruxa, porque sei que não é de seu interesse e você também o sabe. Além disso, você não é importante o bastante para me distrair.

Dama parecia agitada.

Será que o ataque a Gammu fora bem-sucedido? Estariam os refugiados chegando?

Um lampejo alaranjado se concentrou em Odrade.

– Seu piloto acaba de destruir a si mesmo e a sua nave, em vez de se submeter a nossa inspeção. O que vocês trouxeram?

– Nós mesmas.

– Há um sinal vindo de você!

– Que diz às minhas companheiras se estou viva ou morta. Você já sabia disso. Alguns de nossos ancestrais queimavam as próprias embarcações antes de um ataque. A retirada não era possível.

Odrade falava com cautela, tom e cadência meticulosos, ajustados de acordo com as reações de Dama.

– Caso eu seja bem-sucedida, você fornecerá meu transporte. Meu piloto era um ciborgue e shere não o protegeria de suas sondas. As ordens que recebeu foram para que se matasse antes de cair em suas mãos.

– Fornecendo as coordenadas de seu planeta. – O brilho alaranjado desapareceu dos olhos de Dama, mas ela ainda estava perturbada. – Eu não achava que seu pessoal a obedecia a tal extremo.

Como vocês os controlam sem sujeição sexual, bruxa? A resposta não é óbvia? Temos poderes secretos.

Frank Herbert

Agora, cuidado, Odrade se acautelou. *Uma abordagem metódica, alerta para novas demandas. Deixe que ela pense que escolhemos um método de resposta e atenha-se a ele. Quanto ela sabe a nosso respeito? Nem sequer tem ideia de que até mesmo a Madre Superiora pode não passar de uma isca apetitosa, um atrativo para se adquirir informações vitais. Isso faz com que sejamos superiores? Caso seja, poderia um treinamento superior sobrepujar velocidades e números superiores?*

Odrade não tinha uma resposta.

Dama havia se sentado atrás da mesa dourada, deixando Odrade de pé. Aquele movimento estava repleto de uma sensação relacionada ao covil. Ela não deixava este local com frequência. Este era o verdadeiro centro de sua teia. Tudo o que ela achava necessário estava ali. Trouxera Odrade até ali porque era uma inconveniência estar em outro lugar. Ela não ficava à vontade em outros ambientes, talvez até se sentisse ameaçada. Dama não cortejava o perigo. Já havia feito isso no passado, mas ficara em um passado remoto, trancafiado em algum lugar. Agora ela queria apenas se sentar ali em um casulo seguro e organizado, de onde podia manipular os outros.

Odrade decidiu que aquelas observações eram uma confirmação bem-vinda para as deduções Bene Gesserit. A Irmandade sabia como explorar esse tipo de influência.

– Você não tem mais nada a dizer? – Dama questionou.

Protele para ganhar tempo.

Odrade arriscou uma pergunta.

– Fiquei extremamente curiosa para saber por que aceitou esta reunião.

– Qual o motivo de sua curiosidade?

– Parece-me... que não é do seu feitio.

– Somos nós que determinamos o que é de nosso feitio! – Um tanto irritadiça.

– Mas o que lhe interessa a nosso respeito?

– Você acha que nos interessamos por vocês?

– Talvez vocês até nos achem extraordinárias, porque é dessa forma que olhamos para vocês.

Uma expressão de satisfação se estampou brevemente no rosto de Dama.

– Eu sabia que vocês ficariam fascinadas por nós.

– O exótico interessa àquilo que é exótico – Odrade comentou.

Herdeiras de Duna

Isso fez que um sorriso condescendente se formasse nos lábios de Dama, o sorriso de alguém cujo animal de estimação demonstrasse esperteza. Ela se levantou e foi até a janela solitária. Chamando Odrade para o seu lado, Dama gesticulou para um conjunto de árvores logo após a primeira jardineira adornada com arbustos floridos e falou naquele sotaque suave que era tão difícil de se compreender.

Algo fez um alarme interno disparar. Odrade caiu em um simulfluxo, buscando a fonte. Algo no cômodo ou na Rainha Aranha? Havia uma falta de espontaneidade acerca daquele lugar que se assemelhava às ações de Dama. Então tudo aquilo havia sido projetado para criar um efeito. Cuidadosamente arquitetado.

Será que essa é mesmo a minha Rainha Aranha? Ou há alguém ainda mais poderoso nos observando?

Odrade explorou esse pensamento, avaliando-o com destreza. Era um processo que fornecia mais questões do que respostas, um sistema mental similar ao dos Mentats. Organize tudo pela relevância e traga os planos de fundo latentes (mas de maneira ordenada). A ordem geralmente era um produto da atividade humana. O caos existia como matéria-prima a partir da qual se criava a ordem. Essa era a abordagem Mentat, não fornecendo quaisquer verdades imutáveis, e sim uma alavanca extraordinária para tomadas de decisões: um conjunto ordenado de dados em um sistema não discreto.

Ela chegara a uma Projetiva.

Elas se refestelam no caos! Preferem-no! Viciadas em adrenalina!

Então Dama era Dama, a Grande Honorável Madre. Eternamente a senhora, eternamente a superiora.

Não há ninguém acima nos observando. Mas Dama acredita que esta é uma negociação. Poder-se-ia acreditar que ela nunca fez isso antes. Precisamente!

Dama tocou em um ponto sem marcas sob a janela e a parede retrocedeu, revelando que a janela não passava de uma projeção artística. A passagem se abria para uma sacada extremamente alta, com lajotas verdes e pretas. A paisagem era de plantações muito diferentes daquelas da janela projetada. Ali o caos estava preservado, a vida selvagem havia sido deixada a seus próprios caprichos e era muito mais notável em função do contraste com os jardins ordenados a distância. Espinheiros, árvores caídas, arbustos espessos. E mais: fileiras simetricamente dispostas daquilo

Frank Herbert

que pareciam ser vegetais com colheitadeiras automatizadas passando por elas, deixando o chão vazio após a passagem.

De fato, amor pelo caos!

A Rainha Aranha sorriu e a conduziu até a sacada.

Ao sair, Odrade parou mais uma vez em virtude daquilo que via. Uma decoração no parapeito a sua esquerda. Uma figura em tamanho real moldada em uma substância quase etérea, cheia de planos emplumados e superfícies curvas.

Quando estreitava os olhos, Odrade via que a figura tinha a intenção de representar um humano. Homem ou mulher? Em algumas posições, homem; em outras, mulher. Planos e curvas respondiam à brisa errante. Fios de uma finura que os tornava quase invisíveis (pareciam ser shigafios) a suspendiam a partir de um tubo curvo e delicado ancorado em uma elevação translúcida. As extremidades mais baixas da figura quase tocavam a superfície pedregosa da base de apoio.

Odrade encarava a figura, fascinada.

Por que isto me faz lembrar do "Vazio" de Sheeana?

Quando o vento a moveu, toda a criação parecia dançar, caminhando de forma graciosa por vezes, então uma lenta pirueta e voltas amplas com uma das pernas esticada.

– Chama-se "Mestra do Ballet" – Dama falou. – Dependendo do vento, ela ergue seu pé até o alto. Eu já a vi correndo com a graça de uma maratonista. Por vezes são apenas movimentos curtos e feios, braços em movimentos bruscos como se estivesse portando uma arma. Bela e horrenda... é tudo a mesma coisa. Acho que o artista errou o nome. "Ser Desconhecido" a teria descrito melhor.

Bela e horrenda... tudo a mesma coisa. Ser Desconhecido.

Aquilo era algo terrível sobre a criação de Sheeana. Odrade sentiu uma onda de medo varrendo-a.

– Quem é o artista?

– Não tenho ideia. Uma de minhas predecessoras a pegou em um dos planetas que estávamos destruindo. Por que ela lhe interessa?

Trata-se da coisa selvagem que ninguém é capaz de governar. Mas ela respondeu:

– Presumo que ambas estamos buscando uma base de compreensão, tentando encontrar similaridades entre nós.

Isso trouxe de volta os lampejos alaranjados.

– Vocês podem tentar nos compreender, mas nós não precisamos entendê-las.

– Nós duas viemos de sociedades de mulheres.

– É perigoso pensar que nós viemos de uma ramificação sua!

Mas a evidência de Murbella diz que vieram. Formadas na Dispersão por Oradoras Peixe e Reverendas Madres in extremis.

Toda ingênua e incapaz de enganar qualquer um, Odrade perguntou:

– Por que é perigoso?

A risada de Dama não continha diversão. Era vingativa.

Odrade experimentou uma nova e abrupta avaliação do perigo. Mais do que o método sondar-e-revisar das Bene Gesserit era necessário naquele momento. Aquelas mulheres tinham o costume de matar quando tomadas pela raiva. Um reflexo. Dama dissera isso quando falara sobre sua assistente, e Dama acabara de sinalizar que havia um limite para a sua tolerância.

Ainda assim, de certa forma, ela está tentando barganhar. Ela demonstra suas maravilhas mecânicas, seus poderes, sua riqueza. Nenhuma oferta de aliança. Sejam servas voluntárias, bruxas, nossas escravas, e nós as perdoaremos. Para ganhar o último dos Mil Milhares de Planetas? Mais do que isso, por certo, mas era um número interessante.

Com uma nova cautela, Odrade remodelou sua abordagem. Reverendas Madres caíam com facilidade em um padrão adaptativo. *Eu, é claro, sou bem diferente de você, mas vou ceder para chegarmos a um acordo.* Isso nunca funcionaria com as Honoráveis Matres. Elas não aceitariam nada que sugerisse que não estavam no controle absoluto. Era um testemunho da superioridade de Dama sobre suas irmãs o fato de que dera a Odrade tanta latitude.

Mais uma vez, Dama falou com seu maneirismo imperioso.

Odrade ouviu. Era bem curioso que a Rainha Aranha considerasse a imunidade a novas doenças uma das coisas mais atrativas que as Bene Gesserit poderiam lhes dar.

Seria essa a forma de ataque que as compeliu a vir para cá?

Sua sinceridade era ingênua. Nada daquela verificação periódica cansativa para saber se habitantes secretos ocupavam seu corpo. Por vezes, não tão secretos. Por vezes, perigosamente odiosos. Mas as Bene Gesserit eram capazes de acabar com aquilo e seriam bem recompensadas.

Frank Herbert

Que agradável.

Ainda se ouvia aquele tom vingativo em cada palavra. Odrade fixou sua atenção neste pensamento: Vingativo? Aquela palavra não soava apropriada. Algo carregado em um nível mais profundo.

Inconscientemente invejosas por aquilo que perderam quando se afastaram de nós!

Esse era outro padrão e havia sido estilizado!

As Honoráveis Matres recaíam em maneirismos repetitivos.

Maneirismos que abandonamos há muito.

Isso era mais do que uma recusa em reconhecer suas origens Bene Gesserit. Isso era eliminar refugos.

Descarte as sobras onde quiser assim que perder o interesse nelas. Subalternos vão recolher o lixo. Ela está mais preocupada com a próxima coisa que quer consumir do que com a poluição de seu covil.

O defeito das Honoráveis Matres era ainda maior do que suspeitavam. Muito mais mortal para elas mesmas e para todos que controlavam. E eram incapazes de lidar com isso, uma vez que, para elas, tal imperfeição não existia.

Nunca existiu.

Dama permanecia um paradoxo intocável. Uma possível aliança nem passara por sua mente. Ela parecia insinuar essa possibilidade, mas apenas para testar a inimiga.

No final das contas, eu acertei ao empregar Teg.

Logno surgiu do escritório com uma bandeja sobre a qual havia duas taças delgadas quase cheias de um líquido dourado. Dama pegou uma delas, inalou o odor e bebericou com uma expressão satisfeita.

Que brilho feroz é esse nos olhos de Logno?

– Experimente um pouco desse vinho – Dama falou, gesticulando para Odrade. – Veio de um planeta do qual, tenho certeza, você nunca ouviu falar, mas onde concentramos os elementos necessários para produzir a uva dourada perfeita para fazer o vinho dourado perfeito.

Odrade foi pega de surpresa por essa longa associação de humanos com sua preciosa e ancestral bebida. O deus Baco. Frutos fermentados no arbusto ou em receptáculos tribais.

– Não está envenenado – Dama emendou, percebendo a hesitação de Odrade. – Eu lhe asseguro. Nós matamos quando isso serve a nossos

Herdeiras de Duna

propósitos, mas não somos crassas. Guardamos nossa letalidade mais ostensiva para as massas. Não cometo o erro de considerá-la parte da massa.

Dama riu de seu próprio chiste. O espírito forçadamente amistoso era quase nauseante.

Odrade pegou a taça que lhe era ofertada e bebericou.

– É algo que alguém desenvolveu para nos agradar – Dama falou, com a atenção fixa em Odrade.

Um gole foi suficiente. Os sentidos de Odrade detectaram a substância insólita e ela precisou de alguns instantes para identificar o propósito daquilo.

Anular o shere que me protege de suas sondas.

Ela ajustou o próprio metabolismo para tornar a substância inócua e então anunciou o que havia feito.

Dama encarou Logno.

– Então é por isso que essas coisas nunca funcionam com as bruxas! E você nunca suspeitou disso! – A fúria era quase uma força física lançada na direção da infeliz assistente.

– É um dos sistemas imunológicos com os quais combatemos doenças – Odrade falou.

Dama lançou sua taça contra o chão. Levou algum tempo até que recuperasse a compostura. Logno retrocedeu lentamente, segurando a bandeja quase como um escudo.

Então Dama fez mais do que se esgueirar para chegar ao poder. Suas irmãs a consideram mortal. Portanto, também devo considerá-la assim.

– Alguém pagará por esse esforço inútil – Dama declarou. Seu sorriso não era agradável.

Alguém.

Alguém fez o vinho. Alguém fez a figura dançante. Alguém pagará. A identidade nunca era importante, apenas o prazer ou a necessidade de punição. Subserviência.

– Não interrompa meus pensamentos – Dama falou. Foi até o parapeito e mirou o Ser Desconhecido, obviamente recompondo sua postura de *barganha*.

Odrade mudou sua atenção para Logno. Qual o motivo daquela observação meticulosa, daquela atenção fixa em Dama? Já não era apenas medo. De súbito, Logno aparentava ser um perigo supremo.

Frank Herbert

Veneno!

Odrade teve certeza imediata, como se a assistente tivesse gritado a palavra.

Não sou o alvo de Logno. Ainda não. Ela usou essa oportunidade para executar sua tomada de poder.

Não havia necessidade de olhar para Dama. O momento da morte da Rainha Aranha estava visível no semblante de Logno. Ao se virar, Odrade teve a confirmação. Dama jazia sob o Ser Desconhecido.

– Você irá *me* chamar de Grande Honorável Matre – Logno declarou. – E aprenderá a me agradecer por isso. Ela – e apontou para a massa de tecido vermelho na extremidade da sacada – tinha a intenção de traí-la e exterminar seu povo. Eu tenho outros planos. Não destruirei uma arma útil no momento de nossa maior provação.

Guerra? Sempre existe um desejo de trégua que a motiva em algum lugar.

– O bashar Teg

Murbella observava a luta por Junção com um desinteresse que não refletia seus sentimentos. Ela estava com uma comitiva de censoras no centro de comando de sua não nave, a atenção fixa nas transmissões projetadas dos olhos-com situados no campo de batalha.

Batalhas aconteciam por toda Junção – lampejos de luz no lado escuro, erupções cinzentas no lado diurno. Um combate de maiores proporções que Teg havia destacado contra "a Cidadela" – a elevação gigante projetada pela Guilda como uma nova torre próxima de sua orla. Apesar de os sinais vitais de Odrade terem parado de forma abrupta, seus informes anteriores confirmavam que a Grande Honorável Matre estava lá.

A necessidade de observar a distância contribuía para a sensação de desinteresse de Murbella, mas ela sentia a excitação.

Tempos interessantes!

Esta nave continha uma carga preciosa. Os milhões de Lampadas estavam sendo Compartilhadas e preparadas para a Dispersão em um aposento normalmente reservado à Madre Superiora. A irmã selvagem com sua carga de Memórias dominava suas prioridades ali.

De fato, um Ovo de Ouro!

Murbella pensava nas vidas que corriam risco naquele aposento. Preparava-se para o pior. Não havia falta de voluntárias, e a ameaça do conflito em Junção minimizava a necessidade pelo veneno de especiaria para ampliar os Compartilhamentos, reduzindo o perigo. Qualquer uma naquela nave era capaz de sentir o "tudo ou nada" na aposta de Odrade. A ameaça iminente de morte fora reconhecida. O Compartilhamento é necessário!

A transformação de uma Reverenda Madre em conjuntos de memórias transmitidas entre as irmãs a um custo perigosíssimo já não era associada a uma aura misteriosa para ela, entretanto Murbella ainda sentia certa reverência pela responsabilidade. A coragem de Rebeca... e de Lucilla!... exigia admiração.

Frank Herbert

Milhões de Memórias Vivas! Todas concentradas naquilo que a Irmandade chamava de Extremis Progressiva, duas a duas, então quatro a quatro, depois dezesseis a dezesseis, até que cada uma delas contivesse todas elas e, dessa forma, quaisquer sobreviventes fossem capazes de preservar o precioso acúmulo.

O que elas faziam nos aposentos da Madre Superiora tinha um aspecto desse procedimento. O conceito já não atemorizava Murbella, mas ainda não era algo comum. As palavras de Odrade a reconfortavam.

"Uma vez que você tenha acomodado de maneira absoluta os fardos das Outras Memórias, todo o restante cairá em uma perspectiva completamente familiar, como se você sempre tivesse conhecimento de tudo isso."

Murbella reconheceu que Teg estava preparado para morrer em defesa dessa múltipla percepção que era a Irmandade das Bene Gesserit.

Como posso fazer menos do que isso?

Teg, não mais um completo enigma, permanecia um objeto de respeito. A Odrade Interior amplificava esse sentimento com lembretes dos feitos do bashar, e então: *"Eu me pergunto qual a minha situação lá embaixo. Questione".*

O comando-com informou:

– Nenhuma palavra. Mas as transmissões dela podem ter sido bloqueadas pela energia do escudo local.

Eles sabiam quem tinha formulado a pergunta. Estava estampado em seus semblantes.

Ela está com Odrade!

Murbella mais uma vez focou a batalha pela Cidadela.

Suas próprias emoções a surpreenderam. Tudo havia ganhado uma nova coloração pelo desgosto histórico da repetição absurda da guerra, mas aquele espírito exuberante ainda se refestelava com as recém-adquiridas habilidades Bene Gesserit.

As forças das Honoráveis Matres tinham bons armamentos lá embaixo, ela notou, e as couraças que Teg empregara, responsáveis por absorver calor, sofriam duramente; entretanto, enquanto ela assistia, o perímetro defensivo entrou em colapso. Murbella conseguiu ouvir os uivos conforme os enormes desruptores projetados por Idaho quicavam por uma passagem entre árvores altas, derrubando os defensores para todos os lados.

Herdeiras de Duna

As Outras Memórias deram a ela uma sugestão de comparação peculiar. Era como um circo. Naves pousando, descarregando sua carga humana. *"No picadeiro, a Rainha Aranha! Executando atos nunca vistos pelo olho humano!"*

A persona de Odrade originou uma sensação de divertimento. *O que acha disso como sendo o estreitamento da Irmandade?*

Você está morta lá embaixo, Dar? Deve estar. A Rainha Aranha irá culpá-la e ficará iracunda.

Murbella notou que as árvores lançavam longas sombras vespertinas sobre a via de ataque de Teg. Cobertura convidativa. Ele ordenou que seu pessoal desse a volta. Ignorem as alamedas convidativas. Procurem por caminhos difíceis para abordagem e usem-nos.

A Cidadela jazia em um gigantesco jardim botânico, árvores estranhas e arbustos ainda mais estranhos se mesclavam com plantações prosaicas, todas espalhadas como se tivessem sido largadas por uma criança que ali dançava.

Murbella achou a metáfora circense atrativa. Dava perspectiva para aquilo que ela testemunhava.

Anúncios em sua mente.

Logo ali, animais dançantes, defensores da Rainha Aranha, todos obrigados a obedecer! E no picadeiro, a atração principal, supervisionada por nosso mestre de cerimônias, Miles Teg! Seu pessoal executa ações misteriosas. Eis aqui um talento!

Aquilo tinha aspectos de uma batalha encenada nos circos romanos. Murbella gostou da alusão. Tornava a observação mais rica.

Torres de batalha cheias de soldados em armaduras se aproximam. Eles entram em combate. Chamas cortam os céus. Corpos caem.

Mas eram corpos reais, dores reais, mortes reais. As sensibilidades Bene Gesserit forçavam-na a lamentar o desperdício.

Foi assim que meus pais foram apanhados na varredura?

As metáforas das Outras Memórias desapareceram. Então ela viu Junção da forma como sabia que Teg deveria ver aquele palco. Violência sangrenta, familiar na memória e, ainda assim, nova. Ela viu os atacantes avançando, ouviu-os.

A voz de uma mulher, distintamente chocada:

– Aquele arbusto gritou para mim!

Outra voz, masculina:

– Não há como saber de onde algumas dessas coisas vieram. Aquela coisa pegajosa queima a pele.

Murbella ouviu os enfrentamentos no lado oposto da Cidadela, mas eles se tornaram estranhamente silenciosos ao redor do lugar em que Teg se posicionara. Ela viu as tropas dele vagueando por entre as sombras, aproximando-se da torre. Ali estava Teg, nos ombros de Streggi. Ele se deteve um instante para observar a fachada que os confrontava a cerca de meio quilômetro de distância. Ela selecionou uma projeção que mostrava o local que Teg observava. Havia uma movimentação por trás das janelas ali.

Onde estavam as misteriosas armas de recurso final que as Honoráveis Matres supostamente possuíam?

O que ele fará agora?

Teg havia perdido sua cápsula de comando ao ser atingido por um laser no perímetro externo da área principal do combate. A cápsula jazia de lado atrás dele, que estava empoleirado nos ombros de Streggi em um trecho de arbustos, alguns dos quais ainda fumegando. Ele havia perdido seu teclado-com junto com a cápsula, mas retivera a ferradura prateada de seu link de comunicação, ainda que tal dispositivo ficasse limitado sem os amplificadores da cápsula. Especialistas de comunicação estavam abaixados ali perto, irrequietos pela perda de contato com aqueles mais próximos da ação.

Os ruídos da batalha além das construções ficaram mais altos. Ele ouviu gritos roucos, o alto sibilar de queimadores e o zunido grave de armaleses pesadas, mesclados com os discretos silvos das armas de mão. Em algum lugar a sua esquerda havia um clangor que ele reconheceu como sendo de um blindado com problemas. Um chiado acompanhava o veículo, agonia metálica. Sistemas de energia o haviam danificado. Rastejava pelo solo, provavelmente arruinando os jardins.

Haker, o auxiliar pessoal de Teg, veio se esquivando pela via atrás do bashar.

Streggi foi a primeira a notá-lo e se virou sem aviso, forçando Teg a olhar para o homem. Haker, negro e musculoso, com sobrancelhas grossas (agora encharcadas de suor), parou diretamente diante de Teg e falou antes de recobrar todo o fôlego.

Herdeiras de Duna

– Conseguimos afunilar os últimos bolsões, bashar.

Haker elevara a voz para cancelar os sons de batalha e um falante que zunia a sua esquerda, reproduzindo conversas em voz baixa, pedidos urgentes de batalha em tons entrecortados.

– O perímetro oposto? – Teg interpelou.

– Finalizado em meia hora, não mais do que isso. O senhor deveria sair daqui, bashar. A Madre Superiora nos instruiu para mantê-lo fora de perigos desnecessários.

Teg gesticulou na direção de sua cápsula inutilizada.

– Por que não recebi uma reserva de comunicação?

– Um grande lês abateu os dois reservas no mesmo golpe enquanto estavam a caminho.

– Eles estavam juntos?

Haker notou o tom irado.

– Senhor, estavam...

– Nenhum equipamento importante deve ser enviado na mesma re-messa. Quero saber quem desobedeceu às ordens. – A voz baixa saída de cordas vocais imaturas carregava mais ameaças do que um grito.

– Sim, bashar. – Estritamente obediente, e nada em Haker indicava que ele fosse o culpado.

Maldição!

– Quando os substitutos chegarão?

– Em cinco minutos.

– Traga minha cápsula reserva aqui o mais rápido que puder. – Teg tocou o pescoço de Streggi com um joelho.

Haker falou antes que ela se virasse.

– Bashar, eles também atingiram o reserva. Já solicitei outro.

Teg suprimiu um suspiro. Revezes como esses aconteciam em uma batalha, mas ele não gostava de depender de comunicações primitivas.

– Vamos nos estabelecer aqui. Tragam mais falantes. – Estes, pelo menos, tinham algum alcance.

Haker relanceou para o gramado que os cercava.

– Aqui?

– Não gosto da aparência daquelas construções ali adiante. Aquela torre comanda esta área. E elas devem ter acesso subterrâneo. Eu teria.

– Não há nada na...

Frank Herbert

– A planta em minha memória não inclui aquela torre. Traga equipamentos sônicos para verificar o solo. Quero nosso plano atualizado com informações de confiança.

O falante de Haker foi ativado com uma voz tomando controle:

– Bashar! O bashar está disponível?

Streggi se aproximou de Haker sem receber tal instrução. Teg agarrou o falante, sibilando seu código ao tomá-lo.

– Bashar, está uma confusão no campo de pouso. Cerca de uma centena delas tentaram uma decolagem e vieram de encontro a nossa barreira. Nenhum sobrevivente.

– Algum sinal da Madre Superiora ou da Rainha Aranha?

– Negativo. Não conseguimos afirmar. Digo, está uma confusão de verdade. Devo enviar uma imagem?

– Envie-me um despacho. E continue procurando por Odrade!

– Eu lhe disse que ninguém sobreviveu aqui, bashar.

Ouviu-se um clique e um zunido grave, então outra voz:

– Despacho.

Teg ergueu seu codificador de impressão vocal, que estava abaixo do queixo, e bradou ordens rápidas.

– Mande uma nave-martelo sobrevoar a Cidadela imediatamente. Envie imagens do campo de pouso espacial e de outros desastres em uma transmissão aberta. Todas as frequências. Assegure-se de que elas possam ver. Anuncie que não há sobreviventes no campo de pouso.

O duplo clique de *recebido-confirmado* encerrou o link.

– O senhor realmente acha que pode amedrontá-las? – Haker perguntou.

– Educá-las. – Ele repetiu as palavras de despedida de Odrade: – A educação delas foi lastimavelmente negligenciada.

O que acontecera a Odrade? Teg sentiu uma certeza de que ela estaria morta, talvez a primeira baixa daquele enfrentamento. Ela antecipara aquilo. Morta, mas não perdida, isso se Murbella fosse capaz de conter sua impetuosidade.

Naquele momento, Odrade tinha uma visão direta de Teg a partir da torre. Logno havia silenciado a transmissão de seus sinais vitais com um escudo contrassinal e a levara até a torre pouco depois da chegada dos primeiros refugiados de Gammu. Ninguém questionava a supremacia de

Logno. Uma Grande Honorável Matre morta e outra viva deveria ser algo comum para elas.

Esperando ser morta a qualquer instante, Odrade ainda coletava dados ao subir usando um nultubo com as guardas. O tubo era um artefato da Dispersão, um pistão transparente em um cilindro transparente. Poucas paredes obstruíam os andares pelos quais elas passavam. A maioria eram dormitórios e maquinários esotéricos que Odrade supunha ter funções militares. Evidências abundantes de conforto e quietude aumentavam quanto mais alto elas subiam.

O poder se eleva tanto física quanto psicologicamente.

Eis que chegaram ao topo. Uma seção do tubo cilíndrico abriu para fora e uma guarda a empurrou com força contra o espesso carpete do chão.

O escritório que Dama havia me mostrado lá embaixo era outro cenário de atuação.

Odrade reconhecia a necessidade de sigilo. Os equipamentos e mobílias ali pareceriam quase irreconhecíveis se ela não tivesse os conhecimentos de Murbella. Então os outros centros de ação eram engodos. Aldeias Potemkin construídas para as Reverendas Madres.

Logno mentira sobre as intenções de Dama. Eu deveria partir sem ser ferida... não levando comigo nenhuma informação útil.

Que outras mentiras haviam sido alardeadas diante dela?

Logno e todas as outras, exceto uma guarda, foram a um console à direita de Odrade. Girando sobre o calcanhar, Odrade observou seus arredores. Aquele era o verdadeiro centro. Ela o estudou de forma meticulosa. Lugar estranho. Um ar de ambiente sanitizado. Tratado com produtos químicos para deixá-lo limpo. Nenhum contaminante viral ou bacteriano. Nenhum sangue de estranhos. Tudo *dedetizado*, como uma estufa para raros produtos comestíveis. E Dama mostrara interesse na imunidade Bene Gesserit a doenças. Havia uma guerra bacteriana sendo travada na Dispersão.

Elas querem apenas uma coisa de nós!

E apenas uma Reverenda Madre sobrevivente as satisfaria, caso conseguissem arrancar essa informação.

Seria necessário um núcleo Bene Gesserit completo para examinar os fios dessa teia e averiguar para onde levariam.

Caso vençamos.

O console de operações no qual Logno concentrava sua atenção era uma versão menor se comparado àqueles que haviam sido exibidos anteriormente. Manipulação de campo digital. A campânula em uma mesa baixa ao lado de Logno era menor e transparente, revelando um emaranhado medúsico de sondas.

Com certeza shigafios.

A campânula mostrava uma estreita similaridade com as sondas-T da Dispersão que Teg e as outras haviam descrito. Será que essas mulheres possuíam outras maravilhas tecnológicas? Deveriam ter.

Havia uma parede cintilante atrás de Logno, janelas a sua esquerda se abriam a uma sacada, uma paisagem ampla de Junção onde se viam tropas e blindados em movimento. Odrade reconheceu Teg a distância, uma figura nos ombros de uma adulta, mas não exibiu sinais de que havia visto algo fora do comum. Ela continuou com sua lenta avaliação. Porta para uma passagem com outro nultubo parcialmente visível em uma área separada logo a sua esquerda. Mais lajotas esverdeadas no chão daquele aposento. Funções diferentes naquele espaço.

Uma súbita explosão de ruídos além da parede. Odrade identificou alguns deles. Botas de soldados produziam um som distinto sobre as lajotas. O farfalhar de tecidos exóticos. Vozes. Ela distinguiu o sotaque de Honoráveis Matres respondendo umas às outras, suas vozes chocadas.

Estamos vencendo!

O choque era esperado quando o invencível era sobrepujado. Ela estudou Logno. Seria um mergulho no desespero?

Se for, talvez eu sobreviva.

O papel de Murbella teria de ser alterado. Bem, isso podia esperar. As irmãs haviam recebido instruções sobre o que fazer caso vencessem. Nenhuma delas ou das forças de ataque maltratariam as Honoráveis Matres – sexualmente ou de qualquer outra forma. Duncan preparara os homens, enfatizando os perigos do aprisionamento sexual.

Não arrisquem sujeições. Não criem novos antagonismos.

A nova Rainha Aranha então se revelou uma criatura ainda mais estranha do que Odrade suspeitara. Logno se afastou de seu console e ficou a um passo de Odrade.

– Você ganhou esta batalha. Somos suas prisioneiras.

Nenhum vestígio alaranjado nos olhos dela. Odrade relanceou as outras mulheres que haviam atuado como suas guardas. Expressões vazias, olhos límpidos. Era assim que demonstravam desespero? Não parecia certo. Logno e as outras não revelaram as respostas emocionais esperadas.

Tudo por debaixo dos panos?

Os eventos das últimas horas deveriam ter criado uma crise emocional. Logno não demonstrava sinais disso. Nem mesmo um espasmo revelador em um nervo ou músculo. Talvez uma preocupação casual e nada mais.

Uma máscara Bene Gesserit!

Devia ser inconsciente, algo automático desencadeado pela derrota. Então elas realmente não aceitavam a derrota.

Ainda estamos ali com elas. De forma latente... mas estamos ali! Não me espanta o fato de que Murbella quase tenha morrido. Ela estava confrontando seu próprio passado genético como uma proibição suprema.

– Minhas companheiras, as três mulheres que vieram comigo. Onde estão? – Odrade questionou.

– Mortas. – A voz de Logno soou tão morta quanto a palavra em si.

Odrade suprimiu uma angústia pela perda de Suipol. Tam e Dortujla haviam tido vidas longas e úteis, mas Suipol... morta e nunca Compartilhada.

Outra boa irmã perdida. E isso, em si, é uma lição amarga!

– Identificarei as responsáveis caso você deseje vingança – Logno emendou.

Lição de número dois.

– Vingança é para crianças ou para ineptas emocionais.

Um breve retorno das manchas alaranjadas nos olhos de Logno.

A autoilusão humana assumia diversas formas, Odrade relembrou. Ciente de que a Dispersão teria produzido o inesperado, ela se armou de acordo, com um distanciamento protetor que lhe asseguraria um espaço para avaliar novos lugares, novas coisas e novas pessoas. Ela sabia que seria forçada a colocar diversos itens em diferentes categorias para lhe ser útil ou para desviar ameaças. Considerou a atitude de Logno uma ameaça.

– A senhora não parece preocupada, Grande Honorável Matre.

– Outras me vingarão. – Voz monótona e atitude serena.

As palavras eram ainda mais estranhas do que sua postura. Ela mantivera tudo em segredo, peças e fragmentos que agora eram revelados em movimentos vacilantes despertados pela observação de Odrade. Aspectos profundos e intensos, mas soterrados. Tudo estava ali dentro, mascarado da forma que uma Bene Gesserit o faria. Logno parecia não ter qualquer poder e, ainda assim, falava como se nada de essencial tivesse mudado.

"Sou sua prisioneira, mas isso não faz diferença."

Estaria ela de fato tão impotente? *Não!* Mas essa era a impressão que queria transmitir e todas as outras Honoráveis Matres que a cercavam imitavam tal postura.

"Você nos vê? Somos impotentes, exceto pela lealdade de nossas irmãs e dos seguidores que sujeitamos a nossa vontade."

As Honoráveis Matres depositavam tanta confiança no espírito vingativo de suas legiões? Isso só seria possível se elas nunca tivessem sofrido uma derrota de tamanha proporção. Entretanto, alguém as havia forçado a fugir de volta para o Antigo Império. Para os Mil Milhares de Planetas.

Teg encontrou Odrade e suas *prisioneiras* enquanto procurava um local para estimar sua vitória. Combates sempre exigiam uma avaliação analítica dos resultados, em especial de um comandante Mentat. Essa batalha exigia dele um teste de comparação muito mais extenso do que qualquer outro de sua experiência. Aquele conflito não seria armazenado em sua memória até que fosse devidamente avaliado e compartilhado, tanto quanto possível, com o maior número de pessoas que dependiam dele. Era um padrão invariável e Teg não se importava com quanto de si era revelado por tal comportamento. Quebre esse elo de interesses interligados e prepare-se para a derrota.

Preciso de um local tranquilo para reunir algumas das tramas dessa batalha e preparar uma suma preliminar.

Em sua estimativa, um dos problemas mais difíceis de uma batalha era conduzi-la de forma que a selvageria humana não fosse desencadeada. Uma máxima Bene Gesserit. Combates devem ser conduzidos para trazer o melhor daqueles que sobreviveram. Era o mais difícil, quase impossível. Quanto mais distanciado um soldado estava da carnificina, mais difícil para ele conseguir esse efeito. Essa era uma das razões pelas quais Teg sempre tentava se mover pelo palco de batalha e examiná-lo pessoalmente. Caso não se testemunhasse a dor, podia-se facilmente causar mais dor sem hesitação. Era o padrão das Honoráveis Matres. Mas as dores dessas mulheres haviam sido trazidas até seu lar. Como elas considerariam isso?

Aquela questão estava em sua mente quando Teg e seus auxiliares saíram do tubo e viram Odrade confrontando um grupo de Honoráveis Matres.

– Aqui está o nosso comandante, o bashar Miles Teg – Odrade o apresentou, gesticulando.

As Honoráveis Matres encararam Teg.

Uma criança empoleirada nos ombros de uma adulta? Esse era o seu comandante?

– Ghola – Logno murmurou.

Odrade se dirigiu a Haker:

– Leve estas prisioneiras a algum lugar próximo, onde possam ficar confortáveis.

Haker não se moveu até que Teg anuísse com a cabeça, então indicou educadamente que as prisioneiras deveriam precedê-lo pela área de lajotas esverdeadas a sua esquerda. A dominância de Teg não passou despercebida pelas Honoráveis Matres. Elas lançaram olhares furiosos na direção da criança enquanto seguiam as determinações de Haker.

Homens dando ordens a mulheres!

Com Odrade a seu lado, Teg tocou o pescoço de Streggi com um joelho e o grupo seguiu para a sacada. Havia uma estranheza naquela cena que ele precisou de alguns instantes para identificar. Vira inúmeros campos de batalha a partir de um ponto alto como aquele, com mais frequência em um tóptero batedor. Aquela sacada era um ponto fixo no espaço, dando-lhe uma sensação de proximidade. Eles estavam a cerca de cem metros acima dos jardins botânicos, onde grande parte do conflito mais acirrado ocorrera. Muitos corpos jaziam no local onde haviam caído – bonecos lançados de lado por crianças que já estavam de partida. Ele reconheceu uniformes de algumas de suas tropas e sentiu angústia.

Eu poderia ter feito algo para prevenir isso?

Teg fora assolado por tal sentimento diversas vezes e o chamava de "culpa do comandante". Mas aquela cena era diferente, não apenas pela singularidade que envolvia cada batalha, mas de uma forma que o incomodava. Concluiu que deveria ser, em parte, pelo ambiente, um lugar mais apropriado para festas ao ar livre e que agora se encontrava destruído por um antigo padrão de violência.

Frank Herbert

Pequenos animais e pássaros retornavam ao campo com uma furtividade nervosa após terem sido perturbados por todo aquele barulho de intrusão humana. Pequenas criaturas peludas com longas caudas cheiravam os corpos e fugiam para as árvores próximas sem motivo aparente. Aves coloridas observavam de seus esconderijos em meio à folhagem ou sobrevoavam a cena – borrões de linhas pigmentadas que se camuflavam ao se ocultar de forma abrupta em meio às folhas. Davam uma ênfase emplumada para a cena, tentando restaurar aquela intranquilidade que os observadores humanos confundiam com paz em tal palco. Teg não se deixava enganar. Em sua vida pré-ghola, crescera cercado pela natureza selvagem: a fazenda rondada por animais ferozes, pouco além das terras cultivadas. Aquele não era um cenário tranquilo.

Com essa observação, ele reconheceu o que incomodava a sua percepção. Considerando o fato de que haviam invadido um complexo defensivo bem manejado, ocupado por defensores com armamentos pesados, o número de baixas ali nos jardins era extremamente pequeno. Ele não vira nada que explicasse aquilo desde que entrara na Cidadela. Teriam sido pegos de surpresa? Suas baixas no espaço eram uma questão diferente – a habilidade de *ver* as naves defensoras lhe dera uma vantagem devastadora. Mas este complexo contava com postos preparados para os quais os defensores poderiam ter recuado e feito com que a investida fosse mais custosa. O colapso da resistência das Honoráveis Matres havia sido abrupto e, até aquele instante, permanecia sem explicações.

Eu estava errado ao assumir que elas responderiam a uma demonstração de seus fracassos.

Ele se virou para Odrade.

– Aquela Grande Honorável Matre lá dentro deu a ordem para que a defesa parasse?

– Foi o que supus.

Uma resposta Bene Gesserit, típica e cautelosa. Ela também observava de forma minuciosa aquela cena.

A suposição que fizera seria uma explicação razoável para a maneira abrupta com que os defensores se renderam?

Por que eles fariam isso? Para prevenir um maior derramamento de sangue?

Dada a insensibilidade que as Honoráveis Matres normalmente demonstravam, aquilo era improvável. A decisão havia sido tomada por motivos que o incomodavam.

Uma armadilha?

Agora que pensava nessa alternativa, havia outros aspectos estranhos no campo de batalha. Nada dos clamores costumeiros vindo dos feridos, nada daquela correria e de gritos pedindo médicos ou macas. Ele notou os Suks se movendo pelos corpos. Aquilo, ao menos, lhe era familiar, mas cada figura que eles examinavam era deixada onde havia caído.

Todos mortos? Nenhum ferido?

Foi tomado pelo medo. Não aquele medo que era comum nos combates, mas o que aprendera a interpretar. Algo estava profundamente errado. Ruídos, elementos em seu campo de visão, odores, tudo havia ganhado uma nova intensidade. Ele se sentiu em uma sintonia intensa, como um animal predador na selva que conhecia o terreno, mas ciente de um intruso que deveria ser identificado, senão o caçador se tornaria a caça. Registrou seu entorno em um nível diferenciado de consciência, também lendo a si mesmo, buscando por padrões de alerta que haviam ressoado àquela resposta. Streggi estremeceu sob suas pernas. Então ela sentia a sua angústia.

– Algo está muito errado aqui – Odrade comentou.

Ele gesticulou para a Madre Superiora exigindo silêncio. Mesmo naquela torre, cercado pelas tropas vitoriosas, sentia-se exposto a uma ameaça que seus sentidos aguçados não eram capazes de revelar.

Perigo!

Ele tinha certeza disso. O desconhecido o frustrava. Era preciso cada fragmento de seu treinamento para evitar que recorresse a uma fuga nervosa.

Indicando a Streggi que se virasse, Teg bradou uma ordem a um auxiliar que estava no umbral da sacada. O auxiliar ouviu em silêncio e correu para obedecer. Devemos obter o número de baixas. Quantos feridos em comparação com os mortos? Informes sobre as armas capturadas. Urgente!

Quando ele voltou a examinar a cena, notou outro aspecto perturbador, uma estranheza básica que seus olhos tentavam informar. Pouquíssimo sangue naqueles corpos caídos em uniformes Bene Gesserit. Esperava-se que os mortos em batalhas mostrassem aquela evidência derradeira comum à humanidade – um fluxo carmesim que se tornava escuro pela exposição aos elementos, mas que sempre deixava sua marca indelével nas memórias dos observadores. A falta de uma carnificina sangrenta era um desconhecido e, na guerra, era sabido que o desconhecido tinha o costume de trazer um perigo extremo.

Ele falou suavemente para Odrade:

– Elas possuem uma arma que ainda não descobrimos.

Não se apresse em revelar julgamento. O julgamento oculto costuma ser mais potente. Pode carregar reações cujos efeitos são sentidos apenas quando é tarde demais para evitá-las.

– Recomendação Bene Gesserit a postulantes

Sheeana sentia o cheiro dos vermes a distância: toques de canela do mélange misturados com pederneira amarga e enxofre, o inferno perfilado de cristais dos grandes devoradores de areia rakianos. Mas ela só pressentia esses minúsculos descendentes porque eles existiam ali em grandes quantidades.

São tão pequenos.

Fazia calor ali no Observatório do Deserto aquele dia e, no final daquela tarde, ela agradeceu pelo interior refrigerado artificialmente. Havia um ajuste de temperatura tolerável em seus antigos aposentos, ainda que a janela ocidental tivesse ficado aberta. Sheeana foi até a tal janela e observou a areia brilhante.

A memória lhe dizia como a paisagem ficaria naquela noite: luminosidade clara das estrelas com ar seco, iluminação etérea nas dunas que se estendiam até as trevas do horizonte ondulado. Sheeana se lembrou das luas rakianas e sentiu saudade delas. A mera presença das estrelas não satisfazia sua herança fremen.

Ela considerava aquele local como um refúgio, um lugar e um período de tempo para pensar em tudo o que acontecia com sua Irmandade.

Tanques axolotles, ciborgues... e agora isso.

O plano de Odrade não estava mais envolto em mistérios desde que elas haviam Compartilhado. Uma aposta? E se desse certo?

Conheceremos, talvez, o amanhã, e então o que nos tornaremos?

Ela admitia sentir uma atração pelo Observatório do Deserto, mais do que um lugar para considerar as consequências. Caminhara sob o calor fustigante daquele dia, provando para si mesma que ainda era capaz de convocar os vermes com sua dança, emoção expressa como ação.

Dança da Propiciação. Minha linguagem dos vermes.

Ela fora até uma duna e rodopiara como um dervixe até que a fome estilhaçou sua memória-transe. Pequenos vermes estavam espalhados a seu redor, bocas escancaradas a observar, as chamas de suas lembranças ainda contidas pela moldura de dentes cristalinos.

Mas por que tão pequenos?

As palavras dos investigadores explicavam, mas não satisfaziam. *"É a umidade."*

Sheeana se recordava do gigantesco Shai-hulud de Duna, "o Velho do Deserto", grande o bastante para engolir fábricas de especiarias, estilhaçar superfícies duras como plastreto. Mestres em seus próprios domínios. Deus e demônio nas areias. Ela pressentia o potencial desde sua janela.

Por que o Tirano escolheu a existência simbiótica em um verme?

Esses pequenos vermes carregariam seu sonho interminável?

Trutas da areia habitavam esse deserto. Aceitá-las como uma nova pele poderia permitir a Sheeana que seguisse o caminho do Tirano.

Metamorfose. O Deus Dividido.

Ela conhecia o atrativo.

Ouso?

Memórias de seus últimos momentos de ignorância vieram à mente – mal chegara aos oito anos naquela ocasião, o mês de Igat, em Duna.

Não Rakis. Duna, como meus ancestrais o nomearam.

Não era difícil recordar-se de como era: uma criança magra de pele negra, cabelo castanho com mechas queimadas. Caçadora de mélange (porque essa era uma tarefa para crianças) correndo pelo deserto aberto com seus companheiros pueris. Como aquele momento era querido em sua memória.

Mas a memória tinha seu lado obscuro. Focando a atenção nas narinas, uma garota detectou odores intensos – uma massa pré-especiaria!

O Afloramento!

A explosão de mélange trouxe Shaitan. Nenhum verme da areia era capaz de resistir a um afloramento de especiaria em seu território.

Você comeu tudo, Tirano, todo aquele aglomerado miserável de choças e cabanas que nós chamávamos de "lar", todos os meus amigos e família. Por que me poupou?

Que fúria havia tomado aquela criança magricela. Tudo o que amara fora levado por um verme gigante que recusava as tentativas dela de se sacrificar em suas chamas, carregando-a até as mãos do clero rakiano e, por fim, às Bene Gesserit.

"Ela conversa com os vermes e eles a poupam."

– Aqueles que me pouparam não serão poupados por mim. – Fora isso que dissera a Odrade.

E agora Odrade sabe o que devo fazer. Não se pode suprimir o ímpeto selvagem, Dar. Ouso chamá-la de Dar agora que você está dentro de mim.

Sem resposta.

Estaria a pérola de percepção de Leto II em cada um desses novos vermes da areia? Seus ancestrais fremen insistiam que sim.

Alguém lhe entregou um sanduíche. Walli, a acólita assistente sênior que assumira o comando do Observatório do Deserto.

Por minha insistência, quando Odrade me elevou para o conselho. Mas não apenas porque Walli aprendeu minha imunidade à sujeição sexual das Honoráveis Matres. E não porque ela é sensível às minhas necessidades. Nós falamos um idioma secreto, Walli e eu.

Os grandes olhos de Walli já não eram janelas para a sua alma. Eram dotados de barreiras diáfanas, evidência de que ela já sabia bloquear olhares perscrutadores; uma pigmentação azul-clara que logo seria completamente azul caso sobrevivesse à agonia. Quase albina e de uma linha genética questionável para reprodução. A pele de Walli reforçava esse julgamento: pálida e cheia de sardas. Uma pele que parecia uma superfície transparente. Não se focava na própria pele, mas o que jazia abaixo dela: carne rosada, infundida com sangue, desprotegida do sol do deserto. Apenas ali na sombra Walli podia expor sua superfície sensível a olhos questionadores.

Por que é esta aqui que nos comanda?

Porque confio que seja a melhor para fazer o que precisa ser feito.

Sheeana comeu o sanduíche sem se dar conta, enquanto voltava sua atenção para a paisagem arisca. Um dia, todo o planeta seria assim. Outro Duna? Não... similar, mas diferente. Quantos lugares assim estamos criando em um universo infinito? Uma pergunta sem nexo.

A ondulação do deserto produziu um pequeno ponto negro a distância. Sheeana apertou os olhos. Ornitóptero. O aparelho aumentou de tamanho lentamente, depois diminuiu. Esquadrinhando a areia. Inspecionando.

O que estamos criando aqui, de fato?

Quando olhou para as dunas que a circundavam, ela pressentiu hubris.

Veja meus feitos, humana diminuta, e desespere-se.

Mas fomos nós que fizemos isso, minhas irmãs e eu.

Foram vocês?

– Consigo sentir uma nova secura no calor – Walli comentou.

Sheeana concordou. Não havia necessidade de falar. Ela foi até a larga escrivaninha enquanto ainda contava com a luz do dia para estudar o topomapa que se encontrava aberto ali: havia bandeirolas espetadas nele, uma linha verde amarrada a tachas exatamente como ela havia designado.

Odrade perguntara certa vez:

– Isso é mesmo preferível a uma projeção?

– Eu preciso tocá-lo.

Odrade aceitara a resposta.

Projeções eram insípidas. Muito afastadas do trabalho sujo. Não era possível usar o dedo e dizer "Iremos até aqui". Um dedo em uma projeção era um dedo no ar vazio.

Somente os olhos não são suficientes. O corpo deve sentir seu mundo.

Sheeana detectou o odor pungente de perspiração masculina, um cheiro desagradável de esforço. Ela ergueu a cabeça e viu um jovem negro de pé no umbral, com uma pose arrogante, um olhar arrogante.

– Ah – ele resmungou. – Pensei que estaria sozinha, Walli. Voltarei depois.

Ele lançou um olhar fulminante na direção de Sheeana e partiu.

Há diversas coisas que o corpo deve sentir para conhecê-las.

– Sheeana, por que está aqui? – Walli perguntou.

Você, que está tão ocupada com o conselho, o que procura? Não confia em mim?

– Vim considerar o que a Missionaria ainda acredita que devo fazer. Elas veem uma arma: os mitos de Duna. Bilhões orando para mim: "A Santa que fala com o Deus Dividido".

– "Bilhões" não é um número adequado – disse Walli.

– Mas é a medida da força que minhas irmãs veem em mim. Aqueles crentes que acreditam que morri com Duna. Tornei-me "um poderoso espírito no panteão dos oprimidos".

– Mais do que uma missionária?

– O que pode acontecer, Walli, se eu aparecer para um universo apreensivo com um verme da areia ao meu lado? O potencial de tal evento enche algumas de minhas irmãs de esperança e receios.

– A parte dos receios eu entendo.

De fato. A mesma espécie de implante religioso que Muad'Dib e seu filho Tirano lançaram contra a incauta humanidade.

– Por que elas chegam a considerar isso? – Walli insistiu.

– Usando-me como ponto fulcral, imagine o poder que teriam para alavancar o universo!

– Mas como poderiam controlar tal força?

– Esse é o problema. Algo tão inerentemente instável. Religiões nunca são realmente controláveis. Mas algumas irmãs pensam ser capazes de *direcionar* uma religião erigida a minha volta.

– E se o direcionamento delas não for bom?

– Elas dizem que as religiões femininas sempre fluem mais profundamente.

– Verdade? – Questionando uma fonte superior.

Sheeana só pôde anuir com a cabeça. As Outras Memórias confirmavam.

– Por quê?

– Porque dentro de nós a vida se renova.

– É só isso? – Duvidando abertamente.

– Com frequência, as mulheres são vistas como coitadas. Seres humanos reservam uma simpatia especial por aqueles que estão por baixo. Sou uma mulher e, se as Honoráveis Matres querem me ver morta, então devo ser abençoada.

– Você soa como se concordasse com a Missionaria.

– Quando você é uma das caçadas, deve considerar qualquer rota de fuga. Sou venerada. Não posso ignorar esse potencial.

Nem o perigo. Então meu nome se tornou um pilar de luz nas trevas da opressão das Honoráveis Matres. Com que facilidade essa luz poderia se tornar uma chama consumidora!

Não. O plano que Duncan e ela haviam delineado era melhor. Escapar de Casa Capitular. Era uma armadilha mortal não apenas para seus habitantes, mas para os sonhos Bene Gesserit.

Frank Herbert

– Ainda não compreendo por que você está aqui. Pode ser que nem sejamos mais as caçadas.

– Pode ser?

– Mas por que agora?

Não posso falar abertamente, do contrário as vigias saberão.

– Nutro um fascínio pelos vermes. Um dos motivos é porque um de meus ancestrais liderou a migração original para Duna.

Você se lembra disso, Walli. Conversamos a esse respeito certa vez lá fora, na areia, onde só nós duas podíamos ouvir. E agora você sabe o propósito de minha visita.

– Lembro-me de que você disse que ela era uma fremen de verdade.

– E uma mestra zen-sunita.

Eu liderarei minha própria migração, Walli. Mas precisarei de vermes que apenas você pode providenciar. E deve ser feito depressa. Os informes de Junção demandam celeridade. E as primeiras naves logo retornarão. Esta noite... amanhã. E temo o que trarão.

– Você ainda está interessada em levar consigo alguns vermes para a Central, onde você poderá estudá-los mais de perto?

Ah, sim, Walli! Você se lembra.

– Pode ser interessante. Não tenho muito tempo para esse tipo de coisa, mas qualquer conhecimento que adquiramos tem o potencial de nos ajudar.

– A Central é muito úmida para eles.

– O grande porão de carga da não nave no campo de pouso espacial pode ser reconvertido em um laboratório desértico. Areia, atmosfera controlada. Os essenciais estão lá desde quando trouxemos o primeiro verme.

Sheeana olhou de relance na direção da janela ocidental.

– Pôr do sol. Eu gostaria de descer mais uma vez e caminhar na areia.

Será que as primeiras naves retornarão ainda esta noite?

– É claro, Reverenda Madre. – Walli deu um passo para o lado, abrindo o caminho até a porta.

Sheeana falou ao partir:

– O Observatório do Deserto logo deverá ser movido.

– Estamos preparadas.

O sol mergulhava no horizonte quando Sheeana surgiu, vinda de uma rua arqueada nos limites da comunidade. Ela caminhou em direção ao deserto iluminado pela luz das estrelas, explorando com seus sentidos como havia feito quando criança. Ahhh, ali estava a essência de canela. Vermes por perto.

Ela parou e, virando-se para nordeste, dando as costas para os últimos raios de sol, levantou as mãos, colocando uma acima e outra abaixo dos olhos, seguindo o costume fremen, confinando a visão e a luz. Observou através de seu quadro horizontal. Qualquer um que viesse dos céus teria de passar por aquele trecho estreito.

Esta noite? Eles virão pouco depois do anoitecer para atrasar o momento de explicações. Uma noite inteira de reflexões.

Ela aguardou com paciência Bene Gesserit.

Um arco flamejante desenhou uma fina linha sobre o horizonte setentrional. E outro. E outro. Eles estavam na direção exata do campo de pouso espacial.

Sheeana sentiu seu coração acelerar.

Chegaram!

E qual seria a mensagem deles para a Irmandade? *Guerreiros triunfantes retornando ou refugiados?* Faria pouca diferença, dada a evolução do plano de Odrade.

Ela saberia pela manhã.

Sheeana baixou as mãos e percebeu que estava trêmula. Inspiração profunda. A Litania.

Então caminhou pelo deserto, trilharenando com os passos rememorados de Duna. Quase se esquecera de como os pés se arrastavam. Como se carregassem peso adicional. Músculos que raramente eram usados deveriam desempenhar seu papel, mas o caminhar aleatório, uma vez aprendido, não poderia ser esquecido.

Em certo momento, nem sequer sonhei que caminharia por aqui novamente.

Se as cães de guarda detectassem aquele pensamento, poderiam se preocupar com a Sheeana que conheciam.

Era uma falha nela mesma, Sheeana considerou. Havia se acostumado com os ritmos de Casa Capitular. Aquele planeta falava com ela em um nível subterrâneo. Sentia a terra, as árvores e as flores, tudo crescendo como se fosse parte dela. E agora, ali estava um movimento perturbador, algo na linguagem de um planeta diferente. Ela sentia o deserto mudando e isso, também, era um idioma estrangeiro. Deserto. Não desprovido de vida, mas vivendo de uma forma profundamente diferente daquela outrora verdejante Casa Capitular.

Menos vida, entretanto mais intensa.

Ela ouviu o deserto: serpenteares indistintos, estridulares de insetos, um ruflar escuro de asas caçadoras nos céus e saltos céleres na areia – ratos cangurus trazidos até ali em antecipação para esse dia, quando vermes mais uma vez começariam seu domínio.

Walli se lembrará de enviar flora e fauna de Duna.

Ela parou no topo de um alto talude. Diante de si, trevas obscurecendo suas extremidades, estava um oceano parado no tempo, ondas sombrias colidindo contra uma praia sombria naquele terreno em mutação. Era um mar-deserto ilimitado. Havia se originado muito longe e iria a lugares ainda mais estranhos que esse.

Eu o levarei até lá, se for capaz.

Uma brisa noturna que vinha das terras áridas para locais mais úmidos depositou um véu de poeira em suas bochechas e nariz, fazendo alguns fios do cabelo de Sheeana esvoaçar enquanto soprava. Ela se entristeceu.

O que poderia ter sido.

Aquilo já não era importante.

As coisas que são... Essas importam.

Ela inspirou profundamente. Aroma acentuado de canela. Mélange. Especiaria e vermes nas imediações. Vermes cientes da presença dela. Quanto tempo levaria até que o ar se tornasse seco o bastante para que os vermes da areia chegassem a suas dimensões colossais e cuidassem de seu terreno como haviam feito em Duna?

O planeta e o deserto.

Ela os via como duas metades de uma mesma saga. Assim como as Bene Gesserit e a humanidade à qual serviam. Metades complementares. Uma se tornava aviltada sem a outra, um vazio com propósito perdido. Pouco melhor do que a morte, talvez, mas movendo-se a esmo. Aí jazia a ameaça da vitória das Honoráveis Matres. Guiadas por uma violência cega!

Cegas em um universo hostil.

E *esse* era o motivo de o Tirano ter preservado a Irmandade.

Ele sabia que havia nos dado apenas um caminho sem direção. Uma caça ao tesouro projetada por um bufão que deixou o final vazio.

Herdeiras de Duna

Um poeta, entretanto, por méritos próprios.

Ela se recordou do "Poema Memória" do Tirano, vindo de Dar-es--Balat, um fragmento de escombro que as Bene Gesserit haviam preservado.

E por qual motivo o preservamos? Para que eu possa ocupar minha mente com ele neste momento? Esquecendo temporariamente o que posso confrontar amanhã?

A formosa noite do poeta,
Plena de estrelas inocentes.
A um passo de Órion está.
Seu olhar que tudo testemunha,
Marca nossos genes para sempre.
Abrace as trevas e atente,
Cego pelo fulgor crepuscular.
Eis a eternidade estéril!

Sheeana sentiu de forma abrupta que ganhara a chance de se tornar a derradeira artista, completa e presenteada com uma tela em branco sobre a qual seria capaz de criar o que quisesse.

Um universo irrestrito!

Vieram-lhe à mente as palavras de Odrade com as primeiras revelações do propósito Bene Gesserit, ouvidas ainda na infância.

– Por que nós nos agarramos a você, Sheeana? É muito simples. Reconhecemos em você algo que esperávamos há muito. Você chegou e vimos isso acontecer.

– Isso? – *Como eu era ingênua!*

– Uma coisa nova se erguendo a partir do horizonte.

Minha migração buscará o novo. Mas... devo encontrar um planeta com luas.

Observado de certo ângulo, o universo é um movimento browniano, nada previsível em um nível elementar. Muad'Dib e seu filho Tirano fecharam a câmara de nuvens onde o movimento ocorria.

– Histórias de Gammu

Murbella entrou em um tempo de experiências incongruentes. Primeiro aquilo a incomodara, ver sua própria vida com uma visão múltipla. Os eventos caóticos em Junção haviam desencadeado isso, criando uma desordem de necessidades imediatas que nunca a abandonaria, nem mesmo quando retornasse a Casa Capitular.

Eu a avisei, Dar. Você não pode negar. Eu disse que elas podiam transformar uma vitória em derrota. E veja a confusão que você deixou para mim! Tive sorte de salvar tantas vidas quanto pude.

Esse protesto interior sempre a fazia mergulhar nos eventos que a haviam elevado àquela terrível proeminência.

O que mais poderia ter feito?

A memória mostrou Streggi despencando ao chão em uma morte exangue. A cena que passara nos terminais da não nave parecia um drama ficcional. A transmissão dos projetores do centro de comando da nave dava um caráter ilusório de que aquilo, na realidade, não estava acontecendo. Os atores logo se levantariam e fariam uma reverência. Os olhos-com de Teg, afastando-se automaticamente, não perderam detalhe algum até que alguém os silenciara.

Ela foi deixada com as imagens, uma cena espectral: Teg estirado no chão daquele pináculo das Honoráveis Matres. Odrade observando, atônita.

Protestos ruidosos começaram quando Murbella declarara que iria às pressas para o solo. As censoras estavam irredutíveis até ela expor os detalhes da aposta de Odrade e questionar:

– Vocês querem um desastre completo?

A Odrade Interior ganhou aquela discussão. Mas você estava preparada para isso desde o começo, não estava, Dar? Seu plano!

Herdeiras de Duna

– Ainda há Sheeana – as censoras arrazoaram. Elas deram a Murbella um cargueiro leve para apenas uma pessoa e a enviaram sozinha até Junção.

Apesar de ter transmitido sua identificação de Honorável Matre no caminho, ainda houve momentos tensos no campo de pouso espacial.

Um pelotão de Honoráveis Matres armadas veio ao seu encontro ao emergir do cargueiro, ao lado de um buraco fumegante. A fumaça tinha cheiro de explosivos exóticos.

O cargueiro da Madre Superiora foi destruído aqui.

Uma Honorável Matre anciã liderava o pelotão; seu manto vermelho estava manchado, algumas das ornamentações haviam desaparecido e via-se um rasgo no ombro esquerdo. Ela parecia uma espécie de lagarto ressequido, ainda venenoso, ainda capaz de dar o bote, mas ainda mantida pelos ódios habituais, embora a maior parte de sua energia já tivesse se esgotado. Seu cabelo desgrenhado se assemelhava às raízes recém-desenterradas de gengibre. Um demônio habitava seu corpo. Murbella o viu espiando através de olhos com manchas alaranjadas.

Apesar de ter um pelotão inteiro atrás daquela anciã, as duas se encararam como se estivessem isoladas aos pés da rampa de desembarque do cargueiro, animais selvagens se farejando, tentando julgar a extensão do perigo.

Murbella observou a anciã com cautela. Aquele lagarto lançaria sua língua para fora, testando o ar, dando vazão às suas emoções, mas estava chocada o bastante para ouvir.

– Murbella é meu nome. Fui feita prisioneira pelas Bene Gesserit em Gammu. Sou uma adepta de Hormu.

– Por que está vestindo o manto de uma bruxa? – A anciã e seu pelotão estavam prontos para matá-la.

– Aprendi tudo o que elas tinham a ensinar e trouxe esse tesouro para minhas irmãs.

A anciã a estudou por um instante.

– Sim, reconheço seu tipo. Você é uma roc, uma das que escolhemos para o projeto de Gammu.

O pelotão atrás dela relaxou um pouco.

– Você não veio o caminho todo neste cargueiro – a anciã acusou.

– Escapei de uma das não naves delas.

– Sabe onde fica o ninho delas?

– Sei.

Um sorriso amplo se desenhou nos lábios da anciã.

– Ora! Você é um achado! Como escapou?

– Precisa perguntar?

A anciã considerou a resposta. Murbella conseguia ler os pensamentos estampados no semblante de sua oponente como se ela os enunciasse: *Aquelas que trouxemos de Roc... Mortíferas, todas elas. Podem matar com as mãos, com os pés ou com qualquer outra parte móvel do corpo. Todas deveriam carregar uma placa: "Perigosa em qualquer posição".*

Murbella se afastou do cargueiro, demonstrando a força e a graciosidade que eram a marca de sua identidade.

Velocidade e músculos, irmãs. Cuidado.

Algumas integrantes do pelotão se adiantaram, curiosas. As palavras delas estavam carregadas de comparações com as Honoráveis Matres, perguntas ávidas das quais Murbella foi forçada a desviar.

– Quantas você matou? Onde fica o planeta delas? São ricas? Você sujeitou muitos homens por lá? Foi treinada em Gammu?

– Eu estava em Gammu para o terceiro estágio. Sob Hakka.

– Hakka! Eu a conheci. Ela ainda estava com o pé esquerdo machucado quando você a conheceu?

Ainda sondando.

– Era o pé direito e eu a acompanhava quando se feriu!

– Ah, sim, o pé direito. Agora me lembro. Como ela se machucou?

– Chutando um cretino no traseiro. Ele tinha uma faca afiada no bolso. Hakka ficou tão furiosa que o matou.

Gargalhadas contagiaram o pelotão.

– Vamos ao encontro da Grande Honorável Matre – a idosa declarou.

Então, passei pela primeira inspeção.

Entretanto, Murbella sentia reservas.

Por que esta adepta de Hormu veste o manto de nossas inimigas? E tem uma expressão estranha.

Melhor lidar com isso de uma vez.

– Eu tomei os ensinamentos e elas me aceitaram.

– Que tolas! Fizeram isso mesmo?

Herdeiras de Duna

– Você questiona a minha palavra? – Como era fácil reverter, adotar os maneirismos sensíveis das Honoráveis Matres.

A anciã se irritou. Não perdeu a arrogância, mas lançou um olhar de advertência para seu pelotão. Todas precisaram de alguns instantes para digerir o que Murbella acabara de dizer.

– Você se tornou uma delas? – alguém atrás de Murbella perguntou.

– De que outra forma poderia roubar seu conhecimento? Saibam disto: fui aluna pessoal da Madre Superiora.

– E ela a ensinou bem? – A mesma voz desafiadora ali atrás.

Murbella identificou a questionadora: médio escalão e ambiciosa. Ansiosa por notoriedade e promoções.

Este é seu fim, garota ansiosa. E uma perda ínfima para o universo.

Um subterfúgio Bene Gesserit fez que sua oponente ficasse a seu alcance. Um chute no estilo Hormu para que elas reconhecessem. A questionadora jazia morta no chão.

O casamento entre habilidades das Bene Gesserit e habilidades das Honoráveis Matres cria um perigo que todas vocês devem reconhecer e invejar.

– Ela me ensinou admiravelmente bem – Murbella comentou. – Mais alguma pergunta?

– Ehhhhh! – exclamou a anciã.

– Qual é o seu nome? – Murbella inquiriu.

– Sou uma Matrona, Honorável Matre de Hormu. Eu me chamo Elpek.

– Obrigada, Elpek. Você pode me chamar de Murbella.

– Fico honrada, Murbella. Isso que nos trouxe é, de fato, um tesouro.

Murbella a estudou por um instante com a atenção Bene Gesserit antes de exibir um sorriso desprovido de humor.

A troca de nomes! Você, em seu manto vermelho que a marca como uma das poderosas que cercam a Grande Honorável Matre, faz ideia do que permitiu adentrar em sua sociedade?

O pelotão continuou abalado e observou Murbella com prudência. Ela notou isso com sensibilidade renovada. A ideia de um grupo fechado de privilegiadas nunca ganhara espaço entre as Bene Gesserit, mas existia entre as Honoráveis Matres. O simulfluxo a entreteve com um desfile para confirmar. Como era sutil a transferência de poder: as escolas certas, os amigos certos, graduação e acesso aos primeiros degraus

Frank Herbert

da escada... Tudo guiado por parentes e suas conexões, um coçar de costas mútuo que gerenciava alianças, incluindo matrimônios. O simulfluxo lhe dizia que esse comportamento acabava levando todos ao fundo do poço, mas aquelas na escada, aquelas que controlavam os nichos, nunca se preocupavam com isso.

Basta a cada dia sua própria dificuldade, e é assim que Elpek me vê. Mas ela não vê o que me tornei, apenas que sou perigosa, mas potencialmente útil.

Girando lentamente sobre um calcanhar, Murbella avaliou o pelotão de Elpek. Nenhum homem sujeitado ali. Era uma função sensível demais para se confiar a eles. Bom.

– Agora, todas vocês, escutem-me bem. Se têm alguma lealdade por nossa Irmandade, o que eu julgarei de acordo com seu desempenho futuro, estarão honrando aquilo que trago. Uma dádiva àquelas que forem merecedoras.

– A Grande Honorável Matre ficará satisfeita – Elpek falou.

Mas a Grande Honorável Matre não pareceu satisfeita quando Murbella foi apresentada.

Murbella reconheceu o ambiente da torre. Já era quase o pôr do sol, mas o corpo de Streggi ainda jazia onde havia desfalecido. Alguns dos especialistas de Teg haviam sido mortos, a maioria era a equipe de olhos-com, que fazia um duplo papel como sua guarda.

Não, nós Honoráveis Matres não apreciamos que outros nos espiem.

Ela notou que Teg ainda estava vivo, mas envolto em shigafio e jogado com desdém em um canto. O mais surpreendente de tudo: Odrade estava de pé, livre, perto da Grande Honorável Matre. Era uma demonstração de desprezo.

Murbella teve a sensação de que havia vivido aquela cena diversas vezes – o resultado da vitória das Honoráveis Matres: um campo de inimigos ceifados onde quer que tivessem caído. O ataque das Honoráveis Matres com a arma que não derramava sangue havia sido rápido e letal, uma ferocidade típica que matava quando a matança já não era necessária. Ela conteve um estremecimento diante da lembrança daquela reviravolta mortal. Acontecera sem aviso prévio, as tropas apenas caindo em amplas fileiras – um efeito dominó que deixara os sobreviventes atônitos. E a Grande Honorável Matre obviamente apreciara o impacto.

Olhando para Murbella, a Grande Honorável Matre disse:

– Então esta é a tal insolente que você diz ter treinado em suas doutrinas?

Odrade quase sorriu ao ouvir a descrição.

A tal insolente?

Uma Bene Gesserit aceitaria aquilo sem rancor. Aquela Grande Honorável Matre de olhos remelosos enfrentava um dilema e não podia empregar sua arma que matava sem derramar sangue. Um equilíbrio de poder muito delicado. Conversas acaloradas entre as Honoráveis Matres haviam revelado seu problema.

Todas as suas armas secretas haviam se exaurido e não poderiam ser recarregadas, algo que elas haviam perdido quando foram forçadas a fugir.

"Era nosso recurso final e nós a desperdiçamos!"

Logno, que se considerava suprema, agora estava no centro de uma disputa muito diferente. E acabara de descobrir a facilidade temível com que Murbella matara uma das eleitas.

Murbella lançou um olhar perscrutador na direção da comitiva da Grande Honorável Matre, avaliando seus potenciais. Reconhecia aquela situação, é claro. Familiar. Como elas haviam votado?

Neutras?

Algumas estavam cautelosas e todas aguardavam.

Estavam antecipando uma distração. Não se preocupavam com quem triunfasse, desde que o poder continuasse a fluir em sua direção.

Murbella permitiu que seus músculos fluíssem a uma postura de combate velada, a qual aprendera com Duncan e com as censoras. Sentiu-se fria, como se estivesse no salão de treinamento, em um padrão responsivo. Mesmo se reagisse, sabia que se moveria da forma como Odrade a havia preparado – mental, física e emocionalmente.

Primeiro a Voz. Dê-lhes um gostinho de sua frieza interior.

– Vejo que avaliaram as Bene Gesserit de forma equivocada. Os argumentos dos quais vocês têm tanto orgulho, essas mulheres já os ouviram tantas vezes que suas palavras são de um tédio sem limites.

Isso foi dito valendo-se de um controle vocal ferino, um tom que fez os olhos de Logno se encherem de manchas alaranjadas, mas que a forçou a ficar imóvel.

Frank Herbert

Murbella ainda não havia terminado.

– Você se considera tão poderosa e esperta. Uma coisa gera a outra, não é? Que tolice! Você é uma mentirosa contumaz e mente para si mesma.

Uma vez que Logno permaneceu imóvel, as outras que a cercavam começaram a se afastar, abrindo um espaço que dizia: *"Ela é toda sua"*.

– Sua fluência nessas mentiras não as oculta – Murbella prosseguiu. Ela varreu o aposento com um olhar desdenhoso para as outras atrás de Logno. – Como aquelas que conheço nas Outras Memórias, vocês estão fadadas à extinção. O problema é que levam um tempo infernalmente longo para morrer. Inevitável, mas, ah, como esse meio-tempo é tedioso. Você ousa chamar a si mesma de Grande Honorável Matre! – Voltando a atenção para Logno. – Tudo a seu respeito é desprezível. Você não tem estilo.

Aquilo foi demais. Logno atacou, pé esquerdo desferindo um golpe com uma velocidade ofuscante. Murbella agarrou o pé dela como se fosse uma folha soprada pelo vento e, continuando o fluxo do movimento, usou Logno como se fosse um porrete, deixando-a com a cabeça estilhaçada contra o chão. Sem parar, Murbella executou uma pirueta, com seu próprio pé esquerdo quase decapitando a Honorável Matre à direita de Logno, a mão direita esmagando a garganta daquela à esquerda da Grande Honorável Matre. Tudo acabou no intervalo de duas batidas de seu coração.

Examinando a cena sem ofegar (*para lhes mostrar como isso foi fácil, irmãs*), Murbella experimentou uma sensação de perplexidade e reconhecimento do inevitável. Odrade jazia no chão diante de Elpek, que obviamente havia escolhido um lado sem hesitação. A torção no pescoço de Odrade e a flacidez de seu corpo diziam que estava morta.

– Ela tentou intervir – Elpek justificou.

Tendo matado uma Reverenda Matre, Elpek esperava que Murbella (que, afinal, era uma irmã) a aplaudisse. Entretanto, Murbella não reagiu conforme o esperado. Ela se ajoelhou ao lado de Odrade e colocou a testa contra a de sua antiga mentora, permanecendo assim por um tempo interminável.

As Honoráveis Matres sobreviventes trocaram olhares questionadores, mas não ousaram se mover.

O que é isso?

Mas elas estavam imobilizadas pelas temíveis habilidades de Murbella.

Uma vez que recuperara o passado recente de Odrade, somando o novo com o conteúdo de seu Compartilhamento anterior, Murbella se levantou.

Elpek viu sua morte nos olhos de Murbella e deu um passo para trás antes de tentar se defender. Elpek era perigosa, mas não era páreo para o demônio em manto negro. Tudo se acabou com a mesma rapidez abrupta e horripilante que havia consumido Logno e suas assistentes: um chute contra a laringe. O corpo de Elpek se estatelou sobre Odrade.

Mais uma vez, Murbella estudou as sobreviventes, então permaneceu de pé olhando para baixo, na direção do corpo de Odrade.

De certa forma, isso foi minha culpa, Dar. E sua!

Ela meneou a cabeça, absorvendo as consequências.

Odrade está morta. Vida longa à Madre Superiora! Vida longa à Grande Honorável Matre! E que os céus protejam a todas nós.

Então ela voltou sua atenção ao que era preciso ser feito. Aquelas mortes criavam um débito enorme. Murbella inspirou profundamente. Este era outro nó górdio.

– Soltem Teg – Murbella ordenou. – Limpem este lugar o mais rápido possível. E alguém me traga um manto apropriado!

Era a Grande Honorável Matre dando ordens, mas aquelas que correram para obedecer pressentiram a Outra dentro dela.

Aquela que lhe trouxe um manto vermelho com dragões trabalhados em sugemas o segurou com deferência, a certa distância. Uma grande mulher com ossos pesados e rosto quadrado. Olhos cruéis.

– Segure-o para mim – Murbella disse e, quando a mulher tentou ganhar certa vantagem da proximidade para um ataque, Murbella a derrubou no chão com violência. – Quer tentar mais uma vez?

Desta vez não houve truques.

– Você é a primeira membra de meu conselho – Murbella declarou. – Seu nome?

– Angelika, Grande Honorável Matre. – *Viu só? Fui a primeira a chamá-la por seu título apropriado. Mereço uma recompensa.*

– Sua recompensa é a promoção que lhe confiro e o fato de que você viverá.

Frank Herbert

Resposta apropriada de uma Honorável Matre. Aceita da mesma forma.

Quando Teg se ergueu, passando as mãos nos braços nos locais em que os shigafios haviam lhe ferido, algumas Honoráveis Matres tentaram acautelar Murbella.

– A senhora sabe que esse aí pode...

– Ele me serve agora – Murbella as interrompeu. Então, com o tom de voz jocoso de Odrade, falou: – Não é mesmo, Miles?

Ele lhe devolveu um sorriso pesaroso, um velho no rosto de uma criança.

– Tempos interessantes, Murbella.

– Dar gostava de maçãs – Murbella falou. – Providencie isso.

Ele anuiu. Levar o corpo de Odrade até o cemitério nos pomares. Não que os estimados pomares das Bene Gesserit fossem durar por muito tempo em um deserto. Mesmo assim, valia a pena perpetuar algumas tradições enquanto ainda havia tempo.

O que os Acidentes Sagrados ensinam? Seja resiliente. Seja forte. Esteja pronto para mudanças, para o novo. Reúna diversas experiências e as julgue pela natureza resoluta de nossa fé.

– Doutrina tleilaxu

Dentro do cronograma original de Teg, Murbella retornou a Casa Capitular com seu séquito de Honoráveis Matres. Ela antecipava certos problemas e as mensagens que enviou a sua frente abriam caminho para soluções.

"Levo futars comigo para atrair os Treinadores. As Honoráveis Matres temem uma arma biológica da Dispersão que é capaz de transformá-las em vegetais. Treinadores podem ser a fonte."

"Prepare-se para manter o Rabino e sua comitiva na não nave. Honre sua discrição. E removam as minas protetoras da nave!" (Isso carregava uma mensagem para as censoras.)

Murbella ficou tentada a perguntar sobre seus filhos, mas aquilo era fora do caráter Bene Gesserit. Algum dia... talvez.

Imediatamente após sua chegada, ela teve de lidar com Duncan e com as confusas Honoráveis Matres. Eram tão más quanto as Bene Gesserit. "O que há de tão especial em um homem?"

Já não havia motivos para que Duncan permanecesse na não nave, mas ele se recusava a sair.

– Tenho um mosaico mental para montar: uma peça que não pode ser movida, comportamento extraordinário e participação voluntária em seu sonho. Devo descobrir limites para testar. É isso o que está faltando. Sei como encontrá-los. Entrar em sintonia. Não pense; faça.

Não fazia sentido. Ela cedeu, ainda que ele tivesse mudado. Uma estabilidade para esse novo Duncan que ela aceitou como um desafio. Que direito ele tinha de assumir um ar tão satisfeito consigo mesmo? Não... não estava satisfeito consigo mesmo. Era mais como estar em paz com a tomada de uma decisão. Ele se recusava a compartilhá-la!

– Eu aceitei certas coisas. Você deveria fazer o mesmo.

Murbella teve que admitir que aquilo descrevia exatamente o que ela estava fazendo.

Na primeira manhã após seu retorno, ela se levantou com a aurora e entrou no escritório. Trajando o manto vermelho, sentou-se na cadeira da Madre Superiora e convocou Bellonda.

Bell ficou de pé em uma das extremidades da escrivaninha. Ela sabia. O plano ficara muito claro durante sua execução. Odrade também havia imposto um débito sobre ela. Por isso o silêncio: estava avaliando como poderia quitá-lo.

Servindo a esta Madre Superiora, Bell! É assim que você pagará. Declinação alguma dos Arquivos sobre estes eventos os colocará na devida perspectiva. Ação é necessária.

Por fim, Bellonda se pronunciou.

– A única crise que posso comparar a esta é o advento do Tirano.

Murbella reagiu categoricamente.

– Contenha sua língua, Bell, a menos que tenha algo útil a dizer.

Bellonda aceitou a reprimenda com calma (uma resposta nada característica).

– Dar tinha mudanças em mente. Era isso o que ela esperava?

Murbella suavizou sua voz.

– Faremos uma revisão da história antiga mais tarde. Este é um capítulo introdutório.

– Más notícias. – Ali estava a velha Bellonda.

– Deixe entrar o primeiro grupo – Murbella falou. – Tenha cuidado. Elas formam o alto conselho da Grande Honorável Matre.

Bell partiu para obedecer.

Ela sabe que tenho todo o direito de ocupar este posto. Todas elas sabem. Não há necessidade de colocar em votação. Não há espaço para uma votação!

Aquela era a hora da arte histórica de política que ela aprendera com Odrade.

"Em tudo você deve deixar transparecer a sua importância. Nenhuma decisão menor passa por suas mãos a menos que seja uma ação silenciosa que chamamos de 'favor', realizada em prol de pessoas cuja lealdade pode ser conquistada."

Toda recompensa vinha de cima. Não era uma boa diretriz com as Bene Gesserit, mas esse grupo que adentrava o escritório estava acostumado com uma Grande Honorável Matre benfeitora; elas aceitariam

Herdeiras de Duna

"novas necessidades políticas". Temporariamente. Sempre era temporário, em especial com as Honoráveis Matres.

Bell e as cães de guarda sabiam que levaria um longo tempo para esmiuçar aquilo. *Mesmo com as habilidades Bene Gesserit amplificadas.*

Exigiria uma atenção extremamente focada de todas elas. E o primeiro elemento era aquele olhar aguçado e discernente de inocência.

Foi isso que as Honoráveis Matres perderam, e nós devemos recuperá-lo antes que elas sumam no plano de fundo ao qual "nós" pertencemos.

Bellonda permitiu a entrada do conselho e se retirou em silêncio.

Murbella aguardou até que todas estivessem sentadas. Um grupo heterogêneo: algumas aspirantes ao poder supremo. Angelika sorria ali com tanta graça. Algumas aguardavam (sem ousar alimentar esperanças, ainda), mas atentando-se a tudo que podiam.

– Nossa irmandade estava agindo de forma estúpida – Murbella acusou. Ela notou aquelas que haviam se zangado com essa fala. – Vocês teriam matado a gansa!

Elas não compreenderam. Murbella desenterrara uma parábola. Elas ouviram com a devida atenção, até mesmo quando Murbella acrescentou:

– Vocês não percebem quão desesperadamente precisamos de cada uma dessas bruxas? Somos muito maiores em número do que elas, portanto cada uma carregará um fardo enorme para nos ensinar!

Elas ponderaram aquela declaração e, por mais amarga que fosse, viram-se obrigadas a concordar porque foi Murbella que havia dito.

Murbella compreendeu o ponto.

– Não apenas porque sou a Grande Honorável Matre de vocês... Alguém questiona esse fato?

Ninguém questionou.

– ... mas também porque sou a Madre Superiora das Bene Gesserit. Elas não podem fazer nada além de confirmar meu posto.

Duas delas começaram a protestar, mas Murbella as calou.

– Não! Vocês não teriam poder algum para forçar sua vontade sobre elas. Teriam que matá-las todas. Mas elas irão me obedecer.

As duas continuaram a tagarelar e Murbella gritou para subjugá-las:

– Comparadas a mim, com tudo que adquiri delas, vocês todas são umas incapazes miseráveis! Alguma de vocês questiona esse fato?

Frank Herbert

Nenhuma delas questionou, mas as manchas alaranjadas afloraram em seus olhos.

– Vocês não passam de crianças que não sabem o que podem se tornar – ela prosseguiu. – Voltariam, indefesas, para enfrentar aqueles de muitas faces? Querem virar vegetais?

Aquilo prendeu a atenção do conselho. Estavam acostumadas a ouvir aquele tom de comandantes mais velhas. O assunto as capturara. Era difícil aceitar aquilo de alguém tão jovem... Entretanto, as coisas que ela havia feito... E a Logno e a suas assistentes!

Murbella viu que elas admiravam a isca.

Fertilização. Este grupo levará isso consigo. Vigor híbrido. Somos fertilizadas para crescermos mais fortes. E florescermos. E virarmos semente? Melhor não se ater a isso. Honoráveis Matres não enxergarão tal coisa até que sejam quase Reverendas Madres. Então olharão para trás, iradas, como eu fiz. Como pudemos ser tão estúpidas?

Ela viu a submissão tomando forma nos olhos de suas conselheiras. Haveria uma lua de mel. Honoráveis Matres seriam como crianças em uma loja de doces. Apenas de forma gradual o inevitável se desenrolaria diante delas. Então elas veriam a armadilha na qual estavam.

Assim como eu caí na armadilha. Não se pergunta ao oráculo o que se pode ganhar. Essa é a armadilha. Cuidado com o verdadeiro quiromante! Vocês gostariam de três mil e quinhentos anos de tédio?

A Odrade Interior objetou.

Dê algum crédito ao Tirano. Nem tudo deve ter sido tédio. Estava mais para um navegador da Guilda buscando seu caminho pela dobra espacial. Caminho Dourado. Um Atreides pagou por sua sobrevivência, Murbella.

Murbella se sentiu sobrecarregada. O pagamento do Tirano caiu sobre seus ombros. *Eu não pedi que ele fizesse isso por mim.*

Odrade não deixou aquilo passar. *Ainda assim, ele o fez.*

Desculpe, Dar. Ele pagou. Agora, eu devo pagar.

Então, finalmente você é uma Reverenda Madre!

As conselheiras ficaram inquietas diante do olhar fixo de Murbella.

Angelika se elegeu para falar por todas. *Afinal, eu fui a primeira escolhida.*

Cuidado com essa aí! As chamas da ambição estão em seus olhos.

– Que resposta você está nos pedindo para dar a essas bruxas? –

Herdeiras de Duna

Surpresa com a própria audácia. Afinal, a Grande Honorável Matre também não era uma bruxa agora?

Murbella falou com suavidade.

– Vocês irão tolerá-las e não oferecerão qualquer tipo de violência.

Angelika se sentiu mais corajosa diante do tom brando de Murbella.

– Esta é a decisão da Grande Honorável Matre ou da...

– Chega! Eu poderia encharcar o assoalho deste escritório com o sangue de todas vocês! Desejam me colocar à prova?

Elas não desejavam colocá-la à prova.

– E se eu disser que é a Madre Superiora falando? Vocês vão questionar se estou seguindo alguma diretriz para lidar com o nosso problema? Eu lhes direi: Diretriz? Ahh, sim. Tenho uma diretriz para lidar com coisas sem importância como infestações de insetos. Coisas desimportantes demandam uma diretriz. Para aquelas de vocês que não percebem a sabedoria em minha decisão, não preciso de diretrizes. Eu me livro daquelas de sua espécie com rapidez. Mortas antes de perceber que foram feridas! Essa é minha resposta diante da presença de imundície. Há alguma imundície neste escritório?

Era uma linguagem que elas reconheciam: a censura da Grande Honorável Matre, endossada pela habilidade de matar.

– Vocês compõem meu conselho – Murbella continuou. – Espero sabedoria de sua parte. O mínimo que podem fazer é fingir que são sábias.

Simpatia bem-humorada vinda de Odrade: *Se esta é a forma como as Honoráveis Matres dão e recebem ordens, não exigirá uma análise profunda da parte de Bell.*

Os pensamentos de Murbella vagaram em outra direção. *Já não sou a Honorável Matre.*

O afastamento de uma para a outra era tão recente que ela achou seu desempenho de Honorável Matre incômodo. Seus ajustes eram uma metáfora do que aconteceria a suas antigas irmãs. Um novo papel, e ela não o desempenhara bem. As Outras Memórias simularam uma longa associação com a própria Murbella sendo essa nova pessoa. Isso não era uma transubstanciação mística, apenas novas habilidades.

Apenas?

A mudança era profunda. Duncan teria percebido isso? O fato de que Duncan talvez nunca visse essa nova pessoa a deixava aflita.

Frank Herbert

É o resíduo de meu amor por ele?

Murbella se afastou desses questionamentos; não queria as respostas. Sentiu-se repelida por algo que tinha raízes mais profundas do que gostaria de escavar.

Há decisões que terei de tomar que o amor evitaria. Decisões para a Irmandade, não para mim mesma. É para essa direção que meu medo aponta.

As necessidades imediatas restauraram seu equilíbrio. Ela dispensou suas conselheiras, prometendo dor e morte caso falhassem em aprender aquela nova restrição.

Em seguida, as Reverendas Matres deveriam receber a lição de uma nova diplomacia: não se dar bem com ninguém – nem mesmo entre si. Tal procedimento se tornaria mais fácil com o tempo. Honoráveis Matres seguindo as doutrinas Bene Gesserit. Algum dia, não haveria mais Honoráveis Matres; apenas Reverendas Madres com reflexos melhorados e um conhecimento ampliado sobre sexualidade.

Murbella se sentiu assombrada por palavras que ouvira mas não aceitara até aquele momento. "As coisas que faremos pela sobrevivência das Bene Gesserit não têm limites."

Duncan verá isso. Não posso esconder dele. O Mentat não irá se agarrar a uma ideia fixa do que eu era antes da agonia. Ele abre a própria mente como eu abro uma porta. Ele examinará sua rede. "O que consegui apanhar desta vez?"

Foi isso que aconteceu a lady Jéssica? As Outras Memórias carregavam Jéssica entretecida na fundação dos Compartilhamentos. Murbella desemaranhou um pouco e perfilou um conhecimento ancestral.

A herética lady Jéssica? Prevaricação em seu ofício?

Jéssica mergulhara no amor assim como Odrade mergulhara no mar, e as ondas resultantes quase afogaram a Irmandade.

Murbella pressentiu que isso a estava levando a um lugar onde não queria ir. A dor tomou seu peito.

Duncan! Ahhhh, Duncan! Ela ocultou o rosto nas mãos. *Dar, ajude-me. O que devo fazer?*

Nunca pergunte por que você é uma Reverenda Madre.

Preciso perguntar! A progressão é clara em minha memória e...

Trata-se de uma sequência. Pensar nisso como causa e efeito a ilude para longe da totalidade.

Tao?

Herdeiras de Duna

Mais simples: você está aqui.

Mas as Outras Memórias retrocedem e retrocedem e...

Imagine que são como pirâmides – interligadas.

Fácil falar!

Seu corpo ainda está funcionando?

Estou machucada, Dar. Você não possui mais um corpo e é inútil...

Ocupamos nichos diferentes. As dores que senti não são suas dores. Minhas alegrias não são suas alegrias.

Não quero sua condescendência! Ahh, Dar! Por que eu nasci?

Você nasceu para perder Duncan?

Dar, por favor!

E assim você nasceu e agora sabe que isso nunca é o bastante. E assim você se tornou uma Honorável Matre. O que mais poderia fazer? Ainda não é o bastante? Agora você é uma Reverenda Madre. Você acha que é o bastante? Nunca é o bastante enquanto você viver.

Está me dizendo que devo buscar sempre por algo além de mim mesma.

Ahá! Você não toma decisões com base nisso. Você não o ouviu? Não pense; faça! Você escolherá o caminho mais fácil? Por que deveria se sentir triste por encontrar o inevitável? Se isso é tudo que consegue ver, limite-se a melhorar a procriação!

Maldita! Por que fez isso comigo?

Fiz o quê?

Fez que eu visse a mim mesma e a minhas antigas irmãs desta forma!

De que forma?

Maldita! Você sabe o que quero dizer!

Você disse antigas irmãs?

Ah, você é pérfida.

Todas as Reverendas Madres são pérfidas.

Você nunca para de ensinar!

É isso o que faço?

Como fui inocente! Perguntar a você o que realmente faz.

Você sabe tão bem quanto eu. Nós aguardamos que a humanidade amadureça. O Tirano apenas proporcionou tempo aos homens para crescerem, mas agora eles precisam de cuidados.

O que o Tirano tem a ver com a minha dor?

Que mulher mais tola! Você falhou na agonia?

Frank Herbert

Você sabe que não falhei!

Pare de tropeçar no óbvio.

Ah, sua vadia!

Prefiro bruxa. Qualquer um deles é preferível a meretriz.

A única diferença entre Bene Gesserit e Honoráveis Matres é o local onde conduzem seu negócio. Você se uniu à nossa Irmandade.

Nossa Irmandade?

Você procriou por poder! Como isso é diferente de...

Não deturpe, Murbella! Mantenha seus olhos na sobrevivência.

Não me diga que você não tinha poder.

Autoridade temporária sobre pessoas dedicadas à sobrevivência.

Sobrevivência, mais uma vez!

Em uma Irmandade que promove a sobrevivência de outrem. Como a mulher casada que gera filhos.

Então tudo se resume em procriação.

Essa é uma decisão que você toma por si mesma: família e aquilo que a une. O que motiva a vida e a felicidade?

Murbella começou a gargalhar. Baixou as mãos, abriu os olhos e descobriu que Bellonda estava ali, em pé, observando.

– É sempre uma tentação para uma nova Reverenda Madre conversar um pouco com Outras Memórias – Bellonda comentou. – Quem era desta vez? Dar?

Murbella anuiu.

– Não confie em qualquer coisa que elas lhe ofereçam. São uma coletânea de tradições, e você deve julgar por si mesma.

As exatas palavras de Odrade. Observar cenas de antigamente pelos olhos das mortas. Que voyeurismo!

– Pode-se gastar horas fazendo isso – Bellonda continuou. – Pratique a moderação. Tenha certeza do lugar onde pisa. O seguro morreu de velho.

Ali estava novamente! O passado aplicado ao presente. Como as Outras Memórias tornavam mais rica a vida cotidiana.

– Vai passar – Bellonda concluiu. – Perde a graça depois de algum tempo e você abandona o barco. – Ela deixou um relatório diante de Murbella.

Abandonar o barco! O seguro morreu de velho. Tanta coisa dita em expressões idiomáticas.

Murbella se recostou na cadeira funda para perscrutar o relatório de

Herdeiras de Duna

Bellonda, considerando-se de súbito em uma expressão usada por Odrade: *Rainha Aranha no centro de minha teia*. A teia podia estar um pouco esfiapada, mas ainda pegava coisas para serem digeridas. Toque em determinado fio e Bell apareceria, flexionando suas mandíbulas de antecipação. As palavras que ativariam o toque eram "Arquivos" e "Análise".

Vendo Bellonda por essa ótica, Murbella notou a sabedoria nas formas como Odrade empregava aquela irmã, os defeitos tão valiosos quanto os pontos fortes. Quando Murbella finalizou a leitura do relatório, Bellonda ainda ficou parada, de pé, em sua postura característica.

Murbella reconheceu que Bellonda via todos que a convocavam como seres desprovidos de senso de adequação, pessoas que solicitavam os Arquivos por motivos frívolos e que deveriam ser corrigidas. Frivolidade: a nêmesis de Bellonda. Murbella achou isso engraçado.

Murbella manteve seu divertimento oculto enquanto entretinha Bellonda. A forma de lidar com ela era ser escrupulosa. Nada a subtrair dos pontos fortes. Aquele relatório era um exemplo de argumento conciso e pertinente. Esclarecia os pontos dela com pouquíssimos floreados, apenas o bastante para revelar suas conclusões.

– Você se diverte em me convocar? – Bellonda questionou.

Ela está mais aguçada do que antes! Eu a convoquei? Não exatamente, mas ela sabe quando é necessária. Diz aqui que nossas irmãs devem ser exemplos de humildade. A Madre Superiora pode ser qualquer coisa que precise ser, mas não era assim para o resto da Irmandade.

Murbella indicou o relatório.

– É um ponto de partida.

– Então devemos começar, antes que suas amigas encontrem o centro de olhos-com. – Bellonda se deixou afundar em sua cãodeira com uma confiança familiar. – Tam se foi, mas posso pedir que avisem Sheeana.

– Onde ela está?

– Na nave. Estudando uma seleção de vermes no grande porão de carga; ela diz que qualquer uma de nós pode aprender a controlá-los.

– Será valioso, se for verdade. Deixe-a estar. E quanto a Scytale?

– Segue na nave. Suas amigas ainda não o encontraram. Estamos mantendo-o em segredo.

– Que continue assim. Ele é uma boa moeda de troca a se reservar. E elas não são minhas amigas, Bell. Como estão o rabino e seu grupo?

Frank Herbert

– Confortáveis, mas preocupados. Sabem que as Honoráveis Matres estão aqui.

– Mantenha-os em segredo.

– É incrível. Uma voz diferente, mas ouço Dar.

– Um eco em seus ouvidos.

Bellonda chegou a gargalhar.

– Agora, eis o que você deve espalhar entre as irmãs. Agimos com extremo cuidado enquanto nos revelamos como pessoas a serem admiradas e emuladas. "Vocês, Honoráveis Matres, podem não optar por viver como nós vivemos, mas podem aprender nossos pontos fortes."

– Ahhhhhh.

– Tudo se resume à propriedade. Honoráveis Matres são fascinadas pela posse das coisas. "Eu quero aquele lugar, aquela ninharia, aquela pessoa." Pegue o que quiser. Use o que quer que seja até se cansar.

– Enquanto isso, nós seguimos nosso caminho admirando aquilo que vemos.

– E aí está nosso defeito. Não nos doamos com facilidade. Medo do amor e da afeição! Ser autocontrolada traz em si uma ganância própria. "Viu só o que tenho aqui? Você não pode ter isso até que siga a minha maneira de ser!" Nunca assuma essa postura com Honoráveis Matres.

– Está me dizendo que temos de amá-las?

– De que outra forma podemos fazer que elas nos admirem? Essa foi a vitória de Jéssica. Quando ela se doava, doava-se por inteira. Tanta coisa reprimida por nossa maneira de ser, e então aquela vazão opressiva: tudo foi entregue. É irresistível.

– Não fazemos concessões com tanta facilidade.

– Tanto quanto as Honoráveis Matres.

– É assim que a burocracia delas se originou!

– Entretanto, elas foram treinadas a seguir o caminho de menor resistência.

– Você está me confundindo, Da... Murbella.

– Eu disse que devemos fazer concessões? Concessões nos enfraquecem, e sabemos que há problemas que concessões não podem resolver, decisões que devemos tomar, não importa quão amargas sejam.

– *Fingir* que as amamos?

– Seria um começo.

Herdeiras de Duna

– Será uma união sangrenta, essa junção entre as Bene Gesserit e as Honoráveis Matres.

– Sugiro que Compartilhemos tanto quanto possível. É possível que percamos pessoal enquanto as Honoráveis Matres estiverem aprendendo.

– Um casamento forjado no campo de batalha.

Murbella se levantou pensando em Duncan na não nave, lembrando-se da embarcação como da última vez que a vira. Finalmente a nave estava ali, não mais oculta para os sentidos. Um pedaço de maquinário estranho, curiosamente grotesco. Um conglomerado selvagem de saliências e proeminências sem propósitos aparentes. Era difícil imaginar aquela coisa zarpando com suas próprias energias, enorme como era, e desaparecendo no espaço.

Desaparecendo no espaço!

Ela vislumbrou a forma do mosaico mental de Duncan.

Uma peça que não pode ser movida! Entre em sintonia... Não pense; faça!

Com uma abrupta certeza que a enregelou, ela sabia qual era a decisão de Duncan.

Quando pensar que detém as rédeas de seu destino nas mãos, esse é o momento em que pode ser esmagada. Seja cautelosa. Abra espaço para surpresas. Quando criamos, sempre há outras forças em ação.

– Darwi Odrade

– Mova-se com extremo cuidado – Sheeana o acautelou.

Idaho achava que não precisava daquele aviso, mas agradeceu mesmo assim.

A presença das Honoráveis Matres em Casa Capitular facilitara a tarefa dele. Elas deixavam as censoras e as guardas da nave nervosas. As ordens de Murbella mantinham suas antigas irmãs fora da nave, mas todos sabiam que as inimigas estavam ali. As projeções dos varredores mostravam um fluxo que parecia interminável de cargueiros vertendo Honoráveis Matres no campo de pouso. A maioria das recém-chegadas aparentava curiosidade sobre aquela monstruosa não nave que jazia ali, mas nenhuma desobedecia à Grande Honorável Matre.

– Não enquanto ela estiver viva – Idaho murmurou em um local onde as censoras poderiam ouvi-lo. – Elas têm uma tradição de assassinar suas líderes para substituí-las. Por quanto tempo Murbella será capaz de se manter em seu posto?

Os olhos-com haviam feito o trabalho por ele. Duncan sabia que seus murmúrios se espalhariam pela nave.

Sheeana o visitou em seu escritório pouco depois e deu mostras de reprovação.

– O que está tentando fazer, Duncan? Está deixando o pessoal perturbado.

– Volte para seus vermes!

– Duncan!

– Murbella está participando de um jogo perigoso! Ela é tudo o que nos separa de um desastre.

Ele já havia declarado tal preocupação a Murbella. Não era novidade para as observadoras, mas essa insistência deixava a todas que o cercavam impacientes – as monitoras dos olhos-com nos Arquivos, as guardas da nave, todas elas.

Exceto as Honoráveis Matres. Murbella mantinha os Arquivos de Bellonda fora do alcance delas.

– Haverá tempo para isso mais adiante – ela declarara.

Essa era a deixa para Sheeana.

– Duncan, uma coisa ou outra: pare de alimentar nossas preocupações ou nos diga o que fazer. Você é um Mentat. Desempenhe sua função para nosso benefício.

Ahhh, o Grande Mentat representando seu papel para que todos vejam.

– O que vocês deveriam fazer é óbvio, mas não cabe a mim dizer. Não posso deixar Murbella.

Mas posso ser levado embora.

Agora tudo estava nas mãos de Sheeana. Ela o deixou e começou a espalhar sua própria marca de mudanças.

"Temos a Dispersão como exemplo."

Naquela noite, ela já havia neutralizado as Reverendas Madres da nave e sinalizara com as mãos que poderiam seguir para a próxima fase.

"Elas me seguirão."

Inadvertidamente, a Missionaria havia preparado o caminho para a ascensão de Sheeana. A maioria das irmãs conhecia o poder latente dentro dela. Perigoso. Mas estava *ali*.

Um poder não utilizado era como uma marionete com fios visíveis, sem que ninguém os segurasse. Uma atração magnética: *eu poderia fazê-la dançar.*

Para alimentar o engodo, Duncan chamou Murbella.

– Quando eu a verei?

– Duncan, por favor. – Ela transparecia sua exaustão mesmo através da projeção. – Estou ocupada. Você conhece as pressões. Conseguirei sair em alguns dias.

A projeção mostrava Honoráveis Matres ao fundo franzindo o cenho diante do comportamento curioso de sua líder. Qualquer Reverenda Madre seria capaz de ler as faces deles.

"Será que a Grande Honorável Matre ficou sensível? Não há nada além de um homem ali!"

Ao cortar a transmissão, Idaho enfatizou o que cada monitora na nave havia visto.

Frank Herbert

– Ela está em perigo! Será que não percebe?

E agora, Sheeana, é com você.

Sheeana tinha a chave para restabelecer os controles de voo da nave. As minas haviam sido retiradas. Ninguém seria capaz de destruir a nave no último instante com um sinal para os explosivos ocultos. Havia apenas a carga humana para se levar em consideração, Teg em especial.

Teg verá minhas escolhas. Os outros – o grupo do Rabino e Scytale – terão de se arriscar conosco.

Os futars em suas celas de segurança não o preocupavam. Animais interessantes, mas não significativos naquele momento. Aliás, Duncan dispensou apenas um breve instante para pensar em Scytale. O pequeno Tleilaxu permanecia sob o escrutínio das guardas, as quais não relaxavam em sua função de observá-lo, não importavam as outras preocupações que as assolavam.

Ele foi para a cama com um nervosismo que teria uma explicação já pronta para qualquer vigia nos Arquivos.

Sua preciosa Murbella está em perigo.

E ela estava, de fato, em perigo, mas ele não era capaz de protegê-la.

Neste momento, minha presença aqui é um perigo para ela.

Duncan se levantou com a aurora, voltando ao arsenal para desmontar uma fábrica de armas. Sheeana o encontrou ali e pediu que a acompanhasse até o setor da guarda.

Um pequeno grupo de censoras o recebeu. A líder que haviam escolhido não o surpreendera. Garimi. Ele ouvira a respeito do papel que ela desempenhara durante a Convocação. Desconfiada. Preocupada. Pronta para realizar sua própria aposta. Era uma mulher de feições solenes. Dizia-se que ela raramente sorria.

– Enganamos os olhos-com neste cômodo – Garimi falou. – Eles mostram que estamos tomando um lanche e questionando você sobre as armas.

Idaho sentiu um nó no estômago. O pessoal de Bell logo perceberia a simulação. Em especial, uma projeção falsa de sua própria figura.

– Temos aliadas nos Arquivos. – Garimi insistiu ao notar o semblante franzido de Idaho.

– Nós o trouxemos aqui para perguntar se você deseja sair antes que escapemos nesta nave – disse Sheeana.

508

A surpresa de Idaho era genuína.

Ficar para trás?

Ele não havia considerado essa opção. Murbella já não era mais sua. O elo havia sido quebrado dentro dela. Ela não aceitava isso. Ainda não. Mas aceitaria, assim que fosse confrontada pela primeira vez a tomar uma decisão que o colocasse em perigo para os propósitos das Bene Gesserit. Agora, mantinha apenas a devida distância dele.

– Vocês irão para a Dispersão? – ele questionou, olhando para Garimi.

– Salvaremos o que pudermos. Marcando posição, assim foi chamado no passado. Murbella está subvertendo as Bene Gesserit.

Esse era o argumento que não havia sido enunciado, no qual Idaho confiara para ganhar a participação delas. Discordando da aposta de Odrade.

Idaho inspirou profundamente.

– Irei com vocês.

– Sem arrependimentos! – Garimi acautelou.

– Que estupidez! – ele rebateu, dando vazão a sua dor reprimida.

Garimi não teria ficado surpresa com essa resposta caso tivesse vindo de uma de suas irmãs. Idaho a deixou perplexa, e ela precisou de um longo instante para se recuperar. A honestidade a impeliu.

– Claro que é estupidez. Peço desculpas. Você tem certeza de que não quer ficar? Nós lhe devemos uma chance para tomar sua própria decisão.

O melindre Bene Gesserit para com aqueles que as serviram com lealdade!

– Eu me juntarei a vocês.

A dor que elas viram se formar no rosto de Idaho não era falsa. Ele a deixou transparecer abertamente ao retornar até seu console.

Meu posto designado.

Ele não tentou ocultar suas ações quando acessou, com seu código, os circuitos de identificação da nave.

Aliadas nos Arquivos.

Os circuitos surgiram em suas projeções – fitas coloridas com uma ligação quebrada nos sistemas de voo. Uma forma de burlar aquela quebra se tornou visível após alguns instantes de estudo. Observações Mentat haviam sido preparadas para essa eventualidade.

Frank Herbert

Múltiplas, até a alma!

Idaho se reclinou e aguardou.

A decolagem foi um momento de brancura que sacudiu seu crânio, parando de forma abrupta quando tinham se elevado o suficiente da superfície para iniciar os nulcampos e entrar na dobra espacial.

Idaho observou sua projeção. Ali estavam eles: o casal idoso em seu ambiente ajardinado! Duncan viu a rede translúcida diante deles, o homem gesticulando em sua direção, sorrindo com satisfação estampada em seu rosto redondo. Eles se moviam em uma sobreposição transparente que revelava os circuitos da nave por trás do casal. A rede cresceu – não eram mais linhas, mas fitas mais espessas que os circuitos projetados.

Os lábios do homem formavam palavras, mas não emitiam sons.

"Nós o esperávamos."

As mãos de Idaho dispararam até seu console, dedos espalmados sobre o campocom para alcançar os elementos necessários do circuito de controle. Não havia tempo para sutileza. Ruptura grosseira. Ele estava no núcleo no intervalo de um segundo. A partir dali, era uma simples questão de eliminar segmentos inteiros. Navegação foi a primeira. Ele viu a rede começando a se tornar fina, a expressão de surpresa no rosto do homem. Os nulcampos se foram na sequência. Idaho sentiu a nave oscilando na dobra espacial. A rede se inclinou, tornando-se alongada enquanto os dois observadores se achatavam e ficavam mais delgados. Idaho eliminou as memórias estelares dos circuitos, apagando seus próprios dados com eles.

A rede e os observadores desapareceram.

Como eu sabia que eles estariam ali?

Ele não tinha uma resposta, a não ser por uma certeza enraizada em suas repetidas visões.

Sheeana não ergueu o olhar quando ele a encontrou diante do controle temporário de voo nos aposentos da guarda. Ela estava debruçada sobre o teclado, encarando-o com preocupação. A projeção acima dela mostrava que eles haviam emergido da dobra espacial. Idaho não reconheceu padrão algum nas estrelas visíveis, mas isso era algo que ele esperava.

Sheeana rodopiou e olhou para Garimi, de pé ao seu lado.

– Perdemos todo o acúmulo de dados!

Idaho tocou suas têmporas com o indicador.

Herdeiras de Duna

– Não perdemos, não.

– Mas levaremos anos só para recuperar os essenciais! – Sheeana protestou. – O que aconteceu?

– Somos uma nave não identificável em um universo não identificável – Idaho comentou. – Não era isso o que queríamos?

Não há segredo para o equilíbrio. Você apenas deve sentir as ondas.

– Darwi Odrade

Murbella sentiu que uma era havia se passado desde que reconhecera a decisão de Duncan.

Desapareceu no espaço! Deixou-me aqui!

A sensação de que o tempo não passara, adquirida pela agonia, informou-lhe que apenas alguns segundos haviam se passado desde que percebera as intenções de Idaho, mas ela sentiu que sabia desde o começo.

Ele deve ser detido!

Ela estava prestes a tocar o tecladocom quando a Central começou a estremecer. Os tremores continuaram por um período interminável e cessaram vagarosamente.

Bellonda havia se colocado de pé.

– O que...

– A não nave no campo de pouso espacial acaba de decolar – Murbella falou.

Bellonda foi em direção ao tecladocom, mas Murbella a deteve.

– Já se foi.

Ela não deve notar minha dor.

– Mas quem... – Bellonda se calou. Tinha suas próprias avaliações das consequências e vira o que Murbella havia visto.

Murbella suspirou. Tinha todas as imprecações da história a seu dispor e não as queria.

– No horário do almoço, farei minha refeição em meu refeitório privado com as conselheiras e quero que você esteja presente – disse Murbella. – Diga a Duana que quero o ensopado de ostras mais uma vez.

Bellonda começou a protestar, mas tudo o que conseguiu enunciar foi:

– Outra vez?

– Você se lembra de que comi sozinha lá embaixo ontem à noite? – Murbella voltou a seu assento.

A Madre Superiora tem deveres!

Havia mapas a serem mudados e rios a serem seguidos e Honoráveis Matres a serem domesticadas.

Algumas ondas a derrubam, Murbella. Mas você se levanta e segue seu rumo. Caia sete vezes, levante-se oito. Você é capaz de manter o equilíbrio em superfícies incomuns.

Eu sei, Dar. Participação voluntária em seu sonho.

Bellonda a encarou até Murbella dizer:

– Fiz com que minhas conselheiras se sentassem a certa distância de mim durante o jantar de ontem. Foi estranho... apenas duas mesas em todo o refeitório.

Por que continuo com esta conversa inane? Que desculpas tenho para o meu comportamento extraordinário?

– Nós nos perguntamos o motivo de nenhuma de nós ter recebido permissão para ir ao nosso próprio refeitório – Bellonda admitiu.

– Para salvar suas vidas! Mas você deve ter notado os interesses delas. Eu leio os lábios delas. Angelika disse: "Ela está comendo uma espécie de ensopado. Eu a ouvi discutindo com o chef. Não é um mundo maravilhoso, este aqui que conquistamos? Devemos saborear aquele ensopado que ela pediu".

– Saborear – Bellonda murmurou. – Entendo. – Em seguida: – Você sabia que Sheeana pegou a pintura de Van Gogh do... seu dormitório?

Por que isso é doloroso?

– Eu notei que ele havia sumido.

– Ela disse que estava pegando emprestado para decorar seu quarto na nave.

Os lábios de Murbella se estreitaram.

Malditos sejam! Duncan e Sheeana! Teg, Scytale... Todos sumiram e não há como segui-los. Mas ainda temos tanques axolotles e células de Idaho de nossos filhos. Não é o mesmo... mas é suficiente. Ele pensa que escapou!

– Você está bem, Murbella? – Preocupação na voz de Bell.

Você me avisou sobre as coisas selvagens, Dar, e eu não lhe dei ouvidos.

– Depois de nossa refeição, vou levar minhas conselheiras em uma ronda de inspeção pela Central. Diga a minha acólita que quero cidra antes de me recolher.

Bellonda partiu, murmurando. Isso era mais de seu feitio.

Como você irá me guiar agora, Dar?

Você quer direcionamento? Um passeio guiado por sua vida? Foi para isso que morri?

Mas eles também levaram o Van Gogh!

É disso que vai sentir falta?

Por que eles levaram o Van Gogh, Dar?

Uma risada cáustica veio ao encontro dessa pergunta, e Murbella ficou feliz por ninguém mais ter ouvido.

Você não consegue ver o que ela pretende?

O esquema da Missionaria!

Ah, mais que isso. É a próxima fase: de Muad'Dib para o Tirano, para as Honoráveis Madres, para nós, para Sheeana... para o que mais? Não consegue ver? A coisa está logo aí, nas margens de seus pensamentos. Aceite-a como se fosse engolir uma bebida amarga.

Murbella estremeceu.

Viu só? O remédio amargo de um futuro de Sheeana? Até algum tempo atrás, pensávamos que todos os remédios tinham de ser amargos, caso contrário não seriam eficazes. Não há poderes medicinais naquilo que é doce.

Isso precisa ocorrer, Dar?

Alguns irão se engasgar com esse remédio. Mas os sobreviventes poderão criar padrões interessantes.

Opostos emparelhados definem seus anseios, e esses mesmos anseios o aprisionam.

– O açoite zen-sunita

– Você os deixou escapar deliberadamente, Daniel!

A idosa esfregava as mãos na frente manchada de seu avental de jardinagem. A sua volta, uma manhã de verão com flores desabrochadas e pássaros cantando nas árvores próximas. O céu tinha um aspecto nebuloso, uma radiância amarelada próxima do horizonte.

– Ora, Marty, não foi de forma deliberada – Daniel objetou. Ele tirou seu chapéu *pork pie* e cofiou sua barba grisalha bem aparada antes de recolocar o chapéu. – Ele me surpreendeu. Eu sabia que ele nos via, mas nem suspeitei que ele via a rede.

– E eu havia escolhido um planeta tão bom para eles – Marty lamentou. – Um dos melhores. Um teste verdadeiro para suas habilidades.

– Não adianta se queixar agora – Daniel pontificou. – Eles estão onde não podemos tocá-los. Ainda assim, ele se espalhou tanto que achei que o pegaria com facilidade.

– Eles também tinham um Mestre tleilaxu – Marty observou. – Eu o vi quando passaram por debaixo da rede. Queria tanto estudar outro Mestre.

– Não sei por que quer. Sempre assoviando na nossa direção, sempre nos obrigando a acabar com eles. Eu não gosto de tratar Mestres dessa forma e você sabe disso! Se não fosse por eles...

– Eles não são deuses, Daniel.

– Nem nós o somos.

– Eu ainda acho que você os deixou escapar. Está tão ansioso para podar suas rosas!

– De todo modo, o que teria dito ao Mestre? – Daniel indagou.

– Eu iria brincar com ele quando nos perguntasse quem somos. Eles sempre perguntam isso. Eu diria: "O que você esperava? Deus em Pessoa com uma barba ondulante?".

Daniel casquinou.

– Isso teria sido engraçado. Eles têm sempre dificuldade em aceitar que Dançarinos Faciais podem existir independentemente deles.

– Não entendo o motivo. É uma consequência natural. Eles nos deram o poder de absorver as memórias e as experiências de outras pessoas. Junte o bastante disso e...

– Nós assumimos personas, Marty.

– Tanto faz. Os Mestres deveriam saber que reuniríamos o suficiente para, um dia, tomar nossas próprias decisões sobre nosso próprio futuro.

– E o deles?

– Ah, eu teria que me desculpar depois de colocá-lo no devido lugar. Há um limite no quanto podemos gerenciar os outros, não é assim, Daniel?

– Quando você fica com essa expressão no rosto, Marty, eu vou podar minhas rosas. – Ele voltou para uma fileira de arbustos com folhas verdejantes e flores negras do tamanho de sua cabeça.

Marty gritou em sua direção:

– Junte pessoas o suficiente e você terá uma grande bola de conhecimento, Daniel! É isso que eu teria dito a ele. E aquelas Bene Gesserit naquela nave! Teria contado a elas quantas de sua Irmandade tenho aqui comigo. Já percebeu como elas se sentem alienadas quando as espiamos?

Daniel se inclinou sobre as rosas negras.

Ela continuou a encará-lo, as mãos nos quadris.

– Sem falar nos Mentats – ele comentou. – Havia dois deles naquela nave... dois gholas. Você também queria brincar com eles?

– Os Mestres também sempre tentam controlá-los – ela falou.

– Aquele Mestre vai ter problemas se tentar brincar com o grandalhão – Daniel murmurou, tirando um broto saindo do caule, próximo às raízes da roseira. – Puxa, esta aqui é uma beleza.

– Os Mentats também! – Marty prosseguiu. – Eu teria lhes dito. Tenho um tostão deles.

– Tostão? Não acho que eles teriam entendido essa referência, Marty. As Reverendas Madres, sim, mas não aquele Mentat grandalhão. Ele não remontou a tanto tempo assim.

– Você sabe o que deixou escapar, Daniel? – ela questionou, aproximando-se dele. – Aquele Mestre tinha um tubo de nulentropia em seu peito. E cheio de células de gholas!

– Eu vi.

Herdeiras de Duna

– Foi por isso que os deixou escapar!

– Eu não deixei. – Sua tesoura de poda começou a trabalhar. – Gholas. Que faça bom proveito deles.

Esta é mais uma obra dedicada a Bev, amiga, esposa, ajudante confiável e a pessoa que deu título a este livro – *Chapterhouse: Dune*. A dedicatória é póstuma, e as palavras abaixo, escritas na manhã que seguiu a sua morte, devem lhes contar algo sobre sua inspiração.

Uma das melhores coisas que posso dizer a respeito de Bev é que não há nada em nossa vida juntos que preciso esquecer, nem mesmo o gracioso momento de sua morte. Nessa ocasião, ela me deu a derradeira dádiva de seu amor, uma passagem tranquila sobre a qual já havia falado sem medo e sem lágrimas, acalentando, assim, meus próprios medos. Existe presente maior do que demonstrar que não é preciso temer a morte?

Um obituário formal diria: Beverly Ann Stuart Forbes Herbert, nascida em 20 de outubro de 1926, Seattle, Washington; faleceu às 17h05 do dia 7 de fevereiro de 1984, em Kawaloa, Maui. Sei que esse seria o máximo de formalidade que ela toleraria. Bev me fez prometer que não haveria um funeral convencional "com o sermão de um pregador e meu corpo em caixão aberto". Como ela disse: "Não estarei naquele corpo, mas ele merece mais dignidade do que essa exposição pode oferecer".

Insistiu para que eu providenciasse apenas a cremação e espalhasse suas cinzas por sua amada Kawaloa, "onde senti tanta paz e amor". A única cerimônia – amigos e entes queridos para observar suas cinzas serem dispersas enquanto cantam "Bridge Over Troubled Water".

Ela sabia que haveria lágrimas durante a cerimônia, assim como há lágrimas enquanto escrevo estas palavras, mas em seus últimos dias ela falava com frequência sobre a futilidade das lágrimas. Reconhecia que as lágrimas são parte de nossa origem animal. O cão uiva diante da perda de seu mestre.

Outra parte da percepção humana dominava sua vida: o espírito. Não em um sentido religioso insípido nem ligado ao que a maioria dos espiritualistas associariam a esta palavra. Para Bev, espírito era a luz que fulgurava de sua percepção sobre tudo o que encontrava. Em razão disso,

Frank Herbert

posso dizer que, apesar do meu luto, e até mesmo por causa dele, alegria enche meu espírito graças ao amor que ela me deu e continua a me dar. Nem a tristeza de sua morte é um preço alto demais a se pagar pelo amor que compartilhamos.

A escolha de Bev da música que deveríamos cantar ao espalhar suas cinzas condiz com o que costumávamos dizer um ao outro com frequência – que ela era minha ponte, e eu a dela. Essa era a epítome de nossa vida de casados.

Começamos tal partilha com uma cerimônia diante de um pastor em Seattle, em 20 de junho de 1946. Passamos nossa lua de mel em uma torre de observação para a prevenção de incêndios no topo do monte Kelley, situado no Parque Nacional Snoqualmie. Nossos aposentos consistiam em uma área de pouco mais de treze metros quadrados, dos quais apenas metade era coberta por uma cúpula, um espaço repleto de equipamentos para avistamento de incêndios, com os quais registrávamos quaisquer sinais de fumaça que víssemos.

Naquele lugar apertado, com uma vitrola de corda e duas máquinas de escrever portáteis, que tomavam um espaço considerável de uma mesa, estabelecemos o que viria a ser o padrão de nossa vida a dois: trabalhar para sustentar a música, a escrita e outras alegrias que a vida proporciona.

Nada disso quer dizer que vivenciamos uma euforia constante. Longe disso. Tivemos momentos de tédio, medo e dor. Mas sempre havia tempo para rir. Mesmo no fim, Bev ainda era capaz de sorrir para me dizer que eu havia posicionado seus travesseiros da forma correta, que havia aliviado as dores de suas costas com uma suave massagem e outras coisas necessárias, as quais ela já não conseguia fazer por si só.

Em seus dias finais, não queria que mais ninguém a tocasse, apenas eu. Mas nossa vida de casados havia criado tamanho elo de amor e confiança que ela costumava dizer que as coisas que eu fazia por ela eram como se ela mesma as fizesse. Apesar de ter que providenciar o cuidado mais íntimo, o cuidado que se dá a um recém-nascido, ela não se sentia ofendida ou que sua dignidade havia sido manchada. Quando a pegava em meus braços para deixá-la mais confortável ou para banhá-la, os braços de Bev sempre passavam pelos meus ombros e seu rosto se aninhava no contorno de meu pescoço, como ela sempre fazia.

Herdeiras de Duna

É difícil transmitir a alegria de tais momentos, mas eu lhes asseguro que ela estava ali. A alegria do espírito. A alegria da vida, mesmo na morte. Sua mão segurava a minha quando ela morreu, e o médico de plantão, com lágrimas nos olhos, disse algo que eu e muitos outros dizíamos sobre ela.

– Ela tinha um encanto.

Muitos daqueles que notavam aquele encanto não o entendiam. Eu me lembro de quando entrei no hospital, durante as horas que antecediam a aurora, para o nascimento de nosso primeiro filho. Gargalhávamos. Os atendentes nos olhavam com reprovação. O parto é doloroso e perigoso. Mulheres morrem durante o parto. Por que essas pessoas estão rindo?

Estávamos rindo porque a expectativa por uma nova vida que era parte de nós dois nos enchia de tamanha alegria. Estávamos rindo porque esse parto aconteceria em um hospital que havia sido construído no terreno onde outrora estivera o hospital onde Bev nascera. Que continuidade maravilhosa!

Nossos risos eram contagiantes, e logo outros que conhecemos no caminho para a sala de parto estavam sorrindo. Reprovação se tornou aprovação. A risada era sua nota de encanto em momentos de tensão.

Sua risada também era aquela de algo constantemente novo. Tudo o que ela encontrava possuía algo de novo para provocar seus sentidos. Havia uma ingenuidade em Bev que era, de sua própria maneira, uma forma de sofisticação. Ela queria encontrar o que havia de bom em tudo e em todos. Como resultado, produzia essa resposta nos outros.

– Vingança é para crianças – ela dizia. – Apenas pessoas basicamente imaturas desejam vingança.

Ela era conhecida por ligar para as pessoas que a haviam ofendido e arrazoar com elas para que se livrassem de seus sentimentos destrutivos. "Sejamos amigos." A fonte das condolências que se precipitaram depois de sua morte me surpreendeu.

Era algo típico dela me pedir para ligar para o radiologista cujo tratamento em 1974 foi a causa de sua morte e agradecê-lo "por me dar estes dez belos anos. Tenha certeza de que ele compreende que sei que fez seu melhor por mim quando eu estava morrendo de câncer. Ele levou o que havia de melhor ao limite e quero que receba meus agradecimentos".

Frank Herbert

Surpreende que eu olhe para os anos que passamos juntos com uma alegria que transcende tudo o que as palavras são capazes de descrever? Surpreende que eu não queira ou precise me esquecer de um só momento de tudo isso? A maioria das outras pessoas tocou a vida de Bev apenas superficialmente. Eu compartilhei de sua vida das formas mais íntimas, e tudo o que ela fazia me revigorava. Não teria sido possível fazer o que a necessidade exigia de mim durante os últimos dez anos de sua existência, fortalecendo-a como em uma troca, se ela não tivesse se doado nos anos anteriores, nada guardando para si. Considero isso a minha grande sorte e o mais miraculoso privilégio.

Frank Herbert
Port Townsend, WA
6 de abril de 1984

Terminologia do Imperium

A

AÇOPLÁS: aço estabilizado com fibras de estravídio introduzidas em sua estrutura cristalina.

AMTAL OU LEI DE AMTAL: uma lei comum em planetas primitivos, segundo a qual coloca-se uma coisa à prova para determinar seus limites e defeitos. Comumente: testar até a destruição.

ARMALÊS: projetor laser de onda contínua. Seu emprego como arma é limitado numa cultura de escudos geradores de campos, por causa da pirotecnia explosiva (tecnicamente, uma fusão subatômica) criada quando seu raio encontra um escudo.

ARRAKIS: o planeta conhecido como Duna; terceiro planeta de Canopus.

B

B.G.: acrônimo para Bene Gesserit.

BALISET: um instrumento musical de nove cordas, a ser dedilhado, descendente direto da zithra e afinado na escala chusuk. Instrumento preferido dos trovadores imperiais.

BANDALONG: capital do planeta Tleilax.

BASHAR (GERALMENTE, BASHAR CORONEL): um oficial dos Sardaukar, uma fração acima de coronel na classificação militar padrão. Patente criada para o governante militar de um subdistrito planetário (bashar da corporação é um título de uso estritamente militar).

BELA TEGEUSE: quinto planeta de Kuentsing; terceira parada da migração forçada dos zen-sunitas (fremen).

BENE GESSERIT: antiga escola de treinamento físico e mental para alunas do sexo feminino, fundada depois que o Jihad Butleriano destruiu as chamadas "máquinas pensantes" e os robôs.

BENE TLEILAX: grupo de seres humanos que habitavam Tleilax, o único planeta da estrela Thalim.

BINDU: relacionada ao sistema nervoso humano, em especial ao treinamento dos nervos. Muitas vezes mencionada como inervação-bindu (*veja-se* prana).

C

CALADAN: terceiro planeta de Delta Pavonis; planeta natal de Paul Muad'Dib.

CÃODEIRA: cães biologicamente modificados e treinados para massagear as pessoas que se sentam em seu corpo.

CHOAM: acrônimo para Consórcio Honnête Ober Advancer Mercantiles, a empresa de desenvolvimento universal controlada pelo imperador e pelas Casas Maiores, tendo a Guilda e as Bene Gesserit como sócios comanditários.

CORIOLIS, TEMPESTADE DE: qualquer grande tempestade de areia em Arrakis, onde os ventos, nas planícies desprotegidas, são amplificados pelo movimento de rotação do próprio planeta e atingem velocidades de até setecentos quilômetros por hora.

CORRIN, BATALHA DE: a batalha espacial que deu nome à Casa Imperial Corrino. A batalha travada perto de Sigma Draconis no ano 88 a.G. estabeleceu a superioridade da Casa governante de Salusa Secundus.

D

DANÇARINOS FACIAIS: membros de uma raça criada pelos Bene Tleilax. A habilidade de imitar a aparência de outras pessoas os fez desempenhar importantes funções na sociedade, como a de espiões e assassinos. Podem assumir a forma sexual de homens ou mulheres, mas não têm habilidade de procriação.

DANIANO: povo originário do planeta Dan, antes conhecido como Caladan.

DAR-ES-BALAT: lugar mítico que guardava a não sala do Imperador Deus. Após a Dispersão, uma cidade foi construída no local.

DEUS DIVIDIDO: o Deus Dividido é um dos nomes dados ao Imperador Deus, Leto Atreides II, pelo Sacerdócio Rakiano. Conforme a história, após a morte de Leto seu corpo de verme se desintegrou, liberando centenas de trutas para o deserto. Os vermes que cresceram mantiveram uma pérola de sua consciência, dando origem ao termo.

DISPERSÃO: evento histórico que ocorreu no período caótico que se seguiu à morte de Leto Atreides II, o Imperador Deus.

DISTRANS: um aparelho que produz uma impressão neural temporária no sistema nervoso de quirópteros ou aves. A voz normal da criatura

Herdeiras de Duna

passa a portar a impressão da mensagem, que pode ser separada da onda portadora por um outro distrans.

DOMEL: a casta mais baixa dos Mestres tleilaxu.

DOUTRINA BENE GESSERIT: emprego das minúcias da observação.

E

ECAZ: quarto planeta de Alpha Centauri B; o paraíso dos escultores, chamado assim por ser o planeta natal do pau-névoa, o vegetal que pode ser modelado in situ exclusivamente com a força do pensamento humano.

ESPECIARIA: *veja-se* mélange.

F

FREMEN: as tribos livres de Arrakis, habitantes do deserto, remanescentes dos Peregrinos Zen-sunitas ("piratas da areia", de acordo com o Dicionário Imperial).

G

GALACH: idioma oficial do Imperium. É um híbrido angloeslávico, com traços fortes de língua de cultura especializada, adotados durante a longa sucessão de migrações humanas.

GAMMU: planeta conhecido na Era do Imperium como Giedi Primo, residência da Casa Harkonnen.

GAMONT: terceiro planeta de Niushe; destaca-se por sua cultura hedonista e práticas sexuais exóticas.

GHOLA: humano criado artificialmente a partir de um indivíduo morto.

GIEDI PRIMO: o planeta de Ophiuchi B (36), terra natal da Casa Harkonnen.Um planeta de viabilidade mediana, com um espectro fotossinteticamente ativo reduzido.

GRANDE CONVENÇÃO: a trégua universal imposta pelo equilíbrio de poder mantido pela Guilda, as Casas Maiores e o Imperium. Sua principal lei proíbe o uso de armas atômicas contra alvos humanos. Todas as leis da Grande Convenção começam com: "As formalidades precisam ser obedecidas...".

GUILDA ESPACIAL (OU, SIMPLESMENTE, GUILDA): uma das pernas do tripé político que sustenta a Grande Convenção. A Guilda foi a segunda escola de treinamento físico-mental (*veja-se* Bene Gesserit) a surgir depois do Jihad Butleriano. O monopólio da Guilda sobre o transporte e as viagens espaciais, bem como sobre o sistema bancário internacional, é considerado o marco zero do Calendário Imperial.

H

HARKONNEN: foram uma grande casa durante o tempo dos Imperadores Padishah. Sua capital era Giedi Prime, um planeta altamente industrializado e com pouca vegetação.

HONORÁVEIS MATRES: um poderoso grupo, exclusivamente feminino, rival das Bene Gesserit. Sua origem advém da união de irmãs Bene Gesserit e das Oradoras Peixes enviadas para a Dispersão.

I

IX: *veja-se* Richese.

J

JIHAD: uma cruzada religiosa; cruzada fanática.

JIHAD BUTLERIANO: a cruzada contra os computadores, máquinas pensantes e robôs conscientes, iniciada em 201 a.G. e concluída em 108 a.G. Seu principal mandamento continua na Bíblia C. O.: "Não criarás uma máquina para imitar a mente humana".

K

KINA: nome pelo qual a população se refere a Arrakina, antiga capital de Arrakis. Atualmente, Kina é uma cidade moderna, que abriga o Sacerdócio de Rakis.

KOAN ZEN-SUNITA: afirmação da religião dos zen-sunitas (*veja-se* zen-sunitas).

Herdeiras de Duna

KWISATZ HADERACH: "encurtamento do caminho". É o nome dado pelas Bene Gesserit à incógnita para a qual elas procuram uma solução genética: a versão masculina de uma Bene Gesserit, cujos poderes mentais e orgânicos viriam a unir o espaço e o tempo.

L

LÍNGUA DE BATALHA: qualquer idioma especial de etimologia restrita, desenvolvido para a comunicação inequívoca na guerra.

LITROFÃO: recipiente de um litro para o transporte de água em Arrakis; feito de plástico de alta densidade e inquebrável, dotado de lacre hermético.

LUCIGLOBO: dispositivo de iluminação sustentado por suspensores que tem fornecimento de energia próprio (geralmente baterias orgânicas).

M

MASHEIKH: legisladores escolhidos pelos Tleilaxu com o objetivo de colaborar com o Mestre dos Mestres durante seu período de governo.

MASSA PRÉ-ESPECIARIA: o estágio de crescimento fungoide desenfreado obtido quando os excrementos dos criadorzinhos são encharcados com água. Nesse estágio, a especiaria de Arrakis forma uma "explosão" característica, trocando o material das profundezas subterrâneas pela matéria da superfície logo acima. Essa massa, depois de exposta ao sol e ao ar, torna-se o mélange (*veja-se também* mélange).

MÉLANGE: a "especiaria das especiarias", o produto que tem em Arrakis sua única fonte. A especiaria, célebre principalmente por suas características geriátricas, causa dependência moderada quando ingerida em pequenas quantidades, e dependência grave quando sorvida em quantidades superiores a dois gramas diárias a cada setenta quilos de peso corporal (*veja-se também* massa pré-especiaria). Muad'Dib alegava que a especiaria era a chave de seus poderes proféticos. Os navegadores da Guilda faziam afirmações semelhantes. O preço do mélange no mercado imperial chegou a 620 mil solaris o decagrama.

MENTAT: a classe de cidadãos imperiais treinados para realizar feitos supremos de lógica. "Computadores humanos".

MISSIONARIA PROTECTORA: o braço da ordem Bene Gesserit encarregado de semear superstições contagiantes em mundos primitivos, expondo-os, portanto, à exploração por parte das Bene Gesserit (*veja-se* panoplía propheticus).

MOHALATA: união realizada quando um indivíduo é possuído por uma personalidade benigna.

MUAD'DIB: o rato-canguru adaptado a Arrakis, uma criatura associada, na mitologia fremen do espírito da terra, a um desenho visível na face da segunda lua do planeta. Essa criatura é admirada pelos fremen por sua habilidade de sobreviver no deserto aberto.

N

NAIB: alguém que jurou nunca ser capturado vivo pelo inimigo; juramento tradicional de um líder fremen.

NAVEGADORES DA GUILDA: membros do alto escalão de humanos artificialmente modificados da Guilda Espacial. Têm a capacidade de presciência adquirida pelo consumo e exposição a quantidades maciças de mélange.

O

ORADORAS PEIXE: exército inteiramente composto por mulheres. O único papel dos homens para elas é o de maridos.

ORNITÓPTERO (COMUMENTE, TÓPTERO): qualquer aeronave capaz de voo sustentado por meio do bater de asas, como fazem as aves.

P

PANOPLÍA PROPHETICUS: termo que abrange as superstições contagiantes usadas pelas Bene Gesserit para explorar regiões primitivas (*veja-se* Missionaria Protectora).

PAQUETE: principal cargueiro do sistema de transporte da Guilda Espacial.

PORCLESMA: animal geneticamente modificado pelos Tleilaxu a partir do cruzamento entre uma lesma gigante e um porco.

POWINDAH: termo comumente usado pelos Bene Tleilax para descrever qualquer indivíduo não nascido na cultura tleilaxu,

PRANA (MUSCULATURA-PRANA): os músculos do corpo quando considerados como unidades para o treinamento supremo (*veja-se* bindu).

PROCLAMADORA DA VERDADE: uma Reverenda Madre qualificada a entrar no transe da verdade e detectar a falta de sinceridade ou a mentira.

R

REVERENDA MADRE: originariamente, uma censora das Bene Gesserit, alguém que já transformou um "veneno de iluminação" dentro de seu corpo, elevando-se a um estado superior de percepção. Título adotado pelos fremen para suas próprias líderes religiosas que chegaram a uma "iluminação" semelhante (*veja-se também* Bene Gesserit).

RICHESE: quarto planeta de Eridani A, classificado, juntamente com Ix, como o suprassumo da cultura das máquinas. Célebre pela miniaturização. (Pode-se encontrar um estudo mais pormenorizado de como Richese e Ix escaparam aos efeitos mais graves do Jihad Butleriano em O último jihad, de Sumer e Kautman.)

S

SALUSA SECUNDUS: terceiro planeta de Gama Waiping; designado como planeta-prisão do imperador após a remoção da Corte Real para Kaitain. Salusa Secundus é o planeta natal da Casa Corrino e a segunda parada na migração dos Peregrinos Zen-sunitas. A tradição fremen afirma que eles foram escravos em S. S. durante nove gerações.

SHAI-HULUD: o verme da areia de Arrakis, o "Velho do Deserto", o "Velho Pai Eternidade" e o "Avô do Deserto". É significativo que o nome, quando pronunciado com uma certa entonação ou escrito com iniciais maiúsculas, designe a divindade da terra nas superstições domésticas dos fremen. Os vermes da areia ficam enormes (já foram avistados espécimes com mais de quatrocentos metros de comprimento nas profundezas do deserto) e chegam a idades muito avança-

Frank Herbert

das, a menos que sejam mortos por outro verme ou afogados em água, que é um veneno para eles. Atribui-se a existência da maior parte da areia de Arrakis à ação dos vermes.

SHAITAN: Satã.

SHARIAT: palavra utilizada para denominar os legisladores Tleilaxu (*veja-se* masheikh).

SHERE: substância química tomada por um indivíduo para impedir o acesso a memórias antes ou mesmo após a morte.

SHIGAFIO: extrusão metálica de uma planta rastejante *(Narvi narviium)* que só cresce em Salusa Secundus e Delta Kaising III. Destaca-se por sua extrema força elástica.

SIETCH: na língua fremen, "lugar de reunião em tempos perigosos". Como os fremen viveram tanto tempo em perigo, o termo veio a designar, por extensão de sentido, qualquer caverna labiríntica habitada por uma de suas comunidades tribais.

SIMULFLUXO: representa o fluxo simultâneo de vários fios de consciência a qualquer momento. Mesmo não sendo essa a habilidade mais poderosa, a combinação do simulfluxo com as competências analíticas e a Outra Memória geram a inteligência assustadora das Bene Gesserit.

SUSPENSOR: fase secundária (baixo consumo) de um gerador de campo de Holtzman. Anula a gravidade dentro de certos limites prescritos pelo consumo relativo de massa e energia.

T

TANQUE AXOLOTLE: são os meios pelos quais Bene Tleilax produzem os gholas.

TLEILAX: planeta solitário de Thalim, célebre como centro de treinamento renegado para Mentats; origem dos Mentats deturpados.

TREINAMENTO: quando aplicado às Bene Gesserit, este termo comum assume um significado especial, referindo-se ao condicionamento de nervos e músculos *(vejam-se* bindu e prana) elevado ao último grau permitido pelas funções naturais.

TRUTAS DA AREIA: forma larval dos vermes da areia. Nessa fase, as trutas são parecidas com grandes sanguessugas, bolhas amorfas ou lesmas.

V

VERME DA AREIA: *veja-se* Shai-hulud.

VOZ: o treinamento combinado, criado pelas Bene Gesserit, que permite à iniciada controlar outras pessoas usando apenas certas nuances de tom de voz.

W

WALLACH IX: nono planeta de Laoujin, sede da Escola Mãe das Bene Gesserit.

Y

YAGHIST: nome do reino tleilaxu na língua secreta islamiyat.

Z

ZEN-SUNITAS: seguidores de uma seita cismática que se desviou dos ensinamentos de Maomé (o chamado "Terceiro Muhammad") por volta de 1381 a.G. A religião zen-sunita destaca-se principalmente por sua ênfase no misticismo e por um retorno aos "costumes dos antepassados". A maioria dos estudiosos nomeia Ali Ben Ohashi como o líder do cisma original, mas há indícios de que Ohashi pode ter sido meramente o porta-voz masculino de sua segunda esposa, Nisai.

Sobre o autor

Franklin Patrick Herbert Jr. nasceu em Tacoma, Washington. Trabalhou nas mais diversas áreas – operador de câmera de TV, comentarista de rádio, pescador de ostras, instrutor de sobrevivência na selva, psicólogo, professor de escrita criativa, jornalista e editor de vários jornais – antes de se tornar escritor em tempo integral. Em 1952, publicou seu primeiro conto de ficção, "Looking For Something?", na revista *Startling Stories*, mas a consagração ocorreu apenas em 1965, com a publicação de *Duna*. Herbert também escreveu mais de vinte outros títulos, incluindo *The Jesus Incident* e *Destination: Void*, antes de falecer em 1986.

TIPOGRAFIA:
Domaine [texto e entretítulos]

PAPEL:
Pólen Soft 80g/m² [miolo]
Couché fosco 150g/m² [revestimento da capa]
Offset 150g/m² [guardas]

IMPRESSÃO:
Ipsis Gráfica e Editora [agosto de 2021]